Tara Duncan
contre la Reine Noire

DU MÊME AUTEUR

TARA DUNCAN

Tara Duncan. Les Sortceliers, Le Seuil, 2003 (Pocket, 2007).
Tara Duncan. Le Livre Interdit, Le Seuil, 2004 (Pocket, 2007).
Tara Duncan. Le Sceptre Maudit, Flammarion, 2005.
Tara Duncan. Le Dragon Renégat, Flammarion, 2006.
Tara Duncan. Le Continent Interdit, Flammarion, 2007.
Tara Duncan dans le piège de Magister, XO Éditions, 2008 (Pocket, 2009).
Tara Duncan et l'invasion fantôme, XO Éditions, 2009.
Tara Duncan. L'Impératrice maléfique, XO Éditions, 2010.

La Danse des obèses, roman, Laffont, 2008 (Pocket, 2010).
Indiana Teller. Lune de printemps, M. Lafon, 2011.

© XO Éditions, 2011
ISBN : 978-2-84563-531-9

Sophie Audouin-Mamikonian

Tara Duncan
contre la Reine Noire

Roman

XO EDITIONS

cartographie : Sylvie Pistono-Denis

DYNASTIE DUNCAN AU LANCOVIT
ÉTABLI LE 25 FAICHO 5015 (DATE D'AUTREMONDE)

Menelas Tri Vranril
(4805 DA – 4994 DA)

&

Isabella Duncan
(4910 DA –)

Manitou Duncan
(4850 DA –)

&

Magent'Val argennmont Rethila
(4849 DA – 4928 DA)

Selena Duncan-Vranril
Ab Santa Ab Maru
(4977 DA –)

Revental Duncan (dit le Renégat)
(4901 DA – 4998 DA)

&

Teiler Ab Zan
(4876 DA –)

&

Danviou T'al Barmi
(4973 DA – 5002 DA)

Tarat'ylanhnem T'al Barmi Ab Santa
Ab Maru T'al Duncan
(1991 DT/5000 DA –)

Various Duncan (dit le Renégat)
(4952 DA –)

Jar'tylanhnem T'al Barmi Ab Santa
Ab Maru T'al Duncan
(5003 DA –)

Marat'ylanhnem T'al Barmi Ab Santa
Ab Maru T'al Duncan
(5003 DA –)

DYNASTIE T'AL BARMI AB SANTA AB MARU, EMPIRE D'OMOIS
ÉTABLI LE 25 FAICHO 5015 (DATE D'AUTREMONDE)

Demiderus « Poing de feu », fondateur de l'empire d'Omois
(- 2984 DT –)

Descendants cinq mille ans plus tard

Impératrice d'Omois
Lisbeth'tylanhnem T'al Barmi
Ab Santa Ab Maru
(4970 DA –)

&

Daril Kratus
(4950 DA – 5005 DA)

Ex-Imperator d'Omois
Danviou T'al Barmi
Ab Santa Ab Maru.
(4973 DA – 5002 DA)

&

Selena Duncan
(4977 DA –)

Demi-frère de l'Impératrice d'Omois
actuel Imperator d'Omois en
remplacement de son demi-frère Danviou
Sandor T'al Barmi Ab March Ab Brevis
(4958 DA –)

Taratylanhnem T'al Barmi Ab Santa
Ab Maru T'al Duncan
(1991 DT/5000 DA –)

Jar'tylanhnem T'al Barmi Ab Santa
Ab Maru T'al Duncan
(5003 DA –)

Marat'ylanhnem T'al Barmi Ab Santa
Ab Maru T'al Duncan
(5003 DA –)

Prologue

Le fantôme
ou lorsqu'on en voit un, assurément,
ce n'est pas normal...

Le président des États-Unis ne parvenait pas à fermer l'œil. Il se tournait et se retournait dans son lit, pourtant confortable.

Ce n'était pas sa réélection qui l'inquiétait vraiment, même s'il savait qu'il allait probablement perdre en face du jeune et fringant adversaire démocrate. Il était fatigué et n'avait pas vraiment envie de se représenter.

Et puis, à un certain âge, lorsque le cynisme commence à remplacer la compassion, il est temps d'arrêter et de se retirer pour pêcher la truite dans les torrents de montagne.

Or il adorait la pêche. Bien plus que la politique.

D'accord, il était inutile de s'obstiner, il n'arriverait pas à dormir. Poussant un discret soupir, il se leva avec précaution pour ne pas réveiller sa femme, enfila ses pantoufles de cuir crème, une robe de chambre noir et rouge, et se dirigea vers son bureau.

Il aurait été nettement plus pratique que celui-ci soit contigu à sa chambre. Ainsi, il aurait pu s'y glisser discrètement et personne n'aurait su que le dirigeant du plus puissant pays au monde avait des insomnies. Cela dit, il n'était probablement pas le seul président à avoir du mal à dormir, c'était inhérent à la fonction. Président égale insomnie. Oui, cela allait souvent ensemble.

Dehors, John, l'un des gardes du corps, le salua d'un murmure. Puis avertit ses collèges que « Gladiateur » se

dirigeait vers son bureau. Le président eut un faible sourire
en foulant la moelleuse moquette bleue. C'était lui qui avait
choisi son nom de code. Essentiellement parce qu'il avait
souvent la sensation d'être dans une arène, pleine de lions
affamés.

Sur son passage, les hommes, bien réveillés en dépit de
l'heure tardive, adressaient des « Bonsoir, monsieur le président » à l'homme aux cheveux blancs, grand, au dos voûté,
qui dirigeait leur pays depuis déjà quatre ans. De nouveau,
il soupira. Dieu que ces années étaient passées vite ! Son
pays souffrait. La planète entière souffrait. La pollution, les
matières premières, les appétits démesurés des entreprises et
des hommes consumaient la Terre. Et personne ne savait
vraiment comment arrêter le train infernal.

Quoique ce train-là aille plutôt à la vitesse d'un missile. Et
vers une identique destruction.

Le garde lui ouvrit poliment la porte de son bureau. Il
réprima un rictus agacé. Quoi ? Il avait l'air si épuisé qu'il ne
puisse plus ouvrir une porte lui-même ? Mais il garda sa pensée pour lui. Inutile de s'énerver contre le fringant jeune
homme qui ne faisait que son boulot.

Dehors, les puissants projecteurs éclairaient le parc de la
Maison Blanche. Il alluma la lumière de son bureau et se
laissa tomber dans son fauteuil. Comme il était seul, il en
profita pour poser ses pieds sur le bureau impeccablement
ciré, en équilibre instable sur les roulettes, ravi comme un
gamin.

Sa femme détestait quand il faisait ça, elle avait peur qu'il
ne tombe et ne se brise quelque chose.

Elle avait raison.

Il se cassa la figure.

Pas à cause du fauteuil. À cause du fantôme.

Incrédule, le président ouvrit de grands yeux en se redressant à demi derrière son bureau. Il s'était fait mal dans sa
chute, mais ne sentait rien.

— Mais... mais, balbutia-t-il, qu'est-ce que...

Ce n'était pas un fantôme genre Casper, quasiment trans-
lucide. Celui-ci paraissait furieusement solide, sauf qu'il flottait à plus de un mètre du sol et que les objets se voyaient
vaguement à travers.

Il pouvait aussi les toucher, apparemment. Car il souleva l'horloge sur la cheminée avec précaution, et la reposa déli-catement en hochant la tête.

Puis il fit le tour du bureau ovale, marquant un grand inté-rêt pour tout ce qui s'y trouvait : chaises, fauteuils, bibelots et même le magnifique tapis qui recouvrait le somptueux parquet de bois clair.

Instinctivement, le président se frotta les yeux. Hélas, le fantôme n'avait pas disparu lorsqu'il les rouvrit.

Le président n'avait pas bu d'alcool au dîner. Donc, il n'était pas soûl. Mon Dieu, il avait des hallucinations ! Peut-être même une tumeur au cerveau ? Il glissa la main vers le téléphone avec la pensée absurde que ses gardes du corps ne pourraient pas faire grand-chose contre un esprit. Si esprit il y avait.

Le faible frôlement alerta le fantôme. Il regarda le prési-dent. Dont la main s'arrêta net.

Le fantôme pencha la tête de côté et le dévisagea pensive-ment.

Puis il prononça une phrase très étrange :

— Bonjour, monsieur, excusez-moi de vous déranger, dites-moi, vous pesez combien, à peu près ?

1

Magister

*ou comment être en déni total
de la perte de l'être aim… convoité.*

Quelques heures plus tôt, sur AutreMonde…

C'était comme une douleur. Un lancement insidieux du côté de son cœur. Si inattendu, si violent qu'il n'arrivait pas à le maîtriser. Cela le poignardait, jour et nuit, sans répit.

Et cela le rendait fou. Il allait en mourir.

Mourir d'amour, alors qu'il était l'ennemi public numéro un[1] d'une demi-douzaine de planètes, n'était-ce pas totalement pathétique ?

Magister se redressa. Sa robe d'un gris presque noir, tissée dans la plus pure soie d'aragne, flotta un instant autour de lui. Son masque d'or s'assombrit peu à peu pour refléter les tourments de son âme.

Il contempla le corps devant lui, celui de Selena Duncan. La jeune femme qui reposait là, enveloppée dans un cocon de machines étincelantes, semblait vivante. Pourtant, elle ne l'était pas. Ce n'était que son enveloppe physique. Son esprit, lui, avait déjà rejoint l'OutreMonde, l'endroit où les sortceliers allaient après leur mort.

Parfois, il avait envie de hurler. Sa rage, son désespoir ne trouvaient ni repos ni répit. Il faillit gémir mais se retint. Il

---

1. Magister se sous-estime. En fait, ce n'est pas moins de sept planètes qui rêvent de faire frire son foie aux petits oignons et de le déguster avec un bon verre de vin rouge – enfin, pour ceux de ses ennemis qui peuvent manger et connaissent le vin rouge…

avait résisté aux tortures des dragons. Mais ce que personne ne savait, ce que personne n'avait jamais vu, c'était ce qu'ils avaient fait de lui. Ils lui avaient brisé les membres, avaient fracassé ses dents et sa mâchoire, arraché sa peau, autant avec leur pouvoir qu'avec leurs griffes, le marquant à jamais.

Délibérément, il coupa sa connexion avec la Chemise démoniaque, qui alimentait son pouvoir.

La Chemise apparut, flottant devant lui, les visages emprisonnés des démons hurlant de rage comme s'ils voulaient en sortir. Il la posa sur une chaise, qui se mit à trembler et à fumer au contact corrosif des âmes démoniaques contenues dans l'étrange tissu noir.

Magister vacilla un instant, et du sang se mit à couler sur son cœur, à l'emplacement, invisible, qui l'avait lié à la Chemise. Il saignerait ainsi jusqu'à ce qu'il rétablisse la connexion.

Il détailla son corps parfait dans le miroir sculpté : son large cou de guerrier, ses longues jambes musclées, ses pectoraux impeccables, ses abdos à faire pleurer un gymnaste médaillé. Puis il laissa son pouvoir s'écouler. Son masque disparut en partie, dévoilant une bouche abîmée ; sa haute taille se voûta ; l'une de ses jambes se tordit légèrement. À présent, c'était un homme encore blessé qui faisait face au miroir. Couturé de cicatrices qui rampaient sur sa peau blafarde, tels des vers sanglants. Pourtant, sous ses blessures, on apercevait son ancienne beauté qui émergeait lentement, comme si elle tentait de se reconstruire en dépit des dommages.

— Ils ne t'ont pas raté, mon vieux, murmura-t-il d'une voix désolée. Saloperies de dragons ! Un jour, ils vont payer, je le jure.

Il avait conscience que parler à son corps dans un miroir comme s'il allait lui répondre n'était pas tout à fait normal. Mais, après tout, le monde disait qu'il était fou, il n'avait aucune raison de ne pas se comporter comme tel. Il scruta et rescruta les terribles dommages qui s'effaçaient.

Seules deux personnes encore vivantes l'avaient vu ainsi : Selenba, son bras droit – la terrible vampyr l'avait surpris un jour où, comme aujourd'hui, il avait dévoilé son véritable corps. La pitié, le dégoût qu'il avait lus dans ses yeux avaient failli le détruire. Il avait effacé ce souvenir de l'esprit de Selenba. Sa féroce associée lui était trop utile.

La deuxième était Selena, étendue devant lui. La ravissante, tendre et fragile Selena Duncan. Qui n'avait pas reculé. Qui au contraire s'était avancée, compatissante, prête à l'aider.

Cela aussi avait failli le détruire. Et cela aussi, il l'avait effacé de l'esprit de Selena. Il ne voulait pas plus de pitié que de compassion. Au fur et à mesure que les années s'écoulaient, il avait découvert un fait étrange. La puissante magie destructrice des dragons, qui l'avait empêché de réparer son corps comme il le désirait, cédait petit à petit.

Avant de rencontrer Selena, sans le soutien de la magie démoniaque, il pouvait à peine marcher. Puis il avait remarqué que la jeune femme semblait avoir une sorte de présence curative, qui combattait le poison. Petit à petit, il avait pu se tenir droit. Ses dents avaient repoussé ; à présent, il pouvait manger normalement.

Ouf, plus de soupes, à son grand soulagement.

Son dos s'était redressé, sa jambe aussi, et ses cicatrices s'effaçaient. Son intérêt pour Selena s'était mué en reconnaissance. Puis en besoin. Puis en amour. Et son amour pour elle avait décuplé les pouvoirs de guérison de sa magie. Il concevait que c'était un amour étrange, aussi tordu que sa pauvre carcasse, mais c'était le mieux qu'il avait à proposer.

D'ici un à deux ans, son corps serait totalement réparé. Recouvrerait-il sa beauté d'antan, celle qui avait séduit Amava, la princesse dragon ? Au point qu'elle meure d'amour pour lui ? Mais, à présent que Selena était morte, que se passerait-il ? Allait-il rester dans ce corps encore fragile ? La jeune femme lui était aussi indispensable que l'air qu'il respirait, pas uniquement parce qu'il l'aimait, mais aussi parce qu'elle était la seule qui pouvait le sauver. Et maintenant il pouvait bien se l'avouer, même s'il détestait savoir qu'il avait besoin de quelqu'un d'autre.

La seule qui pouvait le guérir.

Il ferma les yeux, derrière son masque qui se reforma, cachant sa bouche trop sensible. Il n'était pas question qu'il meure pour rejoindre Selena en OutreMonde. Il avait bien trop de choses à terminer sur AutreMonde, mais aussi sur Terre.

Il devait se venger. Anéantir ceux qui l'avaient anéanti. Dominer la Terre et ses peuples afin de s'approprier leur technologie et de détruire les démons. Cela (deux xéno-cides[1]) fait, il pourrait se reposer. Enfin.

Mais avant ce réjouissant programme, il allait devoir tenter une dernière chose. Faire revenir Selena d'entre les morts.

La seule chose qui l'ennuyait dans toute cette histoire, c'était que, comme tout beau-père potentiel, il s'y était super mal pris avec Tara, la fille de Selena. Qui, de ce fait, le haïs-sait. Il allait devoir s'en faire une amie et, franchement, il n'avait aucune idée de comment s'y prendre.

Il haussa les épaules. Bah, il trouverait bien un moyen. Il trouvait toujours.

Magister réendossa sa magie, son corps redevint parfait, puis il se reconnecta à la magie démoniaque, sifflant de dou-leur lorsqu'elle envahit son âme et sa peau comme une boue visqueuse. Mais indispensable. Une fois redevenu le formi-dable Magister, il soupira. La Forteresse Grise, qu'il avait recréée après avoir perdu l'originale à cause de Tara, était bardée de défenses. Il avait même engagé un dangereux effrit, ces démons des Limbes, alliés des humains, afin de protéger le corps de la jeune femme, tant il avait peur qu'on ne le lui prenne. Anti-Transmitus, pièges mortels, magie des-tructrice : pour celui qui n'était pas autorisé à entrer, la pièce serait sans pitié.

Une dernière fois, il caressa les beaux cheveux bouclés de Selena, puis il se transforma en un magnifique aigle d'un blanc et d'un rouge étincelants. Il lança un ordre muet afin que les fenêtres de sa nouvelle forteresse grise s'ouvrent devant lui et s'envola, superbe et impérieux...

Pour s'écraser, avec un grand « baoum », contre la vitre. Qui ne s'était pas ouverte.

L'aigle glissa le long du carreau et s'affala en un tas de plumes malmenées.

L'espace d'un instant, une ombre sembla passer sur le visage figé de Selena. Comme l'ombre d'un sourire ravi. Mais ce n'était qu'une impression.

---

1. Comme un génocide, c'est-à-dire l'annihilation d'un peuple, mais sur des Aliens. Pas bien.

Sonné, l'aigle mit un petit moment à cesser de compter les étoiles devant ses yeux. Prudemment, il testa ses pattes, s'aidant de ses ailes pour ne pas trop tituber. Il lissa quelques plumes ébouriffées puis ouvrit le bec.

— Selsantier ! coassa-t-il d'une voix faible.

Il ne se passa rien. L'aigle poussa un grognement assez peu courant chez les volatiles. On aurait plutôt dit un grognement de loup. Ou de tigre.

— SELSANTIER ! cria-t-il en s'empêchant de se tenir la tête avec ses ailes, ce qui aurait nui à sa dignité.

L'effrit chargé de la sécurité de Selena apparut. Rouge, le bas du corps terminé par une sorte de tourbillon qui sifflait et gémissait, bosselé de muscles impossibles, des cornes jaune citron assorties à ses dents, ses sourcils et ses cheveux, des griffes vertes, il tournait le dos à Magister.

— MAÎTRE ! cria-t-il en retour.

Puis, constatant qu'il ne voyait personne, il répéta :

— MAÎTRE, OÙ ÊTES-VOUS ?

— Plus bas ! indiqua Magister.

— Maître, où êtes-vous ? murmura le démon.

Le soupir de l'oiseau fut étonnamment profond pour un volatile dont les poumons n'étaient pas si gros.

— Non, je veux dire que je suis ici, plus bas, sous la fenêtre, précisa Magister d'une voix fatiguée.

L'effrit se pencha et le dévisagea.

— Maître ? dit-il d'une voix incertaine.

— Oui, c'est bien moi, confirma Magister. J'ai une bosse sur le front.

Machinalement, l'effrit voulut le tâter et faillit perdre un doigt lorsqu'un bec tranchant comme un rasoir le rata d'un tout petit millimètre.

— Ce que je veux dire, siffla Magister, c'est que cette bosse est apparue parce que la fenêtre ne s'est pas ouverte sur mon ordre.

L'effrit fronça ses sourcils jaune citron.

— Sur votre ordre ? Mais je n'ai entendu aucun ordre !

Magister ne pouvait pas tapoter du pied, vu qu'il n'en avait plus, mais il mourait d'envie de plonger ses serres dans les orbites de l'effrit.

— Mon ordre muet. Tu es censé m'obéir, que mes ordres soient mentaux ou oraux, cela figure bien dans le contrat que nous avons signé, n'est-ce pas ?

L'effrit le regarda puis prit un air gêné.

— Oh ! fit-il, cette fonction-là ! Elle… elle ne marche pas très bien avec moi. Faites-moi confiance, maître, évitez les ordres muets. Mon nom et ce que vous voulez, à haute voix, oui, voilà qui est fiable.

— Mais s'il y a des ennemis dans cette pièce et que je veux les piéger sans qu'ils le sachent, brailler mes ordres à haute voix me semble assez discutable comme tactique, répondit sèchement l'aigle.

— Certes, certes. Mais me balancer un ordre muet et que je ne l'entende pas serait encore plus ennuyeux, non ? contra logiquement l'effrit.

L'aigle ne pouvait pas grimacer, mais on sentait qu'il le faisait intérieurement.

— Pourtant, sur le contrat, il était bien noté que tu pouvais répondre aux deux, riposta-t-il en contrôlant le tressaillement de ses serres.

L'effrit se tortilla de plus belle.

— Oui, bon, vous savez, les contrats… ça va, ça vient, ce n'est pas toujours très fiable. J'admets que j'ai un peu trafiqué mon CV. En fait, ma fonction « ordre muet », ben… n'est plus active. Depuis un siècle ou deux. Impossible de savoir pourquoi.

L'aigle parut plongé dans une intense introspection.

— Hum, finit-il par dire, j'ai donc le choix entre deux solutions : une, te tuer et te remplacer…

L'effrit se raidit, prêt à plonger dans les Limbes si ce dingue bougeait le plus petit doigt… enfin, la plus petite plume.

— … ou bien passer sur ce petit… malentendu, et filer parce que j'ai des tonnes de choses à faire.

L'aigle laissa peser son regard jaune malveillant sur l'effrit, qui tâcha de se faire tout petit.

— Tu as de la chance, je suis pressé, grogna l'aigle. Bon, ouvre-moi cette fenêtre.

L'effrit ne bougea pas.

L'aigle le regarda.

— Euh, osa l'effrit, selon le contrat vous devez d'abord dire mon nom et ensuite…

Sa voix se perdit dans un murmure étranglé lorsque l'aigle se redressa, sifflant de colère. Très vite, l'effrit plongea et ouvrit la fenêtre. L'aigle recula, prit son élan et s'envola péniblement. L'effrit referma la fenêtre en grommelant.

Tout ça, c'était la faute de sa cousine. « Vas-y, avait-elle dit, il est super parano cet humain, personne ne va jamais trouver sa forteresse. C'est un boulot pépère, tu te fais du safran[1] sans avoir à bosser ! »

Pfff, « engagez-vous, qu'y disaient, rengagez-vous » ! Il était bien plus peinard dans son propre univers !

Les appareils continuèrent à glouglouter paisiblement tandis qu'il faisait machinalement un tour de garde des différents pièges.

Soudain, la porte coulissa et un bras recouvert de cuir rouge apparut.

Et, au bout du bras, une grosse fiole. Pleine d'un liquide transparent.

— Salut, Selsantier, fit une voix enjôleuse. Je t'ai apporté un petit cadeau. De l'eau de mer directement importée de la Terre !

La propriétaire du bras s'avança d'un pas prudent, révélant le somptueux et glacial visage de Selenba, la vampyr. Ses yeux rouges, sa peau blafarde, ses larges épaules et sa taille trop mince, tout en elle révélait celle qui avait transgressé les interdits. Celle qui avait ignoré les lois et bu du sang humain, se transformant en une machine à tuer insatiable et sauvage.

Le démon sourit, dévoilant ses crocs jaunes. Citron. Assortis à ses cheveux torsadés.

— Roooh, roucoula-t-il, ravi. De l'eau de Terre. Tu es dingue ! C'est un présent de roi !

— Bah, j'y suis allée en mission il y a quelque temps, j'en ai profité pour goûter trois, quatre humains et faire des courses.

Ils se sourirent. L'effrit désactiva les protections et laissa entrer Selenba. Celle-ci produisit un verre de cocktail, avec un bâtonnet et une olive.

---

1. Le safran est une épice que les démons convoitent particulièrement. Pour eux, il est bien plus précieux que de l'or, dont ils n'ont que faire… enfin, sauf s'il leur permet d'acheter du safran. Ou de l'eau de mer, les démons étant totalement aqualics.

Le visage du démon se plissa de plaisir.

— Dis donc, toi, tu sais ce que vivre veut dire ! souffla-t-il, épaté.

— En fait, je sais ce que « mourir » veut dire, rectifia Selenba. Surtout pour les autres.

Il hocha la tête. Oui, pour cela, il n'y avait aucun doute. Il se versa un peu de la précieuse eau, la renifla avec délice et l'avala en frissonnant.

— Ahhhh, c'est la meilleure chose de l'univers ! Par les entrailles de Vichoutrrr, qu'est-ce que j'aimerais partager ça avec Selchemin ! Il a frimé à mort la fois où il a réussi à avoir de l'eau d'AutreMonde, mais jamais il n'a eu de l'eau de Terre. Il va mourir de jalousie !

— Certes, rit Selenba qui connaissait les rivalités entre démons. Va donc lui montrer ton butin, je prends la relève.

L'effrit fronça les sourcils.

— Tu es sûre ? Je ne voudrais pas qu'il arrive quelque chose à la dame. Magister a été très ferme à ce sujet. Je peux bidouiller un peu les contrats sur les détails, mais pas trop sur le sujet principal !

Il frissonna.

— Il a mis une clause assez déplaisante. Si je ne suis pas un gardien fidèle, il aura le droit de me réduire en bouillie et de me faire cuire ensuite. J'avoue que je n'envisage pas de terminer ma carrière sous forme de bouillie fumante, si tu vois ce que je veux dire...

— Ne t'inquiète pas. Profite de ton cadeau, éblouis... écrase plutôt tes copains, il n'arrivera rien à la « dame », comme tu dis.

L'effrit eut l'air moyennement convaincu, mais la fiole dans sa main fut la plus forte. Il sourit à Selenba et disparut, sa voix s'attardant un instant :

— Je suis de retour dans cinq minutes !

Selenba se tourna et contempla pensivement le corps immobile.

— Même morte..., murmura-t-elle d'une voix moqueuse. Même morte, tu arrives encore à captiver mon sombre seigneur, espèce de garce. Mais quel genre de monstre es-tu donc ?

C'était ironique, elle le reconnaissait, de traiter Selena de monstre, car, des deux, le monstre était bien Selenba, elle qui croquait des vies. Mais, là, Selenba était juste une femme malheureuse. Elle avait été si contente en assistant à la mort de sa rivale !

En plus, ce n'était même pas elle qui l'avait tuée. Quel cadeau du destin !

Elle avait cru, oh ! oui, qu'enfin son sombre seigneur allait reconnaître son amour pour elle, et non pas pour cette garce pâlichonne et craintive.

Mais cela ne s'était pas passé comme ça. Il n'avait pas renoncé. Il s'était même fait capturer par l'Impératrice d'Omois, dans sa tentative de retrouver la formule qui permettait aux morts de revenir.

Il avait échoué, certes, mais Selenba voyait bien qu'il n'abandonnait pas. Sinon, pourquoi aurait-il enlevé le cadavre – enfin, le corps sans âme – aux loups-garous qui le gardaient ?

Selenba tendit sa main aux longs ongles acérés et caressa pensivement les tubes qui sortaient des cristaux connectés aux bras, au cœur et aux jambes de Selena.

— Et si…, susurra-t-elle, il se passait un accident ? Qu'une des machines soit malencontreusement débranchée, que tu meures enfin, tu crois qu'il me reviendrait ?

Le corps ne lui répondit pas, évidemment. La main de Selenba se crispa, hésita un instant, puis retomba.

— Non, soupira-t-elle, il n'est pas stupide. Il saura ce que j'ai fait et je le perdrai à jamais.

Elle attendit un instant, pensive, jusqu'au moment où l'effrit revint, un large sourire aux lèvres. Le vent de sa réapparition fit voler les longs cheveux blancs de Selenba.

Elle le salua, ironique, puis sortit en longues enjambées, furieuse à la fois contre elle, contre Selena et contre l'univers, qui l'avait fait tomber amoureuse d'un homme qui en aimait une autre.

Mais elle était patiente. Elle ne pouvait pas agir en plein jour. Alors que, dans l'ombre, oh ! oui, dans l'ombre, qui était la matière dont elle tissait ses crimes, elle allait s'occuper de faire ce qu'il fallait.

Quoi qu'il arrive, à la fin, Selena serait morte. Enfin, définitivement morte.

Et Magister lui appartiendrait.

2

Tara Duncan

ou comment se voir offrir un empire
et ne pas trouver un moyen poli de le refuser.

Belzébuth bâilla. Il avait beau porter le nom du plus maléfique prince des enfers, ce n'était qu'un chaton rose, démoniaque certes, mais un bébé quand même. Enfin, une sorte de bébé, puisqu'il était déjà âgé d'une dizaine d'années, mais ne vieillirait jamais.

Donc, son corps de chaton se sentait fatigué. Il faut dire qu'il s'était passé plein de choses dans sa vie, auparavant exclusivement constituée de lait, de caresses, de viande de temps en temps, de bagarres pour rire avec ses frères et sœurs et d'herbe à chat. Là, il se trouvait sur l'épaule robuste et chaude de Fafnir, sa bien-aimée sœur d'âme. Ils s'étaient liés, à leur immense surprise mutuelle (enfin, surtout à celle, horrifiée, de Fafnir), lors de leur rencontre dans les Limbes démoniaques.

Un lien indestructible qui, s'il était brisé, risquait de les tuer tous les deux. Ils n'avaient donc pas eu beaucoup de choix. Cela dit, l'amour inconditionnel qu'ils s'étaient porté tout de suite – même si Fafnir trouvait que son standing de féroce guerrière était un peu mis à mal par la présence d'une boule de poils rose attendrissante sur son épaule – avait aussi beaucoup aidé à leur rapprochement.

Belzébuth avait donc suivi Fafnir sur sa planète natale, AutreMonde, peuplée d'un tas de races très intéressantes. Pas plus bizarres que les démons – après tout, il avait eu son compte de choses et de gens étranges dans les Limbes –, mais intéressantes. Belzébuth aimait particulièrement les vampyrs, qui, d'une certaine façon, lui évoquaient de grands chats gracieux. Et, bien sûr, les Salterens, qui ressemblaient à un mélange de lion et de léopard sur deux pattes. Il se méfiait en revanche des centaures, qui avaient l'air aussi sauvages que dangereux, avec les peintures de guerre qui maculaient leurs flancs d'hommes-chevaux, des licornes, qui avaient l'air bigrement susceptibles avec leurs cornes trop pointues, des aragnes qui ressemblaient un peu trop à des araignées géantes à son goût, et des dragons, depuis que l'un d'entre eux avait failli l'écraser. Les Camhboums étaient sympas. Ces grosses mottes de beurre montées sur tentacules étaient calmes et pacifiques, tout comme les Tatris à deux têtes, perdus dans leurs rêves d'organisateurs.

La salle d'audience du palais impérial de Tingapour, capitale d'Omois, était magnifique. Comme les chats ou les pies, Belzébuth aimait ce qui brillait et, là, ça brillait vraiment beaucoup. Partout, l'or ornait sculptures et statues, les joyaux se battaient pour recouvrir le moindre espace libre, et les murs étaient si fantastiquement découpés qu'à certains endroits ils ressemblaient à de la dentelle de pierre. Les fresques rappelant les exploits des Empereurs et Impératrices d'Omois défilaient sur les murs, en un film coloré. Gardes thugs à quatre bras et Hauts-Mages protecteurs lévitaient sur des tapis volants, prêts à foudroyer les intrus de leur magie ou de leurs flèches. Ils frôlaient l'imposant plafond, pour l'instant fermé, exclusivement composé de rubis qui formaient un toit pourpre au-dessus des courtisans. Artistes nains et elfes s'étaient démenés afin de faire de la salle du trône d'Omois un ouvrage impressionnant.

C'était réussi.

Au fond de la pièce immense, remplie de gens, d'animaux et de bestioles de toutes les formes et de toutes les tailles, se trouvait l'Impératrice d'Omois. Entièrement vêtue de blanc, une succession de robes légères comme des souffles sur son corps gracieux, ses cheveux d'un blanc d'argent, assortis à sa tenue du jour, tombant jusqu'à ses pieds chaussés de diamants, elle était assise sous l'emblème d'Omois, l'imposant paon pourpre aux cent yeux d'or.

Belzébuth avait rencontré le paon vivant qui se baladait dans l'un des parcs intérieurs du palais et qui avait servi, du moins son ancêtre, de modèle au sculpteur.

Lui avoir arraché quelques plumes du croupion n'en avait pas fait un ami. Quel oiseau stupide ! Belzébuth ne voulait pas le manger (il était bien trop gros !), juste jouer avec lui. Les gardes, furibonds, avaient attrapé Bel alors qu'il tentait de se débarrasser de l'objet du délit : les plumes rouges qui lui collaient à la moustache. Il avait eu beau faire ses yeux les plus tendres et les plus innocents, cela n'avait pas fonctionné. Les gardes l'avaient rendu à Fafnir en hurlant beaucoup.

Heureusement, Fafnir avait un grand sens de l'humour et cela l'avait beaucoup fait rire. Enfin, une fois les gardes partis.

Devant la cour qui bruissait de rumeurs et de chuchotis, une jeune fille aux longs cheveux blonds tranchés par une mèche blanche, nommée Tara Duncan, en robe pourpre et or portant le symbole d'Omois, emprisonnée dans un exosquelette de métal qui l'aidait à marcher depuis qu'elle avait été empoisonnée, se tenait immobile, encore sous le choc.

Bon, elle avait quand même quelques raisons.

L'Impératrice venait de lui annoncer qu'elle abdiquait. En sa faveur, à elle qui venait tout juste de fêter ses seize[1] ans.

La réaction de la jeune fille avait été amusante. Son visage avait reflété une totale stupéfaction. Puis elle avait dit :

— Oh !

Puis, fermement :

— Certainement pas.

Sa tante, qui allait se lever de son trône pour quitter la pièce, ne s'y attendait pas. On ne refusait pas le trône d'Omois. Enfin, les gens ambitieux ou normaux n'auraient pas refusé. Mais Bel avait déjà remarqué que Tara Duncan n'était pas tout à fait comme les autres.

Lisbeth s'était penchée, les sourcils froncés.

— Comment ça, certainement pas ?

---

1. Techniquement, Tara a maintenant dix-sept ans, puisque les quelques mois passés dans les Limbes – où le temps s'écoule différemment – équivalent à plus d'un an d'AutreMonde. Mais elle a un peu de mal à s'y habituer.

Tara sourit gentiment.

— Qu'est-ce que tu ne comprends pas dans ces deux mots ?

Bel feula, amusé. Wow ! Tara Duncan était censée avoir appris la diplomatie, non ? Cela ne se voyait pas beaucoup.

L'Impératrice n'aima pas.

— Comment oses-tu me parler sur ce ton !

Tara voulut s'avancer, se rappela trop tard qu'elle allait basculer car l'appareillage qui l'aidait à marcher avait un petit temps de réaction et, embarrassée, se contenta d'un tout petit pas en avant et de hausser les épaules. Le pégase miniaturisé qui reposait sur l'une d'elles battit des ailes pour ne pas tomber. Elle le caressa d'une main affectueuse.

— Depuis que vous essayez de me mettre devant le fait accompli, répliqua-t-elle sur un ton si acide qu'il aurait pu décolorer les murs.

La cour assistait à l'échange, fascinée. Les cristallistes ne perdaient pas un mot du duel, et les scoops, petites caméras volantes, se pressaient tellement autour des deux protagonistes que l'air dégagé par leurs ailes provoquait des minitempêtes. Pour les journalistes d'AutreMonde, l'affrontement était génial, la planète tout entière allait se précipiter sur les news, enfin du grand spectacle !

Bel commençait à trouver tout cela bien trop ennuyeux et bruyant pour lui. Et puis il avait repéré un truc amusant. Une espèce de petite souris rouge à deux queues (une pouic, d'après les images qu'il puisait dans la mémoire de Fafnir) venait de se faufiler entre deux portes. Il se sentit très vertueux en décidant de se mettre en chasse. Il était de son devoir de débarrasser le palais de la vermine qui l'infestait, non ? Par le lien mental qui unissait les sortceliers à leur familier, le chaton avertit Fafnir qu'il allait se balader. Absorbée par l'affrontement, la naine rousse hocha distraitement la tête. Belzébuth sentait qu'elle en voulait à Lisbeth. Fafnir, comme tous les nains, était un être libre, qui ne supportait pas d'être en cage. Ce que faisait Lisbeth à Tara ressemblait bigrement, à ses yeux, à une tentative d'emprisonnement. En même temps, ce qui amusait la naine était que Lisbeth n'aurait pas pu s'y prendre plus mal. Si elle avait gentiment demandé à Tara de l'aider en régnant à sa place, en privé, seules, face à face, Fafnir ne doutait pas que Tara, par gentillesse, pitié ou remords, eût accepté. Après tout, à cause d'elle, Lisbeth avait été possédée par un fantôme puis par un anneau démoniaque. Cela faisait beaucoup.

Là, Tara se cabrait comme un pégase sauvage à qui on essayait de mettre un mors. Fafnir était certaine que Lisbeth finirait par y arriver, mais pas facilement. Oh, non !

Belzébuth partageait son amusement. Il aimait bien Tara Duncan, parce qu'elle le traitait amicalement. Contrairement à Fabrice, le stupide Terrien qui tressaillait chaque fois que son regard se posait sur Belzébuth. Le chaton sentait que le jeune sortcelier blond aux yeux noirs avait peur de lui. Ce qu'il trouvait assez comique, vu la différence de taille entre lui et le grand bipède. Et cela, tout simplement parce qu'il était d'origine démoniaque et que Fabrice haïssait la magie démoniaque.

Fafnir le posa à terre. Il lui lécha la main en ronronnant pour la remercier et fila en direction de la pouic.

La petite souris rouge (enfin, pas si petite que ça) se faufilait si vite qu'il eut un mal fou à retrouver sa trace. Par l'herbe à chat, elle était en retard à un rendez-vous ou quoi ? Il dut accélérer furieusement pour ne pas se faire distancer. Soudain, alors qu'il gagnait péniblement du terrain, un mrrr orange à oreilles vertes (les chats du palais) sauta sur la petite pouic. Qui fit alors un truc insensé.

Elle disparut. Comme ça, *pffffuit*, évaporée. Le cœur battant, Bel s'immobilisa. Mais qu'est-ce que...

Tout aussi soudainement, la pouic réapparut. Le mrrr, qui ouvrait ses griffes, dépité de l'avoir ratée, disparut à son tour et réapparut derrière la pouic. Qui redisparut aussi sec. Belzébuth souffla, énervé. Mais enfin, c'était quoi ce gibier qui se matérialisait et se dématérialisait sans arrêt ? En observant le mrrr et la pouic, il finit par comprendre le schéma. Les deux ne pouvaient pas se délocaliser très loin, un petit mètre au maximum. Cela laissait un certain nombre d'options au mrrr, qui devait deviner dans quelle direction la pouic allait se projeter, afin d'essayer d'y arriver avant elle.

Il n'avait pas l'air très doué. Il se fit feinter par la pouic, qui disparut à travers un mur alors que le mrrr était en train de la chercher en tournant la tête. Belzébuth feula : cet idiot n'avait pas vu où la pouic s'était enfuie. Le mrrr renifla partout – sans succès –, fit le gros dos, mais cela ne servit à rien. Belzébuth, lui, attendit tranquillement qu'une sirène ouvre la porte pour se faufiler à sa suite. Il retrouva vite la trace de la pouic. Celle-ci était passée par le trou d'un fouisseur plus gros qu'elle – un tak vert probablement, car Belzébuth parvint à s'y faufiler. Non sans y laisser quelques poils roses au passage, mais l'aventure était trop excitante.

Le chemin du rongeur passait par un tas de pièces, montant, descendant pour s'enfoncer de plus en plus, jusqu'à arriver à des parties du palais franchement abandonnées. C'était curieux, Fafnir lui avait pourtant dit qu'il y avait un sort antivermine sur le palais. Celui-ci aurait-il faibli ? Le chaton éternua. Vu la couche de poussière qui s'accumulait, à part les traces de pouics et de petits animaux, personne n'était passé ici depuis longtemps.

Aussi Belzébuth fut-il extrêmement surpris lorsqu'il entendit une voix d'humain. À pas de velours, ayant tout à fait oublié sa chasse, il se rapprocha.

La voix provenait d'un trou, dans lequel il se faufila. Prudent, il ne sortit que le bout de son museau. Devant lui, au centre d'une imposante pièce de marbre rouge, se tenait un grand humain en robe d'un gris presque noir, avec un cercle écarlate sur la poitrine, le visage recouvert d'un masque chatoyant, or, argent et noir, l'ensemble tournoyant jusqu'à en être écœurant. Il contemplait un écran de cristal où l'on voyait l'assemblée réunie autour de Tara et de l'Impératrice d'Omois.

À ses pieds, il y avait un cercle de fer noir plein, dont il se tenait soigneusement écarté pour l'instant. Le cercle vibrait et bourdonnait de magie.

Le chaton écarquilla les yeux lorsqu'il reconnut l'homme, grâce aux informations contenues dans le cerveau de Fafnir.

Magister.

Le pire ennemi de Tara Duncan.

Paniqué, Belzébuth voulut reculer, mais le faible bruit qu'il fit alerta le chef des sangraves. Avant que Bel n'ait le temps de réagir, un jet de magie noire fusa et le cueillit. Battant désespérément des pattes en l'air, le chaton rose miaula lamentablement. Le lien mental transmit sa peur. Sur l'écran de cristal qui montrait la salle d'audience, Fafnir bondit et poussa un cri d'angoisse d'une telle puissance qu'il interrompit le face-à-face entre l'Impératrice et son Héritière.

Tout le monde se figea, tandis que les Hauts Mages activaient instinctivement leur magie, effrayés par le hurlement de Fafnir. Mais, bien sûr, il n'y avait rien et, comme nulle menace ne surgissait devant eux, des regards de plus en plus soupçonneux se posaient sur la naine guerrière, qui tremblait, communiant avec son familier terrorisé.

— Non ! hurla-t-elle soudain. Ne lui fais pas de mal !

L'Impératrice et son Héritière échangèrent un regard stupéfait.

— Tiens, tiens, tiens, un petit espion, ronronna Magister comme un grand et terrifiant animal, tout en examinant sa prise inattendue. Ne bouge pas, mon mignon, ce n'était pas prévu, mais tu vas faire partie du show !

Il coupa sa magie, saisit le chat impuissant juste avant qu'il ne tombe, et monta sur un étrange engin.

L'instant d'après, ils se matérialisaient au beau milieu de la salle du trône d'Omois.

Épouvanté, Belzébuth ferma les yeux lorsque des dizaines de flèches et de jets de magie convergèrent sur eux pour les carboniser.

3

Magister

ou comment expliquer avec le maximum de tact
que votre mère n'est pas amoureuse du type
qui en est dingue... sans se faire ratatiner au passage.

Magister ne broncha pas. Belzébuth ferma les yeux. Ils
étaient morts. Puis il entendit des cris de douleur, alors que
lui-même ne ressentait rien. Il ouvrit un œil prudent. Tout
autour d'eux, des courtisans avaient été atteints par les jets
d'attaque destinés à Magister, projetés à la fois par les Hauts
Mages protecteurs et par les thugs à quatre bras gardes
d'Omois.

Ils n'avaient pas fait dans la dentelle, et ils auraient continué si l'Impératrice n'était pas intervenue :

— Arrêtez ! C'est une projection ! La magie passe au travers, vous allez blesser des gens !

C'était un peu tard. Les corps gisaient un peu partout.
L'Impératrice cria un nouvel ordre. Aussitôt, des Reparus fusèrent, soignant les blessures. Deux cas plus graves furent
confiés aux chamans et évacués. Il fallut un peu de temps pour
que l'agitation retombe et que les yeux se braquent de nouveau sur Magister, toujours paisiblement immobile, avec Belzébuth dans les bras. Devant eux, tout pâle, se tenait Sylver, le
fils tout juste retrouvé de Magister, que son père refusait
d'accepter. Mais Magister ne le regardait pas. Son masque restait braqué sur Tara Duncan. Et sur elle seule.

De son côté, le chaton ne restait pas inactif. Mentalement,
il guidait Fafnir vers l'endroit où il se trouvait. Heureusement,
la naine guerrière avait réussi à sortir de sa stupeur horrifiée. Elle avait dégainé ses deux haches et s'était précipitée sur

Xandiar, le chef des gardes, l'entraînant à sa suite en dépit de ses protestations. À présent, se fiant à leur lien, elle se dirigeait à toute vitesse vers l'endroit où se trouvait réellement Bel, en compagnie de six autres gardes thugs. Le problème, c'était qu'elle ne pouvait pas se faufiler comme lui dans les trous de pouic et qu'abattre des murs pour passer allait faire râler l'Impératrice. Lisbeth n'aimait pas trop qu'on abîme son palais... Ils perdaient donc un temps précieux, et Fafnir angoissait à mort. Une ou deux portes n'y résistèrent pas. Les haches de la naine les réduisirent en bouillie lorsqu'elles refusèrent de s'ouvrir. À la suite de cela, les portes vivantes, qui tenaient à leur bois, se passèrent le mot et s'ouvrirent docilement dès qu'elles virent les haches de Fafnir. Mais Bel et la pouic étaient passés par différents niveaux et, parfois, il leur fallait remonter ou descendre pour retrouver leur chemin. Cela allait prendre du temps. Le seul souci de Bel, c'était qu'il ne savait pas de combien il en disposait.

— Ça y est ? fit calmement Magister. La crise d'hystérie est terminée ?

— Qu'est-ce que tu veux, sangrave ? cracha Lisbeth. Et comment as-tu réussi à projeter ton image ici ? Il y a des anti-Transmitus et des bloqueurs partout !

Magister ne lui répondit pas, toujours focalisé sur Tara. La jeune fille fronçait les sourcils.

— Je crois que je sais ce qu'il veut, Lisbeth. Il est venu pour ma mère, c'est ça ?

— Pas seulement, répondit Magister. En fait, je suis venu pour elle, mais aussi pour toi.

Tara ne recula pas, mais on sentit qu'elle s'était maîtrisée de justesse, à la façon dont elle rejeta sa chevelure blonde en arrière, le défiant. Les courtisans qui se tenaient derrière elle, prudents, s'écartèrent.

— Ça va être un peu difficile pour toi de m'affronter, si tu n'es qu'une projection, fit-elle remarquer en dépit de sa peur.

— Cela tombe bien, je ne suis pas venu ici pour me battre, mais pour te supplier.

Et, à l'immense stupeur des courtisans et même d'un monde entier, l'arrogant, l'intraitable, le terrifiant Magister tomba à genoux !

Sylver hoqueta. Tara écarquilla les yeux, stupéfaite. Elle se tenait sur ses gardes depuis que Magister était apparu. Mais ce qu'il venait de dire et, encore plus, de faire était vraiment bizarre. Enfin, à la mesure de cette planète où tout était bizarre, y compris de faire gouverner un empire de deux cents millions de personnes par une fille de seize ans !

— Je te supplie, Tara Duncan, déclara Magister de sa voix de velours, je te supplie de m'aider à faire revenir ta mère d'entre les morts !

Tara ouvrait la bouche lorsque Lisbeth intervint, plus rapide :

— Et qu'est-ce que nous aurons si nous satisfaisons à ta demande, sangrave ?

Ah ! d'accord. Ne pas envoyer paître l'ennemi et obtenir des garanties. Tara n'y aurait pas songé.

Magister hocha la tête, incrédule.

— Vous voulez négocier ? C'est de sa mère que nous parlons. Elle devrait avoir autant envie que moi de la serrer dans ses bras et de lui parler, non ?

Yerk ! Magister avait envie de serrer sa mère dans ses bras ? À cette image, Tara réprima une nausée.

— Nous ne pouvons pas faire revenir les morts, dit-elle avant que Lisbeth ne s'engage dans une négociation fumeuse.

Un murmure étonné salua sa réflexion. Tara précisa :

— Enfin... si, nous pouvions. Mais, à la suite de l'invasion fantôme, nous avons détruit le parchemin et la recette a été effacée de nos esprits.

— Je sais, répondit calmement Magister, toujours à genoux, tenant fermement le petit chat rose qui essayait désespérément de s'échapper.

— Mais alors...

— C'est la raison pour laquelle j'ai dit que j'étais ici aussi pour toi, Tara. Car le seul moyen de faire revenir ta mère est de me laisser utiliser les objets démoniaques !

Un silence de mort tomba, uniquement brisé par le vrombissement des scoops.

— Si j'utilise leur puissance, je pourrai briser le mur qui nous sépare d'OutreMonde, où vont les mânes des sortceliers morts. Il me suffira ensuite d'attraper l'âme de ta mère et de la replacer dans son corps, que je détiens toujours, et...

— Non ! l'interrompit soudain Tara, braquant ses yeux bleu marine sur le masque d'or de Magister. Jamais !

Le masque vira lentement au noir, et Magister se releva.

— Tu sais que c'est le seul moyen ! gronda-t-il.

Tara s'avança dans le cliquetis de son exosquelette, les yeux flamboyants, superbe d'indignation dans sa robe pourpre et or.

— Non, je n'en sais rien, répliqua-t-elle. Mais ce que je sais, c'est que ces objets sont horriblement dangereux, qu'ils vous ont rendus dingues, toi et ma tante, lorsqu'elle a été possédée par l'Anneau démoniaque. Et qu'il n'est pas question que j'y touche, même pour faire revenir les deux êtres que j'aime le plus au monde, ma mère... et mon père.

Elle avait volontairement inclus ce dernier dans l'équation. Magister tressaillit. Elle avait touché juste.

— Tu la condamnes à mort, tu le sais ?

— Elle est déjà morte. Ce que tu fais avec son corps est... c'est indécent. Rends-le-moi, Magister, rends-moi le corps de ma mère afin que je puisse faire mon deuil. Tu n'as pas le droit !

Son dernier mot fut un cri. Magister avait enlevé le corps de Selena à Isabella et aux loups-garous qui en assuraient la garde sur Terre. Tara, après sa conversation avec le fantôme de sa mère, assurée que Selena était heureuse dans l'Outre-Monde avec son défunt mari, avait décidé de débrancher le corps artificiellement maintenu en vie par la magie de Magister. Mais Magister avait été plus rapide. À présent, il demandait à la faire revivre, incapable de comprendre la détresse de Tara, car il n'est de pire sourd que celui qui ne veut pas entendre. L'homme au masque secoua la tête.

— Mais tu ne comprends pas ! Si tu débranches ta mère, alors son corps mourra. Seuls les objets démoniaques peuvent la sauver !

— Elle est déjà morte ! répéta Tara, les larmes aux yeux.

— Que se passerait-il si nous vous laissions utiliser les objets démoniaques pour faire revenir Selena et mon jeune frère ? intervint Lisbeth calmement.

Tara sursauta. Tout à son affrontement, elle avait oublié que Danviou, son père, était aussi le frère de Lisbeth. Et celle-ci devait tout autant qu'elle avoir envie de le revoir.

— Vous seriez contents, répondit Magister, son masque s'éclaircissant un peu. C'est ce que j'allais dire lorsque Tara m'a interrompu. Si vous me laissez faire, vous n'aurez plus de problème, car l'effort serait tel que les Objets seraient irrémédiablement détruits. Les âmes démoniaques qui ne seraient pas consommées par l'effort seraient libérées et se dissiperaient.

— Détruits…, souffla Tara qui essayait de remettre la main sur l'idée qui s'obstinait à lui échapper depuis qu'elle était réveillée. Mais où iront les âmes libérées ?

Comme elle réfléchissait à voix haute sans vraiment lui répondre, Magister l'ignora et s'adressa directement à Lisbeth :

— Vous seriez enfin débarrassés de cette menace que n'ont pu éliminer les cinq Hauts Mages lorsqu'ils ont emprisonné les Objets, il y a cinq mille ans ! Et, ainsi, vous seriez aussi débarrassés de moi. Je renoncerais à mes projets de conquête. Je vous laisserais en paix. Et les dragons aussi.

Un souffle d'espoir passa sur la salle. Ce que proposait Magister était délicieusement tentant. Tara ferma les yeux un court instant, trop furieuse pour réfléchir, et l'idée qu'elle traquait lui échappa de nouveau. Ce type était diabolique, il manipulait tout le monde pour arriver à ses fins ! Et il mentait. Tara le sentait. Anéantir les dragons restait l'alpha et l'oméga de son existence. Mais comment le faire comprendre aux gens qui ne voyaient que l'espoir, pas le piège ?

— Ma mère est très heureuse là où elle est, avec mon père, gronda-t-elle en avançant encore vers Magister, menaçante. Ils se sont retrouvés et ils sont ravis d'être en OutreMonde, ensemble. N'essaie pas de les séparer de nouveau ou, la prochaine fois où nous nous affronterons, je n'essayerai pas de te tuer, mais je t'enverrai dans le Temps Gris[1] pour te neutraliser pour l'éternité !

Les courtisans ne s'attendaient pas à sa révolte. Ils avaient plus l'habitude des réactions mesurées et politiques de leur Impératrice. Un silence de mort tomba sur la blessure de Tara, si présente dans sa voix.

— C'est ton dernier mot, Tara Duncan ? souffla Magister d'une voix si triste, si désolée, que Tara en eut un frisson.

Elle se reprit et choisit l'ironie :

— Oui. Je sais que ma tante aimerait bien négocier avec toi afin de mettre un terme à ton mouvement sangrave de « conquérons la Terre, réduisons les nonsos en esclavage et transformons les dragons en sacs à main surdimensionnés » qui lui pourrit la vie (elle jeta un coup d'œil à Lisbeth, qui assistait à l'échange avec un visage fermé), et en même temps se débarrasser des objets démoniaques, mais il n'y a rien à négocier. Ma mère restera où elle est. Un point c'est tout.

— Alors je vais devoir t'y obliger, Tara Duncan, fit Magister en se redressant. Et celui-ci sera la première victime de ton refus.

Et, d'un geste sec, il brisa le cou de Belzébuth.

Fafnir levait sa hache vers la dernière porte qui la séparait des corps physiques de Belzébuth et de Magister lorsqu'elle sentit le lien disparaître de son esprit, comme un souffle fantôme qui s'évanouit. Puis vint la douleur. Une douleur si aiguë qu'elle faillit bien la terrasser. Sur l'instant, elle ne comprit pas ce qui s'était passé et crut qu'elle avait été victime d'un sortilège. Mais Xandiar était indemne à ses côtés et il la soutint alors qu'elle vacillait.

---

1. Espace où s'est exilé Demiderus et qui maintient les formes vivantes en vie pour l'éternité. Y entrer n'a rien de compliqué, en revanche, en sortir n'est pas exactement une partie de plaisir.

— Damoiselle Forgeafeux, que se passe-t-il ? demanda-t-il avec sollicitude.

Fafnir leva le regard vers le visage dur, tout en méplats et en lignes rudes, du grand chef des gardes à quatre bras, sanglé dans son uniforme pourpre et or aux couleurs d'Omois.

— Je... je crois que Belzébuth est mort, dit-elle, luttant contre la douleur de toutes ses forces. Le lien qui m'unissait à lui vient de se briser.

Xandiar souffla entre ses dents, furieux. Il savait à quel point perdre son familier était violent pour un sortcelier, même si le lien entre le chaton rose et la naine guerrière, très récent, était encore faible.

— Restez ici, lui proposa-t-il. Nous allons enfoncer la porte et capturer Magister.

Fafnir se redressa et empoigna ses haches en dépit de la douleur qui pulsait dans sa tête rousse.

— Non ! répondit-elle férocement. Nous allons retrouver ce brolvure[1] et lui faire passer le goût de tuer les gens !

La dernière porte céda sous ses coups, littéralement pulvérisée. Les murs de la salle de marbre rouge où ils entrèrent étaient couverts de poussière et de toiles d'araignée.

Au centre, sur un cercle de fer noir bourdonnant de magie, gisait le corps de Belzébuth. Quant à Magister, il avait disparu.

Fafnir se précipita, posa ses haches au sol et prit délicatement le corps tout mou. Sur l'écran de cristal, son image s'afficha au milieu de la salle d'audience, car le cercle continuait à projeter. Elle recula, refusant de montrer à tous ces gens la profondeur de son chagrin, et son image s'effaça, à la grande angoisse de ses amis. Fafnir, une grosse boule dans la gorge, s'admonesta fermement. Elle était une guerrière. Elle n'allait pas pleurer, non, elle n'allait pas... Elle sentit les larmes couler sur son visage. Ah ! si, finalement, elle allait pleurer.

Les gardes, consternés, fouillèrent la pièce et celles qui se trouvaient aux alentours, mais Magister s'était volatilisé.

---

1. Injure naine. Assez intraduisible en fait. Le plus proche serait « résidu glaireux/morveux du plus grand lâche de l'univers ». Les nains méprisent la lâcheté... et ont horreur d'être enrhumés, parce que éternuer au mauvais moment dans une mine peut avoir pour conséquence de se prendre des centaines de tonnes de rocs sur la tête. Ceci est donc leur plus mortelle insulte.

Xandiar, le visage fermé, se pencha sur la petite silhouette prostrée sur le corps de son animal.

— Je suis désolé, damoiselle Forgeafeux, nous aurions dû intervenir plus tôt. Il est inadmissible que cette partie du palais soit ainsi laissée à l'abandon. Je vais poster des gardes ici également. Cela ne se reproduira pas.

— Il n'est pas parti, fit sauvagement Fafnir en essuyant ses yeux verts étincelants. Il est encore ici.

— Comment ?

— Magister. Ce brolvure de Magister ! Il veut Tara. Il veut faire revenir sa mère, c'est son obsession. Là où est Tara est Magister. Il... il y a une sorte de lien entre ces deux-là.

Xandiar avait l'air dangereux et concentré. Il le savait déjà. Ce que disait Fafnir était évident. Mais jusqu'où allait ce lien ? À quel point son obsession pousserait-elle Magister à commettre des erreurs ?

— Il est resté dans le palais, n'est-ce pas ? En dépit des mesures de sécurité, il ne s'est pas enfui.

Fafnir se releva, le regard farouche, le corps de Belzébuth dans la main.

— Bien sûr ! Et il a de nombreux alliés sangraves dans le palais de Tingapour. Vous le savez très bien.

Xandiar grimaça, puis inspira profondément et salua la naine guerrière :

— Toutes mes condoléances pour votre familier, damoiselle Forgeafeux. À présent, il faut que je vous laisse. La garde doit être encore renforcée autour de Tara Duncan.

Et il fila vers la porte.

Fafnir jeta un regard désolé vers Belzébuth.

Qui le lui rendit.

Au même moment, le lien se reforma dans son cerveau. Elle faillit en lâcher le petit chat.

— Par la barbe de ma mère, murmura-t-elle, mais qu'est-ce que...

— *Ouille, ouille, ouille*, grogna Belzébuth dans l'esprit de Fafnir. *Il m'a fait horriblement mal, cet imbécile !*

— Il... il t'a brisé le cou, balbutia la jeune naine à voix haute, alertant les gardes qui se rapprochèrent. Le lien s'est dissipé, je l'ai senti ! Mais comment ?

— *Les gros démons n'arrêtaient pas de nous marcher dessus et nous tuaient tout le temps,* expliqua Belzébuth en tendant le cou précautionneusement – ce qui produisit un petit bruit d'os se remettant en place qui fit frissonner la pourtant solide Fafnir. *Alors, Archange en a eu assez de nous cloner tout le temps. Il a renforcé notre système de façon à ce que nous mourrions quelques minutes, le temps que notre corps se remette en place, et ensuite nous revivons. Bon, si on est vraiment écrabouillés, ça fonctionne pas, on meurt vraiment. Là, ce n'était pas grand-chose, facile à réparer. Même s'il m'a fait mal !*

Fafnir caressa son poil rose d'une main tremblante.

— J'ai bien cru t'avoir perdu !

— *Oui, j'ai bien cru m'avoir perdu aussi,* répondit gravement le petit chat. *Personne ne m'avait jamais rompu le cou ! Quel sale bonhomme, celui-là ! Je ne lui avais rien fait... enfin, pas encore ! Il ne perd rien pour attendre. On va lui faire payer, hein, ma Fafnir ?*

— Oui, gronda Fafnir, envahie par une joie immense. On va lui faire payer. Et si je vois Archange, je l'embrasserai pour le remercier.

— *Ah ! ben ça, il va être surpris,* murmura, amusé, le chaton qui visualisait le bel Archange vacillant sous les assauts de la naine.

Ils échangèrent un regard identiquement ironique et Fafnir posa Bel sur son épaule avant de remonter montrer au monde entier que son chaton était bien plus résistant que prévu...

Mais, que son chaton fût vivant ou pas était le cadet des soucis des courtisans lorsque Fafnir et lui rentrèrent dans la salle d'audience. L'irruption de Magister avait un peu déstabilisé tout le monde. Et Tara en profitait à mort, concentrant l'attention de tous.

— Tu vois, Lisbeth, me couronner Impératrice d'Omois serait une grave erreur. Magister va s'en prendre à moi, quoi qu'il arrive. Il est obsédé par maman. Écoute, si tu veux, nomme-moi Impératrice... disons, Impératrice *bis*.

— C'est ridicule, protesta Lisbeth. Ça n'existe pas, une Impératrice *bis*. Et pourquoi pas une Impératrice par intérim pendant que tu y es ?

Un rire discret parcourut la cour.

— Non, répondit très sérieusement Tara. Par intérim, c'est un remplacement en attendant que l'original revienne, ce n'est pas ce que tu veux. Allez, appelons ça une co-Impératrice. Faisons comme si tu continuais à régner et que je règne à tes côtés pour apprendre mon métier de future Impératrice. On verra ensuite ce qui se passera.

La jeune fille n'avait pas l'air très heureuse en proposant cela, mais c'était une énorme concession de sa part. Lisbeth hésita un instant, puis hocha la tête.

— L'Assemblée nationale va devoir statuer, je ne crois pas que cela figure dans notre Constitution, Tara !

— Qu'elle statue, répondit la jeune fille reconnaissante. Dès qu'elle nous aura dit si c'est possible ou pas, nous déciderons. Mais, pour l'instant, tu gardes les commandes et j'évite de faire des bêt... euh, je regarde ce que tu fais et comment.

En fait, ce n'était pas très différent de ce qu'elle faisait déjà en tant qu'Héritière d'Omois.

Lisbeth, consciente qu'elle n'avait pas exactement gagné la bataille, salua Tara de la tête, comme on rend hommage à un valeureux adversaire, puis se retira. Les rapports de ses gardes sur l'activité de Magister l'attendaient. Ils devaient trouver comment le maudit sangrave avait réussi à pénétrer dans le palais.

Dès que l'Impératrice eut disparu par le fond de la salle, les épaules de Tara s'affaissèrent un peu, puis, voyant que tout le monde la regardait, elle se redressa fièrement, fit signe à ses amis de la suivre et se dirigea elle aussi rapidement vers la sortie.

Les courtisans, les ministres et les cristallistes tentèrent bien de la retenir, les uns pour l'assurer de leur allégeance, les autres pour lui reprocher d'avoir refusé l'offre de sa tante, mais elle fila plus vite qu'un rominet[1], protégée par les gardes de Xandiar.

_____

1. Animal le plus rapide d'AutreMonde. Tellement rapide, d'ailleurs, qu'on n'est même pas sûr qu'il existe réellement, vu que personne n'a jamais réussi à le photographier ou à le filmer... Dès qu'on voit filer du coin de l'œil une ombre vaguement poilue, on dit : « Oh, je crois bien que j'ai vu un rominet ! »
P.-S. : la légende dit que seule la race des titis, des canaris jaunes légèrement hystériques, peut voir les rominets...

Enfin, un rominet un peu poussif, vu qu'elle ne pouvait pas marcher super vite, en dépit de tous ses efforts.

Dans les couloirs du palais d'Omois, où les arbres poussaient dans le marbre et où les fées babillaient joyeusement en débarrassant les statues animées de leur poussière, derrière les immenses baies vitrées qui filtraient les deux soleils d'AutreMonde, ce ne fut pas plus facile de progresser discrètement. L'escorte renforcée de Tara prenait beaucoup de place et, si Xandiar était resté auprès de l'Impératrice, Séné, sa ravissante femme, une thug caméléon responsable du service des camouflés, posait son regard inquiet sur la jeune Héritière, tressaillant dès qu'un courtisan tentait de s'approcher de la jeune fille aux longs cheveux blonds.

À un moment, ils traversèrent un essaim de grosses bizzz qui étaient chargées de la pollinisation des arbres et des fleurs du palais. Ils avaient frôlé l'incident quelques semaines auparavant lorsqu'une confusion de commande entre l'un des jardiniers du palais et le zoo impérial, également dans les murs du palais, avait interverti un essaim inoffensif de bizzz, belles abeilles rouge et jaune sans dard qui produisaient un miel absolument succulent, avec des saccats, qui eux étaient venimeux, très agressifs mais ressemblaient comme deux gouttes d'eau à des bizzz. Le jardinier avait donc importé un essaim complet dans le palais puis l'avait lâché. Avant de réaliser son erreur lorsque l'essaim, furieux d'avoir été contenu dans une petite boîte pendant le voyage, l'avait lardé de piqûres douloureuses avant de s'en prendre à peu près à tout le monde.

Ce jour-là, il y avait eu beaucoup de cris, de courses paniquées – et souvent assez ridicules – et de hurlements.

Du coup, méfiants, les courtisans s'écartèrent un peu, leur laissant le passage. Voyant cela, Tara eut une idée. Elle eut un sourire malin et appela les bizzz. Elle avait découvert que tous les animaux et insectes présents dans les couloirs du palais ou dans les chambres étaient ensorcelés afin d'obéir à l'Impératrice et à ses héritiers. C'était bien pratique lorsqu'une grosse araignée s'invitait dans sa chambre : elle lui demandait simplement et poliment de sortir. C'était plus sûr aussi, parce qu'on ne savait jamais si les insectes étaient vraiment des insectes, ou des sortceliers

41

victimes d'autres sorceliers à l'humour particulier. Impossible d'écraser quoi que ce soit sur ce monde sans risquer de voir la bestiole se modifier soudain, et de se retrouver face à un type furieux qu'on ait essayé de le transformer en bouillie de chitine.

Tara, prudente, n'avait jamais essayé.

L'essaim de bizzz les entoura docilement, et leur progression en fut nettement facilitée. Ses amis lui sourirent, les gardes aussi d'ailleurs, ravis de voir les dangers potentiels s'écarter.

Tara avait du mal à avancer très vite avec son appareillage qui cliquetait et grinçait. Il était élégant, certes, mais assez instable. Du coup, elle vacillait un peu et son cheminement restait lent. De chaque côté, ses amis veillaient à son équilibre et Tara se sentait entourée et protégée, ce qui lui faisait chaud au cœur. Elle eut brièvement la tentation d'activer sa magie afin d'aller plus vite, mais y renonça, vu l'inconstance de son pouvoir. Elle n'avait pas envie de courir le risque de faire un truc au palais qu'elle pourrait regretter ensuite.

Enfin, pas autant que ses habitants sans doute.

Au terme de presque une demi-heure, ils se retrouvèrent dans sa suite, devant laquelle se posta son escorte. Séné les laissa, afin de rejoindre Xandiar, et ils purent se détendre. Une fois les gardes sortis, Tara fit signe aux meubles de se mettre à leur disposition.

Les fauteuils et les sofas violets se précipitèrent sur eux de toute la vitesse de leurs pattes de bois fragiles ultrasculptées.

Mais avant, les cinq du Taragang entourèrent Tara afin de l'aider à s'asseoir. Fabrice, le loup-garou blond aux yeux noirs, Moineau, la Bête du Lancovit, descendante de la Belle et la Bête aux longs cheveux bouclés et aux yeux noisette, Cal, le malicieux Voleur Patenté au visage d'ange et aux grands yeux gris innocents, Robin, le magnifique demi-elfe aux longs cheveux d'argent qui regardait tendrement Tara, et enfin Fafnir qui, depuis qu'elle avait un petit ami – Sylver, demi-dragon et fils récemment retrouvé de Magister –, avait lissé ses longs cheveux roux en une unique tresse reposant sur son épaule droite, montrant ainsi qu'elle n'était plus un cœur à prendre. Leurs familiers étaient à leurs côtés. Sheeba, la panthère argentée de Moineau, Blondin, le renard de Cal,

Galant, le pégase de Tara, Sourv, l'hydre encombrante de Robin, et, bien sûr, Belzébuth, le chaton rose de Fafnir.

Si Fafnir et Cal étaient habillés de cuir et de lin, rouge pour l'un et noir pour l'autre, les sortceliers portaient leurs robes. Bleu et argent pour Moineau, Robin et Fabrice, les couleurs du Lancovit. Rouge et or pour Tara.

Tara les dévisagea. Ils avaient partagé toutes les aventures. Ils avaient réussi à sortir vivants de situations désespérées. Ce qui l'attristait, c'était que ce n'était pas fini. Tant que Magister serait vivant, ils seraient en danger, et elle plus que tous les autres.

La boule de cristal de Moineau n'arrêtait pas de sonner et la jeune fille s'éloigna un peu afin de répondre. Elle semblait toute rouge en revenant, et ses yeux étaient brillants.

— Où est Sylver ? demanda soudain Cal, qui trouvait extrêmement suspecte la façon dont le chat démoniaque de Fafnir avait ressuscité, mais ne savait pas très bien comment le demander sans prendre une hache entre les deux yeux.

Fafnir souffla par le nez pour évacuer son agacement.

— Il est parti essayer de localiser son foutu père, grogna-t-elle. Je ne comprends pas pourquoi Sylver essaie à tout prix de se rapprocher de ce monstre.

— Parce que c'est son père, dit doucement Moineau dont la rougeur s'estompait lentement. Il ne peut renier cela !

— Peut-être, répliqua Fafnir, mais il m'a, moi, maintenant. Et je vais lui faire passer le goût de risquer sa vie en approchant ce psychopathe !

Tara sourit. Pris en sandwich entre Fafnir et Magister, elle plaignait le pauvre Sylver !

— Ouille, ouille, ouille, gronda Tara en retirant son armature métallique d'un geste vif, ce que c'est désagréable, ce truc ! Fafnir ? (Elle s'assit avec précaution, en grimaçant beaucoup, et posa la question que Cal, prudent, avait évitée.) Tu vas bien ? J'ai eu la peur de ma... Hum, non, pas la peur de ma vie, vu que j'ai tout le temps peur sur cette planète ! Disons que j'ai eu super peur lorsque j'ai vu Magister tuer ton familier.

Elle regarda le chaton, qui se léchait la patte d'une petite langue rose.

— Sauf qu'il ne l'a pas tué, apparemment.

Fafnir caressa tendrement Bel, qui interrompit sa toilette et miaula de délice.

— Oui, je croyais qu'il était mort, moi aussi. Mais il m'a expliqué que sa race avait été renforcée parce que les démons les écrabouillaient tout le temps et...

— T'a « expliqué » ? l'interrompit Tara en frottant le museau de Galant, son propre pégase familier. Mais les familiers ne parlent pas. Comment a-t-il fait pour t'expliquer ça ? Il te l'a montré ?

Fafnir fronça ses sourcils aussi roux que sa flamboyante chevelure.

— Mais bien sûr que si, ils parlent ! Comment fais-tu avec Galant ?

— Il me transmet des sensations. Ils ne parlent que lors de la liaison. Et uniquement pour donner leur nom.

Robin, Moineau et Cal confirmèrent.

Fafnir en resta bouche bée.

— Mais il me parle tout le temps !

Belzébuth était offusqué.

— *Bien sûr que je te parle. Je ne suis pas comme ces familiers d'AutreMonde ! J'ai un cerveau, moi !*

L'amusement fit étinceler les yeux verts de Fafnir, mais elle garda ce commentaire irrévérencieux pour elle. Inutile que Bel se fasse un ennemi de Blondin, le renard familier de Cal, de Sheeba, la panthère d'argent de Moineau, de Galant, le pégase de Tara, ou de Sourv, l'hydre de Robin. Qui d'ailleurs trompetait avec indignation tandis que Galant essayait de la calmer.

— Tu es vraiment unique, Fafnir ! rit Cal, de bonne humeur maintenant qu'ils avaient vaincu l'Anneau en grande partie grâce à lui et que Magister n'avait pas réussi à tuer le familier de Fafnir. Tu es non seulement la seule naine à avoir un familier, mais en plus il ne se comporte pas comme un familier. Et tu sors avec un garçon qui n'est pas un garçon, mais un demi-dragon qui se prend pour un nain... Je me demande bien comment seront tes enfants.

Fafnir rougit terriblement. Cet aspect-là de sa vie n'était pas encore bien clair dans sa tête, alors évoquer des enfants était un peu prématuré à son goût. Elle fit la grimace à Cal, qui rit de plus belle.

Mais la question la plus importante fut posée par Fabrice.

— Est-ce que cela signifie qu'on ne peut plus tuer les démons ? Qu'ils ont réussi à vaincre… la mort ?

Cela calma tout le monde. Ils se regardèrent avec de grands yeux. Puis Fafnir reprit la parole :

— Bel dit qu'il est le fruit d'une expérience, mais qu'il n'est pas vraiment immortel. Magister lui a juste brisé la nuque. S'il l'avait décapité, il serait vraiment mort.

Le soulagement fut visible sur tous les visages.

— Comme nous, les loups-garous, commenta Fabrice, un peu rasséréné. C'est quasiment le seul moyen de se débarrasser de nous. Bien.

— Bon, résuma Cal en s'adressant à Tara, donc, en dehors du fait qu'on a découvert que les démons vont être extrêmement difficiles à tu… (il jeta un regard vers Fafnir et son chaton démoniaque et modifia sa phrase) vaincre, on a une nouvelle menace sur les bras, c'est ça ? Décidément, il est un peu obsédé et par ta mère et par les objets démoniaques, ton Magister.

— Ce n'est pas « mon » Magister ! répliqua sèchement Tara en se rencognant dans son fauteuil après lui avoir demandé de rembourrer un peu plus son assise. Et maintenant que je ne peux plus le tuer sous peine de l'envoyer en OutreMonde, où se trouve justement maman, la partie devient bien plus compliquée !

— Tu n'es pas une tueuse, fit remarquer gentiment Moineau, ses beaux yeux noisette étincelants de compassion. Tu peux tuer par erreur, en te défendant, mais ce n'est pas ton tempérament. C'est bien pour cela qu'il est encore vivant, d'ailleurs. Tu as eu plusieurs occasions, mais tu les as laissées passer.

Les autres hochèrent la tête. Tara inspira et regarda les murs de sa chambre changer lentement de couleur pour virer à un rose cramoisi. Contrairement au Château Vivant du Lancovit, le palais d'Omois, tout magnificent qu'il fût, n'était pas vivant. Les architectes programmaient donc les fresques et les décors, et là, apparemment, celui qui s'était occupé de sa suite avait programmé « couleurs dégoulinantes qui font mal à la tête ». Les sensitives dorées plantées dans le plancher de bois de velours réagissaient aux émotions, et leurs couleurs vives – joie, peur, inquiétude se traduisaient par du rose, du brun et du vert foncé – juraient avec celles des murs. Et encore plus avec les magnifiques tableaux peints par son père, que le Lancovit lui avait fait envoyer en cadeau diplomatique. Il avait énormément de talent, mais il aimait jouer avec les couleurs et les formes, jusqu'à créer d'étranges tourbillons qui emportaient le regard.

Tara réprima un haut-le-cœur. Et se tortilla sur son siège, avec l'impression d'être bien plus âgée que ses seize ans. Dieu qu'elle était fatiguée ! Elle pouvait marcher de nouveau, depuis qu'elle s'était débarrassée du fragment d'Anneau démoniaque qui l'infectait, mais tout son corps protestait vigoureusement, même avec l'aide de l'exosquelette. Elle avait mal à des endroits où elle ne savait même pas qu'il y avait des muscles. Et venait enfin de mettre la main sur l'idée qui la préoccupait. Qui, du coup, venait de passer de la catégorie agaçante à la catégorie terrifiante.

— Que ce soit volontaire ou pas, Magister est encore parmi nous à nous pourrir la vie. Mais, pour l'instant, j'avoue que j'ai bien plus peur d'autre chose.

Ils eurent tous l'air surpris.

— Ah bon ? fit Cal en plissant ses grands yeux gris. Il m'avait pas mal l'air d'être une menace assez abominable, non ? Tu aurais trouvé pire ? Waaah ! Tara, la vie sans toi serait bien fade.

— Ha, ha ! très drôle. Cal, puisque nous parlons de démons, tu as vu ce qui s'est passé lorsque l'Anneau a été détruit par Archange, le roi des démons, n'est-ce pas ?

Cal hocha sa tête brune ébouriffée.

— Il l'a fait très facilement. Pourquoi, tu veux lui demander de te débarrasser de Magister ?

Ah, quelle me~~rveilleuse idée ! Faire~~ s'annihiler ses deux pires ennemis…

Tara soupira, voulut se lever machinalement pour faire les cent pas… et y renonça lorsque ses muscles protestèrent.

— Si je pouvais, je crois que j'aurais du mal à résister à la tentation, mais il vaut mieux qu'Archange reste là où il est, à mon avis. Magister n'est rien à côté des démons des Limbes. C'est justement pour ne pas les rendre encore plus puissants que je ne veux surtout pas laisser l'accès aux objets démoniaques à Magister. Et il ne faut pas que je m'en approche non plus !

Ils la regardèrent, étonnés par son ton farouche.

— Pourquoi ? finit par demander Fabrice, son vieil ami terrien. Je croyais que tu faisais tout ce qui était en ton pouvoir pour détruire les objets démoniaques...

Tara se prit la tête entre les mains et gémit.

— Oui, quelle idiote j'ai été !

Il y eut un instant de silence choqué.

— D'accord, finit par dire Cal en leur nom à tous. Là, tu m'as perdu à peu près au dernier virage. Une petite explication, s'il te plaît ?

— J'ai détruit des tas d'objets démoniaques.

— Ouiiiiiii, et ?

— Dont chacun était un réservoir de millions d'âmes démoniaques, seul moyen pour les démons de faire de la magie et de nous vaincre.

— Ouiiiiii, et ?

— Mais jamais je ne me suis demandé où allait cette magie !

— Ouuiiiii...

Cal s'interrompit, soudain frappé par ce qu'avait dit Tara. Il se redressa.

— Bon sang, est-ce que c'est ce que je crois ?

Tara se frotta les yeux, arrachant un grognement agacé à la changeline garde-robe/bouclier/armurerie/maquilleuse/etc. fixée sur sa nuque, qui avait horreur qu'elle ruine son maquillage.

— La magie est revenue vers le roi des démons. Il l'a absorbée ! Tu l'as vu. Je l'ai vu. Je n'ai pas compris tout de suite. Mais c'est évident !

Moineau s'exprima pour Fafnir et Fabrice, qui n'avaient pas encore saisi de quoi ils parlaient, l'une parce qu'elle détestait la magie, l'autre parce qu'il s'en fichait.

— Vous... vous voulez dire que lorsque Tara détruit un objet démoniaque...

— ... la magie de cet objet retourne dans les Limbes, alimenter le roi des démons. Qui devient donc de plus en plus puissant.

Un grand silence tomba dans la suite.

— Ça, c'est pas génial, murmura Cal.

— Non, pas génial du tout, renchérit Robin. Il faut absolument prévenir les autres peuples qu'il est dangereux de détruire des objets démoniaques. Comme ça, s'ils ont accès à des prototypes, comme l'Anneau démoniaque, ou d'autres objets, ils sauront qu'il ne faut pas y toucher.

— Je crois que tout ceci faisait partie d'un plan, réfléchit Tara. Les démons ont tué les Hauts Mages, qui avaient enfermé les objets démoniaques capturés lors de la guerre des Failles. Ils n'ont pas pu le faire pour mon ancêtre Demiderus, puisque celui-ci s'est enfermé dans le Temps Gris, où il attend de pouvoir revenir pour la grande bataille finale. Mais eux savaient que le seul moyen de récupérer le pouvoir des objets démoniaques était de les faire détruire. Je pense que ce sont eux qui ont ensorcelé Magister, afin qu'il parte à leur recherche. Grâce à moi, ils ont déjà récupéré le pouvoir de deux puissants objets, le trône de Silur et le Sceptre maudit. Je ne compte pas l'Anneau démoniaque, puisque ce n'était qu'un prototype du véritable Anneau et qu'il avait, en cinq mille ans, déjà dépensé beaucoup de son pouvoir.

— Sauf que tu n'en sais rien ! intervint soudain Moineau, décidée à se faire l'avocat du diable… (ou, en l'occurrence, des démons).

— Pardon ?

— Archange a « apparemment » (des deux mains, elle traça des guillemets en l'air, elle avait vu ça dans des séries terriennes et récupéré le geste, qu'elle trouvait génial, pour ponctuer ses discours) absorbé le pouvoir maléfique, lorsqu'il a détruit l'Anneau. Mais, d'une part parce qu'il était le destructeur, d'autre part parce qu'il était ici, dans cet univers. Peux-tu être sûre de ce que tu avances ? Pardon de te dire cela, mais ce que propose Magister me semble très tentant. Pas de faire revenir ta mère et ton père – j'ai bien compris que tu ne le voulais pas –, mais détruire les objets démoniaques ! Comment pourrions-nous ne pas y penser ?

Tara était surprise de voir la gentille, douce et raisonnable Moineau la contredire. Elle allait répliquer vertement, mais referma la bouche. Moineau était une amie et elle connaissait AutreMonde bien mieux qu'elle. Elle devait peser ses arguments. Et cesser de penser que ses amis auraient forcément le même point de vue qu'elle.

— En fait, dit-elle lentement, je n'ai pas besoin de Magister pour détruire les objets démoniaques. Il me suffit de les prendre les uns derrière les autres et de les détruire un à un, exactement comme je l'ai fait pour le trône de Silur ou le Sceptre maudit.

Moineau hocha sa tête brune aux longs cheveux bouclés. Elle n'y avait pas pensé. Le reste de la cour... d'accord, le reste du monde... non plus, d'ailleurs.

— Oh ! fit-elle, confuse. Tu as raison. Mais alors, ce n'est pas logique. Si tu sais que Magister ne veut qu'une seule chose depuis tout ce temps, pour quelle raison est-ce que tu ne les as pas détruits plus tôt ? Après tout, c'était ce que voulait Demiderus, il y a cinq mille ans, mais qu'il n'a pas réussi à faire : s'en débarrasser. Sans eux, Magister t'aurait fichu la paix depuis longtemps !

Tara soupira.

— J'ai... j'ai eu peur.

— Peur ? Toi ? s'exclama Robin, qui était resté étrangement silencieux, ses yeux de cristal étincelant sous la lumière des deux soleils passant par la baie vitrée. Mais de quoi ?

— Pas de « quoi », Robin, de qui... Des Gardiens. Ils sont... ils sont horribles, ils ont failli me tuer. Et j'ai été souvent en contact avec de la magie démoniaque. Alors, j'ai eu peur qu'ils ne le sentent et qu'ils ne m'attaquent. Je suis sans défense contre eux.

Ils la regardèrent tous avec de grands yeux étonnés.

— Ben quoi ! se défendit Tara. J'ai le droit d'avoir peur de quelque chose, non ? Voilà, c'est dit. Pour rien au monde, y compris sauver ma propre vie, je ne retournerais en Atlantis.

Elle nuança, prudente :

— Enfin, il faudrait vraiment qu'il y ait une énorme menace pour me convaincre d'y retourner.

— Mince alors, murmura Cal, tu as moins peur de Magister que des Gardiens ? Tara ! Tu as une phobie !

Tara grimaça.

— Ouais, on dirait. Je suis gardianophobique. Les Gardiens me terrorisent. Y en a qui ont peur des pigeons, des araignées, des requins, des chiens ou des serpents, moi, ce sont des entités avec des griffes et des crocs et qu'on ne peut pas tuer. Je trouve que ma peur est fondée. Et puis, de toute façon, je reste persuadée que j'ai raison. Le démon Archange a bien récupéré la magie maléfique du prototype de l'Anneau et, qu'elle soit ici ou dans son univers, si nous détruisons les Objets, je sais, je sens que nous faisons exactement ce qu'il veut.

Moineau soupira. Elle n'était pas d'accord, mais ne pouvait pas y faire grand-chose. Son amie était butée. Et puis, malheureusement, il fallait bien avouer que son instinct était souvent juste. Sauf que Magister était fou amoureux d'une morte, qu'il avait besoin des Objets et que l'hypothétique possibilité que la puissance des Objets retourne à leurs légitimes propriétaires lui ferait à peu près le même effet qu'une allumette sur un élémentaire de feu, c'est-à-dire rien du tout. Elle regarda Fabrice. Grâce à ses sens de Bête, elle pouvait percevoir la peur qui émanait de lui. Dès que Magister était apparu dans la salle d'audience, elle l'avait senti se raidir. Le sangrave le terrorisait, comme jamais un être n'avait été terrorisé par quelqu'un. Comme s'il avait la conviction que, si Magister l'approchait ou le touchait, il lui arracherait l'âme.

— Donc…, fit Tara.

— Donc ? demanda Cal, curieux.

— Donc, reprit Tara en se redressant avec une petite grimace de douleur, il faut absolument que je parle à Magister !

Fabrice en resta bouche bée.

— Ah ben ça, c'est original. Mais pourquoi ?

— Pour lui faire comprendre qu'il est manipulé par le roi des démons… enfin, par l'ancien roi des démons, vu qu'Archange l'a remplacé et qu'il fera son jeu en détruisant les objets démoniaques, ce que nous ne devons surtout pas faire.

Si Moineau avait pu lire dans l'esprit de Fabrice, elle aurait constaté qu'elle ne s'était, hélas ! pas trompée. Le jeune Terrien blond aux yeux noirs était bien terrorisé par Magister. Le temps qu'il avait passé à son service l'avait définitivement convaincu que le type était totalement cruel, dénué de toute morale et passablement dingue. Alors, essayer de lui faire entendre raison, c'était un peu comme essayer de faire entrer une cheville ronde dans un trou carré, ou, pour prendre une métaphore plus AutreMondienne, de convaincre un dragon qu'il était une vache. Il se crispa sur son siège, dévisagea Tara et posa la question qu'ils se posaient tous :

— Et tu comptes faire comment, au juste ?

Tara lui sourit, mais son sourire était dénué de joie.

— Alors là, aucune idée !

Elle se tourna vers Cal et soudain son sourire se fit malicieux.

— Mais je suis persuadée que Cal va nous en trouver une géniale !

Le jeune Voleur la regarda, stupéfait. Et, devant leur attitude résolument confiante, il ne trouva qu'une seule chose à faire.

Il gémit.

4

Magister

ou comment le choix de son déguisement peut gravement nuire à la santé des autres.

Magister observait le chaos qui régnait à la cour. Quel étrange sentiment de savoir qu'il était l'objet de toutes leurs recherches, de toutes leurs conversations, et qu'il se trouvait là, au milieu d'eux ! Invisible, parce que déguisé.

Il y avait de cela quelques années, l'Impératrice, à la suite de l'incendie qui avait ravagé le palais et tué sa mère, puis de la disparition de son mari, était devenue légèrement paranoïaque. Elle avait voulu instituer un contre-sort sur le palais, qui révélait la véritable apparence des gens. Lorsque de jolies jeunes filles fraîches s'étaient révélées être de vieilles dames (ou de vilains vieux messieurs), que des guerriers musclés avaient été réduits à des ados maigrichons et boutonneux et que de beaux ministres aux yeux de braise étaient apparus comme des vieillards vénérables mais corpulents – en dépit des innombrables Amincissus et Reparus –, la cour s'était révoltée. Tout le monde voulait recouvrer sa jolie apparence fictive. Lisbeth avait dû s'incliner. Aujourd'hui, Magister lui en était très reconnaissant.

Il tendit l'oreille. Les courtisans excités échangeaient potins, ragots et impressions sur ce qui s'était passé. Un groupe de centaures n'arrivaient pas à comprendre que la jeune Héritière ose défier sa tante alors que celle-ci était la chef de la horde. Dans leur système, qui dépendait étroitement de leur chef – la femelle ou le mâle alpha dominant, comme chez les chevaux, les loups et la majorité des animaux vivant en groupe –, il était impensable de refuser l'autorité. Ou alors, cela signifiait que la jeune fille était prête à tuer sa tante pour prendre sa place et, comme il n'y avait eu ni combat ni sang, les centaures étaient perplexes.

Les licornes, elles, étrangement moins belles sans leurs cornes dorées qu'elles devaient déposer avant d'entrer dans les salles d'audience ou de réunion, vu leur fichu caractère et leur propension à embrocher le premier qui leur marchait sur les sabots, comprenaient un peu mieux, même si elles étaient scandalisées qu'il n'y ait pas eu plus de discussion. Chez elles, décider ne serait-ce que du nom d'un nouveau-né prenait au moins six mois d'intenses palabres. Deux dragons, l'un vert et l'autre rouge, tentaient d'éviter d'écraser quelqu'un involontairement, tandis que des gnomes bleus, des nains en armures de combat, des mercenaires de Vilains venus accompagner leur chef, le baron Various Duncan, des Diseurs de Vérité (soigneusement évités par tout le monde, bien que les étranges télépathes aient signé une chartre très stricte précisant qu'ils ne lisaient les pensées que sur ordre des gouvernements), de magnifiques vampyrs, entourés d'une sombre aura, se pressaient dans la salle.

Un peu mal à l'aise au milieu de toutes ces espèces, spécialement les Diseurs qui pouvaient le démasquer en une pensée, Magister se déplaça un peu. Il cherchait... Ah, voilà exactement ce qu'il voulait. Le ministre de la Défense et la Première ministre, dame Téoclis, une Tatris qui avait remplacé Tyrann'hic, le traître. Dommage que ce dernier ait été assassiné, il lui avait été très utile. Le sangrave se rapprocha.

— Nous ne pouvons accepter cette menace ! tempêtait le ministre de la Défense et des Armées, de l'Évaluation de la menace démoniaque et de la Surveillance des espèces agressives, le DAEMDSEA[1], un homme moustachu au visage vermeil. Si ce Magister se met à traquer notre future Impératrice, comment allons-nous la défendre ?

Dame Téoclis le regarda. Sa première tête, celle d'une jolie femme brune aux yeux noirs, sourit tandis que la seconde, blonde aux yeux également noirs, prenait la parole.

---

1. Il existe des titres de ministère plus longs, si si, mais celui qui bat toutes les catégories prendrait la moitié d'une page...

— Nous n'allons pas nous défendre…, dit-elle.

— … parce que c'est inutile, poursuivit la seconde.

— … la seule évidente solution…

— … est de détruire les objets démoniaques !… conclut la seconde avec un délicieux sourire.

Le ministre de la Défense, etc.[1] en resta bouche bée.

— Dé… détruire les objets démoniaques ? Mais… mais ce sont des armes !

À voir sa tête, l'idée de détruire des armes lui causait une vive douleur.

— Oui, des armes, fit la tête blonde d'un air pensif.

— Mais que nous ne pouvons pas utiliser, remarqua la tête brune.

— Et qui nous sont de ce fait inutiles, souligna la blonde.

— Nous allons donc demander à Tara Duncan, notre Impératrice secondaire…

— … de les détruire.

Puis, avec deux signes de têtes gracieux au ministre, qui frôlait la crise d'apoplexie, la Première ministre s'éloigna.

— Foutus non-humains ! gronda le ministre, victime d'une grosse attaque de xénophobie, en foudroyant la Tatris qui fendait gracieusement la foule. Si on leur laisse le contrôle, notre empire va aller à la catastrophe !

Magister, qui avait cessé de respirer lorsque la ministre avait émis cette très mauvaise idée, se rapprocha encore et lui glissa à l'oreille, tout en lui touchant le bras :

— Monsieur le ministre, vous n'allez pas laisser faire cela !

Le ministre sursauta et se retourna.

— Plaît-il ? Ma dame ? Damoiselle ?

Magister esquissa un sourire incertain. Il s'était déguisé en elfe guerrière, magnifique et élégante. La meilleure des cachettes.

— Nous les elfes, nous sommes des guerriers, glissa-t-il au ministre contrarié. Nous connaissons la valeur des armes. Vous défaire de celles-ci, juste parce que la Première ministre en a peur… tss tss tss, c'est une très mauvaise idée. Et comment ferons-nous si les démons des Limbes nous attaquent ?

---

1. Il faut noter que, sur AutreMonde, beaucoup de ministres portent des titres qui sont suivis de « etc. », vu le nombre d'aspects que couvre leur ministère.

Le ministre se dégagea et lui fit face. Les techniques de séduction féminine de Magister n'étaient pas très au point, car l'homme le toisa avec dédain.

— Nous ne pouvons ni les toucher ni les utiliser. Et je ne vois pas très bien en quoi une elfe (son ton sous-entendait « une non-humaine ») est concernée par ceci, sans compter qu'il n'est pas très élégant d'écouter une conversation privée.

La jolie elfe en face de lui, qui lui faisait une impression bizarre, se raidit, comme si elle allait lui sauter dessus et lui flanquer une raclée. Il recula d'un pas, effrayé. Mais elle serra les poings et se contint.

— Je suis désolée, monsieur le ministre, je ne voulais pas vous espionner. Il s'est juste trouvé que j'étais à côté de vous et que j'ai entendu ce que vous avez dit. Quoi qu'il en soit, si nous ne pouvons pas les utiliser pour l'instant, rien ne dit que ce ne sera pas possible plus tard.

Le ministre cligna des yeux et recula de nouveau lorsque l'elfe bizarre se pencha vers lui, envahissant carrément son espace vital.

— Après tout, l'Anneau démoniaque comme la Chemise de Magister nous ont prouvé, s'il en était besoin, que les humains pouvaient aussi utiliser la magie démoniaque. Il suffit juste d'éviter que celle-ci ne vous possède. À mon avis, ce n'est qu'une question de mois pour que nous comprenions comment, si vous permettez enfin que ces objets soient étudiés de près. Cette vieille loi imposant que personne ne s'en approche était peut-être valable il y a cinq mille ans, mais notre science et notre magie ont sacrément progressé, depuis. Vous avez les meilleurs laboratoires du monde ! Les dragons gardaient bien la Culotte démoniaque, eux ! Vous croyez qu'ils ne font pas expérience sur expérience, depuis cinq mille ans ?

Le ministre la regarda, pensif, puis, juste par agacement, parce qu'il pensait précisément le contraire mais qu'il n'aimait pas la façon dont cette non-humaine prétendait lui faire la leçon, il pontifia :

— La magie démoniaque les a corrompus, les forçant à muter, eux qui pilotaient des vaisseaux spatiaux alors que nous étions encore en train de frapper des silex pour faire du feu. Alors, même si je n'aime pas spécialement les dragons et encore moins l'idée de détruire des armes, il me semble que, si eux n'ont pas réussi à utiliser cette foutue magie, nous n'y arriverons pas plus.

Puis il se souvint qu'il ne savait pas si cette bonne femme avait un rang important dans la société elfique et, prudent, hocha la tête et s'inclina avec difficulté, vu son ventre imposant.

— Mais merci de m'avoir donné votre opinion, que votre magie illumine.

Puis il s'éloigna, refusant de discuter de plans stratégiques avec quelqu'un dont il ne connaissait ni les relations ni la hiérarchie dans le monde politique ou des affaires.

Magister grimaça. Il ferait peut-être mieux de se garder un corps humain et masculin plutôt qu'elfique. Les Omoisiens étaient assez racistes. Détenteurs du plus grand empire humain sur AutreMonde, ils acceptaient les non-humains mais ne les appréciaient pas forcément pour autant.

Slurk. Mauvais choix. Magister espéra que le ministre réfléchirait à ses arguments. S'il parvenait à faire sortir les objets démoniaques de leur cachette, où ils étaient gardés par les immortels et cruels Gardiens, il pourrait enfin s'en emparer. Sinon, il n'avait aucune chance. Enfin, si, mais il devrait mettre en place des tas de plans compliqués et ne le ferait qu'à la toute dernière extrémité, vraiment s'il n'avait pas le choix.

Il était en pleine introspection, passant et repassant ses plans dans sa tête, quand soudain son nom retentit.

— Magister !

Machinalement, il faillit répondre : « Oui ? »

Il se reprit à temps en se mordant la lèvre. Sur tous les écrans de cristal autour de la salle d'audience, l'image de Tara Duncan s'affichait. Elle était assise dans un fauteuil, face à son ordinateur, dans le bureau attenant à sa chambre. Elle s'était connectée au réseau interne du palais, mais aussi au réseau externe afin que son message soit diffusé dans le monde entier, mais également hors planète. Les conversations cessèrent instantanément.

— Magister, répéta l'image en sortant de l'écran (selon les nouvelles techniques holographiques mises au point par les laboratoires d'Omois), si bien que chacun eut l'impression que la jeune Héritière lui parlait en le regardant dans le blanc... enfin dans la couleur, quelle qu'elle soit, de l'œil. Ceci est un message pour toi : lorsque Archange, le roi des démons, a combattu l'Anneau, nous avons pu, Cal et moi, constater que la magie de l'Anneau retournait vers lui. Nous en concluons donc que, lorsqu'un objet démoniaque est détruit, sa magie démoniaque s'envole vers les Limbes, retournant à ses maîtres. Tu as dit que l'utilisation des Objets pour ouvrir la porte entre AutreMonde et OutreMonde les détruirait. Les âmes démoniaques qui les composent seront libres, du moins pour celles qui n'auront pas été utilisées pour ton opération. Et, ainsi, elles retourneront vers leur maître, exactement comme elles l'ont fait lorsque le prototype de l'anneau de Kraetovir a été détruit par Archange. Ce que nous ne devons surtout pas faire. Je te demande donc de renoncer à ton projet. Les démons sont bien assez puissants comme cela, ne leur donnons pas ce qui est peut-être la dernière clef pour nous envahir...

Et l'image s'éteignit. Magister grimaça. Ça, c'était un coup de maître. Il n'en croyait pas un mot, évidemment, mais elle venait de marquer un point.

Sale petite enquiquineuse !

Mais elle n'avait pas complètement tort. Il allait devoir détruire les Objets afin de pouvoir utiliser la totalité de leur pouvoir en libérant les âmes démoniaques. Il n'aurait sans doute pas besoin de ces millions d'âmes et, sans le support de leur prison de fer, elles allaient effectivement retourner vers leur maître, de cela il n'avait aucun doute.

Mais il s'en fichait.

Car, si les démons avaient détruit des milliards d'âmes pour reformater leurs soleils et leurs planètes, ce retour de quelques millions d'âmes n'allait représenter qu'une goutte dans l'océan de leur pouvoir.

La théorie de Tara était donc fondée, mais gênante pour lui. Certains pourraient la croire. Il allait devoir faire en sorte qu'elle soit discréditée. Il s'immobilisa et se mit à réfléchir, mais aucun plan génial ne lui vint à l'esprit dans l'immédiat. Son esprit restait bloqué sur la vision du corps inerte de Selena, enkysté dans les cristaux des machines. Il serra les poings. Non, il n'allait pas abandonner juste parce que Tara lui mettait des bâtons dans les roues !

Il pensait à la magie démoniaque ainsi qu'à Tara et un plan était en train de germer dans son esprit lorsqu'un imposant elfe noir aux veines d'argent, bien plus grand que lui, lui entoura la taille. Interloqué, Magister faillit le carboniser, avant de se souvenir qu'il était censé être une jolie elfe.

— Je ne t'ai jamais vue par ici, ravissante guerrière, roucoula l'elfe. Tu es nouvelle ? Tu as été affectée à l'armée omoisienne par notre reine ? Si on allait en discuter dans un coin, histoire que j'approfondisse tes connaissances, hein ?

Magister déglutit. Les elfes étaient de grands séducteurs, connus pour flirter avec tout ce qui bougeait ou presque. Révéler sa couverture devant tout le monde risquait de le faire capturer. Il était puissant, certes, mais pas au point de pouvoir affronter autant d'ennemis.

Voyons, qu'est-ce que Selenba, sa puissante vampyr, aurait fait à sa place ? L'image de Selenba saignant l'imbécile à mort lui vint aussitôt à l'esprit et il l'écarta. Non, pas Selenba, mauvaise idée. Qu'est-ce que la mère de Tara, la douce Selena, aurait fait ? Elle aurait battu des cils. Et aurait remis l'importun à sa place.

Magister battit des cils. Ce fut très moyennement efficace, car l'elfe s'écarta un peu et lui dit :

— Houlà, tu as quelque chose dans les yeux ? Un peu de poussière ? Je peux t'aider ?

Magister arrêta immédiatement. D'accord, éviter les battements de cils. Peut-être qu'un peu de violence...

Il gifla violemment l'elfe aux mains baladeuses, puis tourna les talons et fila rageusement. L'elfe noir et argent la regarda s'éloigner, complètement interloqué, puis un énorme sourire s'afficha sur son visage.

L'un de ses amis s'approcha.

— Eh bien, qu'est-ce qui t'arrive ? C'est la troisième fois que je t'appelle ! Tu es sourd ou quoi ?

— Mon vieux, il se passe un truc incroyable, tu sais, moi qui t'avais dit que ça ne m'arriverait jamais parce que j'aime trop m'amuser !

Son copain, un elfe violet, le regarda sans comprendre.

— Quoi ?

— Eh bien, je me trompais ! Je suis amoureux ! La fille vient de me gifler, tu sais ce que cela signifie !

— À une époque, cela signifiait qu'elle voulait t'épouser. Mais, tu sais, ces vieilles coutumes sont un peu tombées en...

— Génial, j'adore ! Je dois la rattraper et lui dire que c'est d'accord !

Et, sans laisser à son ami le temps de réagir, il fila sur les traces de la plus jolie elfe qui ait jamais refusé de passer du temps dans ses bras...

Il y avait un monde fou, l'audience avait attiré les gens, car ce n'était pas tous les jours qu'une héritière bannie était à la fois réintégrée et promue. Magister avait donc le plus grand mal à se frayer un passage. Il jura lorsqu'il se rendit compte que le stupide elfe était à ses trousses et l'appelait. Ils commençaient à attirer l'attention. Maudissant son déguisement (la prochaine fois, il choisirait l'apparence d'un vieux Tatris bossu), il dut s'immobiliser et attendre l'autre abruti.

— Dis donc, dis donc ! s'exclama l'elfe noir et argent, mais tu files plus vite qu'un rominet !

Il eut l'impression que la jolie elfe allait le carboniser sur place, et son sourire s'accentua. Waaaah, la belle avait du caractère. L'elfe soldat se pencha en avant et lui donna une grosse claque sur les fesses.

— Voilà, je t'ai donné ma réponse. Dis donc, tu aimes bien les vieilles coutumes, toi !

L'elfe avait eu une expression parfaitement interloquée lorsqu'il lui avait donné la tape amicale. Évidemment, Magister ignorait totalement que dans l'ancien temps les elfes montraient ainsi qu'ils acceptaient la demande en mariage de la demoiselle.

L'elfe noir et argent attendait sa réaction, un sourire idiot aux lèvres. Aussi fut-il tout à fait surpris lorsque la jolie elfe s'approcha, le souleva de terre, le visage cramoisi, les yeux brûlants de rage et la main brillant d'une magie curieusement sombre. Puis la jolie elfe se rendit compte que les gens la regardaient d'un air très intéressé, se demandant ce qu'elle allait faire.

Elle le reposa en serrant les dents, épousseta son col chiffonné et lui fit signe de la suivre. Il lui fit la conversation pendant tout le chemin, qui menait, espérait-il, vers sa chambre.

Elle le poussa dans une pièce vide. Des toilettes. Elle avait des goûts pour le moins bizarres cette fille.

Elle lui sourit. Et commença à se transformer.

Alors ça, c'était ori...

L'elfe noir et argent recula lorsque l'armure brillante se transforma en une robe sombre et qu'un masque vint remplacer le joli visage devant lui.

Il comprit enfin à quel point il s'était trompé.

Et qu'il allait mourir.

Magister se penchait sur le corps inanimé, bien ennuyé d'avoir dû s'en débarrasser, lorsque la porte s'ouvrit dans son dos. Maudissant sa négligence, il se retourna, sa magie noire nimbant ses mains.

Mais ce n'était pas un ennemi qui se tenait devant lui, paisible. C'était Sylver.

Son fils.

Enfin, pas un ennemi... en fait, il n'en savait rien. Alors il ne coupa pas sa magie. Il ne connaissait pas bien l'enfant d'Amava. Leur fils avait été élevé par des nains et, à voir son sabre, il était devenu un Impitoyable, c'est-à-dire l'un des plus brutaux et habiles guerriers nains. Magister savait qu'il venait de briser le cou du familier de la naine guerrière dont son fils était tombé amoureux, la célèbre Fafnir Forgeafeux. Le garçon était-il venu la venger ? Magister avait passé peu de temps avec lui, mais Sylver lui avait semblé assez obéissant, quoique terriblement curieux : il posait sans arrêt des questions sur lui et sur sa vie. Magister n'avait pas répondu à beaucoup, vu qu'il tenait sa véritable identité plus secrète que celle du Masque de Fer.

Sylver regarda avec curiosité le feu noir aux poings de Magister puis croisa lentement les bras, montrant ainsi qu'il n'avait pas l'intention d'attaquer. Magister retint un ricanement amusé. C'était vraiment idiot de sa part de se mettre en position vulnérable. Il hésitait encore entre un Destructus, histoire de s'en débarrasser définitivement, et un Paralysus, lorsque le garçon prononça une phrase inattendue :

— Je suis un puissant guerrier et je suis votre fils. J'avoue que j'ai un peu de mal à comprendre pourquoi vous me fuyez ainsi. Avez-vous peur de moi ? Peur qu'un jour je vous surpasse ? Ce n'est que le cours normal des choses : les enfants finissent toujours par surpasser leurs parents, non ? Pas forcément par le prestige ou par la force, mais simplement en étant vivants et plus leurs parents, à un certain moment...

Stupéfait, Magister en laissa s'éteindre sa magie. Puis il partit dans une énorme crise de fou rire, à le plier en deux.

— Hou, hoqueta-t-il, ça fait extrêmement longtemps que je n'ai pas ri autant. Toi ? Me surpasser ?

Le concept le rendait hilare au point que Sylver trouva cela un peu exagéré. Le chef des sangraves mit quelque temps à se calmer. Et surprit Sylver en répondant :

— Après tout, oui, c'est possible. Mais, crois-moi, c'est le cadet de mes soucis. Et si je ne veux pas de toi, c'est parce que je ne te fais pas confiance. Mes sangraves m'obéissent par mesquinerie, peur, envie ou parce qu'ils sont avides de pouvoir. Toi, je ne sais pas ce qui te motive. Donc, je me méfie.

— L'amour de mon père, répondit doucement Sylver, incroyablement beau avec sa peau étincelante sous la lumière des brillantes qui voletaient dans la pièce.

Magister resta silencieux un instant, choqué par sa déclaration.

— Tu lui ressembles, finit-il par dire d'une voix enrouée. Lorsqu'elle prenait sa forme humaine, elle était très proche de ce que tu es aujourd'hui. Sa crinière à elle était de feu, rouge, caramel, blé tout à la fois, et ses yeux, dorés comme les tiens. Elle m'a beaucoup manqué.

— Mais vous êtes tombé amoureux de Selena, précisa paisiblement Sylver.

Magister fronça les sourcils, même si sous son masque Sylver ne pouvait pas le voir.

— Je ne vois pas bien à quoi rime cette discussion. À moins que tu n'essaies de gagner du temps afin que les autres puissent me capturer, fit-il, brutal.

Sylver sourit.

— Non. J'essaie simplement de vous comprendre, moi, ce qu'apparemment vous n'êtes pas prêt à faire pour moi... père.

Magister s'avança si vite que Sylver faillit reculer, surpris. Il se maîtrisa de justesse. C'était comme avec un fauve. En aucun cas, il ne devait montrer sa faiblesse.

Le chef des sangraves pencha son masque vers son fils.

— Ainsi, tu veux me connaître. Mais me connaître, c'est m'obéir. En tout. Seras-tu capable de cela, petit demi-dragon, ou ton allégeance envers la naine Fafnir te tirera-t-elle de leur côté, du côté des justiciers ?

Sylver haussa les épaules.

— Fafnir est l'élue de mon cœur, admit-il. Elle m'attendra. Pouvons-nous passer un accord, père ? Pendant un an d'AutreMonde, je reste à vos côtés afin de vous connaître. Puis je reviens auprès de ma bien-aimée et je vous laisse tranquille.

— J'ai une autre option, gronda Magister.

— C'est exact, confirma Sylver en braquant ses yeux d'or sur le masque soudain noir qui lui faisait face. Vous pouvez toujours me tuer, comme le pauvre type, là-bas. Je vous l'accorde. Et je ne vous en empêcherai pas. Même si je ne comprendrais pas pourquoi vous vous passeriez d'un fidèle lieutenant. Ce serait idiot. Et vous n'êtes pas idiot.

Pour cela, Magister faillit le griller. Mais il retint son geste. Sylver avait raison. Il n'était pas idiot. Et il ne gaspillait pas non plus. Le petit pouvait lui être utile… et il voyait déjà parfaitement comment.

Sylver vit les réflexions de Magister se refléter sur son masque. Qui redevint d'un bleu pensif.

— Suis-moi, fit Magister en reprenant sa forme d'elfe. Sortons du palais.

— Vous n'utilisez pas de Transmitus ? demanda Sylver, surpris.

Magister ne répondit pas, le fit sortir et referma soigneusement la porte des toilettes, après y avoir affiché une pancarte « hors service ». Puis il partit d'un pas rapide vers les fondations du palais. Sylver et lui passèrent devant des endroits que le jeune demi-dragon n'avait jamais vus. Beaucoup étaient à l'abandon. Le palais était si grand qu'on en utilisait à peine la moitié.

Magister ouvrit une porte dérobée donnant sur un long couloir qui s'enfonçait dans la terre.

— Un souterrain ! s'exclama Sylver. C'est comme cela que vous entrez et sortez, pas besoin de Transmitus ! Je comprends maintenant pourquoi l'Impératrice devenait folle à imaginer comment vous arriviez à tromper ses anti-Transmitus. Vous n'en utilisiez tout bonnement pas !

— Les tours les plus simples sont les meilleurs, ricana Magister. Il y a trois souterrains comme celui-ci. Si tu es un traître et que tu montres celui-ci aux services spéciaux, cela ne sera pas grave, parce que vous ne trouverez jamais les deux autres.

Sylver se retint de protester. Son père était trop paranoïaque pour accepter la vérité. Il n'avait pas l'intention de le trahir.

Ils poursuivirent leur progression pendant plusieurs kilomètres de tunnels bien entretenus. L'air était frais, pulsé par les brillantes qui agitaient leurs ailes. Puis ils se retrouvèrent devant un mur, qui pivota sous la main de Magister. Ils étaient dehors. Magister mit la main sur l'épaule de Sylver avant que celui-ci n'ait le temps de réagir, puis invoqua un Transmitus. Quelques minutes plus tard, ils étaient devant une Porte de transfert clandestine, au beau milieu d'une forêt. Sylver tressaillit en voyant un draco-tyrannosaure se pencher vers les deux proies appétissantes qui venaient de surgir sous son nez. Magister cria une nouvelle adresse et, une seconde après, ils se rematérialisaient au centre de sa Forteresse Grise.

Sylver s'efforça de ne pas réagir. Il n'avait pas peur. Enfin si, un peu, mais pour l'instant son mystérieux père ne semblait pas avoir l'intention de lui faire de mal.

— Bien, fit Magister. Maintenant, voyons si tu veux vraiment me servir à ce point. Viens avec moi.

Docile, Sylver le suivit. Ils gagnèrent une salle où des tas de machines glougloutaient à qui mieux mieux.

Magister montra les appareils au garçon et commença à lui expliquer son plan, tout en s'affairant et en préparant ce dont il avait besoin.

Au moment où le maître des sangraves arrivait enfin à la partie qui le concernait, lui, Sylver, le jeune homme se félicita de ne pas transpirer facilement : il aurait été trempé.

Son père était fou. Il venait de s'en rendre compte, hélas trop tard.

— Et si je refuse ? demanda-t-il.

— Tu n'as pas le choix, répondit Magister.

— On a toujours le choix. Et ma réponse est non.

Cette fois-ci, il n'allait pas croiser les bras sur sa poitrine. Il était peut-être honorable, mais pas idiot. Ses écailles pouvaient le protéger de la magie, enfin un peu, et sa lame allait montrer à Magister qu'il ne fallait pas s'approcher si près d'un Impitoyable.

Magister s'avança vers lui, d'un pas, puis de deux. Comme Sylver ne voulait pas l'affronter, il recula d'autant. Magister sortit à ce moment une dague dont la tête sculptée représentait un démon. Sylver décida de ne pas lui faire remarquer que, contre un sabre, une dague, c'était vraiment ridicule.

Il esquissa un geste vers la garde de son arme.

Impossible.

Baissant les yeux, il se rendit compte avec horreur que Magister l'avait placé au centre d'un pentagramme d'immobilisation. Le temps qu'il tente de se dégager, il était trop tard.

Magister s'avança d'un pas, brandit sa dague.

Et, d'un mouvement vif, il lui trancha la gorge.

5

La déclaration

*ou comment demander l'autorisation de faire la cour
sans être transformé au passage
en volaille glougloutante.*

Lisbeth, Impératrice d'Omois, se trouvait dans son boudoir d'ambre. Elle adorait cet endroit. La lumière tombait sur les panneaux couleur miel et prêtait à son teint l'apparence d'une pêche gorgée de soleil. Elle avait redonné à ses cheveux leur couleur dorée habituelle, tranchée par la célèbre mèche blanche des descendants de Demiderus, et revêtu une superbe robe rouge. Elle se savait jolie. Plus que jolie, selon son miroir magique, qui, soyons clairs, en faisait parfois un peu trop avec ses « de toutes, tu es la plus belle, la plus merveilleuse, etc., etc. ».

Autrefois, cela l'amusait. Aujourd'hui, elle se sentait fébrile, triste, mélancolique. Elle regarda ses longs doigts fins. Ils tremblaient.

Tout avait goût de cendre. Exercer le pouvoir était la chose au monde qu'elle aimait le plus. Savoir qu'elle avait droit de vie ou de mort... enfin, pas tout à fait, mais presque... sur les citoyens de son empire était une intense source de satisfaction.

Mais plus à présent. Oh, non ! Maintenant, elle se levait, mangeait, se lavait, travaillait dans un brouillard composé de peur et d'incertitude. Elle avait été brisée et elle le savait très bien. C'était pour cela qu'elle avait abdiqué, enfin, essayé. Lorsque le fantôme de Magister, puis l'Anneau démoniaque avaient envahi sa personnalité, elle s'était sentie souillée, dégradée. Elle pensait qu'elle arriverait à surmonter ce sentiment absurde : après tout, ce n'était pas sa faute. Mais le fantôme puis l'Anneau avaient fait voler en éclats son confortable sentiment d'être intouchable.

Ils l'avaient touchée. Oh, oui ! Ils l'avaient obligée à trahir, à torturer, à tuer. Et elle n'avait rien pu faire. Rien du tout. Elle n'en voulait même pas à Tara. Celle-ci serait une bonne Impératrice, parce qu'elle avait été forgée au feu d'épreuves au moins aussi terrifiantes que celles que Lisbeth avait vécues. Sauf que Lisbeth avait toujours été, d'une certaine façon, protégée par son propre statut d'Héritière dans sa jeunesse. Puis par son rang d'Impératrice. Mis à part la fois où elle avait été capturée par Magister (et encore, il avait été très poli avec elle), personne n'avait vraiment osé la défier. Ni l'humilier.

Et, maintenant, elle avait peur. Peur que ça recommence. C'était un cauchemar qui revenait souvent, et elle se réveillait en pleine nuit en hurlant, trempée de sueur. Au point qu'elle n'osait plus s'endormir, ne s'autorisant que de courtes siestes où les cauchemars n'avaient pas le temps de s'inviter. Mais elle était épuisée. Et elle le savait. Diriger un empire en étant abrutie de fatigue et de peur était le meilleur moyen de faire de grosses erreurs.

Riverside, son fidèle majordome, au teint de granit gris moucheté de blanc, le visage impassible, entra dans la pièce. Dissimulant ses mains tremblantes sous son bureau ouvragé, elle lui sourit.

— Oui, Riverside ?

— Un humain demande à vous parler, Votre Majesté Impériale. Il dit se nommer Various Duncan, baron de Tri Vantril de Vilains, et porter des informations vitales pour la sécurité.

Le majordome, qui ne s'était pas élevé à ce grade en étant stupide, ajouta :

— Il n'a pas spécifié quelle sécurité, Votre Majesté Impériale. Juste « la sécurité ».

Lisbeth fronça les sourcils. Mais, vu ce qu'elle avait fait subir au pauvre Various, elle se devait de le recevoir, c'était la moindre des choses. Elle se leva et fit le tour de son bureau afin de donner à l'entretien un tour moins formel. Le fauteuil d'or et de velours rouge la suivit docilement.

— Fais-le entrer, merci.

— Bien, Votre Majesté Impériale.

Il introduisit un Various Duncan manifestement nerveux, qui sursauta violemment lorsque Riverside cria son titre et son nom d'une voix de stentor :

— VARIOUS DUNCAN, BARON DE TRI VANTRIL DE VILAINS !

Le séduisant baron aux luisants cheveux noirs s'inclina devant Lisbeth.

— Baron, quel plaisir de vous revoir ! s'exclama Lisbeth en lui tendant une main gracieuse qu'il baisa avec aisance. Comment allez-vous ?

— J'ai encore de temps en temps envie de graines et d'asticots, depuis que j'ai été transformé deux fois en spatchoune, admit le baron avec un certain humour. Sinon, tout va bien.

Lisbeth haussa un sourcil.

— Si tout va bien, que me vaut l'honneur de votre visite ? Vous avez parlé de sécurité à mon majordome…

Various lui sourit en retour.

— Oui. En fait, je parlais de ma sécurité à moi.

Lisbeth était complètement déroutée. Mais elle décerna un bon point à son majordome, qui avait relevé l'omission. Elle décida de jouer le jeu. À la fois par curiosité et parce que cela lui changeait les esprits.

— Je ne comprends pas. En quoi la sécurité d'un baron mercenaire de Vilains concerne-t-elle l'Empire ?

— Je vais vous demander quelque chose. Mais, auparavant, je voudrais que vous me promettiez de ne pas me transformer, encore, en bestiole glougloutante à plumes. J'ai déjà un sérieux traumatisme à surmonter, je voudrais éviter qu'il ne s'aggrave.

Lisbeth se retint de justesse de glousser. Elle se mordit la lèvre et fit signe qu'elle ne le toucherait pas. Cependant, cela avait dû l'amuser, car du rose monta à ses joues pâles et son regard recouvra sa vigueur.

Various, qui l'avait trouvée étrangement pâlichonne et fatiguée, en fut content. Il inspira profondément. Puis, à l'immense surprise de Lisbeth, mit un genou à terre et déclama :

— J'ai, chère Lisbeth, l'immense honneur de vous demander de m'autoriser à vous faire la cour !

Lisbeth se redressa, les yeux écarquillés.

— Pardon ?

— Je vous aime.

— Comment ?

Various fronça les sourcils.

— Euh, avec mon cœur ?

Lisbeth agita frénétiquement les mains, l'air paniquée.

— Non, je voulais dire : « Comment ? » Genre : « J'ai dû mal entendre. »

— Ah ? Pardon, vous avez le chic pour me faire perdre la tête, Lisbeth. Je disais donc, je vous aime.

Lisbeth résista vaillamment à l'envie de répéter un nouveau « comment ? » incrédule. Son cerveau tournait à vide et c'était tout ce qu'elle voyait devant elle. Un « comment ? » incrédule.

Heureusement, Various voulait expliquer sa démarche.

— Lorsque vous m'avez transformé en spatchoune la première fois, j'ai été très en colère contre vous.

Lisbeth grimaça. Son cerveau accepta enfin d'embrayer la marche avant.

— Baron, vous étiez venu me demander la main de ma belle-sœur, la très jolie Selena, la très aimée Selena, la très agaçante Selena. Avouez que c'était désobligeant !

Various sourit et ses yeux noirs plongèrent dans ceux, bleu marine, de Lisbeth, l'hypnotisant.

— Oui, sur le coup, j'avoue que je n'avais pas compris que vous étiez jalouse.

Lisbeth se raidit, furieuse :

— Mais je n'étais pas…

Les yeux noirs se vrillèrent aux siens et la parole lui manqua. À un autre moment, moins faible, elle aurait carbonisé Various. Mais, là, elle n'en eut pas la force. Et puis elle n'avait pas envie de mentir.

— Bon, admettons, capitula-t-elle, j'étais jalouse.

— Oui, je m'en suis rendu compte lorsque je me suis retrouvé en train de glousser et de chercher des asticots…

Lisbeth rougit. Sa réaction avait été spontanée. Et elle avait trouvé ça très drôle. Various, moins.

— En fait, c'est lorsque Magister m'a transformé en spatchoune une seconde fois que j'ai pu découvrir ce que vous étiez réellement. Prisonnier à vos côtés dans cette cage, je vous ai vue lutter de toutes vos forces contre lui. Vous étiez admirable. Je suis tombé fou amoureux.

— Mais... mais, balbutia Lisbeth. J'étais possédée, je n'avais aucun moyen de l'empêcher de diriger mon empire ! Je ne comprends pas.

Il n'était pas très à l'aise par terre, même si la moquette dorée était assez épaisse pour engloutir un petit animal. Elle perçut son inconfort, lui fit signe de se relever et de prendre un fauteuil, qui se plaça docilement près d'elle. Très près d'elle. Elle retint un sourire.

— Ah, dit Various en s'installant confortablement, vous êtes comme la majorité des dirigeants. Être faible, vaincu, ne signifie pas qu'on est indigne. Juste qu'on est moins fort que l'assaillant. Lorsque j'étais jeune, les enfants des mercenaires étaient bien plus grands et plus forts que moi. Jusqu'au moment où j'ai eu ma magie et où j'ai enfin pu me défendre, je me suis fait taper dessus presque tous les jours.

Lisbeth le regarda d'un air curieux. Le beau baron semblait décidé à lui ouvrir sincèrement son cœur. C'était rafraîchissant. Et inattendu.

— Votre père ne vous défendait pas ?

— Il trouvait cela très bien. D'autant que celui qui menait les autres n'était autre que mon propre frère. Grog, l'aîné. Suivi par mon second frère, Rory, qui trouvait tout à fait normal de m'utiliser également comme punching-ball.

— Mais c'est...

— Idiot ? stupide ? criminel ? injuste ? Oui, mais j'étais le plus jeune, et les mercenaires ne sont pas tendres. Pour tout le monde j'étais le lettré, celui qui aimait les livres et n'avait aucune chance de régner un jour. Je sais, je sais, c'est horriblement caricatural, mais la vie est souvent caricaturale.

Grâce aux Memorus, Lisbeth connaissait toutes les dynasties de la planète sur le bout des doigts. Son fin visage refléta ses pensées.

— Vos deux frères sont morts dans un accident de chasse, si je me souviens bien ? Ce qui vous a laissé le champ libre pour la succession.

Various hocha la tête.

— Oui.

Lisbeth rumina l'information quelques secondes.

— Ce n'était pas un accident.

Various soupira et se frotta la tête, ébouriffant ses cheveux noirs brillants.

— J'ai rêvé des milliers de fois de leur tordre le cou. À tous les deux. Ils étaient cruels et sans pitié. Comme mon père, ils étaient grands, forts et bien plus puissants que moi. Ils en profitaient pour terroriser tout le monde, protégés par leur statut de fils de baron. Mais si, ce fut un accident. Je ne suis absolument pour rien dans leur mort. Qui fut assez affreuse d'ailleurs.

Il marqua une pause pensive.

— Je n'ai jamais su pourquoi mon père me détestait tellement. Au point de les laisser me martyriser.

Lisbeth regarda le beau jeune homme aux yeux et aux cheveux noirs. Elle se souvenait très bien de ses parents. Son père, brutal, tyrannique, blond aux yeux bleus comme beaucoup de mercenaires de Vilains, descendants des Vikings. Sa mère, tout aussi blonde. Il y avait peu de chances qu'ils aient un bébé brun aux yeux noirs. Sa mère avait dû trouver le temps long à attendre que son époux revienne entier de ses innombrables raids. Hum. Elle garda sagement sa réflexion pour elle. Mais se fit un petit mémo mental pour demander à la chef de ses espions, la très efficace Séné, de vérifier qui se trouvait invité à la baronnie de Tri Vantril neuf mois avant la naissance de Various.

— Mon père a été tué dans un raid, reprit Various. Mon frère aîné est donc devenu le nouveau baron. Mais mon autre frère était terriblement jaloux. Ce fameux jour, ils se sont éloignés tous les deux afin de poursuivre des crouicccs, dont un énorme mâle très dangereux qui ravageait les récoltes en dépit des sorts de protection.

— Le crouiccc les a tués ? demanda Lisbeth, surprise. Je ne savais pas vos porcs sauvages si dangereux, baron.

— Oh ! non, il n'aurait pas été assez puissant contre des armes et de la magie. En fait, ils ont été attaqués par un draco-tyrannosaure. Ce qui était impossible, vu que, pour la sécurité des chasseurs, les dracos avaient été attirés ailleurs et parqués pendant trois jours. Il semble qu'à la suite d'un énorme orage et d'une succession de coups de foudre violents, une des barrières de sécurité ait cédé[1]. Les personnes responsables de la sécurité ont été retrouvées mortes. Enfin, ce qui restait d'elles...

Ils se dévisagèrent. Lisbeth voyait bien qu'il n'avait pas menti.

— Quelqu'un ne voulait pas de vos frères à la tête de votre baronnie, murmura-t-elle.

Various hocha la tête.

— C'est aussi ce que je me suis dit. Sauf que, jusqu'à présent, je n'ai jamais réussi à savoir qui, ni surtout pourquoi. Pour être franc, je pense que c'est mon frère cadet, Rory, qui a manigancé tout cela, pour assassiner notre frère aîné, et que quelque chose a mal tourné. Mes frères étaient forts, mais pas très malins. Ils croyaient qu'ils pouvaient s'emparer de tout ce qu'ils voulaient. J'essaie d'être un peu plus subtil.

Lisbeth dévisagea le bel homme sombre qui lui faisait face et venait de lui déclarer qu'il était tombé amoureux d'elle.

— Dévoiler vos intentions à mon égard aussi franchement n'est pas une démarche subtile, fit remarquer Lisbeth, le cœur curieusement joyeux.

— Non, répondit gravement Various. Avec vous, Lisbeth'tylanhnem, je ne suis pas subtil, je me contente d'être sincère.

Elle lui posa alors une question qui le désarçonna :

— Pourquoi vous appelle-t-on « le Renégat » ?

Curieusement, au lieu de s'assombrir, le visage de Various s'éclaira.

— Ah ! mon titre de gloire le plus intelligent. J'ai refusé de participer à un raid contre le Lancovit. Parce que je trouvais que le plan était mal monté, mal préparé, et surtout parce que les barons qui l'avaient élaboré se trouvaient être mes pires ennemis. Je me doutais bien qu'un tir « ami » risquait de me toucher dans le dos « malencontreusement ». Ils se

_____

1. Oui, c'est bien cet incident qui a inspiré *Jurassic Park*... Comme quoi beaucoup d'écrivains savent comment se rendre sur AutreMonde !

sont fait massacrer. Les miens m'ont donc surnommé « le Renégat », car j'avais renié mes compagnons d'armes. Mais ils ont néanmoins noté que j'étais vivant. Et pas les autres. Que j'avais eu raison. Du coup, ils m'ont fichu la paix. Au lieu d'organiser des raids, j'ai formé des compagnies de mercenaires plus évoluées que les autres. Avant, la stratégie consistait à charger en beuglant et à tuer ou piller tout ce qui se trouvait à leur portée. Nous perdions beaucoup des nôtres au passage. J'ai fait étudier les techniques de combat et de bataille à mes commandants. J'ai mis du temps à faire rentrer les tactiques militaires dans ces grosses têtes de brutes, mais, maintenant, nous sommes les meilleurs. Du coup, mon titre de Renégat est considéré comme une sorte de compliment dans mon pays.

Il la regarda, ravissante avec ses grands yeux bleu marine, et, à son tour, posa une question déstabilisante :

— Je sais que vous avez déjà été mariée.

Le visage de Lisbeth se rembrunit.

— L'aimiez-vous ? demanda doucement Various.

Ce fut au tour de la jeune femme[1] de soupirer.

— Daril Kratus était un choix de ma mère, l'Impératrice Elseth. Il dirigeait les marches du Sud, une région d'Omois qui nous a toujours posé des problèmes, près de la mer Mychail. C'est une région sauvage, où la magie est erratique et où des choses, des gens se perdent. Elle n'est rattachée à l'Empire que depuis cinq cents petites années. Les Comtes des Marches ont été les derniers à résister à l'annexion et ils ont essayé, à plusieurs reprises, de reprendre leur indépendance. Nous savions que Daril tentait de mener une nouvelle insurrection contre nous. Ma mère a été intelligente. Elle lui a fait miroiter le poste d'Imperator à mes côtés, une fois le service de Danviou, mon frère, terminé. Daril y a vu l'occasion de s'emparer du pouvoir en m'épousant.

— Un mariage d'intérêt, donc, souligna Various d'un ton satisfait.

— Au début, oui, confirma Lisbeth en repoussant ses cheveux et en s'adossant à son fauteuil d'or et de velours rouge.

---

1. Sur AutreMonde, on est considérée comme une jeune femme jusqu'à ses trois cents ans...

Je l'ai détesté dès que je l'ai vu, ce grand type blond aux mains calleuses de guerrier. De plus, j'étais encore amoureuse du prince Maximilien du Trond'or.

Ses yeux se perdirent dans le vague, évitant Various qui se rembrunit.

— Le prince est sublimement beau. Sans doute le plus bel homme que j'aie jamais vu. J'étais amoureuse de lui depuis l'âge de onze ans. J'ai même réussi à endormir toute la cour afin d'aller le voir, un jour qu'il était en visite au palais (elle gloussa), Elseth m'en a voulu pendant des jours. Aveuglée par sa beauté et son incroyable gentillesse, je ne l'avais cependant rencontré que trois ou quatre fois. C'est pourquoi j'ai mis un peu de temps à réaliser qu'il était également incroyablement bête. Pourtant, encore maintenant, chaque fois qu'il me sourit, mon cœur chavire...

Elle jeta un coup d'œil à Various, vit qu'il n'appréciait pas, mais alors pas du tout, ce qu'elle était en train de dire, et poursuivit très vite :

— Bref. Au contraire de Trond'or, Daril était arrogant, intelligent et très novateur. Beaucoup de nos coutumes omoisiennes l'horripilaient. Les premiers temps ont été difficiles. Puis j'ai appris à le connaître. Il écoutait les gens, essayait d'améliorer les choses. Le peuple était important pour lui, autant que pour nous. Il ne comprenait pas toujours nos décisions, mais écoutait nos explications. Nos différences nous ont d'abord éloignés l'un de l'autre. Puis elles nous ont rapprochés, parce que nous voulions tous les deux le même résultat : que les gens soient heureux, en bonne santé et, surtout, en sécurité. Puis Danviou s'est enfui et nous l'avons cru mort. Sandor, mon demi-frère, qui dirigeait déjà nos armées, a proposé de devenir Imperator à mes côtés. Mais Daril s'est battu pour la place et cela ne s'est pas très bien passé entre les deux.

Various grimaça. Il pouvait bien imaginer le choc entre l'arrogant Imperator Sandor, fier de son rang et de ses prérogatives de commandant des armées d'Omois, et le non moins arrogant Daril Kratus.

— Et puis Daril a disparu dans un accident de chasse.

Various grimaça.

— Oui, je sais, murmura Lisbeth, frappée par la coïncidence. Cela fait beaucoup d'accidents de chasse, n'est-ce pas ?

— Je suis souvent invité à la chasse par mes chers amis barons. Mais j'ai toujours décliné ces invitations. J'ai remarqué que les incidents de chasse étaient souvent à la base de changements à la tête des baronnies…

Ils échangèrent un regard entendu.

— C'est alors, reprit Lisbeth, que je me suis rendu compte que ces années passées à régner à ses côtés avaient été tumultueuses mais passionnantes. J'avais fini par tomber amoureuse de lui. Il me contrariait beaucoup, mais il n'a jamais sous-estimé mon intelligence.

Various hocha la tête. Lisbeth était une lame aiguisée. L'ignorer, c'était courir le risque de se faire trancher en deux, et vite.

— Je ne la sous-estime pas non plus, Lisbeth, murmura-t-il doucement. C'est elle qui m'attire.

Lisbeth fronça les sourcils.

— Normalement, vous êtes plutôt censé louer mon incomparable beauté, persifla-t-elle.

— Aussi, confirma Various, une étincelle dans le regard. De fait, le mélange des deux fait de vous une véritable incomparable, magnifique Lisbeth.

Lisbeth frissonna. Various avait une voix de velours, chaude et caressante. Cela faisait des années que personne ne lui avait parlé aussi franchement. Lorsqu'elle avait perdu Daril, elle s'était juré de ne plus jamais tomber amoureuse. C'était trop douloureux. Puis les années avaient passé, la peine s'était émoussée et elle sentait qu'elle avait besoin d'une solide épaule, maintenant qu'elle était fragilisée.

— Vous savez que j'ai abdiqué.

— Il aurait été difficile de rater l'information, ironisa-t-il. Je crois bien qu'elle est à peu près dans toutes les bouches de la planète et sur tous les écrans de cristal. Ma petite-cousine par alliance, Tara Duncan, a d'ailleurs refusé le poste que vous lui proposiez, d'après ce que j'ai pu voir. Et elle a eu raison.

Lisbeth écarquilla ses beaux yeux bleu marine, si semblables à ceux de sa nièce.

— Je n'étais pas beaucoup plus vieille qu'elle lorsque j'ai hérité du pouvoir, à la mort de ma mère.

— Allons, Lisbeth, protesta Various, vous aviez déjà une trentaine d'années, vous aviez été formée à ce métier et élevée sur cette planète. Ce n'est en rien le cas de Tara. J'ai appris à la connaître lorsqu'elle s'est réfugiée sur nos terres. C'est une enfant adorable et bien trop puissante à mon goût, mais elle est autant faite pour être impératrice qu'un oiseau est fait pour creuser des trous sous terre comme une taupe !

— C'est mon héritière. Elle a du sang de Demiderus dans les veines, elle n'a pas vraiment le choix. Pas plus que je ne l'ai eu.

Elle eut un ravissant sourire, ce qui arrêta net Various alors qu'il allait répliquer.

— De plus, les autres pays n'aiment pas du tout l'idée que l'empire d'Omois ait une espèce de supernova magique à sa tête et, rien que pour cela, je sais que j'ai eu raison de la nommer héritière, plutôt que Jar ou Mara. J'aime bien faire ce qui dérange les autres. Surtout quand ils ont peur de mes choix.

Various sourit en retour. Il n'avait aucun argument à opposer à celui-ci.

Cela avait été un test et Various l'avait passé avec succès. Il n'hésitait pas à la contredire. Bien. Enfin, il ne devait pas le faire trop, mais un peu, c'était bien, oui.

— Bref, reprit Lisbeth qui estimait qu'ils avaient assez parlé de sa nièce, j'ai moi aussi une question, Various Duncan, baron de Tri Vantril.

Elle se pencha. Sa main effleura celle, brunie par les soleils, de Various, et elle murmura :

— Comment comptez-vous me faire la cour ?

Elle se retint de rire, car Various la regardait d'un air quelque peu effaré.

— Je... euh, je ne sais pas très bien. Vous séduire ? Vous faire rire ? Vous étonner par mon incomparable érudition ?

Elle lui lança un sourire éblouissant et souffla :

— Et si vous commenciez déjà par m'embrasser ?

L'espace d'un instant, Various afficha la mine incrédule d'un dragon chargé par une vache, ce qui faillit la faire rire – à éviter, au risque de le voir fuir –, puis il se reprit.

Il se penchait déjà vers elle, hypnotisé par sa bouche rose et tendre, lorsque Riverside, le majordome, fit irruption, complètement affolé.

— Votre Majesté Impériale ! brailla-t-il. On vient de trouver un cadavre dans les toilettes du rez-de-chaussée !

6

Le meurtre

*ou comment parfois, lorsqu'on est un méchant,
on vous prête des complots supercompliqués
alors que vous vouliez juste vous débarrasser
d'un gêneur...*

Tara fut avertie à peu près en même temps que l'Impératrice, et elles arrivèrent au même moment.

Leurs deux gardes d'honneur se croisèrent et, comme les nouvelles règles concernant les préséances (en bref, qui des deux gardes impériales devait passer d'abord – et le premier qui proteste va faire connaissance avec les chatrix du palais...) n'avaient pas encore été édictées, il y eut une bousculade pour faire passer Tara avant Lisbeth et vice versa. Jusqu'au moment où les deux jeunes femmes, énervées, faillirent transformer tout le monde en crapauds, ce qui calma les ardeurs. D'autant que le Parlement n'avait pas du tout entériné cette histoire d'Impératrice *bis* pour l'instant, et que Tara ne voyait pas pourquoi son escorte se comportait comme si elle était également l'Impératrice.

Une fois remise de ce petit incident, la jeune fille, un peu surprise de voir son lointain cousin Various au palais, le salua gravement. Et nota qu'il se tenait près de sa tante. Très près.

Les gardes avaient déjà sécurisé les lieux, et les experts étaient occupés à relever les empreintes, à aspirer tout ce qui pouvait se trouver par terre ou dans les airs et à inspecter le corps sous toutes ses coutures. Les fioles s'accumulaient déjà, flottant derrière eux comme autant de fragiles ballons de verre.

Tara était seule. Ses amis étaient restés dans sa chambre et réfléchissaient au moyen de déjouer les plans de Magister...

dont personne ne connaissait la véritable identité, ce qui n'était pas pratique, pratique.

Le grand chef des gardes, Xandiar, qui menait l'enquête, tenait un bout de tissu d'un gris très foncé dans deux de ses trois mains et de la quatrième grattait sa tête brune aux cheveux ras, l'air horriblement ennuyé. Son uniforme pourpre et or était froissé, signe qu'il s'était agenouillé, et pas qu'une fois.

Dès qu'il vit Lisbeth et Tara, il s'inclina.

— Vos Majestés Impériales, les salua-t-il, je crois que nous avons un énorme problème. Il n'y avait pas de scoop dans les toilettes, nous ne savons pas ce qui s'est passé.

Tara vit le tissu ainsi que le corps carbonisé et déglutit. Rien à faire, elle n'arrivait pas à s'aguerrir. Elle s'obligea à faire abstraction du corps et se concentra.

Bon, tant qu'à être paranoïaque, autant y aller à fond.

— Et si c'était Magister ? osa-t-elle pronostiquer. Il vient de tuer... enfin, il a cru tuer le chat familier de Fafnir. Peut-être continue-t-il à tuer des gens jusqu'à ce que nous cédions ?

Xandiar et Lisbeth grimacèrent avec un bel ensemble.

— Quelle idée réjouissante ! ironisa le grand chef des gardes. Cela expliquerait pourquoi il s'en est pris à ce pauvre elfe.

Il fronça les sourcils.

— D'ailleurs, pourquoi lui ? Ce n'était qu'un soldat, sans aucune influence.

Ce fut au tour de Tara de froncer les sourcils.

— Le rang de la personne n'a aucune importance, enfin, Xandiar ! Quelle que soit la personne tuée, c'est inacceptable !

Le garde hocha la tête puis se pencha sur le corps, l'examinant avec une attention renouvelée.

— Ce n'est pas ce que j'ai voulu dire, Votre Majesté Impériale, je soulignais juste que ce soldat n'avait pas un poste élevé dans la hiérarchie militaire. La perte de cet elfe est bien moins ennuyeuse pour l'Empire que celle du commandant de l'armée elfe, par exemple.

Il revint sur ce qu'il avait dit.

— Donc, la question est : Magister, s'il est le coupable – ce qui n'est pas encore prouvé –, a tué un elfe sans influence. Pourquoi un elfe ? Et pourquoi celui-ci en particulier ?

Une thug s'approcha avec un appareil sur la tête, une espèce de gros casque qui couvrait ses yeux. Comme elle ne voyait rien du tout, un autre thug la tenait par les mains. Elle se positionna devant le corps, le thug à ses côtés toucha le casque et celui-ci se mit à vibrer comme une abeille, avant de s'arrêter brusquement. La thug le retira puis les regarda d'un air trouble, ayant un peu de mal à accommoder. Ses yeux n'arrêtaient pas de loucher.

— Brrrr, fit-elle, ce que c'est désagréable, j'ai l'impression d'avoir été secouée des pieds à la tête ! Il s'agit bien de magie démoniaque. Le casque montre parfaitement les résidus qui sont encore accrochés au corps. J'ignore si le responsable est Magister ou l'un de ses sangraves infectés à la magie démoniaque, mais l'elfe a bien été tué par l'un d'entre eux.

Xandiar la remercia et elle s'éloigna en vacillant un peu.

— Vous avez un casque qui permet de voir la magie démoniaque ? s'exclama Tara. Mais pourquoi ne pas l'utiliser pour débusquer les sangraves ?

— Cela ne fonctionne, hélas, que lorsqu'une grosse quantité de magie a été utilisée. Si Magister use de sa magie normale pour se camoufler, sans faire appel à la magie démoniaque, nous ne pouvons pas le démasquer. Nos ingénieurs travaillent là-dessus en ce moment.

Tara se tourna vers Lisbeth.

— Il nous faut Mourmur.

— Pardon ?

— Mourmur Duncan. C'est le frère de la femme de Manitou, mon arrière-grand-père, Magenti Val Argenmont Rethila.

— Ah, l'inventeur ! Oui, je le connais. Mais je me suis toujours demandé pourquoi il s'appelait Duncan alors que son nom de famille n'avait rien à voir.

— Il a épousé Hadra Duncan et a pris le nom de famille de sa femme, qui est une lointaine cousine des Duncan. C'est un ingénieur génial. Pour l'instant, il travaille pour ma grand-mère, sur Terre, mais il serait bien plus utile ici.

Lisbeth ne le montra pas, mais l'infime tressaillement de sa paupière la trahit. Elle était ravie d'avoir l'occasion très officielle de piquer quelque chose à Isabella Duncan, qu'elle n'aimait guère. L'espace d'un instant, Tara eut pitié d'elle.

Lisbeth n'avait aucune idée de ce que Mourmur était capable de faire avec toutes les ressources d'Omois à son entière disposition. Tara pria pour que le palais, voire la ville, parvienne à résister.

— Fais-le venir, ordonna Lisbeth. Si tu penses qu'il peut être utile.

Tara pianota sur son hor, qui avait été modifié récemment pour lui servir de téléphone, de caméra, de localisateur, etc., connecté au Magicnet sur AutreMonde et à Internet sur Terre. Cette nouvelle option lui avait permis de libérer son amie la Pierre Vivante de ses fonctions de téléphone. Le sms partit vers la Terre et fut transmis au manoir d'Isabella.

— Nous savons donc que ceci est un meurtre commis par un sangrave, reprit Xandiar en voyant que Tara avait terminé. Je pense qu'il faut également mener une enquête afin de découvrir si Magister s'est allié aux elfes. Jusqu'à présent, il n'y avait que des humains parmi les sangraves, du moins parmi les très rares que nous avons pu capturer. S'il a réussi à convertir des elfes, alors nous allons avoir un très gros problème. Ceci pourrait être le début d'un horrible complot qui réunirait les...

L'interrompant net, une jeune femme blonde aux cheveux courts, avenante dans son costume de soie transparente (qui laissait peu à l'imagination), se précipita sur le corps en criant :

— Lavri !

— Bien, dit Tara, au moins nous connaissons son nom.

— Par tous les dieux d'AutreMonde, sanglota la jeune femme, on a assassiné mon Lavri !

— Excusez-moi, fit une voix acide derrière elle. Je ne crois pas que ce soit *votre* Lavri, mais *mon* Lavri !

Une jolie fille brune aux yeux noirs étincelants de colère se tenait derrière elle, prête à en découdre.

— Ah ! mais pas du tout ! explosa une troisième, rondelette et très très décolletée. C'est *mon* Lavri !

Dans la foule qui se pressait derrière les enquêteurs, de nombreuses voix féminines s'élevèrent. Tara et Lisbeth échangèrent un regard. Apparemment, Lavri avait eu une activité, euh... soutenue, à la cour de Tingapour.

Tara leva la main.

— Les vidéos, photos, toutes les choses que vous faites d'habitude, les mesures de la scène de crime, etc., ont été prises ? demanda-t-elle à Xandiar.

— Oui, tout a été fait, mesuré et enregistré, pourquoi ?

Tara invoqua sa magie et tout le monde recula, soudain prudent. Elle soupira intérieurement, puis, très, très soigneusement, bridant sa magie à mort, fit s'écarter les murs, transformant les petites toilettes en une grande salle, capable d'accueillir tout le monde. Le palais s'ajusta de bonne grâce et elle respira de nouveau lorsque ce fut terminé sans aucune catastrophe.

— Bon, alors, les fi… les dames qui ont connu le dénommé Lavri : à ma droite. Les autres : sortez.

Une cinquantaine de femmes furieuses, à deux doigts de se rentrer dans les plumes, se porta à sa droite. Soudain, la première à s'être approchée shoota dans le cadavre.

— Tiens, prends ça, espèce de traître ! Tu avais dit que j'étais la seule, la lumière de ta vie !

— Eh bien, il a été éclairé par de nombreuses lumières, persifla une jolie brune qui shoota dans le cadavre à son tour.

Xandiar se précipita.

— Mesdames, mesdames, du calme ! N'abîmez pas mon cadavre, s'il vous plaît. Sans compter que, si vous laissez des marques dessus, vous allez passer pour des suspectes.

— Suspectes de quoi ? gronda l'une des femmes. De l'avoir fait mourir d'amour ?

Une vague de rires cyniques parcourut la foule. Tara elle-même dut retenir un sourire.

Un elfe violet, le visage pâle d'émotion, s'avança, se frayant un passage avec difficulté au milieu de la multitude de femmes.

— Lavri ! s'écria-t-il.

— Ah, non ! se rebiffa la jolie brune, ça dépasse les bornes ! Des garçons aussi ?

Elle leva le pied pour frapper le corps et s'arrêta sous le regard noir de Xandiar.

L'elfe la regarda, totalement effaré, puis se secoua.

— Écoutez, Lavri est… était… un bon copain. Mais il avait tendance à draguer tout ce qui portait un jupon… enfin, façon de parler, parce que certaines ne portaient pas de…

— Passez-nous vos considérations vestimentaires, ordonna Lisbeth, agacée, tandis que Tara hochait la tête.

L'elfe avala sa salive, soudain conscient de s'adresser à deux Impératrices, soit au moins une de trop pour sa tension.

— Euh… je voulais dire qu'il aimait vraiment beaucoup les jolies filles. C'est ce qu'il a fait avant de mourir : il a suivi une jolie fille. Une elfe, plus précisément. Qui l'a giflé. C'est une ancienne coutume, chez nous. Les elfes filles des temps passés giflaient les hommes afin de vérifier qu'ils ne vacillaient pas sous la poussée. C'était une sorte de demande en mariage, si vous voulez.

Tara et Lisbeth écarquillèrent les yeux. Suivies de près par les femmes agglutinées près du cadavre.

— Quoi ! cria une brune qui devait frôler les deux mètres. Vous voulez dire qu'il suffisait de le baffer pour l'épouser ? Ben si j'avais su ! *Slurk*, j'ai pourtant failli le faire plein de fois, mais il était siiiiiiii mignon !

Un concert de soupirs énamourés salua sa déclaration.

— Comment ! s'exclama une blonde sèche et osseuse qui ne perdait pas de vue l'essentiel. Il voulait épouser une elfe ? Quel sale brolvure[1] !

Toutes les autres opinèrent avec un bel ensemble.

— Il l'a suivie, cette jolie fille, poursuivit l'elfe violet, comme il le fait toujours. Il l'a suivie et il en est mort. Je ne crois pas que c'était une elfe. Lavri était certes un crét… euh, un gentil garçon, mais le tuer parce qu'il était un peu insistant… Non, aucune elfe n'aurait fait cela.

Lisbeth prit la parole, et sa voix était glaciale.

— Donc, nous pouvons assez raisonnablement déduire que ce n'était pas un complot, mêlant elfes et sangraves. Les dieux en soient loués. Désolée, Xandiar. Ceci n'est finalement qu'un malheureux incident, Magister ayant choisi un déguisement inapproprié. Cela dit, il faut le retrouver. Mettez le bâtiment en alerte noire. Je veux des scoops partout, une surveillance accrue, et que Séné poste ses camouflés à tous les endroits stratégiques.

---

1. Les AutreMondiens utilisent les jurons de toutes les races, y compris ceux des nains, qui sont à la fois descriptifs et imagés.

Séné Senssass, la ravissante camouflée chef des services secrets d'Omois et femme de Xandiar, n'avait pas attendu les ordres impériaux. Elle avait déjà déclenché toute une batterie de sécurité dans et autour du palais.

Xandiar répondit donc respectueusement :

— Euh… en fait, Votre Majesté Impériale, le palais est en alerte noire depuis une heure, depuis que nous soupçonnons Magister de vouloir rester dans nos murs. Car nous n'avons aucun moyen, pour l'instant, de le détecter. Vous n'avez pas entendu l'annonce ? Elle a pourtant été diffusée dans votre bureau.

— Ah ? fit l'Impératrice qui rougit imperceptiblement en jetant un coup d'œil à Various Duncan à ses côtés. J'étais… euh… occupée, je ne l'ai pas entendue.

Xandiar resta rigoureusement impassible et lui tendit une perche afin d'épargner l'impériale dignité.

— L'annonce a été relativement peu sonore, Votre Majesté Impériale, nous ne voulions pas faire sursauter tout le monde.

Une thug lui donna une boule de cristal et il hocha la tête.

— Ah ! voici ce que j'attendais. Les scoops étaient actives du fait de votre annonce et elles couvraient une grande partie du palais. Grâce à elles, nous avons un film de l'incident, pas dans les toilettes, mais juste avant.

Il fit signe à un autre thug, qui projeta le film devant eux, à partir des scoops qui avaient suivi la progression des deux elfes. On voyait la jolie elfe parler avec le ministre de la Défense, puis se faire aborder par l'elfe noir et argent.

Tara ne put s'empêcher de glousser quand ce dernier tapa sur les fesses rebondies de Magister sous sa forme d'elfe.

— Ça, Magister a dû être surpris ! ne put-elle s'empêcher de commenter.

Son regard tomba alors sur le cadavre et elle se rembrunit, se concentrant de nouveau sur le film. Tous sursautèrent lorsque la jolie fausse elfe souleva l'autre elfe d'une seule main, sa main libre étincelante de magie noire et huileuse. Galant, perché sur l'épaule de Tara, hennit en agitant ses ailes.

— De la magie démoniaque, grogna Tara en apaisant le pégase miniaturisé. Mais pourquoi personne ne réagit ?

— Parce que les gens ne voient pas au-delà des apparences, répondit Lisbeth très sérieusement. Ils voyaient une scène amusante, pas leur pire ennemi sous une jolie forme. Nous allons diffuser ce film, même si j'imagine que Magister s'est retransformé depuis longtemps, et nous allons avertir tout le monde de se méfier.

— Cela va rendre les gens paranoïaques, fit remarquer Tara.

— Je préfère qu'ils soient paranoïaques que morts, rétorqua Lisbeth.

Tara hocha la tête. Oui, elle aussi.

Lisbeth étrécit les yeux, les fixant soudain sur Tara.

— Quoi ? fit celle-ci, soudain nerveuse. Qu'est-ce que j'ai fait encore ?

— Cette annonce. Celle à propos de la magie démoniaque qui risque de retourner dans les Limbes, etc., tu ne crois pas que cela aurait été bien si tu m'en avais parlé avant ?

Tara fut désarçonnée.

— Il fallait que j'avertisse tout le monde de ne pas toucher aux objets démoniaques et de ne surtout pas les détruire ! La moindre minute comptait !

— Certes. Mais je reste encore l'Impératrice, puisque tu as refusé le job. Et je t'interdis de provoquer nos ennemis ainsi, du moins pas sans m'en avoir parlé. Est-ce clair ? Magister aurait tué cet elfe quoi qu'il arrive, je ne dirai donc pas que c'est ta faute. Cependant, ses plans peuvent avoir changé, maintenant. Il va devenir plus offensif, plus destructeur, et cela, nous le devrons à ta déclaration ! De plus, tu as décidé tout ceci sans en avoir discuté avec nos savants, sans avoir fait confirmer ta théorie. Tara, ce n'est vraiment pas sérieux !

Tara ne protesta pas. Lisbeth avait raison, mais elle avait tellement peur des démons qu'elle n'avait pas réfléchi. Et puis, souvent chez elle, l'action primait sur la réflexion. Ce qui, à bien y penser, n'était pas forcément très flatteur.

Pourtant, elle avait l'impression d'avoir tant appris ces dernières années ! Sa paralysie, aussi, l'avait aidée à réfléchir. Tout revenait au même point. Elle avait fini par apprécier le pouvoir magique, mais elle ne voulait pas du pouvoir tout court. Diriger des millions de gens, décider de ce qui est bien et de ce qui est mal pour eux, entrait profondément en contradiction avec ce qu'elle avait vécu sur Terre, dans la très républicaine France. On élisait son président ou sa présidente, si il ou elle faisait un bon job on le ou la réélisait, et c'était tout.

Sur AutreMonde, le pouvoir revenait aux plus puissants, qui eux-mêmes s'inclinaient devant leur roi, leur reine ou leur empereur. À part chez les très démocratiques vampyrs, il n'existait que deux républiques : une humaine, Spanivia, et une tatris. Tara jeta un regard songeur à sa tante en écartant une mèche de cheveux blonds qui la gênait. Elles en avaient discuté longuement, Tara piochant dans les maigres connaissances qu'elle avait acquises sur Terre pour lui montrer à quel point la démocratie était préférable. Sa tante l'avait regardée comme s'il lui était poussé une seconde tête.

— Oui, je connais ce principe. Chez des gens raisonnables, qui ne songent pas à leur petit ventre, comme les vampyrs ou les Tatris, et font passer le bien de la communauté avant leurs intérêts égoïstes, cela fonctionne. Mais, à Omois, nous ne sommes pas comme cela. Les congrégations de marchands s'opposeraient immédiatement, essayant de mettre en place leurs candidats plutôt que ceux du peuple, afin de servir les intérêts de leurs entreprises. Les présidents seraient alors obligés d'aligner compromissions et bassesses afin de satisfaire leurs commanditaires, et tout le système partirait en vrille. Crois-moi, c'est une jolie idée, mais une mauvaise pratique, du moins ici.

Tara avait hoché la tête, objecté qu'il suffisait d'empêcher le financement des campagnes électorales par des entreprises ou des particuliers, mais sa tante n'avait pas été convaincue.

— De plus, sur Terre, vous ne vivez pas sous le coup de la menace des démons, avait-elle souligné. Ici, nous devons garder sur le trône les plus forts, les descendants de Demiderus, afin de pouvoir nous opposer à toute invasion. C'est la raison pour laquelle tu es mon Héritière (cette discussion avait eu lieu avant que Tara ne fasse venir les fantômes sur AutreMonde). Parce que tu es la plus puissante d'entre nous, tu prendras la tête de nos armées contre les envahisseurs et tu les détruiras !

Tara se souvenait bien de cette conversation. Et du frisson qui l'avait saisie lorsqu'elle avait réalisé qu'il était possible qu'elle ait un jour à affronter de véritables armées, comme son ancêtre. Ouais, eh bien, le plus tard possible, silvousplaît-merci !

D'ailleurs, à ce sujet, elle aussi avait des plans. Notamment un qui devait la sortir du bourbier dans lequel elle se trouvait. À défaut de parvenir à convertir sa tante à la démocratie, qui, contrairement à ce qu'elle disait, fonctionnait aussi.

— Alors, espérons que le sangrave n'aura plus l'occasion de nous prendre en défaut, intervint très diplomatiquement Xandiar en s'interposant entre les deux Impératrices, et que la déclaration de Sa Majesté Impériale Tara sera profitable à tous ceux qui possèdent des objets démoniaques, ou des prototypes, comme notamment les dragons.

Tara cacha un sourire. Brave Xandiar.

Lisbeth ruina ses efforts en foudroyant de plus belle Tara du regard.

— Ah, je les avais oubliés, ceux-là ! Je te préviens, Tara, s'ils commencent à m'ennuyer avec cette histoire de magie maléfique qu'il ne faut pas libérer, tu te débrouilleras pour leur répondre, puisque vous êtes si liés !

Tara se mordit la lèvre. Maître Chem n'était pas sur Autre-Monde, mais Lisbeth avait raison. Après ce qu'elle venait d'annoncer, le dragon allait certainement lui demander des éclaircissements.

Elle soupira.

Il ne fut pas très long de confirmer que Magister n'avait rien comploté du tout. Que le pauvre elfe s'était juste trouvé au mauvais moment au mauvais endroit et l'avait payé de sa vie.

Tara retourna dans sa chambre avant qu'une nouvelle corvée ne lui tombe dessus. Elle avait encore des tas de choses dont elle devait discuter.

Surtout avec Robin.

Ils étaient amoureux l'un de l'autre, et leur amour avait été tellement contrarié depuis quelque temps que Tara ne savait plus très bien où elle en était.

Accompagnée des gardes, qui ne la quittaient plus, elle rentra chez elle et s'immobilisa, stupéfaite.

La chambre était vide. Enfin, à part Moineau, sa meilleure amie, en train de se faire passionnément embrasser par un garçon qui n'était pas Fabrice, son petit ami !

Le juron qu'elle poussa fit sursauter les deux coupa... les deux ados.

— Ah, Tara ! s'écria Moineau en rosissant. Pardon, je ne t'avais pas entendue entrer.

Elle n'avait pas l'air de se sentir fautive du tout. Sheeba, sa panthère argentée, feula, puis se coucha en bâillant, pas plus impressionnée que ça.

Tara se planta au milieu de la pièce, les poings sur les hanches. Prudent, Galant, son pégase miniaturisé, s'envola, histoire d'éviter les dommages collatéraux.

— Par les entrailles de Bendruc le Hideux ! s'écria Tara, outragée. Mais qu'est-ce que tu fais, Moineau ?

La jeune fille la regarda avec perplexité.

— Ben, j'étais en train d'embrasser Fabrice. Pourquoi ? Enfin, Tara, ce n'est pas la première fois, que je sache !

Tara pointa un doigt tremblant vers l'inconnu qui la regardait, un sourire narquois aux lèvres.

— Sauf que ça, ce n'est pas Fabrice !

Moineau se tourna et éclata de rire.

— Oh ! quelle gourde je suis, je n'avais pas... Allez, Fabrice, montre-lui !

Sous les yeux stupéfaits de Tara, le visage de Fabrice ondula, comme parcouru par de déplaisants insectes, ses os se modifièrent et il recouvra son visage normal.

Un fauteuil se faufila derrière Tara et la jeune fille s'y laissa tomber avec reconnaissance, les genoux flageolants sous son armature métallique.

— Fabrice ? Mais qu'est... qu'est-ce que ça veut dire ?

Le garçon rigola, puis s'arrêta en grimaçant.

— Aïe ! J'ai découvert ça en discutant avec les loups-garous. Ils sont capables de modifier la structure de leur visage à volonté, même s'ils le font rarement. Parce que, la vache (il se frotta le visage), qu'est-ce que ça fait mal !

Tara en resta bouche bée.

— Tu... tu veux dire que tu peux changer de visage à volonté ? C'est... c'est dingue !

— Ouais, enfin pas super longtemps. Les os ont un peu tendance à revenir à la normale au bout d'un certain temps. Mais je peux me faire passer pour quelqu'un d'autre, oui. À condition qu'il soit blond, parce que, en revanche, je ne peux pas changer la couleur de mes cheveux ni de mes yeux, à part avec de la magie... et tu sais à quel point la mienne est fluctuante.

— Tu ferais un espion parfait, protesta Moineau. Il suffit de teindre tes cheveux si ta cible n'est pas de la même couleur que toi, et hop, tu deviens son double !

Fabrice eut un petit sourire triste et inspira profondément.

— Je ne crois pas que ça va m'être très utile. Ce n'est pas de cela que je désirais te parler, Moineau. Je voulais que Tara, qui est ma meilleure amie, soit présente également, pour écouter ce que j'ai à t'annoncer et, surtout, ce que je désire te proposer.

La jeune fille aux longs cheveux bruns bouclés se redressa. Ses jolis yeux noisette se firent attentifs.

— Depuis la mort de Barune, j'ai beaucoup réfléchi, fit gravement Fabrice. Aux erreurs que j'ai commises. Mon passage du côté obscur de la Force... (Moineau fronça les sourcils. Si Fabrice évoquait encore Dark Vador, elle sentait qu'elle allait hurler. Mais qu'est-ce qu'il leur avait fait, aux Terriens, ce George Lucas ? Il leur avait jeté un sort ou quoi ?) Mon allégeance à Magister. Tout ce sang, ces complots, ces trahisons. Tout ceci n'est pas pour moi.

Tara sentit sa gorge se serrer. Fabrice était comme elle – enfin, pas tout à fait comme elle, puisqu'elle avait juste été élevée sur Terre – un Terrien. Ils avaient les mêmes réactions incrédules face à la magie, qu'ils ne comprenaient pas toujours, la même peur et souvent la même envie de fuir. Elle pressentait ce qui allait suivre.

Hélas, elle avait raison.

— Je ne suis pas fait pour cette planète, poursuivit Fabrice en s'agenouillant devant Moineau et en lui prenant les mains. La peur que j'éprouve constamment ici, pour vous, pour moi, me mine, m'empêche de réfléchir correctement et, surtout, je ne peux pas mener la vie que je veux. Regarde-moi ! J'ai été transformé en loup-garou contre ma volonté ! Et je déteste ça. Comme je déteste la magie. Comme je déteste ce monde.

Sous le choc, Moineau pâlit. Puis elle recula, se sentant rejetée. Mais Fabrice ne lâcha pas ses mains, ses grands yeux noirs, aux cils indécemment longs pour un garçon, plantés dans les yeux brun doré de Moineau.

— J'ai postulé pour devenir gardien de porte adjoint, sur Terre, en compagnie de mon père. C'est un nonso. Il n'est pas si jeune, et tout ce qui s'est passé récemment, les attaques, les blessures, tout cela l'a affaibli. Le Lancovit est convenu qu'un gardien loup-garou presque invulnérable serait un excellent atout. Omois aussi. Ma candidature a été acceptée. La paye est très correcte et, avec ce que l'Impératrice m'a donné lorsque nous avons sauvé Omois la première fois, que j'ai revendu, j'ai bien assez d'argent devant moi pour vivre très confortablement.

Les yeux de Moineau s'écarquillèrent.

— Tu... tu veux dire que...

— Que je veux retourner sur Terre, oui.

Et Fabrice déclara fermement :

— Et je veux que tu viennes avec moi.

Moineau avait arrêté de respirer. Elle s'en rendit compte lorsqu'elle commença à voir de petites étoiles. Elle inspira profondément et regarda le garçon qui lui faisait face. Très posément, elle dégagea ses mains. C'était la goutte d'eau qui faisait déborder le vase. Depuis un moment déjà, elle avait compris que Fabrice n'aimait pas AutreMonde. Mais elle n'avait pas imaginé un instant qu'il allait tout rejeter en bloc.

— Tu... tu veux aller vivre sur cette planète arriérée et sans magie !

— Ehhh ! protesta Tara, volant au secours de Fabrice. Doucement avec ta planète arriérée, s'il te plaît. Notre technologie peut parfaitement rivaliser avec votre magie. D'accord, le fait d'utiliser du pétrole plutôt que de la magie a un peu pollué notre atmosphère. Mais on va finir par trouver une solution. Et, sans magie, je ne pense pas que vous auriez fait mieux que nous !

— Là n'est pas la question, répliqua fermement Moineau en se levant. Tu veux me quitter, Fabrice, et aller vivre sur Terre. Comment crois-tu que je vais prendre ta déclaration ?

— En venant avec moi ? répondit Fabrice d'un air misérable et interrogatif.

Moineau se retourna vers lui, les yeux étincelants de colère.

— Ma famille, tous mes amis vivent sur AutreMonde.

— Ma famille et tous mes amis, à l'exception de Tara, vivent sur Terre, contra Fabrice.

— Mais je ne pourrais que très peu utiliser la magie sur Terre.

— Ça, c'est une mauvaise excuse. Depuis que Tara a détruit la machine de Stonehenge, la magie est plus puissante. Et cela n'a jamais empêché Isabella, les semchanachs ou les nouveaux sortceliers terriens de l'utiliser !

— Tu me couperais de mes racines !

— Si je restais ici, je me couperais des miennes. Mais ce serait comme avec tes parents, Moineau, lorsqu'ils ont décidé d'habiter à Hymlia, ce n'était pas chez eux ! Vivre chez les nains, c'est quand même un sacré choc culturel, bien plus grand que de vivre parmi les Terriens.

Il s'approcha d'elle et l'étreignit. Il sentit une boule se former dans sa gorge quand Moineau se dégagea, sans brutalité mais avec fermeté.

— Ce n'est pas du tout la même chose. Jamais mon père n'a dit à ma mère qu'il détestait sa magie, sa planète ou son mode de vie !

— Ce n'est pas ce que Fabrice a dit, intervint encore Tara, il a dit...

— Tais-toi ! lui ordonna Moineau.

Stupéfaite, Tara obéit. Jamais Moineau, la timide Moineau, ne lui avait parlé sur ce ton.

La jeune fille se retourna vers Fabrice et sa voix s'éleva, claire et précise :

— Si tu persistes dans ton stupide projet, Fabrice, sache que je ne te suivrai pas. Je n'ai rien à faire sur Terre, et encore moins avec quelqu'un qui prend ses décisions avant même d'en avoir discuté avec moi. Tu ne m'as pas parlé de ton choix de partir avec Magister, tu ne m'as pas parlé de ta candidature, ni de ton projet de redevenir terrien. Tu m'exclus systématiquement de tes décisions les plus importantes. Cela ne peut pas continuer comme ça.

Tara comme Fabrice furent saisis par le ton de sa voix. Moineau était furieuse, alors qu'en même temps les larmes coulaient sur son visage délicat.

Ils se dévisagèrent. Et Tara vit mourir l'amour de Moineau dans les yeux embués de la jeune fille.

Suppliant, Fabrice s'avança vers elle, mais, avant qu'il n'ait le temps de réagir, elle s'enfuit en courant.

Écrasé par la culpabilité, Fabrice ne la suivit pas.

— Bon Dieu, fit-il, elle a raison. Mais quel abruti je suis !

Tara jeta un coup d'œil vers la porte, qui le lui rendit.

— Elle est partie ? demanda-t-elle.

La porte forma une bouche et répondit :

— Oui, elle s'est adossée un instant à mon bois puis a filé comme un rominet. Si je peux donner mon avis...

— Non ! firent Tara et Fabrice d'un seul élan.

La porte fronça un sourcil de bois, puis, vexée, fit disparaître son œil, son oreille et sa bouche, ne laissant que surface lisse.

— Moineau n'a pas tort, fit remarquer Tara. Tu as tendance à agir d'abord et à demander pardon ensuite.

Fabrice fourragea dans ses cheveux blonds.

— Ouais, je sais. Mais, Tara, quel autre choix ai-je ? Sal et Betty vivent sur Terre. Pourquoi Gloria ne le pourrait-elle pas ?

Aïe. Il utilisait le vrai prénom de Moineau. Mauvais signe. Cela signifiait qu'il commençait à être en colère. Tara s'efforça de désamorcer l'orage naissant.

— Betty est une Terrienne, donc c'est normal, et Sal est un dragon qui ne pourra plus jamais se transformer. Tu ne peux pas comparer leur cas avec le tien. Tu dois laisser à Moineau un peu de temps pour s'habituer à l'idée, Fabrice. Elle t'a toujours soutenu, quoi qu'il arrive. Je pense que vouloir retourner sur Terre s'apparente, pour elle, à une sorte d'abandon. Comme si, en faisant une croix sur la magie, tu faisais une croix sur Moineau en même temps.

— Mais ce n'est pas le cas ! protesta Fabrice. Et par la Porte de transfert elle pourra revenir chez elle quand elle voudra !

— Ce n'est pas la même chose, fit remarquer gentiment Tara. Habiter sur Terre sera contraignant pour elle, tu le sais très bien.

Fabrice voulut protester, puis s'affaissa. Tara avait raison, évidemment. Plutôt que de mettre Moineau devant le fait accompli, il aurait dû lui en parler avant. Il grimaça. Il n'était pas très bon diplomate.

Ils laissèrent passer un long silence, ruminant tous les deux.

— Elle ne va pas laisser passer ça, hein ?

— Je ne crois pas, répondit Tara.

— Elle va me piétiner, gémit Fabrice.

— Laisse-la faire. Et quand elle t'aura bien piétiné, dis-lui que tu regrettes, regrettes, regrettes, et que la prochaine fois que tu voudras aller aux toilettes tu lui demanderas la permission d'abord.

Ils se regardèrent, un sourire identiquement ironique aux lèvres.

— C'est l'amour, décida Fabrice, ça rend crétin !

— Alors nous sommes un certain nombre de millions de crétins, je te signale.

Fabrice médita ces sages paroles.

— Et toi ? demanda-t-il soudain, histoire de ne pas se sentir seul dans les problèmes. Comment ça va avec Robin ?

Tara lui lança un regard surpris.

— Euh... bien. Pourquoi ?

— Ben, maintenant que tu es co-Impératrice, ça va devenir compliqué, votre histoire.

Tara se redressa sur son siège, sentant venir les ennuis. Elle ne fut pas déçue.

— D'après les livres que j'ai pu lire, tu sais, quand je cherchais à acquérir plus de pouvoir, expliqua Fabrice, le prétendant à la main d'une Impératrice doit passer une série d'épreuves, puis être accepté par le Sénat et le Parlement.

Tara ouvrit de grands yeux bleus.

— Des épreuves ? Fabrice, tu rigoles ?

— Non, pas du tout. Écoute, tu dois avoir ça dans ton *Livre des sombres secrets*. Tu devrais le consulter. En attendant, je vais ramper sur le ventre jusqu'à la chambre de Moineau et lui demander de me pardonner.

— Apporte-lui des fleurs, marmonna Tara machinalement.

— Non, rétorqua Fabrice. Avec son métabolisme de Bête, ça la fait éternuer. Ramper, ça va lui plaire. Si je rajoutais des tessons de bouteille ou des charbons ardents sur le chemin, je pense que ça lui plairait encore plus.

Tara jeta un œil incrédule vers Fabrice, qui sourit tristement et sortit. La jeune fille hocha la tête. Les amours de ses amis étaient bien compliquées.

Elle allait sortir à son tour quand, soudain, la boule de cristal du bureau sonna.

Une voix étrange, sans timbre, s'en éleva, sans image.

— Vous ne me connaissez pas, mais moi je vous connais. Et j'ai besoin de votre aide. Pour empêcher qu'un affreux forfait ne soit accompli.

Tara se figea, interrogative. Personne, à part ses meilleurs amis et sa famille, n'avait ce numéro. Elle avait donc répondu sans méfiance.

— Euh… oui ? dit-elle d'une voix incertaine.

— Nous avons des… intérêts communs, poursuivit la voix.

— Ah bon ?

— Oui.

Ce que lui proposa alors la voix était si surprenant, si étrange, qu'elle en resta muette de stupeur pendant quelques secondes.

Puis elle se mit à réfléchir.

— C'est d'accord, finit-elle par dire tout en pensant sincèrement qu'elle était en train de commettre une énorme bêtise.

— Parfait.

— Comment puis-je vous contacter ?

— Vous ne pouvez pas. C'est trop dangereux. Je vous recontacterai. Ne commettez pas d'erreur. Il en va de votre vie.

Les mains un peu tremblantes, Tara raccrocha.

Elle mit plusieurs longues, très longues minutes à recouvrer ses esprits. Puis son cerveau se mit à tourner à fond, soupesant, recherchant, supputant. La voix avait raison, elle ne pouvait se permettre absolument aucune erreur.

Une fois tout clarifié, même si elle savait qu'elle allait devoir reprendre les détails à de nombreuses reprises, elle revint à la pensée qui l'occupait avant cet étrange entretien.

Par tous les dieux d'AutreMonde, où donc était passé Robin ?

7

Robin

ou comment découvrir sa future fonction de prince consort et ne pas aimer du tout.

Robin était installé dans la bibliothèque du palais. Dans la partie non dangereuse de celle-ci, où il n'était pas nécessaire de cadenasser les livres – trop agressifs – et où les encyclopédies les plus fortes ne dévoraient pas les plus faibles. Les Camhboums, peuple érudit à l'apparence de grosses mottes de beurre aux yeux rouges et aux tentacules gigoteurs, vaquaient paisiblement à leurs occupations. Çà et là, les tentacules fouettaient l'air, classant et reclassant les millions de livres.

Soudain, une explosion le fit sursauter. Les Camhboums les plus proches se précipitèrent. Un peu inquiet, Robin allait les suivre lorsqu'une annonce le figea.

« Nous avons le regret de vous annoncer que la section "Vie et mœurs des humains amoureux" est définitivement interdite à la race camhboum, l'un des nôtres venant d'exploser en lisant l'un de ces ouvrages. »

Robin hocha la tête. Mais à quoi pensaient les Camhboums ? Ils devaient absolument éviter les émotions fortes, sinon ils explosaient, et l'on avait dû bannir Stephen King de la bibliothèque après que deux Camhboums avaient péri en relisant *Le Fléau*.

Il fit une petite minute de méditation en hommage au valeureux bibliothécaire tombé au champ d'honneur, puis se concentra sur ce qu'il était en train de lire. Pas le *Livre des sombres secrets*, exclusivement accessible aux membres de la famille impériale, simplement le livre de la cour du palais de Tingapour.

Qui portait un titre peu flatteur : *Livre des candidats qui échouent*. Il n'avait pas réussi à mettre la main sur le *Livre des candidats qui réussissent*. Celui-là n'avait peut-être pas été écrit, les candidats ayant réussi n'avaient sans doute pas envie de donner leurs recettes aux autres.

Le jeune demi-elfe avait été élevé en partie à la cour de Selenda, la patrie des elfes, mais surtout à celle du Lancovit, qui, ainsi qu'il était en train de le découvrir, était nettement plus décontractée question étiquette. Au Lancovit, les rois et les reines épousaient qui ils voulaient. Cela ne voulait pas dire que jamais mariage arrangé n'avait lieu, mais les parents évitaient tout ce qui pouvait mettre en danger et la vaisselle royale et la paix du pays.

À Omois, en revanche, Demiderus, conscient du rôle de ses descendants comme chefs de file de la résistance antidémons, avait institué tout un tas d'épreuves afin de vérifier que le prince ou la princesse – ou simplement le garçon ou la fille – qui épouserait son ou sa descendant(e) présentait les qualités de courage et d'intelligence nécessaires.

L'abattement gagna le demi-elfe à l'idée de tout ce qu'il allait devoir faire pour prétendre au titre de fiancé officiel de Tara. Et encore, ça, ce n'était pas grand-chose ! Il avait déplié le parchemin qui expliquait les obligations des candidats et celui-ci s'était déroulé sur la moitié de la bibliothèque !

— Ne pas être allergique aux escargots ? grogna-t-il en découvrant une énième consigne stupide. Mais qu'est-ce qu'il en avait à faire, Demiderus[1], qu'on soit ou pas allergique aux escargots !

— Si ton corps est allergique, alors ce n'est pas bon, fit une voix ironique au-dessus de lui. Notre prestigieuse famille ne peut pas accueillir en son sein des individus qui auraient des gènes déficients.

_____

1. Créateur de l'empire d'Omois, Très Haut Mage, ancêtre de Lisbeth, Tara, Jar et Mara. S'est enfermé dans le Temps Gris (avec une bibliothèque entière et, plus récemment, une collection complète de films) afin de pouvoir revenir en cas de guerre avec les démons. Est plutôt bien conservé pour un type qui a plus de cinq mille ans.

Surpris, Robin releva la tête. Il avait reconnu la voix. Une jeune fille brune aux longs cheveux bouclés tranchés par une fine mèche blanche, qui se tenait en équilibre sur le haut d'une étagère, se laissa gracieusement retomber devant lui.

— Votre Altesse Impériale, salua-t-il gravement. Comment allez-vous ?

— Mal, répondit franchement Mara, la sœur de Tara, avec un sourire qui démentait son état. Ma foutue tante n'a pas voulu me retirer ce foutu titre impérial d'Héritière et je passe mon temps à semer mes foutus gardes. D'ailleurs, je pense que je ne vais pouvoir te parler que pendant une vingtaine de minutes avant qu'ils ne viennent nous casser les pieds.

Elle prit une voix particulièrement niaise et fit mine de taper dans ses mains.

— Oh, je vais aller voir le zoo de tante Lisbeth ! C'est trop cool !

Elle reprit sa voix normale et eut un sourire particulièrement maléfique.

— Ils doivent encore être en train de fouiller partout en espérant que je ne me suis pas fait croquer par une bestiole.

Robin réprima un sourire.

— Vous me cherchiez, Votre Altesse Impériale, ou notre rencontre est-elle une bienheureuse coïncidence ? Et « foutu » me semble un mot bien grossier pour Votre Altesse Impériale.

— Dis donc, tu t'entraînes pour un discours ou quoi ? demanda Mara, sincèrement intriguée, ses yeux noisette étincelants de curiosité. C'est quoi, toutes ces « Votre Altesse Impériale » ? Je croyais qu'on était copains, qu'on se tutoyait... Eh, ho, c'est moi, Mara, la petite sœur de ta copine Tara !

Puis son regard tomba sur le *Livre des candidats qui échouent* et elle éclata de rire.

— Oh, oh ! je comprends mieux, maintenant, tout ce formalisme. C'est donc pour ça ? Je suis surprise que tu ne sois pas parti en courant !

Robin s'affaissa.

— C'est terrible ! Pour ce qui est des épreuves de force ou d'agilité, pas de problème, je suis un demi-elfe, quand même.

Mais tu as vu ça ? Il y a des tests d'intelligence ! Et de calcul !

Son regard était de pure horreur.

Le sourire de Mara s'accentua.

— Tu n'aimes pas les maths ?

— Ce sont plutôt elles qui ne m'aiment pas, grogna Robin.

Mara le dévisagea. Les mèches noires si caractéristiques du métissage de Robin avaient disparu depuis que la Reine Noire l'avait transformé. Son visage était devenu cent pour cent elfique, de cette étrange beauté qui semblait un peu efféminée… alors qu'il n'y avait pas plus viril, ni plus courageux et combatif qu'un elfe. Mais, là, Robin n'avait pas l'air d'avoir envie de combattre quoi que ce soit. Et ses magnifiques yeux de cristal étincelaient d'angoisse. Soudain, il fronça les sourcils.

— Mais dis donc, tu as drôlement grandi !

Mara tourna souplement sur elle-même, montrant sa fine silhouette, vêtue du cuir noir et de la soie sombre des Voleurs Patentés.

— Vous avez été absents plus d'un an, répondit Mara en contemplant sa poitrine avec satisfaction. J'ai un an et trois mois de plus. Si Tara repart dans les Limbes pendant deux ou trois semaines, nous finirons par avoir le même âge à son retour !

Robin la regarda, bouche bée.

— Par les crocs cariés de Gélisor, jura-t-il, je n'arrive pas à m'y habituer. Nous n'avons passé que quelques semaines dans les Limbes, et la différence de temps n'arrête pas de me sauter dessus. Bon, tu n'as pas répondu à ma question tout à l'heure. Tu me cherchais, ou tu m'es tombée dessus par hasard ?

— Je te cherchais, avoua Mara en plongeant ses yeux étrangement semblables à ceux de sa défunte mère, Selena, dans les yeux de cristal de Robin. Je n'arrive à rien avec Cal. Dis-moi, Robin, toi qui es un elfe et un copain, tu ne voudrais pas m'apprendre à draguer ?

Ce genre de situation fait clairement partie du cauchemar de tous les garçons : le terrifiant moment où une fille plus jeune décide de leur demander de partager avec elle leur expérience du flirt.

Robin rougit. Normalement, les elfes rougissent très peu. Mais son côté humain, même s'il avait disparu physiquement, était bien là, caché, et il réapparaissait aux moments les plus embarrassants.

— Rooohh ! s'exclama Mara, pour qui le mot « tact » n'avait aucune signification. Pourquoi t'es tout rouge ?

Robin s'éclaircit la voix.

— Hrrmmm, qui, moi ? Pas du tout. Écoute, Mara, je ne suis pas sûr d'être le mieux placé pour te parler de séduction, vu que je passe mon temps à courir après Tara (il sourit avec amertume) ou à me conduire comme un imbécile et à la rejeter.

Il n'aurait jamais dû prononcer les derniers mots. Mara se jeta dessus tel un requin affamé sur un pauvre petit poisson blessé.

— Quoi ? Quoi ? Tu as rejeté ma sœur ? Et tu es encore vivant ?

— Mara !

— Ben quoi ? Allleeeez, dis-moi ce qui s'est passé.

Robin soupira, rencontra le regard pétillant de curiosité de la jeune fille, et comprit qu'il n'allait pas y couper. Non mais, quel abruti ! Il ne pouvait pas se taire ?

— Memmmmemmmelllemmmmellllmmememmel, marmonna-t-il.

Mara se mit le doigt dans l'oreille et l'agita vigoureusement.

— Tu pourrais répéter, s'il te plaît ? J'ai l'impression que j'ai un problème de tympans.

— Taraétaitsousunsortdattiranceetçamarendufurieux, grogna Robin d'une traite.

Mara mit un certain temps à détacher les mots les uns des autres. Puis ses yeux s'écarquillèrent.

— Noooon, tu rigoles ?

— Pas du tout. En fait, le sort était sur Selena et...

— Et sur Jar et moi aussi ? l'interrompit immédiatement Mara.

— Euh, non, juste sur Selena et Tar...

— Zut ! l'interrompit de nouveau Mara. J'aurais dû m'en douter : Cal n'arrête pas de m'échapper.

Robin se redressa.

— Cela n'a pas affecté Cal. Il a résisté au sort, contrairement à moi.

— Ah bon ? Et il a fait comment ?

— Ça, il faudra lui poser la question. Bref, j'en ai beaucoup voulu à Tara, alors que ce n'était pas sa faute.

— Mais tu l'aimes depuis plusieurs années, fit remarquer Mara en fronçant les sourcils, mettant immédiatement le doigt sur ce qui avait échappé à Robin.

— Ouais, je sais. C'est là que le mot imbécile prend toute sa signification. Le sort d'attirance est juste fait pour attirer. Si on est toujours amoureux longtemps après, cela signifie que c'est de l'amour vrai, rien à voir avec le sort. Je ne m'en suis pas rendu compte.

— Moi si ! fit la petite, plus si petite, avec une insupportable satisfaction.

— Bon, ça va ! s'agaça Robin. Mes parents venaient de se faire attaquer, l'Anneau tentait de nous tuer tous et on a dû affronter des tas de démons dont l'un s'est transformé en fausse Tara afin de pouvoir couch...

Il s'interrompit net en voyant les yeux de Mara s'écarquiller de plus belle.

— Oh, là, là ! fit la petite sœur de Tara. Est-ce que tu allais dire ce que je pense que tu allais dire ?

Robin se mordit les lèvres. Il était furieux de s'être encore fait avoir. Il ne fallait pas qu'il perde son sang-froid. Il racontait n'importe quoi quand il perdait le contrôle de lui-même.

Il se sentit nerveux lorsque les yeux de Mara s'étrécirent, comme ceux d'un chat qui vient de repérer un pigeon particulièrement appétissant.

— Dis donc, dis donc, il s'en est passé, des trucs, pendant que vous étiez là-bas. Contrairement à toi, Cal s'est bien gardé de me raconter toutes ces anecdotes croustillantes ! Alors, alors, tu l'as fait ?

Il opina, penaud, et Mara grimaça.

— Et Tara le sait ? Non mais, parce que, si elle le sait, le fait que tu sois rose et grand, au lieu d'être petit, vert et amateur de mouches, prouve qu'elle t'aime bien.

— Ouais, fit Robin d'un ton morne, elle le sait. Elle a détruit un bout du château des démons, mais elle m'a épargné. Je pense qu'elle m'aime beaucoup plus que je n'aime l'imbécile que je suis.

— Je trouve que tu prononces beaucoup le mot « imbécile », remarqua Mara.

Robin hocha la tête.

— Je le mérite, c'est exactement ce que je suis.

— C'est ce que tu as dit à ma sœur ? Et là, je parle du sort, hein, pas de ce que tu as fait avec une démone (elle gloussa). Bon sang, ce que je regrette de ne pas être venue avec vous !

Robin se redressa et lui jeta un regard suppliant.

— Mara, je n'ai rien dit à ta sœur. Tara ne sait pas que je n'avais pas compris que le sort d'attirance ne pouvait pas fonctionner sur le long terme. Elle croit toujours que je lui ai pardonné *en dépit* du sort.

Mara recula un peu. Et plaça ses mains sur ses hanches fines après avoir dégagé ses longs cheveux d'un air agacé.

— Robin, tu veux dire que tu as menti à ma sœur à propos de quelque chose d'aussi important que la réalité de votre relation ? Tu es dingue. Ou alors tu ne tiens pas tant que ça à la vie, finalement. Je te rappelle qu'elle est une très puissante sortcelière, qu'elle a réduit en bouillie un nombre incalculable de personnes et que c'est une très, très mauvaise idée de lui mentir !

— Mentir ? Qui a menti, et pourquoi ? demanda une voix bien connue qui les fit sursauter.

Tara sortit de l'ombre.

La magie fulgurait au bout de ses poings et ses yeux étincelaient de pouvoir.

Elle n'avait pas l'air contente.

Robin déglutit et lutta contre l'envie de reculer, se leva et lui adressa un sourire vacillant. Mara, dédaignant les poings fulgurants de magie, se jeta à son cou. Tara éteignit son pouvoir juste à temps pour ne pas carboniser sa sœur.

— Enfin, enfin ! fit Mara, ravie. Je me demandais quand je pourrais enfin te voir. Et pourquoi tu avais activé ta magie ? Tu sais que ça rend les bibliothécaires assez nerveux, surtout depuis que tu as fait exploser leur bibliothèque !

Tara sourit.

— Bon, je n'avais pas fait exprès. À l'époque, je ne la maîtrisais pas très bien.

Elle croisa le regard ironique de sa sœur.

— D'accord, je ne la maîtrise pas mieux aujourd'hui. Mais les gardes m'ont énervée.

— Ah oui ? Toi aussi ?

— C'est insupportable ! C'est tout juste si l'un d'entre eux ne m'accompagne pas aux toilettes !

Les deux sœurs échangèrent un regard navré.

— Bref, fit Tara, qu'on ne distrayait pas si facilement. Qui a menti et pourquoi ?

Mara fit un joyeux sourire et répondit :

— Je crois que Robin a un truc à te dire.

Puis elle recula de deux pas et s'apprêta à jouir du spectacle.

Robin lui jeta un regard mauvais.

— Tu sais, Mara, le renseignement que tu m'as demandé tout à l'heure...

— Oui ?

— Tu peux toujours courir pour que je te le donne.

— Pas grave. Ça, c'est nettement plus intéressant. Et puis, d'une certaine façon, vous voir tous les deux gérer votre relation participe aussi à mon éducation.

Un fauteuil se positionna derrière elle, elle s'assit puis croisa gracieusement les jambes et déclara, impériale :

— C'est bon, vous pouvez y aller !

Tara réprima un rire. Robin, qu'elle avait enfin localisé, avait l'air horriblement embarrassé. Qu'est-ce que sa petite peste de sœur avait encore manigancé ?

Robin se ressaisit. Après tout, il était un courageux guerrier elfe. Il pouvait quand même affronter sa bien-aimée !

— Geuuu..., fit-il.

Bon, il allait d'abord falloir qu'il recouvre sa voix. Il réfléchit à ce qu'il allait bien pouvoir dire, et soudain ce fut comme une digue qui se fend. Il entoura Tara de ses bras (au moins, d'aussi près, elle ne le carboniserait pas), posa son menton sur sa tête et, respirant avec délice l'odeur de lavande de ses longs cheveux blonds, se lança.

Tout y passa. Son erreur, ce qu'il avait fait, ce qu'il avait ressenti, pourquoi il avait réagi ainsi, se sentant trahi et manipulé, sa stupidité (il employa six fois le mot crétin, Fabrice avait dû le contaminer) d'avoir cru qu'il était amoureux de Tara à cause d'un stupide sort, son encore plus grande stupidité d'avoir cru que la somptueuse démone était Tara (il insista sur « somptueuse »).

Tara ne réagissait pas. Il ne savait pas très bien si c'était bon signe ou mauvais signe.

Sa confession achevée, il se sentit étrangement léger. Il jeta un coup d'œil à Mara, qui avait réussi à faire se matérialiser un gros paquet de pop-corn au caramel et attendait la suite en le picorant allègrement. Son attitude laissait penser qu'elle assistait à une sorte de pièce de théâtre ou de film passionnant.

Robin se demanda si Tara serait ennuyée s'il étranglait sa petite sœur.

Tara se dégagea et le regarda. Elle était... mitigée : un peu en colère qu'il ne lui ait pas dit la vérité plus tôt, et un peu désorientée qu'il ait été aussi catégorique envers elle.

C'était là que se trouvait le problème. Elle aurait dû être très en colère. Supérieurement furieuse. Il lui avait menti.

Il n'y avait qu'une seule chose à faire.

Elle le prit dans ses bras et l'étreignit.

Mais elle ne ressentit pas de frisson brûlant quand, soulagé, il referma à son tour son étreinte sur elle. Par-dessus l'épaule de Robin, elle croisa le regard de Mara.

Sa sœur avait cessé de manger.

Et elle avait l'air navrée.

Tara se dégagea. Elle afficha un joli sourire pour Robin, mais se sentit vide. Quand elle avait parlé avec sa mère de sa relation avec Robin, elle lui avait dit qu'elle savait que Robin était le bon, celui avec qui elle voulait faire sa vie.

Selena avait souri et lissé tendrement les cheveux de sa fille avant de lui faire un câlin.

— Ma chérie, avait-elle dit, comme des milliards d'ados avant toi, tu découvriras que les amours de quatorze ans ne survivent pas forcément aux amours de seize ans et encore moins à celles de dix-huit ans ou de vingt. Les gens changent, ma chérie, et les adolescents plus vite encore. Bien sûr, il arrive qu'on trouve son âme sœur très tôt, mais c'est extrêmement rare. Peut-être que Robin est le bon. Peut-être que non. Seul l'avenir le dira.

À l'époque, Tara avait vigoureusement protesté. Aujourd'hui, elle mesurait à quel point elle avait évolué.

— Tara, dit Robin, tu m'en veux beaucoup ?

— Non, répondit Tara. Je savais déjà que je n'aimais pas la magie, j'ai décidé de ne pas la laisser interférer avec ma vie. Donc, tout ceci n'a aucune importance. On s'aime, c'est le principal.

Le fait que le « on s'aime » n'était pas d'une grande conviction échappa à Robin. Mais pas à Mara.

Soudain, le regard de Tara tomba sur le livre posé sur la magnifique table de bois blond ciré. Ses lèvres remuèrent tandis qu'elle déchiffrait le titre, puis elle tourna un regard stupéfait vers Robin.

— Tu veux devenir un candidat officiel ?

Robin esquissa un sourire penaud.

— Euh... en fait, je regardais la liste de ce qu'il fallait faire. Dis donc, ton ancêtre, il était un peu parano sur les bords, non ?

— À l'époque, il avait quand même quelques raisons, répliqua Tara, qui n'aimait pas qu'on critique Demiderus (enfin, que quelqu'un d'autre critique Demiderus, qu'elle trouvait pour le moins bizarre au demeurant). Mais je ne pense pas que toutes ces conditions s'appliquent encore de nos jours. Et puis, je ne veux pas de toi comme candidat officiel.

Elle était trop occupée à lire la liste des épreuves pour observer le haut-le-corps de Robin. Mais Mara, elle, ne le rata pas.

La sœur de Tara posa la question que Robin n'osait pas poser.

— Et pourquoi ?

— Hein ? répondit distraitement Tara. Parce qu'il n'est pas question que je me marie à seize ans, donc je n'ai pas besoin d'un candidat officiel. Robin est mon petit ami et ces épreuves sont ridicules. « Pas d'allergie aux escargots » ? Il avait fumé quoi, Demiderus, à l'époque où il a écrit ce truc ?

Robin, qui, quelques minutes plus tôt, refusait absolument d'affronter les épreuves susdites, se sentit soudain floué. On lui interdisait la compétition avant même qu'il n'avoue forfait !

— Euh… en fait, tu as dix-sept ans, précisa Mara en étudiant le bout de ses ongles avec intérêt.

— Comment ? Mais non, j'ai…

— … passé l'équivalent de plus d'une année d'AutreMonde dans les Limbes, même si pour toi cela n'a duré que quelques semaines. Tu as donc plus de dix-sept ans, en fait. Ton anniversaire est dans sept mois très précisément. Celui de tes dix-huit ans.

Tara grogna. On lui avait mentionné ce fait plusieurs fois, mais, comme Robin et les autres, elle l'oubliait tout le temps.

— Eh, finit-elle par dire, mais ce n'est pas juste ! Je n'ai pas fêté mes dix-sept ans et je dois passer à dix-huit tout de suite ?

— Juste ou pas, dans sept mois, tout à fait officiellement, tu auras dix-huit ans. Et si tu penses que tu as des problèmes maintenant, crois-moi, ce ne sera rien à côté du défilé de prétendants qui vont arriver à la cour à ce moment-là.

— Et pourquoi Lisbeth n'a pas des tas de prétendants, elle aussi ? gronda Tara, furieuse.

— Parce qu'elle est stérile, répondit calmement Mara. Elle m'a fait étudier le *Livre des sombres secrets*, depuis que je suis son Héritière. Je lui ai posé la question lors de ton retour. L'un de nous trois, toi, moi ou Jar, doit absolument donner des héritiers à l'Empire. La puissance de notre magie est aussi garante de la sécurité de nos peuples. Tu n'as pas vraiment le choix.

Tara déglutit. Dans quel univers parallèle sa petite sœur avait-elle bien pu devenir cette grande jeune fille raisonnable et cultivée ?

Et dans quel autre univers de dingue Tara était-elle considérée comme une sorte de vache reproductrice ?

— Meuuuuh ! fit-elle.

Robin et Mara la regardèrent avec stupeur. Elle n'expliqua pas le son bizarre qu'elle venait de produire.

— Bon, je vais retourner dans ma suite, histoire de voir quelle autre tuile va nous tomber sur la tête…

Les gardes affolés qui débarquèrent à ce moment-là la dispensèrent de préciser sa pensée. Ils entourèrent Mara, qui leva les yeux au ciel. Les exclamations et les accusations fusèrent, polies mais fermes.

— Non, finit par répondre Mara, acerbe. C'est incroyable ! J'ai dit que j'allais au parc et que je vous y retrouvais ? Ben, j'ai fait un petit détour au passage, histoire de voir ma chère sœur. La nouvelle Impératrice *bis*. Ça ne vous pose pas de problème, j'espère ?

Et elle leva un sourcil, les défiant de l'accuser d'avoir menti.

Les gardes n'insistèrent pas. Ils se contentèrent de l'encadrer, mais leurs regards signifiaient clairement qu'ils ne tomberaient pas dans un autre piège de sitôt.

Mara sourit à Robin, se leva, fit disparaître son paquet de pop-corn d'un geste élégant de la main et soupira.

— Tu as raison, Robin, je crois que tu n'es pas le meilleur candidat. Et je pense que Fabrice est carrément le pire. Il va falloir que je trouve quelqu'un d'autre.

Tara fronça les sourcils.

— Meilleur candidat pour quoi ?

Mara sourit.

— Pour apprendre à draguer.

Tara en resta sans voix.

L'œil de Mara tomba sur le chef de son escorte qui la foudroyait encore du regard.

— Dites-moi, X'envril, ronronna-t-elle, quel conseil me donneriez-vous si je voulais vous séduire ?

L'œil bleu du grand garde à quatre bras s'emplit d'effroi.

— Euh… je vous demande pardon, Votre Altesse Impériale ?

Mara se rapprocha de lui d'une démarche souple de prédatrice. Malgré lui, le garde recula.

— Mara ! s'exclama Tara, très gênée. Arrête de jouer avec ces pauvres soldats. Si quelqu'un essaie de te trucider, tu seras bien contente de les avoir pour te protéger.

Mara soupira.

— Pffff, t'étais plus marrante quand tu faisais tout exploser autour de toi, sœurette !

— Merci de me remémorer ces sympathiques instants, grinça Tara. (Elle prit une voix plaintive.) Et puis, d'abord, je suis toujours marrante !

— Je t'en prie, s'inclina gracieusement Mara. Et, non, tu n'es pas aussi marrante qu'autrefois. Tu crois qu'en vieillissant je vais devenir aussi grincheuse ?

Les gardes cessèrent de respirer. Robin se tendit. Mais la magie ne fusa pas aux poings de Tara. Elle regarda Mara et elles éclatèrent de rire en même temps, puis, bras dessus bras dessous, sortirent de la salle.

Robin soupira.

— Je ne comprendrai jamais rien aux filles.

Le garde qui filait derrière l'Impératrice *bis* et l'Héritière prime hocha la tête avec une absolue conviction.

Robin rendit le livre au bibliothécaire et se dirigea rapidement vers la suite de Tara. À son entrée, les deux filles le regardèrent et se turent. Il se sentit très mal à l'aise. Mara embrassa sa sœur, puis, au grand étonnement de Robin, l'embrassa aussi et fila, sur un dernier :

— Merci Tara ! Je vais traq… euh, je vais retrouver Cal et appliquer ce que tu viens de me dire.

— Cal ? fit Robin. Vous parliez de quoi ?

La réponse de Tara n'était pas du tout celle qu'il attendait.

— De toi, répondit Tara, malicieuse.

— Oh !

Tara lui sourit, mais n'approfondit pas. Ce qui mit Robin encore plus mal à l'aise. Il ouvrait la bouche pour lui demander le rapport entre Mara, lui et Cal, lorsque l'écran de cristal descendit du plafond et que l'image de l'Impératrice… enfin, de l'autre Impératrice, en sortit et les toisa.

— Tara, dit Lisbeth en souriant, pourrais-tu venir maintenant ? Nous avons une réunion extraordinaire avec les ministres en salle du Conseil et je pense que l'ordre du jour te concerne.

« Extraordinaire » ? Tara n'aimait pas ce qui pouvait être « extraordinaire » sur AutreMonde. C'était en général synonyme d'« ennuis ». De plus, il y avait longtemps qu'elle n'avait pas participé à un Conseil des ministres. Elle se mordit les lèvres. Pourvu qu'ils ne lui parlent pas de cette idiote histoire de prétendants !

Mais l'ordre du jour était bien différent.

— Nous avons à débattre d'un sujet important, et deux de mes ministres s'opposent à ce sujet. Le ministre de la Défense et des Armées et ma Première ministre.

Tara haussa un sourcil.

Lisbeth se pencha un peu, ravissante dans sa longue robe pourpre et or.

— L'une veut absolument que nous détruisions les objets démoniaques, et l'autre, non.

8

La mauvaise solution

ou comment savoir dire « Mais absolument, très cher,
je suis to-ta-le-ment d'accord avec vous »
tout en pensant « Non, non, non, espèce de gros débile ».

Tara sentit un grand poids descendre sur son estomac. Ils n'avaient pas écouté ce qu'elle avait dit ou quoi ? L'invasion des démons, la destruction de l'univers, tout ça ?

Elle ouvrit la bouche pour protester, mais Lisbeth avait déjà disparu de l'écran. Un coup discret se fit entendre. Tara soupira et ordonna à la porte de s'ouvrir. Un de ses gardes passa la tête.

— Nous…

— … avons rendez-vous en Conseil des ministres, l'interrompit Tara. Oui, je sais, ma tante vient de m'avertir. J'arrive.

Tara contempla son appareillage, puis Robin. Un malicieux sourire éclaira son visage.

— Ça me fait mal, dit-elle en frictionnant les endroits où le métal meurtrissait ses jambes et ses hanches. Mourmur a bien travaillé, mais l'exosquelette n'est pas si bien ajusté. Tu crois que tu pourrais me servir de canne jusqu'à la salle du Conseil ?

Robin lui rendit son sourire.

— Tes désirs sont des ordres, ma princesse. Je peux même te porter, si tu veux.

Tara hésita, mais c'était tout de même un peu trop.

— Hum, certains ministres ne sont pas si jeunes, je voudrais leur éviter de faire une attaque. Pouvoir m'appuyer sur toi pour me débarrasser de ce truc en métal, ce sera bien assez.

— Tu veux m'introniser comme prétendant officiel, c'est ça ? essaya de deviner Robin.

— Non, répondit franchement Tara. Tu es mon petit copain et il n'est pas question qu'on me colle des prétendants, c'est ridicule. Je suis bien trop jeune ! Et il va falloir que je parle à Mourmur.

Robin, qui était en train de l'aider à se débarrasser de la structure de métal qui permettait à Tara de se déplacer en attendant que ses muscles reprennent leur vigueur, fut surpris.

— Mourmur ? Mais pourquoi Mourmur ? Tu veux qu'il réadapte l'armature afin qu'elle ne te fasse plus mal ? Et, entre nous, Tara, je trouve que c'est une mauvaise idée de t'en séparer, tu vas souffrir le martyre le temps d'arriver au Conseil des ministres !

Tara eut un sourire rusé.

— Non, rien à voir avec l'armature. Je dois parler à Mourmur parce que, si le seul moyen de me débarrasser de cette étiquette d'« Héritière qui va hériter de l'Empire et nous pondre plein de bébés avant même d'être adulte elle-même », c'est de guérir Lisbeth de sa stérilité, je crois bien qu'il serait capable de le faire. Je lui ai fait passer un message à propos du meurtre commis par Magister...

— Quoi ?

Ah, il n'était pas au courant. Tara oubliait toujours que le palais couvrait des hectares de terrain, au point que, parfois, il pleuvait sur une aile tandis qu'il faisait beau sur une autre. Elle lui expliqua ce qui s'était passé, Robin ayant manqué l'épisode agatha-christien « Y a un mort (non, pas dans la bibliothèque) dans les toilettes ». Robin lui jeta un regard inquiet qu'elle ignora allègrement, trop contente de sa nouvelle idée.

— Donc, conclut-elle, j'ai demandé à Mourmur de venir sur AutreMonde pour nous aider sur le meurtre, mais je vais aussi avoir besoin de lui pour Lisbeth. Il va avoir un double emploi.

Robin vit qu'elle n'avait pas envie de parler de Magister et respecta son désir.

— Mourmur ? s'exclama-t-il. Mais c'est plutôt un ingénieur qu'un... un... (il rougit et Tara se mordit la lèvre pour ne pas rigoler) gynécologue !

— Il a brisé le sort qui infectait maman, répondit la jeune fille. Alors que personne n'avait même compris qu'elle était victime d'un sort. Donc, c'est un génie et, comme tous les génies, il est capable de tout. C'est la meilleure solution à court terme. Nous allons donc avoir trois missions : guérir Lisbeth, lui trouver un petit copain, et faire en sorte qu'il l'épouse sans y laisser la vie au passage.

Elle marqua un arrêt.

— Et qu'il lui fasse une bonne demi-douzaine de bébés !

Tara ressembla soudain à un chat avec plein de crème dans les moustaches.

— Et moi, je serai libre !

Robin siffla tout bas, sincèrement impressionné.

— Hou, gros programme ! Et où veux-tu trouver un homme assez ding... euh, courageux pour courtiser ta tante ?

— Je crois bien qu'il est tout trouvé. Various Duncan.

Robin mit un moment à réaliser de qui elle parlait.

— Le spatchoune ?

Tara réprima un rire.

— Oui, bon, il a été retransformé depuis, quand même.

Pauvre Various. Tout le monde savait ce qui lui était arrivé – deux fois ! – et le surnom risquait de lui coller aux talons.

— Cet homme est un brave parmi les braves, énonça solennellement Robin.

Tara rit. Robin était loyal, courageux, gentil, honorable, mais il était rarement drôle ou alors très involontairement. Les elfes, comme les nains, maniaient bien les armes et la terreur ; l'humour, c'était moins leur truc. Du coup, la jeune fille était ravie lorsque son trop sérieux Robin en faisait.

Elle regarda le visage posé de Robin. Enfin... dans la mesure où ce qu'il venait de dire était de l'humour plutôt que l'expression d'une intime conviction. Puis son visage sérieux se fendit d'un joyeux sourire. Ouf, c'était bien ça.

Ils sortirent de la pièce, escortés par les gardes. Ils avançaient à l'allure d'un escargot arthritique, parce que Tara avait mal quand elle marchait. Ses muscles protestaient après avoir passé des jours sans bouger. Galant voletait gaiement devant eux et sa liberté finit par agacer Tara, qui coupa le lien entre leurs deux cerveaux. Le pégase hennit joyeusement et fit la course avec les brillantes qui illuminaient le couloir, luttant avec la lumière qui passait au travers des immenses baies vitrées.

— Ouille, aïe, aïe, gémit-elle. Finalement, l'armature ne me faisait pas si mal que ça !

— Oui, grogna Robin qui avait l'impression de se traîner (ce qui n'était pas qu'une impression d'ailleurs). C'est exactement ce que je t'avais dit.

— Ben, tu aurais dû le dire plus fort, ronchonna Tara avec la plus parfaite des mauvaises fois, vu que c'était elle qui avait eu l'idée.

Robin soupira. Cinq cents pénibles mètres plus tard, alors que, dans les couloirs encombrés, un centaure tentait d'honorer Tara d'une périlleuse révérence sans s'emmêler les quatre jambes, le jeune demi-elfe finit par craquer.

Avant que Tara n'ait le temps de l'en empêcher, il l'enleva dans ses bras, hocha la tête à l'intention du centaure éberlué et accéléra le pas. Tous les courtisans s'aplatirent sur le chemin afin de saluer l'Impératrice *bis*, portée par son chevalier servant. Tara savait que ce n'était guère malin de sa part de faire cela, mais dut avouer que c'était nettement plus confortable ainsi.

Ils croisèrent un joyeux envol des enfants du palais. Les petits n'avaient pas encore, heureusement pour les adultes, de pouvoirs, mais on les avait mis sous Levitus afin qu'ils puissent s'amuser, et on avait créé des liens invisibles et élastiques pour qu'ils ne s'éparpillent pas dans tous les coins du palais. Ils s'abattirent sur Tara comme une troupe de moineaux, quémandant des bonbons. Riant, Tara accepta, sous le regard renfrogné de leur gardienne, une ravissante licorne argentée à qui on avait greffé magiquement quatre bras (parce que les papattes, c'est bien pour courir, mais moins pour faire des câlins ou moucher un nez) et invoqua sa magie. Les enfants hurlèrent de joie lorsque des bonbons se mirent à pleuvoir de partout.

Encore.

Encore.

Et encore.

— Euuuh, finit par dire Robin qui avait incanté un parapluie pour se protéger, ça commence à monter à mes chevilles, tu devrais peut-être arrêter, Tara.

La jeune fille regarda la pluie colorée et soupira.

— Foutue magie. J'ai demandé des tas de bonbons, c'est-à-dire plutôt dans la diversité que dans la quantité, et elle me fait des collines de bonbons. Ça s'arrêtera probablement lorsqu'il y aura des tas partout dans le couloir.

Robin fronça les sourcils.

— Tu as besoin d'être aussi précise que ça ? Est-ce que tu aurais dû dire « des tas de sortes de bonbons » ?

— Pire, j'aurais dû dire : « Mille bonbons différents, avec des goûts et des couleurs variés. » Mais je n'y pense pas toujours, et le résultat... ben, ça donne ça.

Elle désigna d'un geste fataliste les monticules qui les entouraient. La licorne en avait jusqu'aux paturons et, contrairement aux enfants, n'avait pas l'air ravie, ravie.

— Allons-y avant que quelqu'un me demande autre chose et que ce palais n'y résiste pas, fit Tara.

Robin la reprit dans ses bras (prudent, il l'avait posée lorsqu'elle avait invoqué sa magie, il n'avait pas envie de faire partie des dommages collatéraux ou d'être transformé en grosse fraise Tagada[1]). Sur leur passage, les regards évaluaient le demi-elfe et l'Héritière lovée dans ses bras puissants. Et, dans les regards songeurs, flottaient soudain les perspectives de contrats, d'alliances et d'accords à passer avec les elfes. Qui semblaient si proches de la future Impératrice...

— Je ne sais pas si tu te rends compte, souffla Robin du coin de la bouche, mais, en quelques centaines de mètres, tu viens sans doute de bouleverser les plans de plusieurs générations de marchands, qui vont croire qu'ils doivent s'allier aux elfes pour te plaire !

Tara sourit.

— Je sais. C'est vraiment débile, hein ? Mais ta reine sera sans doute contente.

— Pas si tu ne m'épouses pas et que tous les contrats tombent à l'eau, grimaça Robin, mal à l'aise à l'idée de jouer avec la terrifiante T'avila.

---

1. Les fraises Tagada sont distribuées sur AutreMonde. Sur Tadix, Madix et aussi au Dranvouglispenchir. Haribo n'a jamais compris qu'une grande partie de sa production partait nettement plus loin que ses directeurs ne pouvaient l'imaginer...

— S'ils sont assez stupides pour croire que la race de celui que j'épouse va influencer le commerce d'Omois, c'est qu'ils ne méritent pas leur nom de « meilleurs marchands du monde », trancha Tara, agacée.

La jeune fille n'aimait pas être manipulée. Et encore moins par des gens qui n'avaient aucune idée de ce qu'elle pensait.

— Mais c'est le cas, dit doucement Robin. Tu *seras* influencée, que tu le veuilles ou pas. C'est bien ce que redoute ta tante. Que mon statut d'elfe ne finisse par impacter tes réactions.

— « Impacter », hein ! Dis donc, tu utilises des mots compliqués, ironisa une voix près de son coude. Tu as encore une petite crise d'intellectualisme ?

Tara et Robin sursautèrent. Ils n'avaient pas vu Cal se faufiler jusqu'à eux, après avoir salué le commandant de leur garde qui l'avait laissé faire. L'astucieux Voleur se déplia et, avec surprise, Tara réalisa qu'il était presque aussi grand que Robin.

— Cal ! s'exclama Tara. Mais où étais-tu passé ?

— J'essayais de comprendre comment Magister faisait pour entrer et sortir de ce palais comme dans un poulain, sourit Cal.

— Euuh... l'expression terrienne, c'est « comme dans un moulin », le reprit Tara. Mais bon, j'ai compris le sens général. Et alors, tu as trouvé ?

— Oui, c'était facile, se rengorgea le jeune Voleur.

Puis son visage se rembrunit.

— Sauf que je n'ai pas réussi à trouver où il débouchait.

— Où débouchait quoi ? demanda Robin.

— Ben, le souterrain secret qu'emprunte Magister pour entrer dans le palais, pardi !

Tara écarquilla ses grands yeux bleu marine.

— Bon sang, un souterrain ! C'est pour cela que les Transmitus ne l'empêchaient pas de rentrer ici. Parce qu'il n'utilisait pas la magie ! Mais ce n'est pas possible, normalement tous les souterrains sont répertoriés et placés sous alarme magique !

Il y en avait un certain nombre, parce que, parfois, la population n'était pas d'accord avec les opinions des souverains, surtout lorsque ceux-ci étaient de dangereux psychopathes qui tuaient tout le monde. Il est bien connu que les psychopathes sont paranoïaques (avec, souvent, de bonnes raisons de l'être). Donc, ils s'empressaient de mettre en place des moyens de s'enfuir[1]. D'où la profusion de souterrains, rivières cachées et autres moyens, magiques ou pas, de sortir d'une forteresse assiégée par des gens pas contents. Sauf que, bien entendu, lesdits moyens étaient censés être répertoriés, parce que des souterrains dont absolument personne ne connaîtrait l'existence ne seraient pas d'une grande utilité.

— Oui, oui, je sais. Je suis descendu et j'ai discuté avec les gardes, on a tout vérifié. Ensuite, j'en ai fait de même avec les équipes d'entretien. Notamment avec une dame tatris, furieuse parce que, en dépit des sorts antivermine, des tas de bestioles se baladent dans le palais et qu'elle n'arrive pas à trouver par où elles passent. Mais s'il y a un souterrain que nous ne connaissons pas...

— ... cela explique comment les bestioles s'introduisent dans le palais ! Bravo, Cal, c'est ingénieux. Même si je me demande bien comment Magister a réussi à trouver des souterrains inconnus même de la famille et des services de sécurité du palais.

Cal fit la grimace.

— Ouais, en fait, Xandiar et Séné étaient déjà arrivés à la même conclusion. Quant à ta seconde question, Xandiar pense que Magister a dû mettre la main sur d'anciens plans du palais, perdus ou oubliés. Séné et lui sont allés à la bibliothèque. Deux Camhbooms ont failli exploser lorsqu'ils se sont rendu compte qu'on leur avait volé tout un tas de vieux parchemins, qui ont été remplacés par des feuilles blanches (il grimaça de plus belle). J'aurais dû y penser avant.

---

1. Ce fait étant, bien évidemment, également connu par la population, les psychopathes en question se retrouvaient souvent, en sortant du souterrain, face à une foule armée de fourches et arborant de grands sourires.

P.-S. : Les sourires, c'était parce qu'ils venaient de gagner leur pari de trouver le bon souterrain avant les autres équipes.

Le petit Voleur était très fier de ses dons, notamment de son intelligence. Que deux autres personnes aient eu la même idée que lui en même temps le mortifiait beaucoup.

— Bref, c'est à celui de nous trois qui trouvera le ou les souterrains. Connaissant la mentalité de rat de Magister, je ne serais pas surpris qu'il y en ait plusieurs... Mais tu me cherchais, Tara ?

— Oui, répondit la jeune fille. Vu que Xandiar et Séné sont en train d'inspecter le palais, ils n'ont pas besoin de toi. J'aimerais bien que tu ailles sur Terre et que tu ramènes Mourmur.

Cal fronça les sourcils. Le vieux savant n'avait pas besoin de baby-sitter, pourquoi Tara l'envoyait-elle effectuer une course inutile ?

Tara vit la perplexité de Cal et précisa :

— Fabrice doit y aller aussi, puisqu'il veut devenir le nouveau gardien. J'aimerais qu'il ait un ami avec lui lors de son départ, puisque je suis coincée en Conseil. Je l'appellerai ou j'irai le voir dès que possible.

Ah ! là, elle avait réussi à surprendre Cal, qui ouvrit grand ses yeux gris.

— Fabrice veut devenir gardien sur Terre ? Mais c'est horriblement ennuyeux comme boulot !

Tara hocha la tête, tout en songeant à part elle que s'ennuyer, ça pouvait être assez reposant de temps en temps.

— Justement, c'est ce qu'il veut, expliqua-t-elle. Il en a assez d'avoir tout le temps peur sur AutreMonde. Il a l'impression que, s'il reste sur Terre (elle n'ajouta pas « loin de moi », mais on le sentait derrière les mots), il ne se fera pas agresser toutes les trente secondes.

— C'est idiot ! réagit Cal. L'Anneau t'a bien attaquée sur Terre !

— Oui, mais il m'a attaquée moi, pas Fabrice. C'est triste à dire, mais, d'une certaine façon, s'il veut une vie calme, il vaut mieux qu'il reste... disons, hors de ma portée. Il n'a donc pas complètement tort.

Cal ébouriffa ses cheveux noirs déjà bien malmenés, comme toujours lorsqu'il était inquiet.

— Et comment Moineau a réagi ?

— Mal.

— Ah ?

— Oui, ah ! Elle a refusé de le suivre. Et elle est partie dans sa suite. Je n'ai pas eu de nouvelles d'elle depuis, parce que ma tante m'a demandé de venir la retrouver en Conseil extraordinaire. Fabrice est en train d'essayer de plaider sa cause en rampant sur le ventre pour y arriver.

— Vu que j'ai suivi une pluie de bonbons pour te retrouver, ironisa le petit Voleur Patenté, je pense qu'il va plutôt rouler jusque chez elle. OK, donc, je retrouve Fabrice, je l'emmène sur Terre, je récupère Mourmur et je reviens. C'est comme si c'était fait. À tout à l'heure !

Après un dernier regard malicieux à Tara, Cal sortit une sucette de sa poche (Tara fit la grimace), la fourra dans sa bouche, les salua et fila.

Robin sourit, s'avança pendant une centaine de mètres, puis posa Tara à terre devant la porte de la salle du Conseil.

— Nous sommes arrivés, Impératrice, fit-il d'une voix chaude devant les gardes attentifs. J'ai été ravi de pouvoir te porter. Veux-tu que je t'attende ici ?

Ah, il était dans le plan « courtoisie respectueuse »... Tara réprima une grimace de douleur en se hissant sur la pointe des pieds et l'embrassa sur les lèvres devant tout le monde.

Lorsqu'elle rouvrit les yeux et se détacha, les yeux de Robin se paraient de reflets changeants et émus.

— Ma douce, lorsque tu m'embrasses comme cela, j'ai l'impression que tu m'arraches et le cœur et mon souffle, dit-il d'une voix passionnée.

Tara lui sourit en dépit du vide qu'elle ressentait, et répondit à sa précédente question.

— Non, ne m'attends pas, je risque d'en avoir pour longtemps. L'un des gardes me portera, puisque je n'ai pas le droit d'utiliser de Transmitus pour l'instant.

Robin regarda son hor et grimaça.

— J'ai une mission à remplir pour ma mère, mais je reviens après. Si tu es encore là, je t'attendrai. Si tu es partie, je te retrouve chez toi.

Tara faillit demander de quelle mission il s'agissait, mais, si Robin avait voulu le lui dire, il l'aurait fait. C'était probablement interne à leur famille. Elle le salua donc une dernière fois et pénétra dans l'ar... dans la salle du Conseil, Galant posé sur son épaule.

Tout le monde était déjà installé.

La salle de pierre de Bonder[1], d'un magnifique violet marbré de blanc, comportait un vaste hémicycle afin que chacun puisse voir l'orateur, qui flottait à plus d'un mètre au-dessus du sol, sur un tapis confortable muni d'un pupitre s'il avait besoin de lire quelque chose et d'un fauteuil rouge moelleux. Dame Téoclis, la Tatris Première ministre, était en train de parler lorsque Tara fit son apparition, précédée par une étourdissante sonnerie de trompe.

— Formidable, grogna Tara qui en avait mal aux oreilles. J'adore quand on essaie de me rendre sourde. Remarque, on ne risque pas de me rater.

Galant opina, tout à fait d'accord. Le pégase avait les oreilles plus sensibles que Tara, et lui non plus n'avait pas apprécié.

Tara se redressa et s'avança, jolie jeune fille aux longs cheveux blonds dans sa robe rouge et or et ses sandalettes dorées. La changeline avait entortillé ses cheveux en un chignon mi-long compliqué qui laissait échapper des mèches épaisses, retenues par un bandeau de pierreries et des épingles de corail de feu.

L'Impératrice n'était pas moins spectaculaire, ses incroyables cheveux croulant sur ses épaules nues telle une rivière bleue. Parfois, fatiguée du pourpre et de l'or, l'Impératrice s'habillait de blanc, de noir ou de bleu. Après le blanc de la séance d'abdication, c'était cette dernière couleur, le bleu, qui avait l'honneur à présent. Sa robe était bleue, comme ses yeux marine, si semblables à ceux de Tara ; dentelle, soie et satin mêlés tombaient jusqu'à ses pieds, chaussés d'escarpins de saphir.

Ce qui était inédit, c'était qu'elle avait également légèrement teinté sa peau, qui se parait d'un reflet bleu très tendance *Avatar*. Il faut dire que le film avait beaucoup plu sur AutreMonde. Tara ne put s'empêcher de penser que, si elle disait à sa tante qu'elle ressemblait plus à la Schtroumpfette

---

1. Pierre d'AutreMonde qui a la particularité de réverbérer les sons au point qu'il est inutile d'utiliser un micro.

qu'à un Na'vi, celle-ci ne trouverait pas la plaisanterie amusante.

— Viens t'asseoir, Tara, dit justement Lisbeth d'une voix claire. Nous avons besoin de toi pour décider de l'avenir d'AutreMonde !

Tara déglutit. Rien que cela. Elle s'avança à contrecœur et se posa, avec précaution, sur un tapis portant un trône à côté de sa tante, tandis que son propre bureau venait se poser devant elle. Lisbeth faisait face à l'oratrice, assise également sur une structure fixée sur un tapis volant. Ainsi, les orateurs pouvaient se déplacer dans toute la salle sans avoir besoin de quitter leur « bureau » volant. Dame Téoclis, qui, elle, était debout, s'inclina puis s'envola vers sa place, laissant l'esplanade centrale vide.

À Omois, contrairement aux autres pays d'AutreMonde, il n'y avait pas tant d'« inhumains » que cela, les Omoisiens n'ayant que peu d'affinités avec les autres races. Comme, à part les trolls, personne ne pouvait se vanter d'être un autochtone, ces réactions xénophobes alimentaient la presse à sensation. Tara, pour qui le mot « raciste » n'avait aucune signification, d'autant qu'elle était plus ou moins (d'accord, plutôt moins en ce moment) amoureuse d'un elfe, pensait que seules l'intelligence et la compétence étaient importantes pour travailler dans un gouvernement. Ah ! et il fallait aussi de la patience, beaucoup, une peau bien épaisse, parce que la politique était le plus ingrat des non-métiers, une langue bien pendue et la capacité de parler plus vite que son adversaire.

Évidemment, les Tatris, avec leurs deux têtes, étaient dotés d'un avantage certain. Lorsque Tyrann'hic était mort, assassiné par une mystérieuse personne, l'avoir remplacé par une Tatris avait fait couler beaucoup d'encre à Tingapour. Puis, devant l'efficacité, la courtoisie et l'implacable fermeté de dame Téoclis, les critiques avaient fini par s'étioler.

— Bien, maintenant que Tara est parmi nous, dit Lisbeth avec un sourire satisfait, nous allons décider de ce que nous devons faire des objets démoniaques.

Aïe, aïe, aïe, c'était exactement ce que redoutait Tara. Galant déploya ses ailes, traduisant involontairement l'agitation de la jeune fille, et Tara dut le calmer d'une caresse.

— Jusqu'à récemment, nous pensions que les objets démoniaques devaient rester cachés. Magister a mis à mal cette politique en retrouvant l'endroit où Demiderus et les Hauts Mages les avaient dissimulés. Ensuite, nous avons découvert que Tara, ici présente, était capable de faire ce que nous n'avions jamais envisagé. Détruire ces objets maudits.

Elle s'adressa alors directement à Tara :

— Depuis que tu as fait exploser le trône de Silur et le Sceptre, sans oublier le prototype de l'anneau de Kraetovir, deux clans s'affrontent. L'un qui veut que nous démantelions les Objets définitivement et l'autre que nous les étudiions sous ta surveillance. Tu serais une sorte de garantie si les choses tournaient mal et que les Objets nous échappaient.

Tara maîtrisa sa panique. Elle avait des questions à poser.

— Ce que je ne comprends pas, fit-elle calmement en dépit de la sueur qui poissait la paume de ses mains, c'est pourquoi un millier de sortceliers, Hauts Mages, dragons, etc., ne se sont pas mis en face des objets démoniaques et ne s'en sont pas occupés depuis cinq mille ans. Franchement, je trouve ça quand même bizarre !

Lisbeth soupira.

— En fait, tu as failli être accusée de destruction d'armes vitales. Nos chers dragons, nos chers militaires (elle jeta un regard noir vers son ministre de la Défense, qui ne broncha pas) n'ont jamais voulu que l'on se débarrasse de ces objets après que Demiderus les a capturés. De plus, avant que tu ne réussisses à pénétrer dans la salle des Objets, accompagnée de tes amis, nous pensions que les Gardiens ne laissaient passer que les descendants de Demiderus. Nous n'avions pas compris que d'autres personnes pouvaient accompagner les héritiers du sang, si ceux-ci étendaient leur protection.

Cette fois-ci, elle jeta un regard noir vers son ministre de la Recherche et du Développement, etc. Celui-ci, un humain grand, maigre, aux cheveux blancs ébouriffés qui le faisaient un peu ressembler à Einstein, ne broncha pas plus que le ministre de la Défense.

— Or une personne seule ne pouvait pas accomplir ce que tu as fait, conclut-elle. Ta magie est indéniablement la plus puissante jamais détenue par un être humain. Enfin, n'oublie pas qu'à l'époque, Demiderus ne faisait pas confiance aux dragons. Et il n'avait sans doute pas tort, puisque nous avons appris qu'ils conservaient encore secrètement des objets démoniaques, sur lesquels ils faisaient des expériences. Notre ancêtre a donc protégé les Objets aussi bien contre les dragons cupides que contre les mages ambitieux. Je sais qu'il voulait vraiment s'en débarrasser, tant ils lui faisaient horreur. Mais, à l'époque, il n'en avait pas le pouvoir, juste avec les quatre Hauts Mages en qui il avait confiance.

Tara se rencogna dans son siège, ignorant la douleur de ses jambes. Ah ! C'était donc, encore, de la politique. Demiderus avait dit, à l'époque, qu'ils n'étaient pas assez puissants pour détruire les objets démoniaques. Tara découvrait à présent que ce n'était pas tout à fait exact. Cela avait été une question de méfiance et de secret. Les autres Hauts Mages avaient sans doute voulu s'en emparer. Un peu comme pour l'anneau de Tolkien. Mais, bien sûr, Demiderus savait que les Objets n'apportaient que corruption et douleur.

Bien. Cela leur avait sans doute sauvé la vie.

Il était inutile de répéter ce qu'elle avait déjà dit lors de sa courte déclaration. Tous les ministres savaient qu'elle ne voulait plus détruire les objets démoniaques parce qu'elle pensait que leur puissance retournait chez les démons. Qui en avaient bien assez à son goût. Rien que de penser au trop séduisant Archange, elle en avait des frissons. Le pire, c'était qu'elle ne savait pas très bien si c'était parce qu'il la terrifiait ou qu'il la fascinait.

Le ministre de la R & D prit la parole.

— Je pense, dit-il d'une voix grave et froide, qu'il faut annihiler ces objets. Ils sont terriblement dangereux. Suite à la protestation de notre gouvernement, les dragons ont été bien obligés de nous envoyer les résultats de leurs recherches. Ils corrompent tout ce qu'ils touchent. Si notre jeune Impératrice est capable de s'en charger, alors je vote pour.

Il appuya sur un gros bouton vert sur son bureau. Au-dessus de leurs têtes, un grand texte lumineux s'afficha dans les airs : *Ministre de la Recherche et du Développement, etc. : POUR.*

Le gros ministre de la Défense vira au violet en appuyant avec une telle force sur le bouton « contre » qu'il faillit bien l'enfoncer dans son bureau. Le texte s'afficha en rouge : *Ministre de la Défense, etc. : CONTRE.*

Tara sourit. Ah ! ça, c'était bien. Elle allait pouvoir s'appuyer sur la paranoïa militaire.

— C'est hors de question ! hurla le ministre. Enfin, Davol, nous en avons déjà parlé. Ce sont des *armes* (et on entendait toutes les italiques dans sa voix) *!* Si nous parvenons à les utiliser, vous vous rendez compte de la puissance qui sera à notre disposition ? Personne ne pourra nous résister ! Nous pourrons même conquérir AutreMonde si nous en avons envie !

Il se rendit soudain compte que tout le monde le regardait, interloqué, et redescendit de ses rêves de gloire et de conquête.

— Hrrrmm, je veux dire que, bien sûr, nous n'en avons pas envie. Mais que nous pourrions le faire... si nous en avions envie.

Les ministres le conspuèrent, se moquant de lui ou hurlant qu'il n'était qu'un futur tyran. Lisbeth ne broncha pas, mais observa avec attention.

Tara réprima son envie de hurler. Le vieux militaire s'était laissé emporter et venait de se décrédibiliser. Elle devait le sortir de ce mauvais pas, et vite.

— Bien évidemment, monsieur le ministre, ce n'est pas le cas, personne ne va conquérir personne !

Elle avait presque crié et, surpris, les ministres la laissèrent s'exprimer. Elle ordonna à son tapis de se placer au centre de l'hémicycle.

— Mais vous avez raison, poursuivit-elle, ce sont des armes. Je pense que notre technologie actuelle ne permet pas, hélas, de les étudier sans risque. Vous avez vu les effets des Objets sur les dragons. Ils provoquent d'horribles muta-tions[1]. Mais nos descendants, un jour, auront sans doute le pouvoir de le faire. Et c'est ce qu'il nous faut accomplir. Attendre, les protéger et les préserver pour nos futures géné-rations !

---

1. Au cours desquelles les gens se retrouvent soudain avec nettement plus de bras et de jambes qu'au départ. Et font des tas d'histoires quand on doit les leur couper...

Elle était assez fière de son petit discours, même si les sourires en coin des autres ministres lui montraient qu'ils n'étaient pas dupes. Elle appuya d'une main ferme sur le bouton noir, qui afficha : *Héritière et future Impératrice Tara : CONTRE*.

Lisbeth hocha la tête. Puis, à la grande déconvenue de Tara, appuya sur le bouton vert : *Impératrice Lisbeth : POUR*.

— Je n'oublie pas que Magister va faire tout ce qui est en son pouvoir pour s'en emparer, dit-elle en réponse au regard surpris de Tara. Je sais que tu es inquiète de l'endroit où ce pouvoir s'échappera, mais, contrairement à toi, je suis persuadée que les âmes des démons ne retournent pas dans les Limbes pour servir leurs maîtres. Je pense qu'ils vont au paradis des démons, quel qu'il soit. Où ils reposent en paix, délivrés de leur prison. En détruisant ces objets, nous faisons preuve de compassion... mais également de prudence. Je vote donc pour.

Tara réprima un soupir agacé. Le discours de sa tante était bien étayé. Pour le contrer, la jeune fille n'avait à présenter qu'une impression diffuse, ressentie alors qu'elle était en train de mourir, face à un démon qui lui était, de plus, venu en aide. Pas facile, facile à défendre, comme position.

Si Tara était l'avenir d'Omois, Lisbeth était son présent. Ses ministres n'étaient pas toujours d'accord avec elle, mais, sur ce sujet, ils étaient prêts à suivre la voix de celle qui les gouvernait avec justesse depuis des années. Tara se sentit mal partie.

— Nous votons pour, dirent les têtes de dame Téoclis. Nous pensons que ces armes sont trop dangereuses pour que nous les gardions. Si les démons nous envahissent, la première chose qu'ils feront sera d'ouvrir un pont sur la Terre afin de les récupérer. En agissant ainsi, nous protégeons non seulement les AutreMondiens, mais également les Terriens.

L'estomac de Tara tomba dans ses talons quand le vote fut décompté.

Le pour l'emportait de vingt-deux voix contre quinze.

Elle avait perdu.

9

Le pouvoir maléfique

ou comment éviter un piège
et tomber à pieds joints dans un autre.

Lisbeth se tourna vers Tara.

— Le Conseil a voté, Tara. Maintenant que nous savons que tu n'es pas la seule à pouvoir détruire les Objets, je vais m'en charger avec d'autres Hauts Mages sous ma protection. Je crois savoir que tu n'aimes pas beaucoup les Gardiens, qu'ils te font peur.

D'accord. Cela ne faisait que confirmer ce que pensait Tara. Il devait forcément y avoir des micros chez elle, puisqu'elle n'en avait jamais parlé à personne d'autre qu'à ses amis, il y avait… à peine une heure.

Et zut, cela signifiait aussi que Lisbeth savait que Tara voulait la faire examiner par Mourmur et lui trouver un petit copain. La jeune fille déglutit. Lisbeth allait la tuer. Enfin, lorsqu'elles seraient seules toutes les deux.

Elle devait absolument demander à Cal de neutraliser les micros dans sa chambre. Mais, en attendant, elle avait des problèmes plus urgents. Comme de protéger les AutreMondiens contre une invasion de démons surpuissants.

Elle réfléchit à toute vitesse. La méthode Cal ? Hum, non. Voler les objets démoniaques était hors de question. Elle en eut des papillons de panique au creux de l'estomac. Parce que cela impliquait forcément qu'elle allait devoir se confronter aux monstrueux, aux terrifiants Gardiens. De plus, même si les Gardiens acceptaient de la laisser passer sans la réduire en bouillie, elle ne devait pas s'approcher trop près des objets démoniaques. C'était bien trop dangereux. Surtout depuis que la magie maléfique l'avait transformée en Reine Noire.

Elle en avait encore des frissons.

La solution Fafnir ? Taper sur tout ce qui bouge et hacher tout ce qui est immobile ? Non. Sympathique en cas de guerre totale, mais inapproprié ici. La solution Fabrice ? S'enfuir et laisser tout le monde se débrouiller avec la foutue magie ? Non plus, elle ne pouvait pas laisser les AutreMondiens se débrouiller avec les démons, impossible.

La solution Moineau ? Compulser des tas de livres jusqu'à trouver une solution ? Sauf que, là, elle n'avait pas le temps. Non, elle devait trouver une solution plus subtile. Plus duncannienne.

Lisbeth commençait à bien connaître sa nièce. Elle vit sa grimace et se douta que Tara mijotait quelque chose. Quand elle avait entendu que sa jeune Héritière voulait lui trouver un compagnon et la guérir de sa stérilité, histoire, justement, de ne plus être son Héritière, elle avait bien failli quitter le Conseil, qu'elle écoutait d'une oreille distraite (l'autre étant occupée par l'oreillette qui lui permettait d'espionner sa nièce) et faire irruption dans sa suite pour la réduire en bouillie pour mrrr.

Quelle impudence ! Quelle incroyable effronterie !

Puis Lisbeth avait suspendu sa charge furieuse, pour décider de rester calmement dans la salle du Conseil, à sa place. Finalement, ce n'était pas une si mauvaise idée. Elle avait entendu parler de Mourmur. Elle avait même envisagé de faire appel à lui, mais on le pensait mort, emmuré à jamais dans son propre sort. Elle avait frotté son ventre plat, stérile.

Cela l'avait terriblement fait souffrir, presque détruite mentalement. Ne pas avoir d'enfant. Ne pas pouvoir transmettre son sang et ses gènes. Mais, plus que tout, ne pas pouvoir prendre un tout petit dans ses bras, poser sa joue sur sa petite tête ronde si douce. Cela la minait et, en réaction à ce qu'elle estimait une intolérable faiblesse, cela la rendait dure. Elle voulait un enfant, oh ! oui, parfois si violemment que cela la réveillait la nuit. Elle pensa à Various. C'était un bel homme. Solide. Et il était amoureux d'elle, il n'avait pas peur d'elle, ce qui était rare. Bon, elle n'était pas aussi terrifiante que la reine des elfes, T'avila, mais, d'un autre côté, T'avila non plus n'avait pas d'enfant, et encore moins de roi. Lisbeth avait entendu dire que T'avila avait posé une option sur Tandilus M'angil. Qui s'était enfui en courant et avait épousé une humaine. Intéressant. C'était peut-être la raison pour laquelle T'avila détestait tellement Robin M'angil, le fils demi-elfe de Tandilus. D'autant que Robin était devenu l'un des héros d'AutreMonde, qu'il avait sauvé en sauvant Tara. Et à plusieurs reprises.

Oui, elle allait laisser Tara faire ce qu'elle voulait. Et, si cela marchait, elles seraient satisfaites toutes les deux. Lisbeth aurait les enfants dont elle rêvait tant. Et Tara serait libre... enfin un peu plus libre qu'aujourd'hui, car, quoi qu'il arrive, elle restait une puissante sortcelière et l'une des Héritières de l'empire d'Omois.

Tara aussi connaissait bien sa tante. Elle vit son regard spéculatif passer sur elle et s'empressa de gommer sa grimace. Elle ne devait surtout pas montrer ce qu'elle avait l'intention de faire, sinon Lisbeth serait capable de la murer dans une tour si haute qu'elle percerait la stratosphère. La stratosphère, l'espace ! Son visage s'éclaira. Elle venait d'avoir une idée. Idée qui, presque immédiatement, lui fit faire la grimace. Quoi qu'elle fasse comme plan, chaque fois il impliquait les Gardiens et les Objets. *Glurps.*

Elle se racla la gorge.

— Hrrrmm, c'est très gentil à toi, ma tante, mais je vais m'en occuper. Mourmur Duncan, mon arrière-grand-oncle par alliance, doit venir ici pour m'aider. C'est un véritable génie. Afin d'étayer mon analyse, serait-il possible de le laisser inventer un appareil capable de suivre ce qu'il advient des âmes démoniaques ?

Le ministre de la Défense intervint, curieux :

— Si les Objets sont détruits, ce à quoi je m'oppose toujours, en dépit de ce vote, les âmes s'évanouiront pour aller dans leur paradis ou leur enfer, je ne sais pas. Comment suivre quelque chose qui n'existe plus ?

Tara hocha la tête, comme si elle approuvait, puis contre-attaqua :

— Mais si, comme je le pense, les âmes démoniaques retournent dans les Limbes, alors leur énergie sera « traçable ». Nous pourrons savoir où elles vont. Et si elles retournent bien alimenter le roi des démons, j'espère que vous m'écouterez lorsque je dis qu'il est horriblement dangereux de les détruire !

Le ministre hocha la tête, convaincu. Bien, elle savait qu'il était dans son camp. Pas pour les bonnes raisons, mais elle s'en fichait.

— Ah, excellente suggestion, Votre Alt... euh, Votre Majesté Impériale. Que j'allais d'ailleurs proposer.

Ce n'était pas vrai, mais reprendre à son compte les idées des autres était toujours profitable. Et puis, il la trouvait vraiment excellente, cette idée.

— Il faudra juste que vous fassiez l'essai avec le plus petit Objet possible. L'anneau de Kraetovir, par exemple. Il contient bien moins d'âmes que la Double Hache, l'Épée ou le Casque.

Tara sourit.

— Bien entendu, en le détruisant, je ne veux pas renvoyer plus que nécessaire aux démons. Enfin, si Mourmur est capable de créer un tel appareil, bien sûr.

Lisbeth était satisfaite. La solution lui plaisait aussi. Pour une fois, Tara était étonnamment raisonnable. Elle avait pensé un instant que sa nièce projetait de voler les objets démoniaques...

— Bien, conclut-elle. Nous avons donc entériné notre action. Tara, tu iras sur Terre, dans la faille de l'Atlantis, afin de détruire les objets démoniaques.

Tara s'inclina, la gorge serrée. Elle avait failli proposer à sa tante de s'y coller, puisqu'elle pouvait aussi accéder aux objets démoniaques, mais savait qu'elle ne pouvait pas risquer de faire rater toute cette opération juste parce qu'elle avait la trouille.

D'accord, pas la trouille. Une peur panique et, contrairement à ce que pensait Cal, pas du tout irrationnelle, vu la longueur des griffes des Gardiens.

— S'il s'avère que Mourmur possède le talent nécessaire pour créer une machine capable de suivre les âmes, poursuivit Lisbeth, et que ces âmes retournent dans les Limbes au lieu de disparaître, alors nous suspendrons l'opération. (Elle se pencha vers Tara.) Ta seconde mission, Tara, sera de capturer Magister. Il va certainement essayer de te suivre afin d'accéder aux Objets, puisqu'il veut tant faire renaître ta mère. Il va falloir que tu sois extrêmement prudente, ma nièce. Cet homme ne reculera devant rien pour obtenir ce qu'il veut.

Par la suite, Tara se dit que le destin avait quand même un sens du timing extrêmement bien développé. Les grands écrans de cristaux placés tout autour de la salle s'éclairèrent, montrant une fourmilière d'hommes et d'armes grouillant sur des dizaines de porte-avions, de navettes et autres navires de guerre qui flottaient sur une mer de cristal, sous un unique soleil jaune.

— Que se passe-t-il ? demandèrent Tara et Lisbeth dans un bel ensemble.

Un Xandiar très ennuyé leur répondit, son image apparaissant devant l'écran qui projetait des hologrammes plus vrais que nature.

— Pardon, Vos Majestés Impériales, mais nous venons de capter ce reportage en provenance de la Terre. Les bateaux que vous voyez appartiennent à un peuple terrien (il baissa les yeux sur ses notes) appelé « les Américains ».

Tara sentit son cœur battre à coups redoublés. Que se passait-il sur Terre qui nécessite l'interruption brutale d'un Conseil des ministres ?

Un reporter apparut sur les écrans. Il se trouvait dans un hélicoptère qui tournait autour de la zone des opérations.

Si Tara pouvait comprendre ce que disait l'homme, les autres durent incanter des Traductus vite fait. Une vive excitation se lisait sur son visage. Ses cheveux bruns et courts étaient hérissés par le vent de la porte ouverte par laquelle le caméraman filmait.

« Tôt ce matin, expliqua-t-il, le président des États-Unis, M. Gordon, a lancé une opération d'envergure. Plusieurs navires de la flotte se sont rendus au centre du tristement célèbre triangle des Bermudes, là où tant d'avions et de bateaux ont mystérieusement disparu. Ce triangle est situé entre l'île de Porto Rico, les Bermudes et la côte de Floride. »

Tara et Lisbeth échangèrent un regard. Elles savaient bien, elles, pourquoi ils avaient disparu. Sans doute l'influence maléfique des Objets !

« Le président s'est rendu lui-même sur place, ce qui est tout à fait inhabituel, postillonna le reporter excité. Selon nos sources, il a envoyé plusieurs sous-marins en eau profonde, comme s'ils cherchaient quelque chose. Malheureusement, nous n'avons pas encore réussi à savoir quoi, car on nous empêche d'approcher et de survoler la zone. Oh ! le caméraman qui se trouve sur un bateau proche me signale qu'il… Oui, oui, regardez ! Il vient de se produire une explosion ! »

Les ministres et les deux Impératrices, captivés, se rapprochèrent des écrans. On voyait effectivement une curieuse explosion, et la mer frémit comme si un géant en avait touillé la surface. Ce fut la couleur de l'explosion qui mit la puce à l'oreille de Tara. Elle n'était pas rouge ou jaune, mais d'un noir étincelant, anormal.

— Par les entrailles de Bendruc le Hideux ! souffla le ministre de la Défense. C'est magique… c'est une explosion magique !

Les exclamations fusèrent. Quelqu'un, sur Terre, était en train d'organiser une opération magique de grande envergure.

Au vu et au su de tous les nonsos !

— Appelez les Guetteurs de la Terre, ordonna Lisbeth, qu'ils nous fassent un rapport immé…

Elle n'eut pas le temps de terminer qu'un écran s'allumait sur le côté. Le fier visage d'Isabella, la grand-mère de Tara, s'y afficha. L'implacable vieille dame sortit de l'écran – son image grandeur nature, plutôt. Si ses yeux verts brillaient comme ceux d'un chat dans son visage froid, ses cheveux d'argent n'étaient pas aussi impeccablement coiffés que d'habitude, et elle avait l'air à la fois en colère et très inquiète. Un duplex avec deux douzaines d'autres écrans leur permit à tous de voir que l'information était relayée dans les principales capitales d'AutreMonde. Certains souverains, réveillés en sursaut du fait du décalage horaire, s'efforçaient d'avoir l'air éveillés et efficaces dans leurs chemises de nuit, pyjamas, etc. Le président de la Krasalvie, le sombre pays des vampyrs, fit disparaître vite fait son élégant pyjama de soie... parsemé de fraises[1].

— Nous sommes en code noir, dit Isabella d'une voix froide. Nous venons d'enregistrer une énorme déflagration magique dans l'océan Atlantique. Les deux Guetteurs américains me disent que le président de ce peuple est en train de pratiquer des fouilles. Juste au-dessus de l'Atlantide !

— Oui, c'est ce que nous venons de constater également, répondit Téoclis, la Première ministre.

— Mais savons-nous qui et pourquoi ? poursuivit sa seconde tête.

— Parce que nous manquons..., reprit la première.

— ... cruellement d'informations...

— ... et constatons...

— ... que les Guetteurs n'ont pas su...

— ... dissimuler tout ceci aux yeux des médias humains !
Isabella eut un rictus agacé.

— C'est justement la fonction des Guetteurs, voyez-vous ! Surveiller, puis réparer les dégâts. Nous allons dire à la presse qu'il s'agissait d'une poche de gaz qui a explosé. Cela fonctionne toujours bien, les poches de gaz. Nous avons attribué des tas d'accidents magiques à des poches de gaz.

— C'est Magister..., murmura Tara.

— C'est évident, confirma Lisbeth. Il ne veut pas renoncer à son projet fou de ressusciter ta mère avec le pouvoir des Objets. Tu sais, j'ai presque de la sympathie pour cet homme. Une telle passion, c'est rare, de nos jours.

Tara ouvrit la bouche pour protester, et la referma. Sa tante devait sûrement plaisanter. N'est-ce pas ? Isabella soupira.

— J'avoue que je serais assez d'accord avec ce Magister, si effectivement cela permettait de faire revenir ma fille, Selena. Mais je ne mettrais pas en jeu l'avenir de mes petits-enfants en risquant de faire revenir les démons des Limbes pour un espoir hypothétique.

---

1. Bien que les vampyrs ne puissent pas utiliser les nutriments des végétaux, certains d'entre eux sont capables de manger comme des humains. Et l'actuelle petite amie du président adorant les fraises, elle lui avait offert ce pyjama. Qu'il mettait en grinçant beaucoup des canines.

Tara sourit. Sa grand-mère la croyait. Ça, c'était une très bonne chose.

Elle se leva, oubliant qu'elle avait mal, et tressaillit lorsque ses muscles se rappelèrent à son bon souvenir. Puis elle prononça la phrase qu'elle avait justement espéré ne pas prononcer :

— Il faut que j'aille sur Terre. Tout de suite !

L'image de Cal apparut à côté de celle d'Isabella. Il avait dû accompagner Fabrice, comme il l'avait promis, et en avait profité pour passer au Manoir prévenir Mourmur qu'il l'escortait sur AutreMonde.

— Salut, tout le monde, fit l'insolent petit Voleur. Ça boume ? C'est le cas de le dire ! Ah ! Ah !

Les ministres ignorèrent froidement ses tentatives humoristiques et le petit Voleur fit la grimace.

— Bon, Tara, quand est-ce que tu rappliques avec la pégaserie[1] ? Parce que, ici, on a comme qui dirait un problème... Et depuis qu'il a vu l'explosion, c'est-à-dire il y a deux minutes, Mourmur ne veut plus venir sur AutreMonde. Il a posé ses bagages (la grimace du petit Voleur trahit ce qu'il pensait du volume desdits bagages) et dit qu'il préfère rester sur Terre, où il pense être plus utile, du moins pour l'instant.

— J'arrive ! répondit Tara. Et dis à Mourmur qu'il ne bouge pas d'où il est. Effectivement, je vais avoir besoin de lui sur Terre.

— Je viens, moi aussi, fit une voix animée derrière Tara. Depuis que Magister m'a planté un couteau dans l'épaule, nous avons un compte à régler, lui et moi.

Tara se retourna lentement, évitant les mouvements brusques. Sandor se tenait devant elle. L'Imperator était magnifique dans son armure or et pourpre, sa tresse blonde de guerrier reposant sur son épaule droite. Il portait sa couronne de commandeur des armées d'Omois. Car, contrairement au ministre de la Défense, qui changeait à chaque élection (enfin, si le précédent avait été mauvais), le commandeur des armées était toujours l'Imperator.

Tara lui sourit. Elle n'aimait pas beaucoup son demi-oncle, qui lui en avait fait baver pendant son entraînement, mais

---

1. Équivalent de la cavalerie sur AutreMonde.

reconnaissait que ledit entraînement lui avait sauvé la vie à plusieurs reprises.

— Imperator, salua-t-elle, je ne crois pas que votre présence soit néces...

— Si ! coupa Sandor. Je crois, moi, bien au contraire, que tu as besoin de moi. Moi non plus, je ne pense pas que les objets démoniaques doivent être détruits. Je ne sais pas si, oui ou non, les âmes retournent dans les Limbes pour servir les démons, mais ce sont des armes. Des armes fabuleusement puissantes dont notre peuple peut avoir besoin un jour. Si nous parvenons à les utiliser sans en être affectés, nous pourrons peut-être les retourner contre les démons. Et peut-être, alors, la peur changera-t-elle de camp...

Tara frissonna. Le ton de son demi-oncle était sinistre. Elle haussa les épaules.

— Comme vous voulez, Sandor. Si Lisbeth peut se passer de vous, je suis ravie de travailler à vos côtés.

Waaah, elle apprenait à être très diplomate, avec le temps !

Cal éclata de rire et s'inclina devant l'écran.

— Je crois que vous êtes également en charge de la surveillance du trésor impérial, Imperator Sandor, dit le petit Voleur avec un sourire gourmand. Je vais peut-être rentrer sur AutreMonde, finalement, pendant que vous, les grands stratèges, combattez les méchants sur Terre et...

Isabella soupira et coupa la communication.

Lisbeth secoua sa tête bleue.

— Quel phénomène, ce jeune homme ! Je ne savais pas qu'il était sur Terre en ce moment, mais cela tombe bien. Tara, tu as ton ordre de marche ; je suis contente que mon demi-frère vienne avec toi, je me ferai moins de souci. Envoie-moi un rapport toutes les six heures, s'il te plaît. Xandiar ?

L'image de Xandiar, qui était restée dans le coin droit de l'écran, s'agrandit, s'avança et s'inclina.

— Votre Majesté Impériale ?

— Ta femme et toi allez accompagner Tara sur Terre. Je sais à quel point tu es un excellent protecteur pour notre famille. Je compte sur toi pour veiller sur elle.

Xandiar faillit répondre que c'était plutôt Tara qui allait veiller sur tout le monde, à sa bonne habitude, mais, sagement, il ne fit d'autre commentaire que :

— Oui, Votre Majesté Impériale, je préviens Séné tout de suite.

Le ministre de la Défense et des Armées, etc., ainsi que le ministre de la Recherche et du Développement, etc., venaient aussi. Ce dernier n'avait pas l'air plus heureux que ça, d'ailleurs.

Tara réprima un mouvement d'humeur. Ce n'était plus un déplacement rapide, mais un véritable exode ! Chaque ministre avait sa garde personnelle. Avec celle de Tara, si cela continuait, ils allaient constituer une petite armée. La dissimuler parmi les Terriens allait être coton, surtout que les thugs de la garde n'étaient pas discrets, discrets avec leurs quatre bras…

L'un des assistants au cabinet du ministre de la Défense et des Armées compulsa ses notes et prit la parole :

— Excusez-moi, Votre Majesté Impériale, puis-je vous poser une question avant votre départ ?

Lisbeth allait répondre machinalement lorsqu'elle réalisa que le type ne lui parlait pas mais s'adressait à Tara. Hum, elle allait devoir trouver un titre spécial pour Tara, que tout le monde traitait en Impératrice *bis* bien que cela n'ait pas encore été ratifié, sinon ils n'allaient jamais s'en sortir.

— Oui ? répondit la jeune fille en se tournant vers l'homme.

— Vous avez utilisé un sort très particulier, le *spa*-quelque chose si je me souviens bien, pour attirer la magie démoniaque vers vous…

— Le sparidam, oui, répondit machinalement Tara, pourq…

Avant qu'elle n'ait le temps de terminer sa phrase, une onde maléfique et visqueuse la frappa.

Elle la reconnut avec horreur, et hurla.

10

La Reine Noire

*ou comment se transformer en ignorant comment
revenir à sa forme initiale sans se retrouver avec
deux ou trois jambes ou bras de plus qu'au départ...*

Le hurlement de Tara fit sursauter tous les ministres, les gardes et l'Impératrice. Il était empli d'un tel désespoir, d'une telle horreur, qu'ils armèrent machinalement leur magie. La salle s'éclaira de boules de feu scintillantes.

Au centre, Tara s'illumina d'une magie d'une intolérable noirceur et disparut, masquée par une sorte de brouillard.

Puis elle réapparut. Enfin, en quelque sorte, parce que ce n'était plus Tara.

À sa place se tenait la Reine Noire.

Bouche bée, tous contemplèrent sa terrible beauté. C'était Tara, tout en n'ayant rien à voir avec la ravissante jeune fille. Contempler ce visage glacial faisait frémir. Elle était bien plus grande que Tara et revêtue d'une armure d'un noir mat, à l'exception des incrustations d'argent et de cristal. C'était l'incarnation du mal. Ses cheveux s'étaient assombris au point de prendre des reflets bleutés, tranchés par son unique mèche blanche ; sa peau se teinta de gris et ses yeux sombrèrent dans un noir insoutenable ; ses dents ressemblaient à des crocs et ses ongles à des griffes d'acier. Elle était splendide. Elle était mortelle.

Sur son épaule, Galant était devenu un monstre de crocs et de griffes avide de sang, au pelage noir et fumant.

— Ça par exemple, fit la Reine Noire en s'étirant, attirant l'attention sur le 110E qui avait remplacé le modeste 85B de Tara. Je croyais bien que la petite peste ne me libérerait jamais.

Elle pencha la tête et observa les gens pétrifiés qui la dévisageaient.

— Des admirateurs ! roucoula-t-elle d'une voix suave. Parfait. Vous êtes ici pour m'adorer ?

Sandor prit la parole, mais sa voix était un poil incertaine.

— Tara ?

— *Biiiiiiip !* fit la Reine Noire d'une voix moqueuse. Perdu ! Votre correspondante n'est pas disponible. Je l'ai enterrée si profond qu'il va falloir un extracteur pour la sortir de là. Voyons si j'ai accès à ses souvenirs... Ah, Imperator Sandor, je présume. Salut, mon joli.

Son visage se plissa d'une joie mauvaise.

— Prosterne-toi devant moi.

Avant d'avoir réalisé ce qui lui arrivait, Sandor se retrouva à genoux. C'était un guerrier, mais avant tout un stratège. En face d'une force dont il ignorait tout, il n'allait pas se débattre bêtement. Il resta impassible, sur les genoux, sans essayer de se relever.

— Biennnn, murmura la Reine Noire, ça, c'est un bon garçon.

Elle reporta son attention sur les autres personnes qui l'entouraient.

— Le Conseil des ministres, formidable, tout à fait ce qu'il me fallait. C'est donc le moment où je déclare que je m'empare de votre empire et que vous allez tous beaucoup souffrir, et sans doute mourir pour me faire plaisir...

Lisbeth sourit, puis fit un petit signe de la main. L'Invisibilus qui masquait les gardes au-dessus de leurs têtes – que Tara n'avait pas détecté – se dissipa. Un épais filet en mailles de fer d'Hymlia tomba sur la Reine Noire, la clouant au sol, ainsi que Galant.

— Excréments de tchelf[1] ! hurla la Reine Noire, folle de rage. Si vous pensez que cette chose va m'empêcher de vous écorcher vifs, vous rêvez !

---

1. Le tchelf est un animal des Limbes qui ressemble à un gros ballon rempli de liquide. Liquide qu'il largue sans états d'âme lorsqu'il veut s'envoler pour échapper à ses prédateurs, ou qu'il a peur. L'inconvénient, c'est que ledit liquide pue horriblement. « Tu t'es parfumé au tchelf ce matin ? » est un compliment dans les Limbes, signifiant que la puanteur du tchelf est appréciée par les démons, ce qui prouve que la Reine Noire est bien plus Tara qu'elle ne le pense, puisqu'elle l'utilise apparemment comme une insulte.

Elle lança de rageuses décharges de magie, qui n'ébranlèrent pas le filet d'un iota. Pas plus que les griffes de Galant, furieux.

— Après avoir écouté, lu, épluché, le rapport de Tara et de ses amis lorsqu'elle se transformait en Reine Noire, déclara paisiblement Lisbeth tandis que Sandor, libéré, se relevait d'un bond, l'Imperator et moi avons, sans qu'elle le sache, décidé que nous ne pouvions pas laisser notre planète sans défense contre un tel fléau. Je ne sais ni comment ni pourquoi Tara a été transformée, mais je suis sûre d'une chose : jamais vous ne pourrez vous défaire de ce filet. Il a été spécialement fabriqué pour vous.

La Reine Noire ne l'écoutait plus. Coupée du pouvoir maléfique qui l'avait frappée, car le fer d'Hymlia bloquait sa magie tout en l'empêchant d'avoir accès au pouvoir démoniaque, elle lança décharge de magie sur décharge de magie contre le filet. Mais celui-ci tenait bon. Tara, emprisonnée à l'intérieur de la Reine Noire, faisait également tout ce qui était en son pouvoir pour miner la magie de l'horrible entité qui s'était emparée d'elle. Même si elle avait bien conscience que la Reine Noire était tout simplement un aspect de sa personnalité, celui qui était avide de pouvoir et de mort.

Les ministres blêmirent lorsqu'ils virent que le filet commençait à fondre, martelé par la fureur vengeresse de la Reine. Mais, en même temps, ils remarquèrent que la peau de celle-ci pâlissait. Ses cheveux d'un noir profond blondissaient, son regard noir laissait passer des reflets bleutés, tandis que Galant virait au gris. Ils comprirent que Tara luttait, elle aussi, pour réapparaître.

L'homme qui avait provoqué la transformation en faisant prononcer la formule à Tara, un sangrave, baissa les yeux sur sa main en grimaçant de douleur. Le petit morceau d'étoffe de la Chemise, imprégné de magie démoniaque, que Magister lui avait remis venait de se détruire, vidé de son énergie, laissant son empreinte sur sa main brûlée. Inquiet, il incanta discrètement un Reparus, mais la magie ne fit pas disparaître la marque. Pis, sa main commença à lui faire mal. Deux gardes s'avançaient vers lui, le regard inquisiteur. Ils étaient entraînés à repérer tout ce qui sortait de l'ordinaire et avaient remarqué son comportement bizarre. Il recula, mais la douleur de sa main augmenta et gagna son bras. Horrifié, il vit que son membre commençait à fumer et que sa main noircissait de plus en plus. Les gens autour de lui s'écartèrent lorsqu'il se mit à crier de douleur. Les gardes sortirent leurs sabres et les Hauts Mages se réunirent au-dessus et autour de lui.

— Que se passe-t-il ? demanda sèchement dame Téoclis, qui suivait la lutte de la Reine Noire avec attention.

— Ahhhh ! cria le sangrave. Je brûle ! Je brûle !

Avant que les gardes n'aient le temps de l'en empêcher, il tituba vers Tara, comme si elle pouvait faire quoi que ce soit pour lui. La moitié du corps carbonisé, il toucha le filet.

Et explosa.

Lorsque la fumée retomba, Lisbeth et la cour, horrifiées, réalisèrent que le filet avait fondu.

Et que la Reine Noire et son familier avaient disparu.

Robin était tranquillement en train de faire des courses pour sa mère, à Selenda, lorsqu'une énorme explosion retentit juste derrière lui. Il laissa tomber les fragiles œufs de splouf[1] pour lesquels il venait de franchir des milliers de kilomètres et se retourna, l'arc de Llillandril instantanément dirigé vers la source de la menace. Sourv, son hydre familière, gémit en voyant le gâchis des œufs qu'elle adorait.

Le cœur du demi-elfe faillit bien s'arrêter de battre quand il vit qui se tenait devant lui.

La Reine Noire. Enfin, Tara sous la forme de la Reine Noire. Plus précisément sous une forme altérée de la Reine Noire, mi-Reine Noire, mi-Tara, ce qui était suffisamment bizarre pour lui retourner l'estomac.

---

1. Le splouf est un oiseau argenté à crête rouge des forêts de Selenda, patrie des elfes. Il doit son nom à ses œufs, délicieux au demeurant, mais si fragiles qu'ils se brisent dès qu'on les effleure, souvent dans un grand « splouf ». Comme l'oiseau ne peut se domestiquer, il est difficile d'obtenir ses œufs, qui sont donc très prisés. Robin vient de casser pour près d'un mut d'argent. Sa mère va probablement beaucoup râler.

— Tara ? fit-il avec angoisse. Qu'est-ce qui s'est passé ?

— J'ai été piégée, fit la Reine Noire/Tara d'un ton terrifié. Robin, tu ne dois pas la laisser prendre le dessus. Si c'est le cas, tue-moi immédiatement !

Galant hurla comme un loup, il paraissait souffrir.

Robin écarquilla ses magnifiques yeux de cristal. Tuer sa bien-aimée. Bien sûr, pas de souci ! Tous les matins au petit déjeuner ! Il ordonna à son arc de repartir où... eh bien, où il allait quand il n'était pas à son bras, et se redressa.

— Tu as utilisé de la magie démoniaque ? Mais enfin, Tara, ça ne va pas la tête de faire une chose aussi insensée ? Pourquoi ?

— Magister, fit Tara avec amertume en calmant Galant de la main. C'est un malin. Il devait être dans l'assistance, lui ou un de ses démons, déguisé en simple assistant. Il m'a demandé comment s'appelait l'incantation qui appelait la magie démoniaque. Je n'ai pas réfléchi, j'ai invoqué bêtement le *spari*-tu-sais-quoi. La magie démoniaque m'a immédiatement envahie. La Reine Noire s'est emparée de moi et...

Elle s'interrompit et Robin, horrifié, vit son visage se figer en un masque implacable, ses cheveux prendre la teinte de l'ébène et ses yeux noircir. Tara disparut et la Reine Noire prit sa place.

— ... et j'avoue que ce n'était pas trop tôt, poursuivit-elle d'une voix glaciale. Cette petite planète a vraiment besoin d'un dirigeant digne de ce nom !

— Ah ? fit une voix tout aussi glaciale derrière elle. Et vous pensez que vous avez les qualités requises pour cela ? Moi, pas.

Robin recula. Le pire était arrivé. T'avila, la terrifiante reine des elfes, venait de se matérialiser juste derrière Tara... enfin, la Reine Noire. Le demi-elfe déglutit. Là, il avait un peu de mal à savoir laquelle des deux le terrifiait le plus. Sa reine était toute d'or vêtue, ses longs cheveux d'argent nattés en une tresse de combat. Et elle portait une armure. Robin cessa de respirer. Pas bon, ça. Pas bon du tout.

La Reine Noire sentit la menace et se retourna avec la vitesse d'un serpent qui attaque. La reine des elfes était encore plus grande qu'elle, ce qu'elle enregistra avec une moue de dépit. Et elle avait l'air fichtrement puissante. Pas aussi puissante qu'elle, mais assez puissante. La Reine Noire savait qu'elle avait dépensé beaucoup de son énergie démoniaque dans sa lutte contre le filet, puis pour s'échapper en dépit des anti-Transmitus placés sur le palais. De plus, la stupide fille à qui appartenait ce corps l'avait obligée à se rematérialiser près de son petit copain, alors que la Reine Noire voulait se retrouver près des objets démoniaques le plus vite possible, afin d'y puiser du pouvoir. Bon, cela dit, la Porte de transfert vers la Terre la plus proche n'était pas très loin. En étant un peu maligne, elle devrait pouvoir la franchir rapidement. Prudente, elle s'effaça devant Tara. Mais resta vigilante, tapie tout au fond. Elle avait été libérée. Pas question de rester prisonnière.

À la grande surprise de T'avila, qui s'apprêtait à déchaîner son feu magique sur l'intruse, la silhouette bardée de métal noir vacilla et rapetissa, les cheveux rouges blondirent, Galant redevint blanc, et bientôt Tara se tint devant elle, les yeux brumeux, son pégase sur l'épaule.

La jeune fille se prit la tête à deux mains comme pour empêcher son cerveau de s'échapper par ses oreilles.

— Ohhhhh, gémit-elle, ce que ça fait mal !

— Impératrice Tara Duncan ? demanda T'avila toujours sur ses gardes.

— Oh, ne parlez pas trop fort, ça résonne, grimaça Tara. Oui, c'est bien moi. Mais la Reine Noire n'est pas loin sous la surface, elle n'a pas consommé tout le pouvoir démoniaque qui lui a été transmis, alors soyez prudente avec ce que vous allez me dire. Elle l'entendra aussi.

C'était assez effrayant d'avoir cette présence au fond d'elle. Un peu comme lorsque l'Anneau l'avait infectée. Sauf que, cette fois-ci, elle ne savait pas très bien ce qu'était la Reine Noire. Une entité externe, ou la manifestation de ses désirs les plus sombres, comme lorsqu'elle était possédée par le démon des métaphores qui la poussait à se voir en reine guerrière ?

La reine des elfes pencha la tête de côté, comme un grand chat maigre en train d'observer une souris rigolote.

— Nous sommes seules, fit-elle remarquer en désignant les alentours.

Qui en fait devaient grouiller de guerriers elfes en armures, car Tara ne voyait pas la reine des elfes se déplacer toute seule.

Tara dut ôter ses mains de ses oreilles pour l'entendre, jeta un œil vers Robin, qui ne cillait même pas tellement il était effrayé, et fit une petite révérence courtoise. L'armure noire n'avait pas disparu, bien trop grande pour elle, et elle constata que faire une révérence avec des bouts de métal rigide partout n'était pas facile, facile. Elle incanta afin que la changeline revienne, et poussa un soupir de soulagement lorsque l'entité recréa une robe courte (il faisait chaud à Selenda) et des sandalettes. Ainsi que le harnais d'épaule qu'elle utilisait pour empêcher les serres/griffes de son pégase de lui entailler la peau.

— Euh... oui, enfin, en quelque sorte. Bonjour, Votre Majesté. Pardon d'avoir envahi votre pays de cette façon, ce n'était pas de mon fait.

— À ce sujet, je pourrais te tuer pour cette invasion, jeune Impératrice, remarqua la reine des elfes. Personne ne pourrait me le reprocher. Ce n'est pas Tara que j'aurais éliminée, mais la Reine Noire.

Tara aurait peut-être dû garder l'armure, finalement. Galant se tendit, prêt à attaquer.

Robin tressaillit et les sept têtes de Sourv, son hydre familière, crachèrent de rage. La reine le remarqua et ajouta :

— Et si le demi-elfe s'imagine qu'il va trahir le secret, il me sera simple de le tuer lui aussi. Cela débarrassera Autre-Monde de deux problèmes à la fois.

Sa voix était aussi glacée que son visage. Elle envisageait le meurtre de deux personnes comme on tue deux moustiques agaçants. Sans le moindre remords. Après tout, ce sont de sales bestioles. Tara éprouva tout à coup une grande sympathie pour les moustiques.

Robin fit alors quelque chose d'inouï. Son arc se matérialisa et pointa directement vers le cœur de la reine des elfes. Qui fut si surprise qu'elle se figea, incapable d'imaginer qu'un de ses elfes aurait le courage de l'affronter.

— Je vous dois loyauté et obéissance, fit Robin, le visage crispé. Mais tuer deux personnes innocentes, juste parce qu'elles vous dérangent ou peuvent, potentiellement, représenter une menace, non, je ne vous laisserai pas faire.

S'il avait bluffé, il en fut pour ses frais. Les elfes, contrairement aux humains, ne bluffaient pas. La reine des elfes dégaina ses deux couteaux avec une surhumaine rapidité.

— Bien, bien, ronronna-t-elle, voyons si tes flèches sont plus rapides que mes dagues.

Tara allait intervenir, terrifiée pour son petit ami, lorsqu'une forme nébuleuse sortit de l'arc. Tara se raidit. Un fantôme ! Mais c'était impossible ! La machine antifantôme les avait tous bannis !

Avant même de réaliser ce qu'elle faisait, elle se transforma en vampyr. Au fond d'elle-même, elle entendit un gloussement amusé de la Reine Noire. Celle-ci se demandait combien de formes différentes Tara allait assumer. La réponse silencieuse de Tara fut fulgurante : « Oh, vous, ta gueule ! » Offusquée, la Reine Noire se replia.

Si la reine des elfes fut surprise de se retrouver face à une vampyr, elle ne réagit pas, trop fascinée par ce qui sortait de l'arc.

Tara la reconnut, Robin la lui ayant copieusement décrite. C'était Llillandril.

La plus célèbre guerrière, la plus terrible reine des elfes d'AutreMonde. Qui n'avait, hélas, pas péri dans un glorieux combat, mais en s'étranglant avec une arête de poisson. Furieux, son fantôme s'était réfugié dans son arc de guerre, estimant qu'il n'avait pas encore accompli sa mission : devenir la guerrière suprême. Depuis que Robin avait l'arc, et qu'il avait découvert son encombrante ex-propriétaire, il était partagé entre l'affection (l'arc lui sauvait souvent la vie) et l'exaspération (Llillandril aurait fait peur au pire instructeur des armées, elle était sadique et impitoyable dans son enseignement).

T'avila se ramassa un peu, prête à combattre cet ennemi qu'elle ne connaissait pas. Llillandril gonfla ses formidables poumons et hurla :

— Par les entrailles de Bendruc le Hideux, laisse tomber ces dagues, T'avila, avant que je ne me fâche !

T'avila tressaillit, mais ne lâcha rien du tout. Ses lèvres se retroussèrent, dédaigneuses.

— Un fantôme. Qu'est-ce qui te fait croire que je vais obéir à un minable fantôme ?

Sortie de nulle part, une flèche se planta entre ses deux pieds. T'avila et Robin la regardèrent, unis par la même stupéfaction. Vu que le demi-elfe n'avait pas bougé.

— Parce que la prochaine se plantera dans ton cœur, persifla le fantôme. Et ce n'est pas ce ridicule plastron qui va te protéger, je la matérialiserai directement dans ton corps. L'arc m'obéit. Mais ses flèches aussi.

Les yeux de T'avila s'étrécirent, passant de l'arc à la plantureuse silhouette, très différente des habituelles elfes graciles. Puis ils s'écarquillèrent en faisant la connexion.

— Llillandril ?

— En chair et en o... euh, enfin pas tout à fait, reprit le fantôme. Mais, oui. C'est moi.

— Pourquoi prends-tu la défense de ces deux-là ? s'exclama T'avila, incrédule. Toi, plus que toutes, devrais mettre à mort ce bâtard d'humain. Et la sortcelière ne vaut pas mieux. Elle met tout AutreMonde en danger !

Llillandril se rapprocha jusqu'à ce que son imposante poitrine touche presque l'armure de T'avila et fit sèchement :

— Et depuis quand les elfes ont-ils renié leur mandat de protection des humains ?

T'avila grimaça. Robin retint sa respiration. Quel mandat de protection ? T'avila lui jeta un coup d'œil, puis se concentra sur Llillandril.

— C'était il y a cinq mille ans.

— Mais Demiderus aurait pu garder cette planète pour lui tout seul. Il avait réussi ce que ni nous ni les dragons n'avions fait. Il avait volé les objets démoniaques aux démons. Terminant ainsi la guerre qui nous avait coûté notre patrie (on sentait l'ancien chagrin encore présent dans sa voix). Mais c'était un homme bon. Plutôt que de nous condamner à une éternelle errance, il a décidé que cette planète serait le monde d'accueil de toutes les races brisées par les démons. Il nous a accueillis. Et, en échange, nous lui avons prêté allégeance. Ne me dis pas que tu ne le sais pas. C'est gravé dans nos textes de loi. Cela ne peut être défait. À moins que tu n'aies profité de la courte vie et de la courte mémoire des humains pour trahir ton devoir ?

L'accusation était grave. T'avila recula d'un pas. Robin retint son souffle, sans baisser son arc. Il n'avait jamais assisté au désarroi de sa reine. C'était troublant et effrayant.

— Mais je sais pourquoi tu détestes le fils de T'andilus, poursuivit Llillandril. Il t'a rejetée. Il est tombé amoureux d'une simple humaine. Il a eu un enfant avec elle. Et cela, tu ne peux le pardonner. Tu essaies donc d'effacer cette tache sur ton orgueil. Je sais que ce n'est pas la première fois que tu essaies de le tuer. C'est la raison pour laquelle j'ai décidé d'intervenir, pour une fois.

Le fantôme se rapprocha, au point que T'avila devait loucher pour la voir, nez à nez avec elle.

— Tu Ne Toucheras Pas À Mon Porteur ! scanda Llillandril, furieuse. Il est sous ma protection. Si tu essaies de nouveau, quel que soit le moyen employé, tu seras la seconde à mourir. Est-ce clair ?

T'avila, crispée, folle de rage, ne répondit rien. En vrombissant, la flèche à ses pieds se dégagea et vint se placer contre sa gorge, laissant couler un petit ruisselet de sang lorsque le fantôme appuya un peu.

— J'ai dit : « Est-ce clair ? », répéta-t-elle.

Les elfes étaient des gens pragmatiques. Avoir une longue vie, c'était bien. Risquer de la voir considérablement raccourcie juste pour assouvir une vengeance, ça l'était moins. T'avila capitula.

— Oui.

Ce fut suffisant pour Llillandril. La flèche disparut. Llillandril fit un petit sourire à Robin, cligna de l'œil à l'intention de Tara encore éberluée et réintégra son arc. Qui disparut, si soudainement que Robin faillit tomber en avant.

La reine des elfes se toucha le cou avec précaution. Elle regarda son sang puis, faisant frissonner Tara, le goûta avec un sourire carnassier.

— Tu as des alliés intéressants, demi-humain. Bien, elle a dit que je ne pouvais pas te tuer sans en mourir, mais elle n'a pas préci...

L'arc se rematérialisa au bras de Robin, manquant de nouveau le faire basculer. Sourv faillit tomber et protesta.

— ... ah, et cela compte aussi pour la petite amie de mon porteur, sa famille et toutes ses relations, de près ou de loin.

Le faire souffrir n'est pas non plus une option, fit la voix de Llillandril.

L'arc redisparut. Robin se redressa, évitant soigneusement de croiser le regard écumant de rage de la reine. Tara garda son visage de vampyr parfaitement impassible. Comme elle ne pouvait pas s'en prendre à Robin, T'avila se rabattit sur elle.

— Si tu laisses cette Reine Noire ressortir et menacer la planète, gronda T'avila frustrée de son massacre annoncé, je te tuerai, Llillandril ou pas Llillandril. Suis-je, moi aussi, claire ?

— Comme du cristal, assura Tara qui s'efforçait de maîtriser le tremblotement de ses genoux. Nous allons d'ailleurs nous en aller, maintenant, hein, Robin ? Nous avons assez dérangé ta reine. Tu peux invoquer un Transmitus, s'il te plaît ? Je préfère ne pas trop utiliser ma magie en ce moment.

Robin ne se fit pas prier. Laissant ses courses par terre, les malheureux œufs de splouf en bouillie, il incanta, et Tara et lui disparurent.

La reine regarda les œufs brisés et gronda. Elle n'en avait pas fini avec Robin. Elle trouverait un moyen de faire souffrir T'andilus. Elle se le jura.

Ils se rématérialisèrent dans la maison de Robin au Lancovit. À voir le visage surpris du demi-elfe, Tara comprit qu'il ne s'attendait pas à aller aussi loin. Le fantôme de Llillandril avait dû lui donner un petit coup de main. Parce que, normalement, il fallait une Porte de transfert pour parcourir une aussi grande distance. Ou plusieurs Transmitus…

Elle regarda autour d'elle. Les tonnes de livres suspendus dans les airs avec de puissants Levitus, le grand salon chaleureux et confortable dont l'un des murs était couvert de roses bleues, les sofas d'un bleu plus profond, les moelleux fauteuils jaunes, les brillantes bien placées, tout était fait pour accueillir les lecteurs assidus.

Mévora, la mère humaine de Robin, les attendait. T'andilus avait fait placer un avertisseur qui prévenait dès que son fils se matérialisait dans la maison. La sortcelière accourut et l'enlaça, montrant une grande agitation. Robin se dégagea, un peu surpris par l'inquiétude sur le visage de sa mère.

— Maman ? Mais qu'est-ce qui...

— Il faut que vous repartiez, Robin ! s'exclama Mévora. Pas tout de suite, bien sûr, mais le plus vite possible ! Tu ne peux pas impliquer ton père dans un incident diplomatique entre le Lancovit et Omois. Tara a été déclarée dangereuse.

Robin ouvrit la bouche pour protester, mais Mévora l'en empêcha.

— Je sais, je sais, j'ai confiance en toi, et j'ai confiance en elle. Mais ils ont montré partout la cristaléo de sa transformation.

Elle se tourna vers le mur et cria :

— Écran ! Tara Duncan, dernières nouvelles !

Immédiatement, l'écran de cristal s'alluma et le visage du plus célèbre Tatris de la planète, le fameux journaliste à deux têtes Jules et Jim, fit son apparition.

« Décidément, notre chère Impératrice a bien des problèmes, fit Jim, la première tête.

— Après avoir exilé la jeune Héritière et l'avoir déshéritée, notre Impératrice l'a réintégrée et désignée comme sa corégnante, reprit Jules, la seconde.

— Hélas, à peine quelques heures plus tard, la jeune et nouvelle co-Impératrice s'est retrouvée infectée par de la magie démoniaque et a tenté un coup d'État. Voici les images, Jim, elles sont parlantes. »

Les images de Tara défilèrent, même si, par prudence, le son était coupé afin que personne ne puisse savoir quelle était la formule employée par Tara ou ce dont ils avaient discuté. Les bouches étaient floutées afin que personne ne puisse non plus lire sur les lèvres. Mais on voyait parfaitement bien la transformation de Tara en Reine Noire. Mévora et Robin frissonnèrent de concert. Tara déglutit. Elle était vraiment effrayante, sous cette forme-là.

Hélas, ils avaient remis le son au moment où elle déclarait qu'elle prenait le pouvoir et allait faire souffrir tout le monde.

Ils ne montrèrent pas comment elle s'était échappée. Jules et Jim mentionnèrent juste qu'elle avait été capturée, mais avait réussi, grâce à une intervention extérieure, à s'enfuir.

Et qu'elle était recherchée par toute la planète.

Encore une fois.

Bon, elle n'était pas en prison, c'était déjà quelque chose. Elle avait presque fini par s'habituer à terminer enfermée à un moment ou à un autre.

— Je dois aller sur Terre, dit-elle.

Magister devenait vraiment bon avec les années. Il l'avait magnifiquement piégée. Enfin, pas tout à fait, mais presque.

Mévora se tourna vers elle, notant le visage blafard, les yeux sanglants et les cheveux blancs de sa forme de vampyr. Elle fit une petite grimace. Elle s'était résignée à ce que son fils épouse une elfe et l'avait regretté. Maintenant qu'il s'était trouvé une humaine, qui passait son temps à le mettre – à les mettre tous d'ailleurs – en danger, finalement, elle se disait qu'une elfe, ça aurait été bien aussi.

— Pas sous cette forme de BSH[1], c'est sûr. Et toutes les portes de transfert ont votre ADN enregistré dans leurs bases de données. Quel que soit votre déguisement, vous ne passerez pas.

Tara allait lui répondre lorsqu'elle perçut l'odeur de Mévora, dont le cou était très accessible. Ha ! elle commençait à avoir faim. Elle se retransforma vite fait avant de se jeter sur la mère de Robin et de la mordre, ce qui n'est pas la meilleure façon de plaire à son petit copain. Elle soupira en redevenant la bonne vieille Tara. Avec ses bonnes vieilles douleurs musculaires. Elles ne lui avaient pas manqué, celles-là.

— Alors, il va falloir que je trouve un autre moyen. Parce qu'il est hors de question de passer par les Limbes. Archange et moi ne sommes pas en très bons termes.

Robin fit la grimace. Il détestait Archange depuis qu'il avait été piégé par l'une de ses démones, déguisée en Tara. Et si cette dernière semblait avoir passé l'éponge, lui se sentait insulté de s'être fait avoir. Même si cela avait été très agréable... Très, très agréable.

---

1. Buveuse de sang humain. Vampyr à éviter si l'on veut pouvoir continuer à profiter de son petit déjeuner le matin...

— Donc, il faut que nous déprogrammions les portes, précisa-t-il en s'arrachant aux images séductrices qui dansaient un peu trop dans son cerveau. Afin qu'elles laissent passer Tara.

Mévora était une chercheuse. Même si elle avait conscience qu'ils étaient très pressés, elle ne put s'empêcher de poser des questions.

— Avant que vous ne partiez, dites-moi : comment cela fonctionne-t-il ? Que s'est-il passé exactement ? On voit juste que Tara parle et, l'instant d'après, elle est transformée.

Tara lui expliqua. La magie sortcelière et la magie démoniaque s'unissant pour créer la Reine Noire grâce au sparidam (elle ne prononça pas le mot, bien sûr).

— Hum, je vois. Pourquoi ne pas vous réfugier quelque part où la Reine Noire ne pourrait pas faire de mal, et laisser le pouvoir démoniaque s'épuiser jusqu'à ce qu'elle ne puisse plus reparaître ?

Tara sentit la Reine Noire s'agiter. L'idée ne lui plaisait pas du tout. Mais, si c'était l'option la plus raisonnable, ce n'était pas, hélas ! celle que Tara allait choisir.

— Non, répondit-elle, ce n'est pas possible. Je suis probablement la seule à pouvoir arrêter Magister. Il veut les objets démoniaques afin de les utiliser pour faire revenir ma mère. Ce faisant, il va libérer cette énergie qui – je le crois sans en être sûre (elle devait être honnête) – retournera dans les Limbes pour alimenter le pouvoir des démons. C'est la raison pour laquelle il m'a piégée. Il savait qu'avec la magie démoniaque je me transformerais en Reine Noire. Il savait aussi que Lisbeth me capturerait. Mais, comme tous les psychopathes, il a voulu faire taire le sangrave qui m'a piégée et cela a fait échouer son plan. L'homme était en train de se consumer, il est allé vers moi pensant que je pouvais le sauver et il est tombé sur le filet d'Hymlia, ce qui l'a fait exploser et le filet avec lui. J'ai pu... enfin, la Reine Noire a pu en profiter pour s'échapper.

Soudain, l'écran changea, montrant de nouvelles images. L'Impératrice et l'Imperator se tenaient devant les scoops, dans la salle de transfert.

« Nous allons nous rendre sur Terre, expliquait l'Impératrice, sanglée dans un superbe tailleur haute couture noir dont la jupe s'arrêtait juste au-dessus de son genou et dont le décolleté allait en faire loucher plus d'un, afin de stopper Magister, qui se trouve sans doute là-bas en train de manigancer des complots contre notre empire et contre Autre-Monde. Nous devons préserver le secret. Nous reviendrons très vite. »

Elle avait fait coiffer ses cheveux en un strict et lourd chignon qui dégageait son superbe visage. Une carte plastifiée était épinglée sur le revers de sa veste, portant une inscription en américain et un drapeau. C'était un document officiel. De la Maison Blanche. Tara se mordit les lèvres. Ils n'allaient pas simplement sur Terre, ils allaient dans le triangle des Bermudes. Se jeter droit dans le piège de Magister. Aux côtés de Lisbeth se tenait Sandor, moins décolleté mais tout aussi élégant. L'Impératrice salua les scoops, qui bourdonnaient autour d'eux comme des abeilles en folie, puis avança et s'enfonça dans le cercle lumineux de la Porte de transfert qui menait à la Terre.

Robin observa les gens qui disparaissaient les uns derrière les autres dans la salle de transfert. La plupart étaient habillés en « civil », comme des fonctionnaires, même si les fonctionnaires n'avaient probablement pas les mêmes couturiers. Mais beaucoup d'entre eux portaient des uniformes de soldats, généraux et autres gros pontes des armées. Lisbeth n'avait pas fait dans le détail. Ne sachant pas de quoi elle avait besoin au juste, elle avait fait faire des costumes de chaque corps d'armée, depuis la marine et l'armée de terre jusqu'à celle de l'air, et même des gardes-côtes. Avec la magie, de toute façon, les humains ne se rendraient compte de rien.

— Magister te manipule, finit par dire Robin tandis que Tara, horrifiée, avait l'impression que son cerveau s'était bloqué. Il fait un pas et tu n'as pas le choix. Tu dois suivre sa cadence. Mais, Tara, si pour une fois tu ne le suivais pas ? Ta tante n'est pas idiote. Elle sait très bien que c'est un piège. Je pense qu'il la redoute, elle, la puissante Lisbeth, Impératrice d'Omois. Regarde (il désignait les gardes qui suivaient Lisbeth), elle a quasiment emmené la moitié de son armée avec elle. Ils vont s'emparer de ce navire en deux minutes et empêcher Magister de continuer. Que pourrais-tu faire de plus ? Tu es puissante, certes, mais pas autant que des dizaines de Hauts Mages !

Tara se mordit la lèvre. Il avait raison.

Et il avait tort. Parce que, à force de combattre Magister, elle avait fini par comprendre comment fonctionnait son cerveau malade. Il avait besoin de l'Impératrice sur Terre afin d'accéder aux objets démoniaques. Et il voulait que Tara reste sur AutreMonde parce qu'il savait très bien qu'elle avait fait échouer un grand nombre de ses plans. Alors il avait fait tout ce qui était nécessaire pour qu'elle ne puisse pas le contrer, une fois encore.

Tara avait la ferme intention de le décevoir. Elle aussi avait un plan. Qu'elle gardait pour elle ; Mévora n'avait rien à en savoir, c'était trop dangereux.

— Je suis désolée, dit-elle à Robin, mais je n'ai pas le choix. Lisbeth a voté pour la destruction des objets démoniaque. Elle n'a pas dit pourquoi elle se rendait sur Terre, car peu de gens savent que les objets démoniaques y sont gardés, pour des raisons de sécurité. Mais je pense qu'elle y va pour une seule et unique raison, qui atteindra deux buts : détruire les objets démoniaques, et ainsi empêcher à la fois Magister *et* la Reine Noire d'y avoir accès. Je dois éviter cela, à tout prix. Mourmur n'était pas avec elle ; je pense qu'elle ne l'a même pas contacté, parce qu'elle croyait sans doute que j'étais déjà sous l'influence de la Reine Noire quand je me suis opposée à la destruction des Objets. Cela signifie qu'elle ne va pas lui demander de créer une machine qui pourra tracer le parcours des âmes démoniaques lors de la destruction des Objets. Elle va juste les détruire, sans se poser de questions. Et Archange tiendra enfin ce dont il a besoin pour nous conquérir.

Mévora avait l'air dubitative. Elle comprenait que Tara s'inquiète de la puissance des objets démoniaques, mais, de ce que son fils lui avait raconté de leurs aventures dans les Limbes, elle avait la sensation que le nouveau roi des démons n'avait pas du tout besoin de cette puissance. Il avait quand même sacrifié des milliards d'âmes pour terraformer ses planètes et transformer leurs soleils. En quoi quelques millions d'âmes supplémentaires garantiraient-elles son succès ? Mais, sagement, elle préféra un autre argument, car elle ne pouvait s'appuyer que sur des extrapolations, pas sur des preuves solides.

— Sauf que, même si vous parvenez à retourner sur Terre, ce dont je doute, précisa-t-elle paisiblement, votre tante vous fera arrêter et placer sous bonne garde à la seconde où elle vous verra.

Elle avait raison. Sauf qu'elle ignorait un petit détail qui changeait tout. Ils avaient un gardien de porte terrien dans leur poche... en quelque sorte. Mais Tara ne voulait pas impliquer Mévora plus que nécessaire. Aussi resta-t-elle vague.

— Chaque problème en son temps, soupira la jeune fille en sortant de sa poche son amie, la Pierre Vivante, véritable réservoir de la magie d'AutreMonde et accessoirement, en plus, son hor, téléphone-ordinateur superpuissant. D'abord, consultons notre spécialiste des contournements de portes illégaux, ensuite, on verra comment nous en sortir avec Lisbeth.

Mévora ne dit rien, mais ses lèvres se pincèrent lorsque Robin hocha la tête. Elle n'aimait pas beaucoup le « nous », mais comprenait que son fils n'allait pas abandonner son amie.

— Vous m'avez l'air d'avoir des fréquentations pour le moins douteuses, mais enfin bon, avec un mari dans les services secrets, j'aurais dû m'en douter. Et qui est votre fameux spécialiste ?

La Pierre Vivante n'avait pas eu besoin de savoir qui contacter, elle avait écouté la discussion.

— J'appelle Cal, joli Cal, s'exclama-t-elle, triomphante.

11

Mourmur

*ou être un spécialiste ne signifie pas forcément
qu'on connaît absolument tout sur tout, justement...*

Cal se trouvait dans le manoir d'Isabella sur Terre, enfin, plus précisément, sous le manoir d'Isabella sur Terre. Il était en train de discuter avec Mourmur dans le laboratoire souterrain[1], quand sa boule de cristal sonna. Il la plaça sur la console de l'ordimagique devant lui et l'image de Tara s'afficha. Les yeux gris du Voleur s'écarquillèrent en découvrant qui l'appelait.

— Tara ! chuchota-t-il en regardant par-dessus son épaule histoire de vérifier que personne n'avait vu la mince silhouette blonde. Bon sang, ça fait des heures que j'attends ton appel !

— Euh... je me suis échappée il y a à peine quarante minutes, Cal, difficile de faire plus vite, ironisa la jeune fille.

— Oui, bon, admettons. Tu as été piégée, c'est ça ? Avec de la magie démoniaque ? (Il frissonna.) Par les dents cariées de Gélisor, je pensais ne jamais revoir cette horrible Reine Noire. Je suppose que tu m'appelles parce que tu ne peux pas franchir les portes de transfert ?

Ce qui était bien avec Cal, c'était qu'il faisait les questions et les réponses. Tara hocha la tête.

— Oui, ils ont dû mettre en place le système antifugitifs, donc les portes ont mon ADN, je ne pourrai pas contourner leurs protections. Tu saurais quoi faire ?

---

1. Précaution indispensable vu la propension indéniable du célèbre chercheur à faire exploser les choses.

— Non, répondit Cal.

Puis, voyant l'air désolé de Tara, il eut un sourire malicieux.

— Mais ton arrière-grand-oncle, lui, a une demi-tonne de gadgets qu'il brûle d'essayer. Attends une seconde.

Il échangea de mystérieux signes avec Mourmur. Le vieux savant hocha la tête en lui indiquant de dégager sa boule de l'ordimagique. Il mit l'engin dans la poche de sa robe de sortcelier, puis cria :

— Transmitus !

L'instant d'après, l'inventeur et le Voleur étaient ailleurs.

Cal fit un panoramique avec sa boule de cristal, qu'il avait gardée à la main, et Tara s'aperçut qu'ils se trouvaient dans la salle de transfert de Tagon, le château du comte de Besois-Giron. Fabrice se tenait devant eux, les yeux écarquillés. Une fois qu'il eut repris ses esprits, le grand garçon blond grommela :

— Dites, les gars, si je suis venu sur Terre, c'est pour être un peu tranquille, alors arrêtez de me coller des crises cardiaques en surgissant de nulle part comme ça !

Cal sourit.

— Mais, sans nous, tu vas t'ennuyer comme un bras mort !

— Un « rat » mort. Et non, crois-moi, je ne vais pas m'ennuyer. Bon, qu'est-ce qui se passe, encore ?

Cal lui montra la silhouette de Tara projetée comme un hologramme par sa boule de cristal. Fabrice s'étouffa :

— Tara ? Est-ce que ça va ? On a vu des images horribles. Avec la Reine Noire ! On était morts d'inquiétude, Moineau et moi !

— Moineau est là ?

— Oui, nous nous sommes doutés que tu allais vouloir venir sur Terre immédiatement après Magister et ses effets spéciaux aux Bermudes, du coup elle m'a rejoint (à sa mine satisfaite, il était ravi de ce retournement de situation). Où es-tu ?

— À Travia, répondit Tara. Dans la maison de Mévora et T'andilus.

Elle lui expliqua comment elle comptait les rejoindre. Fabrice ébouriffa sa crinière de cheveux blonds, plissa ses grands yeux noirs et soupira.

— Vous savez, si j'ai demandé à devenir gardien de la Porte de transfert ici, c'est pour profiter de la vie, pas pour fomenter des coups d'État et bidouiller les portes de transfert !

Il paraissait franchement ronchon.

Cal éclata de rire.

— Oh, parce que tu croyais vraiment ce que tu disais, Fabrice ? Cela dit, ça nous arrange bien que tu sois le nouveau gardien de l'une des portes européennes. Tu as un grand sens du timing, vieux.

Fabrice gémit. Tara sourit. Pauvre Fabrice ! Depuis le début, il détestait la magie, et celle-ci n'arrêtait pas de lui pourrir la vie. Un peu comme à elle, en fait.

— Qu'est-ce qu'on attend ? fit une voix grave familière. Allons couper les membres de ces gens ! Cela fait trop longtemps que je n'ai pas fracassé la tête de quelqu'un. Avec toutes ces histoires de diplomatie, il ne restera bientôt plus aucune bagarre digne de ce nom pour une honnête naine !

Cal fit pivoter sa boule de cristal et Tara vit que Fafnir avait rejoint leurs amis. Son cœur tressaillit de joie. Le magicgang allait être au grand complet ! Formidable. Elle était ravie de voir que Fafnir s'était fait la même réflexion que Moineau et avait également gagné la Terre.

Mais, si ses amis étaient capables de la déchiffrer aussi facilement, les soldats d'Omois n'allaient pas tarder à débarquer eux aussi. Sa tante avait oublié d'être bête.

— Bidouiller les portes, bidouiller les portes, grogna Mourmur d'une voix éraillée derrière eux. Ils sont bien gentils, ces gamins, mais ça ne se fait pas du jour au lendemain !

Tara sursauta lorsque le visage barbouillé de suie de son excentrique inventeur d'aïeul apparut en gros plan. Les cheveux blancs ébouriffés, Mourmur, en dépit de son ton bougon, avait l'air enchanté du défi.

— Il va falloir que vous alliez à une Porte de transfert, jeune fille.

— Au Château Vivant, précisa Cal au cas où Tara n'aurait pas compris.

— Je vais ouvrir la connexion entre ici et l'endroit où vous vous trouverez, reprit Mourmur après avoir foudroyé Cal du regard pour l'avoir interrompu. Ensuite, je déprogrammerai les deux portes afin d'effectuer le transfert en manuel et de bypasser les protections. Ça va faire sonner les alarmes un peu partout, mais vous serez passée, alors ce ne sera pas grave.

— Parfait, nous partons tout de suite pour le Château Vivant, fit Tara en se levant. Dans combien de temps serez-vous prêt, oncle Mourmur ?

C'était plus rapide qu'« arrière-grand-oncle ». Mourmur sourit. Personne ne l'avait appelé ainsi depuis très longtemps et il aimait cela.

— Je suis déjà prêt, jeune fille, qu'est-ce que vous croyez ! J'ai inventé ce gadget quand j'étais à l'université, je l'employais lorsque je voulais faire le mur…

Il remarqua soudain le regard très intéressé de Cal et ajouta :

— Hrrrmmm, bref, il est tout à fait opérationnel pour les courtes distances entre portes continentales. Je dois juste modifier sa puissance afin qu'il puisse travailler aussi en intergalactique. Le temps que vous soyez sur site, je serai prêt. Enfin, si j'arrive à doser le flux énergétique ! Ça n'arrête pas de fluctuer. Ce sera probablement le plus compliqué à réaliser.

Cal fit un sourire un tantinet inquiet à Tara.

— Vous feriez mieux de vous dépêcher avant que quelque chose n'explose ici. Je préviens le Château Vivant que vous arrivez. Passez par le souterrain comme la dernière fois, derrière le château, qu'on ne vous voie pas. Je vais aussi parler avec notre ami le cyclope, gardien de la porte du château de Travia, Fleurtimideauborddunruisseaulimpide. Il te laissera certainement passer. Ah, et si les gardes essaient de vous attaquer, Tara, s'il te plaît, évite de tuer des gens. Ce ne sont pas des ennemis, ils obéissent juste aux ordres.

Tara leva les yeux au ciel.

— Enfin, Cal, c'est évident !

Vexée, elle coupa la communication.

— Aller rejoindre Cal, gentil Cal, joli Cal sur Terre ? demanda la Pierre Vivante flottant devant elle.

— Oui…, soupira Tara.

La lumière de la Pierre fluctua nettement. Vers le sombre.

— Pierre Vivante n'aime pas la Terre. Pas assez de magie.

— Je sais. Mais nous devons arrêter Magister. Je te promets une belle bagarre.

La lumière se mit aussitôt à briller joyeusement.

— Oh ! oui, pouvoir je te donne ! Ha, ha !

Et la Pierre plongea, ravie, dans la poche que lui ouvrait Tara.

— Tu sais, Tara, fit remarquer Robin d'une voix pensive, je pense que la raison pour laquelle tu te retrouves souvent dans des bagarres, c'est que la majorité de tes amis sont des guerriers assoiffés de sang, y compris ta propre boule de cristal !

Tara sourit. Robin n'avait pas tort. Même la douce Moineau, depuis qu'elle avait découvert qu'elle était la descendante de la Belle et la Bête et pouvait se transformer en monstre plein de griffes et de crocs, aimait se battre avec elle. Seul Fabrice, en dépit de sa condition de loup-garou presque immortel, détestait cela.

Tara se leva. Mévora s'était absentée le temps que Tara et Robin parlent avec leurs amis, afin de ne rien savoir de leurs plans. Elle l'appela et la ravissante mère de Robin revint dans le salon, plissant ses yeux bleus avec une inquiétude toute maternelle.

— Merci, madame, lui dit Tara. Pardon d'avoir fait irruption dans votre salon. Nous partons à présent.

— Lancez-moi un Mintus, fit fermement Mévora. À courte action, juste pour les dernières minutes. Si les gardes m'interrogent, je ne veux pas mentir. Pour moi, mon fils est à Selenda, où il est allé acheter des œufs de splouf, et je n'ai pas vu Tara depuis des jours. Et ajoute un Sommeillus dessus, que je dorme quelques instants, cela renforcera l'action du Mintus.

Robin sourit et embrassa sa mère. Celle-ci s'allongea sur l'un des sofas du salon, sous les tonnes de livres en suspension, et ferma les yeux. Robin lança le Mintus et le Sommeillus et sa mère s'enfonça dans un sommeil paisible. Ils quittèrent la maison sur la pointe des pieds et filèrent par-derrière. Bien leur en prit, car, à peine quelques secondes plus tard, une escouade de gardes arrivait au pas de charge et sonnait au portail. Mais, comme Mévora dormait tranquillement, ils allaient pouvoir s'époumoner pour rien pendant un bon moment.

Robin lança un Travestissus sur Tara afin qu'elle apparaisse sous la forme d'un jeune garçon brun aux cheveux courts et Galant sous celle d'un gros chien, puis modifia la forme de son visage d'elfe. À sa façon, il était, lui aussi, trop connu, même si ses mèches noires si humaines avaient disparu. Les gardes avaient des lunettes qui permettaient de voir au travers des illusions les plus légères, et ils durent les éviter en slalomant dans la foule bigarrée. Heureusement, il y avait beaucoup de monde et les gens ne leur prêtèrent aucune attention. Les marchands ambulants attiraient le chaland, les troubadours charmaient les passants avec leurs projections des dernières pièces de théâtre ou de films, les jongleurs affirmaient n'utiliser aucune magie et il régnait une atmosphère bon enfant, même si Robin, plus familier d'AutreMonde que Tara, distinguait des regards inquiets et des bouches pincées. Tout le monde craignait les démons, et l'apparition de la Reine Noire avait dû beaucoup inquiéter.

Comme Robin, Tara aimait beaucoup Travia. Capitale du royaume de Lancovit, la ville était joliment décorée, des fresques colorées courant sur les murs des maisons. Très différente de l'impériale Tingapour, Travia était plus séduisante parce que moins tapageuse. Même si certains édifices étaient grandioses, le Château Vivant préférait montrer l'aspect d'une redoutable forteresse plutôt que d'un château de conte de fées. Les grandes guerres n'étaient pas si loin et le Château avait bonne mémoire.

Tara et Robin évitèrent soigneusement l'entrée principale. Ils débouchèrent dans une petite rue peu fréquentée, ombragée d'imposants arbres d'acier dans lesquels des pégases avaient fait leur nid, à l'arrière du Château, et attendirent que les gens s'éloignent. Tara s'approcha alors de la muraille, puis, comme Robin, dissipa son déguisement. La changeline lui créa un costume de Voleuse Patentée et tressa ses cheveux en une natte de combat.

Cal avait bien prévenu le Château (comment le jeune Voleur communiquait avec l'étrange entité était un mystère...) et la licorne qui symbolisait l'esprit du Château s'anima sur le mur.

Elle dévisagea Tara avec approbation (l'esprit qui gardait le Château Vivant aimait beaucoup Tara) et une portion de l'épais mur d'enceinte bascula. Tara sourit.

— Merci, Château, chuchota-t-elle en faisant signe à Robin d'avancer.

La licorne s'inclina, puis les guida par des chemins détournés dans les entrailles du Château. Les couloirs se modifiaient au fur et à mesure que le Château détournait les courtisans de leur chemin. Avoir un Château dans sa poche, songea Tara avec une certaine ironie, c'était tout de même bien pratique. Ils ne croisèrent personne.

Fleur les attendait dans une pièce contiguë à la salle de transfert. Le grand cyclope roux, stressé et dépressif, qui avait si bien défendu Travia et aidé la résistance lors de l'invasion fantôme, se tordait les mains, comme à son habitude. Il s'inclina devant Tara. Il paraissait soulagé de voir qu'elle avait repris son apparence normale et non pas celle de la Reine Noire.

— Votre Majesté Impériale, dit-il d'une voix mourante, oh, là, là, mais quelle histoire ! Cal vient de me prévenir que vous veniez ici et les nouvelles disent que vous êtes poursuivie par les trois quarts de la planète. Je ne sais vraiment pas comment vous faites.

Tara sourit.

— Croyez-moi, cher Fleur, je ne sais pas non plus. Ce doit être un don. Bref, je dois retourner sur Terre afin d'empêcher Magister de détruire les objets démoniaques. Mais la Porte de transfert a été programmée pour ne pas me laisser passer. Mourmur va s'en occuper à partir de la porte de Tagon. Pourriez-vous me laisser la salle pendant, disons, une petite demi-heure ?

Le cyclope pâlit. Une authentique frayeur s'alluma dans ses yeux, aussi roux que ses cheveux.

— Une demi-heure ? Vous n'y pensez pas ! Le trafic est ininterrompu entre notre royaume et les autres ambassades. Même au milieu de la nuit, il y a tout le temps des dignitaires qui arrivent !

— Vous pourriez dire que la porte est momentanément en panne, suggéra Robin, qui, prévoyant qu'il allait se battre, était en train d'attacher ses longs cheveux d'argent.

Le cyclope soupira. Il savait depuis le début que c'était ce qu'il allait devoir faire. Et tant pis si cela désorganisait totalement son planning. Il hocha la tête, résigné. Tara lui toucha le bras affectueusement. Le cyclope lui avait sauvé la vie en les cachant, Cal et elle, lors de l'invasion fantôme. Elle l'aimait bien et lui faisait confiance.

— Merci, Fleur, j'espère que nous n'aurons pas à vous ennuyer trop longtemps.

Soudain, la licorne derrière eux eut une sorte de hoquet et une porte s'ouvrit. Tara, Robin et Fleur reculèrent, surpris. Devant eux se tenaient le roi et la reine du Lancovit, Bear et Titania, qui n'avaient pas l'air contents. Du tout. Les deux étaient petits et bruns, même si le haut chignon d'épais cheveux de la reine, enserré dans une légère couronne d'or aux fleurs-joyaux de diamants et de saphirs, la grandissait un peu. Leurs robes étaient bleu et argent, aux couleurs du Lancovit. Et, bien que petits, ils dégageaient une prestance qui les rehaussait.

— D'après ce que je viens d'entendre, cette réunion secrète ressemble fort à de la haute trahison, dit la reine Titania d'un ton léger à son mari, même si ses pommettes roses trahissaient sa colère.

— Oui, Fleur, fit gravement le roi en lissant la barbe qu'il laissait pousser après que le fantôme qui l'avait possédé l'avait impitoyablement rasée. Je ne m'attendais pas à une telle attitude de ta part. Je croyais que les cyclopes étaient loyaux.

Fleur pâlit encore plus et se mit à trembler. Puis, avec le même courage qu'il avait montré face aux fantômes, il se ressaisit et plongea dans une révérence.

— J'ai appris, Vos Majestés, que cette jeune fille savait ce qu'elle faisait. Je sais que Magister est un véritable danger pour notre planète. Je n'ai pas voulu vous impliquer. Mais je pense qu'il est urgent que Tara Duncan se rende sur Terre afin d'aider le peuple d'Omois à capturer enfin ce dangereux renégat.

Ouf, il n'avait pas parlé de la Reine Noire ni des objets démoniaques. Présentée comme cela, sa requête paraissait presque raisonnable : attraper l'ennemi public numéro un et non pas s'embarquer dans une folle quête qui ne reposait que sur des intuitions. Tara le nota pour plus tard.

Le roi et la reine les regardèrent d'un air froid, et Tara se sentit un peu mollir du côté des genoux. Si Titania et Bear l'enfermaient maintenant, tout était perdu.

Soudain, la reine soupira. Lorsque leurs espions les avaient prévenus que le Château manigançait quelque chose, elle s'était doutée de ce qui se passait. Peu de gens pouvaient obtenir ce genre de collaboration de l'entité intelligente qui les protégeait. Tara Duncan et Caliban Dal Salan faisaient partie de ces exceptions. Elle savait que Cal était sur Terre, donc il ne pouvait s'agir que de Tara.

À son grand regret, elle avait raison.

— Tu es absolument sûre de toi ? demanda-t-elle à Tara. Tu penses que si Magister détruit les Objets, leur puissance restante repartira dans les Limbes pour nourrir les démons ? Que c'est le prélude à leur invasion ?

Zut ! la reine avait oublié d'être stupide. Elle avait vu les informations, évidemment. Et, comme tous les souverains, elle savait où se trouvaient les objets démoniaques.

— Je l'ignore, répondit honnêtement Tara. J'ai vu la magie démoniaque revenir vers Archange quand il a détruit le prototype de l'anneau de Kraetovir. Mais que cela se produise alors qu'il n'est pas à proximité des Objets n'est qu'une supposition. De plus, les démons ont détruit certains de leurs mondes, ce qui les a approvisionnés en milliards d'âmes, même si ces milliards d'âmes ont été uti-lisées pour terraformer les planètes restantes. Ce qui m'a donné une sale impression. Comme si ces âmes millé-naires, emprisonnées depuis si longtemps, étaient la clef qui leur manquait. Alors, non, je n'en suis pas sûre, mais j'en suis persuadée...

Titania hocha la tête pensivement. Elle aimait bien Tara – contrairement à son mari qui la craignait, surtout avec cette manie que la jeune fille avait de déclencher des guerres mon-diales au beau milieu de ses siestes. Et la reine du Lancovit lui faisait confiance. Elle savait Tara droite et honnête, même si elle se fourrait tout le temps dans d'improbables aventures. Elle décida de lui laisser le bénéfice du doute.

— Très bien, fit-elle. Bear, mon cher, la Porte de transfert va être inutilisable pendant une demi-heure. Annonçons ceci à nos correspondants. Fleur ?

— Votre Majesté ? sourit Fleur de toutes ses dents, soulagé de ne pas être obligé de faire les choses en cachette, pour une fois.

— Mets tout ce qui est nécessaire à la disposition de Tara et de Robin. Ah ! et Fleur...

— Votre Majesté ?

— La prochaine fois que tu essaieras de faire quelque chose dans notre dos, tu feras une étroite connaissance avec nos cachots, c'est clair ?

Le cyclope déglutit.

— Oui, Votre Majesté. Merci, Votre Majesté.

Le roi Bear sourit à sa femme, puis ils firent demi-tour et sortirent. La licorne agita sa corne d'un air incertain.

— Eh bien, ironisa Robin, ça s'est plutôt bien passé, pour une fois. Pas de gardes à transformer en crapauds, ni de bataille pour arriver jusqu'à la Porte de transfert, ni d'irruption désespérée juste au moment où nous allons nous transférer. Je suis étonné.

Tara fit une petite grimace. Par moments, le demi-elfe lui rappelait furieusement Cal. L'humour grinçant du petit Voleur avait tendance à être contagieux.

— Oh, là, là ! s'angoissa le cyclope. Vous croyez qu'ils m'en veulent beaucoup ?

— Non, le rassura Tara, je pense qu'ils voulaient juste nous montrer qu'on ne pouvait pas faire ce qu'on voulait dans leur propre château. Simple démonstration de souveraineté. Impressionnant et efficace. Bon, on y va, maintenant ?

Fleur soupira et les emmena jusqu'à la salle de transfert. De nouveau, ils ne croisèrent personne, le Château continuant à les protéger. Une fois devant la salle, Fleur les fit patienter. Le Château dissimula Tara et Robin dans un recoin tandis que Fleur incitait tout le monde à sortir. Puis il leur ordonna d'entrer. La grande salle était vide, le pupitre de transfert clignotait. Le cyclope tenait le sceptre de transfert, prêt à l'insérer dans l'une des cinq tapisseries colorées et luisantes représentant chacune un peuple d'AutreMonde, des plus petits, les fées et les lutins P'abo, aux géants et aux dragons. Tara et Robin allèrent se placer derrière le pupitre, le temps que la connexion s'établisse, puis Tara appela Cal sur sa boule de cristal.

— Nous sommes prêts, indiqua-t-elle tandis que la Pierre Vivante montrait la salle de transfert sur Terre, dans le château de Besois-Giron, demeure de Fabrice, où s'affairait Mourmur.

— Quoi ? fit Cal en écarquillant ses yeux gris avec surprise tandis que la Pierre Vivante projetait l'image de la salle de transfert lancovienne. Pas de cadavres, ni de marques de brûlure ou de signes de violents combats ? Tu as fait quoi, encore, Tara, tu as endormi tout le Château ? la ville ? le continent ?

Tara grinça des dents... et décida que, pour la peine, le petit Voleur n'aurait aucune explication.

— Je me suis débrouillée, éluda-t-elle. Et de ton côté ? Vous êtes prêts ?

Cal grimaça.

— Le bidule de Mourmur fait des trucs bizarres, avoua-t-il.

Robin rit.

— « Le bidule de Mourmur fait des trucs bizarres » ? Dis-moi, Cal, il va vraiment falloir que tu fasses évoluer ton vocabulaire, parce que, là, c'est un peu succinct.

Le petit Voleur darda un regard aigu sur le demi-elfe et reprit :

— Son foutu gadget a de foutus effets, là, ça te va ? Maintenant, je suis normal, mais tout à l'heure, j'étais fluorescent, une véritable ampoule.

Tara ne put résister.

— Ça va, Cal, on sait tous à quel point tu es brillant !

— Allons, allons, les gamins, grogna Mourmur de l'autre côté de la salle, arrêtez de jacasser et observez le génie en action. Robin, voulez-vous passer, s'il vous plaît, et prenez Galant. Si jamais je détraque tout le système, autant que vous soyez déjà de notre côté.

Le cyclope roux blêmit.

— Comment ça, « si jamais je détraque tout le système » ? Personne n'a parlé de détraquer tout le système... Qu'est-ce que c'est encore que cette histoire ?

Mourmur loucha vers la boule de cristal mais ne répondit pas. Robin obéit et se plaça au centre de la Porte de transfert, Galant sur une épaule, Sourv sur l'autre. Au regard de son familier, Tara comprit qu'il n'appréciait pas du tout ce qui se passait. Il avait horreur d'être séparé d'elle.

À regret, Fleur plaça le sceptre de transfert dans son emplacement au centre d'une des tapisseries.

— À tout de suite, Tara, dit le demi-elfe à la jeune fille en mimant un baiser.

Cal fit comme s'il vomissait, dégoûté.

Robin cria : « Terre, Tagon, château de Besois-Giron » et disparut dans une explosion de lumière. L'instant d'après, il réapparaissait devant Cal.

— Ça va, fit le petit Voleur en le détaillant, il ne lui manque aucun bout. Enfin, aucun bout visible.

Robin le foudroya du regard.

— Bien, bien, gloussa Mourmur, que Cal amusait considérablement. Voyons maintenant pour faire passer mon arrière-petite-nièce. En un seul morceau, si possible.

Le cœur battant, Tara se plaça au centre de la pièce. Puis elle cria : « Terre, Tagon, château de Besois-Giron » tandis qu'une pensée absurde lui traversait l'esprit : comment faisaient les sortceliers s'ils avaient une extinction de voix ?

Les rayons lumineux projetés par le sceptre et les tapisseries la frappèrent.

Il se produisit alors, simultanément, deux choses.

Tara ne bougea pas de l'endroit où elle se trouvait. Pas le plus petit début de dématérialisation, pas le moindre rayon de lumière, rien du tout.

Et une énorme alarme se mit à hurler. Tara mit ses mains sur ses oreilles tant le bruit était fort.

— Château ! cria Fleur, tout aussi paniqué. Arrête l'alarme tout de suite !

Mais le Château ne pouvait rien faire. L'alarme dépendait des portes de transfert, pas de l'entité intelligente. Il se contenta d'empêcher le son de se diffuser dans tout l'édifice afin de ne pas affoler les gens, mais le bruit effrayant continua de retentir dans la salle.

— Hum, je vois, constata Mourmur.

Tara ne l'entendait pas, mais elle lut sur ses lèvres. Il toucha quelque chose sur l'objet lumineux qui se trouvait devant lui et l'alarme se tut.

Le silence fut si soudain que c'en fut presque douloureux. Avec soulagement, Tara retira les mains de ses oreilles.

— D'accord, grogna-t-elle, dépitée. Ils ne veulent vraiment pas que je passe, hein ? Mourmur, le « bidule », comme dirait Cal, n'a pas marché. On fait quoi maintenant ?

L'inventeur avait l'air assez ennuyé.

— C'est curieux, dit-il, rien n'a explosé.

Tara ne put s'empêcher de rire en voyant la tête de Cal.

— Pourquoi ? Quelque chose devait exploser ?

— Oui, normalement l'appareil aurait dû court-circuiter votre pupitre, ce qui m'aurait permis d'en prendre le contrôle et...

Au même moment, les lumières vacillèrent dans les deux salles et les pupitres firent entendre des craquements inquiétants. Puis il y eut une petite explosion et tout s'éteignit.

Le Château Vivant gronda en guise de protestation et la lumière revint. Fleur, catastrophé, tournait autour du pupitre, zébré de vilaines rayures noires.

— Mais qu'est-ce que Mourmur a fabriqué ? Leurs Majestés vont me tuer !

La lumière revint aussi dans la salle terrienne et, comme la Pierre Vivante n'avait pas coupé la communication, Tara put voir le visage satisfait de Mourmur, qui lui aussi portait de grandes traces noires (il s'était penché au mauvais moment), enfin, encore plus de grandes traces noires que d'habitude, et se suçait les doigts d'un air satisfait.

— Ouille, ouille, constata-t-il avec une certaine résignation, j'ai pris une décharge. Bien, voyons maintenant comment...

Il manipula l'engin lumineux, et le pupitre de Fleur revint péniblement à la vie en crachotant beaucoup. Tara n'avait plus du tout envie de rire.

— Mets-toi au centre, Tara, ordonna Mourmur.

— Euh... vous êtes sûr que...

— Non, répondit honnêtement Mourmur. Il y a une chance sur deux pour que j'expédie la moitié de ton corps ici, mais que l'autre reste sur AutreMonde.

— Eh ! mais je ne veux pas..., commença Tara, après avoir machinalement obéi.

Trop tard. Le monde vacilla et elle se retrouva face à Cal et à Robin.

— ... passer petit bout par petit bout, termina-t-elle avant de se jeter, au grand désarroi de Robin, dans les bras de Cal.

Qui ne s'y attendait pas et faillit se casser la figure.

— Waaah ! finit-il par dire. Moi aussi, je suis content de te voir, Tara. Tout va bien ?

Tara était soulagée et ne savait pas très bien pourquoi elle avait ressenti le besoin d'étreindre Cal plutôt que Robin. Enfin, si. Elle savait qu'elle était mal à l'aise avec Robin. Parce qu'elle ne sentait plus la flamme. Celle qui l'avait poussée à risquer sa vie pour lui, celle qui lui faisait adorer le demi-elfe.

Elle n'était plus amoureuse, du moins plus autant. Et elle était bien embêtée. Alors elle le cachait, espérant que la flamme allait revenir. Et le plus vite serait formidable, d'ailleurs.

— Oui, je vais bien, répondit-elle alors que Galant, soulagé (il avait eu très peur), se posait sur son épaule.

Robin vint l'étreindre aussi et Tara se laissa faire, un peu raide. Le beau demi-elfe fronça les sourcils mais ne dit rien. Fabrice, Moineau et Fafnir embrassèrent Tara et tous se réjouirent d'être réunis pour déjouer une fois encore les plans de Magister. Du moins, essayer.

Tara se tourna vers Mourmur.

— Merci encore, arrière-grand-oncle, vous avez été génial. Avant que je ne me transforme en Reine Noire, nous avions décidé en Conseil des ministres que nous irions tous sur Terre afin que je détruise un objet démoniaque, dans le but de pister les âmes des démons enfermées dans les objets démoniaques. Car je pense qu'elles vont quelque part. Où elles sont de nouveau utilisées, capturées ou je ne sais pas quoi. Bien que j'aie été piégée par Magister, il n'est pas question que j'abandonne ce projet.

Elle marqua une pause avant de questionner Mourmur d'une voix angoissée, parce que toute sa stratégie reposait sur lui.

— Pensez-vous que vous pourrez y arriver ?

Mourmur lui jeta un regard blasé.

— Les pister ? C'est facile de pister de l'énergie. Jusqu'où ?

— Jusqu'aux Limbes.

Il l'observa un instant, interloqué. Puis le visage du vieux savant s'illumina.

— Ah ! s'exclama-t-il. Enfin un défi à la hauteur de mon génie. Carrément dans un autre univers ? Magnifique ! J'adore. Oui, bien sûr, je vais essayer.

Tara sourit et se détendit un peu. Dès qu'il s'agissait d'une tâche impossible, Mourmur était partant. Finalement, ce devait être un trait de famille, parce qu'elle aussi était souvent chargée de missions impossibles...

Elle posa sa seconde question importante :

— Pour avoir accès aux objets démoniaques, je dois me rendre dans le triangle des Bermudes. La porte la plus proche se trouve à Porto Rico. Pourriez-vous nous y envoyer ? Ou dois-je prendre les avions des nonsos ?

Mourmur sortit un mouchoir pas très propre et s'essuya le visage, puis montra sa robe de sortcelier, qui devait contenir des centaines d'objets, de gadgets et autres machins explosifs, et dit :

— Bien sûr que je peux. Je vais même venir avec vous, j'ai toujours une bonne partie de mon laboratoire dans mes poches et j'ai pris l'ordimagique. Je dois même avoir un pyjama et une brosse à dents quelque part, je suis donc paré !

Tara ouvrit la bouche... et la referma. Mourmur était un peu comme de la nitroglycérine. Instable, dangereux et très, très explosif. Mais aussi extrêmement utile pour faire sauter des trucs ou résoudre des problèmes.

Maintenant qu'elle était sûre de pouvoir se rendre sur le site, ce n'était pas le seul plan que Tara avait en tête.

Et là, dans le secret du château de Besois-Giron, pour eux seuls, elle expliqua la suite des événements, ce qu'elle voulait faire, qu'elle réussisse ou pas à convaincre les Omoisiens de la dangerosité des objets démoniaques.

Ce plan lui avait été inspiré par la vie de Mourmur. Celui-ci en fut à la fois flatté et gêné : après tout, il avait commis de nombreuses erreurs et ne pensait pas une seconde que celle-ci en particulier allait lui être aussi utile.

Tara lui posa les bonnes questions, celles qui boostaient sa créativité au lieu de la bloquer, et ses réponses enchantèrent la jeune fille. Non seulement c'était un génie, mais ses méprises mêmes allaient probablement sauver leur univers tout entier.

L'avantage d'être plusieurs fut que les uns et les autres apportèrent des suggestions judicieuses pour améliorer son plan.

Une fois toutes les options étudiées, Cal sifflota doucement.

— C'est… c'est très audacieux, ce que tu veux faire, Tara ! Mais je pense que tu as raison. Et que c'est une excellente, quoique horriblement dangereuse idée.

— Nous ne la mettrons en place que si nous pouvons prouver que les âmes démoniaques retournent bien dans leur univers, lui rappela Tara. Si ce n'est pas le cas et qu'elles se dissipent sans conséquence, ce serait totalement inutile, autant laisser ma tante détruire les objets démoniaques. Cela arrêtera net Magister. Et nous évitera d'avoir à risquer notre vie.

Mourmur réfléchissait si intensément qu'on s'attendait à voir son cerveau fumer par les oreilles.

— Il va falloir que j'invente beaucoup de choses pour ce projet. Heureusement que j'ai à peu près tout ce dont j'ai besoin. Mais, une fois à Porto Rico, il faudra que tu attendes un peu, Tara, avant de lancer l'opération. Il est possible que j'aie besoin de quelques jours pour créer ce que tu veux, que ce soit cet appareil traceur ou ceux pour ton second projet.

Tara approuva, même si chaque minute qui passait était une véritable torture pour elle. Ce qu'elle voulait faire était si incroyable, si dangereux, qu'elle ne pouvait pas le gérer sans disposer des bons outils. Alors, elle serait patiente. Elle attendrait.

Satisfait, Mourmur se frotta les mains. Cette petite avait vraiment le don pour inventer des choses… originales.

Il y eut un silence pensif, le temps que tout le monde digère le plan – dingue, il fallait le souligner – proposé par Tara.

Fabrice prit ensuite la parole, à contrecœur.

— Je viens avec vous, soupira-t-il. Vous allez encore vous mettre dans d'horribles problèmes. Il va bien falloir que quelqu'un assure vos arrières et sauve la vie de tout le monde.

Moineau parut surprise. Elle lança d'une voix acerbe :

— Je croyais que tu voulais rester sur Terre afin d'avoir une vie tranquille, loin de la magie.

— Les Bermudes sont sur Terre, ma douce, répondit calmement Fabrice. Et je vais laisser un message à papa précisant qu'il va devoir être gardien quelques jours encore, le temps que les choses soient réglées. Avoir choisi ce poste ne signifie pas que j'abandonne mes amis pour autant. Qu'est-ce qui a bien pu te faire croire le contraire ?

Moineau en resta bouche bée. Oui, c'était bien ce qu'elle avait cru comprendre.

— Bon, les deux pigeons, vous roucoulerez un autre jour. Pour l'instant, on a un méchant à qui on doit botter les fesses, fit Cal, ironique.

— Pas les « pigeons », Cal, le reprit Tara. Les tourtereaux, qui vient de « tourterelle ».

— Ben quoi, les tourterelles, ce sont des pigeons, non ?

Moineau éclata de rire. Elle étincelait de joie à l'idée de vivre un peu d'action, et Fabrice en fut fasciné quand il releva les yeux après avoir déposé le papier sur la console de transfert.

— Qu'est-ce qu'on attend, alors ? demanda la jeune fille aux longs cheveux bouclés, sa panthère impatiente à ses côtés. On y va ?

— On y va, fit Mourmur. Tous au milieu de la salle. Activez votre magie, il va falloir assommer le gardien et les gardes que l'Impératrice a dû laisser.

Ils obéirent. Tara jeta un regard anxieux vers le sceptre de transfert, prête à se boucher les oreilles au cas où l'horrible alarme se déclencherait de nouveau. Mais Mourmur avait bien fait les choses.

Ils disparurent.

Et réapparurent.

Mais pas du tout à Porto Rico.

Ailleurs.

12

La plaine

*ou comment se retrouver au milieu de nulle part,
sans personne, finit au bout d'un moment
par devenir franchement monotone.*

Ils étaient au milieu d'une plaine.

Encore.

Comme dans les Limbes.

Sauf que, à première vue, ça ne ressemblait pas aux Limbes. Pour l'instant.

Ça devenait une habitude, cette histoire de portes qui ne les emmenaient pas du tout où ils voulaient aller.

Finalement, les avions, ce n'était pas si mal.

Une plaine donc. Balayée par le vent. Tout autour d'eux, il y avait comme une sorte de grondement sourd. Tara l'entendait presque avec ses os. Effrayée, la changeline lui forma son armure de combat. Tara grimaça en sentant la couronne de commandement, dont elle n'avait pas vraiment besoin vu qu'elle n'avait pas d'armée, enserrer ses tempes tandis que son épée ceignait sa taille. Tout aussi inutile, vu qu'il n'y avait absolument personne sur cette terre immense.

Voyant cela, les autres utilisèrent la magie qu'ils avaient invoquée afin d'assommer les gardes, incantèrent et se protégèrent aussi. Ce fut curieusement difficile. Quel que soit l'endroit où ils se trouvaient, la magie ne fonctionnait pas très bien. Et, sans savoir pourquoi, ils se sentirent tous très mal. L'un après l'autre, ils éteignirent leur magie.

Mourmur sortit une boule d'acier et de cristal de sa poche qui déploya des antennes et se mit à biper frénétiquement.

— Hum, hum, fit-il. Hum, hum.

— C'est un « hum, hum » tout va bien ? s'enquit poliment Cal. Ou un « hum, hum » OMOVTM ?

Mourmur émit encore un ou deux « hum, hum » sans prêter attention à l'impertinent Voleur, puis réalisa qu'on lui avait dit quelque chose et haussa un sourcil inquisiteur.

— OMOVTM ?

— C'est une invention de Cal, qu'il aime bien ressortir, soupira Moineau. Cela signifie : « Oh, merde ! On va tous mourir. » Ne faites pas attention, professeur. Il se trouve très drôle.

Cal eut un rictus ironique. Il ne se « trouvait » pas très drôle, il était très drôle.

— Par pitié, supplia Fabrice qui regardait nerveusement autour de lui, dites-moi qu'on n'est pas dans les Limbes ! Archange une fois, c'est tout à fait suffisant.

Ah, songea Tara, elle n'était pas la seule à y avoir pensé.

— Non, non, répondit Mourmur, nous ne sommes pas dans les Limbes du tout. En fait, selon ces mesures, nous n'aurions pas bougé… Enfin, je veux dire, nous n'aurions pas changé de planète. Ce que vous voyez, là, au-dessus, ce n'est pas un ciel.

Ils levèrent tous les yeux vers le… non-ciel, qui ressemblait pourtant vraiment beaucoup à un ciel. Bleu, avec de petits nuages rebondis, et un soleil jaune. Un ciel, quoi.

— *Ceci n'est pas un ciel*, ne put s'empêcher de glousser Tara qui avait beaucoup aimé l'exposition Magritte.

Évidemment, sa fine remarque n'eut aucun écho auprès des AutreMondiens, à part Fabrice qui se fendit d'un rictus nerveux. Cal rabaissa son regard du… non-ciel vers Mourmur.

— Je crois que le voyage a un peu affecté ton arrière-grand-oncle, Tara, murmura-t-il du coin de la bouche.

— En court-circuitant la porte pour qu'elle ne t'empêche pas de passer, Tara, continua Mourmur, au lieu d'aller à Porto Rico – la porte que nous visions –, il y a eu une espèce de… de… d'autre court-circuit.

Il était un peu à court de mots pour expliquer ce qui s'était passé.

— Mais alors, où sommes-nous ? demanda Fafnir, agrippée à sa hache et prête à trancher en deux le premier qui montrerait son museau.

Le savant la regarda, observa le ciel et l'herbe verte et répondit franchement :

— Aucune idée. Les mesures sont tout à fait étranges. (Il hésita.) Si elles sont exactes, il est effectivement possible, sans que je puisse l'affirmer, que nous soyons toujours sur Terre.

Il répéta, d'un ton encore plus définitif :

— Sauf que ceci n'est pas un ciel.

Tara regarda les nuages qui dérivaient paresseusement.

— D'accord. Ce n'est pas un ciel. Certes. C'est quoi alors ?

— Une énorme masse de pierre.

Fafnir rangea sa hache, s'accroupit, huma l'air et ferma les yeux, concentrée.

— Qu'est-ce qu'elle fait ? murmura Cal, toujours du coin de la bouche. Si elle a besoin d'aller aux toilettes, ce n'est pas le...

— Le professeur a raison, fit Fafnir tandis que Belzébuth, profitant du fait qu'elle était proche du sol... d'accord, encore plus proche que d'habitude... sautait et s'étirait dans l'herbe parfumée. Je me sens... enfermée. C'est un lieu clos. La terre me le dit.

Elle rouvrit ses étincelants yeux verts et se redressa, s'époussetant les mains.

— Nous sommes dans une gigantesque caverne !

Moineau articula silencieusement quelque chose, quelque chose de mathématique vu la façon dont elle semblait calculer.

— C'est impossible, affirma-t-elle, aucune caverne n'est aussi grande ! Ou alors nous sommes sur Tadix ou sur Madix[1] et ce n'est pas possible, puisque la gravité n'est pas réduite. (Elle fit un petit saut pour démontrer qu'elle ne s'envolait pas.) Une telle masse de roche, au-dessus d'un espace vide comme celui-ci, aurait dû s'effondrer depuis longtemps !

---

1. Les deux satellites d'AutreMonde.

— Il y a des sorts de soutien, c'est évident, pronostiqua Mourmur après avoir agité une espèce de baguette de métal dans tous les sens. Ils sont invisibles, mais ils existent bel et bien. Je sens qu'il y a eu des tas d'interventions magiques ici. Enfin, quand je dis « je sens », en fait, je ne sens rien, ce sont mes instruments qui me le confirment. Même si je n'ai aucune idée de quelles interventions magiques il s'agit. Tout ceci est... prodigieusement anormal.

Cal regarda Tara puis sourit.

— Naaaannn, fit-il d'un ton badin, c'est tout à fait normal, quand vous vous baladez avec nous. Ça va faire comme sur le Continent Interdit. On va découvrir que cet endroit est tenu par d'horribles tyrans, Tara va en faire exploser deux ou trois et délivrer le peuple opprimé et hop ! on rentrera chez nous. Sauf que cette fois-ci, faudra que tu fasses gaffe, hein, Tara, sinon, on va faire comme dans cette bande dessinée que tu m'as passée[1], on va vraiment se prendre le ciel sur la tête !

Ils regardèrent tous Tara, qui haussa les épaules d'un air de dire : « Vraiment n'importe quoi. » Puis Fabrice soupira.

— Ou pas, grommela-t-il. Parce que je ne voudrais pas te faire de peine, mais, contrairement au Continent Interdit, où on savait où on était et surtout où on avait un moyen de repartir, là, tu vois, il n'y a aucune Porte de transfert, rien du tout. Et, sans vouloir te faire de peine, je ne vois personne non plus, opprimé ou pas.

— Pas exactement, jeune Fabrice, reprit Mourmur, agrippé à son appareil qui bipait toujours furieusement. Il y a bien une Porte de transfert. Et je pense que je commence à comprendre ce qui s'est passé. Lorsque nous avons connecté la porte de BG (ils le regardèrent avec surprise et il précisa : « de Besois-Girons ») à la porte de PR, ou Porto Rico, nous sommes bien arrivés à PR. Mais nous avons immédiatement été projetés ici avec un Transmitus au moment de notre rematérialisation dans la salle de transfert. Cela a été si rapide que nous n'en avons pas eu conscience, comme une sorte de retransfert automatique.

---

1. *Astérix*, bien sûr. L'histoire de la potion magique a beaucoup intéressé les sortceliers d'AutreMonde... Ils soupçonnent Panoramix d'être un sortcelier non déclaré.

— Donc, fit Moineau, il nous suffit de repartir vers l'endroit d'où viennent les ondes et on devrait la retrouver, c'est ça ?

— Exactement.

Robin sourit, soulagé.

— Ah, tant mieux. Donc, nous avons une solution ?

Les elfes avaient horreur de ne pas avoir de plan.

Mourmur hocha la tête.

— Oui, enfin, façon de parler, parce que c'est très loin. Peut-être qu'en utilisant des Transmitus de courte distance, vu que la magie ne semble pas très bien fonctionner pour une raison que j'ignore, nous pourrions gagner du temps.

— Euh... loin comment ?

Mourmur tapota quelque chose et la boule crépita.

— Selon mon magitaumètre, cela correspond environ à cinq mille kilomètres.

Ils le regardèrent tous, frappés de stupeur.

— Cinq mil... vous rigolez ! s'exclama Cal. Aucune caverne n'est aussi...

Il vit le visage de Mourmur, s'interrompit et s'assombrit.

— Non, vous ne rigolez pas du tout. Bouse de traduc, on va mettre des mois !

— Si l'on utilise l'unité de mesure terrienne de vingt-quatre heures, oui, cela va nous prendre environ deux cent cinquante jours, à raison de vingt kilomètres par jour, ce qui est déjà une très bonne moyenne. Si nous pouvons enchaîner des Transmitus d'une centaine de kilomètres chaque fois, ce sera bien plus court, évidemment.

— Va pour les Transmitus, vota Cal qui avait horreur de marcher. Je suis un garçon des villes, moi. Toute cette campagne, ce bon air frais (il frissonna), ce n'est pas fait pour moi !

Ils étaient tous d'accord pour utiliser un Transmitus. Les familiers se serrèrent contre leurs compagnons, Blondin le renard contre Cal, Sheeba la panthère contre Moineau, l'hydre Sourv autour du cou de Robin, Bel le chat rose sur l'épaule de Fafnir, comme Galant le pégase sur celle de Tara. Puis celle-ci, dont la magie était la plus puissante, incanta un Transmitus, pointant son pouvoir dans la direction indiquée par Mourmur.

Ils sautèrent.

Et se retrouvèrent une centaine de kilomètres plus loin. Avec une Tara dont le visage était à peu près aussi vert que l'herbe.

— Oh, là, là, gémit-elle, je ne me sens pas très bien.

Elle eut juste le temps de s'écarter avant de vomir tout ce qu'elle avait dans l'estomac.

Inquiète, Moineau se précipita après avoir sorti une bouteille d'eau de la poche de sa robe de sortcelière. Tara se rinça la bouche et recracha.

— Merci, Moineau.

— Je t'en prie. Que t'arrive-t-il ?

— Je me disais bien que ce serait trop facile, grimaça Tara, contente que ses cheveux aient été nattés. Je crois que nous avons un énorme problème.

Ils s'écartèrent de l'endroit où elle avait été malade.

— C'est horriblement désagréable, leur expliqua la jeune fille, encore un peu verdâtre. Un peu comme si on m'avait retourné les tripes et l'estomac. Et plus j'accentuais mon pouvoir afin d'aller plus loin, plus ça me rendait malade. Ne me demandez plus d'utiliser ma magie pour l'instant, j'en suis incapable.

Effectivement, elle tremblait en dépit de la température très agréable et semblait avoir du mal à tenir sur ses jambes. Robin vint lui prêter sa solide épaule.

— Transforme-toi en vampyr, suggéra le demi-elfe, qui pourtant détestait Tara sous cette forme. Ils ont l'estomac bien accroché. Et comme c'est moins de la magie qu'une transformation génétique, cela ne devrait pas te rendre aussi malade.

Rien qu'à l'idée de réutiliser sa magie, le teint de Tara revira au vert. Elle s'écarta de lui, tituba pendant une dizaine de pas, se courba et fut prise de spasmes incontrôlables.

— D'accord, fit Robin, on va laisser tomber l'idée. Professeur ? Qu'en pensez-vous ?

Mourmur était face à un problème et sa passion était justement de résoudre les problèmes.

— Établissons un campement un peu plus loin afin de laisser à Tara le temps de se remettre, proposa-t-il. Nous avons de quoi manger (à ces mots, Tara reverdit et repartit de plus belle) et de quoi boire. Nous nous reposerons, ensuite j'essaierai de comprendre où nous nous trouvons et ce qui se passe.

Personne n'était spécialement fatigué, mais ils comprirent que le vieux savant avait besoin de s'arrêter pour réfléchir. Quelques kilomètres de marche et de vent frais rendirent ses joues roses à Tara. Comme l'armure était lourde, elle ordonna à la changeline de lui créer un short confortable, un T-shirt sans manches et de solides chaussures de marche. La changeline maugréa, ce qui se traduisit par une vibration agacée au niveau de la nuque de Tara, à l'endroit où l'étrange entité était fixée, mais elle obéit. Ce ne fut qu'au bout de quelques mètres que Tara se rendit compte que son T-shirt était légèrement brillant et très lourd. Têtue, la changeline lui en avait créé un en cotte de mailles. Très tendance.

Tara sourit. L'entité prenait sa protection très à cœur. D'autant qu'elle n'avait pas pu la protéger des attaques de l'Anneau, qui avait failli la tuer… les tuer toutes les deux d'ailleurs… et que cela l'avait traumatisée. Maintenant, elle lui collait une armure sur le dos pour un oui ou pour un non. Elle s'étira discrètement. Les douleurs liées à sa paralysie se transformaient en courbatures petit à petit. Elle avait encore mal, au fur et à mesure que ses muscles se déliaient, et ce n'était pas toujours facile. La marche allait lui permettre de renforcer ses jambes. On ne réalise jamais à quel point les choses sont importantes avant de les avoir perdues…

Le paysage était remarquablement monotone. De l'herbe à perte de vue, quelques arbres solitaires, le ciel, le soleil.

Ils établirent un campement. Mourmur fit sortir un laboratoire complet de ses poches et commença ses calculs. Le nombre de machines clignotantes, ronflantes et cliquetantes qui jonchèrent bientôt la plaine était impressionnant.

Mourmur travaillait sur plusieurs projets en même temps. Ceux de Tara, bien sûr, plus l'analyse de leur étrange environnement, sans oublier des tas de calculs pour les diriger dans la bonne direction.

Comme il n'avait pas ses assistants souffre-douleur avec lui (il avait bien essayé de les emmener, mais ils avaient catégoriquement refusé d'être embarqués dans une opération impliquant une fugitive recherchée par tout AutreMonde), tout le monde put constater que le vieux savant possédait un répertoire de jurons très étendu. Cal finit même par sortir un petit carnet pour les noter.

Le jeune Voleur Patenté avait, lui aussi, sorti tout un équipement – tentes, lits, salles de bains – de ses poches. Lorsqu'il utilisa la magie pour les mettre en place, il se sentit mal. Pas autant que Tara, mais cela le laissa bien vacillant.

— Ce n'est pas juste le Transmitus, fit-il, le cœur au bord des lèvres. C'est bien l'utilisation de la magie qui rend malade. On est mal.

— Oui, enfin surtout toi et Tara, grogna Fafnir. De toute façon, j'ai toujours dit que la foutue magie ne servait à rien. Ce n'est pas très grave, nous allons marcher !

Les nains marchaient beaucoup dans leurs mines, alors cela ne gênait pas autant Fafnir que Cal.

Robin, lui, s'en fichait. Passer deux cent cinquante jours avec Tara allait lui permettre de dissiper le malaise qu'il percevait entre eux. Et puis, lui aussi aimait marcher, et encore plus au milieu d'une prairie sous un beau soleil avec des amis.

Une seule chose le chagrinait. Bizarrement, des images de V'ala lui trottaient dans l'esprit. La magnifique elfe violette qui l'avait tant dragué, puis lui avait sauvé la vie, lui manquait. Ce qui était curieux, parce qu'il ne l'aimait pas beaucoup, la trouvant fatigante, arrogante et très… trop… elfique. Il chassa l'image de son esprit pour se concentrer sur Tara. La jeune fille se sentait mieux. Elle était assise sur un fauteuil et regardait le ciel en fronçant les sourcils.

— Tara ! fit Moineau. Tu devrais arrêter ça.

Étonnée, Tara baissa les yeux sur son amie. La jeune fille brune aux longs cheveux bouclés sourit et lui dit :

— Tu vas finir par avoir des rides à force de froncer tout le temps les sourcils !

Tara en resta bouche bée.

— Des… Mais enfin, Moineau, je suis bien trop jeune pour me préoccuper de ça !

— Tttt ttt ttt, fit Moineau en agitant un doigt sentencieux, ma mère dit qu'il n'est jamais trop tôt pour éviter les problèmes.

Elle regarda Robin d'un air malicieux.

— Et puis, si tu épouses un elfe, fût-il un demi-elfe, il vivra bien plus longtemps que toi, et tu seras bien contente d'avoir fait attention !

— Dites, les filles, intervint Cal, prévenez-moi quand vous passerez au stade « soirée pyjama et masques de beauté », je suis tout à fait partant. Surtout si vos pyjamas sont de très, très courtes nuisettes !

Robin, Moineau et Tara lui jetèrent un regard noir. Cal éclata de rire. Tara soupira.

— Je fronçais les sourcils, précisa-t-elle, parce que le soleil ne bouge pas. Il est au zénith depuis tout à l'heure. Ce n'est pas normal.

— C'est exact, confirma Mourmur qui sortit de sa brume créatrice le temps de répondre. Je pense que c'est un soleil artificiel. Et qu'il y a sur cette plaine une sorte de sort qui gêne l'utilisation de la magie sans l'empêcher totalement, comme chez les Salterens[1].

— Donc, résuma Fafnir, nous sommes dans la plus grande caverne que j'aie jamais vue, sous un ciel et un soleil artificiels, quelque part dans l'univers.

— En fait, précisa Mourmur, après un dernier regard à ses instruments, pas quelque part dans l'univers. Comme je vous le disais tout à l'heure, si vous aviez écouté, nous sommes toujours sur Terre !

Tara et Fabrice le regardèrent avec suspicion. Contrairement à leurs amis extraterrestres, ils connaissaient bien la Terre. Et savaient parfaitement qu'il n'y existait aucune caverne dotée d'un soleil artificiel.

---

1. Grands félins bipèdes d'AutreMonde, esclavagistes et exploitants du sel magique de la Montagne Rouge. Paranoïaques, agressifs et dangereux, ils ont posé un sort sur leur désert afin d'y empêcher toute magie. Exactement le genre d'endroit qu'il vaut mieux éviter, sous peine de se retrouver bêtement enchaîné dans une mine de sel à hurler : « Non mais quel est l'imbécile qui a dit que passer des vacances chez les Salterens était une bonne idée ? »

P.-S. : Comme les Salterens sont malins, ils mettent des publicités un peu partout sur les autres mondes, vantant « les meilleurs prix de séjour de tout Autre-Monde, les délicieux soleils, les immenses plages de sable fin et les autochtones amicaux » afin d'attirer d'innocents touristes. Comme quoi, il ne faut pas toujours se fier aux superdiscounts et aux jolies photos de palmiers et de mer de cristal. On ne voit pas les requins, les insectes suceurs de sang et les esclavagistes planqués derrière lesdits palmiers.

Même pas à Disneyland.

— Impossible ! s'écrièrent Tara et Fabrice avec un bel ensemble.

Face à leurs objections, Mourmur sortit des tas de diagrammes incompréhensibles. Qui prouvaient, selon ses dires, que : 1) ils étaient bien sur Terre ; 2) en fait, ce n'était pas exactement la bonne définition.

— En réalité, nous sommes très, très en dessous, termina-t-il alors que le tableau qu'il avait dressé s'effaçait dans les airs.

Les six adolescents avaient l'air de vaches assommées par des dragons.

Surtout Cal, qui n'aimait pas beaucoup les espaces clos depuis que Fafnir l'avait fait passer au travers d'un mur de roches.

— Comment ça « très, très en dessous » ?

Mourmur énuméra sur ses doigts.

— Soleil artificiel qui ne bouge pas, ciel artificiel, énorme masse de terre au-dessus de nous – en fait, de terre mais pas uniquement. Il y a également une tout aussi énorme masse de H_2O. Avec une forte proportion de sodium.

— Par mes aïeux, murmura Moineau, un brin paniquée. Nous sommes sous l'un de vos océans !

Tara déglutit et regarda le faux ciel. Y avait pas comme une fuite, là, sur le côté ? Elle suspecta que, s'il se mettait à pleuvoir, là, vraiment, elle allait paniquer.

— Exactement à dix mille six cent cinq mètres de profondeur, déclara Mourmur. Le plus profond de vos océans est l'océan Atlantique. Nous nous trouvons donc à deux mille mètres de plus que le point le plus profond de cet océan, d'après mes mesures. Ce qui me fait suspecter que le fameux ciel ne se trouve pas à plus de mille, mille cinq cents mètres de hauteur maximum. Ici, c'est de la terre et de l'eau, mais, dans les fosses abyssales les plus profondes, il doit y avoir entre cinq cents et mille mètres de terre maximum entre le toit de cette caverne et l'océan.

Cette fois-ci, ils levèrent tous les yeux au ciel, pas plus rassurés.

— Je ne suis pas surpris qu'il fasse chaud, ajouta le savant. À mon avis, nous devons flotter sur un lac de lave. C'est principalement la lumière qui vient du soleil, pas la chaleur.

Formidable. Ils étaient sous des tonnes d'eau et de terre, et flottaient sur un lac de lave. Tara adorait sa vie.

— Comme je le disais, soupira Cal, tu devrais éviter de trop utiliser ta magie ici, Tara. Tu sais, cette voûte me paraît fichtrement fragile, d'un seul coup...

— Le Transmitus nous a envoyés complètement à l'opposé du triangle des Bermudes, alors, réfléchit Tara en tentant de se souvenir de ses cours de géographie, après avoir foudroyé Cal du regard. Si je calcule bien, on ne doit pas être très loin de Tagon. La Porte nous a envoyés sous terre verticalement, donc, mais ne nous a pas beaucoup déplacés horizontalement.

— Non, réfuta Mourmur. Nous étions bien arrivés dans le secteur concerné. Nous avons juste été renvoyés, comme des balles de ping-pong. Ah, j'adore ce jeu ! Très amusant, vraiment.

Mourmur avait découvert la table de ping-pong lors de son séjour chez Isabella, la grand-mère de Tara, et, depuis, professait une véritable vénération pour le jeu.

— Je n'aime pas trop qu'on me prenne pour une balle de ping-pong, grogna Cal, vaguement offusqué. Si je comprends bien, la personne qui nous a renvoyés, quelle qu'elle soit, ne voulait pas qu'on s'approche de trop près du triangle.

Les autres opinèrent.

— Et avec cette espèce d'antisort, ça va nous prendre des jours et des jours à pied pour y aller.

— Je dirais que la personne qui nous a piégés voulait sans doute voir si nous allions persévérer. Incanter un Transmitus pour revenir à Tagon n'aura rien de compliqué.

Tara se leva.

— Et c'est exactement ce que nous allons faire. Si nous ne pouvons pas utiliser de Porte de transfert, il nous reste les avions. En quelques heures, nous pouvons être à Porto Rico et louer un bateau pour arriver jusqu'à l'endroit où Magister est en train de manigancer... ce qu'il manigance.

Moineau, qui était en train de manipuler sa boule de cristal, finit par renoncer.

— Tara ? Peux-tu essayer de te connecter avec Isabella, s'il te plaît ? Ma boule de cristal n'a pas l'air de fonctionner, peut-être que ta Pierre Vivante sera plus efficace.

Sentant qu'on parlait d'elle, la Pierre Vivante jaillit de la poche de Tara.

— Appeler Isabella ? J'appelle, j'appelle, dit-elle joyeusement.

Mais, presque aussitôt, la boule vacilla.

— Pas bon, pas bon…, marmonna-t-elle. Pas de connexion. Rien ne répond.

Elle avait l'air un peu paniquée. Des tas de numéros flottaient au-dessus d'elle, y compris les numéros des amis de Tara. Mais aucune boule ne sonnait dans leurs poches. Au bout d'un quart d'heure, Tara eut pitié de son amie et lui demanda de cesser. La Pierre Vivante était furieuse, mais ne pouvait rien faire. Le sort qui entourait la plaine empêchait toute communication.

Et, lorsqu'ils voulurent activer les Transmitus pour revenir à Tagon, ils réalisèrent qu'ils ne fonctionnaient pas non plus.

— Pourquoi je suis pas surpris ? soupira Cal. C'est chaque fois la même chose. On est coincés quelque part, on ne peut pas utiliser la magie et, d'une minute à l'autre, des tas de gens vont arriver pour essayer de nous tuer. C'est d'un banal !

Contrairement à ses prédictions, rien ni personne ne bougea dans l'immense plaine. Ils se détendirent un peu.

— Tu es sans doute un bon Voleur, railla Fabrice, mais je suis content que tu sois un mauvais « abrégé de professionnel, sommet d'un arbre » : « pro faite », prophète !

— Si tu recommences à faire des charades, c'est que tu vas mieux, soupira Cal. Mais je t'assure, ça ne m'avait pas manqué !

Vu que le soleil ne bougeait pas d'un poil, ils ne savaient pas très bien si la nuit tombait dans cet étrange environnement. Néanmoins, ils se préparèrent pour la nuit, enfin pour se reposer, d'une part parce que Mourmur ne voulait pas ranger ses cinquante tonnes de matériel, et de l'autre parce qu'ils ne se sentaient pas très bien après avoir, l'un après l'autre, essayé les Transmitus. Surtout Tara. Dès qu'elle bougeait, elle avait l'impression que son estomac allait sortir de son ventre.

Assez désagréable comme sensation.

Robin en profita pour se rapprocher de la jeune fille. Il était gentiment taquin, lui offrit de l'aider à prendre sa douche (ce qui fit ricaner Cal, qui proposa aussi ses services pour frotter le dos de Tara). Le beau demi-elfe avait perdu de sa superbe et ne savait pas quoi faire pour se rendre utile.

Cela amusait énormément Cal. Au point que Robin commença à lui lancer des regards noirs. Au lieu de se moquer de lui, le petit Voleur aurait mieux fait de lui donner un coup de main pour reconquérir l'amour de Tara !

Robin se reprit. Mais qu'est-ce qu'il racontait ? Il valait surtout mieux que Cal ne s'en mêle pas. Vu sa façon d'envisager les rapports avec le sexe opposé, il ne pouvait que créer une catastrophe.

Au bout d'un certain temps, la lumière commença à décliner. D'étranges étoiles se mirent à luire dans le ciel, et le soleil fixe se transforma en pleine lune. Il y avait des insectes dans la plaine. Ils ne les voyaient pas, mais les entendaient, comme ils discernaient les froissements et les frôlements de petits animaux dans les hautes herbes. Fabrice et Moineau se transformèrent en Bête et loup-garou afin de faire le tour du campement. Ils revinrent quelque peu perturbés.

Ils n'avaient flairé aucune trace. Pas la plus petite odeur de bestiole. Rien.

Et ça, ce n'était pas normal. Pas alors qu'ils les entendaient parfaitement.

Prudents, ils décidèrent d'établir un roulement. Ils garderaient le campement chacun pendant deux heures. Ils exclurent Mourmur d'office. Celui-ci était capable de mener une expérience et d'ignorer toute menace en étant trop absorbé. Il protesta beaucoup, mais ils furent inflexibles.

Tara avait l'impression de n'avoir dormi que quelques minutes lorsque Robin, qui avait le tour juste avant, vint la réveiller. Mais, au lieu de se glisser sous les couvertures, il l'accompagna jusqu'à son poste de garde.

— Tu ne vas pas te coucher ? demanda Tara, la gorge un peu serrée, sentant qu'elle n'allait pas échapper à une discussion sérieuse.

— Non, je voudrais profiter du fait que nous sommes un peu seuls tous les deux pour mettre les choses à plat, Tara. Que se passe-t-il ?

Tara regarda le demi-elfe. Pendant plusieurs années, il avait été la partie la plus importante de sa vie. Il était beau, il était courageux.

Il était étranger.

Tara n'avait jamais réalisé à quel point elle avait été victime de l'image tronquée que les Terriens avaient des elfes. Tolkien les avait beaucoup idéalisés, dans sa Terre du Milieu, avec son peuple elfique trop beau, trop fort, trop parfait. Elle avait vu Robin comme un héros. En fait, si elle était vraiment honnête, Tolkien n'avait pas grand-chose à voir là-dedans, parce que Robin s'était vraiment comporté comme un héros. Toujours.

Mais ce qui s'était passé dans les Limbes avait détruit cette image trop parfaite.

Ça, elle n'arrivait pas à l'avaler. Rien à faire.

Robin était intuitif. Il savait bien que quelque chose n'allait pas. Les elfes avaient l'habitude de n'accorder que peu d'importance aux relations charnelles. Pour eux, c'était aussi normal que de respirer ou de prendre une douche. Il n'avait donc aucune idée de la raison pour laquelle Tara semblait se détacher de lui.

Ce soir, il avait bien l'intention de comprendre. Il décida d'éviter un assaut frontal et de biaiser.

— Tu as eu l'air surprise que je lise *Le Livre des candidats qui échouent*, commença-t-il. Tu sais que je t'aime. Et que je veux passer le reste de mes jours avec toi. Tu sais que sans toi je ne peux pas respirer, que j'ai mal à en mourir, que tu es ma vie et ma raison d'exister, tu sais tout cela, Tara, n'est-ce pas ?

Tara détesta la note suppliante qui teintait la voix de Robin. Dans le noir, elle distinguait tout juste ses magnifiques cheveux d'argent et l'ovale de son visage. Soudain, les choses basculèrent. Alors qu'elle s'apprêtait à rassurer le demi-elfe et à lui dire que tout allait bien, elle ressentit une sorte de chaleur dans la poitrine qui l'obligea à dire la vérité.

— Ne dis pas cela, Robin, je t'en prie. Ne... ne rends pas les choses plus difficiles, balbutia-t-elle tandis que des larmes rondes et brillantes commençaient à rouler sur ses joues. Je... je n'y arrive pas.

— Tu n'arrives pas à quoi ? la pressa Robin. Je sais que tu étais furieuse contre moi. Je sais qu'à cause de cette histoire de sort d'attirance, j'ai été le dernier des imbéciles. Je sais que je t'ai rejetée alors que ce que j'éprouvais, c'était de l'amour véritable. J'ai été haineux, jaloux, stupide, borné, le parfait idiot. Mais, Tara, tu as dit que tu ne m'en voulais pas, que tu comprenais ! Que…

— Tu as couché avec un démon ! explosa Tara, soudain incapable de contenir sa tristesse et sa colère. Comment… comment as-tu pu faire une chose pareille ! Comment te faire confiance, vous faire confiance à vous, les elfes, si la moindre personne qui se fait passer pour moi a toutes les chances de terminer dans ton lit !

13

Communication

*ou comment parler enfin pendant des heures
au téléphone sans risquer de se ruiner.*

Robin recula comme si elle l'avait frappé. Ce qui était le cas, d'une certaine façon. Incrédule, il mit un certain temps à assimiler ce qu'elle venait de lui dire.

— Quoi ? Tu m'en veux parce que j'ai... Mais enfin, Tara, comment pouvais-je me douter que ce n'était pas toi !

Tara se leva de son siège et pointa un doigt vers lui. Elle ne comprenait rien à ce qui lui arrivait. Elle n'avait absolument pas eu l'intention de dire cela. Mais, une fois que ce fut sorti, elle ressentit un grand soulagement. Puisqu'elle avait commencé, autant aller jusqu'au bout.

— Parce que ce n'est pas mon comportement, Robin ! Je... je ne suis pas ce genre de fille. Tu le sais très bien. Et certainement pas dans un lieu où des millions de démons ne rêvaient que d'une seule chose, nous croquer, nous manipuler, nous utiliser !

Robin recula encore, choqué.

— Comment ça, « pas ce genre de fille » ? Mais, Tara, en quoi est-ce mal de...

— C'est important, gronda Tara. La première fois, pour nous, les Terriens, c'est super important. Pour vous, les elfes, c'est... c'est comme de se moucher. Mais pour nous, et spécialement pour nous, les filles, c'est important. Et tant pis si c'est juste une question de stupide culture, d'un patriarcat démodé et intrusif. C'est important !

Robin se sentit blêmir. Il n'avait pas saisi. Pour lui, cela avait été un épisode particulièrement agréable, sans doute le seul d'ailleurs, de son séjour chez les démons. Il était en train de comprendre qu'à cause de ce petit moment de paradis, il allait vivre l'enfer. Il ne lui restait qu'une seule chose à faire.

— Je... je suis désolé, s'excusa-t-il, accablé.

Tara essuya ses larmes sur ses joues.

— Moi aussi. Robin, crois-moi, moi aussi.

Et elle lui tourna le dos, s'éloignant afin de faire le tour du campement. Robin ne la suivit pas. S'il avait appris quelque chose avec Tara, c'était que, dans ces moments-là, il valait mieux la laisser seule.

Un sifflement bas le fit sursauter.

— Ben dis donc, tu es mal parti, mon vieux, fit une voix au niveau de son genou gauche.

Robin renifla. Il se disait bien que ses sens de chasseur avaient repéré quelque chose de vivant tout près de lui. Mais, trop obnubilé par Tara, il n'y avait pas prêté attention.

Cal se déplia. Son visage était noirci et, avec ses cheveux noirs et son habit sombre, il était presque invisible.

— Qu'est-ce que tu fais ?

— Vous hurliez un peu fort, tous les deux, j'ai voulu savoir pourquoi. Tu crois que tu as une chance de rattraper le coup ?

Robin se frotta la tête. Il sentait poindre une grosse migraine. Il allait répliquer un truc du genre : « Oui, bien sûr, tout va aller bien », mais il ressentit comme une sorte de chaleur dans la poitrine et se surprit à dire la vérité :

— Non. J'aime cette fille à la folie et je n'arrête pas de la blesser.

— Tu lui as aussi beaucoup sauvé la vie, précisa Cal en sortant un poignard de nulle part et en s'occupant de ses ongles.

— Pas plus que toi, répondit Robin calmement. Tu es même le champion toutes catégories du sauvetage de Tara Duncan. C'est de toi qu'elle devrait être amoureuse, pas de moi.

Cal sursauta, évitant de justesse de se couper.

— Ça va pas la tête ? J'ai bien assez à faire avec Mara qui me court après ! Une seconde Héritière, très peu pour moi !

Il réussit à faire sourire Robin pendant quelques secondes. Puis le demi-elfe retomba dans la morosité et la tristesse.

— Je l'ai perdue, n'est-ce pas ?

Cal rangea son poignard et hocha la tête.

— Selon mon expérience avec les filles...

Robin le regarda d'un air goguenard et Cal rectifia :

— OK, OK, selon ma courte expérience avec les filles, rien n'est jamais perdu. À moins d'assassiner des gens... enfin, des gens qu'elle aime... tu pourras toujours la reconquérir. Ton plus gros problème, c'est qu'elle doit te faire confiance à nouveau. Et ça, c'est beaucoup plus compliqué. Tu vas devoir bosser fort, mon ami.

Robin savait qu'il allait regretter la phrase qu'il prononça ensuite, mais il était dans la bouse de traduc si profond que même l'aide douteuse de Cal était bienvenue.

— Et toi, qu'est-ce que tu ferais à ma place ? Elle ne me fait plus confiance, comment la persuader qu'elle n'a rien à craindre ?

Cal se mordit la lèvre, tandis que son cerveau pétillait.

— Vous, les elfes, vous êtes de vrais lapins.

Robin grogna.

— Vos métaphores animales commencent à m'agacer sérieusement. Des pigeons, des lapins... Par les entrailles de Bendruk le Hideux, qu'est-ce que vous avez à me comparer tout le temps à des bestioles ? Et puis, d'abord, pourquoi des lapins ? Tara m'a déjà sorti cette phrase un jour.

Cal sourit, gourmand.

— Ben, parce que les lapins sont censés être comme les elfes. Ils n'arrêtent pas de se reproduire, et apparemment avec beaucoup de plaisir. D'où l'expression « chaud lapin ».

Robin était horrifié.

— Quoi ? Tu veux dire que Tara me considère comme un chaud lapin ? Mais ce n'est pas vrai ! Je ne saute sur personne... enfin, j'aimerais bien sauter sur elle, mais c'est tout. Et je n'ai jamais sauté sur V'ala, alors que tout autre elfe l'aurait fait depuis longtemps. Et plusieurs fois !

— Wow ! fit Cal, ce n'est pas moi qu'il faut convaincre, hein ! Écoute, le mieux serait que vous conveniez d'un mot de passe. Lorsque l'un d'entre vous commence à être un peu trop sexy, afin de s'identifier, il devra prononcer un mot, convenu à l'avance, et qui n'a aucune chance de se retrouver dans une conversation amoureuse. Moi, je choisirais « concombre ».

Le demi-elfe le regarda d'un œil vitreux.

— « Concombre » ?

— Oui. À moins que votre conversation ne devienne carrément bizarre, aucun concombre ne risque de s'y glisser. Donc, si tu te fais tout à coup draguer par une fille qui se fait passer pour Tara, demande-lui le mot de passe. Si elle te répond « concombre », c'est que c'est bien Tara. Si elle te dit quoi que ce soit d'autre, c'est que ce sera un autre démon tentateur. D'ailleurs, si tu n'en veux pas, tu pourras toujours lui dire de venir me voir, hein ? Moi, je trouve ça très bien, les démons tentateurs !

Robin fit la grimace.

— Tu sais, dit-il lentement, ce n'est pas bête comme idée. Je vais lui proposer cette solution. Après tout, quelqu'un peut aussi tenter de se faire passer pour moi afin d'approcher Tara... Ce mot de passe sera tout aussi utile pour elle que pour moi. Merci, Cal.

— De rien. Préviens-moi juste quand tu le lui demanderas, hein, que j'écoute sa réaction. Je suis assez curieux de savoir comment elle va prendre mon idée.

Et le petit Voleur retourna se coucher. Le couple Tara-Robin le divertissait beaucoup. Il aurait pu donner des tas d'autres recettes amusantes au demi-elfe, amusantes et tout à fait inconvenantes, mais il n'avait pas envie de profiter de son désarroi pour se divertir. Cela n'aurait pas été sympa. La tentation avait pourtant été grande. Il était vraiment trop bon.

Le lendemain matin, les traits tirés de Tara et de Robin n'attirèrent aucun commentaire. Tout simplement parce que tout le monde, à part Mourmur et Fafnir qui prodiguaient un vibrant concert de ronflements, avait entendu la dispute des deux ex-amoureux.

Robin ne parvint pas à trouver un moment pour parler à Tara de son histoire de concombre, au grand désappointement de Cal. Et Fafnir était grognon parce que cela faisait des heures qu'elle n'arrivait pas à contacter Sylver. Avant de partir, elle lui avait laissé un message sur sa boîte vocale, lui proposant de se joindre à eux. Mais il n'avait pas répondu. Maintenant qu'ils étaient coincés ici, sans communication avec l'extérieur, son petit ami n'allait avoir aucun moyen de les rejoindre. *Slurk !* Si en plus il manquait une bonne bagarre, il allait vraiment lui en vouloir, mais c'était sa faute aussi, il n'avait qu'à répondre, au lieu de partir traquer son foutu malade de père !

Ils décidèrent de commencer à marcher, puis d'invoquer un Transmitus en fin de journée afin de gagner, chaque jour, des kilomètres. Le paysage monotone, la température assez élevée et la fatigue de devoir avancer sans faiblir n'encourageaient pas les discussions.

Moineau en voulait toujours à Fabrice d'avoir postulé sur Terre sans le lui avoir demandé d'abord. Fabrice ne savait pas quoi dire pour se faire pardonner et donc, prudent, se taisait. Robin, horriblement malheureux, tournait des tas d'excuses dans sa tête tout en sachant très bien qu'il n'en avait aucune, du moins aux yeux de Tara... et surtout se demandait avec une certaine appréhension si « concombre » était le meilleur des mots de passe.

Mourmur était plongé dans ses calculs ; Fafnir échangeait des impressions mentales avec Belzébuth, testant l'amplitude de ses communications avec le petit chat rose ; Cal se demandait avec inquiétude s'il allait parvenir à incanter un Transmitus sans vomir tripes et boyaux comme Tara (ils avaient tiré au sort et il n'avait pas réussi, pour une étrange et mystérieuse raison, à tricher). Bref, la petite troupe était très silencieuse. Ils s'arrêtèrent pour déjeuner, sous le soleil immuablement lumineux, lorsque soudain le ciel se couvrit. Avec une brusquerie qui les prit par surprise, un véritable déluge s'abattit sur eux. Comme il ne faisait pas vraiment froid, plutôt que de monter le camp ils décidèrent de continuer. Tara jetait des regards inquiets vers la voûte quand, passant sa langue sur ses lèvres, elle constata que ce n'était pas de l'eau salée ; cela la tranquillisa.

Le déluge dura toute la journée. Cal incanta un Transmitus. Il n'eut pas plus de succès que Tara. Il fut malade comme un chien, comme il le suspectait, et resta vert un long moment. Au point que Moineau finit par avoir pitié de lui et lui lança un Reparus, en dépit du fait que cela la rendit nauséeuse, elle aussi. En fin de journée, heureusement, la pluie cessa brusquement, comme un robinet qu'on coupe.

Ils se firent un feu de camp avec les bûches que Cal, toujours prévoyant, avait emportées avec lui. La fumée était visible de loin, mais ils ressentaient le besoin de se réunir autour.

Fafnir avait décidé de leur faire goûter l'un des plats nationaux des nains. Le résultat avait été… intéressant. Les trucs qui flottaient dedans avaient l'air de dévisager les malheureux convives avec hargne et Fabrice jura que le ragoût avait essayé de le mordre.

— C'est bon, hein ! C'est super bon ! disait la jeune naine en essayant de compenser le goût épouvantable par un tout aussi épouvantable entrain.

— C'est le plat le plus atrocement mauvais que j'aie jamais mangé, répondit Moineau, pourtant connue pour son sens impeccable de la diplomatie.

Fafnir cessa d'essayer d'assommer son repas avec sa cuillère et écarquilla les yeux, tandis que Moineau, horrifiée, plaquait ses mains sur sa bouche.

— Ah oui ? Tu n'aimes pas ? s'exclama la naine guerrière, surprise. Je n'ai pas mis assez de racorni de gambole, peut-être.

— Elle a raison, intervint Fabrice. C'est très, très mauvais.

Lui aussi parut surpris des paroles qui sortaient de sa bouche.

La naine haussa les épaules. Elle était particulièrement susceptible sur ses qualités de combattante. En revanche, elle avait conscience que, côté cuisine, elle assurait moins. Elle avait testé sur ses amis d'abord, histoire de voir si Sylver réussirait à survivre à sa tambouille. Vu la tête de Tara et des autres, ce n'était pas gagné.

— Il y a quelque chose de bizarre avec cet endroit, dit soudain Cal en fronçant les sourcils après avoir posé son assiette… loin de ses pieds. Moineau, c'est ce que tu voulais dire tout à l'heure, que c'était très mauvais ? Mais tu n'es pas si… franche d'habitude, tu es trop polie.

Le regard de Moineau se voila, inquiet.

— C'était exactement ce que j'étais en train de me dire. Je voulais indiquer que c'était un plat intéressant pour les nains et donner des indications sur sa préparation et sa consommation dans les mines d'Hymlia, mais, au lieu de cela, j'ai dit que c'était très mauvais. C'est très étrange, je n'avoue jamais que les choses sont mauvaises !

Robin claqua des doigts.

— Moi aussi ! J'allais te dire que tout allait bien avec Tara, Cal, mais impossible, c'est la vérité qui est sortie. C'est très étrange, non ?

Méfiants, ils regardèrent autour d'eux, mais rien ne bougeait dans la plaine immense, sous la lune/soleil immuable.

— C'est un foutu sort, évalua Cal qui accéléra soudain son débit : Le ciel est jau... bleu. Ah, ah, si on parle vite, on peut presque le tromper.

Ils se mirent alors à débattre de la manière d'évaluer le degré de vérité qu'ils pouvaient exprimer.

Mourmur braquait ses instruments sur le ciel, inlassable, notant, marmonnant, réfléchissant. Il avait déjà résolu l'une des demandes de Tara. Maintenant, il s'attelait aux autres, en ajoutant une petite surprise qu'il voulait faire à Tara et ses amis. Il avait tracé quelque chose par terre, avec des barres d'un métal blanc très léger. Cela avait vaguement la forme d'un cube.

Tara, elle, se fichait de dire la vérité ou pas. De toute façon, elle ne mentait pas à ses amis... enfin, sauf pour leur sauver la vie, mais, sinon, elle évitait. Là, elle rongeait son frein. Tout le temps qu'elle perdait ici, elle ne le passait pas à contrer Magister. Ils n'arrivaient absolument pas à se connecter avec qui que ce soit. Ce n'était pas forcément un mal, mais, privée de nouvelles, Tara imaginait le pire. Que Magister ait déjà réussi à s'emparer des objets démoniaques, qu'il ait alimenté les démons en les détruisant...

Qu'il ait réussi à faire revenir sa mère.

Ou, tout aussi terrible, que sa tante ait réussi à détruire les objets démoniaques de son côté.

La jeune fille fixait les flammèches, songeuse. C'était tout de même paradoxal. Elle adorait sa mère, mais elle savait qu'elle était plus heureuse en OutreMonde avec son mari que dans le monde des vivants, seule, sans lui. D'un côté, le côté intellectuel, Tara le comprenait tout à fait. Mais, dans le fond de son cœur, elle réalisait que Selena lui manquait. Son étreinte, sa douceur, son amour lui manquaient. Elle se sentait affreusement égoïste, mais tant pis. Elle avait envie de re...

Soudain, elle se leva et sortit fébrilement un objet de sa poche. Un petit bout d'obsidienne où passaient d'étranges reflets. Qu'est-ce qu'avait dit le Juge en lui remettant un bout de son corps de pierre ? Qu'il suffisait qu'elle l'appelle pour qu'il transmette la communication dans le monde des morts. Il avait dit « en cas d'urgence », et Tara estimait que c'était un énorme cas d'urgence.

— Par le Juge, dit-elle en tenant le morceau de pierre noire devant elle (sans avertir les autres, qui sursautèrent), que mes parents apparaissent !

La pierre se mit à vibrer. Tara avait l'impression d'avoir capturé une abeille en colère. Puis cela vibra tellement que ce fut trop douloureux, elle dut lâcher l'éclat. Mais il ne tomba pas. Il resta devant elle, immobile... enfin, vibrant de partout mais suspendu... dans les airs.

Avant que ses amis, effrayés, n'aient le temps de lui demander ce qu'elle était en train de faire, l'image d'un homme blond aux larges épaules et aux yeux bleus, et celle d'une femme aux longs cheveux bruns bouclés retenus par un chignon compliqué et aux yeux vert doré, apparurent. Tara retint son souffle. Ouiiiii ! C'étaient bien ses parents ! Ils devaient être en train de dîner, car on voyait un superbe décor de porcelaine, de cristal et de couverts précieux, incluant bougies et atmosphère romantique.

Ce qui était plus inhabituel, c'était que le tout avait l'air de flotter sur une sorte de nuage. Rose.

En forme de cœur.

Plus kitsch, c'était difficile.

— Dis donc, souffla Cal, remis de sa surprise, il veut vraiment reconquérir ta mère ! Petit souper fin, déco romantique et tout et tout, pas mal !

Tara ne répondit pas, trop occupée à dévorer ses parents des yeux.

— Papa, maman ! Dieu merci, vous êtes encore là !

— Ma chérie ! s'exclamèrent Selena et Danviou en même temps en voyant l'image de Tara s'animer devant eux (Selena avait d'abord eu l'impression que sa robe était devenue folle, avant de comprendre que son éclat d'obsidienne donné par le Juge vibrait).

Leur ton anxieux sous-entendait : « Allons bon, qu'est-ce qui a été détruit, annihilé, massacré par notre fille qui fasse qu'elle ait besoin de nous parler ? »

— Pourquoi « encore là » ? remarqua Selena en fronçant les sourcils après avoir détaillé l'environnement de Tara. Mais où es-tu Tara ? Tout va bien, ma chérie ?

— Encore là, parce que j'avais peur que tu ne sois revenue sur AutreMonde ! Magister essaie de mettre la main sur les objets démoniaques pour te faire revenir, maman, depuis qu'il a volé ton corps ! s'exclama Tara. Et où je suis ? À quelques kilomètres de Tagon, sous terre. Nous n'avions aucun moyen d'avoir accès à ce qui se passe dans la Faille, où Magister essaie de récupérer les Objets, alors j'ai pensé à vous appeler grâce au Juge. Je suis contente de voir que Magister n'a pas encore réussi.

Depuis peu, Tara avait l'impression de vivre un remake de *La Momie*. Avec Magister dans le rôle d'Imhotep et sa mère dans celui d'Ankh-Sou Namun. « La mort n'est que le commencement... » Ben voyons.

Mais Selena avait surtout entendu la première partie. Elle se redressa brusquement, envoyant involontairement valser son verre et la carafe.

— Quoi ? Quoi ? bredouilla-t-elle. Il a fait quoi ? Mon corps n'est plus sous la surveillance de ma mère et de T'eal ?

Zut, Tara avait oublié que sa mère n'était pas au courant. La dernière fois qu'elles s'étaient vues, c'était avant que Tara n'apprenne elle-même que Magister avait volé le corps.

— Non, maman, je suis désolée, s'excusa-t-elle. T'eal n'a pas pu te protéger, c'était Magister qui avait créé les machines permettant à ton corps de fonctionner afin qu'il ne se dégrade pas. Nous ignorions qu'elles étaient équipées d'un Transmitus instantané. Magister n'ayant pas confiance en nous, il a agi comme il le fait toujours dans ce cas...

— Il m'a enlevée ! gronda Selena, furieuse. Mais quand ce maudit me laissera-t-il tranquille ! Sait-il, ce misérable, que son amour pathétique était le fruit de la magie, d'un sort raté de ma mère et de mon grand-père ?

— Euh, à ce sujet..., précisa Tara avec un regard incisif vers Robin. Le sort n'était qu'un sort d'attirance. Si le sujet qui tombait amoureux de toi le restait longtemps, c'était de l'amour vrai. Le sort n'y était pour rien.

Danviou et Selena échangèrent un regard. Ainsi, l'amour de Magister était de l'amour véritable, puisqu'il avait duré plus de dix ans. Ce n'était pas une bonne nouvelle.

— J'aurais préféré que ce ne soit que le sort, finit par laisser échapper Selena.

— Ouais, moi aussi, grogna Robin qui se sentait autant concerné.

Cal regarda tout le monde, les yeux brillants d'intérêt, mais ne parla pas. Le petit Voleur se disait, une fois de plus, qu'il adorait Tara Duncan. Avec elle, aucun risque de s'ennuyer !

— Tu sais, ma chérie, finit par dire Danviou, une fois qu'ils eurent digéré ces incroyables nouvelles, je pense qu'il va falloir que je retourne sur AutreMonde, d'une façon ou d'une autre, afin de régler son compte à ce type. Après tout, s'il est ici, nous pourrons le neutraliser facilement. Alors que, là-bas, il reste un danger pour toi.

Selena haussa ses jolies épaules. Puis se lova amoureusement contre la poitrine musclée de son mari, qui bomba un peu le torse. Cela fit sourire Moineau. Et Fabrice.

— De toute façon, même si tu réussis à retourner sur AutreMonde sans qu'Elseth te mette la main dessus et te le fasse amèrement regretter, tu y seras un fantôme. Que veux-tu faire de lui ? lui crier après ?

— Non, répondit calmement Danviou, je pensais le posséder et tomber par inadvertance dans un fossé ardent, puis ressortir de son corps juste avant qu'il ne commence vraiment à rôtir, histoire d'être sûr que lui ne s'en sortira pas.

Tara déglutit. Cette désinvolture avec laquelle les Autre-Mondiens évoquaient la torture et la mort était toujours un choc pour elle.

Selena regarda son mari avec admiration.

— Ah ! je vois que l'Imperator ne se cache pas si loin sous le peintre sensible, finalement.

— Il commence à me chauffer les oreilles, ce type. Je me suis dit que ce serait peut-être le moment de chauffer les siennes. Réellement. Après tout, il m'a tué. Il dit que ce n'était pas volontaire, mais le résultat est le même. Je n'ai donc aucune raison de ne pas lui rendre la pareille, n'est-ce pas ? S'il nous laissait tranquilles, franchement, je ferais de même. Mais puisque ce n'est pas le cas...

Mourmur, qui suivait cette conversation avec une absolue fascination, avait sorti toute une batterie d'appareils pour mesurer les échanges entre Tara et ses parents dès qu'il avait compris ce qu'elle avait fait.

Il tripotait ses cheveux fous au point de les faire ressembler de plus en plus à un nid d'oiseau dévasté par une tempête. Il tournait en boitant autour des deux revenants, qui paraissaient si solides, et avait l'air sur le point d'exploser. Ce qui était assez quotidien chez lui.

— C'est... c'est impossible ! gémit-il. Une liaison directe avec OutreMonde ! Juste avec deux morceaux de pierre. C'est impensable, cela brise les lois de la magie et de la science ! J'ai... j'ai des tas de questions à poser, petite Selena. Comment est-ce, là-bas ? Pourquoi les fantômes veulent-ils revenir sur AutreMonde alors que vous semblez avoir tout ce que vous désirez ? Comment le Juge a-t-il...

— LE JUGE A FAIT CE QU'IL FALLAIT ET L'AU-DELÀ NE VOUS REGARDE PAS, MAGE, intervint une voix grave et inflexible. LAISSEZ CETTE ENFANT DISCUTER AVEC SES PARENTS ET N'ESSAYEZ PAS DE DÉCHIFFRER CES MYS-TÈRES OU VOUS EN FEREZ PARTIE ILLICO.

Ah, OK, la conversation n'était pas si privée que ça, finalement.

Effrayé, Mourmur recula au point de se prendre les pieds dans une chaise derrière lui et se retrouva les quatre fers en l'air.

— Mourmur, fit sévèrement Selena qui n'avait pas beaucoup aimé le condescendant « petite Selena » de son oncle, si vous gâchez ma communication avec ma fille, je vous jure que je reviens sur Terre vous attraper par la peau du cou et vous noyer dans leur océan, est-ce clair ?

— ET LES FANTÔMES RESTENT EN OUTREMONDE, LES VIVANTS SUR AUTREMONDE ET LES AUTRES PLANÈTES. DANVIOU, PAS D'EXCEPTION. VOUS RESTEREZ SUR OUTREMONDE, C'EST COMPRIS ? LAISSEZ LES VIVANTS S'OCCUPER DES AFFAIRES DES VIVANTS. CE N'EST PAS LE RÔLE DES MORTS D'INTERVENIR !

Ce qui était bien avec le Juge, c'était qu'il n'y allait pas par quatre chemins. Hop, direct au but. Tara faillit sourire devant l'air déconfit de son père, désolé de ne pas pouvoir désosser et carboniser Magister, mais elle était trop inquiète pour sa mère pour se laisser aller.

— Excusez-moi, fit Mourmur d'une voix suppliante, j'ai absolument besoin de savoir quelque chose. J'ai... j'ai inventé une sorte de surpoubelle.

— PARDON ? fit le Juge.

— Oui, elle donne dans une dimension parallèle... enfin, en fait, je ne sais pas très bien sur quoi elle donne, peut-être que c'est dans l'espace de notre univers... bref, l'endroit était totalement vide, a priori. Il n'y a rien, du moins rien que j'aie pu détecter. Un jour, quelqu'un y a été projeté, involontairement. Elle... elle était dans mon atelier, elle n'aurait pas dû... elle savait qu'elle ne devait pas toucher à mes inventions, mais elle a dû trébucher, je ne sais pas au juste.

Il se reprit.

— Bref. S'il vous plaît, j'ai besoin de lui parler. Pourriez-vous me mettre en contact, Juge, je vous en supplie, c'est très important, avec ma femme, la magnifique Hadra Duncan ?

Le juge resta silencieux si longtemps qu'ils crurent qu'il n'allait pas accepter, quand soudain, à côté de Selena et Danviou, apparut une femme d'un certain âge, au port martial comme un soldat, aux yeux d'un brun malicieux, aux cheveux poivre et sel et au visage aimable.

— Mon bien-aimé Mourmur, salua-t-elle le vieux savant.

Celui-ci avait les larmes aux yeux. Dans l'assemblée, il n'était pas le seul.

— Ma tant aimée, balbutia-t-il, je m'en veux tellement ! J'ai... j'ai...

— Tu n'as rien fait du tout, le reprit vertement Hadra. Je me le suis fait toute seule et nous savons très bien pourquoi tous les deux. Tous les Reparus et les Calmus du monde n'arrivaient plus à apaiser la douleur. Tu t'en souviens, n'est-ce pas ? Les chamans avaient dit que c'était sans espoir. Et un soldat comme moi ne pouvait pas supporter une telle déchéance. C'était une mort rapide et indolore. Je suis passée, je suis morte et pouf ! mon corps est conservé dans l'espace, là-bas, pour l'éternité. Mais tu as tort, ce n'est pas une dimension parallèle, c'est au plus profond de l'espace de notre univers, si loin du moindre soleil, de la moindre planète, que la température y atteint le zéro absolu, rien ne peut réchauffer l'espace à cet endroit. C'est le plus parfait des cimetières, j'en suis très contente. Je voulais encore te dire merci, cette poubelle est vraiment arrivée à point nommé.

Ah ! La légende voulait que ce soit Magenti, la sœur de Mourmur, qui soit passée par le vortex, mais apparemment c'était Hadra, sa femme. Et, tout aussi apparemment, cela avait été volontaire.

Hadra se pencha et passa une main fantomatique sur le visage de Mourmur. Son amour pour lui éclatait dans toute son attitude.

— Refais ta vie, mon amour, c'est un ordre ! Tu dois aimer de nouveau, accepter ce que j'ai fait et être heureux. Nous nous retrouverons un jour. Adieu !

Et, avant que Mourmur, le cœur déchiré, n'ait le temps d'ajouter quoi que ce soit, elle disparut. Mourmur tendit la main vers l'image qui se dissipait, puis la laissa retomber. Les yeux brouillés de larmes, il s'affaissa. Moineau, en larmes elle aussi, le prit sur son épaule et le consola.

— Bon, fit Cal, la gorge serrée, maintenant que tout le monde sait ce qu'il ne doit pas faire, est-ce que quelqu'un pourrait nous dire comment sortir de ce piège ? Juge ? Une petite idée ?

Cal n'aimait pas beaucoup le Juge, qui lisait dans le cerveau des gens et y puisait l'absolue vérité. Mais, si quelqu'un pouvait les aider, c'était bien lui.

— AVANT DE VOUS RÉPONDRE, précisa le Juge décidément contrariant, J'AI UN AVERTISSEMENT POUR VOUS : NE LAISSEZ PAS MAGISTER DÉTRUIRE LES OBJETS DÉMONIAQUES. LES DÉMONS DEVIENDRAIENT TROP PUISSANTS ET VOTRE UNIVERS ET LE LEUR SOMBRERAIENT DANS LA BARBARIE. CE N'EST PAS QUE JE N'AIME PAS LA BARBARIE, MAIS LÀ, CELA SIGNIFIERAIT QUE JE DEVRAIS TRAVAILLER TOUT LE TEMPS.

La voix soupira, comme si elle était fatiguée. Le cerveau bloqué par la peur, Tara se demanda comment une entité de pierre pouvait être fatiguée. Et fut terrifiée en comprenant qu'elle avait eu raison. Le Juge venait de lui confirmer qu'elle allait devoir appliquer le plan le plus dangereux qu'elle ait jamais inventé.

— Pourquoi ? intervint Moineau, agacée de voir l'intuition de son amie confirmée. Il n'y a que quelques millions d'âmes accumulées dans ces objets. Archange a sacrifié des milliards d'individus afin de terraformer ses planètes. Qu'est-ce qu'il ferait de ces quelques millions ? Ce n'est rien pour lui !

— LE POUVOIR ACCUMULÉ IL Y A CINQ MILLE ANS ÉTAIT BIEN PLUS PUR QUE CELUI QU'ARCHANGE A OBTENU DES CORPS MUTANTS DE CEUX QU'IL A ASSASSINÉS. LA PUISSANCE D'UN MILLION DE CES ÂMES REPRÉSENTERAIT UN MILLIARD DES NOUVELLES ÂMES. UN PUISSANCE CENT.

Cal siffla entre ses dents.

— Alors ça, ça calme, murmura-t-il. (Puis il éleva la voix :) Euh... je crois qu'il est tout à coup super, super urgent qu'on se dépêche, là, hein ! Donc, je répète, vous sauriez comment on sort d'ici et comment on va vite fait à la Faille, histoire d'empêcher Magister de détruire l'univers ?

— HÉLAS ! JE NE PEUX AGIR DANS VOTRE MONDE POUR VOUS AIDER. JE SENS JUSTE LE SORT DE VÉRITÉ SUR LE PAYS. ET LE SORT QUI CONTRARIE LA MAGIE... ENFIN À PART LA MIENNE. (Sa voix prit une inflexion singulièrement satisfaite.) POUR ATTEINDRE VOTRE BUT, IL VA FALLOIR MARCHER...

Cal poussa un gémissement désolé.

— ... OU, poursuivit le Juge, UTILISER L'ENGIN QUE LE HAUT MAGE EST EN TRAIN D'INVENTER.

Mourmur sortit de son abattement, plissa les yeux comme pour se protéger d'une lumière trop forte et se redressa vivement après s'être essuyé le visage.

— Par les entrailles de Bendruc le Hideux, comment savez-vous que...

— JE SAIS, C'EST TOUT, répondit le Juge d'une voix suffisante. ET VOUS DEVRIEZ ÉVITER DE JURER EN INVOQUANT DES DIEUX. PARFOIS, ILS ENTENDENT...

Sa voix traîna, comme s'il s'enfonçait dans le lointain, et termina faiblement :

— ... ET ILS RÉPONDENT.

Tara referma sa bouche qui était restée ouverte de stupeur. Elle allait parler lorsque Cal la battit d'une courte tête !

— *Slurk !* jura-t-il. Un sort de vérité, c'est pour ça que je ne pouvais pas mentir ! Je me disais aussi !

Les parents de Tara restèrent silencieux, regardant leur fille avec amour.

— Tara, déclara Selena, je te jure qu'un jour tu pourras mener une vie normale. Tout ceci... tout ceci disparaîtra dès que disparaîtra Magister. Tu comprends, Tara ? Ce n'est plus un choix. C'est un fait.

Oh ! oui, Tara comprenait très bien. Elle inspira vivement.

Sa mère venait de lui donner l'autorisation de tuer leur pire ennemi. De l'envoyer en OutreMonde. Sauf que ce que les AutreMondiens ne comprenaient pas bien, c'était que les Terriens ne tuaient pas les gens. Enfin, à part les barbares, les dingues et les gens assoiffés de pouvoir. Or Tara n'était dans aucune de ces catégories. Et, en dépit des années qu'elle venait de passer sur AutreMonde, elle se considérait comme une adolescente terrienne. Avec les mêmes valeurs.

Cependant, si, lors de la bagarre contre Magister, elle devait lutter de toutes ses forces pour défendre sa vie et sa famille, pour une fois, elle décida qu'elle ne se retiendrait pas. Elle devait mettre fin à ce cauchemar.

— Oui, maman, je comprends, répondit-elle calmement.

Son père hocha la tête, approbateur. Si Magister pointait sa sale tête en OutreMonde, il allait trouver à qui parler. Enfin, du moins avec qui se taire, parce que Danviou avait la ferme intention de lui arracher la tête, de la cacher quelque part, et de laisser son corps la chercher pour l'éternité.

Il dut réprimer le ricanement vengeur qui lui montait au cerveau.

Spontanément (enfin, ils durent prendre Fafnir et Mourmur par le bras pour leur faire comprendre qu'ils devaient s'éloigner), ses amis aménagèrent un cercle d'intimité à Tara.

La jeune fille et ses parents purent discuter tranquillement. Ils demandèrent des nouvelles de Jar et de Mara, puis de ce qui se passait sur AutreMonde. Danviou, bien plus que Selena, fut inquiet d'apprendre que Tara allait bientôt avoir dix-huit ans d'AutreMonde.

Et, encore plus, que Lisbeth avait proposé de démissionner.

— Lisbeth ? répéta-t-il trois ou quatre fois. Lisbeth ?

— Je crois qu'on a perdu ton père, s'amusa Selena. Il ne pouvait pas imaginer sa féroce sœur capable d'abandonner une miette de pouvoir, alors, le trône entier, son cerveau a disjoncté !

Elles se sourirent. Cette sorte de récréation dans sa vie trop malmenée ravissait Tara. Ses yeux bleus resplendissaient, son visage rayonnait et Robin, de loin, était torturé par sa radieuse vitalité.

— Et je crois que Lisbeth a une sorte de prétendant, ajouta malicieusement Tara.

Sous le choc, les yeux de Danviou devinrent vitreux.

— Noooonnnn ? souffla Selena en écarquillant des yeux ravis.

— Siiiiiii, je t'assure, c'est Various Duncan, mon lointain cousin, tu sais.

Danviou grimaça.

— Le Renégat ? Le mercenaire de Vilains ? Mais, comparé à une Impératrice, il n'est qu'un simple petit baron, presque un roturier, il ne peut pas...

Son regard croisa celui, soudain étincelant, de Selena. Sa voix mourut misérablement.

— Il ne peut pas quoi ? fit Selena d'une voix glaciale. Ce ne serait pas la première fois que ta famille s'allierait avec la mienne. Un roturier, hein... Comme moi ! Il est où, le problème ?

— Nulle part, ma douce, fit très, très vite Danviou, qui avait l'air d'avoir très chaud d'un seul coup. Various Duncan, oui, bien sûr, très gentil garçon, sympathique, plein de qualités, formidable futur beau-frère, bienvenu dans la famille.

— Hum..., fit Selena, narquoise.

Puis, toujours juchée sur son absurde nuage rose en forme de cœur, elle se pencha vers Tara.

— Tiens-nous au courant, surtout, Tara. Appelle-nous au moins une fois tous les trois ou quatre jours, s'il te plaît. Tu dois encore te battre pour moi, et je m'inquiète beaucoup.

— Je ne me bats pas uniquement pour toi, répondit franchement Tara, même si je vais tout faire pour récupérer ton corps. Je crois que, ce coup-ci, je me bats pour notre univers tout entier !

Ils se quittèrent à regret. Tara promit d'être prudente, ce qui ne servait pas à grand-chose mais les rassura les uns et les autres. L'image disparut et Tara se sentit abandonnée avant que ses amis ne viennent l'entourer de leur chaleur.

Robin parvint, au bout d'une heure, à l'isoler afin de lui parler. Tara était détendue et heureuse, aussi ce fut sans appréhension qu'elle écouta le demi-elfe.

— Un quoi ?

— Un concombre, répéta Robin. Qu'est-ce que tu en penses ? Ainsi, personne ne pourra plus jamais se faire passer pour toi et jamais je **ne** te tromperai. C'est une bonne idée, non ?

Tara le regarda avec méfiance, partagée entre le rire et la consternation.

— Et ce mot de passe bizarre, c'est toi qui en as eu l'idée ?

Robin aurait bien aimé mentir, mais c'était impossible.

— Non, c'est une idée de Cal, grommela-t-il.

— Ah, je me disais aussi. Écoute, Robin, pour l'instant, il faut que j'arrive à digérer que, sans concombre de quelque sorte que ce soit, tu as couché avec cette démone. Une fois que ce sera fait, nous reparlerons de cette histoire de... de légume, d'accord ?

— Je savais que c'était idiot, soupira Robin en la prenant dans ses bras. Tara, tu as conscience que je ne renoncerai pas, n'est-ce pas ?

Tara, qui retenait une grosse crise de fou rire depuis quelques minutes, eut un peu de mal à répondre. Robin crut que c'était parce qu'elle était encore fâchée contre lui et la relâcha.

Puis il commit une erreur. Sans prévenir, il resserra son étreinte et, immobilisant Tara, posa un fougueux baiser sur ses lèvres.

Soudain, il sentit un changement dans le corps de Tara. Celui-ci grandit. Robin ouvrit les yeux... puis fit un bond de deux mètres en arrière, terrifié au point de tomber à quatre pattes et de reculer en s'aidant des pieds et des mains.

Il était en train d'embrasser la Reine Noire. Impériale dans son armure noire, le visage glacial, les yeux emplis de feu noir, elle le contemplait avec intérêt.

— Miam, ronronna-t-elle, tu feras un délicieux casse-croûte lorsque j'aurai définitivement pris possession de ce corps. Mais, en attendant ce jour, je crois qu'elle n'est pas tout à fait d'accord pour que tu l'embrasses. Au point de m'invoquer. Je crois que c'est même carrément comme une grosse colère.

Elle eut un sourire cruel.

— Nous allons bientôt nous revoir... mon lapin !

Puis elle disparut. Le corps de Tara se retransforma, la changeline gronda quand l'armure se dissipa, révélant le petit short et le top à bretelles en mailles d'acier de Tara.

Le cœur battant à deux cents pulsations minute, le demi-elfe n'arrivait pas à croire que Tara était furieuse contre lui au point de se réfugier derrière la Reine Noire.

— Qu'est... qu'est-ce qui s'est passé ? demanda Tara, un peu confuse.

— Tu... tu as invoqué la Reine Noire. J'ai... j'ai embrassé la Reine Noire !

Il n'arrivait pas à comprendre, luttant comme un fou contre l'envie de s'essuyer la bouche. Toute cette histoire était en train de devenir dingue.

— Tu as quoi ?

— Je t'ai embrassée et, pouf ! tu t'es transformée en une tueuse psychopathe ! Enfin, Tara !

Tara était horrifiée.

— Je n'ai pas fait ça ?

Robin se releva et s'épousseta.

— Si, je t'assure. Je crois bien que je n'ai jamais eu aussi peur de ma vie. (Il se reprit.) Enfin, pas récemment du moins. Écoute, je crois que j'ai bien compris que tu étais en colère contre moi. Pas de souci. Je ne t'embrasserai plus sans ta permission.

Il posa un baiser sur son front (après avoir hésité) et partit se coucher, avant que Tara n'arrive à remettre de l'ordre dans ses esprits.

— Ben dis donc, tu es assez terrifiante lorsque tu es en colère, toi ! murmura une voix près de son pied droit.

Tara sursauta. Cal se dressa devant elle, en tenue de camouflage. Il paraissait trouver très amusant de ramper dans l'herbe haute afin de surprendre ceux qu'il espionnait. La jeune fille soupira :

— Je n'ai vraiment pas fait exprès. Pauvre Robin, imagine que je sois en train de l'embrasser et qu'il se transforme en Archange ! Cela me ferait à peu près le même effet.

— Hum.

— Je ne sais pas pourquoi j'ai fait un truc pareil !

— Hum, hum.

— Dis donc, tu sais dire autre chose que « hum » ?

— Uh, uh. Alors, t'as pas aimé mon histoire de concombre ?

Ils se regardèrent.

Puis éclatèrent de rire.

— Un… un concombre, Cal… vraiment, tu exagères ! finit par hoqueter Tara.

Cal leva la main et Tara la tapa. Ils se sourirent.

— Bon, cela dit, si lorsque tu embrasses un garçon, tu te transformes en Reine Noire, il risque de ne pas y avoir des masses de candidats, concombre ou pas concombre, fit-il remarquer.

Tara soupira.

— Elle n'est pas… Comment te dire ? Elle n'est pas réelle. C'est l'aspect le plus noir de mon âme, mais elle fait partie de moi. Je crois bien qu'elle a décidé de punir Robin. Elle est cruelle. Je ne ferais jamais une chose pareille à qui que ce soit. Mais elle, oui.

— Euh… tu as quand même conscience que c'est un peu schizophrénique de parler de toi comme si vous étiez plusieurs entités, n'est-ce pas ?

— C'est cette magie. Elle fait n'importe quoi. Je n'arriverai jamais à avoir une relation normale, si ça continue comme ça !

Cal la consola en lui disant que, de toute façon, personne n'allait plus oser l'approcher (Tara fronça les sourcils, pas tout à fait sûre que ce soit une bonne façon de la consoler). Puis il partit faire sa ronde, puisqu'il avait été désigné pour le premier quart.

Ce qu'il trouvait bizarre, lui, c'était que Tara n'ait absolument pas l'air d'avoir peur de la Reine Noire.

Il pensait, très profondément, qu'elle avait tort. La Reine Noire était bien plus qu'une part de Tara. Il la voyait comme une entité prodigieusement dangereuse qui pouvait prendre possession du corps de sa meilleure amie.

Et ne jamais le rendre.

La pluie avait cessé, enfin, et, inconsciente du tourment de son ami, Tara se sentit soudain absurdement heureuse. Tout allait bien se passer. Ses parents l'aimaient, elle aimait ses parents, elle aimait ses amis, ses amis l'aimaient, ils arriveraient à rejoindre la Faille et à détruire Magister, et tout irait pour le mieux dans le meilleur des mondes possible.

Heureusement que Tara ne gagnait pas sa vie avec une boule de cristal.

Car, le lendemain matin, lorsqu'ils se réveillèrent, ils étaient cernés.

Par des milliers d'animaux.

14

Le peuple oublié

ou comment se découvrir de nouveaux amis...
et de nouveaux ennemis.

Les bêtes n'étaient pas toutes proches. Ainsi, masquées par les herbes hautes, elles avaient pu rester dissimulées. Évidemment, lorsque le soleil se ralluma, elles furent plus visibles, et soudain ce qui était des silhouettes indistinctes devint des tigres, des lions, des ours, des loups, des furets, des belettes, des visons, des hermines, des renards, des carcajous, des blaireaux, des chats, des panthères, des loutres, des pumas, des couguars... Exclusivement des prédateurs.

Des milliers de griffes et de crocs.

Fabrice les sentit avant même de les voir, même s'ils restaient loin. Ses narines frémirent et il lança l'alarme.

Mais il était trop tard.

L'armée s'avança silencieusement. Tara incanta et son armure vint la couvrir.

— *Besoin d'aide, ma petite ?* demanda la Reine Noire, moqueuse, du fin fond de son esprit.

— *Allez vous faire voir,* répliqua Tara mentalement. *Je n'ai pas besoin de vous !*

La Reine Noire eut un rire silencieux qui fit frissonner Tara. L'arc de Llillandril apparut au bras de Robin et il braqua sa flèche sur les animaux, prêt à réagir. Fafnir grogna et sortit ses haches, tandis que, instinctivement, Moineau et Fabrice se transformaient. Comme c'était dans leurs gènes et non pas une opération magique, cela ne les rendit pas malades. La Bête et le loup-garou se dressèrent, immenses et menaçants.

— *Waaah !* fit une voix derrière les animaux. *Koul'tuck Vomlma Tolkluck ?*

C'était une langue pleine de claquements. Tara n'en comprit pas un mot, mais, vu le ton admiratif, elle devina que cela signifiait grosso modo : « Waaah ! Comment ils font ça ? »

Elle lança un Traductus, serrant les dents lorsque la nausée fit vaciller son estomac. Par prudence, elle dirigea sa magie uniquement sur son petit groupe. Ils seraient capables de comprendre et de parler aux gens derrière les animaux, mais ceux-ci ne pourraient saisir ce que diraient les Autre-Mondiens entre eux.

Surpris par la puissance de la vague bleutée, d'autres assaillants se dressèrent soudain, montés sur des chevaux qui venaient de se lever de l'herbe haute. Cal, Fabrice, Robin et Mourmur ouvrirent de grands yeux.

C'étaient des... filles. Des tas et des tas de filles. Petites, grandes, grosses, maigres, moches, jolies. Elles les avaient encerclés, derrière les animaux. C'est alors que Cal sursauta. Pas à cause des filles.

À cause des animaux.

Ils avaient les yeux dorés. Tous.

— Par la barbe de Balavor[1], murmura-t-il, mais ce sont des familiers !

Sauf que ce n'était pas possible. Ils étaient bien trop nombreux. Au moins deux ou trois fois plus que les filles.

Les guerrières, plutôt. Car, bien que vêtues sommairement du fait de la chaleur, elles braquaient bien leurs arcs et leurs longues lances sur eux. Sans, pourtant, avoir l'air plus agressif que ça.

Elles étaient neutres. Si elles étaient attaquées, elles riposteraient avec férocité. Si personne ne bougeait, elles ne feraient rien non plus.

---

1. Balavor perdit un pari (personne ne se souvient de la nature du pari) avec Gélisor, le dieu de la confiserie, aux crocs cariés. Il dut se laisser pousser la barbe. Qui, parce qu'il était un dieu et vivait donc longtemps, très longtemps, devint longue, très longue. Au point que tenir dans la même pièce que Balavor commence à devenir un vrai problème.

P.-S. : la femme de Balavor, après avoir vainement tenté de le faire se raser, le quitta le jour où elle faillit mourir étranglée par la barbe pendant son sommeil. Le fait, juste avant, d'y avoir mis le feu, ne réduisant malheureusement la barbe que de quelques mètres, fut abondamment commenté dans *Voici dieux*, « le Journal *people* des dieux ».

Soudain, avec une gracieuse fluidité, les animaux brisèrent le cercle et se regroupèrent autour de leurs compagnonnes.

Et ce qu'ils virent sidéra totalement Tara et ses amis.

Chaque fille avait plusieurs familiers !

Fabrice vacilla sous le choc. Lui qui avait tant souffert de la mort de Barune n'arrivait pas à en croire ses yeux.

Ses genoux finirent par céder et il se laissa tomber à terre.

Voir le grand loup-garou s'agenouiller devant elles dut étonner les guerrières, parce qu'elles commencèrent à chuchoter, compréhensibles cette fois-ci grâce au Traductus de Tara.

— Mais qu'est-ce qu'il fait ?

— Je sais pas, il est peut-être fatigué ?

— Il est plutôt joli garçon sous sa forme humaine. Moi, j'aime bien qu'un joli garçon se traîne à mes pieds…

— Dites, on va rester longtemps comme ça ? Non, parce que je commence à en avoir un peu assez de bander mon arc. Je fatigue, là !

Une femme plus âgée, dont les longs cheveux, aussi blancs que ceux de Mourmur, étaient tressés en une natte serrée, et les yeux d'un bleu d'acier, apparut et donna un ordre sec. Au grand soulagement de la jeune archère, elle ordonna qu'elles baissent leurs arcs. Elle aussi était vêtue de daim, même si, contrairement aux autres, elle portait une sorte de pantalon et un justaucorps qui dévoilait ses bras musclés et brunis par le soleil. Tara évalua son âge à une soixantaine d'années environ, même si sa façon souple de se déplacer trahissait une forme éblouissante.

Puis elle se tourna vers les adolescents et Mourmur.

— Vous n'avez pas attaqué les animaux, dit-elle, intéressée, dans sa langue bizarre. Bien. Et comme vous avez lancé un Traductus tout à l'heure, je suppose que vous nous comprenez.

Robin baissa son arc, surpris. Fafnir se redressa, ses haches moins menaçantes. Moineau reprit sa forme normale, alors que Tara, plus méfiante, conservait son armure. Mourmur, qui, pour une mystérieuse raison, décida d'être le porte-parole du groupe, s'avança.

— Que votre magie illumine ! salua-t-il selon l'antique salut d'AutreMonde.

— Je ne me souviens pas bien de la suite, répondit gentiment la femme en rejetant sa longue tresse grise en arrière. C'est « que votre marteau sonne clair », c'est ça ?

— Non, ça, c'est la salutation des nains. J'en déduis que vous avez déjà eu leur visite. C'est « que la vôtre protège le monde ».

— Ici, comme nous évitons de faire de la magie sous peine d'être très malades, j'avoue que je répondrais plutôt « et que votre magie ne vous fasse pas vomir tripes et boyaux ». Permettez-moi plutôt de vous souhaiter la bienvenue en Atlantide !

Si cela n'évoquait pas grand-chose pour les AutreMondiens, Tara et Fabrice, élevés sur Terre, réagirent de concert. Ils étaient donc sur l'île mythique d'Atlantide. Ce que Tara trouva bizarre, vu que la dernière fois qu'elle était venue, celle-ci lui semblait carrément engloutie. Cependant, elle n'osa pas poser la question, pas alors qu'ils étaient entourés d'une foule armée de flèches pointues. Si ces gens pensaient qu'ils habitaient l'Atlantide, ce n'était pas elle qui allait les détromper.

Mourmur salua la femme avec aisance.

— Pourquoi nous avez-vous encerclés ? demanda-t-il prudemment. Nous ne faisions aucun mal. Nous sommes de simples voyageurs qui essaient d'arriver à la Porte de transfert.

Comme il ne mentait pas, enfin pas vraiment, le sort de vérité ne l'affecta pas. Ils étaient effectivement des voyageurs et voulaient vraiment beaucoup accéder à la Porte de transfert.

La femme sourit, pas dupe.

— « Simples voyageurs » est un peu en dessous de la vérité, qui, ainsi que vous avez pu le constater, est assez prisée ici-bas. Nous avons envoyé nos animaux afin de vérifier ce que vous représentiez comme menace. Nous avons eu un peu de mal à vous évaluer jusqu'à hier soir, moment où vous avez discuté avec les mânes des sortceliers morts. C'était très… intéressant.

— Excusez-moi, intervint Cal qui essayait de ne pas trop baver devant l'essaim de filles, mais vous êtes qui au juste ?

La femme sourit, un sourire fier et éclatant.

— Mais nous sommes le peuple des Amazones, bien sûr !

De nouveau, Tara et Fabrice furent avantagés par leur culture terrienne.

— Eh, fit Fabrice, mais je connais ça, les Amazones !

— Ah oui ? murmura Cal qui trouvait vraiment sympathique le peu de vêtements portés par les filles. J'aimerais bien faire connaissance avec elles, moi aussi.

La femme regarda Fabrice d'un œil intéressé.

— Vraiment ? Faites-nous part de ce que vous savez. Les petites, en cercle autour d'eux, le tiers jaune reste à cheval. Maintenant !

Avec une rapidité hallucinante, les Amazones volèrent à bas de leurs montures qui se mirent aussitôt à brouter placidement. Un tiers d'entre elles, qui portait une marque jaune sur l'avant-bras, resta sur les chevaux, vigilante.

Fabrice déglutit, et se retransforma, parce que parler sous sa forme de loup-garou était assez fatigant. Puis, sur le signe de tête de la femme, il commença son histoire :

— L'un des travaux d'Hercule était de voler la ceinture de la farouche Amazone Hyppolite, sœur de Penthésilée, qui combattit aux côtés de Priam avec les Troyens contre l'armée d'Agamemnon, sous les murs de Troie.

— Une guerre ? releva Fafnir, toujours intéressée quand des gens se tapaient dessus.

— Oui, répondit Tara avec un sourire. Ou plutôt une histoire d'amour.

La naine fit la grimace. Ah, si c'était une histoire d'amour, c'était nettement moins intéressant.

— Hum, d'adultère en fait, répliqua Fabrice. Car la guerre commença lorsque le mari de la belle Hélène, Ménélas, voulut reconquérir sa femme, enlevée par Pâris, le fils de Priam. Pâris, qui avait remis la pomme d'or à Aphrodite, en échange de quoi celle-ci lui accorda l'amour de la plus belle femme de la Terre, Hélène.

— D'accord, finit par dire Cal, perdu. J'ai rien compris. Et c'est quoi cette histoire de pomme ? Moi, je croyais que c'était une poire.

— Une poire ?

— Ben ouais, la poire belle Hélène[1] !

— Cal !

— Ben quoi, j'aime les glaces, j'y peux rien.

— La déesse de la discorde, Éris, poursuivit Tara en essayant de ne pas rire de la tête de Fabrice, dégoûtée de ne pas avoir été invitée au mariage de Pélée et Thétis, décida de s'amuser un peu avec les dieux. Lors d'un banquet, elle lança une pomme d'or sur la table devant Zeus, le roi des dieux, sur laquelle était gravé « À la plus belle ».

— Aïe, fit Cal qui avait tout de suite saisi le problème.

— Oui, aïe, comme tu dis. Évidemment, toutes les déesses voulurent qu'on leur donne la pomme, que les dieux jugent qui était la plus belle. Comme Zeus n'était pas débile, il ordonna que ce soit un mortel qui s'en charge, histoire de ne pas risquer de se mettre à dos celles qu'il côtoyait tous les jours. Trois déesses furent choisies, impossibles à départager. Aphrodite, la déesse de l'amour, Héra, celle de la sagesse – et accessoirement femme de Zeus, raison pour laquelle il refusa catégoriquement de s'en mêler, d'autant qu'Athéna, sa fille, faisait également partie du choix –, et Athéna donc, la déesse de la guerre.

— Pâris était un prince troyen, reprit Fabrice. Même si, écarté de la succession car on avait prédit qu'il serait la cause de la chute de Troie, il ne le savait pas lorsqu'il fut choisi comme juge par les dieux. Simple gardien de moutons, il était considéré comme le plus beau des mortels.

— Ah ! nota Cal, amusé. La conversation avec les moutons, ça ne rend pas très futé. Je parie qu'il a fait le mauvais choix.

— De son point de vue, je ne sais pas, répondit honnêtement Tara. Héra lui proposa la gloire, Athéna la puissance et Aphrodite l'amour de la plus belle femme de la Terre. Mais la rusée déesse ne précisa pas que la plus belle femme de la Terre était également la plus belle femme... mariée de la

---

1. Célèbre dessert terrien, exporté sur AutreMonde, composé d'une poire cuite ou au sirop, de glace vanille, de crème au chocolat chaude et de crème Chantilly par dessus.

Terre. Pâris et Hélène tombèrent amoureux, ainsi que le voulait Aphrodite. Pâris enleva Hélène et se réfugia à Troie. Ménélas et Agamemnon en firent le siège. La guerre fut terrible : les Amazones se battirent avec les Troyens mais furent vaincues ; Troie fut détruite ; Pâris, Priam et tous les autres moururent. Cassandre, la fille de Priam, qui avait le don de prévoyance, avait averti tout le monde, mais son don était une malédiction : personne, jamais, ne l'écoutait. Homère raconte cette histoire par le biais des aventures d'Ulysse, dans *L'Iliade* et *L'Odyssée*.

La femme qui s'était raidie quand Tara avait évoqué la participation des Amazones prit la parole.

— Un petit groupe des nôtres a été transféré hors de l'Atlantide, sur Terre, par erreur. Elles n'avaient aucun moyen de subsister et ne parvenaient pas à rentrer. Elles se sont faites mercenaires et se sont vendues au plus offrant afin de gagner leur pain. Nous avons appris qu'elles avaient été tuées lors de cette guerre interminable. Qui a duré dix ans. Ah ! et l'histoire du cheval de Troie, c'est du grand n'importe quoi. Les Troyens n'étaient pas idiots, jamais ils n'auraient fait entrer un immense cheval de bois à l'intérieur des murailles sans vérifier d'abord qu'il n'y avait personne à l'intérieur !

Tara et Fabrice hochèrent la tête. Eux aussi avaient trouvé curieuse cette partie de l'histoire.

— Dites, les gars, c'est super de discuter d'Antiquité et tout et tout, fit remarquer Cal, mais on n'a pas encore pris notre p'tit déj' et, franchement, j'ai pas assez de provisions pour tout le monde, là. Donc on fait quoi, maintenant qu'on a établi qu'on n'était pas des ennemis ?

La femme sourit et ferma les yeux à demi.

— Ah bon ? Qui a dit que nous n'étions pas des ennemis ?

Les adolescents et Mourmur se tendirent, prêts à réagir. Mais, après quelques secondes de silence, la femme leur sourit.

— En fait, nous pourrions être ennemis si vous vous approchez des objets démoniaques dont nous avons la garde. Les Amazones sont les gardiennes de la Terre, Ceux-qui-gardent sont les gardiens de l'eau et Ceux-qui-jugent les gardiens de l'air.

Cal ouvrit la bouche, mais la femme avait déjà repéré que c'était le petit malin du groupe.

— Il n'y a pas de gardiens du feu, précisa-t-elle avant qu'il ne pose la question.

Elle regarda attentivement Tara, car celle-ci avait tressailli lorsqu'elle avait évoqué les Gardiens. Sur le qui-vive, elle se planta devant la jeune fille.

— Vous avez déjà vu les Gardiens. Ne mentez pas, ici, c'est impossible. Comment avez-vous vu les Gardiens ? Vous êtes encore vivante, c'est tout aussi impossible !

Elle semblait bien aimer ce mot, impossible. Cal sourit, avec Tara. Cette femme arrogante et sûre d'elle allait vite apprendre qu'« impossible » n'était qu'un ensemble de sons qui ne s'appliquaient pas à Tara. Du tout.

— Oui, fit Tara à contrecœur, j'ai vu Ceux-qui-gardent et Ceux-qui-jugent dans le temple. C'est moi qui ai détruit le trône de Silur.

Cal rit silencieusement lorsque le visage de la femme vira carrément au vert et qu'elle recula.

— Une descendante ! dit-elle d'une voix étranglée, notant enfin la célèbre mèche blanche des héritiers de Demiderus. Vous êtes une descendante ! Mais qu'est-ce que vous faites ici ? Par les crocs cariés de Gélisor, mais je vous reconnais ! Vous êtes Tara Duncan, l'Impératrice *bis* !

Ah, ils étaient déjà au courant de cette histoire, ici ? Tara espérait de tout son cœur qu'ils n'avaient pas eu vent de la seconde partie, celle qui disait qu'elle était aussi la Reine Noire et qu'on devait l'arrêter vite fait. Mais la commandante avait d'autres soucis, apparemment.

Emplie de ce qui semblait être une sorte de morne désespoir, elle ajouta :

— Êtes-vous venue détruire les objets démoniaques, nous relever de notre service millénaire ?

Si elle n'avait pas entendu la note d'inquiétude dans la voix de la femme, Tara n'aurait pas répondu. Après tout, Amazone ou pas Amazone, elle non plus ne savait pas si cette femme était une amie ou une ennemie potentielle. Mais elle était angoissée, oh ! oui, et Tara devait savoir pourquoi. Elle opta donc pour la franchise.

— Non, pas du tout. Je suis ici pour empêcher qu'on les détruise.

— *Slurk !* murmura l'une des filles. Tu peux dire adieu à ta permission, Laura !

La brunette à ses côtés grimaça.

La femme se redressa si vite que Tara eut peur.

— OK, les filles, c'est le boss, alors on abandonne le camouflage. Section deux, hop, hop, section un, top !

Ce fut instantané. Les filles, qui étaient, quelques secondes auparavant, recouvertes de minuscules morceaux de peau de bête placés stratégiquement çà et là, se transformèrent en guerrières recouvertes de Kevlar antiballes, d'un équipement militaire complet, casques avec vision nocturne et mitrailleuses compris, tandis qu'un second cercle, vêtu de même, émergeait des herbes autour d'eux. La femme, visage de marbre, yeux glacés, cheveux gris tressés sur son armure verte zébrée de la même couleur que la plaine, dégrafa son casque, salua en plaquant son poing sur le cœur, exactement comme les armées omoisiennes, et hurla :

— COMMANDANT HEAGLE 5, SECTION NOIRE DE L'ARMÉE IMPÉRIALE D'OMOIS, AU RAPPORT, MADAME ! À VOS ORDRES, MADAME !

Stupéfaite, Tara n'arrivait pas à réagir. L'instant d'avant, ils étaient dans l'Antiquité avec des Amazones, des lances et des chevaux, et là, pouf ! en une seconde, elle avait l'armée de *Battlestar Galactica* au grand complet en face d'elle.

— Euh... fit-elle, qu'est-ce que...

— CAMOUFLAGE SELON INSTRUCTIONS, MADAME ! hurla de nouveau Heagle 5. FAIRE CROIRE AUX INTRUS QU'ILS ONT AFFAIRE À UNE UNITÉ SOUS-DÉVELOPPÉE, FAIBLE, SOUS-ARMÉE ET IGNORANTE, MADAME !

— Euh... glissa Cal, si tu pouvais dire à ton graox[1] de baisser un peu la voix, là, ça m'arrangerait.

---

1. Curieux animal d'AutreMonde, ressemblant à un gros cochon violet au groin aplati capable de se transformer en haut-parleur et possédant un énorme goitre qui lui sert de caisse de résonance. À la saison des amours, en kaillos, le graox pousse des hurlements assourdissants pour attirer les femelles, tellement violents qu'ils rendent sourds tous ceux qui se trouvent autour de lui. Il est la cause de la migration d'une grande partie des animaux d'AutreMonde pendant cette période du mois. Le reste du temps, il est totalement muet, invisible et discret. Les scientifiques pensent que les femelles se précipitent vers eux, non pas attirées par leurs cris, mais pour les faire taire...

— Oui, oui, répondit machinalement Tara qui avait un peu de mal à aligner deux pensées cohérentes. Pourriez-vous parler normalement, s'il vous plaît ? Et, euh... repos, commandante.

Immédiatement, Heagle 5 quitta sa pose rigide et demanda d'une voix normale :

— Permission de parler, madame ?

— Euh... oui.

— Nous avons des véhicules militaires. Les Transmitus longue distance sont malheureusement impossibles, mais avec nos herboglisseurs nous ne devrions pas mettre plus de quelques jours pour rejoindre la cible, madame !

— Formidable, fit faiblement Tara. Un herboglisseur, absolument, c'est tout à fait ce dont nous avons besoin.

La jeune fille ordonna à son armure de se dissiper, il y avait bien assez de gens protégés autour d'elle comme ça.

— Dites, commandante, osa Mourmur qui avait l'air complètement fasciné par la magnifique Amazone, pourquoi n'avez-vous pas répondu correctement à mon salut tout à l'heure ?

— Camouflage également, répondit gentiment la commandante. Nous faisons semblant de ne pas bien connaître les coutumes d'AutreMonde, jusqu'au moment où nous avons évalué le potentiel de danger. (Elle s'adressa de nouveau à Tara.) Et si je peux me permettre, Votre Majesté Impériale, pourquoi n'êtes-vous pas passée directement par la Faille afin d'accéder au temple où se trouvent les Objets ? Euh... nous sommes un peu loin de votre cible, ici.

— Oui, soupira Tara, c'est l'histoire de ma vie. Je veux aller quelque part et l'univers se ligue pour m'en empêcher.

La commandante plissa les yeux, mais ne commenta pas. Ce que venait de dire Tara était assez proche de la définition globale de la paranoïa – « L'univers est une arme et cette arme est braquée sur moi » – pour que la commandante soit légèrement mal à l'aise.

Comme Cal avait mentionné un petit déjeuner, en quelques minutes les Amazones avaient apporté de la viande, du fromage et des fruits, préparé les tables et disposé les couverts. Cal siffla doucement.

— Hé ! Pourquoi vous n'êtes pas venues plus tôt ? s'exclama-t-il. Ça aurait été bien pour ranger le campement, hier.

— Cal ! s'écria Moineau.

— Ben quoi ? T'as vu comment elles sont efficaces ! Et tout plein de « madame » et de « monsieur » ! J'aimerais bien quelques explications à ce sujet, d'ailleurs, fit-il en pivotant brusquement vers la commandante, qui s'était laissé prendre à son ton apparemment jovial.

— NOUS AVONS DES CONTACTS AVEC AUTREMONDE ET L'EXTÉRIEUR, ÉVIDEMMENT, MONSIEUR !

Cal se tritura l'oreille avec une grimace de douleur.

— Je vous en prie, commandante, je suis à dix centimètres de vous et je sens que mon tympan ne va pas résister. Oui, vu vos tenues, je m'en doute. Sauf que personne n'a jamais entendu parler de vous sur AutreMonde, que je suis un Voleur Patenté, que ma mère est une Voleuse Patentée et que nous sommes quand même censés être bien renseignés.

Le jeune homme plissa ses yeux d'argent et conclut :

— Or je n'ai aucune information, rien, *nada*, que dalle. Et ça, je trouve ça super louche.

La commandante prit une grande inspiration, mais Cal la menaça de son doigt.

— Douuuucement, commandante. On parle doucement. Et arrêtez de vous faire passer pour une espèce de… de groax hurlant, je vous ai vue en action, je ne suis pas débile.

La commandante hocha imperceptiblement la tête et se permit un demi-millimètre de sourire. Les gens d'Autre-Monde n'étaient pas si malins, d'habitude ils se laissaient avoir aussi bien par son personnage de sauvage Amazone que par celui de commandant obtus.

— Nous sommes la Section Noire, qui dépend des services secrets, indiqua-t-elle. Les bizuts font dix ans ici, avec une rotation tous les deux ans. Les Mintus sont appliqués dès que nous sortons. On nous met d'autres souvenirs qui nous sont réimplantés lorsque nous revenons. Les officiers, eux, font des rotations plus longues et leur service est plus long aussi. J'ai rempilé trois fois déjà, trois services de cinquante ans.

Cal haussa un sourcil noir.

— C'est long, dites-moi.

La commandante haussa les épaules.

— La bouffe est bonne et la paye est correcte. C'est un boulot comme un autre. Des tas de gens s'égarent ici, parfois volontairement, parfois non. C'est la raison pour laquelle l'Empire omoisien ne pouvait pas laisser l'Atlantide sans surveillance. Tout ceci est exclusivement payé par la cassette personnelle de l'Impératrice, sur les ordres du Très Haut Mage Demiderus. Afin que personne ne puisse faire pression, aucun autre pays n'est au courant. Tout le monde pense que les seuls Gardiens sont Ceux-qui-gardent et Ceux-qui-jugent et qu'ils sont trop étrangers pour être compris.

— Oh, je vois, fit pensivement Cal. C'est donc une sorte de... mise en scène ?

— Oui.

— Et vous avez réussi à garder le secret depuis cinq mille ans...

— Oui.

— Chapeau !

— Merci.

Tara, qui écoutait en dévorant un petit pain au chocolat, fourni, lui, par Cal, se dit soudain que, question caisse noire, les gouvernements avaient à apprendre d'Omois. Wow, cinq mille ans, quand même !

— Tara ! s'exclama Cal. Je n'arrive pas à le croire, tu ne vas pas pouvoir délivrer des tas de gens d'un horrible esclavage !

— Ha, ha ! très drôle.

La commandante ne broncha pas mais, dans son œil, on voyait qu'elle ne comprenait absolument pas ce dont Cal parlait.

— Depuis quand nous suivez-vous ? demanda Tara, tout de même surprise qu'elle ne l'ait pas reconnue.

— Nous vous avons repérés hier soir. Le terrain est grand ; nos équipes font des patrouilles régulières, mais pas assez, apparemment. Pardon de ne pas vous avoir immédiatement identifiée, Votre Majesté !

Tara grimaça. Elle se sentait très peu impériale, ce matin. Et comprenait que dans le noir, éclairée par le feu, vue de loin et les cheveux attachés, elle n'ait pas été si facile à reconnaître. Et ce matin, la commandante était trop occupée à jouer la comédie pour réaliser à qui elle parlait, d'autant que Mourmur était le premier à s'être avancé, les autres restant en retrait.

— Excusez-moi, demanda Fabrice, mais pourquoi votre... euh... unité, c'est ça ? ne comprend que des filles ?

La commandante le regarda comme s'il avait deux têtes.

— Aucune raison particulière. Il s'est trouvé que cette unité aimait bien travailler entre filles. Elles estiment que les garçons les distraient, c'est tout.

— Ha, ha ! s'amusa Cal. Mon vieux, tu imaginais déjà une sorte de sombre complot ?

Fabrice fit la grimace, mais ne dit rien. Effectivement, il s'était posé la question. Il oubliait tout le temps que les garçons n'étaient pas plus forts que les filles sur AutreMonde, puisque les gens y dépendaient plus de la magie que de la pure force physique. Aussi, lorsqu'il voyait une unité exclusivement composée de filles, eh bien, il s'inquiétait. Inutilement.

— Et comment s'appellent vos unités de garçons ? Pas les Amazones, quand même !

La commandante haussa un sourcil surpris.

— Mais si, c'est le nom de la Section Noire, cela ne désigne pas spécifiquement un garçon ou une fille, juste un membre de notre unité. Une Amazone.

— Mais c'est ça. « Une » Amazone, pas « un » Amazone. Masculin, vous voyez ?

Le pauvre garçon s'emmêlait les pinceaux dans ses explications. Mais la commandante saisit ce qu'il voulait dire.

— Oh, je comprends. Dans votre langue, vous faites la différence entre le masculin et le féminin. Ce n'est pas notre cas. Amazone est un mot neutre chez nous. Mais le Traductus doit traduire par « une ».

Le Traductus. Évidemment. Son héritage terrien venait encore de lui jouer un tour. Il regarda Fafnir avec sympathie. Plus le temps passait, moins il aimait la magie. Du coup, il en vint directement à la question la plus importante pour lui.

— Vous... vous avez plusieurs familiers, bégaya-t-il en désignant le tigre et les deux guépards au regard intelligent qui le surveillaient, derrière la commandante.

— Oui, et alors ?

— Je ne savais même pas que c'était possible.

— Cela ne l'était pas, répondit sobrement la commandante.

— Mais alors, comment ?

— OGM.

— Pardon ?

— OGM, organismes génétiquement modifiés. En plus d'être les gardiens de la Terre, nous sommes une armée d'élite. Nous avons été génétiquement modifiés. Nous sommes plus forts, plus rapides, plus agiles que les humains normaux, même sans magie. Mais notre point faible restait les familiers. Quand l'un d'entre eux mourait, cela nous anéantissait.

Elle remarqua le regard hanté de Fabrice.

— Vous avez vécu cela, n'est-ce pas ? Je reconnais ce regard.

Fabrice hocha sa tête blonde, ses yeux noirs brillants sous l'émotion.

— Oui, mon familier, Barune. Un mammouth bleu.

— Je suis désolée, murmura Heagle 5.

— Moi aussi, répliqua Fabrice, luttant contre l'autoapitoie-ment.

— Donc, pour pallier cet inconvénient, nous avons décidé d'essayer d'attacher plusieurs familiers aux soldats plutôt qu'un seul. En affaiblissant le lien de cette façon, il devenait possible de survivre si l'un d'eux mourait.

Elle caressa affectueusement la tête du tigre à son côté, qui bâilla en montrant d'impressionnants crocs blancs.

Puis elle prononça la plus inattendue des phrases.

— Voulez-vous l'un des miens ?

15

La grande migration

ou comment, lorsqu'un troupeau de mammouths
décide de passer là où vous campez,
il vaut mieux éviter les somnifères sous peine
de se retrouver réduit à l'état de crêpe...

Fabrice en resta sans voix, aussi interloqué que le magic-gang et Mourmur.

— Comment ? glapit le jeune Terrien blond.

Il se reprit, s'éclaircit la gorge et répéta, d'un ton plus grave :

— Comment ?

— Pour l'instant, ce programme est ultrasecret, ce qui fait que je ne peux pas remonter à la surface avec plusieurs familiers. Tigré est mon familier alpha, celui que je garde avec moi quand je remonte, et Plutô et Plutar sont mes guépards bêta. Je peux vous donner Plutar. Il en a un peu assez des patrouilles. (Elle se pencha vers Fabrice et parla plus bas.) Je le soupçonne d'être légèrement paresseux.

Fabrice en eut les larmes aux yeux. Émue, Fafnir lui tapota le dos. Elle avait perdu Belzébuth pendant quelques minutes et voyait très bien ce que cela représentait.

— Merci, finit-il par dire, la gorge serrée. C'est très généreux de votre part, mais non. J'ai trop souffert lorsque j'ai perdu Barune. Je ne veux pas recommencer.

— Comme vous voulez, répondit la commandante, indifférente. Bien, que désirez-vous que nous fassions maintenant ?

— Nous devons arriver le plus vite possible à la Porte de transfert, commandante, dit Tara d'une voix ferme. Pouvons-nous partir maintenant ?

La commandante opina et, en quelques minutes, tout était rangé et remballé. Ils montèrent sur les herboglisseurs qui flottaient un peu plus loin. Celles des Amazones qui restaient à cheval continuèrent leur patrouille, mais la commandante accompagna Tara et ses amis... juste histoire de vérifier qu'il n'arriverait rien de fâcheux à son Impératrice, fût-elle une Impératrice *bis*.

Tara se rongeait les sangs. La commandante n'était pas au courant de ce qui se passait exactement sur AutreMonde. Apparemment, Lisbeth n'avait pas encore informé Atlantide que Tara était *persona non grata*. Tara pouvait donc compter sur l'aide et le soutien de Heagle 5 jusqu'au moment où celle-ci s'apercevrait qu'elle ne devait pas accompagner l'Impératrice *bis*, mais la faire prisonnière. Tara émit un discret soupir. Le tout était que cela arrive le plus tard possible. Utiliser la magie ici était épuisant et la commandante disposait d'une sacrée puissance de feu.

Sans compter qu'ils avaient absolument besoin de ses herboglisseurs. Profilés comme des lames, munis de pare-brise qui se rabattaient dès que les appareils formidablement camouflés et zébrés de vert prenaient de la vitesse, ils flottaient au-dessus de l'océan d'herbe avec efficacité, dévorant les tatrolls.

— Cal a raison, fit remarquer Moineau en attachant ses longs cheveux bouclés, histoire qu'ils ne ressemblent pas à un nid d'oiseau à cause de la vitesse, le temps que les pare-brise les protègent. D'habitude, tu arrives, tu libères un peuple prisonnier et tu tues deux ou trois tyrans au passage. Ça me fait assez bizarre de n'avoir pas à me battre !

— Mais pas du tout ! protesta Tara. Quand est-ce que j'ai délivré un autre peuple que les loups-garous ? Et tu es bien placée pour savoir qu'on essayait surtout de sauver notre peau !

— Tss tss tss, fit Moineau, ses yeux noisette brillants de malice, tu as le syndrome de l'héroïne. Tu as délivré les gnomes, retenus en esclavage par le prince Bandiou ; tu as libéré les esclaves des mines des Salterens... au passage, tu as sauvé AutreMonde une demi-douzaine de fois, notamment lors de la tentative d'invasion des dragons – je ne parle même pas des loups-garous, où, là, tu as carrément libéré un continent entier. À présent, pour nous protéger des démons, tu es prête à risquer ta vie en combattant et pour ta famille et pour ta patrie. Afin d'accomplir ce qui te semble juste. Je maintiens, tu as le syndrome de l'héroïne.

Tara sourit à son amie et répliqua :

— Ah, mais toi aussi ! Avec Cal et les autres, vous m'accompagnez toujours dans ces histoires de fous qui vous font tout autant risquer votre vie. Pour Cal et Robin, je peux comprendre. Fafnir, il faudrait l'attacher pour l'empêcher de participer à une bonne bagarre. Mais toi, Moineau ? Tu n'es pas vraiment une combattante, ça ne t'ennuie pas d'être tout le temps en danger à cause de moi ?

— Ce n'est pas à cause de toi, répondit gravement Moineau, ce sont les circonstances. Des événements qui, tout à coup, te précipitent dans un énorme problème. Toi, tu fais comme les canards. Tu te contentes de surnager. Et nous, on suit.

— Attends, tu viens de me traiter de canard, là ?

— Oui, répondit bravement Moineau.

Elles se regardèrent et éclatèrent de rire. Cela faisait un moment qu'elles n'avaient pas pu passer de temps ensemble, avec l'empoisonnement de Tara et tous les « événements », comme disait Moineau. Cela leur fit du bien de pouvoir rire et discuter comme ça.

Le soir, ils campèrent comme les autres jours et découvrirent avec joie que la commandante avait une excellente cuisinière. Après le repas, détendus, ils devisèrent autour du feu. La commandante leur décrivit leur étrange environnement. La plaine n'était pas uniquement une plaine. S'il n'y avait pas de montagne, bien évidemment, vu la faible hauteur sous plafond en quelque sorte, il y avait des forêts immenses, quelques collines et plusieurs climats en fonction de l'endroit où l'on se trouvait, comme si Demiderus avait voulu varier.

Toute la faune et la flore étaient terriennes à l'origine. Plus tard, certaines modifications génétiques avaient été opérées, mais elles étaient minimes. Tara fut rassurée d'apprendre qu'il n'y avait ni blurps, ni taormis, ni saccats, ni vrrirs, ni draco-tyrannosaures, ni krakdents, ni chatrix, bref, aucun des monstres voraces d'AutreMonde.

— Pourtant, je n'ai pas vu d'animaux, fit soudain remarquer Fabrice dont le loup se serait bien mis un lapin sous la dent. Enfin, à part ceux qui sont vos familiers, bien sûr.

Il jeta un regard plein d'envie vers le tigre et les guépards de la commandante.

Heagle 5 prit un air amusé. C'est-à-dire que ses commissures se relevèrent d'au moins un demi-millimètre, l'équivalent d'un franc sourire pour elle. Elle désigna son tigre de la main et dit :

— Lancez-lui un sort.

— Pardon ?

— Mon familier, Tigré, lancez-lui un sort, un Assommus, n'importe quoi, ça n'a pas d'importance.

Fabrice fit la grimace. Il avait vu à quel point la magie rendait malade et n'avait pas spécialement envie de rendre son repas devant toutes ces filles.

— Allez-y, vous ne risquez rien. Le sort ne vous rendra pas malade. Demiderus a veillé quand même à ce que nous puissions nous protéger des animaux… et les animaux de nous.

Fabrice grogna, puis obéit. Il lança un prudent Paralysus sur le tigre, qui bâilla en dévoilant de formidables crocs blancs.

Le sort fusa, toucha le tigre et… rebondit vers le ciel ! L'espace d'un instant, ils virent une lueur bleutée autour du corps de l'animal. Qui se coucha tranquillement, pas plus perturbé que ça.

Fabrice regarda sa main avec surprise. Il savait sa magie souvent défaillante, mais pas à ce point.

— Ne vous inquiétez pas, expliqua Heagle 5, amusée. Demiderus trouvait qu'il était injuste que les sortceliers puissent attraper les animaux avec de la magie. Alors, afin d'équilibrer les chances, il a décidé de les protéger. Nous pouvons les traquer exclusivement avec des moyens physiques. Évidemment, Demiderus, tout intelligent qu'il était, ne pouvait imaginer l'évolution des armes de guerre. Nous n'avons pas besoin de la magie, en réalité. Mais, par respect pour votre ancêtre qui nous a tous sauvés, nous évitons de nous en servir, sauf pour nous défendre.

— Mais ce que je ne comprends pas, insista Fabrice, perturbé, c'est que je ne sens aucun animal. Mon flair de loup-garou est bien plus aiguisé que mon flair humain et là, pourtant, rien. Ce n'est pas normal.

— Les animaux d'ici ont appris à devenir malins. Nos familiers sont plus intelligents, plus rapides, plus efficaces que les prédateurs habituels, alors ils ont développé de très bons camouflages. Ils sont difficiles à détecter, aussi bien par leur odeur que par leurs couleurs ou leur activité. Mais il y a des tas d'animaux, vous pouvez me croire. Et même de très, très gros.

Fabrice haussa les épaules, peu convaincu. Il avait essayé de le faire comprendre à la commandante, mais elle ne saisissait pas à quel point son flair était bien meilleur que celui des humains, et parfois même que celui des animaux, parce que son cerveau humain lui permettait de mieux analyser ce qu'il ressentait. Et là, il était sûr qu'il n'y avait pas d'ani...

Il sursauta. Juste devant lui, il venait de voir passer une sorte de... quelque chose. Qui avait des poils.

— Excusez-moi, fit-il à la commandante.

Avant qu'elle n'ait le temps de réagir, il se transforma en loup et bondit.

— Attendez ! cria-t-elle.

Mais Fabrice l'ignora, tout à sa traque. Le plus surprenant, c'était qu'effectivement il n'y avait pas d'odeur. Enfin, très peu. Quelque chose de si subtil qu'il aurait pu passer sur la piste dix fois sans s'en rendre compte. Nez au sol, il reniflait comme un fou pour ne pas perdre la trace du truc qu'il pistait et dont il était bien incapable de déterminer la nature.

C'est la raison pour laquelle il ne vit pas le piège.

Ce fut également la raison pour laquelle il tomba dedans.

Le fond du piège était tapissé de pointes mortelles. Fabrice aurait été un animal, ou même un humain, il serait mort transpercé. En fait, il fut transpercé, mais tuer un loup-garou sans utiliser d'argent, seul métal qui brûle leurs cellules, n'est pas si facile.

Sauf que les pieux restèrent en place et que les organes ne pouvaient se régénérer tant que les pièces de bois traversaient le corps de l'adolescent. La douleur fut inhumaine.

Fabrice hurla. Il se transforma à moitié, parce que ses pattes de loup n'arrivaient pas à attraper les pieux glissants de sang qui l'avaient épinglé comme un papillon.

Une voix cria son nom et, à moitié fou de douleur, il hurla en retour, incapable d'articuler. Moineau arriva la première. Elle s'était transformée dès que ses oreilles ultrasensibles avaient détecté le cri de Fabrice.

Dans le noir, il n'était pas facile de voir ce qui se passait, mais Moineau sentait très bien l'odeur du sang.

De beaucoup de sang. Elle allait sauter en bas de la fosse, ne réalisant pas qu'il y avait tellement de pieux qu'elle allait être blessée elle aussi, lorsqu'une tête blanche apparut à côté d'elle. Afin d'aller plus vite, Tara s'était elle aussi transformée en loup blanc, son autre forme vampyresque. Et elle, grâce à sa vision nyctalope, vit très bien les pieux acérés.

Elle attrapa la patte de Moineau dans sa gueule, l'empêchant de sauter. Moineau loucha sur les crocs blancs et n'essaya pas de se dégager. Tara la lâcha et se retransforma vite fait.

— Attends, fit-elle, il est complètement entouré de pieux, tu vas te faire mal. Laisse-moi faire.

Elle incanta et sa magie se glissa sous Fabrice, sectionna net les pieux sous lui, puis le remonta jusqu'à elles.

Tara le posa délicatement devant Moineau, puis se retourna pour vomir tout ce qu'elle avait mangé.

Moineau ne fit pas dans la dentelle. Elle savait qu'en retirant les pieux, elle allait causer une douleur atroce à Fabrice, et elle avait besoin d'être en pleine forme pour lui administrer un puissant Reparus, donc hors de question d'incanter un Assommus. Il n'y avait qu'une seule solution. Elle ferma la main, rentrant ses griffes tranchantes en un poing solide.

Puis elle l'assomma d'un direct sans appel.

Cal et les autres arrivèrent juste à ce moment.

— Wow ! fit Cal en voyant Moineau frapper Fabrice et ce dernier s'affaler. Qu'est-ce qu'il a encore f...

Sa phrase s'étrangla dans sa gorge lorsqu'il vit les pieux et le sang.

— Par tous les dieux d'AutreMonde ! jura-t-il. Mais qu'est-ce qui s'est passé ?

Moineau ne répondit pas. Elle attrapa l'un des pieux, inquiète parce que la chair trop régénérative de Fabrice était déjà en train de se refermer dessus, empêchant une bonne cicatrisation, puis tira d'un coup sec, de toute sa force de Bête. Le pieu glissa et Fabrice, bien qu'inconscient, gémit de douleur. Très vite, les herboglisseurs arrivèrent et pointèrent leurs projecteurs sur la jeune fille et le loup-garou, illuminant la scène pour l'aider. Moineau remercia d'un geste de la tête, trop occupée pour leur parler. Les Gardiennes, très intéressées, se placèrent en cercle, attentives.

Quatre pieux avaient touché Fabrice, et Moineau mit quelques minutes pour arriver à les retirer tous. Une fois cela fait, elle allongea Fabrice et, avec un claquement sec qui leur retourna le cœur, remit l'épaule disloquée, recassa l'une des jambes qui était en train de guérir de travers et la redressa. Enfin, elle lança un puissant Reparus et, à son tour, fila vomir dans le noir.

Impavides, les Gardiennes commentaient.

— T'as vu ? Je n'avais jamais rencontré de loup-garou, depuis qu'ils ont été libérés. Ils ont l'air drôlement puissants.

— Plus que nous, en tout cas. Si l'une d'entre nous était tombée dans ce piège, elle serait morte !

— Nous avons une excellente chaman, si vous avez besoin d'aide, indiqua Heagle 5.

Moineau revint à ce moment, suivie par sa panthère qui n'avait pas l'air très bien non plus, et elle hocha la tête négativement.

— Son métabolisme va entrer en action. Il n'a besoin que de repos, d'eau et de viande pour se remettre. Mais il a été gravement blessé, Tara. Je suis désolée, il va lui falloir au moins deux jours pour se remettre.

Tara regarda le corps inconscient de Fabrice et se mordit la lèvre. Une fois de plus, un de ses amis avait été blessé à cause d'elle. Elle se sentait encore plus coupable, parce que Fabrice avait justement quitté AutreMonde à cause de cela. Galant la poussa du chanfrein afin de la consoler, alors que, incapable de répondre à Moineau sans se sentir mal, elle s'éloignait un peu, le cœur au bord des lèvres.

— Ce n'est pas ta faute, fit Fafnir, qui, avec une sensibilité inattendue chez la naine rugueuse, voyait bien que Tara était triste et l'avait suivie. Il n'avait qu'à faire attention où il mettait ses pattes. Et puis, nous savons tous ce que nous faisons, Tara, lorsque nous te suivons. Arrête d'essayer d'agir seule. Je te vois déjà, tu es en train de réfléchir à comment t'en aller sans nous, n'est-ce pas ?

Tara sursauta, puis s'accroupit pour être à la hauteur de sa rousse amie.

— Tu t'améliores drôlement en télépathie, dis donc ! Oui, tu as raison, c'était exactement ce que j'étais en train de penser. Tu crois que j'ai tort ?

— Nous sommes une équipe, Tara, répondit tranquillement Fafnir. Nous avons déjoué des tas de pièges ensemble. Je n'ai jamais réussi à comprendre pourquoi tu voulais absolument prendre le poids du monde sur tes épaules. Laisse-nous en prendre un peu aussi, les épaules des nains sont solides !

Tara sourit et respira de nouveau.

— Merci, Fafnir.

— Je t'en prie. Et puis, il n'y a aucune raison que ce soit tout le temps les mêmes qui profitent des plus belles bagarres !

Tara lui jeta un regard amusé. Fafnir reprit, après avoir ajusté ses deux haches et remis Bel sur son épaule :

— Donc, nous allons rester ici pendant deux jours en attendant Fabrice, n'est-ce pas ?

— Oui, répondit Tara après avoir hésité un moment. Sauf s'il préfère que nous partions sans lui, nous l'attendrons.

— Bien, Bel et moi, on va aller voir d'un peu plus près l'armement de ces Amazones.

Tara laissa Fafnir et se dirigea vers Fabrice. À quelques dizaines de mètres du piège, suffisamment loin pour que personne ne risque de tomber dedans par inadvertance, Cal avait préparé une tente avec un lit confortable et tout ce qu'il fallait pour soigner le blessé. Le jeune homme blond était toujours inconscient. Il avait repris sa forme humaine complète quand il s'était évanoui, heureusement, sinon Moineau aurait eu beaucoup plus de mal à le soigner. Elle était au chevet de Fabrice, avec Cal, et ils le regardaient avec inquiétude.

— Comment va-t-il ? demanda Tara.

— Il a perdu beaucoup de sang. Je lui ai fait une transfusion, mais son corps de loup-garou l'a rejetée. Nous l'avons perfusé (elle désigna les cristaux qui constellaient l'un des bras de Fabrice) d'hydroxyéthylamidon et ça, ça va, il ne le rejette pas, heureusement.

Devant le regard vitreux de Tara et de Cal, elle précisa :

— C'est ce qu'on donne en cas d'état de choc et de grave défaillance circulatoire. Cela va l'aider. Leur chaman est passée, mais comme, contrairement à moi, elle ne connaît pas le métabolisme des loups-garous, elle a préféré me laisser faire.

Elle soupira, frottant son front d'une main lasse.

— Maintenant, il ne nous reste plus qu'à attendre.

Elle fixa soudain son regard noisette sur Tara et ajouta d'un ton sévère :

— Et pas question que tu en profites pour jouer au cavalier solitaire, sous prétexte que Fabrice aurait dû être plus prudent. Il n'a pas été blessé à cause de toi, donc interdiction de t'enfuir comme tu le fais d'habitude. De toute façon, Cal est chargé de te surveiller.

— Ouais, on a pronostiqué que tu allais te transformer en loup, histoire de ne pas embarquer les Amazones non plus, et que tu allais galoper jusqu'à la porte sans nous. N'essaie même pas.

Tara se mordit la lèvre : c'était exactement ce qu'elle avait envisagé de faire, avant de réaliser que voler un herboglisseur allait quand même lui permettre d'aller nettement plus vite qu'à quatre pattes. Elle leva le menton et lâcha un dédaigneux :

— Si j'avais eu l'intention de partir, je serais déjà loin. Et pardon, Cal, mais pour un Voleur, je trouve curieux que tu n'envisages même pas que je puisse « emprunter » un herboglisseur à notre escorte (elle désigna Galant miniaturisé sur son épaule) ou tout simplement m'envoler sur le dos de Galant, qui va presque aussi vite que les machines !

Devant le visage surpris des deux, elle ajouta perfidement :

— D'ailleurs, Fafnir est venue me voir et elle m'a fait la même réflexion, ce qu'entre nous je trouve assez désagréable, pour être franche.

Elle n'ajouta rien, parce que le sort de vérité risquait de lui faire avouer que c'était son plan initial.

— Ah, parce que ce n'était pas ce que tu avais en tête, peut-être ? lança Cal qui connaissait un peu trop bien Tara à son goût.

Et *slurk* !

Elle lâcha un « pffff » peu compromettant et ressortit de la tente sans commentaire. Mais elle souriait. L'affection de ses amis lui faisait chaud au cœur. Puis son sourire se fana. C'était quand même cette affection qui les mettait dans de si grands dangers.

Elle trouva Robin dehors, en grande discussion avec Heagle 5. Le demi-elfe s'inquiétait de la présence de ces pièges. Tara, qui croyait que les Amazones en étaient les créatrices, fut surprise par la réponse de la femme imposante.

— Ce sont nos rebelles, fit-elle avec amertume. Les descendants des déserteurs de l'armée. Il y a cinq mille ans, ils ont fui la guerre avec les démons. Ils refusent tout contact avec AutreMonde et estiment qu'ils ne doivent rien à personne. Ils vivent comme des sauvages au milieu des plaines, cultivent leurs plantes et chassent. Leurs ancêtres avaient été traumatisés par les guerres contre les démons et leur ont instillé une peur panique de l'extérieur. Ils se sont fondus dans cette plaine et nous considèrent comme des intrus.

— Vous voulez dire qu'ils s'attaquent à vous ? demanda Robin, encore plus inquiet.

— Oh, non, pas du tout, le rassura tout de suite Heagle 5. Ils sont enquiquinants, mais ces pièges ne nous sont pas destinés. Ils sont là pour la grande migration.

— La grande migration ?

— Oui, tous les six mois, les mammouths migrent d'un endroit à l'autre de la plaine. Ces pièges sont destinés aux plus jeunes d'entre eux, parce qu'ils sont trop petits pour que les gros mammouths tombent dedans. Les rebelles utilisent leur chair et l'ivoire de leurs défenses, car même les bébés mammouths ont de petites défenses. Et, parfois, ils capturent un tigre à dents de sabre, alors ils peuvent utiliser sa peau, ses dents et ses griffes.

Tara déglutit.

— Vous... vous voulez dire qu'il y a des tigres à dents de sabre ici ? Mais nous pensions qu'il n'y avait pas d'animaux dangereux !

Heagle 5 la regarda avec gentillesse.

— D'où croyez-vous que viennent nos animaux ? Ils ont été modifiés génétiquement, certes, mais viennent d'ici, bien sûr !

Tara jeta un regard nerveux autour d'elle. Sensible à son angoisse, la changeline lui créa immédiatement une armure complète. Tara vacilla sous le poids, soupira, puis murmura à l'étrange entité qui lui servait de garde du corps paranoïaque :

— Euh... non, changeline, ce n'est pas utile. Mais si je pouvais avoir une épée et deux ou trois couteaux, ce serait bien.

La changeline obéit à contrecœur. Heagle 5 et Robin, un peu surpris, virent réapparaître Tara. Heagle nota la présence de l'épée, mais ne fit aucune remarque, pas plus que sur les deux dagues dont les poignées dépassaient de ses épaules. Tara lui en sut gré. Elle n'était pas une fantastique épéiste, vu qu'elle ne s'entraînait que depuis trois ans, mais suffisamment pour pouvoir se défendre contre un tigre à dents de sabre.

Enfin, elle l'espérait.

— En dehors des tigres, chevrota-t-elle, y a-t-il d'autres bestioles dont nous devrions nous méfier ?

— Nous avons dû, à regret, éliminer les dinosaures les plus agressifs, répondit la commandante. Tous les animaux qui se trouvent sur l'Atlantide sont issus de capital génétique terrien. Soyez prudents et tout se passera bien. Ils ont assimilé depuis longtemps que s'attaquer à nous était mortel. Ils ne nous considèrent donc pas comme des proies, plutôt comme de dangereux prédateurs. Enfin, à part quelques félins pas assez malins pour comprendre.

— D'accord. Merci, commandante. Nous allons être prudents, surtout avec ces pièges. Comment faites-vous pour ne pas tomber dedans ?

— Nous nous déplaçons beaucoup sur les herboglisseurs et, pour les éclaireuses à pied ou à cheval, les rebelles nous fournissent des cartes de leurs pièges. Jusqu'à présent, personne n'était jamais tombé dedans. J'ai bien essayé de prévenir votre ami, mais il est parti trop vite. C'est aussi la raison pour laquelle, lorsque nous vous avons repérés, nous sommes intervenus rapidement, afin de vous éloigner des pièges. Nous ne voulions pas que vous risquiez d'être blessés. Je suis vraiment désolée pour le jeune sortcelier. Et très impressionnée par sa résistance. J'ai vu son abdomen, il était transpercé de partout et pourtant la chair se refermait à une vitesse sidérante.

— Oui, confirma Tara, les loups-garous sont un peuple très résistant.

— Hum, fit la commandante, soudain pensive. Dites-moi, Votre Majesté Impériale, en tant qu'Impératrice *bis*, vous avez toute autorité sur nous, n'est-ce pas ?

Tara se raidit, méfiante. Où la commandante voulait-elle en venir ?

— D'une certaine façon, oui, pourquoi ?

— Si je demandais à ce que les volontaires de la Section Noire se fassent mordre afin de devenir des loups-garous et d'être ainsi bien plus résistants et plus rapides, accepteriez-vous ?

Tara écarquilla les yeux. Ehhh, mais elle ne voulait pas du tout avoir à prendre ce genre de décision !

— Vous ne savez pas dans quoi vous allez vous engager, commandante, répondit-elle. Devenir loup-garou n'est pas si simple. De plus, techniquement, cela vous inféode à la Meute, celle du Continent Interdit, ce qui serait en opposition avec votre allégeance à Omois.

— Ah, oui…, fit pensivement la commandante. Et pourquoi donc ? Je suis citoyenne d'Omois, je n'ai pas à obéir à quelque meute que ce soit. Je crée ma propre meute, non ?

Tara grimaça.

— Attendez de rencontrer T'eal, et vous verrez ce que c'est qu'un vrai loup dominant. Si vous étiez des loups-garous, vous vous soumettriez à sa loi en une seconde. C'est un mâle alpha, vous ne pourrez tout simplement pas résister.

— Alors, je parlerai à ce T'eal avant d'être transformée, histoire de voir exactement ce qu'il exigera. Si je constate que cela ne nuit en rien à ma… à notre mission, alors, je demanderai officiellement à devenir loup-garou.

— Ce serait une grande perte pour nous, intervint galamment Mourmur, qui trouvait décidément cette commandante très à son goût. Parce que flirter avec un loup-garou n'est pas exactement dans mes projets, alors que flirter avec vous, ma chère dame Heagle, serait un pur moment de délice.

La commandante en perdit la parole. Bon, pour être franc, Tara aussi. Elle n'arrivait pas à croire ce qu'elle venait d'entendre. Surtout après avoir vu Mourmur pleurer devant le fantôme d'Hadra quelques heures plus tôt.

Robin, lui, avait l'air franchement amusé. Ah, ces demi-elfes !

— Vous…, coassa la commandante, qui se reprit fermement. Vous voulez flirter avec moi ?

— Vous faire la cour, oui. Hadra, ma chère femme, a raison. Je suis veuf depuis trop longtemps, vous êtes une femme magnifique et je suis sûr que mes petits gadgets vont beaucoup amuser la guerrière que vous êtes. En fait, vous me rappelez beaucoup ma première femme. Qui était soldate elle aussi.

Il s'était remis super vite de sa rencontre avec le fantôme de sa femme !

— Maismaismais, balbutia la commandante, déconcertée par l'étrange Mourmur, je suis bien trop vieille pour ces histoires-là !

Mourmur cligna d'un œil coquin.

— Ah, ma dame, il n'y a pas d'âge pour l'amour, croyez-moi !

Tara décida qu'elle ne voulait absolument pas entendre ce que Mourmur avait à dire à la commandante et fila voir comment se portait Fabrice. Robin la suivit, trop mort de rire pour émettre le moindre commentaire.

Lorsqu'ils arrivèrent sous la tente, Fabrice était conscient. L'œil un peu vitreux, mais capable de jurer parce que le processus de cicatrisation était pour le moins douloureux.

Tara se précipita pour l'étreindre, attentive à ne pas lui faire mal.

— Comment te sens-tu, Fabrice ?

— Comme si un trente tonnes m'était tombé dessus. Qu'est-ce qui s'est passé ? Je courais après quelque chose, je suis tombé et… je ne me souviens pas du reste.

— L'esprit de ton loup a dû prendre la relève lorsque tu as été si grièvement blessé, afin d'atténuer la douleur, expliqua Tara à Fabrice et à Moineau qui le surveillait assise dans un fauteuil confortable, sa panthère à ses pieds. Tu es tombé dans un piège à mammouth, préparé par des rebelles, anciens déserteurs de l'armée d'Omois. Apparemment, les Omoisiens les laissent tranquilles, mais ils posent des pièges pour survivre et se nourrir. Malheureusement, tu es passé pile au-dessus de l'un d'entre eux.

— Ils sont très bons, grommela Fabrice, parce que, avant de tomber, mon nez de loup n'a senti absolument aucune odeur. Je me suis bien fait avoir ! Et ils chassent des mammouths, tu veux dire des mammouths comme Barune, mon familier mort ?

— Non, répondit Tara qui regretta d'avoir été aussi prolixe. Des mammouths terriens, pas des mammouths bleus. Rien à voir avec Barune.

Fabrice voulut se redresser, mais le mouvement était trop douloureux pour ses abdominaux meurtris et il renonça avec une grimace de douleur. Ses grands yeux noirs aux longs cils, qui faisaient craquer les filles, étaient hantés par le chagrin et la souffrance. Voir ces Amazones avec tous ces familiers, c'était un peu trop pour lui. Et maintenant, il apprenait qu'il avait failli être tué par un piège à mammouth !

— Même sur Terre, remarqua-t-il quand la vague de douleur se fut un peu dissipée, le danger est partout ! Je me demande bien pourquoi j'ai demandé à devenir gardien de la porte !

— Oui, moi aussi, confirma Moineau. Le danger va avec ta condition de sortcelier, pas avec l'endroit où tu te trouves !

— Disons plutôt que le danger se trouve à l'endroit où est Tara, fit honnêtement Robin. Depuis que je la connais, j'ai vécu bien plus d'aventures que de toute ma vie auparavant ! Et je pense que la majorité des sortceliers vit très, très longtemps sans jamais renverser de gouvernements ni tuer de dragons !

Tara lui jeta un regard glacial. Là, si le demi-elfe pouvait se taire pendant que Moineau et Fabrice étaient peut-être en train de faire la paix, ce serait bien. Mais Robin ne la regardait pas, trop occupé à saper le moral de Fabrice.

— Tu as raison, souffla Fabrice. Mais c'est ma meilleure amie. On n'abandonne pas sa meilleure amie juste parce que c'est une catastrophe ambulante !

Il faisait de l'humour, c'était bon signe. Moineau leur indiqua la porte de la tête. Parler faisait mal à Fabrice et elle voulait qu'il se repose. Surtout que, contrairement à ce que l'on pouvait penser, le roulis des herboglisseurs pouvait très vite devenir désagréable. Fabrice devait absolument être en meilleure forme s'il voulait être capable de voyager deux jours plus tard.

Ils établirent le nouveau campement autour de la tente de Fabrice. Les Amazones étaient bien entraînées et rapides, ce fut déplacé et remonté en deux temps trois mouvements. Ils avaient déjà mangé quelques instants auparavant, ils se réunirent donc autour du feu avec du kax, du café, du thé ou du chocolat afin de terminer leur repas mouvementé. Fabrice, lui, dut se contenter de sa perfusion. Sans regrets, car il n'avait envie que d'une seule chose : dormir afin d'échapper à la douleur.

Tara remarqua que Mourmur se tenait à côté de la commandante. Très près, en réalité. Et il la faisait rire. Sa mère disait souvent que le meilleur moyen pour un homme de séduire une femme était de la faire rire.

Hum, cela ne marchait pas si bien que cela, parce que Cal était vraiment drôle et qu'il n'avait pas réussi à faire tomber Eleanora amoureuse. Bon, cela dit, la jeune fille était totalement obsédée par sa vengeance, au point de ne pas voir l'amour fou de Cal.

L'espace d'un instant, Tara se demanda si Magister n'était pas devenu son obsession à elle, l'empêchant de vivre sa vie normalement.

Puis elle se souvint que, contrairement à Eleanora, elle ne cherchait pas les ennuis, mais que les ennuis, eux, souvent matérialisés sous forme de plan machiavélique, la cherchaient sans l'ombre d'un doute. Elle soupira. La changeline lui brossa les cheveux et son T-shirt en cotte de mailles se transforma en matière agréable qui ondula dans son dos afin de masser ses muscles douloureux. Elle poussa un soupir de bien-être. La magie, cela pouvait être assez satisfaisant, quand même.

Moineau sortit de la tente et se joignit au reste du magic-gang.

— Cela ne t'ennuie pas trop qu'on soit obligés d'attendre ? demanda la jeune fille aux yeux noisette. Parce qu'il ne sera pas capable de voyager demain, c'est sûr. Et, après-demain, ce sera encore douloureux, à mon avis. J'aurais bien injecté un sédatif pour le transporter facilement, mais son maudit métabolisme de loup neutralise les somnifères.

— Je ne suis pas partie. Je ne partirai pas sans vous. Magister a réussi à plusieurs reprises à me faire croire que c'était entre lui et moi. Mais il n'est pas seul, loin de là. Il est entouré de ses troupes et il a son maudit Chasseur, la vampyr Selenba. Je ne dois pas oublier que, grâce à vous, moi non plus je ne suis pas seule. Vous représentez une énorme puissance de frappe, de défense et d'attaque. Ensemble, nous avons sauvé nos mondes à plusieurs reprises. Je peux attendre deux jours. Et lui aussi, quoi qu'il soit en train de faire.

Ses amis lui sourirent. Surtout Fafnir, qui trouvait que, pour l'instant, cette aventure manquait furieusement d'action.

Soudain, sans savoir pourquoi, Tara posa une question très personnelle à Moineau. Si personnelle que la jeune fille elle-même fut surprise qu'elle sorte de sa bouche.

— Alors, qu'est-ce que tu vas faire ? Je veux dire, pour vous deux, Fabrice et toi ?

Moineau la regarda, tout aussi étonnée, puis soupira, contrainte par le sort de vérité.

— Je ne sais pas. Je ne sais plus. Il déteste et la magie et AutreMonde, or je suis AutreMondienne et sortcelière. Il dit qu'il m'aime et qu'il ne peut vivre sans moi, et il part s'installer sur Terre loin de moi. Il est plein de contradictions. Il nous a déjà trahis une fois, avec Magister. Le souci, c'est que je l'aime. Mais que je ne lui fais plus confiance.

Tara baissa les yeux. C'était exactement ce qu'elle ressentait pour Robin. Elle non plus n'avait plus confiance. Même si, contrairement à Fabrice, Robin avait des circonstances atténuantes.

Robin réagit comme si on l'avait frappé.

— Tu n'as plus confiance en lui, insista-t-il d'une voix douloureuse. Quelle est la solution dans un cas comme celui-ci ?

Moineau attendit si longtemps pour répondre qu'ils crurent qu'elle ne le ferait pas. Mais en fait, elle réfléchissait.

— Aimer quelqu'un, c'est vouloir le rendre heureux. On ne blesse pas les gens qu'on aime, jamais. Mon père aime ma mère depuis trente ans et jamais, à aucun moment, il ne l'a blessée. Fabrice n'arrête pas de me blesser. Cela me rend malheureuse, il faut que cela cesse. Je vais rompre. Dès qu'il ira mieux.

Elle avait les larmes aux yeux en disant cela, et Tara aussi. Parce que c'était exactement ce qu'elle avait l'intention de faire avec Robin. Il l'avait heurtée en la rejetant à cause du sort, puis avec cette démone. Elle ne pouvait pas continuer à être amoureuse d'un garçon qui la blessait. Moineau avait raison. La Reine Noire en était la preuve. Au fond d'elle-même, elle savait déjà.

Mais elle n'allait pas le faire maintenant. Pas devant ses amis. Parce que cela allait être douloureux. Terrible. Pour elle comme pour Robin.

Cal et Fafnir restaient silencieux. Puis Fafnir ne put se retenir.

— Nous n'avons pas ce genre de problème chez les nains. Si un nain ne respecte pas l'Élue de son Cœur, celle-ci lui fait entendre raison à coups de hache ou de massue sur le crâne. À partir d'une certaine dose de douleur, on devient très raisonnable, vous savez !

Moineau ne put s'empêcher de rire, Tara et Cal aussi, tandis que Robin, lui, sentait que Tara était en train de prendre la mauvaise décision et n'avait pas du tout envie de rire.

Ils discutèrent pendant un petit moment encore, entourant Moineau de leur affection, puis allèrent se coucher. Comme ils n'avaient pas besoin de tours de garde parce que les Amazones avaient dédaigné leurs propositions, Robin ne trouva aucune occasion de parler avec Tara et n'osa pas aller dans sa tente.

Il se sentait glacé et angoissé. Il savait qu'il avait mal agi, deux fois. Il savait qu'il avait terriblement blessé Tara. Mais les deux fois, c'était sa nature d'elfe qui avait réagi, pas son côté humain. Il comprenait à présent pourquoi Lisbeth ne voulait pas de lui comme prétendant. Les elfes et les humains, c'était compliqué. Et, pour la première fois, il mesura à quel point il avait dû être dur pour son père et pour sa mère de s'aimer et de rester ensemble, d'autant que Tandilus, son père, était cent pour cent elfe, contrairement à lui.

Il n'était pas assez elfe pour les elfes et pas assez humain pour les humains.

La seule qui l'avait accepté, qui l'avait sauvé, alors qu'elle avait eu pour mission de le tuer, sur ordre de la reine des elfes, c'était V'ala.

Elle était agaçante, elle était impulsive et dangereuse, elle était... une elfe parfaite. Il fronça les sourcils. Mais pourquoi pensait-il constamment à V'ala depuis quelque temps ?

Le lendemain matin, Fabrice avait bien meilleure mine. Moineau avait pu débrancher l'intraveineuse. Il dévora un énorme tas de viande rouge, à s'en rendre malade... enfin, encore plus malade, et, dans l'après-midi, annonça qu'il se sentait bien mieux et allait pouvoir voyager sans problème le lendemain. Enfin, à condition de pouvoir dormir afin de digérer ce qu'il avait avalé.

Pendant qu'il se reposait, Cal avait décidé d'entraîner Tara, et la jeune fille avait l'impression qu'il avait tordu et meurtri le moindre de ses muscles. Mais elle savait qu'elle en avait besoin, d'autant que son lancer de couteau menaçait nettement plus son entourage que sa cible. Cal apprécia particulièrement le corps à corps, où, en revanche, les leçons de l'Imperator produisirent leurs fruits car elle parvint à le mettre à terre à plusieurs reprises.

Ce fut à ce moment qu'ils réalisèrent tous les deux que, comme avec Robin, dont elle avait effacé les caractéristiques humaines, la Reine Noire avait fait grandir Cal. D'au moins sept à huit centimètres. Il n'y avait pas fait attention, parce qu'il avait automatiquement compensé et que ses vêtements s'adaptaient sur lui. Mais, en se battant avec Tara, il se rendit compte qu'il pouvait presque la regarder dans les yeux, alors que, quelques semaines auparavant, il était nettement plus petit. Enfin, ou c'était la Reine Noire, ou alors, il avait grandi lors de leur séjour dans les Limbes. Du coup, il réalisa qu'il allait devoir modifier sa technique de combat, car Tara parvenait à le toucher alors qu'avec une taille plus petite, il pouvait passer sous ses coups. Rapidement il retrouva son niveau et Tara... se retrouva, elle, le nez dans l'herbe.

Très intéressées par les techniques des Voleurs, les Amazones firent rapidement le cercle autour d'eux. Plusieurs d'entre elles proposèrent d'affronter le petit Voleur... et le regrettèrent très vite. Cal n'avait rien d'indulgent lorsqu'il se battait. Son but était de neutraliser son adversaire vite fait, bien fait, pas de sauter autour en poussant des cris rauques. Ses feintes étaient fulgurantes, tout comme ses frappes. Et il se fichait bien d'affronter des filles. Un adversaire était un adversaire, point. La jolie archère qui s'était plainte de devoir les tenir en joue trop longtemps, une certaine Sylvine, parvint à le prendre en traître et, le soir même, autour du feu, Tara surprit leurs têtes brunes penchées l'une vers l'autre, en grande conversation. Elle sourit. Cal commençait tout doucement à se remettre de la mort atroce d'Eleanora. S'il se trouvait une petite copine, Tara serait ravie.

Enfin, une petite copine qui ne soit pas une psychopathe assoiffée de sang, ce serait bien. Et, vu la façon dont l'archère tenait son arc, elle avait quand même un gros doute.

Ils étaient en train de discuter autour du feu lorsque, soudain, quelque chose de noir et de ramassé bondit devant eux, immédiatement signalé par les cris des sentinelles.

Tara alluma instinctivement le feu de sa magie, prête à combattre. À sa grande surprise, Heagle 5, qui était assise à côté d'elle, se contenta de continuer à manger sa soupe sans réagir plus que ça.

Le nouveau venu retira le masque qui couvrait son visage. Il était tout de noir vêtu, très impressionnant, avec des traits fins de type asiatique. Il avait un lion blanc à ses côtés, ainsi qu'un aigle à tête blanche sur l'épaule. Et deux sabres qui dépassaient de son dos, ainsi que deux bâtons courts attachés à sa ceinture.

— *Annyeong haeseyo*, fit-il poliment.

Le Traductus que s'était jeté Tara indiqua à son cerveau que c'était du coréen, et que cela voulait dire bonjour. En fait, cela sonnait un peu comme « agneau assez haut ».

— Que votre magie illumine, continua-t-il en omoisien parfait. Je suis ici afin de rendre hommage à votre mort. Nous sommes venus vérifier nos pièges pour la grande migration des mammouths et nous avons découvert qu'il y avait eu un accident. Je suis désolé, veuillez accepter toutes nos excuses, c'est terrible. Nous prierons pour ses mânes.

— Que ta magie protège le monde, Yong-Sun, merci de ta sollicitude, mais notre blessé va bien à présent. Il est presque guéri.

En dépit de son immense dignité, le jeune homme en resta bouche bée.

— Mais… il est tombé dans la trappe. Elle était tapissée de pieux !

— C'est exact, répondit calmement Heagle. Disons que la personne qui a été blessée a un organisme très particulier. Il n'est pas mort, mais de très peu. Il va vraiment falloir que vous trouviez un moyen pour signaler ces pièges. Vous en mettez de plus en plus et ça commence à devenir vraiment dangereux.

Son prénom signifiait « dragon » en coréen. Intéressant. Tara le fixa avec intérêt. Yong-Sun se remit de sa surprise et répondit :

— Tout à fait. Nous allons y réfléchir. J'avoue que je suis soulagé. Cependant, je pense qu'il est de mon devoir de vous aider, en compensation. J'ai donc décidé de vous accompagner jusqu'à votre destination, qui est, je suppose, la Porte de transfert, afin que pareil incident ne se reproduise plus.

Heagle prit un ton formel pour s'adresser à Tara :

— Votre Majesté Impériale, je vous présente le chaman Yang Yong-Sun, le numéro deux des déserteurs…

— Je préfère des rebelles, s'il vous plaît, commandante, merci. Votre Majesté Impériale, que votre magie illumine.

— … et mon ancien second. Il a été élevé sur Terre, en Corée du Sud, raison pour laquelle il connaît bien cette planète. Il a été repéré par le Gardien Terrien d'Asie il y a un peu moins de cinq ans.

— Et qu'elle protège le monde, répondit poliment Tara, contente de voir que le jeune homme ne paraissait pas si impressionné que ça par son titre.

Elle sourit à Yong-Sun, qui lui rendit son sourire.

Heagle reprit sa présentation :

— Et accessoirement, Yong-Sun est notre source de renseignements auprès des rebelles. Ce qui est très courageux de sa part, parce que si les rebelles comprennent qu'ils sont sous étroite surveillance, je ne crois pas qu'ils seront très indulgents avec un espion.

— C'est important, déclara dignement Yong-Sun. Les enfants étaient mal soignés, nos médicaments ont été utiles dans cette plaine où la magie est difficile à utiliser. Et ils avaient aussi du mal à s'occuper de leurs anciens, avec ce mode de vie très nomade. Il était de mon devoir de les aider, aussi, lorsque la commandante a demandé un volontaire pour infiltrer les rebelles, j'ai immédiatement soumis ma candidature. Mon expérience d'interne sur Terre, puis d'assistant chaman sur AutreMonde me désignaient pour.

— Merci, Yong-Sun, vous faites un excellent travail. Quelles sont les nouvelles ?

— Vous avez dit qu'il n'y avait pas eu de désertion depuis cinq mille ans. Les rebelles ne se sont pas méfiés ? demanda Tara.

— J'ai dit que j'avais bu et blessé un autre soldat, répondit Yong-Sun. Raison de ma désertion. Ils m'ont cru. Puis, une fois intégré, j'ai dit que les Amazones avaient passé l'éponge. En ce qui concerne les nouvelles, Dantrix, le chef des rebelles, est un peu nerveux. Vous êtes arrivés pile à l'endroit de la migration des mammouths où nous avons posé nos trappes. Lorsque nous avons réalisé que l'un d'entre vous était tombé dans un piège, il a eu peur des représailles. C'est la raison pour laquelle il m'a envoyé vous aider.

Il eut un sourire ironique.

— Il n'aime pas trop l'influence que je commence à avoir sur leur groupe, le fait que je l'ai obligé à vous fournir des cartes des pièges et le reste. Je crois qu'il espère secrètement que vous me tuerez en représailles. Il va être très déçu.

Ils échangèrent un sourire pointu.

— Hum, je vois, fit Heagle, nous allons vous monter une tente, un peu à l'écart afin de bien montrer que vous ne pactisez pas avec nous.

— *Gamsa hamnida*, commandante, merci.

— Débrief dans ma tente dans dix minutes.

— Bien, commandante, je fais une dernière ronde et je vous rejoins.

Il remit son masque et, accompagné de ses deux animaux, se fondit dans la nuit.

Le magicgang était impressionné. Le jeune homme risquait sa vie tous les jours pour aider des gens qui le tueraient s'ils apprenaient qu'il était un espion. Et il faisait cela depuis un certain temps apparemment ! Quel courage !

— Ça, c'est de l'engagement, murmura Moineau.

— Ouaip ! renchérit Cal. Manger du steak de mammouth tous les jours, moi, je dis que c'est carrément se sacrifier !

Fafnir éclata de rire.

— Cal, tu es trop gourmand. Si ça continue, tu vas finir comme l'arrière-grand-père de Tara !

— À quatre pattes, noir et velu ?

— Non, gros !

Cal fit la grimace. Mais il savait qu'il n'avait pas grand-chose à craindre, il avait un excellent métabolisme et, avec l'entraînement qu'il s'imposait tous les jours, ne risquait pas l'embonpoint.

Ils allèrent se coucher, la journée avait été paisible, mais ils se sentaient encore fatigués des émotions de la veille.

Le lendemain matin, ils furent réveillés brutalement.

Par le feu.

Ce furent les sentinelles qui sonnèrent l'alarme. Le son strident et violent fit bondir tout le monde de sa couchette, le cœur battant et le front en sueur.

Grâce aux jumelles grossissantes, ils virent très bien les flammes se propager à la savane. Puis, avec une lenteur inexorable, les gros rochers qui parsemaient la plaine se mirent en mouvement et la petite troupe réalisa que les gros rochers en question étaient un énorme troupeau de mammouths.

Qui, effrayés par les flammes, fonçaient droit sur eux.

Le soleil venait tout juste de s'allumer.

Lorsque le magicgang, effrayé par l'alarme qui faisait penser à une alerte sous-marine – biii-iip, biiiip –, sortit des tentes, ce fut pour affronter une image apocalyptique.

Des milliers d'énormes mammouths, véritables machines à écraser, se précipitaient sur le camp. Affolées, les Amazones foncèrent vers les herboglisseurs afin de les faire décoller. Mais le front des animaux les plus proches allait déferler sur eux dans quelques secondes. Instinctivement, Fabrice se transforma en loup, mais l'effort fut trop grand et il s'évanouit. Moineau se transforma à son tour et le jeta sur son épaule.

Mais il n'y avait nulle part où aller. Cal lévita, immédiatement imité par Mourmur. Plusieurs Amazones étaient bien trop effrayées pour penser à utiliser leur magie. Et Moineau, trop occupée à essayer de stabiliser Fabrice, ne pouvait pas léviter sous sa forme de Bête. Soudain, Yong-Sun surgit devant eux et, d'un mouvement fluide, dégaina ses deux sabres, prêt à affronter les énormes bêtes.

C'était très courageux mais parfaitement inutile. Ils allaient se faire écraser.

Tara n'avait pas le choix. Elle devait sauver ses amis et les Amazones.

— Pierre Vivante ! cria-t-elle. Aide-moi, donne-moi le pouvoir !

La magie afflua dans ses mains, les illuminant de bleu. Elle puisa dans le pouvoir énorme de la Pierre Vivante, véritable réservoir de la magie d'AutreMonde, et ses yeux s'embrasèrent tandis que sa mèche blanche crépitait. Elle décolla, radieuse déesse de lumière, et lança sa magie.

La vague bleue déferla sur les mammouths en panique. Ce fut un peu comme lorsqu'une force inarrêtable rencontre un obstacle inébranlable. Tara avait totalement oublié que les animaux étaient protégés contre les sorts. Elle n'avait pas voulu les tuer, juste leur lancer un Repoussus afin de les stopper. Sa magie frappa les centaines de mammouths et il se produisit deux choses simultanément :

Les mammouths furent écartés comme de gigantesques boules de bowling poilues aux quatre coins de la plaine.

Et le sort qui les protégeait repoussa le pouvoir de Tara.

Vers le haut. Vers le ciel. Exactement comme lorsque Fabrice avait lancé son sort sur Tigré.

Sauf que la magie de Tara était mille fois plus puissante que celle de Fabrice. L'énergie jaillit comme une puissante lame de lumière et frappa la voûte.

La déflagration fut terrible, l'onde de choc coucha tout sur son passage.

Et le soleil s'éteignit.

16

Le soleil éteint

*ou comment, parfois, éviter d'abîmer les endroits
où on est censé séjourner, c'est bien aussi.*

Ce qui fut positif, ainsi que le firent remarquer plus tard
les survivants, c'était que, certes, Tara avait éteint le soleil,
mais le feu aussi. Ils allaient peut-être vivre dans l'obscurité,
mais au moins ils ne seraient pas cuits.

Tara continuait de flotter au-dessus de la plaine, lumineuse, et elle avait l'air totalement effarée. Les barrissements
des mammouths, propulsés à travers la plaine comme une
volée de petits pois, en plus gros et moins vert, retentissaient
au loin. Leur bouclier les avait protégés, mais on sentait
qu'ils n'avaient pas aimé l'expérience[1].

Une voix très calme, celle de Cal, s'éleva :

— Tara ?

— Oh, là, là !

— Ça t'ennuierait de rallumer le soleil ?

Il y eut un silence pesant.

— Ra... rallumer le soleil ?

— Oui, tu sais, le gros truc brillant qui donne chaleur et
lumière, au-dessus de nous. Enfin, qui en donnait jusqu'au
moment où tu l'as éteint.

---

1. À part une demi-douzaine de jeunes mammouths, qui avaient trouvé l'expérience épatante et qui, dans les mois qui suivirent, s'éclatèrent à charger violemment
les Amazones dès qu'elles apparaissaient afin de se faire catapulter dans les airs. Inutile de dire qu'après le passage de Tara dans les plaines de l'Atlantide, son prénom
fut accompagné d'un certain nombre de jurons par les Amazones, qui appréciaient
peu d'être poursuivies par des mammouths en mal d'expériences extrêmes.

Mais Tara était trop traumatisée pour réagir à son humour. Il y eut un instant de silence tendu. Pendant lequel les hoquets de ceux qui avaient utilisé la magie retentirent dans le noir.

— Je… je vais essayer, finit par balbutier la jeune fille.

— Noooonnnnn !

La voix de la commandante éclata soudain.

— Je vous interdis de toucher à mon soleil ! hurla-t-elle.

Avant de se souvenir qu'elle parlait accessoirement à son Impératrice. Elle ajouta donc, à contrecœur :

— Du moins pour l'instant, Votre Majesté Impériale. Évaluons d'abord les dégâts.

Puis elle éleva la voix :

— ESCOUADES JAUNE ET BLEUE, AU RAPPORT ! ALLUMEZ LES PHARES DES GLISSEURS. RECENSEZ LES BLESSÉS ! QUE TOUT LE MONDE UTILISE SA LAMPE TORCHE. AVANT DE FAIRE UN PAS, N'OUBLIEZ PAS LES PIÈGES !

Les Amazones obéirent et les torches commencèrent petit à petit à trouer l'obscurité. L'armée de la commandante était décidément très bien équipée.

— Tara ? fit Cal, totalement invisible dans le noir avec sa tenue de Voleur Patenté.

— Oui ? répondit la jeune fille qui continuait à flotter comme une sorte de grande luciole bleue, incapable de réfléchir devant l'énormité de ce qu'elle venait de faire.

— Je pense que tu peux redescendre. Il n'y a plus rien à craindre.

La commandante serra les dents et faillit déclarer qu'effectivement, à part Tara, il n'y avait rien d'aussi dangereux dans la plaine, mais elle se retint. Se contenta d'épousseter son uniforme mis à mal par sa chute et de superviser les Amazones.

La jeune fille se posa, les yeux encore écarquillés de frayeur. Moineau se relevait, aidée par Yong-Sun qui ne les avait pas quittés, Fabrice et elle. Cal et Tara se précipitèrent vers eux, mais ils n'étaient pas blessés. Le jeune guerrier rengaina ses sabres et aida Moineau, car la jeune fille s'était retransformée et ses genoux vacillaient encore un peu. Rougissante, elle le laissa faire, le remerciant pour son courage. Fabrice reprit conscience. La transformation avait terminé de le guérir, même s'il n'était pas au mieux de sa forme.

— Hé ! remarqua-t-il, mais pourquoi il fait tout noir ?

Les rapports commencèrent à affluer, indiquant qui était à terre et qui était valide. Mourmur toucha terre quelques secondes plus tard, plus ébouriffé que jamais.

— Magnifique ! s'exclama-t-il. Je n'avais pas encore eu l'occasion de voir autant de puissance au magicomètre, je crois bien que tu as pulvérisé tous les records, chère Tara.

Il agitait un appareil qui pulsait et bipait comme un fou. Tara faillit avaler de travers. Mourmur était sur le point de se faire écraser, mais il avait trouvé le moyen d'attraper un de ses appareils pour mesurer sa magie lorsqu'il avait vu qu'elle appelait sa Pierre Vivante. Son grand-oncle était défi-nitivement fou.

Elle se tourna vers la commandante.

— Je... je suis désolée, commandante Heagle 5, vraiment, j'ai complètement oublié cette histoire de bouclier sur les animaux et, lorsque j'ai vu mes amis et votre escouade en danger, je n'ai pas eu le temps de réfléchir.

— On ne se rend pas compte, mais sans soleil, c'est fou ce qu'il fait noir, intervint brusquement Cal en observant les alentours avec circonspection. Peut-être devriez-vous placer vos sentinelles en alerte, commandante.

La commandante se raidit en entendant le ton de Cal.

— En alerte ?

— Je ne connais pas bien ce monde, mais je connais très bien la politique. Et ce que je vois, moi, c'est une magnifique tentative de meurtre. J'avoue que c'est assez original. C'est la première fois qu'on essaie d'assassiner quelqu'un à l'aide de mammouths...

— Assassinat ? (La voix de la commandante grimpa dans les aigus.) Sur l'Impératrice ?

— Sur l'Impé... non, pas du tout, répondit Cal. Sur votre second, le sortcelier Yong-Sun !

Le jeune Coréen avait entendu et s'approcha, accompagné de ses animaux.

— Vous pensez que cette attaque était dirigée contre moi ?

Cal hocha la tête.

— Vous êtes en compétition avec ce Dantrix, qui ne doit pas aimer des masses l'influence que vous avez sur ses sujets. Et, au milieu de cette plaine, il y a aussi les Amazones, qu'il ne doit pas aimer beaucoup non plus. Ça, plus des tas de mammouths, c'était l'équation idéale qui allait lui permettre de régler deux problèmes d'un seul coup. De plus, vos Amazones auraient certainement abattu pas mal d'animaux, ce qui lui rapportait de la viande en bonus. Avec le feu, elle aurait même été cuite. Le coup parfait.

Il se tourna vers Tara, avec un grand sourire sur son visage d'ange.

— C'est tordu. Dantrix doit être un lointain cousin de Magister !

Si Tara était trop choquée pour rire, Fabrice, soulagé de ne pas avoir été écrabouillé, ne s'en priva pas.

— À ce sujet, fit la commandante d'un ton pointu, ce matin, juste avant que vous ne bousi... juste avant ces terribles événements... j'ai reçu un message du palais. Dans le message, il était mentionné Magister, Votre Majesté Impériale et une certaine Reine Noire... le tout assorti d'une ordonnance impliquant une mise aux arrêts immédiate.

Les Amazones étaient trop occupées pour s'intéresser à ce qui se passait entre leur commandante et l'Impératrice *bis*, aussi Cal envisagea-t-il de « neutraliser » Heagle et son second avec un Assommus et de filer dans le noir, mais Tara le prit de vitesse.

— On fera ce que vous voudrez, mais, pour l'instant, je dois rallumer ce soleil avant que l'obscurité ne tue toutes les plantes et tous les animaux par la même occasion !

La commandante la dévisagea dans la lumière des phares, puis se détendit légèrement.

— Oui, Votre Majesté Impériale, vous avez raison. Prenons les problèmes l'un après l'autre.

Elle dévisageait toujours Tara avec curiosité.

— Cette Reine Noire, elle est toujours là ?

— Tant qu'il restera de la magie démoniaque qu'elle peut utiliser, oui. Mais je la contrôle, répondit Tara, tandis que, au fond d'elle, la Reine Noire éclatait d'un rire mauvais et s'exclamait : « C'est ça ! Dans tes rêves, ma jolie ! »

La jeune fille l'ignora et rien ne parut sur son visage lisse. La commandante soupira. Elle sentait que toute cette aventure allait avoir très mauvais effet sur ses états de service.

— Bien, alors, nous allons soigner les blessés – j'espère que personne n'est passé en OutreMonde, auquel cas nous aurons aussi à nous en occuper –, prendre notre petit déjeuner, puis nous nous consacrerons au soleil.

Elle ajouta d'une voix mauvaise :

— Et de Dantrix par la même occasion. Cela vous convient ?

— Oui, bien sûr, fit Tara d'une petite voix docile. Dites-moi si je peux vous aider, et en quoi.

La commandante prit acte de sa bonne volonté d'un mouvement sec du menton puis fila gérer ses troupes, un Yong-Sun inquiet et ébranlé sur ses talons.

En une heure, ce qui était un furieux chaos de tentes, de blessés et de ruines fut réparé, redressé et rangé. Malheureusement, trois Amazones avaient péri dans l'attaque. Il n'y eut pas de service funéraire, car les corps allaient repartir sur AutreMonde, mais Tara, les dents serrées, fut mise à contribution pour aider à lancer un sort de conservation sur les corps. Bizarrement, cela ne la rendit pas malade, comme si le sort jeté sur la plaine reconnaissait que le pouvoir de la jeune fille était plus puissant que le sien.

Il leur restait quatre jours pour atteindre la Porte de transfert, à raison de mille kilomètres par jour, mais la commandante voulait accélérer le mouvement, histoire de remettre Tara dans des mains plus compétentes et surtout plus prestigieuses que les siennes. Aussi profita-t-elle de la halte involontaire pour faire modifier les moteurs des herboglisseurs et les passer en mode « urgence ». Cela leur permettait, au prix d'une usure prématurée des pièces, de couvrir trois mille kilomètres en une seule journée.

Moineau vint voir Tara, inquiète.

— Tu crois que tu vas y arriver ? demanda-t-elle après avoir noté que Tara était vraiment pâle.

— J'ai surtout peur de percer la voûte, répondit Tara en levant les yeux vers le soleil éteint. Nous nous sommes sacrément éloignés de Tagon et, là, je pense que nous sommes sous l'océan. Mourir noyée ne fait pas partie de mes projets à court terme.

— Des miens non plus, répondit honnêtement Moineau. Mais tu nous as sauvé la vie, à Fabrice et à moi, donc je serais bien la dernière à me plaindre. Merci, Tara.

Puis, curieusement, elle gloussa.

— Oh, Tara, si tu avais pu voir la tête de ces mammouths, glissant à toute vitesse dans tous les sens, c'était... c'était terrifiant, mais vraiment drôle en même temps : ils avaient l'air tellement surpris !

Tara se mordit la lèvre, comme toujours lorsqu'elle était désarçonnée par les réactions des sortceliers. Elle ne voyait que la mort de trois filles, fauchées par les petits calculs misérables d'un meurtrier. Moineau, elle, sachant que les mânes des filles partaient pour OutreMonde, ne s'en préoccupait pas.

La jeune fille sourit pour montrer à Moineau qu'elle aussi trouvait cela drôle, mais à l'intérieur, de nouveau, elle se sentit très seule.

Elle sursauta quand un bras s'enroula autour de sa taille et qu'une épaule solide la soutint.

— Ça va aller, Tara ? demanda Cal, qui avait senti que son amie n'était pas bien. Nous sommes là.

Elle reposa sur son épaule, reconnaissante. Cal tressaillit en sentant la jeune fille peser de tout son poids sur lui et, pour une fois, bénit l'horrible Reine Noire de l'avoir fait grandir, car il ne recula pas d'un millimètre.

— Je suis terrifiée, répondit-elle d'une petite voix.

Cal faillit répondre qu'elle n'était pas la seule (il avait lui aussi fait quelques calculs et les tonnes d'eau pesant sur sa tête ne lui plaisaient pas des masses), mais il s'abstint, préférant l'humour.

— Tu rigoles ! s'exclama-t-il. Hop ! tu nous rallumes le soleil, hop ! on file à la Porte de transfert et, hop ! on règle son compte à Magister. Il faut que tu te dépêches, d'ailleurs, parce que Mara m'a invité au grand bal du carnaval dans une semaine, et, si je n'y suis pas, elle va m'arracher le cœur.

Il frissonna et murmura à l'oreille de la jeune fille :

— Tu m'en voudrais, si je te disais que j'ai plus peur de ta petite sœur que de toi ?

Tara éclata de rire et se dégagea. Cal ne savait pas très bien s'il devait en être soulagé ou triste.

— Oh ! Cal, merci, vraiment. Tu sais me faire rire dans les pires moments, je t'adore.

Cal fit une révérence extravagante, balayant l'herbe d'un chapeau imaginaire.

— Mais je suis à ta disposition, princesse !

Tara inspira profondément et le vent fit voler ses longs cheveux blonds.

— Bon, autant s'y mettre tout de suite. Allons prévenir la commandante que je suis prête.

Elle tourna des talons, décidée. Fabrice, lui, regarda Cal d'un air scrutateur. Se sentant observé, alors qu'il allait suivre Tara, Cal leva un sourcil et dit :

— Oui ? Tu veux me demander quelque chose, Fabrice ?

— Hum ? En fait, oui, mais je ne vais pas le faire, pas maintenant du moins.

Puis, sans se préoccuper de l'air surpris de Cal, Fabrice, un petit sourire aux lèvres, suivit Tara.

Moineau aussi avait un air bizarre et Cal commença à se sentir mal à l'aise. Seul Robin lui donna une solide claque dans le dos, le remerciant de si bien s'occuper de Tara.

La commandante regarda Tara approcher avec des sentiments mitigés. D'un côté, elle était contente de voir celle qui allait réparer les dégâts, d'un autre, elle aurait vraiment préféré que Tara ne croise jamais sa route. Ignorant qu'un nombre incalculable de gens pensaient exactement la même chose.

Enfin, ceux qui étaient encore vivants.

— Je ne suis pas prête du tout ! annonça la jeune fille avec un entrain forcé.

La commandante la regarda d'un air surpris.

— *Slurk !* jura Tara. Maudit sort de vérité ! Je voulais dire que j'étais prête, mais comme j'ai la trouille et qu'en fait je ne serai jamais prête, mais que je vais y aller quand même, le stupide sort m'a fait dire la mauvaise phrase. Désolée.

Un mince sourire tordit la bouche de la commandante l'espace d'une fraction de seconde. Les jeunes recrues oubliaient souvent le sort de vérité. Et, bien que Tara Duncan ne soit pas une jeune recrue, elle était tombée dans le même piège.

— Que voulez-vous que nous fassions ? se contenta-t-elle de demander.

— En fait, rien du tout, répondit Tara. Hélas ! seules la Pierre Vivante et moi-même pouvons réparer nos bêtises… enfin, j'espère. Le mieux serait que je me place exactement à l'endroit où se trouvaient les mammouths quand mon pouvoir a rencontré leur bouclier. Je vais diriger ma magie vers le ciel.

— Qu'aviez-vous incanté ?

— Un Repoussus. Raison pour laquelle je ne comprends pas pourquoi cela a éteint le soleil. Je pense qu'il faut que j'incante un Reparus. C'est probablement le seul moyen.

La commandante parut dubitative, mais elle lui donna son feu vert.

— Très bien, allez-y, jeune recr… Votre Majesté Impériale.

Tara invoqua la Pierre Vivante, qui vint se placer au-dessus de sa tête telle une ampoule incroyablement brillante. Prudentes, les Amazones firent reculer les herboglisseurs. Le magicgang et Mourmur préférèrent rester à terre. Le magic-gang parce qu'ils connaissaient bien Tara et n'avaient pas envie d'être sur des engins susceptibles d'être balancés aux quatre coins de la plaine, Mourmur parce qu'il avait sorti sa batterie d'instruments et s'apprêtait à enregistrer l'événement.

Tara les salua, puis décolla. Ses mains puis son corps entier s'embrasèrent, tandis que ses yeux flamboyaient comme deux petits soleils bleus et que sa célèbre mèche blanche crépitait. La changeline n'avait pas transformé son petit short ni sa brassière, si bien qu'elle faisait assez peu « officielle », tout en étant magnifique et, bizarrement, très sexy, avec son ventre plat, ses longues jambes et ses magnifiques cheveux blonds. Du moins, c'était l'avis de Robin qui trouva que, finalement, Tara n'avait rien à envier aux elfes.

Bon, il allait devoir arrêter de baver parce que, là, il perdait toute dignité.

Inconsciente des pensées de Robin, extrêmement concentrée, Tara lança son pouvoir. Comme une immense lame bleue, celui-ci franchit l'espace et frappa le soleil, faisant résonner la voûte comme une cloche.

Vooouuuuuuuuuummmmmmmmm…

C'était impressionnant, et ils durent se boucher les oreilles.

— Elle est drôlement puissante, hein ! s'écria Mourmur, ravi, à l'intention de la commandante dont les yeux s'écarquillaient de stupeur.

Celle-ci hocha la tête, incapable de parler.

Le soleil clignota et une clameur de soulagement s'éleva. Tara redoubla d'efforts. Le soleil se ralluma.

Et s'éteignit.

La commandante grimaça.

— *Slurk !* C'est ce que je redoutais. Il va falloir y aller.

Mourmur se tourna vers elle, surpris, tandis que Tara atterrissait, terriblement ennuyée.

— Aller où, chère commandante ? demanda le savant.

— Eh bien, sur le soleil, pardi !

Ils fixèrent tous la commandante comme si elle avait perdu l'esprit. Puis Mourmur se mit à sautiller, en dépit de sa mauvaise jambe, très excité.

— Mais bien sûr ! s'exclama-t-il. C'est une machine et, une machine, cela se répare. Hum, il doit y avoir une sorte de sort qui la protège de la magie, raison pour laquelle Tara n'a pas pu la réparer. La première salve est passée parce qu'elle a rebondi sur le bouclier des mammouths et qu'elle portait donc leur signature énergétique. Le sort de défense ne l'a pas arrêtée. Mais il ne sait pas que le soleil est éteint, il prend la magie de Tara pour une attaque. Nous devons donc le désamorcer, c'est ça, chère commandante ?

Heagle regarda Mourmur avec une certaine admiration.

— Ah, j'oubliais, c'est vrai que vous êtes un inventeur.

— Non.

— Non ?

— Non. Je suis le meilleur des inventeurs, ce n'est pas la même chose, chère commandante. Je peux réparer n'importe quoi, créer n'importe quoi. Votre petit soleil, là, ne va pas me résister longtemps, faites-moi confiance. Mais, si je le répare, je veux quelque chose en échange.

La commandante se raidit.

— Du chantage ?

— Eh bien, en amour comme à la guerre, tous les coups sont permis. Si je répare le soleil, je veux un rendez-vous. Un vrai rendez-vous, avec dîner aux brillantes[1] et mes yeux dans les vôtres.

La fringante soldate regarda Mourmur et un amusement sincère pointa dans ses yeux bleus.

— Très bien. Un dîner. De toute façon, j'avais l'intention de vous en demander un.

Mourmur fut pris au dépourvu.

— Ah oui ?

— Absolument. Vous connaissez le sort de vérité qui règne sur la plaine. Vous savez donc que je ne vous mens pas.

Un énorme sourire vint éclairer le visage de Mourmur. Le vieux savant était tellement content qu'il faillit se jeter au cou de l'imposante Amazone et se retint de justesse.

— Ah ! ma chère, vous comblez tous mes vœux.

La commandante lui sourit. Puis reprit son masque de dirigeante responsable, même si Tara nota qu'un léger frémissement amusé agitait sa commissure gauche.

— Je vais faire modifier les moteurs une nouvelle fois, afin de transformer les herboglisseurs en avions. Nous allons monter là-haut.

Cal avait l'air très excité par l'aventure. En revanche, Fafnir regarda vers le ciel avec une grimace inquiète. Elle avait horreur de voler, quel que soit le support – dragon, avion, herboglisseur ou tapis volant.

— Bon sang ! grogna-t-elle à l'intention de Bel. Pourquoi je suis toujours des aventures où, à un moment ou à un autre, on se retrouve à voler ? Les nains ne sont pas faits pour voler. Nous sommes bien trop lourds !

Les préparatifs ne furent pas très longs. Enfin, ils n'auraient pas été très longs si Mourmur n'avait pas voulu « améliorer » les moteurs.

Disons donc qu'à partir du moment où, les moteurs gisant sur l'herbe, la commandante comprit ce qu'il était en train

----

1. Sur AutreMonde, les brillantes font office d'ampoules électriques, mais aussi de chandelles.

de faire et lui interdit d'y toucher, l'intervalle nécessaire pour les remonter fut assez court.

Mourmur bouda, ce qui amusa considérablement Heagle.

— Il aime vraiment beaucoup tripatouiller les choses, n'est-ce pas ? murmura-t-elle du coin de la bouche à Tara.

Elle était solidement campée sur ses jambes écartées, les mains dans le dos, observant le remontage des moteurs et le savant qui tournait autour en houspillant les Amazones.

— Commandante, répondit très sérieusement la jeune fille, si vous décidez de... de fréquenter mon arrière-grand-oncle, attendez-vous à expérimenter une toute nouvelle relation avec vos appareils ménagers.

La commandante réprima un léger gloussement, très peu martial.

— On dit que sa femme a disparu à cause de l'une de ses inventions.

Tara ne voulut pas expliquer ce qui s'était réellement passé.

— Pas exactement. Mourmur vous en parlera s'il le désire.

Heagle apprécia sa loyauté.

Mourmur se pencha, toucha quelque chose, il y eut une petite étincelle et il sursauta, en portant un doigt brûlé à sa bouche. Tara et la commandante échangèrent un regard.

— Bien, constata cette dernière. Les relations épicées, ça me va.

Il y eut un petit silence, que Tara se garda bien de rompre.

— Du moment qu'il ne m'électrocute pas, tout va bien se passer, ajouta la commandante d'un ton néanmoins un peu hésitant, tandis que Mourmur se laissait tomber une clé sur le pied et sautait en jurant.

Et elle s'éloigna pour superviser l'ordonnancement du camp pendant son absence.

Tara regarda Mourmur, qui essayait de sucer son doigt brûlé et de se masser le pied en même temps, et soupira dans le noir :

— La pauvre, l'électrocution sera le moindre de ses problèmes si elle sort avec Mourmur !

Yong-Sun s'approcha alors de Tara (avec une certaine méfiance : après tout, la jeune fille était toute seule et se parlait à elle-même, ce qui était quand même bizarre).

— Je suis vraiment désolé de vous avoir entraînée dans mes problèmes avec Dantrix, Votre Majesté Impériale, dit-il en s'inclinant. J'ai mis votre précieuse vie en danger, je suis impardonnable.

— Vous n'y êtes pour rien, répondit gentiment Tara en focalisant son attention sur le jeune homme. C'est vous qu'il a voulu éliminer, pas moi. Vous ne pouviez pas vous en douter. Vous savez, j'ai eu mon lot de fanatiques et de tyrans. Ils réagissent tous de la même façon. Ils ne savent que tuer. Isaac Asimov, un écrivain et mathématicien russo-américain du XXe siècle, dit dans son ouvrage *Fondation* que la violence est le dernier refuge de l'incompétence. Votre Dantrix est incompétent pour diriger, alors il cache son incompétence sous la violence. C'est très classique.

Yong-Sun sourit.

— Vous êtes très sage pour une fille aussi jeune. Dans mon pays, du fait du confucianisme, qui nous a fait beaucoup de mal, nous avons pris pour habitude de mépriser les femmes, de les rabaisser. Les mœurs sont en train de changer, heureusement, grâce à des hommes et des femmes intelligents, mais j'ai encore du mal à accepter que des femmes soient plus puissantes que moi, ou plus compétentes.

La commandante hurla un ordre et il fit la grimace.

— Pourtant, j'aurais dû, avec l'exemple de ma chef. Toutes deux, vous êtes des exemples pour moi.

Tara planta ses grands yeux bleus dans ceux de Yong-Sun, songeant que, comme exemple, il devrait se choisir plus paisible.

— Moineau aussi est plus puissante que vous. Fafnir également. Chaque être humain a des compétences. Mépriser les femmes, c'est mépriser la moitié de l'humanité. Ne l'oubliez pas quand vous reprendrez le commandement des rebelles.

Yong-Sun écarquilla ses grands yeux très noirs.

— Le commandement des rebelles ?

— Évidemment. Vous pensez sincèrement que je vais laisser les descendants des héros qui ont combattu les démons sous la coupe d'un salopard d'assassin comme Dantrix ? Il a tué trois soldates de mon empire, il doit payer. Faites votre boulot, sortcelier, pendant que je fais le mien.

Yong-Sun, exalté, salua. Puis, accompagné de son tigre et de son aigle, il fila.

Enfin, il tenta de filer... et se cogna dans Moineau qui s'était approchée silencieusement, sa panthère à son côté. Elle regarda le jeune homme et lui dit de sa voix mélodieuse :

— Avant que vous ne partiez régler son compte à ce stupide Dantrix, j'aimerais vous parler, Yong-Sun, si cela ne vous ennuie pas. Dès que vous aurez terminé de prendre vos ordres de votre commandante.

Bien qu'il fasse noir, Tara et Cal virent rougir le jeune guerrier.

— Euh... oui, balbutia-t-il, très mal à l'aise. À vos ordr... euh, comme vous voulez.

Puis il contourna la jeune fille pour filer vers sa supérieure.

Cal, qui avait fini de ranger ses tentes, éclata de rire.

— Tara, tu as conscience de ce que tu viens de lui demander ?

Tara se tourna vers le jeune Voleur et haussa un sourcil.

— Pardon ?

— Ben oui, tu viens de lui demander de faire ton boulot : éliminer les méchants. Je ne serais pas surpris qu'il revienne avec la tête de Dantrix dans un sac, vu les jolis sabres qu'il se trimballe.

Tara frissonna. Moineau aussi, qui, en dépit de la force de la Bête, avait l'estomac fragile.

— Cal ! S'il te plaît, merci d'éviter les détails. Bon, ils sont prêts ces herboglisseurs ou pas ? On a un soleil à rallumer !

Les Amazones avaient terminé de remonter les moteurs. Mourmur avait réussi à leur faire intégrer l'une de ses « améliorations » – à la grande horreur de Fafnir qui regardait les engins comme si c'étaient des chatrix en train de lui foncer dessus.

— Tu es sûre que c'est sans risque ? glissa-t-elle à Tara en tortillant ses longues tresses rousses. Je n'envisage pas de terminer mes jours sous forme de crêpe, tu sais.

Tara haussa les épaules.

— Fafnir, il te suffira d'incanter un Levitus s'il y a un problème. Nous ne risquons rien du tout !

La naine la regarda avec attention et répondit :

— Laisse-moi te faire un petit topo sur les pouvoirs. Tout d'abord, les nôtres sont moins puissants ici que sur AutreMonde. Ensuite, le truc là-haut doit bien être à un ou deux kilomètres de distance. Si on tombe en panne à cette altitude, je ne suis pas sûre que ma magie soit capable de me soutenir pendant une aussi longue descente. Ah ! et ai-je mentionné que nous, les nains, nous n'aimons pas la magie ? Et que je suis vraiment, mais vraiment lourde ?

Elle corrigea avec coquetterie :

— Enfin, « dense », comme dit Sylver. Très, très dense.

Tara sourit malicieusement.

— Tu n'aimes vraiment pas voler, hein ?

— Je pense que « ne pas aimer » est un peu faible. Je déteste ça. Profondément. Viscéralement.

— Alors, pourquoi ne restes-tu pas ici plutôt que de monter là-haut ?

La naine releva le menton et ses yeux verts étincelèrent sous l'insulte.

— Oserais-tu dire que j'ai peur d'affronter mes phobies ? Que je préfère t'abandonner plutôt que d'aller là-haut, alors que je suis non seulement une forgeronne, mais aussi une excellente mécanicienne – dont vous pourriez avoir un besoin vital ? C'est ce que tu insinues ?

— Non, non, bien sûr. Ne sors pas tes haches, s'il te plaît, Fafnir. Je pensais juste te rendre service, c'est tout. Je sais à quel point tu n'aimes pas l'altitude et je croyais que nous n'aurions pas besoin de toi... ce qui apparemment te semble une énorme erreur.

Fafnir se contenta de la dévisager, toujours aussi indignée, et Tara rendit les armes.

— OK, OK, tu viens avec nous, bien évidemment, et, s'il arrive quelque chose, je vous soutiendrai tous.

Fafnir s'adoucit un peu et hocha la tête.

— Oui, continua Tara, de nouveau malicieuse. Je me transformerai en dragon pour vous porter, je crois me souvenir que tu aimais bien mes atterrissages...

Vu que les deux fois où Fafnir était montée sur le dos de son amie sous sa forme de dragon, Tara s'était écrasée et ses passagers avec elle, la naine pâlit soudain considérablement.

Tara eut pitié et lui tapota le dos amicalement. En retenant une grosse crise de fou rire devant l'air égaré de son amie.

— Je te préviens, fit Cal dans son dos, si tu te transformes en dragon, ne compte pas sur moi pour te monter dessus !

Soudain, alors qu'elle allait rire et lui confirmer qu'elle ne faisait que taquiner Fafnir, il rougit et s'excusa :

— Oups, désolé, je n'avais pas réalisé ce que je disais. Bien sûr, je serai ravi de te monter dessus... enfin, je veux dire... de ne pas te monter dessus. Enfin, pas sous ta forme de dragon. Euh, je veux dire...

Tara et Fafnir le regardèrent avec intérêt s'emmêler dans ses excuses, transpirant et embarrassé.

— Tu comprends ce qu'il veut dire ? glissa Tara à Fafnir.

— Pas du tout. Il a dû vouloir faire de l'humour. Bon, je vais monter à bord de l'un de ces engins, juste histoire de montrer à ces Amazones le poids qu'il faut compenser.

— Certes, mais nous sommes déjà montés plusieurs fois à bord des...

— Je préfère qu'elles vérifient, on ne sait jamais, répliqua la naine d'un ton définitif.

Et elle s'éloigna tandis que Tara riait franchement... mais pas trop fort.

Cal s'était tu et se balançait d'un pied sur l'autre.

— Ça y est, demanda Tara, tu as fini ?

— Oui, grommela Cal. Parfois, j'ai une trop grande bouche. Elle sort des énormités sans me prévenir.

Tara sourit, mais trouva que son ami avait une attitude pour le moins étrange.

Ils cheminèrent de concert, en silence, vers les herboglisseurs où les Amazones rassuraient Fafnir.

— Mouais..., maugréait la naine guerrière, son chat rose sur l'épaule, en levant un regard maussade vers la responsable. C'est pas vous qui allez faire « splatch » en vous écrasant !

L'Amazone qui était en train de calibrer les herboglisseurs eut un sourire crispé. On sentait qu'elle avait beaucoup entendu cette phrase récemment.

— Tout va bien, dit-elle avec l'air d'une femme à un tout petit poil de la crise de nerfs. Les machines peuvent porter cent fois votre poids, damoiselle naine. Vous ne risquez rien.

Fafnir marmonna de nouveau. On entendit « splatch » dans sa phrase et l'Amazone crispa les mâchoires.

La naine obéit à une requête de l'Amazone et monta à bord du second herboglisseur. Qui grinça et s'affaissa légèrement sous son poids.

— Ah, ah ! fit Fafnir, triomphante, vous voyez ? Il ne va jamais arriver à s'élever si vous ne compensez pas assez !

D'agacement, l'Amazone laissa tomber la télécommande. Malheureusement, le boîtier heurta le sol pile sur le bouton « Haut et accélération » et soudain l'herboglisseur décolla à la verticale à une vitesse vertigineuse, accompagné par le hurlement de terreur de Fafnir :

— AAAHHHHHHHHHHHHHHHHHHHHHHHH !

Affolée, l'Amazone plongea sur la télécommande et pianota frénétiquement. Au bout de quelques secondes, comme à regret, l'herboglisseur inversa sa trajectoire, revint docilement vers le petit groupe et se posa devant elle.

À l'intérieur, Fafnir, le regard hanté, la bouche encore ouverte mais incapable d'articuler un son, était tellement rigide qu'on aurait dit une statue.

Devant elle, le dossier du siège, déformé, portait la trace de ses doigts. En fait, Fafnir avait carrément traversé le rembourrage. Les montants d'acier n'avaient pas mieux résisté.

Tara, Cal et Robin se précipitèrent, suivis par Fabrice.

— Gueuh..., articula péniblement la naine. Gueuh.

— Fafnir ? Interrogea Tara très inquiète. Ça va ?

Cal mit deux doigts devant les yeux de Fafnir et demanda :

— Combien de doigts tu vois ?

Fabrice le poussa.

— Idiot, elle n'a pas une commotion cérébrale, elle a juste eu une trouille bleue. Fafnir, respire profondément. Tout va bien, on va te faire descendre.

— Geuuhh !

— Oui, certes. Bon, tu te souviens de comment on fait ? Un pied devant l'autre ?

En pilotage automatique, la naine obéit, le regard vitreux. Bel, sur son épaule, encore complètement hérissé, ressemblait à une boule de poils rose. Il n'avait pas vraiment eu peur, mais la terreur de Fafnir l'avait contaminé et il essayait de faire redescendre le rythme de leurs deux cœurs.

Une fois à terre, Fafnir se laissa soudain tomber dans l'herbe, comme si ses jambes ne pouvaient plus la porter. Son regard ne s'éclaira pas de la plus petite lueur d'intelligence. Toute pensée rationnelle l'avait abandonnée pendant qu'elle s'agrippait au dossier du siège pour ne pas être éjectée.

— Hum, je ne crois pas que ce soit une bonne idée de l'emmener avec nous, fit remarquer Fabrice. Sa phobie risque de la paralyser au plus mauvais moment.

Instantanément, les yeux verts de Fafnir se désembuèrent et brillèrent de colère. Avant qu'ils n'aient le temps de réaliser, la naine guerrière passa de pantin terrorisé à... hachoir à viande vivante. Ses deux haches tournoyant devant elle, elle bondit vers celle qui l'avait expédiée dans les airs. Terrifiée, l'Amazone mit sa main sur son revolver, mais, pas totalement stupide, ne le sortit pas. Tara arma sa magie, prête à intervenir si Fafnir perdait vraiment son sang-froid. Ce qui semblait sur le point d'arriver.

La naine s'arrêta pile devant la femme et sa hache jaillit sous le cou de l'Amazone, s'arrêtant un minuscule centième de millimètre avant de toucher la peau.

— Vous ! gronda la naine. Vous avez fait exprès ?

Le sort de vérité ne permettait pas à l'Amazone de mentir, ce qui était inutile parce qu'elle n'en avait pas du tout l'intention. Pas avec une hache sur la jugulaire.

— Pas du tout, murmura-t-elle, le cou tendu, évitant au maximum tout mouvement inutile.

— Je n'ai pas bien entendu, fit Fafnir, les dents serrées. Vous avez fait exprès ?

— Votre hache est très, très près, répondit l'Amazone en s'efforçant de ne pas déglutir. Je ne peux pas parler plus fort, mais non, je n'ai pas du tout fait exprès, elle m'a échappée. Et je regrette, oh, là, là oui, qu'est-ce que je regrette ! Vraiment, vraiment beaucoup.

— Ah, fit Fafnir qui, elle, avait l'air de regretter de ne pas pouvoir faire sauter la tête de la jeune femme pour se soulager. Dommage.

Et elle rengaina ses haches avant de se détourner de sa victime, pâle et tremblante, de se diriger d'un pas martial vers l'herboglisseur et de monter dedans en défiant tous les autres du regard.

Masquant leurs sourires, Fabrice et Robin embarquèrent également tandis que les Amazones montaient dans les deux autres engins. Ne manquait plus que Mourmur, la commandante (en train de donner ses derniers ordres), le chaman et son assistante, ainsi que Tara, Cal, et Moineau qui s'était écartée pour discuter avec Yong-Sun.

Soudain, leur discussion animée ralentit, pour se terminer sur une totale capitulation de Yong-Sun qui se contentait d'acquiescer, l'air malheureux, aux arguments de Moineau.

Les deux s'avancèrent côte à côte vers les herboglisseurs, le tigre blanc du jeune Coréen dominant la panthère argentée de Moineau, l'aigle blanc sur son épaule ayant l'air à peu près aussi malheureux que son maître.

Moineau eut un petit sourire crispé.

Puis elle prononça la plus inattendue des phrases :

— Vous n'avez pas besoin de moi pour rallumer le soleil. En revanche, Yong-Sun a besoin de quelqu'un pour surveiller ses arrières. Je vais avec lui chez les rebelles !

17

Les rebelles

ou comment partir avec un autre garçon
que son petit ami et se demander, une fois encerclée
par des tas de gens avec de mauvaises intentions,
ce qu'on est venue ficher là.

Moineau regarda les herboglisseurs s'élever vers la voûte noire. Une fois que les puissants phares n'éclairèrent plus la prairie, il faisait fichtrement sombre. Les deux herboglisseurs restants allumèrent leurs phares et la jeune fille leur tourna le dos afin de ne pas totalement bousiller sa vision nocturne. Bon, cela dit, en l'absence totale de lumière, elle n'y voyait pas des masses.

Il y avait eu des hurlements (de la part de Fabrice, jaloux à mort), des discussions (de la part des autres, qui ne comprenaient pas qu'elle avait besoin de se sentir utile), des refus (de la part de la commandante, qui n'avait pas du tout envie que la nièce de la reine Titania et du roi Bear du Lancovit se fasse égorger par les rebelles), mais elle avait fini par avoir gain de cause.

En se transformant en Bête et en hurlant plus fort que les autres. Ce dont elle avait horreur, au demeurant, mais qui devenait de plus en plus facile au fur et à mesure qu'elle vieillissait. Parfois, elle se demandait, surtout lorsqu'elle sortait ses griffes, où était cachée la timide jeune fille qu'elle était encore quelques années auparavant.

Pendant toute la discussion, Yong-Sun, horriblement mal à l'aise, n'avait cessé de frémir, en dépit de sa grande dignité. Il n'aimait pas les conflits, encore moins lorsqu'il en était la cause.

Et il ne comprenait pas du tout pourquoi la ravissante jeune fille (devant qui, soyons honnête, il bavait un peu tant il la trouvait impressionnante) tenait tellement à l'accompagner. Seule. C'était ce qui était ressorti. Elle ne voulait pas que son petit ami Fabrice l'accompagne.

C'était bien ce qui chagrinait le plus Yong-Sun, paradoxalement. Ce fut aussi sa première question :

— Vous ne m'accompagnez pas pour rendre jaloux votre petit ami, n'est-ce pas ? fit-il calmement, même si à l'intérieur il redoutait la réponse. Il n'avait pas du tout envie de se retrouver chassé par un type capable de se transformer en machine à tuer.

Moineau darda sur lui ses magnifiques yeux noisette, vert et or. Il se fit la réflexion qu'il était content qu'elle se soit retransformée.

Puis elle lui sourit. Un superbe sourire plein de fossettes qui lui mit les genoux en compote.

— Ce serait dégradant et stupide, dit-elle. Je dois prendre mes distances avec Fabrice. Je n'ai pas besoin de le rendre jaloux : c'est un loup-garou, et les loups-garous ont une conception extrêmement précise de la propriété. Ils s'apparient pour la vie, normalement. Sauf que, moi, je ne suis pas une louve. Je ne comprends pas Fabrice et il me rend malheureuse. J'ai été patiente, j'ai été aimante. Il m'a trahie, il nous a trahis, puis il a pris les mauvaises décisions. Ce n'était plus possible. Venir avec vous n'est pas un avertissement, c'est une prérupture. Il n'est pas idiot. Cela va lui permettre de se préparer. Et, lorsque nous nous reverrons, nous romprons. Cela ne sera pas facile, car nous formons un vrai groupe d'amis avec Tara, mais il va habiter sur Terre, alors je le verrai moins souvent.

Yong-Sun la regarda d'un œil pensif, puis rejeta ses longs cheveux noirs en arrière.

— Votre ami est très jeune, fit-il. Il grandira et deviendra un adulte, qui, lui, saura apprécier le trésor que vous êtes.

Le sourire de Moineau s'accentua et il en oublia de respirer.

— « Trésor », hein ? Comme dirait mon ami Cal, vous, vous savez parler aux filles ! Mais moi, je suis là, maintenant. Et je suis fatiguée de souffrir. Alors, il sera probablement un formidable adulte, mais pas avec moi. Bon, on y va ?

Le changement abrupt de discussion déstabilisa Yong-Sun. Il s'inclina respectueusement et ils commencèrent à cheminer côte à côte.

Ils ne prirent pas d'herboglisseur parce que les rebelles les fuyaient, et ils avaient emballé dans leurs robes de sortceliers tout ce dont ils avaient besoin (heureusement, contrairement aux boules de cristal, elles fonctionnaient parfaitement).

Soudain, inspirée par le noir, le fait qu'elle ne connaissait pas Yong-Sun et la déchirure de ce qu'elle venait de faire, Moineau se mit à parler. Elle raconta sa vie. Son enfance au Lancovit puis à Hymlia avec ses parents, au milieu des nains. Sa terrible timidité, son bégaiement guéri (bien involontairement) par Tara. Puis leurs aventures incroyables avec la jeune Héritière, devenue Impératrice *bis*. Tous les ennemis qu'ils avaient affrontés. Comment elle s'était rapprochée de Fabrice, la fascination de ce dernier pour le pouvoir et sa quête de puissance qui l'avait conduit à s'allier avec leur pire ennemi, Magister. Pour terminer par son absurde décision de devenir le gardien de la Porte de transfert sur le continent européen, comme son père, le comte de Besois-Giron.

Le jeune homme ne fit aucun commentaire, se contentant de très polis « hum, hum » dès que le débit menaçait de s'arrêter. Lorsque Moineau fut au bout de ses déclarations, presque fatiguée d'avoir autant parlé, elle se sentit étrangement apaisée. Comme si elle avait eu besoin de ce moment de calme et de sérénité, dans le silence et dans le noir, pour faire sortir tout ce qui n'allait pas dans sa vie.

Soudain, elle se rendit compte qu'elle n'avait parlé que d'elle. Un peu gênée, elle demanda :

— Comment est votre vie au milieu des rebelles ? Avec ce chef, Dantrix, cela n'a pas l'air d'être très facile...

Yong-Sun hocha la tête.

— Non. Il est assez charismatique. Il a réussi à convaincre les autres de lui obéir aveuglément, surtout parce qu'il est le meilleur des chasseurs et un excellent pisteur. Il remplit leur estomac, ils sont reconnaissants. En échange de cela, il les a fait régresser durant les trente ans de sa tyrannie. Ils sont crasseux, sous-alimentés en dépit de ses efforts, parce qu'ils ne cultivent plus les plantes, et les plus jeunes comme les plus vieux tombent facilement malades. Nous leur avons fourni des médicaments, que j'ai prétendu avoir volés et, de fait, leur reconnaissance s'est divisée en deux, ce qui a profondément mécontenté Dantrix. Il a fait de moi son second, mais je sais bien qu'il ne rêve que de me planter un couteau entre deux côtes. Ce qu'il a fait avec les mammouths en est la confirmation. Il va falloir que je règle le problème. Notre Impératrice me l'a fait comprendre sans détour.

Moineau sourit.

— Oui, Tara peut être assez... directe. Elle fera une Impératrice formidable, le jour où elle cessera de fuir ses responsabilités.

Yong-Sun darda un œil éberlué sur la jeune fille aux longs cheveux bouclés.

— Fuir ses responsabilités ? Notre Impératrice ?

— C'est une histoire compliquée, soupira Moineau. Tara ne voulait pas posséder son pouvoir. En fait, je pense qu'elle n'aime même pas la magie. Et elle n'a pas du tout envie de diriger un empire. Elle n'aspire qu'à être une fille comme les autres au lieu d'avoir à se battre constamment pour sauver sa vie, le monde et ses amis par la même occasion. Je l'adore, mais j'avoue que je n'aimerais pas du tout être à sa place. Ses choix sont toujours douloureux.

Yong-Sun demanda timidement :

— D'après ce que vous avez raconté, vous avez partagé beaucoup avec l'Impératrice. Mais, être à ses côtés, c'est comment ?

— Mouvementé ! répondit Moineau. Exaltant. Terrifiant. « Tara » et « paisible » côte à côte dans une phrase, c'est un magnifique oxymore. Elle est en perpétuel mouvement. Parfois, je me dis qu'elle doit être épuisée. Mais elle continue. Elle est aussi têtue que courageuse. Je pense que si un ennemi arrive à l'avoir, ce sera à l'usure. Parce qu'elle ne pourra pas se battre éternellement comme ça. À un moment ou à un autre, elle craquera.

Elle marqua un silence pensif et triste.

— Et elle mourra.

Yong-Sun fut choqué. Mais Moineau était sous le coup du sort de vérité, et ce qu'elle disait, elle le pensait profondément. Peiné, il retint ses questions.

— Et vous, demanda-t-elle soudain, comment êtes-vous arrivé ici ?

Yong-Sun commença à lui raconter comment il avait été « découvert » par le gardien du continent asiatique. Chaque année, plusieurs sortceliers étaient décelés, toujours parce qu'ils utilisaient leurs dons, consciemment ou inconsciemment. Cette année-là, douze Chinois, cinq Japonais et deux Coréens – ce qui correspondait à peu près au rapport des populations, la Chine étant le pays le plus peuplé – avaient été repérés et envoyés sur AutreMonde. Au terme d'un service de deux ans, Yong-Sun, du fait de ses études d'interne en médecine, avait suivi une année d'études chamaniques, puis il avait été envoyé sur Terre, dans la Section Noire, comme second de Heagle 5. Mais, très rapidement, il avait constaté les maltraitances subies par les rebelles sous les ordres de Dantrix et de ses brutes. Il avait donc décidé de les aider. Depuis un an, il vivait une dangereuse double vie.

— Vous êtes un peu comme Tara, fit remarquer Moineau. Vous risquez votre vie pour un idéal.

Yong-Sun lui jeta un regard en coin.

— Et vous, Moineau, quel est le vôtre ?

Moineau devait répondre, elle n'avait pas le choix.

— Vivre en paix. Grandir, m'épanouir, m'amuser. Voyager. Découvrir de nouveaux pays. Travailler au Lancovit. M'éclater en boîte, rencontrer de nouvelles personnes, de nouveaux amis. Tomber amoureuse. D'un garçon paisible, sans complexes, sans complications.

Elle ajouta, après un petit silence :

— Ne pas avoir le poids du monde qui repose sur mes épaules toutes les trente secondes.

— Comme Fabrice.

Moineau sursauta.

— Pardon ?

— Oui, tout à l'heure vous m'avez dit qu'il était fatigué d'avoir peur. Mais, en fait, vous aussi. Comme l'Impératrice. Ou comme moi. Nous sommes tous pareils. Certains ne supportent pas la pression, comme votre ami. Certains la supportent un certain temps, comme vous ou moi. Et d'autres, comme votre ami Cal, qui, d'après ce que j'ai entendu, n'existe que pour le danger et l'adrénaline, peuvent vivre très longtemps, tout simplement parce qu'ils ne considèrent pas ceci comme une pression, mais comme quelque chose de normal. De tous les compagnons de notre Impératrice, il sera probablement le plus fidèle. Le dernier.

Son analyse était intéressante. Moineau n'avait pas du tout envisagé leur groupe sous cet angle.

— Et Robin ? demanda-t-elle, très curieuse.

— Le demi-elfe ? C'est un guerrier, indéniablement. Mais il est miné par sa condition de métis. Il se sent rejeté. C'est la raison de son comportement. Plus que tout, il veut être accepté par Tara – pas parce qu'elle est Tara, mais parce qu'elle est l'Héritière.

— Il n'est pas du tout comme ça, protesta Moineau. Il est très honnête et droit !

— Ce n'est pas ce que j'ai voulu dire, répliqua Yong-Sun. Bien sûr qu'il est honnête et droit. Mais, pour un être tourmenté comme lui, quelle plus belle revanche, sur les elfes et sur les humains, que de devenir l'Imperator ? Le mari de la femme la plus puissante d'AutreMonde et même, d'après ce que j'ai pu voir de notre Impératrice, si ce n'est de la femme la plus puissante de notre galaxie. Il l'aime pour de bonnes et de mauvaises raisons. Ce sera toujours son problème, mais aussi celui de notre Impératrice. Comment savoir si quelqu'un nous aime pour nous plutôt que pour ce que nous sommes à l'extérieur et non pas à l'intérieur ?

Moineau se tourna vers lui et eut un petit rire étonné.

— Vous aussi, vous êtes très sage pour votre jeune âge, fit-elle remarquer.

Soudain, il se pencha vers elle comme s'il allait l'embrasser. Moineau, les yeux écarquillés de surprise, ne bougea pas, mais il se contenta de lui murmurer à l'oreille :

— Nous y sommes presque. À partir de maintenant, plus de bruit.

Il recula, lui fit signe de se baisser, tandis qu'il éteignait sa torche. Moineau, le cœur encore battant et ne sachant pas très bien ce qu'elle aurait fait si effectivement il avait tenté de l'embrasser, obéit et, au bout de quelques instants, s'aperçut qu'elle distinguait une faible lueur assez loin devant eux.

Sans crier gare, elle se transforma, surprenant Yong-Sun qui ne s'y attendait pas. Ah ! avec sa vision de Bête, elle voyait bien mieux.

Ils s'approchèrent en silence, jusqu'à entendre des voix fortes qui se disputaient.

Ils venaient de trouver le camp des rebelles.

Et ceux-ci n'avaient pas l'air très contents.

Invisibles, ils se faufilèrent jusqu'au camp. Pour la Bête, ce n'était guère difficile d'être silencieuse sur ses coussinets veloutés, mais Moineau fut impressionnée par l'habileté de Yong-Sun. Il était parfaitement silencieux, lui aussi.

— Je pense qu'il vaut mieux que vous restiez ici, souffla Yong-Sun.

— Non, je vais venir avec vous, insista Moineau. Dites-leur que je suis une déserteuse, moi aussi. S'ils sont hostiles, je me transformerai. Ainsi, nous pourrons profiter de l'effet de surprise pour nous échapper.

— Dantrix est un excellent chasseur, fit remarquer Yong-Sun.

La voix de Moineau se fit froide.

— S'il me traque dans le noir, Yong-Sun, le chasseur, ce ne sera pas lui.

Il tourna son regard vers elle et l'éclat soudain glacial de ses yeux noisette, qui plafonnaient bien au-dessus de la tête du jeune homme, le fit frissonner.

— Très bien. Mais, surtout, ne faites pas d'erreur. Il est entouré de brutes qui lui obéissent au doigt et à l'œil. Ils sont très dangereux.

— Moi aussi, répliqua paisiblement Moineau. Bon, ça y est, on a terminé de discuter, on peut y aller ?

Yong-Sun grommela qu'il doutait, vu son ton directif, que Moineau ait jamais été timide. Elle le défia du regard puis se retransforma en ravissante jeune fille. Il devait admettre que, sous sa forme humaine, elle semblait tout de même nettement moins dangereuse que sous sa forme de Bête, voire carrément fragile. Même si elle était têtue comme une mule sous les deux formes. Résigné, il se releva, la prit par le bras comme si elle était une sorte de prisonnière, et se dirigea vers l'entrée du camp.

Les deux gardes sursautèrent à son apparition, comme s'il avait surgi de nulle part. Grâce au Traductus, Moineau comprit ce qu'ils disaient.

— Yong-Sun ? Tu es vi...

Le garde qui avait commencé à parler s'interrompit lorsque le second lui marcha sur le pied. Il rectifia la position de sa lance, la baissant.

— Je veux dire, t'es là ? On pensait qu't'étais mort.

— Ouais, mort et écrasé. T'as vu les mammouths ? On a réussi à en choper deux, c'est tout. Ces sortceliers, quels salauds ! Ils ont balancé les mammouths un peu partout. Ça va prendre des plombes à les faire rev'nir !

Ils mangeaient la moitié des mots, en faisant une sorte de bouillie pâteuse difficile à comprendre.

— Je suis au courant, ironisa Yong-Sun, vu que j'étais sur leur chemin quand vous avez mis le feu. Dantrix est là ?

— Ouais, l'est rentré. L'était pas très content. Tu d'vrais éviter de l'approcher, c't'un conseil.

— Oh ! mais je vais l'approcher, gronda Yong-Sun, et pas qu'un peu.

Puis, sans se soucier des regards curieux des deux hommes sales et dépenaillés sur la ravissante Moineau, il entra dans le camp.

Moineau n'avait pas senti l'odeur parce que le vent soufflait dans l'autre sens. Mais elle faillit suffoquer lorsque celle-ci lui sauta à la gorge. Du camp émanait un mélange de vieille sueur, de nourriture pourrie, de maladie, de désespoir, d'urine et de malnutrition. Des chiens faméliques erraient un peu partout, se disputant les os avec des enfants mal nourris. Moineau sentit des larmes lui piquer les yeux. Sur AutreMonde, personne n'avait faim, personne ne souffrait ou n'était malade, du moins pas de cette façon, même chez les Salterens ou chez les Edrakins[1]. C'était la première fois qu'elle était confrontée à la maladie et à une misère crasse. Et cela la bouleversa.

Jamais elle n'avait vu d'êtres humains dans un tel état. Elle jeta un regard noir à Yong-Sun, regrettant de ne pas pouvoir lui faire comprendre à quel point elle était outrée qu'il ait laissé Dantrix réduire sa maigre population à un tel dénuement.

Seuls les hommes adultes, bien qu'habillés de haillons comme les autres, semblaient en à peu près bonne santé et correctement nourris. Sous ses yeux stupéfaits, l'un d'entre eux gifla une vieille femme et la fit tomber afin de lui prendre son bout de viande. Les autres éclatèrent d'un rire épais tandis que la vieille femme se recroquevillait. C'était d'autant plus incompréhensible, comme scène, que des quartiers de viande de mammouth, luisante de graisse, rôtissaient au-dessus de plusieurs brasiers.

Moineau savait qu'elle ne pouvait pas réagir, pas sans griller sa couverture. Mais elle grava les traits du tortionnaire dans sa mémoire. Celui-ci n'allait pas vivre assez longtemps pour regretter son geste. Elle s'en faisait la promesse.

Yong-Sun avait senti les muscles de Moineau se durcir.

— Ne faites rien, murmura-t-il. Surtout, ne réagissez pas. C'est comme ça que ces hommes font la loi, en terrifiant les autres. Cette vieille femme, Saluta, était la femme de l'ancien chef, celui dont Dantrix avait pris la place à sa mort. Ils ne ratent pas une occasion de la brimer.

— Et tout le monde les laisse faire ? gronda Moineau en veillant à ne pas trop bouger les lèvres.

— Oui. Ils dépendent de Dantrix. En quelques années, il a réussi à se débarrasser de la génération précédente, celle qui vivait en harmonie avec la plaine et les Amazones. À cette époque, la magie n'était pas bannie à ce point. Ils l'utilisaient un peu, même si cela les rendait malades. Dantrix s'est rendu compte que cela risquait d'affaiblir sa position. Alors, petit à petit, il a réussi à les convaincre que c'était trop dangereux de l'utiliser. Maintenant, il règne en seigneur incontesté.

---

1. Moineau simplifiait un peu. Chez les Edrakins, les gens étaient sacrifiés, ils n'avaient donc pas le temps de souffrir, ou du moins seulement un très court instant. Et, chez les Salterens, les esclavagistes prenaient soin de leurs esclaves… parce qu'ils coûtaient cher à remplacer.

La vieille femme dit quelque chose d'un ton haineux et le chasseur leva une main lourde, qu'il ferma en poing. S'il la frappait de cette façon, elle n'y survivrait pas. Les yeux étincelants, indomptée, elle leva son visage maculé de crasse vers lui, comme si elle le défiait de la frapper.

C'était d'un courage insensé, à moins que, tout simplement à bout, elle n'ait décidé que la mort était préférable à cet enfer.

Moineau échappa à Yong-Sun avant qu'il n'ait le temps de réagir. Puis, utilisant les techniques de combat de tous les descendants des rois du Lancovit, elle tapa au creux du genou de l'homme, le précipitant par terre. La vieille femme roula sur elle-même avec une agilité étonnante, évitant l'homme qui basculait. Froidement, Moineau frappa, mobilisant tous ses muscles, visant la nuque.

Si elle avait pu utiliser sa force de Bête, il aurait été tué instantanément. Là, il fut étourdi au point de perdre connaissance pendant quelques instants, suffisamment pour que Moineau ait le temps de relever la vieille femme.

Stupéfaite, celle-ci se laissa remettre sur ses pieds.

Moineau lui sourit, écarta les longs cheveux gris sale qui tombaient sur le visage ridé et lui dit avec douceur mais fermeté :

— Parfois, la solution n'est pas la résignation. Parfois, il faut aussi se battre. Vous n'êtes pas moins forte. Pas ici. Pas avec la magie…

Avant que la vieille femme n'ait le temps de répondre, les yeux dilatés d'étonnement, Yong-Sun attrapa Moineau par le bras et l'entraîna hors de sa portée.

— Mais qu'est-ce que vous faites ? Vous allez tout gâcher ! siffla-t-il, furieux.

— Il allait la tuer !

— Vous n'en savez rien, et ce n'est pas la première fois que Saluta les défie.

Il fit traverser tout le camp à Moineau jusqu'à une sorte de grande tente faite de peaux de bêtes tannées, ouverte sur trois côtés, rapiécée et puante. Un homme gigantesque était assis à l'intérieur, sur un siège qui faisait office de trône. Avec son immense barbe et les muscles qui roulaient sous sa peau sale, il ressemblait plus à un ours qu'à un être humain.

Et, vu son odeur, c'était insulter les ours.

Une lueur méfiante luisait dans ses petits yeux bruns porcins, profondément enfoncés sous ses sourcils noirs broussailleux, surmontés d'une tignasse mangée de poux. Même avec ses simples yeux d'humaine, Moineau pouvait voir des bestioles suceuses de sang se promener dans ses cheveux gras, et elle dut surmonter un sursaut de répulsion.

Il tira sur deux liens de cuir qui pendaient, et ce qu'il cachait apparut.

De chaque côté de son espèce de trône, fait de bouts d'os et de bois recouverts d'une fourrure nauséabonde, s'avancèrent deux frêles jeunes filles brunes aux longs cheveux emmêlés, l'air apeuré, le visage strié de larmes et le corps couvert d'hématomes de toutes les couleurs.

Elles étaient tenues par des sortes de laisses de cuir, qui étaient accrochées à leurs colliers d'os.

Yong-Sun se raidit au point de se transformer en une sorte de statue de pierre. Ce fut au tour de Moineau de lui murmurer de se calmer.

— Les filles de Saluta ! murmura-t-il, fou de rage.

L'une d'elles regarda Yong-Sun. Moineau y vit de l'espoir. De la supplication.

De l'amour.

Yong-Sun frémit.

Puis il se redressa et fit face à l'homme qui venait de se lever, déployant deux impressionnants mètres de muscles durs comme de la pierre.

— Alors ! tonna le géant, les foutues Amazones, elles sont furieuses ? Aurons-nous une guerre parce que nous avons tué ?

Moineau s'obligea à renifler, en dépit de son dégoût. Ah, ici, en dehors de la sueur et de la saleté, elle pouvait sentir une nuance qu'elle connaissait bien.

La peur.

— L'homme qui est tombé dans la trappe n'est pas mort, fit calmement Yong-Sun, levant la tête afin de fixer le visage farouche du rebelle. Elles n'étaient donc pas en colère contre nous. En revanche, faire fuir les mammouths afin d'effacer les traces de notre crime, ça, c'était vraiment stupide.

L'homme s'avança d'un pas, la colère flambant soudain dans son regard.

— Tu dis que je suis stupide ?

— Absolument, répondit Yong-Sun sans broncher devant la menace. Stupide, dangereux et irresponsable. Tu as tué trois d'entre elles. Comment crois-tu qu'elles vont réagir ?

À la surprise de Moineau, Dantrix partit d'un rire gras, sa colère soufflée comme par magie.

— Comme les faibles femelles qu'elles sont ! Elles vont pleurer et s'occuper de leurs mortes, et nous ficher la paix, parce qu'elles ne peuvent rien contre nous, nous sommes les plus forts !

Il termina sa phrase en hurlant, salué par ses hommes qui hurlèrent en retour, brandissant des lances et des arcs.

Pendant qu'il riait et criait, une forme grise se faufila aux côtés de Yong-Sun et de Moineau. La jeune fille reconnut la femme qu'elle venait de sauver, Saluta.

Les deux jeunes filles brunes en face d'elle tressaillirent en voyant leur mère si proche du monstrueux chef des rebelles.

La vieille femme se tenait debout avec difficulté. Elle portait, elle aussi, de nombreuses traces de coups. Ses mains étaient presque déformées par l'arthrite. Et pourtant elle tentait, avec opiniâtreté et fierté, de se tenir debout.

Dantrix se retourna, la vit et cracha par terre, histoire de bien montrer son mépris.

— Qu'est-ce que tu veux, Saluta ?

La vieille femme eut un sourire édenté, mais farouche.

— Il a dit que tu étais stupide, fit-elle en désignant Yong-Sun. Et pourtant, tu ne l'as pas tué sur le coup. Tu ne reconnais donc pas son défi ?

Yong-Sun murmura du coin de la bouche :

— Vous faites quoi, là ?

Saluta l'ignora.

— Ou alors est-ce que tu aurais peur de ses jolies lames, Dantrix ?

Elle dégaina l'un des deux sabres de Yong-Sun, le tenant avec maladresse.

Yong-Sun la regarda avec inquiétude.

— Repose ce sabre, Saluta, tu vas te blesser.

Saluta le lui tendit avec un air de frayeur mal dissimulé et Dantrix se relaxa, tout en faisant un signe discret, que Moineau vit parfaitement, pour que ses hommes préparent leurs arcs, au cas où le jeune Coréen le défierait réellement. Sauf que ceux-ci, trop occupés à les brandir vers le ciel, ne réagirent pas tout de suite.

Aussi Dantrix fut-il parfaitement surpris lorsque la lame, que tenait si maladroitement Saluta et qu'allait saisir Yong-Sun, fit une éblouissante volte-face pour venir caresser son cou.

Moineau, pas plus que Yong-Sun ou les autres, ne comprit pourquoi un brusque jet de sang aspergeait tout autour d'eux.

Dantrix porta une main hésitante à sa gorge. Puis il s'étouffa, incrédule, incapable de comprendre ce qui lui arrivait.

Saluta fit tomber le sang de la lame d'un élégant mouvement de la main, puis la rendit au jeune Coréen, stupéfait.

Elle se tourna vers Moineau et lui dit :

— Je n'avais pas réussi à trouver une occasion jusqu'à présent. Je savais que vous pourriez utiliser la magie pour protéger Yong-Sun, mais il était aussi impératif que les hommes n'aient pas engagé de flèches dans leurs arcs. Ces imbéciles étaient bien trop occupés à les brandir vers le ciel.

Elle contempla les hommes, soudain silencieux, qui fixaient leur chef.

Puis elle eut un merveilleux sourire, lumineux et heureux.

Dantrix fit un pas, un autre, puis dévisagea Saluta, incapable d'imaginer qu'une vieille femme ait pu le vaincre aussi facilement. Il essaya de bredouiller quelque chose, mais le sang dans sa gorge le rendit inintelligible.

Enfin, comme un tronc pourri qu'on abat, il tomba de tout son long.

Les hommes se mirent à crier et Moineau se transforma. Tel l'éclair, tel un feu foudroyant, elle bondit, arrachant les armes des mains de rebelles trop surpris pour avoir le temps de réagir. En quelques secondes, elle avait réussi à désarmer près de trente hommes sur la quarantaine qui les encerclait. Yong-Sun bondit et ses deux sabres s'activèrent sur ceux qui n'avaient pas bien compris que le règne de Dantrix venait de s'achever. Il ne les blessa pas, mais des bouts de lances et d'arcs se mirent à jaillir un peu partout.

Moineau dut assommer trois récalcitrants. Les hommes, qui n'avaient jamais vu un monstre comme elle, déclarèrent très vite forfait.

Saluta, pour sa part, ne s'était pas du tout intéressée à la mort de Dantrix. Elle s'activait déjà afin de délivrer ses filles. Celles-ci, pleurant et riant en même temps, s'accrochaient à elle. Lorsque Yong-Sun s'approcha, une fois tout danger écarté, celle qui l'avait dévisagé se jeta dans ses bras. Yong-Sun hésita un instant, ne sachant pas très bien comment réagir, puis, tendrement, referma ses bras sur la jeune fille.

Les autres rebelles se rassemblèrent autour d'eux. Moineau sentait leur résignation, mais aussi une certaine méfiance, comme toujours lorsque le pouvoir change de camp. Un vieux dicton omoisien disait : « Mieux vaut le démon que l'on connaît que celui que l'on ne connaît pas », signifiant ainsi que parfois le remplaçant pouvait être bien pire que son prédécesseur.

Mais, pour Yong-Sun, qui pensait avoir à affronter Dantrix en combat singulier et se sentait à la fois frustré et soulagé, ce n'était pas le cas. Il surprit les gens en élevant la voix et en criant :

— Vive Saluta ! Vive notre nouveau chef !

Cette fois-ci, ce fut au tour de Saluta de murmurer du coin de la bouche :

— Par les entrailles de Bendruc le Hideux, mais qu'est-ce que tu fais ?

— Je te fais chef, pourquoi ?

— Mais… je ne veux pas être…

Ses filles l'interrompirent en criant :

— Vive Saluta ! Le défi a été conclu, Saluta a vaincu Dantrix. Saluta est nôtre nouveau chef !

Saluta regarda tout autour d'elle, stupéfaite.

— Mais… mais non, je ne veux…

Yong-Sun posa un genou à terre devant elle, reconnaissant son pouvoir. Moineau l'imita vivement, après s'être retransformée en humaine. Deux heures plus tôt, Tara avait demandé à Yong-Sun de prendre la tête des rebelles. Mais lui avait une autre idée.

— Vous êtes le meilleur choix, murmura le jeune guerrier en plantant son regard noir dans celui, écarquillé de stupeur, de Saluta. Ils se méfient de moi, et nous savons tous les deux très bien pourquoi. Contrairement à Dantrix, vous n'êtes pas idiote. Il me laissait vivre à cause des médicaments et de mon talent de médecin. Mais jamais je ne serai accepté comme chef, moi, l'étranger. Que vous le vouliez ou non, c'est vous qui avez tué Dantrix. Le poste vous revient.

Saluta ferma la bouche d'un coup sec. Contemplant le jeune homme au visage d'ange qui venait de la désigner, elle murmura :

— Ça, vous allez me le payer un jour, Yong-Sun, je vous le jure !

Puis elle redressa la tête et leva les mains au-dessus en un geste de victoire. Les acclamations retentirent et tous se regroupèrent autour d'eux. L'occasion était idéale pour Moineau.

— Bon, je vais sans doute regretter ça pendant quelques heures, mais ça vaut le coup, décida-t-elle. Par le Reparus, que les rebelles soient soignés et leurs vêtements réparés !

Les rebelles poussèrent des cris d'effroi alors que la magie rose de Moineau frappait tout le camp.

Mais cela ne leur fit pas mal. Les dents repoussèrent, les membres se redressèrent, cheveux, peaux, yeux recouvrèrent leur brillance, ceux qui étaient malades guérirent.

Moineau s'affaissa, puis, terrassée par la nausée, dut sortir du camp pour vomir. Mais quand elle revint, les hommes, les femmes et les enfants, sains bien qu'encore mal nourris – sa magie n'était pas puissante à ce point –, se pressèrent autour d'elle, reconnaissants, babillant, stupéfaits et ravis.

Saluta, résignée mais heureuse de ne plus souffrir de ses pauvres mains déformées, prit le camp en main. Moineau fut mise à contribution pour montrer aux rebelles comment utiliser la magie. Ils se débarrassèrent des parasites avec soulagement (Moineau connut un bref instant de panique en découvrant qu'ils étaient aussi couverts de puces), se lavèrent grâce à la source que fit jaillir la fille de Saluta, qui se révéla avoir une véritable affinité avec les éléments, et quelques heures de nettoyage, de tissage et de duplication bien remplies plus tard, le camp avait totalement changé. Des tentes joliment décorées sous l'impulsion de Moineau se dressaient sur une vaste esplanade de pierre créée par la jeune fille, au centre de laquelle un feu bien alimenté était entouré de sièges confortables. Il y avait des lits, des couvertures, des instruments de cuisine, des projecteurs (fournis par Yong-Sun)... au point que les rebelles échangeaient des regards incrédules, du type « mais bon sang, pourquoi on n'a pas fait ça avant ! ».

Utiliser la magie n'était pas facile, mais ils virent bien que, si cela rendait Moineau, Yong-Sun puis Saluta malades, cela ne les indisposait que temporairement et ne les tuait pas. Timidement, ils s'y essayèrent les uns après les autres.

Quelques hommes qui avaient bien profité du règne de Dantrix n'y survécurent pas. Saluta les fit exécuter froidement.

Avant que Yong-Sun et Moineau ne puissent protester.

Sagement, les autres jetèrent un coup d'œil aux cadavres grimaçants et se rallièrent à leur nouveau chef dans un bel élan de solidarité. Yong-Sun fut rapidement traqué par Souala, la fille de Saluta, qui s'obstinait à glisser sa main dans celle du guerrier. Ce qui amusait beaucoup Moineau.

— Cal va être content, murmura-t-elle. Finalement, nous avons bien débarrassé un peuple de son tyran et nous l'avons délivré. Il va vraiment nous en vouloir de ne pas avoir été là !

— Vous parlez souvent toute seule, jeune fille ? fit une voix derrière elle.

Moineau sursauta et se tourna vers Saluta.

— Pardon ?

— Je me demandais si vous parliez souvent toute seule...

— Non, dit Moineau en riant, je pensais juste à mes amis, que je dois rejoindre bientôt. Ce que nous avons fait... ou plutôt ce que vous avez fait... leur plairait beaucoup.

— Je n'ai pas pu agir plus tôt, déplora Saluta. Ce démon était très malin, jamais il ne m'a laissée m'approcher d'une lame. Et, surtout, il était sans cesse sur ses gardes. Quand j'ai réalisé qu'il ne se préoccupait que de Yong-Sun – la plus grosse menace à ses yeux –, j'ai compris que je tenais ma chance. D'autant qu'il faisait vraiment très sombre, pour une fois, la lune/soleil n'éclairant plus. Les gardes allaient avoir du mal à me viser avec leurs lances et leurs flèches. (Elle se frotta les bras comme si elle avait froid.) Mais j'ai eu très peur d'être trop petite pour l'atteindre avec le sabre. Ou que Yong-Sun ne fasse quelque chose de stupide, comme de me prendre le sabre avant que je n'aie le temps de frapper Dantrix. Et encore plus que mes mains ne soient trop abîmées pour tenir l'arme assez solidement pour lui trancher totalement la gorge.

— Cela a dû être horriblement douloureux, fit Moineau avec compassion.

— Pour lui, certainement.

La vieille femme partit d'un rire incroyablement jeune et frais, et ajouta :

— Oh ! oui, cela a fait mal, mais Dantrix est enfin mort, alors j'aurais accepté de souffrir bien plus.

Ses yeux se portèrent sur ses deux filles qui brûlaient les laisses et les colliers en poussant de grands cris de joie, et son regard était celui d'une louve. Dantrix avait commis une dernière erreur, celle de s'en prendre aux enfants de Saluta.

— Je voulais aussi vous remercier, continua la vieille femme en reportant son attention sur Moineau. Vous m'avez redonné courage, vous m'avez apporté votre soutien juste au moment où j'en avais besoin, et, surtout, Yong-Sun et vous avez créé la diversion que j'attendais désespérément.

Elle se redressa et, soudain, sous la vieille femme perça la nouvelle chef de clan.

— Bon, et maintenant que les remerciements sont terminés, qu'est-ce que vous avez fait à notre soleil ?

Moineau vacilla un instant, déstabilisée par le changement de ton.

— Hum, euh, il y a eu un accident.

— Oui, souligna Saluta, ça, nous avons vu. Le soleil, les mammouths qui partent dans toutes les directions, vous avez causé un sacré chaos dans la plaine.

— En fait, fit Moineau en inspirant à fond maintenant que le camp était débarrassé de sa puanteur, une de mes amies est... comment dire... extrêmement puissante. Elle a voulu aider les Amazones quand les mammouths ont chargé, poussés par le feu allumé par Dantrix. En incantant un Repoussus, elle a éteint le soleil. Très involontairement. Elle est là-haut en train d'essayer de le réparer.

Ce fut au tour de la vieille femme d'être déstabilisée.

— Elle est en train de quoi ?

— Ce n'est pas un soleil, mais une machine...

Et Moineau expliqua à Saluta toutes les caractéristiques de l'endroit étrange où elle habitait.

— Les démons ? Nous sommes les descendants des soldats qui ont combattu les démons il y a cinq mille ans ? Je connaissais les vieilles légendes, mais je ne savais pas qu'elles étaient vraies. C'est pour cela que nous vous fuyons ?

— Vos chefs, jusqu'à présent, oui, apparemment.

La vieille femme se tut si longtemps que Moineau crut qu'elle était fâchée. Ce qui était le cas, mais pas contre elle.

— C'est idiot ! s'exclama Saluta. Quand je vois ce que peut faire la magie – telle que nous l'utilisions à l'époque, avant Dantrix –, je sais qu'elle n'est pas maléfique, juste un outil un peu compliqué et désagréable à utiliser.

Elle se redressa.

— Je vais donner un choix à mon peuple.

— Oui ? Lequel ?

— Nous sommes trop vieux pour changer, nous aimons cette vie en dépit de tout. Mais les jeunes voudront peut-être vivre autre chose. Mes filles, par exemple. Souala me paraît bien mordue par le jeune Yong-Sun. Et je sais qu'elle rêve d'autre chose que de mâcher du cuir de mammouth pour l'assouplir afin de faire des chaussures. Si elle veut partir avec lui, elle le pourra. Il est temps de mettre fin à toute cette histoire de désertion. Nous faisons partie d'un peuple, celui d'AutreMonde. La lâcheté n'est plus une option.

Elle regarda Moineau et ajouta :

— Je ferai passer le message auprès des autres tribus. Laissez une de vos machines à l'endroit où vous avez vu les pièges. Que des Amazones restent là pour accueillir ceux de nos jeunes qui voudront partir. Et maintenant, il faut que vous aussi, vous partiez. Les gens ont peur de vous.

— Vous ne risquez rien ? demanda Moineau, inquiète de la fragilité de la vieille femme.

— Je ne pense pas, répondit Saluta. Ils sont encore sous le choc de ce qui s'est passé, mais des vêtements propres, de la nourriture et une bonne santé sont importants. Ils me suivront, comme ils ont suivi Dantrix.

— Vous ne pourrez pas utiliser la magie sur les animaux pour vous nourrir, la prévint Moineau.

— Certes, mais j'ai vu comment opérer pour que le blé pousse, et produire de la farine n'a rien de compliqué. Pour la viande, nous allons aussi nous débrouiller. Nous ferons du troc avec les autres tribus. Je connais un gisement de fer, un peu plus loin dans les collines, cela fait partie des raisons pour lesquelles Dantrix ne m'a pas tuée, même s'il en avait le désir : il ne connaissait pas sa localisation. Et je n'avais pas l'intention de la lui donner.

Soudain, Moineau entrevit la femme d'acier sous le vieux corps fatigué. Elle se félicita que Saluta soit intelligente et qu'elle soit de leur côté parce que, d'ici quelques années, Moineau pariait que la vieille femme serait le chef de toutes les tribus de l'Atlantide.

Les deux filles de Saluta vinrent craintivement les saluer lors de leur départ. En quelques heures, leur vie avait radicalement changé et elles en étaient terriblement reconnaissantes. Yong-Sun eut un peu de mal à quitter Souala, qui lui planta un fougueux baiser sur les lèvres avant de le relâcher. À regret.

Ils repartirent dans le noir, éclairés par la torche de Yong-Sun, fatigués. Ils n'avaient pas dormi depuis qu'ils étaient entrés dans le camp, des heures auparavant.

— Elle a l'air de beaucoup vous aimer, cette jeune fille, Souala, taquina soudain Moineau.

Elle ne pouvait pas bien voir le visage de Yong-Sun dans le noir, mais elle sentit qu'il rougissait.

— Elle... elle est formidable. Elle a toujours essayé d'aider les gens et sa mère. Mais c'était difficile. Dantrix... Dantrix les terrorisait. À sa façon, elle tentait de résister, mais, face à ces monstres, c'était... disons que c'était compliqué. J'ai respecté les ordres de ma supérieure aussi longtemps que j'ai pu – pas d'ingérence, une aide discrète –, mais j'ai dû me retenir un millier de fois pour ne pas éliminer ces hommes sans honneur.

Ah ! il avait obéi... Jusqu'au moment où l'ordre de Tara – le commandement suprême en quelque sorte – l'avait enfin délivré de cette retenue. Moineau comprenait mieux. Elle avait été désagréablement étonnée par sa passivité passée.

— Vous êtes courageux, Yong-Sun. Et vous êtes, vous, un homme d'honneur.

— Hum ! se contenta de répondre Yong-Sun d'un ton dubitatif avant de se renfoncer dans un silence songeur.

Ils avancèrent paisiblement côte à côte, plongés dans leurs pensées. Yong-Sun repassait dans son esprit, encore et encore, ce qui s'était passé. Il était un peu… déçu. Comme dans les duels anciens, il pensait affronter Dantrix seul à seul et le détruire, ou périr en essayant. Le fait que la vieille femme lui ait piqué son sabre et ait tranché la gorge du géant lui restait, justement, en travers de la gorge. Ha, ha !

Il soupira. Le principal était que ce peuple n'allait plus vivre dans la crainte.

Puis il eut un petit sourire en rajustant machinalement ses sabres dans son dos. Plusieurs autres tribus avaient à leur tête un chef aussi cruel et dangereux que Dantrix. Peut-être allait-il quand même devoir combattre. Et briller devant les yeux de la jolie Souala…

Moineau, de son côté, s'interrogeait encore sur l'impulsion curieuse qui l'avait fait suivre Yong-Sun plutôt que partir avec Tara et… Fabrice. Depuis quand la présence du Terrien était-elle devenue pesante, étouffante ? Elle ne le savait pas très bien. Quelques années, quelques mois même plus tôt elle aurait pu jurer que Fabrice était le bon, celui qui resterait près d'elle jusqu'à la fin de ses jours. Mais, comme Tara, elle réalisait que les amours de jeunesse n'étaient pas immortelles. Elles naissaient, grandissaient, vivaient. Et mouraient.

Elle aussi soupira. Tout cela était bien compliqué. Pour l'instant, elle allait se passer de petit copain pendant un temps, histoire d'y voir un peu plus clair dans sa vie. Fabrice allait habiter sur Terre. Maintenant que son contrat de gardien avait été accepté, il ne pouvait plus se désister. Elle resterait sur AutreMonde et tout serait bien plus simple.

Alors, pourquoi se sentait-elle si triste tout à coup ?

Ils cheminèrent en silence.

Soudain, juste au moment où ils arrivaient au campement des Amazones, où les herboglisseurs restants étaient parqués, il y eut comme une sorte de bruit bizarre au-dessus de leurs têtes. Méfiante, Moineau leva les yeux.

— Qu'est-ce que…, balbutia Yong-Sun.

Moineau tendit le bras.

C'était le soleil. Il se passait quelque chose sur le soleil.

Il eut un comportement curieux, pour un soleil.

Il crachota.

Puis il se produisit une énorme explosion et il se ralluma.

Moineau détourna le regard pour ne pas être éblouie, mais elle avait eu le temps d'enregistrer quelque chose. Quelque chose qui chutait.

S'abritant de la main, elle fixa ce qu'elle avait repéré, puis blêmit sous son poil de bête.

Il y avait bien « quelque chose » qui tombait.

Deux corps.

18

Rallumer le soleil

*ou comment faire exploser quelque chose
en évitant d'exploser avec.*

Tara et ses amis avaient dit adieu à Moineau et à Yong-Sun qui partaient combattre Dantrix, pris place dans les herboglisseurs transformés, et refermé les dômes de cristal. Les engins s'élevèrent dans le ciel noir.

Accompagnés par les encouragements et les salutations des Amazones restées au sol.

Fafnir blanchissait au fur et à mesure que le sol s'éloignait. Ils étaient en route vers le soleil.

Ce fut assez long. Une heure pour monter jusqu'à la voûte, car les herboglisseurs n'étaient vraiment pas faits pour ça.

Pendant toute l'ascension, Fafnir resta en longue, passionnante et très instructive discussion mentale avec Bel, refusant de regarder par le pare-brise. Le petit chat rose s'employa à la distraire, mais, dès que l'appareil frémissait, Fafnir frémissait, dès qu'il sautait, Fafnir sursautait, dès qu'il décrochait, Fafnir s'accrochait. Personne n'osa la réconforter, car son œil vert était bien trop ombrageux, furieux et effrayé.

Les accoudoirs de son fauteuil gémissaient sous la pression de ses mains à moitié enfoncées dedans, blanchies par l'effort, et Cal, qui n'était pas très à l'aise non plus, aurait bien voulu qu'elle arrête de les torturer comme ça.

Robin aurait donné son âme, quitte à ne jamais aller en OutreMonde, pour savoir ce que pensait Tara. Enfin, il savait ce qu'elle pensait, puisque, grâce au foutu sort de vérité, elle le lui avait balancé à la figure. Mais, depuis qu'ils avaient discuté, elle ne lui avait rien dit de plus à propos de leur relation. Et il était si inquiet qu'il n'envisageait pas de l'approcher tant qu'il n'aurait pas peaufiné tous ses arguments. Il regretta que sa boule de cristal soit bloquée : un petit appel à sa mère, voire à deux ou trois copains plus âgés amateurs de jolies filles, l'aurait bien arrangé. Encore qu'avec les amateurs de jolies filles, il n'était pas trop sûr. La dernière fois qu'il s'était disputé avec Tara et qu'il les avait appelés, l'un d'eux lui avait assené : « Bah, c'est pas très grave, une de perdue, mille de retrouvées ! »

Il soupira. Ah, les elfes ! Ils étaient à la fois très simples et très compliqués. Devait-il totalement abandonner ses instincts d'elfe afin de « convenir » à Tara ? Ou bien rester comme il était et... renoncer ?

En face de lui, Fabrice n'était pas plus joyeux.

Il était fou de jalousie. Voir Moineau s'éloigner avec l'autre bellâtre, là, avait failli le pousser à se transformer, histoire de pouvoir lui sauter à la gorge sous sa forme de loup. Sauf que, s'il l'avait mordu et que le type n'était pas mort, il se serait transformé en loup-garou lui aussi et, avec la chance qu'avait Fabrice, ç'aurait bien pu être un foutu loup alpha.

Sans compter que le guerrier coréen avait deux épées un peu trop tranchantes au goût de Fabrice, et que lui n'était pas encore remis de son accident. Les loups-garous guérissaient à une vitesse prodigieuse, m'enfin bon, d'une part ça faisait mal, d'autre part, ils n'étaient pas des surhommes non plus...

Tara, elle, s'inquiétait pour un peu tout. Pour sa mère, toujours entre les mains de Magister, du moins son corps. Pour Magister, du moins des manigances du chef des sangraves. Pour la Reine Noire, qu'elle aurait bien fait disparaître d'un coup de bag... euh, disparaître. Pour son futur, maintenant qu'elle était plus âgée d'un seul coup et apparemment éligible à un tas de choses auxquelles elle ne voulait pas penser trop longtemps.

Elle s'inquiétait aussi pour Robin. Le demi-elfe se mordillait les lèvres, plongé dans ses pensées. Tara détailla le beau visage, les longs cheveux argentés (curieusement, les mèches noires qui tranchaient sa chevelure lui manquaient), les magnifiques yeux de cristal si expressifs. Elle se fit la réflexion que, contrairement aux autres elfes, ses yeux reflétaient toutes les pensées de son âme. Il était tout aussi humain qu'elfe. Mais il restait une grande question à laquelle elle n'avait aucune réponse : était-il assez humain pour elle ? Et elle ? Serait-elle capable d'être un peu plus « elfique » pour lui ? D'accepter ses étranges habitudes ? Après tout, lui aussi devait sans doute faire des tas de concessions...

Et il lui avait sauvé la vie, tant de fois ! Sauf qu'elle ne pouvait pas aimer quelqu'un parce qu'il lui avait sauvé la vie, sinon les pompiers ne sauraient plus où donner de la tête avec tous ces gens qu'ils sauvaient tous les jours. Idem pour les médecins et les héros. Quoique, en ce qui concernait ces derniers, ils terminaient souvent avec la jolie fille ou le joli garçon (si c'était une héroïne) qu'ils avaient sauvés...

Elle poussa un discret soupir. Toutes ces pensées tournoyaient dans sa tête et elle songea que les humains étaient plus souvent gouvernés par la peur que par toute autre émotion. Ils avaient peur des autres, peur d'être seuls, peur de la maladie, de la mort. Peur d'être rejetés, peur pour leurs amis ou leurs parents. Peur, comme elle, pour leur avenir, pour leur jeunesse, pour leur vieillesse.

Elle se secoua. Bon, elle ne devait pas laisser son esprit s'attarder sur ce genre de pensées. Son regard se posa sur Fafnir, plus dure qu'un bloc de pierre et dont le fauteuil grinçait péniblement sous la pression, et une pensée pétilla dans son cerveau... À propos de peur, celle de Fafnir suintait de tous les pores de sa peau. Cela lui fit un peu penser à Grr'ul. Son ancienne garde du corps non plus n'aimait pas du tout voler[1].

— Fafnir, dit-elle d'une voix calme, tu sais, tu devrais lâcher ces accoudoirs. Je ne suis pas sûre qu'ils vont résister à la traction et, si tu les arraches, il va y avoir un trou dans le plancher. Je pense que les herboglisseurs ne sont pas faits pour fonctionner avec des trous dans la coque.

---

1. Bon, cela dit, la troll verte avait toutes les raisons du monde : c'était Kyla, la fille du président des vampyrs, qui était aux commandes lors de son baptême de l'air, et tout le monde avait été soulagé de la taille des sacs hygiéniques de la fusée.

Fafnir tourna vers elle un regard vert vitreux. Puis, dans un pénible effort, elle déplia lentement ses doigts, avant de les refermer en poings et de les poser, tout crispés, sur ses fortes cuisses. Il était temps. On apercevait une fissure à la base de son siège.

Cal se faufila jusqu'à elle. Il fit pivoter l'un des sièges afin de se retrouver face à la naine.

— Écoute, Fafnir, fit-il en agitant ses longs doigts élégants, je pense que j'ai la solution à ton problème.

La naine lui retourna un regard de pur agacement.

— Je n'aime pas voler, siffla-t-elle entre ses dents serrées. C'est tout. Je n'ai aucun problème.

— Oh, si ! répliqua le Voleur d'une voix absolument insupportable. Tu as une phobie. Une énorme phobie. Et là-haut ça va être compliqué à gérer, parce que nous allons être au-dessus de la plaine, très, très au-dessus. Alors, si tu as le vertige, tu risques de nous mettre tous en danger. Il faut donc que nous te débarrassions de ta phobie.

Les yeux de la naine se fixèrent sur le petit Voleur, soudain très attentifs.

— Si tu essaies ta maudite magie sur moi, gronda-t-elle, je te réduis en bouillie pour mon chat, est-ce clair ?

Bel émit un miaulement de protestation. C'était dégoûtant, ce qu'elle venait de dire, et il ne mangerait certainement pas Cal !

— Oh, oh, dit Cal, les deux mains en avant en signe de protestation et d'innocence. Je n'ai pas du tout l'intention de t'ensorceler. Merci, je sais que les nains détestent la magie, je tiens à ma peau. Non, je vais faire plus simple.

La naine lui jeta un regard de pure méfiance.

— Hum. Et c'est quoi, plus simple ?

— Facile, je vais te faire croire que tu es un oiseau !

Tara étouffa un gloussement. L'attention des autres se porta sur Cal. Fabrice, encore agacé de la défection de Moineau, lui jeta d'un ton agacé :

— Mais qu'est-ce que tu racontes, Cal !

Cal l'ignora, concentré sur Fafnir.

— J'ai... disons que j'ai quelques bases en matière d'hypnose. C'est indispensable dans ma profession. Parfois, il faut retirer ou remettre des souvenirs dans la tête des gens que nous cambri… que nous visitons. Et on ne peut pas toujours utiliser la magie. Je vais donc t'hypnotiser et te faire croire que tu es Fafnir, certes, mais aussi un oiseau. Ainsi, tu n'auras provisoirement plus peur du vide.

— Un oiseau, répéta Fafnir.

— Oui, *cui, cui,* plumes et tout le reste.

— Tu te fiches de moi.

Le petit Voleur afficha une expression parfaitement vertueuse.

— Moi ? Pas du tout. Fais-moi confiance…

— Dans tes rêves ! grommela Fafnir.

— … je suis tout à fait capable de te guérir de cette phobie. Tout va bien se passer et, de toute façon…

— Quoi ?

— Tu n'as pas vraiment le choix.

— Quelle sorte d'oiseau ? Si c'est un pigeon, tu peux oublier tout de suite.

Les yeux de Cal luirent d'un éclat amusé.

— Non, je vais prendre un exemple plus majestueux.

— Un aigle ? Un faucon ?

— Tu verras.

Le regard menaçant de Fafnir ne le fit pas vaciller. Tara, qui tentait de réprimer le fou rire qui montait insidieusement vers sa bouche, décida de garder un parfait silence. Si elle disait un seul mot, elle allait éclater de rire et Fafnir ne voudrait jamais qu'on l'hypnotise. De plus, la jeune fille était très curieuse de savoir comment Cal allait s'y prendre. Allait-il balancer un pendule, compter à rebours à voix basse et…

— Ça ne va jamais fonctionner, grommela Fafnir, parce que…

Cal se posta devant elle, la fixa puis claqua des doigts. La naine se détendit instantanément et s'affaissa, les yeux clos, s'interrompant au milieu de sa phrase.

Ah ! OK. C'était bien aussi comme ça. C'était fou ce qu'on pouvait obtenir avec un simple claquement de doigts…

Puis Cal parla dans un langage inconnu du Traductus. C'était un curieux chant, fait de crissements, de claquements et de sons liquides. Le visage de Fafnir se crispa un instant, puis elle se détendit de nouveau.

Cal recula, un sourire satisfait aux lèvres.

— Bon, dit-il tout fort, les faisant sursauter, je crois que cela devrait tenir.

— Est-ce que... est-ce qu'elle va vraiment se prendre pour un oiseau ?

— Non, répondit Cal avec un petit soupir de regret (on sentait qu'il était désolé de ne pas avoir des tas de bonnes blagues à essayer sur la pauvre Fafnir). Dans d'autres circonstances, où nous ne risquerions pas notre vie, j'aurais adoré la regarder essayer de picorer du maïs, mais là je n'ai pas voulu courir le risque. Elle va juste penser que, si elle tombe, il lui suffira d'étendre ses ailes pour s'envoler. Les oiseaux n'ont pas le vertige, évidemment. Alors, elle non plus. Cela devrait durer le temps de notre mission. D'ici quelques heures, l'effet se dissipera et elle redeviendra notre bonne vieille Fafnir phobique des hauteurs.

La commandante avait observé le manège de Cal avec beaucoup d'intérêt.

— Nous avions un chaman qui opérait ses patients comme cela. Il utilisait l'hypnose. Arriver à convaincre le cerveau que le corps ne souffre pas, c'est vraiment très fort. Mais je n'avais jamais assisté à la réduction d'une phobie. C'est très intéressant.

Vu le regard pensif qu'elle posait sur Fafnir, Tara se dit que des cours d'hypnose allaient être mis au prochain programme d'entraînement des Amazones.

Cal reprit sa position devant Fafnir puis siffla doucement. Trois notes pures, *decrescendo*. Dès qu'il se tut, Fafnir ouvrit les yeux, regarda le petit Voleur... et poursuivit :

— ... de toute façon tes trucs de Voleur ne marcheront pas sur moi.

— Fafnir ? fit Cal.

— Quoi ?

— Regarde en bas.

Fafnir obéit machinalement et plongea son regard vers le sol, loin, très, très loin.

— Eh bien, quoi ? grommela-t-elle. Qu'est-ce que tu veux que je regarde ?

— Tu ne remarques rien ?

— Cal, j'ai de très bons yeux. Et, non, je ne remarque rien. Parce qu'il fait noir, je te signale, et que la terre est très, très...

Sa voix mourut lorsqu'elle réalisa qu'elle n'avait pas peur. Rien, pas le plus petit tressaillement. En fait, elle se sentait formidablement bien. Comme si... comme si l'air était son élément. Elle déboucla sa ceinture et se leva brusquement, penchée vers le hublot. L'herboglisseur pencha.

— Hé ! fit Cal, qui glissait. Fais attention ! Tu es très lou... euh, dense, Fafnir, ne nous fais pas basculer.

— Je n'ai plus le vertige ! s'exclama la naine, émerveillée. Je n'ai plus peur de tomber ! C'est incroyable !

Elle contempla le paysage obscur sous eux, puis se tourna vers Cal, méfiante.

— Tu n'as pas utilisé la magie sur moi, j'espère ?

— Une toute minuscule dose, avoua le Voleur. Même pas de quoi me rendre malade. Juste pour t'endormir et te rendre réceptive. Le reste n'est que de la suggestion. Rien de plus.

— J'espère bien parce que... *houuuu, houuuuu...*

Tout le monde la regarda, interloqué. Fafnir plaqua sa main sur sa bouche, les yeux écarquillés.

Cal pencha la tête, sincèrement étonné.

— Dis donc, je rêve ou tu viens de hululer ?

— Qu'est-ce que tu m'as fait, Cal ? gronda la naine d'un ton menaçant. J'ai... *hooouuuuu !*

Cette fois, le silence fut carrément atterré. Indéniablement, la naine venait de hululer.

Tara ne put se retenir. Elle éclata de rire.

— Fafnir, tu hulules ! Oh, là, là, Moineau va nous tuer quand elle apprendra ce qu'elle a raté ! Cal ? Tu as choisi quoi comme oiseau, un hibou ?

— Nan, répondit Cal qui observait la naine avec attention, une chouette. Comme il fait nuit, je me suis dit que c'était approprié.

Fafnir avait carrément plaqué ses deux mains sur sa bouche, horrifiée.

— Par la barbe de ma mère, finit-elle par dire, les mâchoires serrées, est-ce qu'à chaque fois que je vais parl... *ouuuuuhhhhh.*

Exaspérée, elle darda un regard vert flamboyant sur Cal.

— Mmmhmmm, *houuuu,* mmmmmhmm, *ouuuuuh,* tout de suite !

Cal se mit à rire, puis, devant la tête de Fafnir, s'éclaircit la gorge :

— Hrrrmmmm, en l'absence de Moineau, notre traductrice officielle de tout marmonnement, grommellement, etc., s'exclama-t-il avec componction, je vais donc essayer de deviner ce que veut notre amie naine qui, avec les deux mains sur la bouche, réussit néanmoins l'exploit de communiquer avec les vivants.

L'une des mains de Fafnir quitta sa bouche pour venir se poser sur sa hache qu'elle dégaina d'un geste vif. Cal eut juste le temps de se réfugier derrière Tara avant que la hache ne frôle le bout de son nez.

— Hé ! protesta-t-il, je voulais juste te donner un coup de main. Pas la peine de me menacer. Et si je retire l'hypnose, tu vas de nouveau avoir le vertige. Il faut choisir. Soit tu hulules, soit tu vacilles.

Fabrice apostropha Cal :

— Je te connais, je sais que tu ne recules devant aucun stratagème pour te moquer des gens, lâcha-t-il du ton de celui qui a eu à souffrir de nombreuses (et douteuses) blagues. Nous sommes en mission. Rendre Fafnir ridicule n'est pas une option. Nous allons avoir besoin d'elle, au mieux de sa forme !

Cal prit un air blessé, ce qui avec son visage d'ange et ses grands yeux gris lui allait particulièrement bien. Tara sourit. Elle aimait vraiment beaucoup Cal, même quand il faisait n'importe quoi. Il était probablement le seul de ses amis à la comprendre, lui qui s'était occupé d'elle sans broncher pendant tout le temps de sa dépression.

Il tendit les mains devant lui.

— Je jure sur l'honneur de Jlaissrienjgardtou, le grand dieu des Voleurs, que je ne suis absolument pour rien dans le hululage de Fafnir.

— « Hululage » ? Ça n'existe pas, ce mot, grogna Fabrice, agacé. Alors, si tu n'y es pour rien, pourquoi fait-elle ce bruit bizarre ?

— Mais j'en sais rien, moi ! L'hypnose est réservée aux maîtres du quatrième degré et je ne l'atteindrai que dans trois ans. Moi, j'en suis juste aux cours basiques !

Les yeux de Fafnir s'écarquillèrent de plus belle.

— Quoi ! s'exclama-t-elle. Tu veux dire que... *hhouuuu...* j'ai été hypnotisée par un... *houuuuu...* débutant ? Je vais te tuer. Je vais t'arracher les tripes et m'en faire un lasso ! *Hhoouuuu !*

— Hum, fit la commandante, pas une si bonne idée que ça, finalement, cette histoire d'hypnose. Très bien, c'était vraiment intéressant, mais nous sommes arrivés.

Effectivement, trop occupés, ils n'avaient pas remarqué que l'herboglisseur s'était posé.

Sur le soleil.

— Ça... ça ne devrait pas être chaud, genre brûlant ? demanda Fabrice d'une voix pleine d'appréhension, oubliant complètement Fafnir.

— Nous avons vérifié les sondes thermiques avant de nous poser, précisa l'Amazone qui pilotait. La température du soleil est de quarante degrés Celsius. Ce n'est pas très confortable, mais mieux que sa précédente température qui excédait dix mille degrés.

— Quelle est sa superficie ? demanda Tara, qui n'avait plus du tout envie de rire d'un coup (dix mille degrés, cela lui semblait très, très chaud).

— Il n'est pas très grand, répondit Mourmur qui avait déjà fait le calcul, à peine une centaine de mètres de circonférence. Moi, ce que je trouve intéressant, c'est la ville.

— Quelle ville ? demanda Fabrice.

— Celle-ci, fit le savant en pointant le doigt.

Ils se rapprochèrent du pare-brise. Et, comme les autres, virent la ville incroyable qui se dissimulait derrière une immense coupole verticale en verre sombre, presque opaque, la séparant du soleil.

Elle était... bleue. Des tas de champignons bleu et blanc, la tête en bas, en grappes. C'était la ville la plus bizarre que Tara ait jamais vue. Des images de Schtroumpfs voletèrent dans son esprit, le faisant pétiller. Elle pria très fort pour que les habitants de cette curieuse ville ne soient pas tout petits, ne portent pas de bonnets blancs, n'aient pas la peau bleue et une unique Schtroumpfette.

— C'est sans doute là que vivent les gens qui entretiennent le soleil, fit remarquer Mourmur. Cette espèce de... verrière doit refléter la chaleur, l'empêcher d'entrer dans la ville et de tout carboniser, puis la renvoyer vers la terre. Ingénieux. Je parie qu'ils ont un énorme système de refroidissement. Ah ! Voyez, j'avais raison.

Effectivement, d'imposants tubes sortaient de la bulle de verre et plongeaient dans le ciel.

— Ils doivent réchauffer l'eau de l'océan au-dessus. Cela explique pourquoi, alors que la pression et le froid devraient régner dans les abysses, les bathyscaphes des chercheurs terriens ont enregistré et relevé des sources d'eau bouillante ! s'exclama Fabrice. Ce n'était pas naturel ! Bon sang, si j'étais un chercheur, je deviendrais célèbre juste avec ça.

— Et tu deviendrais surtout amnésique, précisa Tara. Je ne crois pas que les Gardiens de la Terre te laisseraient publier tes conclusions, Fabrice !

D'en bas, il était impossible de voir quoi que ce soit de la ville ni des tubes, car le bleu de la coupole camouflait tout. Mais, de près, c'était facile de suivre les canalisations. Ce qu'ils firent lorsque la commandante donna l'ordre de quitter le soleil pour aller jusqu'à la ville. Tout autour d'eux, de petits appareils virevoltaient comme des mouches, ou des poissons-pilotes, accompagnant les gros herboglisseurs, bien plus lents. Mais bien plus dangereux, aussi. Car la commandante, prudente, avait laissé les canons armés.

— Vous avez déjà eu affaire à ces gens ? demanda Tara avec curiosité. Ils viennent d'Omois, eux aussi ?

— Pas exactement, répondit Heagle 5. Ils viennent de Spanivia, à l'origine. Ils fuyaient la répression des Edrakins lors de la Grande Guerre, il y a environ cinq cents ans. Ils ont réussi, on ne sait pas très bien comment, à franchir la Porte de transfert et à se retrouver ici. D'abord, ils se sont installés dans la plaine. Contrairement aux rebelles, ils étaient tout à fait ravis de rester en contact avec nous. Ce n'est que très récemment, il y a à peine une vingtaine d'années en fait, qu'ils ont eu la technologie nécessaire pour s'installer autour du soleil. Lorsque nous avons échangé la technologie magique contre ces installations scientifiques, tout en gardant un sort défensif au cas où, ce sont eux qui s'en sont occupés. Ce sont de formidables ingénieurs, comme tous les Spaniviens. Nous avons donc passé un accord. Ils s'occupent du soleil, en échange de quoi nous les approvisionnons en tout ce dont ils peuvent avoir besoin. Du coup, ils ont fondé de fantastiques instituts de recherche qui bénéficient à Omois. La moitié des gadgets que vous utilisez viennent de chez eux. Mais je pense qu'ils ne vont pas être très contents de ce qui s'est passé.

Tara était surprise, elle ne comprenait plus.

— Mais, si ce sont des ingénieurs, ils peuvent réparer le soleil sans nous ? Pourquoi nous avoir fait monter jusqu'ici ?

— Parce que vous avez éteint le soleil par magie, répondit honnêtement Heagle 5. Je ne suis pas sûre qu'il soit possible de le rallumer grâce à la simple science mécanique. Et que vous êtes probablement la seule personne capable de réparer vos dég… ce que vous avez fait.

Tara entendit un léger « *houu houuhhh* » au niveau de sa hanche et croisa le regard de Fafnir qui allait parler… et renonça, pinçant les lèvres tout en foudroyant Cal du coin de l'œil. Le jeune Voleur, bien plus intéressé par ce qu'il voyait (y avait-il des informations à glaner ici ? des trucs/techniques/armes à « emprunter » ?), n'y prêta aucune attention, ce qui énerva encore plus Fafnir. Sur son épaule, Bel tentait de rester sérieux, mais Fafnir sentait bien qu'il était mort de rire. Elle était tellement furieuse qu'elle sentait que de la fumée allait sortir de ses oreilles. C'était la première et la dernière fois qu'elle laissait ce stupide Voleur l'approcher, de près ou de loin !

Plusieurs des « maisons champignons » avaient des plates-formes d'atterrissage. Les herboglisseurs s'y posèrent et, à peine les moteurs éteints, une foule se précipita vers eux.

Prudente, Tara arma sa magie. Elle se méfiait lorsqu'une populace qui avait l'air de très mauvaise humeur courait à toute vitesse vers elle. Ils portaient des torches et, dans le noir, elle put voir que s'ils étaient effectivement petits – plus que Fafnir, presque comme les gnomes –, fort heureusement ils n'étaient pas bleus. Ils portaient tous des salopettes pleines d'outils et il était très difficile de différencier les hommes des femmes, parce que tout le monde arborait deux nattes courtes et qu'ils se ressemblaient tous furieusement.

— Par les outils du grand ingénieur ! hurla celui qui se trouvait en tête et portait un casque couvert par une curieuse couronne argentée. Mais qu'est-ce que vous avez fait à notre soleil ?

Heagle 5 les salua poliment, descendant de son herboglisseur comme une grande dame, impériale.

— Bonjour, Constructeur, dit-elle, comment savez-vous que nous avons fait quoi que ce soit ?

Constructeur souffla d'un air agacé.

— Je ne suis pas stupide. Le soleil s'éteint et vous arrivez ici dans les heures qui suivent. Et je veux bien être broyé entre deux engrenages si ce n'était pas une attaque de magie ! Comment avez-vous fait pour passer outre les protections ? Que Demiderus me croque si j'ai compris ce qui s'est passé !

Heagle 5 sourit.

— Effectivement, nous sommes bien responsables. Notre Impératrice (elle ne précisa pas que Tara était une Impératrice *bis*) a voulu sauver la vie de ses soldates, chargées par un troupeau de mammouths et...

— Et les deux magies se sont entrelacées, ce qui fait que le sort de protection a reconnu la signature énergétique et les a laissées passer au lieu de les stopper. Quel biot[1] ! Ça nous a cramé les conjoncteurs !

— Certes, répondit Heagle 5, qui n'avait aucune idée de ce dont il parlait. Et c'est réparable ?

— Tout est réparable, répliqua Constructeur en se redressant de toute sa taille. Mais cela peut prendre un an, ou même deux avant que nous ne puissions usiner les pièces nécessaires !

— Toute la plaine sera morte d'ici un an, précisa l'une des Amazones, très inquiète. Si les plantes meurent, les animaux mourront, ce sera une terrible hécatombe !

— Nous ne pouvons pas créer les objets par magie, répliqua Constructeur. Ils ne durent pas assez longtemps. Et je ne parle même pas des bobines des condensateurs. Nous n'avons tout simplement pas assez de cuivre disponible ici.

— Mais, fit Tara, si moi je vous crée les objets dont vous avez besoin, cela vous donnera un an de répit pour usiner les vôtres.

---

1. Juron d'ingénieur. Signifie qu'on est très en colère parce qu'il y a eu un incident mécanique complexe à résoudre et qu'on n'a tout simplement pas les bons outils pour. Les ingénieurs sont très concis dans leurs jurons...

Constructeur la regarda avec hauteur, enfin, du haut de ses soixante-dix centimètres, oubliant ou se fichant sans doute complètement qu'il s'adressait à l'Impératrice d'Omois.

— Faudrait avoir une sacrée puissance, fillette, pour arriver à créer tout ce dont nous avons besoin. Et, surtout, pour que la fichue magie ne disparaisse pas, nous laissant tout nus...

Il se souvint qu'il parlait à une jeune fille et se reprit :

— Enfin, je veux dire, nous laissant dans le cambouis jusqu'au cou.

— Certes, répondit Tara, amusée par la gêne du petit être. Mais ma magie ne vous laissera pas tomber. Je suis probablement la plus puissante sortcelière qui existe, sans me vanter. Et certains des objets que j'ai créés, comme le pégase de cristal et d'or dans la salle d'audience d'Omois, y sont toujours depuis des années, intacts. Je peux même vous créer des bobines ou ce dont vous avez besoin, qui se renouvelleront automatiquement afin d'éviter l'usure.

Constructeur la regarda comme un enfant qui vient de découvrir le chocolat. Il repoussa son casque sur son front et s'exclama :

— Vous pourriez faire ça ? Vrai de vrai, ce serait fantastique.

Il regarda autour de lui et reprit :

— Enfin, si vous en êtes vraiment capable et que le truc ne nous lâche pas au bout de quelques heures !

— Faites-moi confiance, répliqua Tara, notant la grimace douloureuse de Fafnir à qui Cal avait dit exactement la même chose quelques minutes auparavant.

Oui, mais bon, elle n'était pas Cal et savait ce qu'elle faisait.

Enfin, elle l'espérait très fort.

La commandante la regardait avec une certaine inquiétude. Mourmur aussi, d'ailleurs. Il agita ses doigts et sortit un tas de choses de sa robe de sortcelier.

— J'ai des outils qui pourront vous être utiles, moi aussi, annonça-t-il joyeusement. Je suis inventeur, moi aussi, et on va pouvoir bidouiller quelqu...

Constructeur lui jeta un regard méfiant et l'interrompit brutalement.

— Inventeur ? Je ne vais certainement pas laisser un inventeur s'approcher de mon soleil. Nous n'avons déjà plus de champ magnétique, et nos habitants passent leur temps à éviter la crise cardiaque de très peu, parce qu'ils oublient qu'il n'y a plus rien pour les empêcher de tomber.

— La coupole n'est pas destinée à cela, justement ?

— Elle nous sépare du soleil, mais elle ne s'étend pas en dessous de la ville. Ça, c'est le rôle du champ magnétique. Normalement, elle est prolongée par ce dernier, qui non seulement la protège de la chaleur du soleil, mais de plus s'étend sous la ville, pour deux raisons : la première est de nous camoufler, afin que les habitants de la plaine ne nous voient pas ; la seconde, d'empêcher les gens, les outils, etc., de tomber. Et, enfin, le champ nous sert de ponts, de chemins, de passages, de routes. Les passerelles entre les maisons ont été déployées justement parce que nous n'avons plus de CM, et heureusement que la ville est accrochée solidement à la voûte, sinon il y aurait un gros cratère dans la plaine en ce moment... Alors, croyez-moi, personne ne va bidouiller quoi que ce soit. Est-ce clair ?

— Limpide, fit la commandante en foudroyant Mourmur du regard. Nous regardons, nous aidons si nécessaire. Nous sommes à votre disposition, bien sûr.

Constructeur se détendit légèrement. Une nouvelle fois, Tara réalisa qu'il n'y avait pas besoin d'être grand pour avoir de l'autorité. Sa confiance en lui faisait du petit homme un géant.

— Très bien. Suivez-moi. Et que quelqu'un leur donne des casques, on ne sait jamais ce qui peut se décrocher !

Tara allait objecter que les casques seraient forcément trop petits, mais elle se tut en voyant qu'ils étaient composés de plaques qui se superposaient et pouvaient se déployer. La changeline grogna et, avant que Tara ne mette le casque, lui en créa un parfaitement ajusté à sa tête.

En or.

Tara soupira. Les habitants du dôme lui jetèrent un coup d'œil curieux, Cal ricana, mais personne ne dit rien.

Moineau leur manquait. Elle les aurait certainement régalés d'anecdotes sur la ville et sa curieuse conception. De larges filets avaient été tendus sous les habitations et des tas de gens qui avaient oublié que le « CM », comme disait Constructeur, avait disparu tombaient de temps en temps dedans et se relevaient, les mains tremblantes et les yeux écarquillés, pour repartir, très, très prudemment, vers les passerelles plus haut. Des enfants, eux, trouvaient le jeu très amusant et se laissaient choir dedans volontairement. Tara crut que son cœur allait s'arrêter quand le premier fit cela devant elle. Surtout que la lumière des projecteurs n'éclairait pas partout et que, à cause de l'ombre, elle ne s'était rendu compte qu'il se jetait dans le vide, ou plutôt dans le filet, qu'à la dernière minute.

Constructeur grommela beaucoup pendant le trajet. Si les enfants étaient enchantés, lui ne trouvait pas cela drôle du tout. Fafnir marchait d'un pas léger, ignorant l'altitude que, pour le coup, les autres trouvaient un peu éprouvante. Cal aurait bien voulu pouvoir bénéficier d'un petit traitement hypnotique lui aussi. Il n'avait jamais le vertige, mais là, ça faisait tout de même vraiment haut.

Évidemment, comme c'était un garçon, il voulut surmonter sa peur. Il lança un défi à Robin (dans le dos de la commandante, de Mourmur, de Constructeur, bref, de tout adulte qui aurait pu l'en empêcher) en lui proposant de faire des acrobaties au-dessus du vide, surtout aux endroits où il n'y avait pas de filet (chose que les enfants, pas fous eux, évitaient soigneusement). Trop heureux d'évacuer le stress et l'angoisse qui l'habitait, Robin accepta, malheureusement. (Cal garda un visage impassible mais grimaça intérieurement : il avait espéré que Robin serait plus raisonnable que ça, par les entrailles bloblotantes de Bendruc le Hideux, s'il ne pouvait même plus compter sur ses amis !) Les deux jeunes hommes commencèrent alors à sauter de passerelle branlante en support instable, sous le regard écarquillé de Fabrice. Et celui franchement réprobateur de Blondin, le renard familier de Cal, qui refusa catégoriquement de suivre son compagnon d'âme dans ses bêtises.

— Ça va pas, les mecs ! finit par craquer Fabrice en chuchotant avec véhémence tandis que Cal vacillait et manquait de tomber. Arrêtez ça, vous allez finir par vous tuer !

Cal ricana, mais Tara se retourna et, voyant ce qu'ils faisaient, leur lança un regard glacial. Robin soupira et revint sur le chemin principal. Cal aussi, apparemment à contre-cœur, mais très content d'obéir à Fabrice en fin de compte

Les Amazones qui avaient accompagné Heagle 5 n'étaient pas intervenues pour les empêcher de faire les imbéciles, tellement elles avaient été surprises, mais, d'un commun et invisible accord, elles se déployèrent soudain et encadrèrent tout le monde, histoire que personne ne s'amuse à faire n'importe quoi au-dessus du vide.

La raison pour laquelle Tara avait cru, de loin, que les habitations ressemblaient à des champignons tenait d'une part à ce que le « chapeau » était peint en bleu et le « tronc » en blanc et, d'autre part, au fait que le toit de chaque maison était accroché au plafond… enfin, à la voûte, et que la maison s'étalait en dessous, comme une ombrelle à l'envers. C'était logique, tout ce qui tombait devait être rattrapé de cette façon. Tout autour des ombrelles-champignons, des tas de passerelles, de filets, de filins, visiblement neufs, s'étendaient afin de faciliter les déplacements. Constructeur leur avait expliqué que le CM s'était étendu tout autour de la ville et en dessous. Il empêchait les rayons du soleil de griller tout le monde (ce qui faisait qu'il fallait impérativement réenclencher les deux en même temps, le soleil et le CM, et de préférence le CM en premier !) et les gens de tomber. Cela dit, au fil des générations, les habitants avaient acquis un sacré sens de l'équilibre et, plusieurs fois, Tara et ses amis eurent le cœur retourné en voyant des gens glisser debout sur des filins sans rien pour les retenir, au-dessus du vide.

Il y avait beaucoup de monde. Ils avaient tous le même gabarit : petits, râblés avec des nattes courtes (les filles comme les garçons), et ils semblaient très affairés, ne jetant qu'un œil vaguement intéressé aux « grands » qui leur rendaient visite. Le fait de ne plus pouvoir cuisiner un plat chaud les préoccupait bien plus, ce que Tara pouvait parfaitement comprendre. De fait, toute la cité était en panne d'électricité et cela rendait ce petit peuple d'ingénieurs à moitié fou.

Contrairement aux autres, Fabrice regardait tout le temps en bas, essayant, en forçant sa vision de loup-garou, de percer les ténèbres afin de voir ce que faisait Moineau. Bien évidemment, il n'y parvenait pas et cela le rendait malade. Il faillit perdre dix fois son casque et finit par le mettre dans la poche de sa robe de sortcelier.

La salle de contrôle du soleil se trouvait en dehors de la ville. Ils n'avaient pas besoin de l'herboglisseur pour y accéder, mais cela représentait quand même un certain temps de trajet, d'autant que, ainsi que l'avait aigrement rappelé Constructeur, les tapis roulants ne fonctionnaient plus.

— Si vous êtes dépendants à ce point de l'énergie du soleil, finit par faire remarquer Fabrice, essayant de se sortir de son obsession, pourquoi n'avez-vous pas établi une seconde ligne d'énergie indépendante ? Comme... comme une sorte de générateur secondaire.

Constructeur grimaça tout en continuant à avancer.

— C'est exactement ce que nous avons fait. Mais la surcharge a été telle qu'elle a tout grillé. Y compris nos générateurs de secours.

Ah ! oui, évidemment, c'était une bonne raison. Fabrice ne dit plus rien. Tara se mordit la lèvre. Bon, son pouvoir était un petit peu trop destructeur, mais elle n'y pouvait rien, quand même. Et puis, tout le monde était bien content qu'elle soit aussi puissante quand il s'agissait de défendre l'univers, non ?

Fafnir la regarda avec un petit sourire. La naine guerrière était très à l'aise, maintenant qu'elle n'avait plus peur du vide. En revanche, si un chat pouvait tourner au vert, Belzébuth ne se serait pas gêné. Il se sentait mal avec ce grand vide sous ses petites pattes roses.

Sourv, l'hydre de Robin, n'appréciait pas plus. Contrairement aux elfes, qui du fait de leur agilité étaient indifférents à l'altitude, les hydres, elles, aimaient l'eau mais pas l'air. Et puis, elle ne voyait aucun lac, aucune rivière dans ce ciel stérile, ni par conséquent aucun juteux poisson potentiel. Elle avait entortillé ses sept têtes autour du cou de Robin et fermait énergiquement ses quatorze yeux chaque fois qu'ils devaient passer au-dessus du vide. Et, surtout, elle était vraiment contente qu'il ait arrêté ses acrobaties débiles.

La commandante et Mourmur n'étaient pas dérangés. Mourmur parce qu'il avait des tas de gadgets dans ses poches qui pouvaient lui permettre de voler ou de s'en sortir en cas de chute, la commandante parce qu'elle avait d'autres soucis en tête que de se préoccuper de la vulgaire gravité.

Leur petit groupe finit par arriver à la salle de contrôle. C'était une pièce ronde de plain-pied avec la passerelle, éclairée par de grandes baies vitrées, très différente de ce à quoi pouvaient s'attendre Tara et Fabrice. Un peu partout, des tableaux gaiement colorés montraient des machines, des pièces et des mécaniques abstraites. Tara ne savait pas qui avait peint ces tableaux, mais ils étaient magnifiques.

— *Pffffhuiiit,* siffla Cal, insensible à leur beauté. Pour être grillé, c'est grillé !

Un peu partout, des machines et des appareils électroniques ou électriques fumaient encore, noirs de suie, brûlés, détruits. Tout était dans un sale état. Pas complètement irrécupérable, mais pas loin. Fabrice grogna. Son flair de loup n'aimait pas spécialement l'odeur du plastique brûlé. Le tigre de la commandante (elle avait laissé ses autres familiers en bas) éternua. Lui non plus n'était pas très à l'aise.

— Je comprends mieux ce que vous vouliez dire, remarqua Mourmur avec un sourire ravi aux lèvres. Il va falloir tout reconstruire ! C'est formi... (il croisa le regard crispé de Constructeur et changea en cours de route)... tragique. Vous allez avoir besoin de toute l'aide possible. Je sais que vous ne voulez pas que je « bidouille », mais franchement, vu l'état de votre système, je ne pense pas que vous ayez vraiment le choix !

Il tentait de ne pas avoir l'air trop content. La commandante restait soigneusement impassible, mais une petite lueur amusée dans son œil montrait qu'elle attendait avec impatience de voir à quel moment Constructeur allait accepter l'aide de Mourmur.

Et, surtout, à quel moment il allait le regretter.

— Pour l'instant, maugréa le petit être, ces machines ne sont pas le véritable problème. Elles nous servaient essentiellement à contrôler l'activité du soleil. Non, le souci, ce sont les condensateurs. Ce sont eux que nous devons remplacer. Venez, je vais vous montrer.

Dociles, ils le suivirent. Dans un immense hangar, aussi gris à l'intérieur que blanc à l'extérieur, se trouvaient des dizaines et des dizaines d'énormes... trucs. C'était le seul mot qui venait à l'esprit de Tara pour décrire ce qu'elle voyait. Cela ressemblait à une bobine qui aurait été écrasée par un fer à repasser entrant en collision avec un asticot. Elle s'éclaircit la voix.

— Hum, c'est ça que vous voulez que je remplace ?

— Oui, elles ont toutes grillé. Un Reparus ne sera pas suffisant. Il faudrait carrément les recréer. Il va falloir les déplacer et, sans chariots élévateurs puisque nous n'avons plus d'énergie, croyez-moi, cela ne va pas être fa...

Il s'interrompit, bouche bée. L'une des énormes bobines était en train de se dégager lentement de son berceau et s'élevait dans les airs.

— Vous voulez que je la mette où ? demanda Tara d'un ton désinvolte.

Bon, elle frimait un peu pour rassurer l'ingénieur. En fait, c'était superlourd !

Constructeur la regarda tandis que Fafnir, Cal, Fabrice et Robin étouffaient un rire amusé.

— Euh... sur le côté, là, dans les berceaux de stockage. Merci, Votre Majesté Impériale. Nous réutiliserons ses composants plus tard.

Avant de la reposer, Tara inspecta soigneusement la bobine, puis la posa et incanta :

— Par le Reconstructus, qu'un nouvel appareil soit créé, neuf et intact, à partir de celui qui a été abîmé !

Sous le regard incrédule de Constructeur, un flot bleu de magie jaillit des mains de Tara, frappa l'ancienne bobine, puis continua son chemin jusqu'à l'endroit où elle avait été extraite et une bobine intacte apparut devant eux, à la place exacte de l'ancienne.

— Voilà, fit Tara d'une voix satisfaite, il vous suffira de la reconnecter. Je n'ai pas voulu le faire, au cas où cela réalimenterait le soleil avant que tout le monde ne soit à l'abri de son rayonnement.

En fait, elle avait failli le faire avant de réaliser qu'elle risquait de griller tout le monde, y compris elle-même, d'ailleurs.

Constructeur la regarda d'un air stupéfait.

— Vous... vous... mais, utiliser votre pouvoir ne vous rend pas souffrante ?

— Non, après avoir bousi... euh, éteint votre soleil, je n'ai plus été malade en utilisant la magie, comme si le sort placé par Demiderus me reconnaissait. Il me laisse tranquille, maintenant.

— Quelle chance, grimaça Constructeur. Nous, ça nous colle des allergies terribles. Vous pouvez toutes les remplacer ?

Ils la regardèrent tous, genre : « Et pour les miracles, ça vous prend vraiment longtemps ? » C'était le moment où elle devait tenter : « Et si j'économisais ma magie, histoire qu'elle ne tombe pas en panne au plus mauvais moment ? »

Elle se lança. Sans beaucoup d'illusions d'ailleurs.

— Si j'en répare une partie, vous ne pouvez pas relancer suffisamment d'énergie pour que cela fonctionne ? Comment faites-vous lorsqu'une bobine grille ?

— Nous avons dix pour cent des bobines qui sont en surplus. Les éteindre ne nous pose aucun problème. Évidemment (il lui jeta un regard amer), nous ne pouvions pas nous douter que toutes les bobines sauteraient en même temps.

OK, dire que cela allait épuiser la totalité de sa magie ne servirait donc à rien, Constructeur n'avait pas l'air très accommodant.

— Très bien, répondit-elle en évitant de soupirer, je vais toutes vous les faire.

Ses amis proposèrent de l'aider, bien évidemment, mais elle savait que la magie les transformerait en loques et refusa, en dépit de la mine blessée de Robin qui avait l'impression d'être mis de côté.

Ce fut terriblement long, éprouvant et fatigant. Cal compta. En deux heures, Tara remplaça plus de trois cent soixante-douze bobines. Les originales et des copies, au cas où celles-ci grilleraient. De nouveau.

Plus à cause d'elle, en tout cas.

Les ingénieurs de Constructeur remettaient en place les connexions et, au fur et à mesure, les longs câbles électriques se mettaient à bourdonner de puissance contenue.

Mais, bien sûr, Constructeur n'avait pas rebranché le soleil. Il voulait d'abord remettre en route le champ d'énergie. Lorsque la moitié des bobines fut connectée, une sirène se mit en marche, faisant sursauter tout le monde sauf les habitants de la ville. Par les baies vitrées, ils virent les gens rentrer précipitamment dans leurs maisons et les enfants furent repêchés dans les filets. En quelques secondes à peine, tout le monde avait disparu. Les filets furent rétractés, ainsi que les passerelles.

— Dites donc, vous ne rigolez pas avec les exercices de sécurité, ici, fit remarquer Cal en caressant Blondin dont le poil était encore hérissé de surprise.

— Un soleil à moins de cinquante mètres de distance, croyez-moi, ça incite à la rapidité, commenta sobrement Constructeur. Cette sirène, c'est l'indication que le champ d'énergie va être rétabli dans (il plia les doigts l'un après l'autre) quatre, trois, deux, une seconde... Contact !

Il y eut un bourdonnement sourd et, dehors, la ville s'illumina du bleu du champ de protection.

— Parfait. Nous allons connecter le reste des bobines et ce sera terminé.

Pour la première fois depuis qu'ils avaient mis le pied dans la ville, Constructeur eut un vrai beau sourire. Que Tara, vacillante et épuisée, lui rendit. Si le reste ne dépendait que des autres, ça lui allait très bien.

L'un des ingénieurs lui avait apporté de l'eau qu'elle avala goulûment. Ils sortirent du hangar où les Spaniviens s'affairaient comme une armée de fourmis bleues et rentrèrent dans la salle de contrôle.

Pendant que Tara remettait les bobines en état, Mourmur, jubilant et ravi, était parti, avec l'approbation réticente de Constructeur, s'occuper des machines. En peu de temps, il avait réussi à reconnecter un quart des ordinateurs, sous l'œil étonné[1] des informaticiens. Puis il avait utilisé le parc encore en état, en le connectant à son tour à son propre ordinateur personnel.

Bon, le fait que l'ordinateur en question ait deux yeux globuleux, l'un bleu et l'autre marron, et une bouche charnue à la Marilyn qui chantait *Happy Birthday Mister President* (probablement contaminé par l'amour de Mourmur pour les films terriens) avait l'air de les troubler un peu, mais Mourmur

---

1. Étonné parce que Mourmur avait des tas de gadgets magiques dans ses poches et que les ingénieurs spaniviens, n'utilisant que très peu de magie, voire pas du tout, n'avaient pas l'habitude qu'un ordinateur les regarde en disant : « Salut, ça va, mon pote ? » Deux d'entre eux durent d'ailleurs être hospitalisés à la suite de l'incident, parce qu'ils se mirent à faire des rêves où des ordinateurs avec de grandes bouches les poursuivaient en riant...

était en train de leur assurer que l'ordinateur pouvait à lui seul faire ce que faisaient la totalité de leurs anciennes machines.

L'ingénieur qui avait voulu vérifier s'était pris une décharge électrique et gisait dans un coin, surveillé par deux collègues affolés. Cela avait considérablement réduit le nombre de tentatives. Mourmur lui-même suçait ses doigts brûlés tout en menaçant la machine de terribles représailles, ce qui semblait ne lui faire ni chaud ni froid.

Dans un coin, la commandante, les yeux écarquillés, faisait son possible pour ne pas éclater de rire. On sentait, vu ses veines gonflées et son visage rouge, qu'elle était en train de perdre la bataille.

Mourmur finit par convaincre l'ordinateur de se mettre au travail et celui-ci obéit en chantant une vieille chanson d'Henri Salvador, bien connue sur AutreMonde, qui était devenue l'hymne de la peuplade des Lazzies, heureux peuple très paresseux des îles de l'océan Bleu, au large du continent omoisien : « Le travail, c'est la santé ! Rien faire, c'est la conserver ! Les prisonniers du boulot... n'font pas de vieux os ! »

Apparemment, c'était un ordinateur réactionnaire. Si elle n'avait pas été aussi épuisée, Tara aurait bien ri, mais là, elle put tout juste s'affaler dans un fauteuil.

— Nous allons remettre le soleil en route, fit Constructeur après un regard dubitatif vers l'ordinateur chantant. Maître Mourmur, êtes-vous absolument sûr que...

— Absolument ! l'interrompit Mourmur en agitant sa tête aux cheveux ébouriffés dans tous les sens. Tout est sous contrôle. Cet ordinateur est juste un prototype, en attendant de pouvoir rebrancher le reste de vos propres machines. Mais il est tout à fait suffisant pour contrôler les fluctuations d'énergie. Allez-y, allez-y, c'est sans danger.

Tara réprima un sourire en voyant celui, inquiet, de Constructeur lorsque Mourmur, pas si fou, sortit de sa robe de sortcelier un énorme casque fait dans une sorte de cuir brun, qu'il passa à la commandante, puis s'en mit un autre sur la tête. Il rendit son casque et celui de Heagle 5 à Constructeur, car, dit-il, celui-ci ne couvrait pas les oreilles.

Du coup, Heagle 5 trouva plus prudent de renvoyer les Amazones dans les herboglisseurs afin de les tenir prêts... et surtout pour mettre ses soldates à l'abri de toute manifestation du génie mourmurien. Ne restèrent que Tara, Fabrice, Fafnir, Cal, Mourmur, Heagle 5, Constructeur et trois de ses ingénieurs.

Fabrice grimaça. Le jeune Terrien blond aux yeux noirs avait horreur des gens qui se lançaient dans des opérations dangereuses en s'exclamant jovialement : « C'est sans danger ! » Cela lui rappelait un peu trop à quel point les choses pouvaient horriblement mal tourner et, pour respecter la bonne vieille loi de Murphy[1], à quel point elles s'empressaient de mal tourner à la moindre occasion.

Malheureusement, il avait raison.

Mourmur donna l'ordre à l'ordinateur de tout reconnecter. Celui-ci obéit. Dehors, le soleil s'alluma. Puis s'éteignit. Il y eut une énorme explosion derrière eux, qui remonta vers les machines. Pour ne pas mourir grillé, l'ordinateur redirigea la puissance vers le sol. Une partie de celui-ci disparut, laissant un énorme trou, accompagné d'une onde de choc et de poussière.

La déflagration fut si violente qu'elle assomma à moitié ceux qui étaient le plus loin du trou – Mourmur, la commandante, Fafnir et Tara – et complètement ceux qui en étaient le plus proches : Constructeur et ses ingénieurs, Robin et Fabrice (surtout ce dernier, qui imprudemment n'avait pas remis son casque).

Reprenant ses esprits, Tara hurla lorsqu'elle réalisa que Cal n'était nulle part. Elle se rapprocha à quatre pattes du trou, redoutant ce qu'elle allait voir.

Malheureusement, elle avait raison. Plus bas, un corps inerte tombait vers le sol. Cal avait basculé dans le trou, soit grièvement blessé, soit assommé, et il n'était sans doute pas en position d'utiliser sa magie, à voir l'état de son renard, qui gisait sur le côté, inconscient.

Le champ magnétique avait dû être percé par la décharge, car rien ne l'avait retenu.

Tara voulut tendre sa magie pour rattraper Cal, mais, quand elle l'activa, elle n'obtint qu'un très maigre filet bleu

---

1. Loi de l'emmerdement maximum, qui dit que si les choses peuvent tourner mal, elles tourneront forcément mal, quel que soit le nombre de circuits en double, triple, etc. Et si ce n'est pas maintenant, ce sera un jour.

qui s'éteignit presque aussitôt. Horrifiée, elle réalisa qu'elle n'avait tout simplement pas suffisamment de magie pour sauver son ami.

Fafnir s'approcha en vacillant du trou et hurla à Tara :

— Ne t'inquiète pas, je peux voler, je le rattrape !

Et avant que Tara, horrifiée, n'ait le temps de l'en empê-cher, elle agita les bras comme une poule rousse géante et sauta.

Simultanément se produisit quelque chose de terrible.

Le soleil se ralluma.

19

Fafnir

*ou comment, sans plumes ni ailes, apprendre
la différence fondamentale entre voler et tomber.*

Si le soleil avait été un vrai soleil, si Fafnir et Cal n'avaient pas été protégés en partie par la bulle du champ et par l'ombre de la ville, leurs carrières de naine guerrière forgeronne et de futur Voleur Patenté se seraient arrêtées là.

Ils auraient été grillés comme des poulets.

Ce pour quoi, justement, se prenait Fafnir. Enfin, pour une chouette plus précisément.

Sauf qu'elle ne comprenait pas bien pourquoi ça ne marchait pas. Elle avait beau agiter les bras, non seulement elle ne stabilisait pas son vol, mais en plus, bien plus dense que Cal, elle était en train de tomber si rapidement que, dans quelques secondes, elle allait carrément le dépasser.

Sur son épaule, accroché de toutes ses griffes, Belzébuth, le cerveau paralysé par la terreur, n'arrivait même plus à émettre la moindre pensée cohérente.

Alors qu'elle se rapprochait à toute vitesse de Cal, Fafnir réalisa deux choses.

Une, que le petit Voleur était blessé, donc inconscient.

Deux, que son conditionnement hypnotique venait de céder.

Elle savait désormais qu'elle n'était pas une chouette. Poussant un hurlement de frayeur, elle se mit à pédaler dans le vide, ce qui ne changea pas grand-chose à sa situation, à part qu'elle se mit à tournoyer. Hurlant de plus belle à la vue du sol qui se rapprochait beaucoup trop vite à son goût, elle se décida à faire ce que les nains détestent le plus au monde.

Utiliser sa magie. Pas pour elle, mais pour Cal.

Vu que personne n'avait sauté après elle (mais elle était dingue ! Qu'est-ce qui lui avait pris de faire une chose pareille ? Maudit Cal, s'ils ne mouraient pas maintenant, elle le tuerait !) et que ses amis ne pourraient jamais intervenir à temps, tout reposait entre ses mains.

Sauf qu'il fallait qu'elle arrive à agripper Cal. Bon, d'abord, elle devait se calmer. Elle jeta un coup d'œil en bas et referma les yeux très vite. Con-cen-tra-tion. Elle n'avait pas assez de puissance pour utiliser un Levitus pendant aussi longtemps. Elle devait donc trouver autre chose. Elle rouvrit les yeux. Ça y est, elle avait une idée ! Elle avait vu des boulvis dans les films sur les animaux d'AutreMonde. Ces petits écureuils gris et violet d'AutreMonde, à la fourrure soyeuse, possédaient une membrane entre les pattes, qu'ils utilisaient afin de « voler » de branche en branche – enfin, « planer » serait plus juste. Elle incanta, créant une sorte d'aile géante rouge au-dessus d'elle, dont des pans pouvaient s'orienter, se plier et se déplier à sa guise. Elle assujettit Bel au creux de son corsage, ce dont le petit chat rose lui fut infiniment reconnaissant. Puis, nauséeuse en raison de la magie, elle se dirigea vers Cal, orientant autant qu'elle le pouvait l'aile capricieuse.

Ce fut probablement une combinaison de plusieurs facteurs qui provoqua la catastrophe. Le fait qu'elle n'ait jamais fait cela de sa vie, qu'elle soit pliée en deux par la nausée et qu'elle ait un terrible vertige. Elle rattrapa bien Cal, mais une rafale capricieuse, un mouvement mal contrôlé firent qu'ils partirent en vrille. Le genou de Cal rencontra le front de Fafnir avec une grande violence. Elle entendit un « crac » retentissant au moment du choc. Le genou de son ami venait d'exploser au contact du crâne si dur de la naine, mais, hélas, pas suffisamment vite pour ne pas l'assommer au passage.

Alors qu'elle perdait connaissance, en dépit de sa résistance de naine, que son aile s'emmêlait et qu'ils plongeaient vers une mort certaine, la dernière pensée de Fafnir fut vraiment curieuse : « Ma mère va me tuer si je meurs comme ça ! »

En haut, tout s'était passé si vite que personne n'avait eu le temps de réagir au moment où Fafnir avait plongé dans le vide. Quand Tara, folle d'angoisse, avait de nouveau voulu lancer un Attractus avec l'aide de la Pierre Vivante, ce fut absolument impossible. La Pierre Vivante avait bien de l'énergie à lui passer, mais Tara était tellement épuisée qu'elle ne parvenait pas à l'utiliser. Les autres étaient assommés ou à moitié groggy. Impossible de faire quoi que ce soit. Luttant contre le vertige, la jeune fille demanda à la changeline de lui fournir un grappin muni d'un solide filet pour rattraper ses deux amis. Mais la changeline l'informa que sa portée n'était pas suffisante. Elle ne pourrait pas fournir assez de fil pour une telle distance. Tara songea bien à utiliser Galant, mais jamais le pégase ne pourrait voler assez vite pour les rattraper, ils tombaient trop vite.

Totalement impuissante, Tara, horrifiée, ne put donc faire qu'une chose : prier pour que Fafnir utilise sa magie et sauve Cal.

Soudain, au-dessus de la naine, elle vit apparaître une grande aile qui mit le cap sur Cal.

Elle poussa un hurlement de soulagement qui fit sursauter tous ceux qui n'étaient pas sourds ou inconscients Soulagée, elle se mit sur le dos, regardant la voûte de la salle en riant comme une folle. Ils étaient sauvés !

D'aussi haut, elle ne se rendit pas compte du drame qui se jouait en dessous. Elle n'imagina pas un instant que Fafnir avait perdu le contrôle de son aile et que Cal venait de l'assommer. Constructeur dit quelque chose, mais, avec l'explosion, Tara avait les oreilles qui bourdonnaient et elle n'entendit pas très bien.

Maintenant qu'il avait évacué la puissance excédentaire, l'ordinateur de Mourmur ronronnait tranquillement en chantant : « Auprès de ma blon-deuh, il fait bon fait bon fait bon, auprès de ma blon-deuh, il fait bon dormir. »

— Ils vont s'écraser !

Ce fut le cri de Robin qui alerta Tara. Blanc comme la neige, le demi-elfe s'était traîné jusqu'au trou et contemplait le sol d'un air horrifié. La vision inhumaine des membres de sa race lui avait permis de voir que la situation avait terriblement dégénéré.

Tara, la mort dans l'âme, décida qu'elle n'avait pas le choix. Même au risque de se griller les neurones, elle allait incanter un Transmitus, arriver à la hauteur de ses deux amis, puis réutiliser un Transmitus pour revenir dans la plaine.

Robin la prit de vitesse.

— Je vais utiliser un Transmitus, déclara fermement le demi-elfe, puis un Levitus (ah, oui, ça, Tara n'y avait pas pensé, mais c'était mieux) pour atterrir tranquillement sur la plaine. Toi, tu ne peux pas, tu as épuisé toute ta magie. Et tu es l'Héritière d'Omois, tu n'as pas le droit de risquer ta vie.

— Mais..., protesta Tara, sachant pourtant qu'il avait raison.

— Laisse-moi faire. Par le Transmitus, que j'aille où sont Cal et Fafnir, afin de les retenir !

Et avant que Tara n'ait eu le temps de l'en empêcher, le beau demi-elfe s'était dématérialisé.

Constructeur, horrifié de ce qui se passait, s'allongea à côté d'elle à plat ventre et lui donna des lunettes amplificatrices. Grâce à elles, par le trou, sous le clair soleil, Tara voyait parfaitement bien.

Et quand Robin se rematérialisa à côté de leurs amis inconscients, elle vit aussi à quel point c'était difficile pour lui de porter les deux corps, dont celui, si lourd, de Fafnir. Il parvint à les ralentir. Mais faire de la magie dans la plaine avait un prix. Et sa nausée plia bientôt le demi-elfe en deux.

Ils se remirent à tomber.

Tous les trois.

Plus lentement, certes, car le demi-elfe luttait comme un fou, mais pas suffisamment pour leur éviter une mort par écrasement.

Ils n'étaient plus qu'à cent mètres du sol quand Tara prit sa décision. Elle n'avait plus le choix, elle devait outrepasser son épuisement et parvenir à utiliser la Pierre Vivante. Galant hennit sa protestation, mais elle l'ignora. Furieux, son pégase lui rappela que, si elle mourait, il mourrait aussi. Mais Tara n'hésita pas.

Son filet de magie fut si faible, en dépit du rayonnement d'énergie de la Pierre Vivante, qu'il éclaira à peine la salle lumineuse. Elle transforma Galant afin de lui rendre sa taille d'origine. Le puissant pégase hennit tandis qu'elle montait dessus, avant de s'évanouir à moitié, tant l'effort était pénible.

— Votre Majesté Impériale, dit Constructeur qui s'était relevé, vous n'êtes pas en état !

— Transmitus, souffla Tara, incapable d'articuler plus.

La magie s'écoula de ses mains comme le sang quitte un corps affaibli.

Ils disparurent.

Constructeur se jeta de nouveau à plat ventre et regarda par le trou. Sous ses yeux, Tara et son pégase réapparurent juste à côté de Robin, Cal et Fafnir.

Mais le pégase ne remuait pas des ailes. Comme les autres, ils tombaient. Constructeur comprit que la jeune femme, et par contrecoup son familier s'étaient évanouis sous le choc.

Ils étaient tous condamnés.

Le cœur serré, Constructeur réalisa qu'il allait être accusé d'avoir tué une des Impératrices d'Omois.

Dans un coin de son cerveau, le petit homme se demanda quel serait son châtiment. Probablement long et douloureux, s'il en croyait ce qu'on lui avait raconté du sens de la justice quelque peu cruel de l'Impératrice Lisbeth.

Soudain, dix mètres avant de toucher le sol comme cinq bombes, alors que Robin tentait désespérément de les sauver, ils s'immobilisèrent. Comme englués dans une épaisse mélasse invisible. Petit à petit, très lentement, comme si celui qui contrôlait la magie n'était pas bien sûr de ce qu'il faisait, les corps descendirent pour s'arrêter un peu au-dessus des herbes, les frôlant sans descendre plus.

D'un bond, Constructeur se leva et entama la danse que son peuple pratiquait pour célébrer une grande victoire. Aussi, la première chose que virent Mourmur et la commandante en se réveillant fut Constructeur, apparemment pris de folie, qui sautait dans tous les sens en balançant les bras et les jambes et en poussant de grands cris.

— Par les crocs cariés de Gélisor, que s'est-il encore passé ? demanda Heagle 5 en grimaçant et en tentant de se relever.

Mourmur, qui peinait à émerger, se mit à quatre pattes et répondit :

— Ça a explosé.

La commandante émit un petit rire.

— Oui, ça, j'avais remarqué, mais pourquoi ?

— Il y a eu un retour d'énergie du soleil. Pour éviter de griller, mon ordinateur a dû rediriger la puissance vers l'extérieur, sinon il aurait fini comme ces machines autour de nous. Il a donc fait exploser le sol afin de dissiper l'énergie. S'il ne l'avait pas fait, nous serions tous morts.

— Il nous a sauvé la vie ?

— Absolument.

— Et pourquoi Constructeur saute-t-il partout comme ça ? Il est devenu fou ?

Ils fixèrent le petit homme qui continuait sa danse de hop-hop[1].

— Aucune idée, ma chère, finit par dire Mourmur en parvenant à une vacillante posture verticale, grandement aidé par le mur tout proche. Sans doute une coutume locale. Peut-être devrions-nous faire de même ?

— En fait, là, j'ai un peu de mal à me relever, avoua la farouche Amazone. Alors, lever les pieds et sautiller me semble hors de portée. Enfin, pour l'instant.

Mourmur lui proposa galamment sa main.

— Puis-je, chère Heagle ?

La commandante faillit lui dire qu'il allait probablement tomber lui aussi si elle prenait sa main, mais elle se retint. C'était gentil. Elle se hissa péniblement, s'aidant plus du mur et de ses muscles que de la main de Mourmur, mais dut avouer que c'était étrangement réconfortant de sentir sa paume chaude et forte dans la sienne.

Depuis que Mourmur avait fait irruption dans sa vie, elle avait vécu plus d'aventures que pendant son existence entière. Ah, et, là, quelque chose de nouveau allait se passer parce qu'elle le sentit se raidir, et perçut sa tension lorsqu'il s'exclama :

---

1. Petit animal très curieux d'AutreMonde qui ne progresse que par bonds, un peu comme les kangourous sur Terre, sauf que lui saute partout et sans cesse. De fait, il rend la tâche assez difficile à ses prédateurs (ce qui est le but) parce qu'il est impossible de savoir dans quelle direction il va bondir, quand et surtout pourquoi. Sur AutreMonde, lorsque quelqu'un est très agité, on dit de lui qu'il est « dérangé comme un hop-hop ».

P.-S. : À ne pas confondre avec la danse terrienne.

— Mais où sont-ils tous passés ?

Constructeur finit par arrêter ses gesticulations. À leur grande surprise, le visage du petit homme était éclairé d'un grand sourire et des larmes coulaient sur ses joues.

— Je ne vois pas notre Impératrice, remarqua Heagle 5 en tâchant de recouvrer son allure martiale (ce qui n'était pas gagné vu l'état de son uniforme, plein de suie). Avez-vous une idée de l'endroit où elle se trouve ?

Oui, il en avait une excellente idée. Et Mourmur et Heagle 5 pâlirent avec un bel ensemble en écoutant les explications du petit être.

Avec un peu trop de détails à leur goût, Constructeur décrivit comment Cal avait été précipité dans le trou, comment Fafnir avait sauté derrière lui en battant des bras (il ne fit pas de commentaires, mais ils sentirent sa perplexité), comment Robin puis Tara avaient sauté à leur secours, comment ils avaient tous échoué, et comment, par un incroyable miracle, ils avaient échappé à une mort certaine.

Mourmur et Heagle échangèrent un regard inquiet.

— Et tout cela en quelques minutes ? finit par souffler Mourmur. Je suis assez content d'avoir été inconscient, je ne suis pas sûr que mon cœur aurait résisté au suspense. Avez-vous une idée de comment et par qui ils ont été sauvés ?

— Aucune. Mais le soleil refonctionne et tout sera vite sous contrôle (il jeta un coup d'œil glacial vers l'ordinateur qui continuait à chanter), dès que nous aurons rebranché nos machines et débranché la vôtre.

Il ajouta, honnête :

— Même si j'ai conscience qu'il nous a probablement sauvé la vie en gérant la surtension...

Un grand sourire vint éclairer le visage plein de poussière et de suie de Mourmur. Il savait que la plupart des gens ne partageaient pas son amour des choses qui faisaient boum. Aussi, quand l'une de ses machines fonctionnait bien – ce qui était toujours une sorte de surprise –, cela le réjouissait d'autant plus.

Après s'être assurés que l'ordimagique de Mourmur pouvait être débranché et remplacé par les anciennes machines réparées, ils foncèrent vers l'herboglisseur. Fabrice était furieux d'avoir été assommé pendant que ses meilleurs amis risquaient leur vie. Mais il était content de revenir sur le plancher des vaches… enfin, plutôt celui des mammouths.

Le soleil avait l'air de fonctionner parfaitement. Constructeur avait assuré qu'il allait perfectionner le dispositif de sécurité afin qu'il dévie toute forme de magie, y compris celle portant la même signature que le bouclier des animaux de la plaine. Même s'il n'existait que peu de sortceliers capables de ce qu'avait accompli Tara, le petit homme ne voulait courir aucun risque. Ils lui proposèrent de les accompagner, mais Constructeur refusa :

— Trop d'herbes, et trop de bidules dans les herbes qui pourraient me confondre avec leur casse-croûte, dit-il en frissonnant. Je suis très bien ici et nous avons une tonne de travail pour remettre tout en route. Que vos outils soient solides !

— Et que les vôtres ne rouillent jamais, répondit Mourmur selon l'antique salutation des ingénieurs.

Ils redescendirent bien plus vite qu'ils n'étaient montés, au point que Fabrice, en dépit de sa force de loup-garou, finit par se demander si les freins étaient solides… avant de réaliser, en se tapant le front, qu'évidemment il n'y avait pas de freins sur des herboglisseurs. Mais Heagle 5, très impatiente de savoir ce qui s'était passé, ne ménageait pas les machines.

Ils atterrirent enfin à quelques mètres du plus étrange groupe que Heagle 5 ait jamais vu.

Les yeux clos, tous les rebelles faisaient un cercle.

Mais ce n'était pas cela qui était bizarre.

Ce qui était bizarre, c'était que dans ce cercle il y avait également toutes les Amazones de leur escouade qui n'étaient pas venues avec eux ! Leurs herboglisseurs étaient posés près du camp des rebelles.

Heagle 5 sauta de la machine et se précipita, très inquiète. À quelques centimètres de la première Amazone, elle heurta violemment une sorte de mur invisible et recula, surprise par l'impact. Elle se frotta le front, sur lequel une bosse n'allait sans doute pas tarder à apparaître, et son nez qui saignait.

— Ma chère, fit Mourmur en lui tendant un mouchoir très moyennement propre, loin de moi l'idée de protester au fait de vous venir en aide, mais il ne faut quand même pas que cela devienne une habitude !

Elle lui jeta un regard mauvais, dédaigna le mouchoir et grogna :

— Avant que vous ne veniez dans ma plaine, la seule blessure que j'ai eue, c'est le jour où une idiote a laissé tomber son fusil sur mon pied. Depuis que vous êtes là, je passe mon temps à me faire assommer !

Mourmur plissa le nez d'un air chagrin.

— On m'a traité de fou, de dangereux dingue, d'inventeur de pacotille, mais on ne m'avait jamais dit que j'étais assommant !

— Ha, ha ! fit sombrement Heagle. Vous êtes un petit malin, vous.

Elle se pinça le nez fermement le temps que le saignement s'arrête et couina :

— Je grois gue nous avons un broblème.

— Entre nous, jamais ! déclara le savant, la main sur le cœur. Mon amour est éternel, je mets mon âme, mon cerveau, à vos pieds.

— Laissez votre cerveau où il est. Je parlais de mes Amazones et des rebelles, l'interrompit Heagle en lâchant son nez et en s'essuyant les mains sur son propre mouchoir. J'ai voulu m'approcher, mais j'ai été repoussée par une sorte de champ de force. Et regardez-les, on a l'impression qu'ils ont été statufiés !

Mourmur détacha son regard de la magnifique silhouette de la commandante pour le porter (à regret) sur les Amazones et les rebelles. Effectivement, ils ne cillaient pas, semblaient ne pas respirer et tout était parfaitement immobile dans la bulle autour d'eux. L'herbe se courbait sous le vent, mais, dans la bulle, elle restait figée.

— Ce n'est pas normal, souffla Mourmur.

— Oh ! vraiment ? ironisa Heagle 5. Je me demande à quoi vous voyez cela.

Sans relever, Mourmur sortit un objet clignotant de sa poche et le tendit vers le mur invisible. Puis il hocha la tête, appuya sur des boutons et écouta le vrombissement avec intérêt.

— Ils sont bloqués, finit-il par dire à Heagle, mais également à la petite foule composée par Fabrice et les Amazones qui venaient de les rejoindre.

— Tara et les autres aussi ! fit Fabrice un peu affolé. Ils ne sont pas tombés directement sur le camp, mais à une vingtaine de mètres sur la gauche.

Soudain, son regard se fixa sur une personne bien connue dans le cercle et il s'exclama :

— Mais... mais c'est Moineau !

Effectivement. Mourmur n'avait pas fait attention, mais, la main dans celle de Yong-Sun, Moineau faisait partie du cercle. Fabrice se mit à grogner et son visage se déforma, laissant pousser des crocs. Longs et blancs.

— Il lui tient la main. Il lui tient la main !

— Certes, confirma Mourmur. Calmez-vous, vous allez faire peur à tout le monde. Et un gros type avec des tas de cicatrices lui tient l'autre. Je ne crois pas que ce soit un rendez-vous galant, mon garçon, alors rembarquez votre jalousie. Ils ont simplement formé un cercle afin d'unir leur magie pour arrêter la chute de nos amis. Sauf qu'il semble que le sort diligentant cette plaine n'a pas aimé qu'autant de gens s'unissent. Il a dû les percevoir comme une sorte de danger. Peut-être est-ce la seconde raison pour laquelle les rebelles ont arrêté de faire de la magie. Si trop d'entre eux, en dehors du fait que cela les rendait malades, utilisaient de la magie en même temps, cela les statufiait. Hum, ingénieux !

— Pouvons-nous y faire quelque chose ? balbutia Fabrice, torturé par l'envie de sortir Moineau de ce maudit cercle.

— Si j'étais quelqu'un d'autre, je dirais que non, répondit Mourmur avec une certaine satisfaction. Ce sort de Demiderus est vraiment très puissant, il a dû le lancer avec les quatre Très Hauts Mages qui étaient avec lui, sinon il n'aurait jamais tenu aussi longtemps. Cinq mille ans, et il fonctionne toujours. C'est un exploit !

— Et ?

— Et je peux essayer. Mais sans garantie sur les résultats.

Heagle 5 sembla tout à coup inquiète. Enfin, plus inquiète que de voir son Impératrice congelée à un mètre du sol.

— Mourmur ?

— Cher ange ?

Heagle 5 eut l'air surprise de s'entendre appeler « cher ange », ce qui, pour une dure à cuire comme elle, était un peu difficile à avaler.

— Si vous pouviez éviter de m'appeler comme ça devant mes troupes, ce serait bien, chuchota-t-elle.

— Ah, euh... oui, chuchota en retour Mourmur si fort que tout le monde l'entendit parfaitement. Si « cher ange » ne vous convient pas, « ma chère » ou « ma chérie » est-il plus acceptable ?

— « Ma chère » me convient, répondit fermement Heagle 5. Euh... où en étais-je ?

— Je ne sais pas, dit patiemment Mourmur. Vous avez juste prononcé, avec une grande tendresse je l'avoue, mon prénom.

Heagle avala de travers pendant que les Amazones s'efforçaient de ne pas rigoler.

— Hrrmmm. Ah, oui ! Je voulais vous signaler que cette plaine repose sur un lac de lave. En fusion, la lave. Si nous pouvions éviter les grosses explosions, ce serait nettement plus prudent.

Mourmur eut l'air déçu.

— Vraiment ? Pas d'explosion ? Quel dommage !

— Vous et moi, fit la commandante en faisant un signe aller-retour entre sa poitrine et celle de Mourmur, allons devoir trouver la raison pour laquelle vous aimez tellement faire sauter les choses.

Puis, sans attendre la réponse de Mourmur, elle se dirigea vers le groupe englué dans les airs.

Ils avaient l'air paisible, même s'ils étaient absolument emmêlés : les ailes du pégase entouraient Tara dans un cocon, alors même que Galant était inconscient, Fafnir avait les jambes coincées sous celles de Cal, Robin un peu en dessous, dans son inutile tentative pour ralentir leur chute. Leurs yeux étaient clos, sauf ceux de Robin qui brillaient d'une terrible frayeur. S'ils étaient réellement statufiés, le demi-elfe avait-il été figé alors qu'il avait conscience de tomber vers une mort certaine ? Heagle 5 frissonna. Réalisait-il que sa chute avait été freinée ? Ou vivait-il, depuis plus d'une heure, une épouvantable terreur ?

Mourmur avait déployé une multitude d'objets, d'outils, de choses étranges, brillantes et vrombissantes, qu'il manipulait avec ardeur. Le vieux savant était dans son élément. Il devait détruire quelque chose (ça, c'était bien) sans rien faire exploser (ça, c'était moins bien) pour briller aux yeux de sa dulcinée (ça, c'était très, très bien !) et accessoirement sauver l'Impératrice d'Omois, fût-elle une Impératrice *bis*. Et cela, c'était pas mal non plus. La reconnaissance était une denrée toujours appréciable, surtout lorsque, comme Mourmur, on avait un peu tendance à perdre/transformer/égarerdansunedimensionparallèle ses clients.

À la grande surprise de Mourmur, Fabrice lui fut très utile. Le jeune homme avait accumulé une astronomique expérience de la magie dans sa recherche désespérée de pouvoir. Il comprenait parfaitement ce qu'avait fait Demiderus, même s'il n'avait pas la puissance nécessaire pour briser le sort. De plus, l'amour de sa vie était coincé dans ce sort, et il n'en mettait que plus d'énergie à aider Mourmur.

Mais cela prit du temps.

Le reste de la journée, en fait.

— Ma chère, fit Mourmur en se redressant, grimaçant, sa robe de sortcelier maculée de traces de cambouis, de graisse et de tas de choses que Heagle ne voulait surtout pas identifier, serait-ce un problème si je… disons, si je « cassais » le sort de vérité et de protection contre la magie ? Afin que vous puissiez l'utiliser normalement ? Mon jeune assistant et moi-même nous sommes rendu compte qu'il ne serait pas possible de faire l'un sans l'autre, car les deux sont liés. En délivrant nos amis, nous cassons le sort. Il ne fonctionnera plus.

Heagle 5 écarquilla ses yeux clairs. La commandante n'avait pas réalisé que Mourmur était performant au point de pouvoir accomplir un tel exploit.

Cependant, c'était une militaire. Et les militaires réfléchissaient à toutes les options d'un problème.

Elle soupesa les avantages et les inconvénients.

— D'un côté, dit-elle d'une voix songeuse, nous avons un gros avantage sur les rebelles grâce à nos machines et à notre puissance de feu. De plus, le fait que les intrus ne puissent pas utiliser leur magie les met également à notre merci. De l'autre, mon Impératrice est engluée dans un sort et je ne sais pas si ce sort est dommageable pour sa santé à long terme. Cependant, nous avons un indéniable avantage : Demiderus est revenu du Temps Gris. Je sais qu'il y est reparti aussi sec, mais, à présent, on peut le contacter facilement. Je peux supposer que, s'il désire remettre le sort en place, cela ne lui sera pas très compliqué. Alors ma réponse est oui, à condition que cela soit sur du court terme – quelques semaines tout au plus. Je suis ici pour défendre les objets démoniaques. Le sort antimagique fait partie des protections de cette plaine. Il n'est pas possible de la laisser sans défense.

Mourmur acquiesça. Il comprenait.

Ils firent les premières expériences alors que le soleil s'éteignait pour laisser la place à la lune brillante. Fabrice était épuisé mais confiant. Pourtant, lorsqu'ils braquèrent l'espèce de fusil à énergie sur le champ de force magique, rien ne se passa.

— Ah, ah ! glissa cependant Mourmur. Parfait. C'est exactement ce que nous pensions.

Content de lui, il assena machinalement une claque sur l'épaule robuste de Fabrice, qui dut se retenir pour ne pas tressaillir. Depuis que celui-ci était devenu loup, il n'aimait pas beaucoup qu'on le touche, du moins des étrangers, et, quand il était fatigué, il ressentait les choses avec plus d'acuité, alors le frottement pouvait être douloureux. Mais il ne dit rien. Mourmur n'aurait pas compris et ils avaient encore beaucoup de travail.

Cela leur prit la fin de la journée et la nuit. Heagle 5 resta à leur côté. Elle se contenta de les faire manger, de leur fournir ce dont ils pouvaient avoir besoin, de soigner les plaies et divers bobos de Mourmur, qui, contrairement à Fabrice, ne guérissait pas facilement (d'ailleurs, au bout du troisième doigt entaillé, il demanda à Fabrice de le mordre afin de bénéficier de cette miraculeuse faculté de régénération, ce que le jeune Terrien blond refusa catégoriquement), bref, la commandante des féroces Amazones se transforma en tendre nounou.

Ses soldates ne dirent rien, mais on sentait que cela les amusait beaucoup.

Enfin, alors que la lune était sur le point de se transformer en soleil, ils se déclarèrent prêts. Mourmur, les yeux brillants d'excitation, n'avait pas l'air fatigué. Fabrice savait, pour avoir parlé avec ses assistants, dans le manoir d'Isabella, que le vieux savant avait une fois passé une semaine entière sans dormir, trop passionné par son invention pour s'accorder le moindre repos. Alors, une seule petite nuit, cela ne représentait pas grand-chose pour lui.

Le jeune Terrien bâilla. Sa vie, depuis qu'il était devenu sortcelier, était une succession de longues périodes de calme plat, suivies par de terrifiantes aventures sans sommeil, puis de nouveau par de longues périodes de calme plat. Sauf que, depuis quelques mois, les « longues périodes de calme plat » étaient de plus en plus courtes, tandis que les « terrifiantes aventures sans sommeil » étaient de plus en plus nombreuses...

Il avait donc cru que la raisonnable, la patiente, la si calme Moineau allait apprécier son idée de revenir vivre sur Terre. Il comprenait à présent qu'il avait eu tort. Et encore plus depuis que Moineau avait décidé de rester dans la plaine, se séparant de lui alors qu'il partait avec Tara réparer le soleil.

Soudain, ce fut comme une fulgurance. Il regarda les jolies filles en armure qui l'entouraient, solides, guerrières, confiantes.

Il sourit.

Et se mit à réfléchir.

Pendant que Fabrice décidait de donner un nouvel angle à sa vie, Mourmur terminait les derniers réglages. Il sursauta lorsque le soleil se ralluma. Les Amazones éteignirent les projecteurs qu'ils avaient laissés actifs en dépit de la puissante lueur de la fausse lune et des fausses étoiles. Soudain, le vent se mit à souffler et Mourmur fronça les sourcils.

— Il y a du vent, dit-il d'une voix pensive. Ce n'est pas possible.

Heagle s'approcha.

— Que se passe-t-il ? Il y a un problème ?

— Non, non, tout va bien. Je viens juste de remarquer quelque chose de curieux. Regardez !

Heagle suivit son doigt qui désignait les longues herbes vertes courbées par le vent.

— J'avoue que je ne vois rien de spécial, précisa immédiatement la commandante qui avait peu de goût pour le suspense.

Le savant lui lança un regard tendre.

— Ah ! impatiente, tout à fait comme ma première femme et...

— Mourmur.

— Oui ?

— Si nous voulons avoir une relation suivie tous les deux, je pense qu'il serait judicieux que vous arrêtiez de me comparer sans cesse à votre première femme.

Elle dit cela d'un ton si doux et paisible qu'il ne comprit pas tout de suite que c'était un ultimatum. Il la regarda, bouche bée. Puis fit la grimace.

— Quel idiot je fais ! Pardon, j'ai oublié ce qu'étaient la politesse et la diplomatie. Cela fait bien trop longtemps que je n'ai pas courtisé de femme, mais vous, ma chère, vous en valez vraiment la peine, oh, oui !

Heagle 5 sourit gentiment et désigna les herbes de la main.

— Et donc ?...

— Hum ? Ah, oui, il y a du vent.

— Et pourquoi cela vous inquiète-t-il autant ?

— Cela ne m'inquiète pas, je suis juste surpris et surtout ennuyé. Savez-vous pourquoi il y a du vent sur les planètes ?

— À cause de la force de Coriolis, répondit Heagle 5. C'est un savant de la Terre qui a découvert cela, pourq... Oh !

Mourmur sourit, approbateur. Quel bonheur ! Il aimait vraiment tout chez cette femme, notamment sa solide intelligence. Elle avait compris ce qu'il voulait dire, même si la base de son raisonnement était erronée.

— En fait, votre réponse est fausse, ma chère. La force de Coriolis explique le différentiel de pression créant le sens du mouvement, mais pas la raison du mouvement en lui-même. Les vents existent tout simplement parce que la Terre tourne sur elle-même. Ce qui entraîne les mouvements de l'air, qui bouge. D'où le vent. Or nous sommes dans une caverne.

— Et, dans une caverne, il n'y a que très peu d'influence extérieure. Donc, normalement, il ne peut pas y avoir de vent. Et je n'ai pas le souvenir qu'il y ait une maintenance pour des souffleries. Pour le soleil, oui, mais pour l'air, non. Et il n'y a aucune entrée, à part les portes de transfert. Ni failles ni trous. Enfin, à part le temple qui contient les objets démoniaques, mais il est noyé, enkysté dans la caverne et protégé par des sorts d'invisibilité.

Ils échangèrent un regard.

— Donc, c'est magique, conclurent-ils en même temps.

Mourmur fit une affreuse grimace.

— Et combien pariez-vous, ma chère, que le sort qui nous amène air frais et vent soyeux est le même que celui qui nous empêche de délivrer nos amis et de pratiquer la magie ?

La commandante fit la même grimace.

— Je ne parie pas. Je suis trop sûre de perdre. Donc ?

— Donc, si nous brisons le sort, vous n'aurez plus d'oxygène.

Il y eut un petit silence.

— Formidable, soupira la commandante. Il va falloir que j'appelle le Haut Commandement. Remarquez, ils vont être contents, ils m'avaient demandé d'emprisonner notre Impératrice... Finalement, j'ai fait exactement ce qu'ils désiraient !

Ils échangèrent une grimace ironique.

Mourmur haussa les épaules.

— Je ne vais pas risquer la vie de milliers de gens pour en sauver quelques-uns, c'est sûr. Allez-y, appelez. Ils doivent faire venir Demiderus ici afin de régler ce problème, nous ne pouvons plus rien faire.

À partir du moment où Heagle contacta le Haut Commandement et, avec un certain soulagement, remit le paquet bien brûlant de ses problèmes entre des mains plus compétentes – peut-être pas, mais plus haut placées qu'elle, certainement –, il ne leur resta plus grand-chose à faire.

Pour une fois, ni Tara ni ses amis ne pouvaient se sortir du piège sans une aide extérieure.

20

Demiderus

*ou comment le fait d'être un Très Haut Mage
n'empêche pas de faire de Très Grosses Erreurs...
comme de condamner bêtement une planète entière.*

Ce ne fut pas très long. Une demi-journée à peine après
son appel, la commandante vit une énorme escouade d'herboglisseurs se matérialiser près du campement.

Tout le monde sursauta, parce qu'ils surgirent littéralement de nulle part. Apparemment, utiliser la magie n'était
pas un problème pour ses occupants. Un homme de taille
moyenne, aux yeux bleus brillants d'intelligence et aux cheveux blonds tranchés par une mèche blanche, en descendit,
suivi par des tas de généraux de l'armée omoisienne. La commandante s'avança pour le saluer, avalant sa salive à l'idée
d'être en face d'une légende vivante, l'extraordinaire Demiderus en personne, l'homme qui avait sauvé l'univers des
démons.

Et de plus de haut gradés qu'elle n'en avait vu depuis
qu'elle s'était engagée.

Elle déglutit péniblement, puis se raidit au garde-à-vous.

Demiderus la salua gravement.

— Que votre magie illumine, commandante.

— Que la vôtre protège le monde.

Il émit un petit rire.

— Oui, ici, c'est vraiment le cas. J'ai cru comprendre que
nous avions un certain problème ? lié à l'un de mes sorts ?

La commandante lui expliqua ce qui s'était passé (y compris l'installation des Spaniviens autour du soleil et le changement de technologie, elle ne savait pas très bien à quel

point les connaissances de Demiderus avaient été rafraîchies à sa sortie du Temps Gris), après lui avoir montré et le cercle, et Tara, et ses amis figés au-dessus du sol.

Prudente, la commandante avait fait mettre d'épais matelas sous le groupe et derrière le cercle, au cas où les invocateurs s'évanouiraient et tomberaient en arrière. Évidemment, les matelas ne seraient pas très utiles à ceux qui tomberaient en avant, mais elle avait fait du mieux qu'elle avait pu. Demiderus contempla les matelas d'un air dubitatif, mais ne dit rien.

Mourmur lui expliqua ce qu'il avait eu l'intention de faire avant de s'arrêter de justesse, histoire de ne pas asphyxier tout le monde. Demiderus expliqua :

— Nous avions créé cet endroit sans aucun accès pour les Terriens, parce que nous avions peur qu'ils ne puissent retrouver les objets démoniaques et n'y perdent la vie, car les Gardiens les auraient alors tués. Le sort qui gêne une trop facile utilisation de la magie est effectivement multiple, c'était moins compliqué. Nous avons créé une énorme bulle à l'intérieur de la Terre, sous le socle des océans, avec, au centre, le temple noyé dans un creux de cent cinquante kilomètres de diamètre ayant accès direct à l'océan afin que Ceux-qui-gardent puissent s'y nourrir, puis nous avons recouvert le roc de sol fertile. Ensuite, nous y avons mis des animaux, y compris des espèces éteintes depuis longtemps comme les mammouths. Puis nous avons placé le système de surveillance, avec la création du corps des Amazones. Il y avait cinq cercles de protection autour des objets démoniaques. Les Amazones, l'océan, Ceux-qui-gardent et Ceux-qui-jugent.

— Votre point faible, fit remarquer la commandante, c'est l'océan, parce qu'il donne un accès direct au temple.

— À mon époque, fit remarquer sèchement Demiderus, il n'existait pas de machines capables d'aller sous l'eau, sauf par magie. Et encore, grâce au fait que la magie est faible sur Terre, mettre le temple sous l'eau était une excellente protection. Sans oublier que, pour les démons, cette eau s'apparente au meilleur des alcools. Ils ne peuvent pas s'empêcher d'y goûter. Et ils se noient dedans avant d'avoir franchi les premiers deux cents mètres en plongée.

— Mais c'est la raison pour laquelle Magister s'y est attaqué en premier, lui qui n'est pas un démon. En passant par cette voie, il nous évitait, nous, le premier cercle... ce qui prouve qu'il a des espions à Omois, et très haut placés.

— Sinon, comment aurait-il su que vous existiez, ma chère ? confirma Mourmur.

Demiderus hocha la tête en regardant les sortceliers englués dans le sort.

— Quoi qu'il en soit, j'avoue que je suis très content de voir que tout ceci a défié le temps. Je ne pensais pas que les démons allaient attendre aussi longtemps sans essayer de revenir dans notre univers. Ceci n'était qu'une installation provisoire... qui pouvait être sacrifiée si nécessaire.

Mourmur réfléchit. Demiderus n'avait parlé que de quatre cercles.

— Et le cinquième cercle ?

— Il est invisible, répondit Demiderus en désignant ses pieds.

Mourmur regarda, ne comprenant pas bien en quoi les pieds de Demiderus allaient protéger l'univers contre les démons, lorsqu'il comprit que le Très Haut Mage ne désignait pas son corps, mais le sol.

— C'est la raison d'être du lac de lave ? s'exclama-t-il. Au cas où le reste ne fonctionnerait pas contre les démons ?

— Oui, il y a un dispositif qui permet de tout engloutir si, pour une raison ou pour une autre, les objets démoniaques étaient déplacés par quelqu'un d'autre que l'un de nos descendants. Nous avons toujours considéré que les démons étaient capables de franchir les quatre premiers cercles. Le cinquième les prendra par surprise. Ils n'auront pas le temps de réagir qu'ils seront grillés et les Objets détruits.

Demiderus plissa le front.

— La seule inconnue, c'est que nous ne savons pas du tout si la Terre sera capable de résister à l'éruption du lac de lave. Cela risque de réveiller les volcans géants et de tuer toute vie sur cette planète. Nous n'avions pas le choix à cette époque, mais, encore aujourd'hui, face à une invasion victorieuse des démons, je n'hésiterais pas à sacrifier des milliards de vies afin de les empêcher de s'emparer des objets démoniaques. (Il fit une petite pause, triste.) Parce que, de toute façon, s'ils recouvrent leur pleine puissance, nous finirons tous par mourir dévorés. Et ce sera bien pire.

Ils frissonnèrent. Puis Mourmur s'écria :

— Oh, *slurk* ! Répétez-moi un peu ce que vous venez de dire ?

— Et ce sera bien pire.

— Non, non, avant !

— Que la vie...

Le vieux savant trépignait sur place, terriblement agité.

— Non, sur le disputif !

— Si quelqu'un d'autre que notre sang, reprit Demiderus légèrement perplexe, essayait de dép...

— OUI ! C'est ça ! Il ne faut pas les détruire !

— Pardon ?

— Magister, qui bien évidemment n'est pas l'un de vos descendants, va essayer de s'emparer des objets démoniaques, expliqua Mourmur, bafouillant presque dans sa précipitation. C'est pour ça que nous sommes ici. Parce que nous voulions l'empêcher d'utiliser la magie des objets démoniaques pour faire revenir d'OutreMonde la femme qu'il aime ! Car nous savons, grâce au Juge, qui nous a confirmé ce dont Tara se doutait, que les détruire ne les détruit pas en fait. Cela ne fait que renvoyer la magie dans les Limbes !

Demiderus pâlit.

— QUOI ? tonna-t-il. Qu'est-ce que vous racontez ?

Et soudain le petit homme calme, qu'on ne remarquait pas jusqu'au moment où l'on croisait ses yeux bleus emplis d'intelligence et de pouvoir, parut grandir et s'épaissir. Mourmur recula, puis, très vite, entreprit de raconter à Demiderus tout ce qui s'était passé. Y compris l'apparition de la Reine Noire (deux fois) et d'Archange.

— Ils se sont transformés en humains ? murmura Demiderus qui n'était visiblement pas au courant.

Pas étonnant puisqu'on venait de l'extraire du Temps Gris pour la deuxième fois seulement en cinq mille ans. Il marqua une petite pause, essayant de digérer ce que venait de lui annoncer Mourmur.

— C'est totalement fou ! finit-il par déclarer. Et vous dites que la magie démoniaque revient à ses créateurs ?

— Oui, c'est ce qu'a constaté Tara. Elle et Cal ont vu la destruction du prototype de l'anneau de Kraetovir. À ce moment, la magie contenue dans l'Anneau est retournée dans Archange. Ce qui a également dû se produire lorsqu'elle a anéanti le trône de Silur, hélas ! Tara est aussi en communication avec l'Outre-Monde grâce à un morceau du corps du Juge. Le Juge a confirmé qu'il ne fallait surtout pas détruire les Objets.

Demiderus se passa la main sur le visage, paraissant très fatigué tout à coup.

— J'ai passé une vie entière à me battre contre les démons. Nous avons failli détruire les Objets. Heureusement pour nous, nous n'en avions pas le pouvoir, à l'époque. Notre magie était moins puissante que celle que vous possédez aujourd'hui. C'est alors que nous avons eu l'idée de séparer les Objets et d'en mettre une partie ici, mais également dans deux autres endroits dans l'univers.

Il changea de sujet avec une rapidité qui prit Mourmur par surprise.

— Parlez-moi de ce Magister, ordonna-t-il au vieux savant. J'ai été briefé avant de venir, mais je sais juste qu'il a fusionné avec la Chemise démoniaque, cachée par ces maudits dragons, ce qui l'a sans doute rendu mentalement instable, et qu'il est amoureux de la ravissante Selena.

— Qui est morte.

— Oui, cela je l'avais compris, murmura tristement Demiderus. C'est donc elle qu'il veut faire revenir d'OutreMonde en utilisant la magie des objets démoniaques ?

— Oui. Il semble fou d'amour pour elle. Il refuse sa mort.

Mourmur lui raconta comment Magister tentait d'accéder aux objets et comment il avait infecté Tara, sachant que la Reine Noire n'était pas loin.

— C'est complètement illogique, murmura l'ancêtre de Tara. En infectant Tara avec sa magie démoniaque, il l'empêche d'avoir accès aux Objets ! Les Gardiens ne la laisseront pas passer. Un peu de magie démoniaque ne les alertera pas, mais une grosse dose la désignera comme une ennemie à leurs yeux !

— Non, c'est très logique, au contraire, fit Mourmur, qui s'était aussi posé la question. À force de se prendre des baffes dans la figure (il regarda Demiderus et rectifia) euh… d'être vaincu par Tara, Magister a fini par comprendre qu'il ne les obtiendra jamais grâce à elle. Alors, il a décidé, à mon avis, de faire comme les démons s'ils avaient envahi la Terre. De les prendre par la force, en se battant contre Ceux-qui-gardent et Ceux-qui-jugent. D'une certaine façon, en infectant Tara, il la neutralise. Elle ne pourra pas le suivre, du moins tant qu'il n'aura pas défait les Gardiens, parce qu'ils la combattront. Et ensuite, il sera trop tard. Sauf que cet imbécile n'a pas pensé une seconde que vous aviez piégé la planète entière pour protéger les Objets !

Demiderus posa un regard brûlant sur Mourmur.

— Il faut absolument l'arrêter ! Si, en dépit de toutes nos précautions, il arrive jusqu'aux Objets, notre espèce tout entière sera bientôt réduite à de la viande pour démons ! Et je ne parle pas uniquement de la Terre, surtout si elle est détruite par la lave, mais aussi d'AutreMonde !

Mourmur hocha la tête et désigna les corps englués.

— Certes. Mais en attendant cette potentialité ô combien sympathique, je crois que nous devons absolument délivrer Tara Duncan. Cette petite est une bombe nucléaire à elle toute seule et...

— Une quoi ?

— Laissez tomber. Disons qu'elle est très puissante. Que nous allons avoir besoin d'elle.

— Oui, bien sûr, se reprit Demiderus. Vos annonces m'ont tellement surpris que j'avais oublié.

Il leva la tête vers le ciel et cria :

— Lâche-les !

La seconde d'après, les corps tombaient un peu partout. Heureusement pour Tara et les autres, les matelas amortirent leur chute, mais Galant tomba sur Fafnir et Cal, et la première chose qu'ils firent en reprenant connaissance fut de hurler leur indignation.

— « Lâche-les », fit Mourmur. C'est... c'est vraiment très simple comme formulation.

On avait la vague impression qu'il était comme vexé que ces deux simples mots aient été suffisants pour briser le sort.

— J'aime bien les choses simples, répondit Demiderus en allongeant le pas pour aller voir Tara. Cela a le mérite de faire gagner beaucoup de temps.

La commandante, les yeux plissés à la fois par le rire (Mourmur l'amusait vraiment beaucoup) et par l'inquiétude (les hommes ne devraient pas être autorisés à jouer avec des lacs de lave), les suivit.

Tara, Galant, Cal, Fafnir et Robin étaient en tas. Le chaman, en dépit de la nausée, avait immédiatement réparé le bras de Cal et son genou démis par le crâne solide de Fafnir, ainsi que les deux jambes de Robin, brisées lorsque Galant lui était tombé dessus, et l'aile froissée du pégase. De même qu'il avait soigné la grosse bosse sur le front de Fafnir. Tara, elle, n'était qu'épuisée pour avoir trop utilisé sa magie. Si son pouls était faible, elle avait été protégée par les ailes du pégase. Blondin, que Mourmur avait placé, encore inconscient, près de son maître englué, s'ébroua et entreprit de lécher le visage de Cal, un peu étonné de se retrouver en bas alors qu'il s'était évanoui en haut.

Demiderus, lui, n'était pas gêné par le sort, qui, bien évidemment, ne l'affectait pas. Il lança donc un puissant Reparus mais aussi un Regenerus, afin de prêter un peu de sa magie à Tara. Quelques minutes de traitement et la jeune fille ouvrit enfin les yeux. Elle ne reconnut pas tout de suite Demiderus, probablement parce qu'elle ne s'attendait pas du tout à retrouver son célèbre ancêtre au milieu de la plaine des Amazones. Mais lorsque, enfin, elle finit par connecter ses neurones en vrac, elle se raidit. Il n'y avait pas que Demiderus. Il y avait aussi plein de gradés et de troupes d'Omois qui les entouraient, l'air méfiant, leurs armes braquées sur elle.

— Bonjour, Tara, dit gentiment Demiderus en faisant signe aux soldats de relever leurs armes. Comment te sens-tu ?

— Comme si un trente tonnes m'était tombé dessus, grogna Tara.

Elle vit les yeux de Demiderus s'écarquiller et traduisit :

— Comme si un draco-tyrannosaure m'était tombé dessus.

— Ah ? Oui, je peux imaginer. Ton niveau de magie était presque inexistant. Tu sais que cela peut te tuer de te drainer à ce point ? Ce n'est guère raisonnable !

— Mes amis allaient mourir.

Son ancêtre haussa un sourcil interrogateur.

— Et ?

— Et je ne laisse pas mes amis mourir sans essayer de les sauver. À ce sujet, que s'est-il passé ? Qui nous a sauvés ? Je me suis évanouie, et tout ce que je me rappelle, c'est que le sol se rapprochait vraiment très, très vite.

— C'est Yong-Sun, fit une voix faible derrière eux.

Ils se retournèrent. Moineau approchait en vacillant, appuyée sur Fabrice qui la soutenait.

— Lorsqu'il a compris que des gens étaient en train de tomber et qu'il a vu que rien ne stoppait leur chute, il a obligé les Amazones à foncer à bord des herboglisseurs, a ordonné à la nouvelle matriarche des rebelles de se joindre à elles, et tout ce petit monde s'est pris par la main pour vous arrêter. Le seul truc, c'est qu'on s'est retrouvés coincés.

Tara se leva avec difficulté et s'approcha de Moineau qu'elle prit dans ses bras.

— Merci, merci. Vous nous avez sauvé la vie !

— Je t'en prie, répondit Moineau avec un ravissant sourire qui éclaira ses yeux noisette. Je savais bien que j'avais une bonne raison de rester sur le plancher des traducs[1] ! Et bravo d'avoir réussi à rallumer le soleil.

Cal et Robin s'aidèrent pour se relever. Fafnir se remit debout seule et commença à hurler après Cal. Pour l'avoir hypnotisée. Pour s'être fait assommer. Pour lui avoir fait croire qu'elle pouvait voler. Pour être tombé dans le trou et l'avoir obligée à sauter derrière lui et à utiliser sa magie. Pour lui avoir fait la peur de sa vie parce qu'elle avait horreur du vide. Le tout pêle-mêle, au point qu'il était un peu difficile de s'y retrouver dans ses accusations. Mais tout le monde comprit qu'elle n'était pas contente du tout.

Et pourtant, elle n'avait même pas sorti ses haches.

Cal, le regard encore vitreux, hochait la tête, mais on sentait que seul un hurlement sur dix passait le coton entourant son cerveau.

Une fois tout le monde debout et les explications terminées, ils se retrouvèrent devant exactement le même dilemme qu'auparavant. Sauf que, cette fois-ci, non seulement ils devaient empêcher Magister de s'emparer des objets

---

1. Le plancher des vaches, bien sûr, vieille expression normande.

démoniaques mais, surtout, ils devaient sauver la Terre d'une destruction totale.

— C'est bizarre, murmura Cal, mais j'ai l'impression d'avoir déjà vécu cette situation. Plein de fois.

L'un des gradés fit remarquer que Tara était censée se trouver aux arrêts. À cause de la Reine Noire.

Demiderus balaya l'argument d'un revers de la main agacé.

— Si la Reine Noire contrôlait réellement Tara, elle aurait laissé ses amis s'écraser comme des crêpes, fit-il remarquer. Je pense que ma descendante est en train de se purger de la magie maléfique. D'ici quelques jours, elle en sera probablement totalement débarrassée.

Ah ! Malin. Il avait insisté sur le mot « descendante ». Rappelant peu subtilement qu'il avait créé Omois et que le gradé ferait bien de s'en souvenir.

Celui-ci se le tint pour dit. Il ne protesta plus.

— Bien, dit Demiderus. À présent, allons régler définitivement ce problème avec Magister. Il met en danger notre espèce et cela commence à m'ennuyer. Une destruction totale de ce déplaisant individu devrait régler le problème.

Tara déglutit. Décidément, entre Danviou et Demiderus, ses ancêtres avaient une façon assez radicale de « régler le problème », comme il disait.

Et elle se demanda comment Lisbeth allait prendre le fait que son ancêtre s'était emparé du commandement. De sa place, quoi.

Robin la rejoignit, le regard encore hanté par la peur. Il se posa à côté d'elle sans commentaires. Tara lui prit la main afin de le réconforter, sans réfléchir. Et fut peinée lorsque le demi-elfe tressaillit, avant de lui lancer un regard surpris. Elle soupira intérieurement. Avec les elfes, c'était toujours compliqué. Elle aurait bien voulu qu'il comprenne qu'elle le prenait par la main par affection, comme elle l'aurait fait pour Fabrice ou pour Cal. Mais pour Robin, toute avance avait forcément une connotation amoureuse. Elle retira sa main et se concentra sur ce que faisait Demiderus.

Il était en train de contacter la base (leurs boules de cristal à eux fonctionnaient, contrairement à celles de Tara et de ses amis) afin de lever le mandat d'arrêt contre la jeune fille. Il savait que l'Impératrice ne serait pas contente, mais tant pis, ainsi qu'il le répéta une demi-douzaine de fois à un thug très ennuyé d'avoir à aller dire à son Impératrice qu'on avait changé ses ordres. On sentait que le pauvre thug redoutait de se faire transformer en spatchoune ou en crapaud.

— Comment cela se passe-t-il en ce moment ? demanda Demiderus à l'image qui se tortillait devant lui.

« Nous sommes sur le bâtiment principal, l'*USS George W. Bush*, le porte-avions le plus récent de leur flotte, répondit le thug en grand uniforme de l'US Navy, ce qui faisait bizarre avec ses quatre bras. Leur président terrien l'a positionné juste au-dessus du temple de l'Atlantide où se trouvent les objets démoniaques. Mais il y a une sorte de... champ de force qui nous empêche d'accéder à la partie du bâtiment où se déroulent les événements au-dessus de l'abysse. Nous avons essayé d'infiltrer des gens à nous, mais impossible. Notre Impératrice est furieuse. Avec les caméras des humains qui filment tout ce qui se passe, elle ne peut pas opérer par la force. Nous avons envoyé des tritons et des sirènes, mais, là aussi, impossible d'accéder à ce qu'ils font. Les équipes de Magister ont entouré le tube qui descend dans l'océan d'une sorte d'écran de force incroyablement puissant et totalement opaque. La seule chose que nous savons, c'est que des centaines de soldats ont été envoyés en bas avec des armes très sophistiquées, d'après nos savants. S'ils ont combattu contre Ceux-qui-gardent avec ces engins, ces derniers n'ont pas pu résister à cette technologie. Ils sont forts, mais pas invincibles. Et Ceux-qui-jugent ne pourront pas exterminer autant de soldats suffisamment vite pour les empêcher de s'emparer des objets démoniaques. »

Il baissa d'un ton.

« Notre Impératrice est extrêmement inquiète. »

La réponse de Demiderus fut simple :

— Nous arrivons.

Et il coupa la communication.

Tara se redressa. Enfin, après toutes ces interruptions, ces retards, ces « j'évite la mort d'un cheveu », elle allait pouvoir affronter le dingue qui voulait faire revenir sa mère, au risque de tous les tuer. Lorsqu'elle exprima ce qu'elle pensait, Fafnir lui tapa dans le dos en lui disant qu'elle devait avoir du sang nain dans les veines, et Fabrice la regarda avec stupeur.

— Quoi ? Tu plaisantes, Tara ? Tu es contente de pouvoir *fighter* avec ce type ? Tu sais quoi ? Je crois que ces gens t'ont rendue dingue. Où est passée la jolie fille qui se faisait les ongles de pied au soleil et avait la trouille de rendre de mauvaises notes ?

— D'abord, je ne me faisais pas les ongles de pied au soleil, rétorqua Tara, hautaine. Parce que le vent envoie de la poussière et des brins d'herbe sur le vernis et qu'après c'est l'enfer pour les retirer. Ensuite, je ne voulais pas avoir de mauvaises notes à cause de grand-mère. Tu sais à quel point elle peut être terrifiante. Enfin, je ne suis pas impatiente de me battre. Je suis impatiente de me battre contre Magister et de lui faire passer le goût d'intervenir dans ma vie. Que ce soit pour ma mère ou pour autre chose.

Fabrice rendit les armes.

— OK, OK, je comprends ce que tu dis. Et je pense quand même que cette planète où tu vis t'a rendue dingue. Tu ferais mieux de venir avec moi, je t'assure que sur Terre, c'est nettement plus calme !

Puis, avant que Tara n'ait eu le temps de réagir, il se tourna vers Moineau et lui dit :

— Je te rends ta liberté.

Moineau eut l'air si interloquée que Fabrice laissa échapper un petit rire.

— Comment ?

— Je te rends ta liberté, répéta Fabrice. J'ai été égoïste, stupide et vaniteux de penser que je pourrais retenir une libre beauté comme toi. Tu es puissante, tu es forte, tu n'as peur de rien. Je suis faible, lâche et très peureux. Nous ne sommes pas du tout faits pour être ensemble. Je te rends donc ta liberté. Si tu veux sortir avec Yong-Sun, tu peux, je comprendrais, il est très courageux.

Moineau réussit à refermer la bouche. D'une part, elle trouvait cette déclaration très curieuse, surtout devant tout le monde, à un moment où ils avaient tout de même des choses plus importantes à régler qu'une histoire d'amour. D'autre part, elle ne pensait pas une seconde que Fabrice était lâche ou peureux. Au contraire, chaque fois qu'il vainquait sa peur pour combattre à ses côtés, elle était impressionnée par son courage.

Soudain, la fin de ce qu'il venait d'annoncer parvint à son cerveau. Elle fronça les sourcils.

— Mais qu'est-ce que Yong-Sun vient faire dans notre histoire ?

— Tu es partie avec lui et...

Il ne termina pas sa phrase, mais son expression était suffisamment parlante. Moineau vit rouge :

— Mais enfin, Fabrice, tu as fumé quoi ? Ce n'est pas parce que je pars en mission avec un garçon que je sors avec lui ! Bon sang, sinon je serais déjà sortie avec la moitié de cette planète !

Bon, c'était un peu exagéré, vu qu'elle n'avait pas accompli tant de missions que cela, en dehors de celles confiées par le Lancovit auprès des nains, mais elle vit que Fabrice avait saisi l'idée.

— Tu ne veux pas sortir avec Yong-Sun ?

Moineau ne daigna même pas lui répondre.

— Tara ?

La jeune fille, qui suivait leur échange d'un air mi-inquiet, mi-étonné, sursauta à l'énoncé de son prénom. Oh, là, là ! pourvu que Moineau ne l'implique pas dans leur querelle d'amoureux.

— Peux-tu dire à Fabrice que les filles ne sortent pas avec des garçons dix minutes après avoir fait leur connaissance ?

Zut, raté. Elle l'avait bel et bien impliquée.

— Euh..., répondit lâchement Tara, tu peux lui dire toute seule, tu sais. Moi, mon problème, là, c'est Magister. Même si tu as raison et que nous ne sortons pas avec des garçons comme ça.

— Ah bon ? fit Robin, très intéressé. Mais pourquoi ? Nous les elfes...

Les mots moururent sur ses lèvres lorsque son regard croisa celui, soudain glacial, de Tara.

— Oui, Robin, dit-elle en le toisant, tu allais dire quoi ?

— Moi ? Rien du tout, ma douce, reprit très vite Robin. Mais alors rien du tout de chez rien du tout. D'ailleurs, j'ai un paquetage à faire, moi, oh, oui, un très long et compliqué paquetage. Il faut absolument que je m'y mette, hein, tout de suite !

Et il fila plus vite qu'un rominet.

— Pfff ! souffla Tara.

— Moineau, mais je croyais que tu... que tu..., tenta lamentablement Fabrice.

— Eh bien, tu croyais mal, précisa Moineau en lui faisant face. De nouveau, tu n'as pas posé de questions, préférant extrapoler. Tant pis pour toi. Moi aussi, je te rends ta liberté.

Elle prit le monde à témoin.

— Nous sommes libres !

Fabrice s'affaissa. Ce n'était pas exactement ce qu'il avait prévu.

— Formidable ! applaudit Demiderus qui avait assisté, fasciné, à la scène. J'ai presque eu l'impression de participer à une pièce de théâtre. Maintenant que vous en avez terminé avec les « je t'aime moi non plus », nous pourrions éventuellement nous concentrer sur notre mission ? Sauver cette planète d'un anéantissement abject ?

La matriarche l'interrompit, venant les saluer avant que Fabrice n'ait le temps de s'humilier un peu plus devant tout le monde.

Le fait d'avoir été engluée n'avait pas affaibli la volonté de la vieille femme de pratiquer la magie, même si, de temps en temps, on sentait qu'elle jetait un regard méfiant vers le ciel. Demiderus lui assura que lorsque trois personnes pratiquaient la magie en même temps, cela n'attirait pas l'attention du sort. Mais les nausées ne disparaîtraient pas. Elles faisaient partie de la protection des objets démoniaques, pas question de les éliminer. La matriarche comprit tout à fait la situation. Et confirma qu'elle allait commencer l'éducation des autres tribus. La commandante lui serra la main et, l'espace d'un instant, la robuste femme en uniforme et la frêle femme en robe de cuir rapiécée furent étrangement semblables. Deux femmes de pouvoir, deux femmes d'acier. Mourmur en fut tout émoustillé, même si, clairement, il préférait Heagle 5.

— Quelle magnifique aventure ! s'exclama-t-il. Je suis vraiment désolé de n'avoir pas eu l'occasion de briser ce sort, je pense que nous aurions eu droit à une assez belle réaction pyrotechnique, mais j'aurai peut-être une autre chance face à Magister. Je crois que je sais à peu près ce qu'il a fait et pourquoi. Très intelligent, cet homme, vraiment.

Il cligna de l'œil vers Heagle 5.

— Mais pas autant que moi bien sûr !

Heagle résista au désir de lui demander ce qu'il voulait dire par là. Elle aurait sans doute l'explication en long, en large et en travers un peu plus tard. Elle laissa une partie de ses Amazones avec les rebelles. Ils auraient besoin les uns des autres (enfin, surtout les rebelles). L'autre poursuivit ses patrouilles, avec des tas d'anecdotes très croustillantes à raconter. La jolie Amazone laissa son numéro de boule de cristal à Cal, ce qui amusa beaucoup Tara.

Puis ils repartirent enfin vers leur but, le temple de l'Atlantide, accompagnés par la commandante, qui voulait avoir le fin mot de l'histoire. Demiderus les fit translater aisément, lui qui n'était pas atteint par les limitations de la magie. Ils ne pouvaient pas arriver directement à côté du temple, car Demiderus s'était inspiré du désert des Salterens et avait parsemé les alentours de t'sils (ce qui fit grimacer Tara : ah ben si, finalement, il y avait des prédateurs voraces d'Autre-Monde !), recréant un désert et une zone où il était impossible de voler. Leur point d'arrivée se situait à une heure de trajet du cercle entourant le temple. Ce qui satisfaisait tout à fait Mourmur qui avait encore des tas de réglages à faire sur ses appareils. Lorsque Demiderus, curieux, lui demanda ce qu'il était en train de construire, il se contenta de lui jeter un regard torve et répondit un vague : « Oh, des trucs pour votre descendante, Très Haut Mage. » Heureusement, Demiderus n'insista pas.

Dans l'herboglisseur où ils avaient pris place, ils se racontèrent leurs aventures. Moineau fut très impressionnée par ce qu'ils avaient vécu en haut, et morte de rire, en dépit de l'air furieux de Fafnir, lorsque Tara lui mima ce que la naine avait fait en battant des bras comme un oiseau avant de sauter.

— Non ? fit Moineau en mettant sa main devant sa bouche. Tu n'as pas fait ça ?

— Je croyais que je pouvais voler, répliqua froidement Fafnir. Une stupide idée du stupide Voleur !

Cal avait les yeux brillants d'amusement.

— Oh ! je regrette, je regrette vraiment !

La naine s'adoucit.

— C'est gentil de t'excuser...

— Non, non, l'interrompit Cal, je regrette vraiment d'avoir été projeté dehors, j'ai raté ton numéro de poulet déplumé ! Je ne me le pardonnerai jamais !

— Je vais le tuer, lâcha calmement Fafnir. Ça me démangeait depuis quelque temps, mais là, je vais le faire, je vous jure.

— Pas dans mon herboglisseur, fit remarquer la commandante, ça prendra des heures pour enlever les taches de sang. Vous vous amuserez dehors, les enfants.

Si Cal et Fafnir grimacèrent à s'entendre appeler « enfants », Tara, Robin et Moineau rirent de bon cœur.

Fabrice lui, se demandait comment son plan infaillible « Je te rends ta liberté, tu m'es reconnaissante et du coup tu me tombes dans les bras » avait échoué si lamentablement. Peut-être devrait-il laisser tomber ? Après tout, les reproches de Moineau étaient fondés. Il la faisait souffrir, non pas en étant méchant, mais en étant maladroit. Et il frissonna en se souvenant du moment où il l'avait si profondément trahie qu'il avait dû, sur ordre de Magister, la fouetter jusqu'aux os.

Il se redressa, fouaillé par cette pensée. Non. Plus jamais il ne lui ferait de mal. Il allait la chérir de loin. Et, vu qu'il serait sur Terre et elle sur AutreMonde, ce serait plus facile. Il soupira. Ouais, c'est ça.

Tara et Moineau, inconscientes des pensées obscures qui agitaient leur meilleur ami et ex-petit ami, terminaient de se raconter leurs aventures.

— Et alors, fit Moineau, *tzac* ! Elle a balancé la lame et lui a tranché le cou. Du beau travail très propre.

— La vieille dame, toute frêle ? dit Robin, abasourdi. Mais elle aurait à peine pu tenir le sabre ! Comment a-t-elle fait ?

— Je crois, remarqua Tara, que la volonté et la foi font bien plus que la force physique, lorsque celle-ci manque. Elle était désespérée. Elle se battait pour ses filles. Il l'a sous-estimée. Fin de l'histoire.

Moineau et elle échangèrent un sourire. Elles avaient été toutes les deux bien souvent dans cette situation. Et bien souvent leur courage et leur entêtement les avaient sauvées.

Soudain, les Amazones posèrent les herboglisseurs à la limite d'un cercle où plus rien ne poussait. Ils descendirent des machines, contemplant le désert vert qui rayonnait de chaleur, des geysers de lave ponctuant son aridité comme d'étranges points d'exclamation de feu. Les t'sils, à la recherche de proies pour leurs petits sous le sable, faisaient ondoyer les dunes. À la limite où ils se trouvaient, encore protégés par le sort qui empêchait les t'sils de se répandre hors du désert, les sables sifflaient, tant les terrifiants vers verts impatients se massaient, prêts à fondre sur eux.

— Très, très accueillant, persifla Cal. Si j'étais une spatchoune, ce serait parfait pour être bien rôtie... enfin juste avant d'être infectée par un t'sil et de servir de repas à ses larves. Vous aviez fait la même chose lorsque vous avez caché la fleur de Sopor. Vous avez quelque chose avec les vers ou quoi ?

Demiderus sourit.

— Les gens ne s'attendent pas à ce que nous ayons recréé cet environnement autour du temple. Les vers piègent ceux qui ne sont pas assez puissants pour incanter des boucliers contre eux longtemps.

— Le sort qui est sur la plaine ne fonctionne pas ici ?

— Si, en quelque sorte. Il empêche que les t'sils n'en sortent, mais également le survol du terrain hors de leur portée, que ce soit en herboglisseur ou en tapis, comme à mon époque où ces engins n'existaient pas. Les gens sont obligés de marcher, mais, contrairement au désert des Salterens, où le sort ne fonctionnait pas la nuit, celui-ci est tout le temps actif. Le piège est qu'il pompe la magie du sortcelier. Celui-ci se croit en sécurité avec son bouclier.

— Jusqu'au moment où il tombe en panne, frissonna Cal. *Yerk !* Je déteste ces bestioles.

— La magie est moins puissante sur cette planète, fit remarquer Mourmur, les sortceliers sont rapidement sans défense. C'est donc une excellente protection, bravo.

Effectivement, même en bordure du désert, ils pouvaient voir les os blanchis des imprudents qui ne s'étaient pas méfiés.

Fabrice s'efforça de ne pas montrer son inquiétude. Cal, lui, avait des sueurs froides. Il dégagea bien son cou, afin de montrer la marque de la t'sil dorée qui l'avait attaqué sur AutreMonde, ce qui le protégeait des autres t'sils.

Mais Demiderus avait déjà prévu une sortie de secours. Il leva les yeux vers le ciel et tonna :

— Dormez !

Immédiatement, un silence de mort s'étendit sur le terrain. Les geysers de lave s'apaisèrent et les remous des sables se figèrent.

— Dites donc, dit Cal admiratif, c'est drôlement pratique. Et super simple !

— Tant que je ne leur donne pas l'ordre de reprendre, tout restera ainsi. Nous ne serons pas attaqués. Ce n'est pas très loin, nous en avons pour un jour et demi de marche, maximum.

— Excusez-moi, demanda Moineau qui mit le doigt sur ce qui la gênait, mais pour quelle raison ne levez-vous pas aussi le sort qui empêche les herboglisseurs de voler ?

Demiderus lui sourit avec regret.

— J'aurais besoin des quatre autres Très Hauts Mages pour cela. C'est un sort très complexe. Je ne veux pas courir le risque de le dérégler alors qu'il nous suffit de marcher pour obtenir le même résultat.

— Je suis très déçu, marmonna Cal, qui avait horreur de marcher.

Demiderus laissa rentrer sur AutreMonde les haut gradés qui l'avaient accompagné. Ils étaient chargés de travailler à la coordination à partir de là-bas. Les Amazones aussi furent renvoyées. Elles n'étaient plus utiles pour ce qu'ils devaient faire, et Demiderus voulait que le moins grand nombre possible de gens s'approchent des objets démoniaques.

Mourmur dut donc dire au revoir à la majestueuse Heagle 5. Ils se promirent de se revoir et échangèrent leurs numéros de boule de cristal.

Tara eut la fugitive et ironique impression de voir des amours de vacances qui s'achèvent.

Ils s'équipèrent tous afin de lutter contre la chaleur, qui restait accablante. Grandes robes blanches, chapeaux couvrants, hautes bottes qui ne laissaient entrer aucun grain de sable vert.

Cal les équipa d'un étonnant dispositif à lanières qui déploya au-dessus de chacun une grande ombrelle. Il équipa aussi les familiers avec cette ombrelle et fournit des gantelets de cuir renforcés afin de protéger les coussinets des bêtes contre la chaleur du sable, y compris Galant qui pourtant avait la ferme intention de voyager sur l'épaule de Tara, comme Bel sur celle de Fafnir.

Une fois parés, ils s'enfoncèrent dans le désert.

Vers l'inconnu.

21

Le désert des vers verts

*ou comment, lorsqu'on est allergique aux bestioles,
mieux vaut éviter de faire son lit dans leur nid...*

Presque immédiatement, ils sentirent la chaleur de la lave sous leurs pieds. Quand elle était petite, Tara était montée avec sa grand-mère sur le Vésuve, en Italie. À l'époque, Isabella était à la recherche d'une jeune sortcelière non déclarée qui avait un peu trop d'affinités avec le feu et faisait rugir le volcan pour un oui ou pour un non. Même loin du cratère, Tara avait senti la chaleur sous ses pieds, cela avait été impressionnant. Elle ressentait exactement la même chose en ce moment.

Moineau marchait à côté d'elle, ses longues jambes avalant sans problème les tatrolls de sable glissant. La jeune fille n'avait pas reparlé avec Fabrice depuis que celui-ci lui avait pompeusement rendu sa liberté. Soudain, Tara se rendit compte d'un bruit étrange à ses côtés. Elle mit un peu de temps à réaliser que ce qu'elle entendait était un grommellement. Elle tendit l'oreille. Oui, c'était ça. Tout en marchant comme si elle en voulait personnellement au sable qu'elle martelait avec énergie, Moineau grommelait.

— Vas-y, finit-elle par dire au bout d'un quart d'heure.

Moineau, tirée de son monologue, sursauta.

— Comment ?

— Là, tu es en train de maudire Fabrice, de dire que c'est le dernier des abrutis et que tu n'as pas besoin qu'on te rende ta liberté vu que tu es parfaitement capable de la prendre toute seule. C'est ça ?

Moineau s'arrêta net et la regarda, stupéfaite. La sueur coulait le long de son visage rougi et ses longs cheveux étaient poisseux. Tout comme le poil de sa panthère, littéralement trempé, car, contrairement aux panthères terriennes, du fait des deux soleils, les animaux d'AutreMonde avaient muté afin de transpirer pour évacuer la chaleur excessive.

— Ça par exemple ! glapit la jeune fille brune. Mais comment sais-tu que...

Elle s'arrêta et regarda Tara avec suspicion.

— Tu m'écoutais ?

— Impossible. Tu grommelais. C'était absolument incompréhensible. Mais, si j'étais à ta place, c'est exactement ce que j'aurais dit.

Moineau plissa les yeux puis laissa échapper :

— Nan mais, quel abruti !

— Oui, je reconnais que le surnom lui va bien.

— Andouille, idiot, nigaud !

— Oui, ça aussi.

— Mais pour qui il se prend ?

— Pour un garçon amoureux. Rien à faire, l'amour rend crétin, c'est bien connu.

— Mais qu'est-ce... (Moineau réalisa ce que venait de dire Tara.) Quoi ?

— C'est une théorie de Fabrice. C'est comme ça qu'il explique sa maladresse avec toi.

Moineau, qui avait repris sa marche, stoppa de nouveau.

— De Fabrice ? C'est Fabrice qui a dit qu'en étant amoureux on était crétin ? Il n'a pas besoin d'être amoureux pour ça !

— Ouch, fit Tara avec un petit rire, ça, ça fait mal. Tu es vraiment en colère, hein !

Moineau hocha la tête. Elle avait pris un coup de soleil sur AutreMonde, et il y avait des taches de rousseur sur son nez. Tara grimaça. Elle-même avait la peau très blanche, elle préférait ne pas imaginer à quoi elle pouvait bien ressembler. La Reine Noire lui répondit dans son esprit, à sa grande surprise.

« Nous sommes magnifique. Et notre peau est sans défaut, dit-elle d'un ton suffisant.

— Oh ! mais si, ricana Tara mentalement en cessant d'écouter Moineau qui continuait d'assassiner son ex-petit copain verbalement. J'ai plein de défauts ! J'ai eu des boutons, des points noirs, et j'en ai encore. J'ai des cicatrices et, même en étant blonde, j'ai du duvet sur les jambes que la changeline fait disparaître (une fonction qu'elle trouvait absolument formidable, parce que cela ne faisait pas mal). Votre vision de la perfection est totalement figée. Être parfait, c'est être mort, parce qu'on ne peut plus changer. Je suis imparfaite, mais je suis vivante ! »

Un silence méditatif salua sa remarque.

« Pourquoi n'as-tu pas peur de moi ? demanda la Reine Noire, intriguée. Tout autre que toi serait terrifié d'être habité par une entité aussi somptueusement cruelle que moi. Mais tu ne me crains pas. Je ne comprends pas. »

« Somptueusement cruelle »... Eh bien, au moins, la reine n'avait pas de problème d'estime de soi !

« Vous n'êtes que la partie la plus noire de mon âme, répondit paisiblement Tara. Celle qui existe dans tout être humain. Celle qu'on doit combattre tous les jours pour rester digne et honnête. Je n'ai pas peur de vous parce que je vous connais ! Vous voulez la puissance sans le travail, vous voulez la gloire sans la sueur, vous voulez que les gens plient devant vous sans la reconnaissance. Vous voulez détruire sans bâtir. Vous voulez l'adoration aveugle. Vous êtes vide. Vous n'êtes rien. »

Le silence se chargea de colère. Mais, contrairement à ce que redoutait Tara (quand même !), la Reine Noire ne fit pas surface. Au contraire, elle la sentit se lover un peu plus au fond d'elle-même.

« Tu as tort, chuchota une voix soudain très douce dans sa tête. Je ne suis pas une partie de toi. Ma conscience est bien différente. Mes buts aussi. »

Tara ne posa pas de questions. Ce qui était aussi bien, car la Reine Noire se tut. Tara haussa mentalement les épaules. Quoi que puisse dire la magie maléfique qui avait envahi son corps, elle ne devait pas l'écouter. Une fois épuisée, la Reine Noire disparaîtrait à jamais. Et Tara préférait s'arracher la langue que de prononcer encore une fois le mot *sparidam* !

— ... de toute façon, c'est la meilleure solution, termina Moineau.

À force de s'arrêter, de repartir, de s'arrêter, etc., elles avaient fini par se faire distancer par les autres. Galant, qui ployait des ailes sous la chaleur, poussa Tara à avancer plus vite. Il n'aimait pas du tout les t'sils et préférait que sa compagne se trouve le plus près possible de Demiderus.

— Euh... peux-tu répéter s'il te plaît ? demanda Tara, contrite. La Reine Noire avait envie de tailler une petite bavette et je n'ai pas écouté ce que tu disais.

Moineau s'arrêta net. Encore. Ce qui eut le don de faire râler Galant.

— Quoi ! s'exclama la jeune fille en écarquillant ses yeux noisette. Qu'est-ce que tu viens de dire ?

— Que j'étais désolée que...

— Non, non, pas ça. Tu as dit que tu étais en train de parler avec la Reine Noire ? Vous... vous discutez, toutes les deux ? Cette monstrueuse tueuse et toi ? Tara, tu plaisantes ?

« Ah ! tu vois, elle, elle est raisonnable, ronronna la Reine. Elle, elle a peur de moi ! »

Tara maîtrisa son agacement. Puis chercha une analogie afin de faire comprendre ce qu'elle ressentait à Moineau.

Et de rabattre son caquet à la Reine Noire par la même occasion. Une image fit soudain pétiller son cerveau. Ça, la reine n'allait pas du tout aimer.

— Il t'est arrivé d'avoir des boutons, Moineau ?

— Comment ?

— Oui, tu sais, ces horribles boutons qui sortent toujours quand tu as un rendez-vous important, que tu as oublié qu'il fallait que tu évites le gras quelques jours avant et qu'ils sont là, énormes, virulents, remplis de blanc ou au contraire tout rouges et enflammés ?

Vu que Tara était en train de décrire la terreur de milliards d'adolescents filles et garçons (et même d'adultes) à travers les siècles et l'espace, elle eut immédiatement toute l'attention de Moineau.

— Je ne vois pas le rapport avec la Reine Noire, mais oui, cela m'est arrivé. Parfois, même la magie n'y peut rien et elles se voient quand même, ces saletés. Pourquoi ?

— Les boutons sont des infections de la peau, dues à l'excès de sébum, mais aussi, souvent, à des contaminations extérieures, quand les microbes qui se baladent sur la peau prolifèrent et infectent la peau. Eh bien, tu vois, la Reine Noire, c'est pareil. C'est un gros bouton, dû à une infection extérieure, qui, une fois vidé, laissera peut-être une cicatrice moche, mais aura disparu.

Moineau digéra un instant la métaphore.

— Sauf qu'aucun bouton au monde ne peut tuer des gens, même en explosant très fort et en aspergeant tout le monde !

— *Yerk !* c'est dégueulasse ce que tu viens de dire.

— C'est toi qui as choisi l'exemple...

Elles se sourirent. La Reine Noire ne réagit pas, mais Tara sentit sa fureur silencieuse. Qu'elle ignora.

— Bon, à part cette répugnante métaphore dont je te remercie, reprit Moineau après avoir médité sur l'image pendant quelques secondes, j'étais donc en train de parler dans le vide en disant que j'allais retourner sur Autre-Monde quand tout ceci serait terminé, non seulement pour être loin de Fabrice, mais également afin d'accompagner Fafnir.

Tara était surprise.

— Fafnir ? Pourquoi notre redoutable naine guerrière a-t-elle besoin d'être accompagnée ?

Moineau sourit.

— Elle a été bannie parce qu'elle faisait de la magie. Tu sais à quel point les nains sont conservateurs, ils ont tellement horreur de ça. Alors, tu imagines leur tête quand Fafnir va revenir avec un chat rose démoniaque comme familier et un type à moitié dragon comme petit copain ?

Il y eut un silence méditatif.

— Aïe ! finit par dire Tara.

— Oui, comme tu dis. Aïe ! J'ai proposé de l'accompagner.

— Pour la protéger des nains ?

— Euh... en fait non. Pour protéger les nains contre elle.

Cette fois, elles éclatèrent de rire.

— Ça t'ennuie beaucoup si je viens avec toi ? demanda Tara, les yeux brillants. Je crois que ça va vraiment valoir son pesant d'or !

— Elle n'en parle pas, parce que, avec tous tes problèmes, elle sait que tu as autre chose à faire, mais je pense que cela lui fera vraiment plaisir si tu le lui proposes. Après tout, toi aussi, tu es avec un mi-quelque chose. Tu pourras expliquer que cela ne pose aucun problème à ses parents.

— J'« étais », soupira Tara. Comme toi, je ne fais plus confiance à Robin. Il m'a rejetée, ensuite il a couché avec une démone qui se faisait passer pour moi, montrant ainsi qu'il ne me connaît vraiment pas du tout. Et encore, tout cela ne serait pas très important si j'étais toujours amoureuse, je pense qu'on pardonne à ceux qu'on aime. Mais je ne suis plus amoureuse. Il ne fait plus battre mon cœur plus vite. C'est... c'est comme si mes yeux venaient de se dessiller. (Elle eut un sourire triste.) Sur Terre, on dit que si l'amour résiste à trois ans puis à sept ans, alors c'est gagné. Je crois bien que je n'ai pas réussi à franchir la première étape.

— Ah bon, répliqua Moineau d'un ton pensif. Vous avez vraiment des idées bizarres, sur Terre. Mais cela confirme ce que j'avais remarqué.

— Comment ? Qu'est-ce que tu as remarqué ?

— Hum ? Non, non, rien. Et Cal, qu'est-ce que tu en penses ?

— Il va avoir du mal à échapper à Mara, ironisa Tara, qui ne comprenait pas bien ce que venait faire Cal dans l'histoire. Pourquoi ?

— Il n'est pas amoureux de Mara, assena Moineau. Pas une seconde.

— Ah bon ? Tu crois ? Oh, là, là, ne me dis pas ça. Si Mara s'en aperçoit, le palais ne va pas y résister !

— Eh bien, prépare-toi à faire de gros travaux, alors, persifla Moineau, amusée. Parce que je te parie un dîner à l'Aragne Rieuse, le meilleur restaurant de Travia au Lancovit, que Cal est amoureux de quelqu'un d'autre, même s'il ne le sait pas encore.

— La petite Sylvine ? L'archère ? Noooon, tu crois ? C'est un peu rapide, non ?

Moineau soupira.

— Non, ce n'est pas à elle que je pensais. Bref...

Elle dévisagea Tara et dit quelque chose de très étrange.

— Avant de partir, j'ai reçu un magicmail de Jeremy.

Un peu étonnée par l'abrupt changement de sujet, Tara fixa ses grands yeux bleus sur son amie.

— Jeremy Del'envir Bal Dregus ? Le garçon qui a été tripatouillé génétiquement pour le rendre plus puissant, comme moi ?

— Oui.

— Ça alors, il va bien ?

— Oui, il est retourné sur Terre pour aider Jordan, mais il est inquiet parce qu'il ne sait pas où se trouve son frère adoptif. Il avait disparu lorsqu'il est arrivé à Stonehenge. Leur ferme a été placée en gestion. Et les nouveaux locataires n'avaient aucune idée de l'endroit où pouvait bien se trouver Jordan. C'est lui qui les contacte, pas le contraire. Jeremy m'a demandé de lui donner un coup de main. Ses parents d'AutreMonde, son père, sa mère et sa sœur, Catherine, ne se sentent pas concernés par cette quête, mais lui, si. Il estime qu'il doit beaucoup à la famille terrienne Blacksmith qui l'a recueilli et élevé. Nous avons donc échangé des tas de MM. Et puis nous nous sommes vus. Plusieurs fois.

Ah, ah ! Tara comprenait soudain d'où venait cette nouvelle faculté de Moineau de se détacher de Fabrice, elle qui en était si amoureuse. Elle se souvint aussi des appels incessants que recevait Moineau lorsqu'ils s'étaient réunis dans la suite de Tara. Et qu'elle avait l'air très embarrassée lorsqu'elle était revenue.

— Et alors ? fit-elle d'un ton parfaitement neutre.

— C'est un sortcelier.

— Oui, c'est même probablement le sortcelier le plus puissant après moi, confirma Tara sans aucune prétention, simplement parce que c'était un fait.

— Il a été élevé sur Terre, comme toi.

— Euh... oui.

— Et, pourtant, il adore AutreMonde.

Elle rougit.

— Et il me trouve très jolie.

Tara garda un silence prudent. Vu que Moineau pouvait se transformer en Bête féroce quand on la contrariait, les gens avaient tendance à éviter.

— Qu'est-ce que tu en penses ? finit par dire péniblement Moineau.

— Il est vraiment très gentil. Je ne peux pas juger, répondit Tara qui avait pourtant envie de faire remarquer que

Jeremy avait quand même trouvé le moyen de tomber amoureux de sa propre sœur, même si, bien évidemment, il l'ignorait à l'époque.

Et puis, intérieurement, elle le trouvait un peu niais. Pas méchant, mais pas très malin. Fabrice avait des tas de défauts, mais c'était un garçon intelligent... enfin, quand il ne devenait pas dingue... et très travailleur. Alors que les échos rapportés par les Taludis et les Scoops qui pistaient les fêtards d'AutreMonde montraient souvent le jeune héritier des Bal Dregus en train de faire la fête. Bon, cela dit, il s'inquiétait du sort de son frère, ce qui était honorable.

— C'est à cause de lui que tu as largué Fabrice ? finit-elle par demander franchement.

Moineau se mordit les lèvres.

— Non, c'est à cause de lui que je n'ai pas pardonné à Fabrice sa énième erreur. Nuance.

— OK.

Moineau glissa un peu le long d'une dune et laissa passer un petit moment, le temps de retrouver et son équilibre et ses esprits.

— OK ? C'est tout ce que tu trouves à dire ?

— Moineau, que veux-tu que je dise ? Tu n'aimes plus Fabrice. Tu aimes Jeremy. Sors avec lui, vois si ça te plaît...

Elle laissa passer un léger instant puis conclut avec un grand sourire aux lèvres :

— Et, surtout, viens tout me raconter ensuite ! Avec les détails, hein !

Moineau éclata de rire.

— Et toi ? Tu as un petit copain en vue ?

La question était si inattendue que Tara en resta sans voix un instant.

— Moineau !

— Quoi ? C'est logique comme question. Alors ?

— Bien sûr que non ! Je te rappelle que j'étais avec Robin il y a encore quelques heures ! Je crois que je vais me passer de petits copains pour un moment. C'est compliqué, finalement, et puis je passe tellement de temps à combattre les gens qui me veulent du mal – à moi ou à ma famille ou à mes amis ou à l'Empire –, que je n'aurais sans doute pas trop le temps d'en trouver un autre.

Elle ajouta d'un ton un peu penaud :

— Pour ça, il faut dire que Robin était bien pratique. Tout le temps disponible. Ce n'est pas très gentil ce que je vais dire, mais je pense que j'en suis tombée amoureuse aussi parce qu'il était constamment avec moi.

Moineau haussa les épaules.

— Je ne sais pas. Tu aurais pu tomber amoureuse de Fabrice.

— Mon meilleur ami ? Tu es dingue, j'aurais l'impression de sortir avec mon frère !

— Ou avec Cal ?

— Pour me réveiller avec un coussin péteur dans le lit ? Très peu pour moi. Il est un peu trop taquin à mon goût...

— Oh ! fit Moineau très malicieuse, tu le vois déjà dans ton lit ?

— Ha, ha, ha, hilarant. Lui non, le coussin péteur oui, vraiment très bien.

Elles continuèrent de parler, inconscientes d'un léger détail. Pourtant crucial. Les loups-garous, comme les elfes, avaient l'ouïe particulièrement fine. Et si Robin n'avait guère prêté attention à ce qu'avaient dit les filles, Fabrice, lui, toujours attentif à Moineau, avait tout entendu.

Et particulièrement le moment où Moineau avait parlé de Jeremy. Lentement, ses yeux avaient viré à l'ambre du loup pendant qu'il serrait les poings de toutes ses forces en dépit de griffes grandissantes qui en perçaient les paumes. Son sang goutta puis toucha le sable, marquant une sorte de piste sanglante à laquelle, trop absorbées par leur discussion, ni Tara ni Moineau ne prêtèrent attention.

Fabrice était au bord du point de rupture, prêt à se transformer en loup-garou et à... à faire il ne savait pas très bien quoi, d'ailleurs, quand il se rendit soudain compte que Jeremy n'avait pas attendu qu'ils rompent pour draguer sa petite amie.

Un grondement sourd naquit au fond de sa gorge, mais il le maîtrisa, obligeant ses poings à se desserrer, puis ses crocs à se rétracter.

Jeremy Del'envir Bal Dregus n'avait plus que quelques jours à vivre.

Enfin, s'ils survivaient à cette mission.

Inconscientes de ce qui venait de se passer, Tara et Moineau cessèrent de parler parce que le cheminement était épuisant. La chaleur du sol cuisait tout, en plus de celle du soleil, et ils se déshydrataient très vite. Robin, qui, comme tous les elfes, détestait la chaleur (Selenda était agréablement fraîche grâce aux grands arbres d'acier), avait l'air de se dessécher sur pied. Mais il continuait, vaillamment. Mourmur était celui qui souffrait le plus. En dépit de tous ses appareils, il n'avait aucun moyen de… Soudain, le vieux savant s'arrêta.

— Est-ce que quelqu'un peut me dire pourquoi nous marchons ?

Tara, Demiderus et les autres stoppèrent l'un derrière l'autre, contents d'avoir une bonne raison pour le faire.

— Parce que nous ne pouvons pas voler avec les herboglisseurs, répondit patiemment Demiderus, pensant que la chaleur avait fini par cuire le cerveau du curieux bonhomme.

— Mais cela ne nous empêche pas de rouler !

— Il est préférable de conserver notre magie, poursuivit Demiderus le plus raisonnablement possible en sortant une bouteille d'eau pour en asperger Mourmur au cas où. Il est vraiment dangereux d'arpenter ce désert. C'est fait pour, d'ailleurs. Nous affaiblir juste pour nous éviter de marcher n'est pas souhaitable.

— Ah, j'oublie tout le temps que vous n'êtes pas un homme du 51e siècle, qu'à votre époque ou c'était magique ou ce n'était pas. On a inventé des tas de trucs, depuis ! Poussez-vous.

Sous les yeux étonnés de Demiderus, Mourmur attrapa quelque chose dans sa poche et le posa par terre. C'était un cube brillant, un peu comme celui qu'il avait commencé à construire. À peine dehors, le cube commença à se déplier. Ce n'était pas magique, puisque rien de magique ne pouvait fonctionner dans le désert à cause du sort. Mais c'était indéniablement mécanique. Au bout de quelques secondes, un étrange engin à trois roues surdimensionnées et trois places se tenait devant eux, vrombissant.

— Il se recharge avec la lumière du soleil, fit Mourmur, tout électrique, rien de magique ! Je vais prendre deux d'entre vous et les conduire jusqu'au temple, ensuite je reviendrai chercher les autres. Continuez à avancer, comme ça nous gagnerons du temps. Très Haut Mage Demiderus, montrez-moi le chemin, je vous prie !

Avec réticence, Demiderus rassembla ses robes blanches et se percha sur l'engin. Mourmur proposa à Moineau de faire partie du premier voyage, puis ils filèrent dans le sifflement sourd des roues sur le sable. Cal grommela :

— Par les entrailles de Brendruc le Hideux, il n'aurait pas pu s'en rendre compte plus tôt ? J'ai tellement transpiré que j'ai dû laisser une trace derrière moi, comme un escargot !

Il regarda autour de lui et continua, un brin nerveux :

— C'est normalement maintenant que tout doit déraper.

Fafnir épongea son front trempé, fit boire Bel qui n'avait pas l'air mieux, et soupira.

— Ça me fait mal de dire ça, mais il fait vraiment trop chaud pour se battre. Alors, si quelque chose doit déraper, ça devra attendre un peu que je rafraîchisse.

Et elle se vida le reste de la bouteille sur la tête, soupirant de soulagement.

— Pourquoi dis-tu que quelque chose doit déraper ? demanda Fabrice à Cal, méfiant.

— Demiderus est parti. Son sort dépend de lui, même si tu parles au ciel en lui disant : « Dormez », je pense que personne n'obéira. Ni les t'sils ni les geysers de feu. Donc, si quelque chose doit déraper, cela se fera forcément pendant qu'il n'est pas là. Ou alors, il va se faire capturer, on va le forcer à retirer le sort et on va devoir affronter des millions de t'sils sans magie (il frissonna).

— Pas toi[1]. Nous, répliqua Tara. Et il n'y a personne ici pour l'instant. Arrête de dire des trucs pareils, tu vas nous attirer la poisse.

Soudain, Cal avisa la robe de Fabrice. Maculée de traces de sang.

— Fabrice, ça va ? Tes blessures se sont rouvertes ? demanda-t-il, très inquiet.

Fabrice baissa les yeux sur sa robe et secoua la tête, dépité. Il n'avait pas vu qu'il avait saigné partout. Soudain, il se figea.

---

1. Voir le tome II, *Le Livre Interdit*. Cal se fait piquer par une t'sil dorée. Et meurt. Ce qui sur AutreMonde n'est pas toujours définitif heureusement.

— Non, non, je… je me suis écorché les mains. Mais mon sang est tombé sur le sable. Vous croyez que cela risque de réveiller les t'sils ? Mais quel abruti je suis ! J'aurais dû faire attention !

Instinctivement, ils formèrent un cercle, fixant le sable vert avec effroi, guettant la moindre ondulation suspecte. Au bout d'un moment, Tara grommela à Fabrice :

— La vache, j'ai l'impression de jouer un remake de *Dune*. Sauf qu'au lieu d'un énorme ver, je m'attends à en voir des milliers !

Pourtant, à leur grande surprise, le désert resta calme et paisible… et brûlant. Il n'entra pas en éruption soudaine et personne ne tenta de leur sauter dessus. S'il n'avait pas fait aussi chaud, cela aurait presque été une partie de plaisir.

Le véhicule de Mourmur revint les chercher à plusieurs reprises jusqu'à ce qu'il ne reste plus que Cal et Tara. Ils cheminèrent dans le silence aisé des vieux amis.

— Elle est très jolie, cette archère Amazone, ne put s'empêcher de faire remarquer soudain Tara.

Cal rougit. Bon, il était déjà rouge, disons qu'il rougit un peu plus.

— Oui, très jolie, très gentille. Elle adore les armes. Le seul souci, c'est que c'est à peu près tout ce qu'elle sait dire.

— Tu as dû l'intimider.

— Tu crois ?

— Oui, le taquina Tara, après tout, tu es le très célèbre Caliban Dal Salan. Tout AutreMonde salue tes incroyables exploits !

— Tu es en train de te moquer de moi, là, hein ?

— Un peu, avoua Tara.

— Hum.

Ils avancèrent encore. Blondin, son pelage roux gainé de sueur, traînait à leurs côtés. Curieusement (ce qu'il trouvait très bien), le sort n'avait pas l'air de pomper la magie de miniaturisation de Galant et celui-ci avait tenu. Le pégase pouvait donc se percher sur l'épaule de Tara et il avait tellement chaud qu'il ne s'en privait pas, ventilant la jeune fille pour garder son équilibre. Ce qui leur convenait à tous les deux.

— Et Robin, alors ? demanda Cal, curieux. Qu'est-ce que vous allez faire tous les deux ?

Tara gloussa.

— Je ne crois pas que nous allons parler de concombres en tout cas.

— Ah non ? Oh, moi, je suis déçu !

Ils échangèrent un regard malicieux.

Cal revint à la charge.

— Nan, sérieux. Tu vieillis, tu sais !

— Sympa, merci !

— Non, ce que je veux dire, c'est que bientôt tu seras courtisée par des planètes entières, il va te falloir apprendre à dire, siffler, chanter « non » dans un millier de langues. Tu n'as aucune idée de ce que c'est. Contrairement à Lisbeth, tu n'as pas été élevée pour cela. Avec Robin, tu as un énorme avantage. Tu sais qu'il t'aime pour toi-même. Pas pour ce que tu es, l'Impératrice Héritière d'Omois, ce qu'il regretterait plutôt. Ce serait un mariage d'amour avec lui. Pas un mariage d'intérêt. Pour ton bonheur, cela ferait toute la différence !

Il était sincèrement inquiet pour elle. Tara se sentit touchée, comme souvent lorsque Cal laissait percer sa grande sensibilité sous sa carapace d'humour et de dérision.

— Tu sais, pour l'instant, je n'ai aucune idée de ce que je veux faire, alors si des tas de gens viennent en me disant « je vous aime, je veux vous épouser et oh, à propos, je veux aussi gouverner l'empire d'Omois », ma seule réponse sera non.

Cal fit la grimace. Tara n'avait absolument aucune idée de ce qui l'attendait.

— Tu ne comprends pas, Tara. Dire non est facile. Dire non alors que ta tante te démontrera par a plus b que Untel est vital pour l'économie d'Omois, Untel pour la sécurité d'Omois ou Untel pour l'avenir d'Omois, c'est nettement plus difficile !

Tara rumina un moment ce qu'il venait de dire. Puis décida de voir ce que le jeune Voleur pensait de tout cela :

— Toi qui, bien sûr, connais AutreMonde bien mieux que moi, qu'est-ce que tu ferais ?

Cal hésita. Il ne savait pas pourquoi mais il éprouvait une étrange réticence à dire la vérité. D'autant que le sort de vérité ne fonctionnait plus ici. Mais il était honnête... enfin, en général, et surtout avec ses amis. Il répondit donc.

— Moi ? Je ferai de Robin mon consort impérial. Il est honnête, il t'est loyal, il est dingue amoureux de toi, même si c'est un tchaouf[1] indécrottable.

Tara sourit. Ils avaient un tchaouf dans le parc zoologique impérial et elle était encore stupéfaite que cet animal improbable, avec sa trompe rouge et son ridicule plumet jaune sur la tête, ait réussi à survivre sur une planète remplie de prédateurs plus agressifs les uns que les autres.

— Tu as raison, confirma-t-elle, c'est un tchaouf. Et cette histoire dans les Limbes, ça m'a vraiment peinée.

Cal la regarda de ses grands yeux gris. Pour la première fois depuis qu'elle le connaissait, Tara ne fut pas frappée par son intelligence ou son sens de l'humour, mais par sa beauté. Le jeune homme avait un visage d'ange, au point qu'on en oubliait parfois à quel point il était dangereux.

— Il dit que c'est sa nature d'elfe qui est la responsable, répondit-il lentement, plongeant ses yeux gris dans les yeux bleu marine de Tara. Mais en fait, Tara, si tu es honnête, cela n'a rien à voir. Un être humain se serait fait avoir aussi. *Je* me serais fait avoir. Robin a dit que la démone n'avait pas parlé quand elle était venue le chercher au milieu de la nuit. Qu'elle s'était juste déshabillée, collée contre lui. Qu'est-ce que tu crois ? Nous ne sommes pas des statues. Face à toi, à moitié nue, super sexy, désirable à mort, n'importe qui aurait eu la même réaction ! Tu sais, ce genre de truc a un peu tendance à court-circuiter nos cerveaux !

Tara se sentit rougir. Elle n'avait pas vu la scène sous cet angle. Cal était vraiment un super copain de défendre son ami comme ça !

— En fait, dit-elle honnêtement, ce n'est pas que cela. Tout ce qui s'est passé, le fait qu'il m'ait rejetée à cause du sort, puis la démone, plus le fait que parfois il manque vraiment

---

1. Le tchaouf est l'animal le plus maladroit d'AutreMonde. Gris sombre, hirsute, avec un étrange plumet jaune sur la tête, ressemblant à un mélange d'éléphant et d'hippopotame, avec une très courte trompe en forme de trompette rouge, le tchaouf passe son temps à s'emmêler ses six pattes et tombe à peu près tous les trois mètres. De nombreux prédateurs ont ainsi été écrasés alors qu'ils tentaient d'abattre un tchaouf...

d'humour, même s'il est tellement tellement beau qu'il me faisait chavirer juste en me regardant, cela a fini par me faire changer.

Cal soupira.

— Oui, nous grandissons. (Il désigna sa silhouette.) Nous grandissons même un peu trop vite, je trouve. J'ai dû prendre au moins dix centimètres à cause de ta maudite Reine Noire. Comment veux-tu que je me faufile partout comme avant en étant aussi grand !

Tara éclata de rire et l'étrange tension qu'elle ressentait se dissipa.

— Cal, je ne suis pas sûre que la reine ait grand-chose à voir dans ta croissance ! Tu sais, il suffit parfois de quelques mois pour qu'un adolescent se transforme. Je crois tout simplement que c'est ce qui t'est arrivé.

— Ben, c'est pas cool, maugréa Cal. Et puis, j'ai tout le temps mal aux jambes, c'est super désagréable !

Tara n'eut pas le temps de le taquiner, car déjà Mourmur revenait avec son engin. Ils montèrent dessus… et le regrettèrent. L'engin était un prototype et, le moins qu'on puisse dire, c'était qu'il bringuebalait dans tous les sens, c'était horrible. De plus, il grinçait (Mourmur leur expliqua que c'était à cause du sable, si fin qu'il grippait les rouages) et gémissait, on avait l'impression qu'il allait perdre toutes ses roues en même temps et mourir d'un seul coup.

D'ailleurs, mourir semblait une bonne option au bout d'un certain temps, parce que le tangage donnait en plus un horrible mal de cœur. Seul Mourmur, très fier d'avoir réussi à découvrir un moyen de leur faire gagner du temps, sifflotait, faux, entre deux plongeons dans les dunes de sable vert.

Au loin, petit à petit, se dessina quelque chose. Tara écarta les cheveux qui lui tombaient dans la figure. Très obligeamment, la changeline lui créa un bandeau de satin crème pour retenir les mèches échappées de sa natte et de son capuchon, qui avait volé en arrière sous l'action du vent. C'était un peu sophistiqué, avec son petit short court crème, son bizarre T-shirt en cotte de mailles dorée et la robe blanche légère très fendue qu'elle avait passée par-dessus. Mais bon, elle n'allait pas à un défilé de mode non plus. Avec ses bottes montantes pour la protéger du sable qui s'infiltrait partout, elle ne s'en rendait pas compte, mais elle était très sexy. D'autant que les fentes de la robe montaient très haut sur ses cuisses et qu'elle était assise.

Cal, qui ronchonnait du fond du cœur contre les soubresauts de la machine, entendit un éclat de rire de Tara qui, elle, appréciait la vitesse. Il la regarda et reçut de plein fouet l'image pleine de vitalité de la jeune fille, absolument ravissante dans cet ensemble.

Il déglutit. Et, soudain, les sous-entendus et les regards en coin de ses amis lui revinrent en mémoire. Lui qui était si malin venait de se faire piéger, et en beauté.

Il était tombé amoureux.

De Tara Duncan.

La jeune fille dut sentir son regard perplexe sur elle, car elle lui lança un éclatant sourire. Cal en eut le cœur tout chamboulé.

— Regarde ! cria-t-elle. Il y a quelque chose devant nous, mais c'est bien plus haut que le temple !

À l'époque de Demiderus, il n'était pas possible de construire de très hautes bâtisses, du moins pas sans magie, et le temple, s'il était assez haut, ne pouvait en aucun cas atteindre ce qu'ils voyaient. C'était comme une ligne sombre qui tranchait l'horizon verticalement.

Mourmur lui, savait ce dont il s'agissait, mais il leur laissa la stupeur de la découverte qui l'avait laissé sans voix, lui aussi.

Ils se rapprochèrent et purent enfin contempler l'incroyable chose qui se trouvait devant eux, sifflante et mugissante au point que le désert en tremblait.

Il s'agissait d'une trombe. D'une trombe d'eau immense qui plongeait ses griffes dans la terre. Les protections entourant le cylindre tournoyant devaient être d'une incommensurable puissance.

Quand ils arrivèrent à la trombe, alors que Mourmur freinait en catastrophe, ils virent le visage de Demiderus.

Celui-ci était blanc.

— Je ne comprends pas, dit-il, il y avait des murailles de roc, ici, afin d'éviter que l'eau ne puisse envahir la plaine. Magister les a fait disparaître !

— Je n'ai pas vu les murailles lors de ma première visite au temple, fit remarquer Tara, impressionnée par la violence du tourbillon. Mais il y avait bien un trou dans l'eau, exactement comme ici, sauf qu'on était à l'intérieur.

— Cet individu est infiniment plus puissant que ce que je pensais, lâcha Demiderus. Même avec la magie des autres Hauts Mages, nous aurions été incapables de retenir un océan entier pendant aussi longtemps. Qu'il puisse le faire depuis des jours, apparemment, me plonge dans la stupeur.

Effectivement, il paraissait stupéfait. Et effrayé. Voir le plus puissant des anciens Mages, qui avait affronté sans faiblir des hordes de démons mangeurs d'hommes, avait de quoi... effrayer aussi. Tara sentit sa gorge se serrer.

— C'est cela dont le thug parlait, un tourbillon de magie noire. Sauf que là, je ne vois que le tourbillon, pas la magie.

Intrigué, Demiderus s'approcha, mais se garda bien de toucher la surface bouillonnante. De temps en temps, on voyait une insolite créature passer en un éclair. À cette profondeur, il n'y avait que d'étranges organismes capables d'endurer le froid et la pression extrêmes.

— Si nous incantions un Transmitus, proposa Cal. Il n'y a que quelques mètres entre l'intérieur et l'extérieur du cercle, non ?

— Le sort ne va pas nous en empêcher ? demanda Fabrice.

— Non, répondit Demiderus, il est là pour empêcher le survol du désert et affaiblir la magie. Nous pourrons utiliser les Transmitus, ce sera trop court pour qu'il pompe notre puissance. Enfin... j'espère.

Le magicgang grimaça à l'unisson. Ils n'aimaient pas trop les « j'espère » lorsqu'il s'agissait d'opérations magiques et hautement risquées.

Demiderus hocha la tête, contemplant le monstre d'eau devant lui.

— Mais ceci... je ne suis pas sûr que nous puissions le franchir. Pas aussi facilement. Quelqu'un a-t-il un bout de bois ou quelque chose de long ?

Cal sortit l'une des bûches qu'il avait dans sa poche de sortcelier. Demiderus la brandit, puis, d'un pas décidé, s'avança et la plongea dans le tourbillon.

Il se passa deux choses simultanément.

La bûche explosa.

Demiderus hurla.

Puis tomba, tenant son bras ensanglanté avec son autre main. Affolés, ils se précipitèrent. De longs éclats de bois avaient transpercé la paume de sa main et emporté plusieurs de ses phalanges. Les bouts d'os ressortaient, trop blancs au milieu de la chair rouge. Le sang coulait jusqu'au sol en *ploc ploc ploc* assourdis.

— Par le Reparus, hurla Cal, que le sortcelier blessé soit à l'instant soigné !

Demiderus sifflait, luttant contre l'intolérable douleur.

Le sort le frappa.

Mais il était trop tard. Il s'évanouit. Et les t'sils, déjà à moitié sortis de leur léthargie par le sang de Fabrice, puis par celui de Demiderus, s'éveillèrent complètement.

Le désert entra en éruption.

22

Cal

ou comment, lorsqu'on n'aime pas les vers carnivores,
c'est aussi bien d'éviter de les énerver.

Tara agit instinctivement. Son pouvoir se déploya, bien plus vite que celui de ses amis, et un bouclier les entoura de toutes parts, y compris sous leurs pieds, brillant d'une faible lueur bleu marine. Juste à temps. Des milliers de t'sils se précipitaient sur eux, au point que le bouclier étincelait au point d'éclipser l'éclat du soleil. Car, instruite par sa précédente expérience, Tara savait qu'elle ne pouvait pas épargner les féroces vers du désert. Alors, ils mourraient, par centaines et centaines, immolés au feu de sa magie, en une incandescente apothéose.

Un instant de silence passa. Ils étaient hypnotisés par la violence de l'attaque. Enfin, de silence, pas tant que cela, parce que les vers ne mourraient pas en silence. Ils émettaient un étrange son sifflant qui parvenait à traverser le bouclier.

Fabrice déglutit.

— Merci, Tara ! finit-il par crier. On fait quoi maintenant ? Si j'ai bien compris ce qu'a dit Demiderus, le sort va affaiblir ton pouvoir, c'est ça ?

— Il les empêche d'entrer, mais il ne nous empêche pas de sortir, cria Tara en retour, luttant pour conserver le bouclier intact.

Si un seul t'sil pénétrait dans le cercle, cela condamnerait l'un d'entre eux.

— J'ai fait en sorte qu'il soit imperméable d'un côté et perméable de l'autre, précisa-t-elle. Cela va nous permettre de passer avec des Transmitus... enfin, si on parvient à franchir la trombe.

— Bravo, Tara ! s'exclama Moineau qui, sous le stress, s'était transformée en Bête. Tu as même pensé à ça en incantant ! L'Imperator t'a bien entraînée !

— Euh... en fait, c'est un truc de Magister. Qu'il nous a appris quand on était ses prisonniers, tu t'en souviens ?

— Oh !

— Oui, il arrive que ses magouilles se retournent contre lui. Les gars ?

— Oui ?

— Je ne vais pas tenir longtemps. Mourmur ?

— Pourrions-nous nous décaler de quelques pas afin que je puisse étudier la trombe de plus près, s'il te plaît, ma nièce ?

— À trois, on se déplace. Un, deux, trois !

Ils suivirent aisément le bouclier, la Bête portant le corps inconscient de Demiderus. Heureusement que le sort sur la plaine ne rendait plus Tara malade, sinon elle n'aurait jamais pu tenir aussi longtemps. Pas avec le bouclier qui drainait son énergie et les t'sils qui attaquaient sans arrêt.

Cal était pâle comme la mort. Il était le seul d'entre eux à savoir ce que c'était de porter des larves de t'sils et, à le voir, cela n'avait pas été spécialement agréable. Sans compter que d'avoir dû lancer un Reparus sur Demiderus lui avait retourné l'estomac.

— Il faut réveiller Demiderus, cria-t-il, il doit rendormir les vers !

— Il a été gravement blessé, répondit Moineau. Si on le réveille maintenant, le Reparus n'aura pas eu le temps de faire repousser les os qui ont été arrachés. La douleur le fera se réévanouir tout de suite.

— Slurk !

— Oui, comme tu dis.

— J'ai peut-être une autre solution, dit Mourmur en brandissant une sorte de thermomètre d'acier qui émettait des lueurs violettes, mais vraiment, je dois étudier cette chose devant nous.

Une fois près de la trombe, dont la violence faisait trembler le sable, les attaques furent un peu moins acharnées.

Apparemment, elle éloignait les vers. Un peu. Soulagée par la pression moindre, Tara put se concentrer sur ce que lui disait Mourmur.

— Hum, hum, disait le vieux savant en étudiant son thermomètre, la trombe est composée de magie maléfique et d'un champ de force très curieux. Je pense que votre Magister a des savants à sa disposition, parce que je crois bien reconnaître un champ de force qui a été mis au point par l'université de Recherche magique du Lancovit, il y a quelques mois. Ils m'avaient envoyé des schémas afin que je le teste. C'est un très remarquable travail.

— Alors ? demanda Cal avidement. Vous savez comment faire pour nous sortir de là ?

— Si Demiderus ne peut se réveiller, la seule solution est de nous transférer à l'intérieur de la trombe. La magie maléfique ne laisse rien passer de physique, idem pour le champ de force, mais, d'après ces données, le Transmitus ne sera pas stoppé. Enfin, si c'est Tara qui l'active.

— Pourquoi Tara ?

— Pourquoi moi ?

Moineau et Tara avaient parlé en même temps.

— Parce qu'elle a été infectée par de la magie démoniaque et que je parie que la Reine Noire n'aura pas envie de la laisser mourir. Elle nous aidera à franchir la trombe.

Ils le regardèrent.

— Et si vous vous trompez ? demanda Cal.

Le vieux savant eut un sourire malin.

— Je vous rassure, nous n'aurons pas le temps de souffrir.

— Euh… ça ne me rassure pas, en fait, souffla Fabrice, presque inaudible à cause du bruit.

— Tara ? Tu peux nous transférer tous en même temps ? demanda Robin, inquiet pour la jeune fille.

— Si c'est juste une question de pouvoir, oui, j'ai bien assez de magie à disposition. Si c'est une question d'efficacité, là, je n'en sais rien. Je n'ai jamais eu à affronter une trombe qui déchiquette les gens et est composée d'eau et de magie démoniaque. La vraie question est : avons-nous le choix ? Si Magister déplace les objets, nous mourrons tous, y compris cette planète, et moi, je l'aime, ce monde. Donc, allons-y.

Avant qu'ils n'aient le temps d'avoir peur ou de protester, elle avait déjà lancé sa magie, les connectant les uns aux autres. Ainsi, ou ils passaient tous, ou aucun ne passait. L'espace d'un très court instant, son bouclier vacilla. Cal tressaillit et hurla, mais il était déjà trop tard.

Ils se dématérialisèrent.

La Reine Noire n'apprécia que très peu l'initiative de sa compagne de chair bien involontaire. Ainsi qu'elle l'avait dit, et contrairement à ce que pensait Tara, la Reine Noire n'était en rien une partie de l'âme de Tara, tout simplement parce que la jeune fille n'avait pas de partie sombre. Son humour, sa joie de vivre, son courage étaient lumineux. En fait, sans l'infection de la magie démoniaque, il n'y aurait pas eu de place pour la Reine Noire dans cette âme encore pure.

Bien sûr, il y avait un peu de gris en elle. Elle était têtue, parfois orgueilleuse ou futile, mais en rien avide de pouvoir. Bien moins que son frère, Jar, qui lui aurait été un meilleur candidat. Mais les âmes démoniaques qui avaient envahi Tara avaient dû composer avec ce qui se trouvait déjà là. Si la jeune fille avait été un peu plus sombre, un peu plus corruptible, elle serait totalement tombée au pouvoir de la reine. Et jamais personne n'aurait pu la vaincre. Entre la magie démoniaque et celle de Tara, elles auraient été d'une force extraordinaire. Mais le stupide Cal avait réussi à briser leur alliance (celui-là, elle lui réservait un traitement à la hauteur de sa trahison, même s'il n'en avait pas conscience) et, à présent, la Reine Noire en était réduite à un petit recoin dans l'âme de la jeune fille. Et cela ne lui convenait pas du tout.

Cependant, là, elle n'avait pas le choix. Ou elle faisait passer tout le monde, ou ils mouraient tous, y compris le corps qu'elle habitait. Dommage.

Mais ce à quoi ni Mourmur, ni Tara, ni même Magister n'avaient pensé, c'était que de la magie démoniaque avait été utilisée pour enrober la trombe. La Reine Noire les fit bien passer. Mais elle emmagasina de l'énergie démoniaque. Elle en aurait besoin pour plus tard. Pour frapper au moment où ils ne s'y attendraient pas, au moment où ils seraient sans défense.

Au milieu de la nuit. Elle serait une impitoyable tueuse. Et, bientôt, un univers entier serait à ses pieds.

Parfait.

Elle se retira et rendit le contrôle à Tara.

La jeune fille blonde ouvrit les yeux. Elle gisait sur le sol détrempé du temple de l'Atlantide. Tout autour d'eux, exactement comme la première fois, la trombe les entourait d'un mur liquide, infranchissable. Sauf pour eux. Elle sourit. Ils étaient passés et ils étaient à peu près ent...

Elle n'eut pas le temps de terminer sa pensée que le hurlement que Cal avait commencé de l'autre côté reprit avec une force inouïe. Le jeune homme était en train de se déshabiller en hurlant, sous les yeux stupéfaits des autres qui se relevaient lentement.

— Truchkelry de truchkelry de truchkelry[1] ! criait-il en jetant ses vêtements par terre.

Enfin, il se releva, tenant entre ses doigts un petit ver vert qui se tortillait et qu'il écrasa sauvagement. Tara comprit enfin. Elle pâlit et se précipita, glissant sur les pierres moussues et trempées.

— Cal ! Tu as été piqué !

Cal releva les yeux vers elle et son regard gris était empli d'épouvante.

— Je ne comprends pas ! J'ai la marque de la t'sil dorée. Il n'aurait pas dû me piquer ! Tara, je vais mourir !

— Non, fit Tara, je t'aurai tué avant !

Mourmur haussa un sourcil broussailleux, gris et étonné.

— Tu veux tuer ton ami, petite ? dit-il. Ces t'sils sont dangereux à ce point ? Tu crains une contamination ?

— Non, mais le seul moyen de sauver Cal, c'est de le tuer. Les larves meurent si le sang cesse de circuler. C'est comme ça qu'il a été sauvé la première fois. Nous avons été foudroyés, maître Chem a relancé nos cœurs, mais nous étions morts pendant quelques minutes, ce qui a suffi à nous débarrasser de ces larves. Nous devons recommencer.

Ils se regroupèrent tous autour de Cal, uniquement vêtu d'un caleçon. Ce n'était pas la première fois que Tara voyait Cal torse nu, mais jusqu'à présent, parce qu'il était à la fois

---

1. À peu près l'équivalent de « saloperie de saloperie de saloperie », mais en plus véhément, un Truchk étant une insulte pour désigner le plus infâme individu, le plus sale, le plus puant, le plus minable, en référence au fameux tyran Truchk qui dut utiliser l'un des souterrains mentionnés plus haut, et dont l'hygiène déficiente et le mental de cafard avaient fini par révolter ses sujets.

agaçant et plus petit qu'elle, elle n'avait pas prêté attention à son corps. Il n'était pas aussi beau qu'Archange, ni aussi élégant que Robin, mais il était très musclé et fin en même temps. Ses épaules s'étaient élargies, ce qui pour un Voleur n'était pas forcément un avantage, mais lui allait bien.

— OK, Tara, vas-y, fit Cal, tue-moi et ressuscite-moi.

Génial, il la prenait pour le Christ, maintenant.

Ou pour un vampire terrien.

Elle jeta un coup d'œil nerveux autour d'elle. Heureusement, il semblait n'y avoir personne, enfin personne d'autre qu'eux. Si le sol était recouvert de pierre brisée et d'un étrange lichen noirâtre, seul capable de survivre à ces profondeurs, ils étaient encore loin du temple, la trombe devait au moins avoir plusieurs kilomètres de diamètre.

Elle déglutit.

— Je sais que je l'ai proposée la première, fit-elle d'une voix mal assurée, mais, en fait, ce n'est peut-être pas une si bonne idée, Cal. Moineau maîtrise mieux sa magie que moi et c'est une guérisseuse chevronnée, ce que je ne suis pas.

— Mais utiliser la magie ici nous rend malades, fit remarquer la jeune fille, toujours sous sa forme de Bête.

— Ici ? Non, je ne pense pas, répliqua Fabrice qui regardait en l'air. Nous sommes en dehors du champ du sort, je pense. Regardez au-dessus de nous !

Ils levèrent la tête. Là-haut, très, très haut, on pouvait voir un tout petit bout de ciel bleu.

Moineau se retransforma et jeta un étrange regard vers Fabrice.

— Tu as raison. Nous ne sommes plus dans la caverne. Par le Reparus !

Sa magie frappa le corps encore inanimé de Demiderus, accélérant le processus de guérison. Le Très Haut Mage ouvrit un œil bleu marine, encore embrumé de douleur.

— Que... que s'est-il passé ? demanda-t-il d'une voix pâteuse.

— Votre bras a été déchiqueté et nous sommes passés au travers de la trombe, mais Cal a été infecté par un t'sil. Tara propose de le tuer afin d'exterminer les larves.

Demiderus voulut s'asseoir et Fabrice l'aida.

— J'ai encore la tête qui tourne. J'ai bien entendu que vous vouliez tuer ce jeune homme ?

— Oui, c'est le seul moyen.

— En fait, non. Comme nous devions venir ici, j'ai été prudent et j'ai pris de l'antidote avec moi.

Avec difficulté, il sortit de sa poche une petite fiole dans laquelle on voyait un liquide doré.

La joie transfigura le visage de Cal.

— Par les crocs de Gélisor, vous avez l'antidote !

Il tendit la main, mais, au moment où il allait toucher l'ampoule, il se plia en deux. Avant d'avoir le temps de dire qu'il avait mal, il se mit à vomir, un liquide noir et vert. Très vite, le liquide lui sortit également des yeux, des oreilles, du nez et... de tous les orifices.

Effrayés, ils s'écartèrent, sauf Tara qui se rapprocha bravement pour soutenir le pauvre Cal.

Petit à petit, ses soubresauts s'espacèrent. Il cessa de vomir et le liquide se tarit. En se pinçant le nez, Tara les éloigna du dépôt nauséabond, très inquiète pour son ami.

— Par Demiderus, fit Mourmur, mais que s'est-il passé ?

Demiderus lui lança un regard amusé et Mourmur soupira. Jurer sur le nom de leur glorieux ancêtre était une habitude sur AutreMonde. Évidemment, cela devenait plus compliqué lorsque ledit ancêtre revenait d'entre les morts cinq mille ans plus tard.

— Je crois que ce sont les larves de la t'sil, fit Moineau qui en avait profité pour étudier le liquide (après avoir posé un masque sur son visage). Dès la piqûre, elles se sont reproduites dans le sang de Cal, comme elles le font toujours. Mais les anticorps de la t'sil dorée étaient toujours là. Ils ont détruit les larves et l'organisme de Cal les a expulsées.

Elle s'écarta, retira son masque puis rassura Cal qui tremblait des pieds à la tête.

— Tu ne risques plus rien, tu ne vas pas mourir.

À le voir, ce n'était pas si sûr. Le jeune homme était aussi vert que le sable.

Demiderus le regarda et s'exclama, réalisant soudain :

— Vous avez beaucoup de chance, mon jeune ami. Si je vous avais donné cet antidote alors que les larves n'étaient plus actives, il vous aurait tué tout aussi sûrement qu'elles !

Cal agita faiblement la main. Il était encore trop malade pour réaliser qu'il avait failli y passer. Et dieux qu'il détestait les vers !

Tara le soutint jusqu'à une sorte de piscine où de l'eau de mer était restée prisonnière. Comme elle était glaciale, elle incanta afin de la dessaler et de la réchauffer. L'instant d'après, Cal glissait dans l'eau tiède avec un soupir de soulagement. Tara se tourna quand il retira son caleçon, avec ce total manque de pudeur propre aux habitants d'AutreMonde.

La changeline lui fournit un savon qu'elle passa à Cal qui en profita pour laver son caleçon, puis sortit en chancelant. Tara, elle aussi, se plongea dans une autre flaque d'eau dessalée, car elle n'avait pas été épargnée, en dépit des efforts de la changeline pour lui éviter les éclaboussures.

Cal jeta un regard torve vers Tara et souligna :

— Moi, je trouve qu'on vomit beaucoup dans cette aventure. Sauver le monde, oui, me faire retourner les tripes pour un oui ou pour un non, c'est beaucoup moins glamour.

Tara lui sourit.

— Tu crois que tu pourras supporter un petit Reparus ?

— Vas-y, je ne suis pas contre, j'ai encore terriblement mal partout et surtout à l'estomac !

Tara incanta un Reparus et sa puissante magie frappa Cal. Qui se sentit immédiatement beaucoup mieux. À un point d'ailleurs qui lui fit regarder Tara avec suspicion.

— Dis donc, ton truc est assez addictif, dit-il en s'étirant. Je n'avais jamais réalisé avant, mais c'est super super-agréable d'être soigné par toi.

Moineau leva un sourcil intéressé.

— Ah bon ? Je veux dire que tu as ressenti quelque chose de différent par rapport à nos Reparus habituels ?

Cal eut l'air assez déstabilisé.

— Oui, en fait. D'habitude, avec un Reparus, on est soulagé, parce que la douleur s'éloigne. Là, c'était... incroyable. Je me sens... bien, mais vraiment super, super bien.

Il afficha un sourire particulièrement débile. Robin grogna :

— Mouais, on dirait plutôt un drogué au bang-bang[1], regarde-moi ça, tu n'es pas bien, tu es euphorique !

---

1. Fleur qui, réduite en poudre, sert d'antalgique aux trolls, mais qui, pour toutes les autres races, est un euphorisant parfaitement mortel. Ce qui n'empêche pas des tas d'imbéciles d'essayer quand même. Parce que, sur AutreMonde bien plus que partout ailleurs, comme dirait Imotep, la mort n'est pas toujours une fin.

Tara partit d'un rire amusé.

— Ben ça alors, d'habitude, je me fais plutôt hurler dessus quand j'utilise la magie, c'est bien la première fois qu'on me dit que c'est agréable !

Cal papillonna des paupières, puis s'assit, agita les orteils et se mit à rigoler en les regardant.

— Mouuuaaah, ça secoue, ça secoue, regardez, j'arrive à tous les remuer en même temps !

Moineau s'accroupit, braqua une lampe dans l'œil de Cal et se releva en secouant la tête.

— Sa pupille est complètement dilatée. Je ne sais pas ce que tu lui as fait, Tara, mais Robin a raison. C'est comme si Cal était drogué.

Tara soupira et regarda ses mains.

— Fichue magie. Bon, on fait quoi maintenant que j'ai réussi à réduire notre esprit le plus brillant à l'état de gamin de quatre ans ?

— Eeehh, protesta Mourmur, attention à ce que tu dis avec ton esprit le plus brillant. Jusqu'à preuve du contraire, c'est le mien qui est le plus brillant. Allez, mon petit Voleur, ne bouge plus.

Prenant Cal par surprise alors qu'il éclatait de rire devant ses mains qu'il agitait devant lui, il lui saisit le bras et lui posa dessus une sorte de petit insecte rouge et doré. La bestiole agita ses ailes de libellule, puis enfonça un dard extrêmement fin dans la peau bronzée de Cal, qui ne broncha pas.

— Qu'est-ce que vous lui faites ? demanda Tara.

— C'est un fzzz, un modèle de bizzz que j'ai amélioré. Il me sert quand j'ai un peu trop bu et que je n'arrive plus à différencier le sol des murs, et donc que je ne peux pas incanter pour me dégriser. Son venin a été transformé. Il est capable de piquer une bonne dizaine de fois par heure et de dégriser tout un régiment si nécessaire.

Pendant quelques secondes, Cal continua à babiller. Soudain, il leva ses brillants yeux gris vers Tara et dit :

— Jolieeeeeeuhh, jolieeeeeeeeeeuuuh, Caliiiiiiiin !

Tara écarquilla les yeux.

— Je rêve ou il veut que je lui fasse un câlin ? Dites, vous avez mis quoi dans votre seringue, là ?

364

— Ohhh ! ronronna Fafnir qui avait sorti sa boule de cristal et filmait depuis quelques minutes. Ça, il va le payer très très cher pour que je ne le diffuse pas. Je tiens ma vengeance ! Je t'en ficherais, moi, des poulets déplumés !

Fabrice et Robin explosèrent de rire, bien plus que ne le justifiait la situation, un moyen comme un autre d'évacuer le stress. Ils avaient vraiment eu peur lorsque Cal avait été si violemment malade.

Et Robin ressentait un soudain malaise en voyant Tara qui se penchait, étreignait Cal et l'aidait à se relever. Soudain, le Voleur se raidit.

— Qu'est... qu'est-ce qui s'est passé ? Je me suis senti super bien et tout à coup, pouf ! j'étais dans les bras de Tara en train de l'embrasser.

— Quoi ? s'écria Robin qui n'avait pas vu la scène parce que Tara, quand elle l'avait aidé à se relever, lui avait masqué le mouvement de Cal. Tu as fait quoi ?

— Il ne savait pas ce qu'il faisait, je crois qu'il me voyait comme une espèce de maman, trancha Tara en s'éloignant de Cal dès qu'elle fut sûre qu'il était stabilisé.

Cela rassura Robin, qui sourit, soulagé.

Il l'aurait été bien moins s'il s'était aperçu que Tara avait menti. Et que Cal le savait parfaitement. Parce que, l'espace d'un instant, il avait posé ses lèvres sur celles de Tara et que cela avait failli annihiler l'action du médicament de Mourmur, tant cela l'avait transporté au paradis.

Sagement, et pour la première fois de sa carrière d'apprenti Voleur Patenté, il garda sa langue dans sa poche.

Mais le regard qu'il échangea avec Tara était empli de questions silencieuses.

Mourmur récupéra son fzzz et ils se tournèrent vers Demiderus.

Celui-ci regardait la trombe et fronçait les sourcils.

— C'est curieux, dit-il, j'ai l'impression qu'elle tourne moins vite que tout à l'heure.

— Oui, eh bien, nous n'allons pas la tester de nouveau, grogna Mourmur. Vous avez failli perdre un bras, c'est assez. Rendons-nous dans le temple avant que Magister ne fasse tout sauter. Ce serait idiot de tout rater parce que nous sommes en retard, non ?

Demiderus laissa peser un regard glacial sur le vieux savant, mais celui-ci ne baissa pas les yeux. Demiderus haussa les épaules.

— Très bien, maintenant que le jeune Cal va mieux, nous pouvons y aller. Suivez-moi.

Dociles, ils se placèrent derrière lui, mais Robin, prudent, décida de rester collé à Tara. Ce qui n'arrangeait pas les affaires de Moineau, qui voulait parler à la jeune fille. Fafnir, un énorme sourire aux lèvres, dégaina ses deux haches dès qu'ils furent proches du temple.

Soudain, tout le monde stoppa. Curieusement, il n'y avait toujours personne autour de l'imposant édifice où reposait la statue d'Etévelier, le Dieu Oublié, et où guettaient Ceux-qui-jugent, les derniers gardiens des objets démoniaques.

En revanche, il y avait des corps. Des dizaines et des dizaines de corps. Bouleversé, Demiderus releva ses robes et se précipita. Il souleva la tête de l'un des tritons qui avaient passé des milliers d'années à garder les objets.

— Par mes ancêtres, murmura-t-il, effondré. Ils ont été massacrés !

Fabrice se pencha derrière lui, blême devant le spectacle.

— Ce sont des armes terriennes ou des broyettes Autre-Mondiennes. Ils n'ont pas été tués par magie, mais grâce à des moyens techniques matériels (il désigna les trous qui transperçaient le poitrail musclé du triton) : des balles.

Demiderus se releva, maculé par le sang bleu des tritons. Ses yeux étincelaient de colère.

— Des armes de lâches, cracha-t-il. Que pouvaient-ils faire avec des lances et des griffes contre des armes qui crachent du métal de loin ?

— Ceux-qui-gardent se sont battus bravement, affirma Robin qui se tenait près d'un autre corps. Regardez !

Effectivement, c'était le corps d'un soldat américain qui se trouvait devant eux. Un jeune homme aux yeux clos, dont la gorge, seule partie de son corps mal protégée, avait été transpercée par une lance. La mort avait dû être quasi ins-tantanée. Il n'était, hélas ! pas le seul.

Tara se sentit mal, submergée par les effluves de la mort. Encore et toujours elle devait l'affronter. Magister tuait si facilement, écartant ceux qui le gênaient comme des insectes impuissants... Elle regarda autour d'elle. Il y en avait tant qui venaient, encore, de payer pour l'ambition insensée de l'homme qu'elle combattait depuis des années !

À l'intérieur de son âme, la Reine Noire s'anima. Ah ! la petite était bouleversée. Et la colère était très mauvaise conseillère. Sans le savoir, Magister était devenu un parfait allié grâce à ce massacre. Bieeeeen. De plus, Tara se sentait coupable d'avoir menti à Robin ainsi qu'à ses amis, à cause de Cal. Encore mieux. Elle ricana. Bientôt. Bientôt.

Tara activa sa magie. La voyant faire, les autres l'imitèrent, y compris Demiderus et Mourmur, qui, sur le signe de la jeune fille, prépara ses instruments. La changeline lui fit endosser son armure de combat, ses cheveux furent enserrés par sa couronne de commandement. Seul Fabrice remarqua que la magie de Tara, habituellement bleu marine, était presque noire. Il frissonna. Tout ceci ne lui plaisait pas du tout. De temps en temps, la jeune fille avait l'air... absente. Et, contrairement aux autres, qui traitaient la Reine Noire en quantité négligeable, il savait, lui, pour avoir été infecté par de la magie démoniaque, à quel point l'entité à l'intérieur de Tara pouvait être dangereuse. En plus de sa magie, il prépara un couteau.

Si la Reine Noire prenait le contrôle de l'esprit de Tara, il n'aurait pas le choix.

Il devrait tuer sa meilleure amie.

D'un pas assuré, la jeune fille pénétra dans le temple. Inutile de chercher à faire dans la discrétion. Après tout, ils avaient un plan. Autant voir tout de suite s'il était applicable ou pas.

À l'intérieur, la puissante statue du Dieu Oublié les dévisageait de ses yeux de pierre. La dernière fois, Magister avait réussi à la réveiller, mais, cette fois-ci, le toit du temple était fermé. La lune ne pourrait pas l'éclairer, pour la simple raison que, sur Terre, on était encore en milieu d'après-midi. Tara se sentit un peu soulagée. Seul Cal avait réussi, en aveuglant la statue avec sa robe de sortcelier, à les sauver tous. Elle repoussa fermement cette pensée au fond de son esprit. Elle ne voulait pas penser à Cal. Pas pour l'instant.

À l'intérieur, c'était bien pire. Des corps de soldats, déchiquetés par Ceux-qui-jugent, les esprits gardiens des Objets, jonchaient littéralement le sol. Il régnait un silence de mort et une obscurité presque totale. Ils s'avancèrent encore et, soudain, de derrière tous les piliers, des soldats surgirent, les yeux fous d'angoisse mais les mains fermes sur leurs armes pointées sur le groupe.

Un homme aux cheveux gris s'avança. Stupéfaite, Tara reconnut le président des États-Unis.

Mais elle le fut encore plus quand l'homme s'adressa à elle dans un parfait omoisien !

— Tara ! fit-il. Par mon sabre, mais que fais-tu ici ?

Il marqua une petite pause et sa voix trahit une véritable angoisse.

— Fafnir ? Ma bien-aimée ?

Fafnir, qui était prête à briser le crâne de ceux qui osaient la braquer avec des armes, haussa un sourcil railleur.

— Nous n'avons pas été présentés, humain, et je ne suis certainement pas votre bien-aimée !

Dédaignant la menace de ses armes, l'homme s'avança et s'agenouilla devant elle.

— Fafnir ! Ma moitié d'âme, tu ne me reconnais pas ? C'est moi, Sylver !

Soudain, ses yeux étincelèrent dans l'obscurité.

Tara se sentit au bord de la nausée lorsqu'elle comprit. Sa magie s'éteignit sous le choc. Les autres blêmirent. À part Demiderus qui n'avait pas encore compris.

— Slurk ! jura Cal. C'est le fantôme de Sylver ! Il possède le corps du président !

Le teint cuivré de Fafnir blanchit à son tour. Elle toucha le visage inconnu qui lui faisait face. Et, pour la première fois de sa vie, la féroce naine guerrière se sentit totalement démunie.

— Sylver ? Mon amour ? dit-elle d'une voix faible. Sylver ?

L'homme l'étreignit, désespéré.

Et le président du plus puissant pays sur Terre et la jeune naine versèrent des larmes mêlées sur la mort de leur amour.

23

Magister

*ou comment, parfois, un objet domestique
peut changer l'équilibre du monde...*

Le son étrange d'un applaudissement retentit derrière eux.

— Quel mélodrame ! railla une voix de velours. J'en verserais presque quelques larmes moi aussi !

Magister surgit du noir devant eux, imposant dans sa robe d'un gris sombre au cercle sanglant sur la poitrine, son masque bleu de satisfaction. À ses côtés, les sangraves qui l'avaient accompagné sur Terre et Selenba, le redoutable chasseur de Magister. La vampyr, dont le magnifique et glacial visage n'était jamais masqué, contrairement à ceux des sangraves, leur lança un sourire plein de crocs.

— Salut, les friandises !

Fabrice grogna et se transforma, ainsi que Moineau. Les soldats sursautèrent mais, parfaitement entraînés, ne les transformèrent pas en passoire sans un ordre formel. Heureusement, parce que si Fabrice aurait pu survivre, Moineau, elle, n'était pas invincible, loin de là. Rapide, féroce, oui ; immortelle, non.

Demiderus s'avança et toisa le grand sangrave.

— Meurtrier, inconscient, imbécile ! Vous mettez cette planète en danger !

Magister l'ignora.

— Ainsi, tu es parvenue à arriver jusqu'ici, Tara Duncan. J'avoue que je suis surpris. Comment t'es-tu débrouillée ?

Cela faisait longtemps que Tara avait appris à ne pas donner d'informations à ses ennemis, quelles qu'elles soient.

— Vous avez massacré Ceux-qui-gardent. Où sont Ceux-qui-jugent ? demanda-t-elle d'une voix froide.

Magister, sûr de son pouvoir, n'avait pas autant de réserve. Il répondit bien volontiers :

— Là-haut.

Ils levèrent tous les yeux. Tout en haut, grimaçants de rage, les esprits étaient contenus dans une sorte de champ scintillant.

— Pendant qu'ils combattaient les soldats, j'ai pu enfin faire quelques expériences. Et trouver la bonne fréquence pour immobiliser les gardiens. À présent, les objets sont à moi et vous allez assister à mon triomphe.

Il dévisagea Tara.

— Et à la résurrection de ta mère.

Il marqua une petite pause puis ajouta, comme à regret :

— Et de mon fils.

Fafnir lui jeta un regard mauvais.

— Vous avez besoin des foutus objets pour le faire revenir ? Mais il est mort !

— Pas exactement, chère et irascible Fafnir Forgeafeux. Il est mort disons… provisoirement. Mais son corps ainsi que celui de ma chère Selena ont été préservés.

Sous les yeux stupéfaits de Tara et de ses amis, deux civières flottèrent doucement devant eux, poussées par des sangraves.

À l'intérieur, deux corps enserrés dans des cocons de centaines de cristaux, alimentés par des machines.

Sylver, enfin son fantôme animant le président, se plaça à côté de son véritable corps, magnifique, immobile dans sa gangue de cristaux, et soupira.

— Je suis désolé, ma tant aimée. Je savais que si je n'obéissais pas à mon père, il allait te briser le cœur en refusant de me ressusciter. Tu es si importante pour moi, je ferais tout pour toi.

— Formidable, grimaça Cal qui se tenait prêt, on va tous mourir à cause d'un type amoureux. J'adore.

— Où sont les objets ? demanda Tara.

— Derrière moi. Et n'escompte pas les détruire, parce que tu seras morte à l'instant où tu activeras ta magie. Par amour pour ta mère, j'ai accepté de ne pas te tuer, mais tu as suffisamment déjoué mes plans. Je serai sans pitié, désormais. Alors, surtout, ne me tente pas.

Tara hocha la tête. Oui, c'était une lutte à mort. Elle l'avait compris depuis longtemps.

Elle dépassa le sangrave, qui fut tellement surpris qu'il ne réagit pas tout de suite. Elle traversa la salle sans qu'il l'arrête et fixa les trois objets cachés là où elle avait détruit le trône de Silur, quelques années auparavant.

Tara ne les avaient pas vus à l'époque, parce qu'ils étaient dissimulés dans des niches, que Magister avait ouvertes. Seul le trône de Silur, bien trop important, n'avait pas été caché.

Devant elle, dans leur mortelle splendeur, se dévoilaient le véritable anneau de Kraetovir, la couronne de Drekus et l'épée de Grouig. Comme pour le trône de Silur ou le sceptre de Brux, qu'elle avait détruits, ils portaient sur toute leur surface des milliers de minuscules visages monstrueux qui hurlaient de douleur et de rage. Devant le mal qui émanait d'eux, Tara dut reculer, comme devant un haut-fourneau furieux. Mourmur se plaça à côté d'elle. Les soldats les avaient suivis et les tenaient en joue.

Mourmur se pencha.

— Cela va prendre quelques minutes. Tu peux les neutraliser, petite ?

— Oui.

Soudain, avant que Tara n'ait le temps d'esquisser le moindre geste, Magister hurla :

— Sparidam !

Immédiatement, des trois niches, les objets obéirent à son ordre et la magie démoniaque afflua vers le terrifiant sangrave. Sa première attaque fut pour Tara, qui était la seule capable de le contrer, un tentacule noir l'entoura, la paralysant.

— Non ! hurla Demiderus. Si un autre qu'un descendant active les objets démoniaques, la lave va tout engloutir ! C'est le dernier piège, cette planète ne va pas y résister, tout va exploser !

Magister ne répondit pas, trop occupé à retenir le flot de magie, mais son masque blanchit soudainement.

— Comment ? fit Selenba en saisissant Demiderus à la gorge. Qu'est-ce que tu viens de dire, petit homme ?

Demiderus la foudroya d'un jet de magie qui envoya balader la vampyr loin de lui. Folle de rage, elle sortit ses griffes et ses crocs, puis bondit sur lui.

C'était la diversion qu'attendait Tara. Les soldats ne pouvaient pas tirer, parce que les combattants se déplaçaient si vite qu'il était impossible de les viser sans risquer de blesser quelqu'un d'autre, même s'ils continuaient à tenir les autres membres du magicgang en joue, les empêchant d'intervenir.

— Allez-y, vite ! cria-t-elle à Mourmur.

Magister ne leur prêtait aucune attention, maintenant qu'il avait neutralisé la seule menace. Il détourna la magie démoniaque pour ouvrir le portail entre l'OutreMonde et la Terre.

— Selena Duncan, hurla-t-il, viens à moi ! Selena Duncan ! Viens à moi ! Je te l'ordonne ! Sylver Claquétoile, viens à moi ! Par le Resurectus, je vous ordonne de vous réincarner !

La puissance de sa magie, combinée à celle des objets démoniaques, était telle que les murs du temple tremblaient.

Soudain, le président américain cria, d'une étrange double voix, celle de l'homme et celle de Sylver. Le fantôme de ce dernier, attiré par la puissance démoniaque, quitta brutalement le corps du président qui s'effondra. La forme éthérée s'approcha du corps de Sylver, puis, après une hésitation, se fondit dedans. Les machines se désenclenchèrent immédiatement et Sylver ouvrit les yeux, tandis que les cristaux se détachaient. Mourmur avait activé ce qu'il avait sorti de sa poche. Avant que Magister n'ait le temps de réagir, Mourmur le braqua vers l'épée de Grouig, à ses yeux le plus gros des objets et le plus dangereux. Il y eut un claquement et l'objet disparut.

Et avec lui, un tiers de la magie qui alimentait Magister.

Celui-ci hurla de rage. Mais, avec la Chemise démoniaque qu'il portait sur lui, l'Anneau et la couronne, il avait encore assez de puissance pour rompre l'équilibre naturel des choses.

— Selena, je te l'ordonne, Selena Duncan, obéis-moi !

Hélas, il avait assez de force et de conviction pour vaincre la mort. Avec un soupir désolé, un fantôme informe s'approcha de son corps immobile, enkysté dans les cristaux qui le maintenaient en vie, puis, résistant de toutes ses forces, fut obligé de s'incarner.

Mourmur braqua l'incroyable machine, qui venait d'engloutir l'une des armes les plus dangereuses de l'univers comme
on gobe une cerise, vers le second objet démoniaque le plus
proche, l'anneau de Kraetovir, l'original. Magister l'ignora, il
était enfin arrivé à ses fins. Il s'était précipité vers la merveilleuse femme qui occupait tous ses esprits.

À la différence de Sylver, qui était en train de se relever,
Selena était morte depuis longtemps. Aussi, sa réincarnation
fut un tel choc qu'elle ne put rester consciente. Elle s'évanouit, mais Magister savait qu'elle allait bien, car les appareils qui l'avaient maintenue en vie s'étaient rétractés.

Avec un *gloup* sonore, le second objet démoniaque fut
avalé par la machine de Mourmur, et Magister, portant dans
ses bras Selena, triomphant, éclata de rire en comprenant ce
que brandissait Mourmur.

Une poubelle.

Une très jolie poubelle argentée.

Exactement le double de celle qui avait englouti la femme
du savant. Mourmur, conscient qu'il ne savait pas très bien
comment il avait ouvert un vortex vers nulle part, avait
décidé de ne pas courir de risque et avait recréé l'exacte
copie de la première poubelle, lorsque Tara lui avait fait part
de son plan.

Ainsi, ils neutralisaient totalement les objets démoniaques,
sans les détruire. Ils allaient flotter au milieu de l'espace et
si jamais personne ne les retrouvait, leur magie ne pourrait
plus alimenter Archange.

Tara, folle de rage, même si son cœur avait bondi de joie
en voyant renaître sa mère, se débattit dans les liens démoniaques du dernier objet. La couronne de Drekus la tenait
bien, elle ne parvenait ni à activer sa magie ni à se libérer.
Les soldats ne quittaient pas ses amis des yeux, et incanter
un bouclier serait bien plus long que d'actionner la détente.

Ils n'avaient aucun moyen de lutter contre Magister. Mais
ils avaient réussi à neutraliser une partie des objets démoniaques.

Soudain, le sol trembla sous leurs pieds. Selenba revint,
tenant le corps inerte de Demiderus entre ses griffes.
L'ancêtre de Tara était inconscient et gravement blessé. Avec
un rictus satisfait, elle le laissa tomber à terre. Pourtant,

Demiderus s'était vaillamment battu, car elle ne pouvait plus utiliser l'un de ses bras et boitait bas.

Magister rit de nouveau.

— Je te laisse sauver cette petite planète, Tara ! cria-t-il en incantant un Transmitus. Tente de ne pas mourir en essayant ! Ta mère m'en voudrait !

Il leva les yeux vers le plafond qui grouillait toujours de Ceux-qui-jugent, fous de rage.

— Je te laisse avec tes copains les Gardiens.

Et il disparut, ainsi que Selenba et tous les sangraves.

Immédiatement, les soldats s'écroulèrent, rejoignant le président au sol. Le sort qui les contrôlait venait de disparaître lui aussi. La magie démoniaque se relâcha et réintégra l'objet démoniaque restant.

Ceux-qui-jugent furent libérés.

Ils foncèrent sur les intrus, prêts à déchiqueter, à broyer, à tuer ceux qui venaient de fouler la terre du temple sacré.

Tara aurait dû être terrifiée. Ce n'était pas le cas. Alors que les griffes et les crocs n'étaient qu'à quelques centimètres de son corps et de celui de ses amis, elle tonna d'une voix d'airain :

— Ça suffit ! Je suis la descendante de Demiderus et voici Demiderus lui-même, ici, inconscient. Vous nous laissez tranquilles, moi et mes amis, ou je vous renvoie dans les enfers d'où il vous a tirés il y a cinq mille ans, c'est clair ? Nous n'avons pas le temps pour ça !

Stupéfaits, les Gardiens réalisèrent qu'ils ne pouvaient pas s'approcher plus des intrus. La maigrichonne avec la touffe blonde sur la tête les en empêchait. Ils sentaient qu'elle était bien du sang de Demiderus.

Ils sentaient aussi la magie démoniaque, tapie au fond de l'humaine.

Lorsque Magister avait tenté de s'emparer des objets démoniaques, il avait envoyé Jar et Mara, le frère et la sœur de Tara, eux aussi descendants de Demiderus. Mais les enfants étaient trop jeunes et la magie démoniaque était, à ce moment-là, bien plus puissante que leur magie native. Ils n'avaient pas pu franchir la ligne de Ceux-qui-gardent et encore moins celle de Ceux-qui-jugent.

Aujourd'hui, ils sentaient la même magie maléfique, mais, d'une certaine façon, l'humaine paraissait la contrôler. Le pacte était clair. Des poissons et l'autorisation de demeurer dans le temple, en échange de la protection des objets contre les démons – et en fait contre à peu près tout le monde.

Sauf contre le même sang que leur employeur.

Ils étaient télépathes, une forme d'essaim uni par une sorte de conscience commune, même si chacun pouvait disposer à son gré de son libre arbitre. Ils mandatèrent l'un des leurs pour répondre à la descendante.

Tara se figea lorsqu'un fantôme se plaça juste en face d'elle et grimaça.

— Et pourquoi nous ne pouvons pas vous dévorer tous ?

En fait, il ne l'avoucrait jamais à une proie potentielle, mais les humains avaient un goût affreux, il préférait nettement le poisson.

— Parce que votre mission est de protéger les objets démoniaques contre ceux qui veulent s'en emparer mais ne sont pas les descendants de mon ancêtre ! répliqua fermement et rapidement Tara, horriblement consciente que le sort de Demiderus commençant la destruction de la planète avait dû être déclenché quand Magister avait activé les objets démoniaques. Je suis sa descendante et j'ai besoin de mettre ce dernier objet à l'abri, maintenant que les deux autres ont été envoyés... ailleurs. Sinon, Magister reviendra. Vous n'avez pas pu le vaincre cette fois-ci, il a été le plus fort. Vous n'y arriverez pas plus la prochaine fois.

L'esprit médita ce qu'elle venait de dire. Et confirma à contrecœur qu'elle avait raison.

— Notre pacte tient-il toujours si nous vous laissons l'objet et n'avons plus rien à protéger ?

— Quel pacte ? Faites vite, on est un peu pressés, là.

L'esprit le lui expliqua.

— Oui, le pacte tient toujours. Vous pouvez rester ici. Mais, à part aux poissons, ne faites de mal à personne, c'est compris ?

— Oui, répondit l'esprit qui songeait que la fille n'était pas si maligne, parce que lui, il aurait négocié pour obtenir des tas d'autres choses, comme du pouvoir ou des artefacts magiques.

Mais bon, comme elle n'ajoutait rien, il se garda bien de lui donner des conseils.

— J'aurais néanmoins besoin que vous me rendiez un service, là, tout de suite, maintenant, précisa l'humaine.

— Lequel ? demanda l'esprit avec résignation, songeant que finalement elle n'était pas si bête que cela.

— Prenez les corps des morts et emportez-les avec vous en haut, sur le navire qui se trouve à la surface. Vous pourrez passer la trombe avec eux sans qu'ils soient abîmés ?

— Oui, répondit l'esprit. Nous pouvons les protéger, la trombe ne peut plus les tuer, puisqu'ils sont morts. Mais pourquoi ne pas les laisser aux poissons ?

Tara répondit sèchement :

— Je ne laisse pas les corps de soldats sans sépulture. Ils ont été victimes de complots et de trahisons. Ils doivent être rendus à leurs familles.

Les esprits s'inclinèrent, ramassèrent les corps et disparurent à l'extérieur, afin de récupérer également ceux qui avaient été tués par les tritons.

Fafnir, qui n'avait pas osé bouger, consciente que ses haches seraient moins rapides que les balles, puis que les esprits, se précipita vers Sylver. Celui-ci, tremblant, dut se boucher les oreilles tant les hurlements furieux de la naine étaient à rendre sourd.

Mais il paraissait assez clair qu'elle n'était pas contente. Du tout.

— Tu n'as pas le temps de lui taper dessus ! cria Tara, agacée d'avoir perdu du temps avec les esprits. Nous devons sauver la planète ! La lave va tout envahir !

Elle avait hélas raison. Dans le sous-sol de l'océan Atlantique, le mouvement tectonique avait déjà commencé. Avec une implacable majesté, le sort fit dériver les plaques de quelques centimètres.

Et la lave jaillit, en un furieux bouillonnement. Dans la plaine sous-marine, ce fut la panique. Les rebelles comme les Amazones furent totalement pris par surprise. Il y eut beaucoup de blessés, car les puits de lave ne se situaient pas uniquement autour du temple. Le désert commença lentement à être recouvert, la lave montant à l'assaut du temple, grillant des milliers de vers sur son passage, ce qui aurait beaucoup plu à Cal s'il avait été en position d'apprécier, vu que là, il était les quatre fers en l'air.

Protégés par la trombe d'eau, ils avaient cependant été renversés comme des quilles lorsque le plancher océanique avait commencé à se soulever. La statue du Dieu Oublié se mit à osciller et le plafond se craquela, menaçant de céder. Déjà, plusieurs colonnes basculaient.

— Tara ! hurla Cal en se relevant grâce à son agilité de Voleur, Demiderus est inconscient, il ne va pas pouvoir arrêter le sort, tu es la seule à pouvoir le faire ! Tu es sa descendante !

— Je prends la couronne ! cria Mourmur en vacillant vers la niche restante, j'ai le coffret que tu m'as demandé de préparer, je la mets dedans, la poubelle a besoin de se recharger pour l'expédier ailleurs, au moins dix minutes de plus !

— Nous devons revenir dans la plaine ! cria Tara dès que le vieux savant eut bondi pour placer la couronne dans le coffret blindé. Le sort n'est pas actif ici ! Transmitus !

Son pouvoir toucha tout le monde, y compris les soldats, Demiderus, les animaux et le président inconscients, et ils disparurent, tandis que le temple se fissurait puis s'écroulait.

Dans sa panique, Tara avait oublié que la trombe était constituée de plusieurs sorts, de champ magnétique et surtout de magie démoniaque.

Pourtant, de nouveau, et à sa grande surprise, la trombe les laissa passer, puis s'effondra littéralement, noyant le temple, tandis que les murailles de pierre jaillissaient de nouveau du sol, protégeant de justesse la plaine de l'inondation.

Les vers les attaquèrent dès qu'ils posèrent le pied dans le désert, mais on sentait que la panique de se faire griller était bien plus grande que leur envie de piquer les gens. Heureusement, ils avaient tous incanté des boucliers, même si cela les rendit immédiatement malades, à part Tara. Sylver sortit son sabre, que Magister ne lui avait pas retiré.

Mais la jeune fille blonde voyait bien qu'ils n'allaient pas résister longtemps, pas en devant à la fois survivre au sort, aux vers et à la lave. Déjà, le magma rougeoyant se rapprochait d'eux.

— Tara ! cria Moineau en dépit de sa nausée. Nous te donnons une partie de notre magie, vas-y !

À contrecœur, Tara obéit. La jeune fille savait qu'elle allait devoir fournir de nouveau un énorme effort. Elle lévita, appelant la Pierre Vivante afin que celle-ci lui fournisse toute la magie dont elle pouvait disposer. Tout autour d'elle, ses amis et Mourmur lévitèrent, laissant à terre Demiderus inconscient, les soldats ainsi que leurs animaux, protégés par des boucliers très irréguliers (celui de Mourmur arrivant quasiment à la hauteur de ses épaules alors qu'il était en l'air), et leur magie se joignit à la sienne. Galant, qui se méfiait des vers, préféra voler hors de leur portée, près de Tara.

Normalement, le sort empêchait le survol du désert, mais, près du temple, il était plus faible, sans oublier qu'une partie de sa puissance était pompée par le tremblement de terre et il ne fut pas trop difficile pour les sortceliers de s'envoler.

Tara se concentra. Lorsqu'elle avait éteint le soleil, elle avait percuté le sort, d'une certaine façon. Au point que celui-ci l'avait reconnue comme l'héritière de Demiderus en cessant de la rendre malade.

Elle devait l'empêcher de continuer ce qu'il était en train de faire. Elle avait constaté que Demiderus avait donné des ordres simples. « Lâche » (celui-ci, on lui avait dit, vu qu'elle était engluée et inconsciente lorsqu'il l'avait prononcé), « Dors ». Elle allait donc essayer de même.

— DORS ! cria-t-elle, braquant sa magie vers le ciel.

Il y eut comme un moment d'attente, comme si le sort attendait qu'elle trouve les bons mots. Mais, très vite, ils réalisèrent que la lave ne s'arrêtait pas. Que les premières vagues allaient bientôt les toucher. Ils en sentaient déjà la terrible chaleur, même en hauteur.

— ARRÊTE ! essaya Tara. STOP ! CESSE ! NE BOUGE PLUS ! ARRÊTE LE TREMBLEMENT DE TERRE. STOP. FIGE. FREEZE. GLACE.

Cela ne fonctionnait pas.

— Tu n'as pas le choix, Tara. Si le sort ne t'obéit pas, tu vas devoir le briser, et tant pis pour l'oxygène, cria Mourmur.

— Quel oxygène ? demanda Moineau qui n'avait pas suivi, les yeux fixés sur sa panthère qui haletait, à terre.

— Le sort alimente aussi la plaine en oxygène, répondit Mourmur. Mais il y en a suffisamment pour que nous tenions plusieurs jours, le temps de rétablir les choses. Et, avec

Demiderus sous la main, on devrait y arriver. De toute façon, ou c'est ça, ou on grille tous et la planète avec nous, parce que même avec des Transmitus, nous ne pourrons jamais arriver à temps aux Portes de transfert !

— Très bien, murmura Tara, qui ne voulait pas se déconcentrer. Allons-y.

Ses yeux s'emplirent d'un feu bleu foncé, sa mèche crépita et elle vibra d'un incommensurable pouvoir. En la regardant, alors qu'il lui fournissait toute la magie qu'il pouvait, Robin ne put s'empêcher de penser, l'espace d'une fraction de seconde, que sa petite amie était tout de même parfaitement terrifiante.

Tara lâcha sa magie. Celle-ci fila vers le ciel et frappa le sort, ainsi que le voulait Tara. La magie de Tara était très particulière. Quand il s'agissait de faire de petites choses ou des choses délicates, elle ne fonctionnait pas correctement, la plupart du temps. S'il s'agissait de détruire des choses, de préférences de grosses choses, là, elle obéissait vraiment bien.

Avec un certain enthousiasme, même, comme si, d'une certaine façon, elle était vivante.

Tara avait remarqué que cela n'arrivait que lorsqu'elle puisait dans la Pierre Vivante. De là à imaginer que la Pierre s'incarnait dans la magie, il n'y avait qu'un pas. Parce que la Pierre coopérait toujours avec nettement plus d'enthousiasme quand il s'agissait de faire sauter des trucs. Peut-être avait-elle une lointaine parenté avec Mourmur, finalement...

Son pouvoir explosa contre le sort, qui vacilla. Il avait été placé par cinq Très Hauts Mages et, même s'ils étaient moins puissants individuellement que Tara, ils étaient néanmoins très puissants ensemble.

Le sort résista, en partie du moins. Cependant, le fleuve de lave commença à ralentir. Tara redoubla d'efforts. Elle devait empêcher le sort de continuer à déplacer les plaques, sinon ses efforts n'auraient servi à rien. Elle devint littéralement incandescente, vivante incarnation de la magie la plus pure. Galant, épuisé par la violence de l'effort qu'elle fournissait, dut se poser sur l'épaule de Cal.

Mais Tara savait que ce n'était pas suffisant. Elle n'avait tout simplement pas assez de puissance pour arrêter la catastrophe, même avec l'aide de ses amis et de la Pierre Vivante.

Et personne ne pouvait l'aider.

Soudain, l'idée jaillit, si vite qu'elle la mit en pratique avant même d'avoir réfléchi.

— Le coffret ! cria-t-elle à Mourmur. Lancez-le-moi !

Mourmur obéit immédiatement, mais il avait oublié que le bouclier allait gêner son geste et le coffret ripa sur le haut du champ de force, tombant droit vers la lave !

Ils hurlèrent de concert. Galant fonça, attrapa de ses griffes l'objet presque aussi grand que lui et perdit brutalement de l'altitude. Puis, battant difficilement des ailes, il échappa de justesse à une immolation par le feu. Il se posa sur l'épaule de Tara, épuisé, après avoir largué sa proie entre ses mains.

— Galant, tu es le meilleur ! cria Cal.

— Merci, Galant, sourit Tara au pégase tout roussi.

La jeune fille blonde prit une inspiration, ouvrit le coffret et, sous les yeux horrifiés de ses amis, mit la couronne sur sa tête puis cria, levant son beau visage vers le ciel :

— Sparidam !

La couronne n'était pas le prototype de l'anneau de Krae-tovir, à moitié déchargé et bien plus petit, qu'Archange avait détruit en une fraction de seconde. Elle possédait des milliers d'âmes enchaînées à son fer sombre. Et, à l'insu de Tara, la Reine Noire avait accumulé une grande quantité de magie démoniaque en traversant la trombe à deux reprises. Le mélange des deux fut terrifiant. Tara perdit instantanément le contrôle.

Et la Reine Noire apparut à sa place.

De son armure noire pointaient ses épines d'acier, la peau d'un animal à l'étrange fourrure noire gainait ses épaules, un crâne de démon décorait son imposante poitrine et la cou-ronne lui allait parfaitement, retenant ses longs cheveux noirs, uniquement tranchés par la mèche blanche des des-cendants de Demiderus. C'était la seule chose qui restait de Tara, à part la pureté de son visage, car ses yeux, d'un bleu marine en temps normal, étaient à présent parfaitement sombres.

À ses côtés, Galant était devenu un monstrueux animal aux crocs et aux griffes mortels, dont le fumant pelage noir encerclait ses yeux d'un rouge furieux. À l'instar de la Reine Noire, il était bien plus grand que sous sa forme habituelle.

Il se posa sur le sable et aucun ver n'osa l'approcher. En fait, ils fuirent tous comme s'ils venaient de voir leur Nemesis. Ce en quoi ils avaient tout à fait raison. Car, lorsque l'étrange liquide noir qui suintait de ses poils fumants touchait le sol, il produisait un petit son destructeur et le sol s'évaporait.

Comme Tara, la Reine Noire était incandescente, mais, au lieu de briller d'un feu bleu et pur, elle rayonnait d'un feu noir furieux qui tournoyait jusque dans ses yeux.

Elle claqua des doigts et le sort se brisa, avec un « cling » si sonore qu'il dut retentir sur toute la planète. Immédiatement, les plaques cessèrent de bouger et la pression redescendit. La reine contempla le fleuve de feu et claqua de nouveau des doigts.

Le fleuve de lave se solidifia, à peine à quelques mètres des soldats, de Demiderus et du président, inconscients.

Elle vit les regards stupéfaits des amis de Tara et répondit à la question qu'ils n'osaient pas poser.

— Cette petite planète me plaît tout à fait, pas question de la laisser griller. Je vais d'abord conquérir AutreMonde, puis la Terre. Nous verrons pour les dragons plus tard. Dans une centaine d'années, tout au plus, j'aurai conquis la majeure partie de cet univers et tout le monde rampera devant mon pouvoir ! Ah aha hahhaaahhhaaaa !

Cal réagit le plus rapidement. Le sort ne fonctionnait plus. Il incanta un Transmitus et ils disparurent tous, en un éclair.

Galant hurla, furieux. Il avait des vues sur ce qui lui semblait un excellent repas et qui venait de s'évanouir.

La Reine Noire eut une moue dépitée. Le petit Voleur était un malin. Elle ne s'attendait pas à ce qu'il soit aussi véloce.

Au fond de son esprit aveuglé par le pouvoir, Tara gloussa.

Le monologue du méchant. Suivi par le rire du psychopathe… enfin, là, de la méchante et de la psychopathe. Qui laissait le temps au gentil de réfléchir et de trouver un plan afin de vaincre le/la futur(e) conquérant(e) – du-monde-et-au-delà.

Ça marchait toujours.

Cal ne l'avait pas déçue. Il ne la décevait jamais.

Et avant que sa conscience ne s'éteigne comme une bougie qu'on souffle, sous la colère de la Reine Noire, Tara eut le temps de penser qu'elle aimait vraiment beaucoup Cal. Et lui faisait confiance.

Et qu'elle espérait du fond du cœur qu'elle n'allait pas lui faire de mal. Enfin, sa toute dernière pensée fut pour sa mère.

Qui venait de renaître.

Elle allait être folle de rage. Pour peu, Tara avait presque pitié de Magister.

Puis ce fut le noir.

24

Lisbeth

*ou comment apprendre qu'on vient de se faire
souffler son trône par une entité maléfique
fait mal commencer la journée.*

Cal n'alla pas très loin. Tout d'abord parce qu'il transportait tout de même des tas de gens. Ensuite parce que la cavalerie se trouvait au-dessus de leurs têtes, enfin parce qu'il allait pouvoir leur remettre leur chef et s'en débarrasser.

Il se rematérialisa au beau milieu d'un parfait capharnaüm, sur un porte-avions qui penchait franchement. Cal fut tellement surpris qu'il faillit laisser échapper ceux des corps inconscients qui roulèrent sur le côté et manquèrent terminer à la mer, soixante-seize mètres plus bas, ce qui aurait signifié une mort certaine.

Heureusement, grâce à ses réflexes de Bête, Moineau réagit très vite, lança sa magie et les retint. Ils s'attendaient à des cris et à de la stupéfaction quand les gens les verraient apparaître. Portant le corps inanimé de leur président, probablement après qu'une pluie de cadavres leur serait tombée dessus, vu que les esprits les avaient lâchés un peu partout sur le pont d'envol.

Mais personne ne les regardait. Seuls une demi-douzaine de personnages en uniforme étaient là, en pleine action magique, aux ordres du sosie de l'homme que Cal venait de ramener, juste derrière eux, également sur le pont d'envol.

Des sortceliers qui avaient l'air d'avoir de sérieux problèmes.

Apparemment, vu la magie qui s'échappait des mains de tout ce beau monde, ils étaient en train d'essayer d'empêcher le bateau de se retourner. Alors que des tas de gens étaient étendus un peu partout et ronflaient (ou, dans le cas des soldats tués par Magister ou les Gardiens, étaient malheureusement tout à fait morts), bloqués par des centaines de filets magiques.

— Nous avons été surpris par la fermeture de la tornade ! cria la personne qui avait pris la place du président. Aidez-moi à stabiliser le bateau !

Autour de lui, six Hauts Mages et des thugs, dissimulés sous des apparences d'êtres humains normaux – généraux, colonels ou amiraux –, puisaient dans leurs forces pour maintenir le navire.

Cal ne comprenait pas pourquoi cela leur demandait autant d'efforts. Il cessa de léviter (il avait activé le Transmitus en lévitation et ne s'était pas encore posé) et atterrit sur le pont du *George W. Bush*. Soudain, en voyant la mer secouée de frissons, il comprit que le faux président et ses acolytes ne retenaient pas que le bateau.

Ils retenaient la mer.

Carrément.

En se refermant avec une énorme brutalité, après le jaillissement de la lave et le tremblement de terre souterrain, la trombe avait provoqué un tsunami. Un tsunami qui allait tuer des milliers, des centaines de milliers de gens, si l'homme ne le dissipait pas.

Soudain, la silhouette du président se transforma, incapable de conserver l'illusion, et Cal reconnut les célèbres cheveux blonds et la mèche blanche de la tante de Tara, Lisbeth. Elle avait pris l'apparence du chef des Américains lorsque ce dernier, possédé par Sylver, s'était engouffré dans la trombe avec les troupes d'assaut. Le champ s'était refermé juste derrière eux et tous ceux qui avaient tenté de passer soit s'étaient fait désintégrer par la trombe emplie de magie démoniaque lors des Transmitus, soit avaient été déchiquetés en tentant de passer de force.

Magister avait vraiment bien organisé sa défense.

Prenant enfin conscience de ce qu'ils étaient en train de faire, Moineau, Mourmur, Cal, Robin et Fabrice lancèrent leur magie afin d'aider la petite troupe, vite soutenus par Fafnir et Sylver, même si ni l'un ni l'autre n'aimaient la magie.

Enfin, après ce qui leur parut une véritable éternité, l'énorme masse d'eau se lissa et le bateau commença lentement à se redresser, accompagné par un discret soupir de soulagement de l'Impératrice.

— Ça y est, dit-elle. Douuuuucement, douceeemment, ne le faites pas basculer de l'autre côté.

Il faut dire qu'à part Tara, qui avait déplacé un château entier, peu de personnes sur AutreMonde ou sur Terre étaient capables de remettre quatre-vingt-huit mille tonnes et trois cent trente mètres de ferraille d'aplomb.

Heureusement que les avions étaient également bien arrimés avec des filets magiques, parce que, sinon, ils auraient basculé de la piste depuis longtemps.

Par mesure de sécurité, les sortceliers avaient aussi assuré à peu près tout ce qui se trouvait à bord, bloquant les humains comme les matériaux, histoire d'éviter et les crises de panique et les blessures involontaires.

Aussi, lorsque tout fut remis à l'endroit, ce fut un étrange silence qui salua le formidable exploit.

Lisbeth refusa de se laisser aller devant ses troupes, mais, quand Xandiar, qui lui aussi avait recouvré sa véritable apparence, lui proposa un bras solide, elle s'y appuya avec reconnaissance.

— Par les démons des Limbes ! murmura-t-elle, les traits encore tirés par l'effort, en voyant le corps inconscient de Demiderus ainsi que celui du président. Que s'est-il passé là-dessous ? Et brolk de slurk, qu'est-ce que vous avez fait à notre ancêtre ?

Elle braqua ses yeux bleu marine sur le petit groupe, remarquant immédiatement que sa nièce n'en faisait pas partie. Elle ne leur laissa pas le temps de répondre à sa première question.

— Où est-elle ? demanda-t-elle d'un ton froid. Parce que je suppose que Tara n'est pas étrangère à ce qui vient de se passer ? A-t-elle enfin tué Magister ?

Cal et les autres se consultèrent du regard. Aucun d'entre eux n'avait envie d'affronter les terribles colères de l'Impératrice. Vu que Mourmur était le plus vieux, même s'il n'était pas, et de loin, le plus responsable, ce fut lui qui s'y colla.

Il brandit sa poubelle et, comme il l'avait escompté, la surprise empêcha l'Impératrice de parler suffisamment longtemps pour qu'il puisse placer son explication.

— Nous avons découvert le peuple de vous savez qui, qui gardait vous savez quoi. Mais Tara a éteint le soleil, propulsé les mammouths à travers toute la plaine, où d'ailleurs il va falloir retourner vu qu'elle a brisé le sort qui apportait de l'oxygène, puis rallumé le soleil, Fafnir s'est prise pour un oiseau, ils sont tous tombés, ils ont été englués par l'alliance entre les rebelles et vous savez qui, et Demiderus les a délivrés, ensuite nous sommes tous allés dans le désert, nous avons affronté les vers, les fontaines de feu, puis la trombe, Magister a réussi à faire revenir Selena et son fils qu'il avait assassiné pour qu'il possède le corps du président des États-Unis en utilisant la magie de vous savez quoi et j'en ai fait disparaître deux. Des vous savez quoi. Mais pour faire sauter le sort qui menaçait de détruire la Terre, vu que Demiderus était inconscient, Tara a dû mettre la couronne de vous savez quoi sur la tête et, manque de chance, la Reine Noire est apparue. Le jeune Voleur a compris avant nous que le sort ne nous empêchait plus de nous transférer à la surface et nous voici. Belle aventure. Mais je crois que nous avons échangé un irritant problème contre un Énorme Problème.

Il se pencha vers Lisbeth, restée bouche bée devant l'avalanche de catastrophes – sans compter qu'en fait, elle n'avait pas tout compris.

— Avec un grand E et un grand P.

— La Reine Noire... finit par réussir à articuler Lisbeth, horrifiée, pointant la seule chose à peu près intelligible dans cette litanie. Elle est revenue ?

— Tara n'avait pas le choix, Votre Majesté Impériale, fit doucement Robin, elle a dû invoquer le sparidam afin de tous nous sauver. D'une certaine façon, elle s'est sacrifiée.

Il y eut un silence de mort. Lisbeth se reprit avec difficulté. Elle pesa un peu plus sur le bras solide de Xandiar.

— Et où est-elle maintenant ?

Cal regarda son hor et précisa :

— Sous sa forme de Reine Noire, elle se trouve en dessous de nous, dans la caverne sous-marine. Mais, à mon avis, vous n'allez pas tarder à recevoir un appel de la Porte de transfert la plus proche disant qu'elle a massacré tout le monde et est retournée sur AutreMonde, où, comme justement elle aura massacré tout le monde, personne ne sera là pour répondre à votre appel, à vous. C'était du moins ce qu'elle nous a annoncé. Conquérir AutreMonde, puis la Terre, puis le Dranvouglispenchir et enfin le reste de l'Univers.

Il sourit comme si tout cela n'avait pas une grande importance et ajouta :

— Vous savez comment ils sont, ces psychopathes, ils veulent toujours en faire trop, c'est d'un pénible !

Mais Lisbeth ne trouvait pas l'humour et la décontraction du jeune Voleur drôles du tout. Soudain, son cerveau fatigué lui souffla un autre élément important dans la liste dévidée par Mourmur.

— Ais-je bien compris. Magister n'a réussi à faire revenir que Selena ? Uniquement elle ?

— Hélas ! oui, seule la mère de Tara s'est réincarnée. Il n'avait pas préparé d'autre corps pour recevoir un esprit, bien évidemment, répondit immédiatement Moineau qui avait saisi l'espoir dans la voix de la jeune femme. Nous sommes désolés. Danviou, son mari, votre frère, n'a pas été ressuscité.

Lisbeth se raidit. Elle n'avait pas l'habitude qu'on la plaigne et n'aimait pas spécialement cela. Mais en rencontrant les beaux yeux noisette de la jeune fille, elle n'y vit aucune pitié, juste une grande compréhension. Elle hocha la tête.

— Alors, si ce que nous étions venus protéger ou détruire n'est plus là, retournons sur AutreMonde.

Ils firent le ménage sur le bateau à coups de Mintus et de faux souvenirs sur les six mille membres de l'équipage, tandis que Cal et Robin, habitués aux débriefings, donnaient à Xandiar et à Lisbeth une version un peu moins confuse que Mourmur de ce qui s'était passé dans la plaine de la caverne sous-marine.

Demiderus se réveilla et constata que la vie dans le Temps Gris était tout de même moins stressante que dans la vie réelle, vu qu'il avait réussi l'exploit de s'évanouir deux fois (bon, une fois en combattant, quand même) en l'espace de quelques minutes. Il soupira en apprenant ce qui s'était passé. Au moins, les démons des Limbes n'avaient pas récupéré leurs objets. Cependant, il suspectait que la Reine Noire risquait d'être un problème au moins aussi préoccupant.

En attendant de mettre au point un plan de bataille contre elle, il décida de repartir dans la plaine sous-marine afin de rétablir le sort avec plusieurs Hauts Mages et éviter que les animaux et les plantes ne soient asphyxiés au bout de quelques semaines.

Ils ne prirent aucun risque. Ils avaient réussi à échapper à la Reine Noire, mais, ignorant si elle était encore là, décidèrent d'envoyer des soldats en éclaireurs avant d'y dépêcher Demiderus, en dépit de ses protestations. Cela dit, le suspense ne dura pas très longtemps, heureusement pour le cœur des soldats désignés qui appréciaient peu d'avoir à affronter la monstrueuse Reine Noire. Exactement comme l'avait annoncé Cal, un des thugs de la Porte de transfert de Porto Rico, totalement affolé, les appela pour leur dire que « la Reine Noire était passée, s'était rematérialisée dans l'enceinte du Palais Impérial d'Omois et leur proposait de lui rendre visite dans sa nouvelle demeure ».

Lisbeth prit très mal la plaisanterie.

Mais ce que Cal trouva vraiment intéressant, ce fut que quelqu'un soit encore en vie pour leur annoncer ce qui s'était passé. En fait, la Reine n'avait tué personne. Elle s'était contentée d'apparaître, de neutraliser tout le monde, de laisser son message au dernier encore conscient, puis de disparaître par la porte.

Le jeune garçon eut une moue appréciative. Hum, Tara se battait encore, quelque part à l'intérieur de leur esprit. Ce qu'il avait vu de la Reine Noire dans les Limbes, alimentée en continu par des milliers d'objets démoniaques, n'était que pure cruauté, parfaite malice sanglante. Contre elle, seule une chance inouïe leur avait permis de résister.

Là, juste avec la magie qu'elle avait probablement volée dans la trombe, puis celle de la couronne, sa puissance n'était pas aussi absolue.

Bien.

Enfin presque.

25

Magister

ou comment, lorsqu'on fait revenir des morts la femme que l'on aime, il faut s'attendre à avoir des surprises...

De retour sur AutreMonde, dans sa Forteresse Grise, portant sa précieuse prisonnière encore inconsciente dans les bras, Magister était si heureux qu'il sifflotait en se dirigeant vers sa suite.

Sur son passage, les gardes se raidissaient. En général, quand Magister sifflotait, quelqu'un mourait, était sur le point de mourir ou n'allait pas tarder à souhaiter mourir, et vite.

Ils n'aimaient vraiment pas quand il sifflotait.

Mais, pour une fois, il n'y avait ni sang ni hurlement. Juste la joie d'un homme amoureux, transportant sa bien-aimée.

Il passa les deux Géants qui gardaient ses appartements. Les chatrix aux dents empoisonnées qu'ils tenaient fermement en laisse gémirent sur son passage pour quémander une caresse, mais il les ignora.

Selena allait a-do-rer les nouvelles tonalités de sa chambre, contiguë à celle de Magister. Il l'avait fait décorer toute de blanc et d'or, afin de combattre la triste teinte grise des sinistres murailles de pierre masque-sort. Le lit à baldaquin était décoré de petits angelots fessus, dans les teintes bleues et roses.

Ça lui donnait un peu mal au cœur, tout ce rose et cet or, mais, pour Selena, il était prêt à tout.

Il s'agenouilla sur le lit moelleux et y déposa amoureusement son fragile fardeau.

Selena dormait encore. Ses magnifiques cheveux bruns bouclés lui faisaient un manteau, tandis que ses pommettes retrouvaient lentement leur tendre couleur rosée.

Il soupira de soulagement. Après tout ce qui s'était passé, les choses rentraient enfin dans l'ordre. Selena était à ses côtés de nouveau, tout irait bien. Il allait pouvoir se concentrer sur sa mission : exterminer, génocider (il n'était pas sûr que le verbe existe), détruire totalement la race des dragons et régner enfin sur AutreMonde sans partage, afin d'amener les humains à leur apogée.

Il était encore plongé dans ses rêves de gloire quand, enfin, Selena ouvrit ses merveilleux yeux noisette, mêlé de vert et de doré.

— Ma douce, fit-il en se penchant vers elle, comment te sens-tu ?

Selena le dévisagea. Un monde d'incompréhension se lisait dans son regard.

Elle voulut parler, mais sa gorge, encore trop sèche, ne laissa pas passer un son. Magister lui donna immédiatement le verre d'eau qu'il avait préparé.

— Là, là, doucement, ne bois pas trop vite, dit-il tendrement en caressant ses cheveux, tu vas t'étouffer.

Ce fut alors que le mur lui tomba sur la tête. La jeune femme lui sourit et dit en zozotant légèrement :

— Excuze, monzieur, mais t'es qui toi ?

Après plusieurs jours de tests, il dut se rendre à l'horrible réalité. Selena avait totalement oublié tout ce qui s'était passé. Elle ne savait pas qu'elle avait trois enfants, qu'elle avait été enlevée et, pire que tout, elle n'avait absolument aucune idée de qui était Magister.

En fait, elle ne se souvenait même pas de ses parents, de sa vie incarnée, ni de quoi que ce soit du Lancovit ou d'Omois.

Elle se comportait comme une enfant. Quand elle s'était vue dans la glace, elle avait été très surprise.

Hésitante, elle avait porté la main à son visage.

— Je suis grande ? Mais pourquoi je suis grande comme ça ?

Très gentiment, Magister lui avait demandé :

— Quel âge as-tu, Selena ?

La jeune femme devant lui hésita, regarda ses mains, compta à voix basse sur ses doigts, puis en leva fièrement six.

— J'ai six ans ! Six, un, deux, trois, quatre, cinq, six !

Selenba, la terrible vampyr, adossée au mur de la suite, faillit éclater de rire devant la couleur du masque de Magister. Vert sombre, c'était de la consternation, aucun doute.

— Hrmmm, s'éclaircit-elle la gorge, votre future femme pense qu'elle a six ans, c'est cela ?

Incapable de parler tant il était choqué, Magister hocha la tête.

— Six ans, répéta songeusement Selenba, masquant soigneusement le rire qui menaçait de l'étouffer. C'est... euh... très jeune.

Le masque de Magister se noircit.

— Elle joue la comédie grinça-t-il. Cela n'est pas possible.

Hélas, apparemment, si. Selena était revenue avec un esprit presque complètement vierge. Comme si tous ses souvenirs avaient été effacés. Ils firent tous les tests possibles et imaginables, dont certains effrayèrent Selena au point de la faire sangloter, mais le résultat était clair.

La grande jeune femme qui était prisonnière dans la terrifiante forteresse de l'ennemi public numéro un n'avait qu'une seule envie.

Jouer à la poupée.

26

L'esprit

ou comment jouer les filles de l'air et s'apercevoir que, sans corps, on ne peut pas faire grand-chose.

Tara était folle de rage, là, tout au fond de l'esprit de la Reine Noire. Elle n'avait aucun moyen de communiquer avec l'extérieur. Pire, comme la Reine Noire n'avait pas envie que Tara puisse reprendre le contrôle de leur corps sous le coup d'une émotion comme l'amour ou l'amitié, elle avait trouvé un excellent moyen que cela n'arrive pas.

Elle l'avait rendue aveugle.

Et sourde.

Et muette.

Argh !

Tara ne savait donc absolument pas ce qui se passait dehors. Afin que la jeune fille ne devienne pas dingue, la Reine Noire avait recréé dans leur esprit une jolie maison avec jardin, entourée de murs noirs et infranchissables. Afin de distraire Tara, il y avait également une salle de projection dans laquelle se pressaient des milliers de livres, des centaines de films que Tara pouvait regarder à volonté.

Sauf que bien sûr, la seule chose que voulait Tara, c'était dans l'ordre : 1) s'échapper ; 2) reprendre le contrôle de son corps ; 3) faire la peau à la Reine Noire.

Évidemment, si le programme était alléchant, il n'en demeurait pas moins inaccessible. Elle n'avait aucun moyen de sortir, car, grâce à la couronne de Drekus, la Reine avait réussi à couper Tara de sa magie. Y compris de sa communication avec la Pierre Vivante.

Comme disait Cal : ça craignait et grave.

Elle était capable de créer des objets. Elle créa donc tout d'abord un marteau. Afin de détruire le mur. Un marteau pas trop lourd, parce qu'elle s'aperçut assez vite que c'était épuisant de taper sur un mur tellement dur que chaque coup résonnait dans... eh bien, dans les muscles qu'elle n'avait pas, puisqu'elle n'était en réalité qu'un esprit. Ce qui était assez curieux comme sensation.

Puis, comme cela ne faisait rien, elle tenta une grosse masse, qu'elle avait du mal à soulever. Ce fut quand la masse lui tomba sur le pied qu'elle réalisa que, finalement, elle pouvait parfaitement modifier son corps.

Devenir une géante invincible. Avoir douze bras (elle renonça rapidement, elle n'arrêtait pas de se tromper de main et laissait tout le temps des trucs tomber).

Essayer de passer au-dessus du mur en bondissant. Ce qui ne fonctionna pas, parce que le mur s'élevait au point de lui boucher totalement la vue – impossible de passer au-dessus, simplement parce qu'il n'y avait pas d'au-dessus.

Elle garda ses muscles de géante et engagea la vitesse supérieure.

Le marteau-piqueur.

Qui ne fonctionna pas plus. Le mur la narguait, sans la plus petite égratignure. Grrr.

Très bien. Les grands moyens.

Elle passa au bazooka.

L'explosion la fit tousser pendant dix minutes, mais le mur ne broncha pas. Elle créa un acide si corrosif qu'il finissait même par dissoudre son contenant, mais le mur ne bougea pas.

Tous les soirs, la nuit tombait et tous les soirs, épuisée par sa bataille, Tara rentrait prendre un bain (elle avait chaud, même sans corps), manger (elle n'en avait pas besoin, mais aimait le goût des aliments) et se reposer (elle n'en avait pas besoin non plus, mais réalisa très vite, après avoir discuté avec son miroir pendant deux heures, que si elle ne dormait pas, elle allait vraiment devenir folle).

Il y avait une pendule à l'intérieur de la maison créée par la Reine Noire. Afin que Tara ait conscience du temps qui passait. Ce n'était pas très intelligent de la part de l'entité maléfique, parce que Tara savait parfaitement à quel point le temps était important. Plus elle en laisserait à son ennemie, plus celle-ci pourrait planter ses griffes dans le corps de l'Empire et assurer sa domination.

Cela lui prit des jours, en se creusant l'esprit, et, finalement, ce ne fut pas un plan brillantissime qui lui permit enfin d'agir, mais un film.

Pirates des Caraïbes.

Le nouveau.

Et cela, ce n'était pas possible. Parce qu'il n'était même pas encore sorti sur Terre. Et que, par conséquent, elle ne l'avait pas vu. Ni sur Terre ni sur AutreMonde.

Jusqu'à présent, Tara pensait que les livres et les films qui se trouvaient dans sa bibliothèque virtuelle étaient des œuvres que la Reine Noire avait retrouvées dans leur mémoire commune et compilées. Elle n'avait pas vraiment fouillé, parce qu'elle était trop occupée à trouver un moyen de s'échapper. Lors de sa première exploration de la maison, la jeune fille blonde avait ouvert la porte de la bibliothèque, enregistré qu'il y avait des centaines de livres et l'avait refermée. Le reste du temps, elle l'avait passé à l'extérieur, à essayer de retrouver sa magie afin de faire sauter les murs.

Puis, un jour, alors qu'elle sentait le découragement s'infiltrer insidieusement, elle avait décidé de le combattre en allant bouquiner un bon livre… ou en regardant un bon film. *Star Wars* ou *Le Seigneur des Anneaux*. Un truc où, même dans les situations les plus désespérées, les gentils parvenaient à battre les **méchants** : cela allait lui redonner le courage qui commençait à la déserter.

Mais pas une histoire d'amour. Parce que, pour l'instant, elle ne savait pas très bien où elle en était. C'était pitoyable. Elle se retrouvait prisonnière de son propre corps et trouvait encore le moyen de penser aux garçons.

Enfin. À un garçon. Pas à Robin, qui continuait pourtant à exercer son attrait sur elle, mais à Cal. Tara ne comprenait plus rien. Pendant qu'elle tapait sur le mur et essayait de s'échapper, elle n'avait pas grand-chose de plus à faire que de réfléchir. À des plans, certes, mais aussi à ce qui s'était passé lorsque Cal l'avait embrassée.

Pourquoi avait-elle menti ? Cela n'avait pas été un baiser amical. Pas du tout. Cela avait été brûlant, violent et incroyablement fort. Mais elle s'était arrangée pour le cacher. Et Cal aussi.

Ce n'était pas bien vis-à-vis de Robin, même si sa relation avec lui était bancale. Pire, cela n'aurait pas dû se produire. C'était tout simplement trop étrange. Un peu comme lorsque Willow était sortie avec Alex dans *Buffy contre les vampires*. Tara avait été choquée et avait eu du mal à comprendre cette relation. Tout autant qu'elle ne comprenait pas du tout ce qui lui arrivait. Depuis qu'ils avaient fait connaissance et qu'ils avaient partagé tant d'aventures et de dangers, Tara considérait Cal comme son meilleur ami, son plus fidèle soutien. Jamais elle ne l'avait regardé autrement.

Elle commença par les livres, mais l'idée de se perdre dans un film était finalement plus tentante. Elle appela un fauteuil qui se mit docilement derrière elle, dans l'immense bibliothèque déserte où les rayonnages semblaient tendre vers l'infini, et se mit à déchiffrer ce qu'il y avait devant elle.

Ghost Rider… Ha, ha ! *Hellboy*, la Reine Noire avait un certain sens de l'humour, *Constantine*, *L'Exorciste*, ben voyons, *Priest*, *Van Helsing*, ah, moins diabolique, *Inception*, *Matrix*, elle l'avait vu plusieurs fois et s'en souvenait trop bien. Mais alors qu'elle levait les yeux vers la rangée suivante de la vidéothèque, le titre et le visage de Jack Sparrow la firent sursauter.

Elle bondit et s'empara fébrilement du film. Le disque brillant se matérialisa dans la paume de sa main, bien plus petit que ceux sur Terre, flotta jusqu'à l'ordinateur qui gérait l'image et le son de l'immense écran et la célèbre musique s'éleva.

Le cœur immatériel de Tara battit plus vite. Oui ! C'était bien le nouveau. Elle ne l'avait jamais vu. Et elle doutait franchement que ce soit le style de la Reine Noire, qui devait plutôt passer son temps à démembrer des gens, certainement pas à regarder des films terriens, qu'elle méprisait de surcroît.

En observant attentivement la bibliothèque, Tara s'aperçut soudain qu'elle la connaissait. Qu'elle la connaissait même très bien.

Surtout parce qu'elle l'avait fait sauter.

Un peu tremblante, Tara se concentra. Jusqu'à présent, elle avait tenté de récupérer sa magie en essayant d'avoir accès à la Reine Noire. Mais si elle se concentrait non pas sur la Reine, mais sur la manifestation de son pouvoir... oui... là, elle pouvait sentir comme une sorte de corde qui partait de la porte de la maison et menait dans la bibliothèque.

Qui se trouvait à l'extérieur. La Reine Noire avait tout simplement ouvert une ligne virtuelle qui menait dans la bibliothèque du palais, et sa magie noire dupliquait les ouvrages.

Mais qui disait lien disait ouverture. Et qui disait ouverture disait évasion. Tara avait rapidement compris que si la Reine Noire avait coupé toutes les communications entre l'extérieur et Tara, c'était également vrai entre Tara et la Reine Noire. Celle-ci ne pouvait pas savoir ce que la jeune fille pensait ou faisait.

Tara n'hésita pas. Elle bondit et se fondit dans le lien. Son esprit se mêla à la corde sombre, elle sentit comme une sensation de déchirement et soudain... elle fut libre !

Elle venait de sortir de son corps.

Devant elle, un camhboum faillit bien exploser d'émotion lorsque l'esprit de Tara se matérialisa sans crier gare. Les autres se précipitèrent pour l'aider et Tara fila en balbutiant des excuses embarrassées. Comme l'éclair, elle traversa les murs et fonça vers la salle du trône. Elle ne mit que quelques minutes à l'atteindre, sachant que la Reine devait certainement s'être rendu compte qu'elle s'était échappée. Elle franchit le dernier mur de marbre et se retrouva dans la salle.

Devant elle, la Reine Noire, un éclair de triomphe dans les yeux, les courtisans agenouillés tout autour de son trône, comme autant de fleurs coupées, la regardait avec satisfaction.

Elle était encore plus impressionnante vue de l'extérieur. Tara constata qu'il ne restait pas grand-chose et de son corps et de sa personnalité dans cette géante cruelle, brune à la mèche blanche et aux terrifiants yeux noirs.

La jeune fille allait plonger et se battre pour la possession de son corps quand la Reine Noire l'arrêta net.

— Eh bien ! persifla-t-elle d'une voix traînante, il t'en a fallu du temps, petite, pour comprendre que la sortie était à l'intérieur de la maison, pas dehors ! C'était vraiment intéressant de te regarder te débattre. J'ai eu un mal fou à te faire sortir de ce corps !

Atterrée, Tara comprit qu'elle s'était fait manipuler.

— C'était un piège, c'est cela ? demanda-t-elle, réalisant que son esprit pouvait parler au moment où les mots sortirent de sa bouche.

— Évidemment que c'était un piège ! répondit la Reine Noire. Jamais je n'aurais réussi à te faire partir si tu avais soupçonné que c'était mon but. J'ai donc dû mettre en place une sortie qui ne devait pas être trop facile à découvrir. Ensuite, il fallait que tu comprennes que ce lien menait dehors. Enfin, j'ai attendu que tu aies le courage d'abandonner ton corps.

Elle s'inclina un peu du haut de son trône.

— Je te remercie de me confier cet organisme. Je vais en prendre un grand soin. Tu peux t'en aller, maintenant, je crois que tu n'as plus rien à faire ici. D'ailleurs, et c'est un conseil gratuit, moi, à ta place, j'irais directement en OutreMonde. Après tout, c'est là que se trouve ta famille, même si le stupide Magister a réussi à ressusciter ta mère, elle y retournera bien un jour ou l'autre et vous serez enfin tous ensemble !

Mais Tara n'avait pas l'intention de se laisser manipuler. Mentalement, elle appela la Pierre Vivante qui, à la grande surprise de la Reine Noire, jaillit de sa poche et se plaça aux côtés de Tara.

— Beurk, beurk, beurk, méchante reine ! cracha la Pierre Vivante. Stupide, mauvaise ! Tara veut magie, je donne magie à Tara et on botte fesses maigres de la stupide !

La Reine Noire, vexée, n'eut pas le temps de dire que ses fesses n'étaient pas maigres et qu'elle n'était certainement pas stupide que Tara attaquait.

Pour avoir vu l'esprit de sa mère faire de la magie lorsque Selena s'était échappée de son corps pour la prévenir que Magister allait l'enlever, la jeune fille savait ce qui était possible et ce qui ne l'était pas. De même, elle avait pu constater que les fantômes conservaient leur pouvoir après leur mort, ce qui signifiait que cela n'était pas uniquement lié au corps, même si le support vivant lui permettait d'être bien plus puissante.

De la puissance, c'était exactement ce dont elle avait besoin. Et ce dont elle devait priver la reine.

Aussi, Tara n'essaya pas de détruire son ennemie ou de lui lancer de la magie. Bien au contraire, elle se transforma en une espère d'éponge géante, qui se mit à aspirer, grâce à la Pierre Vivante, son pouvoir magique originel et pur. Pas le pouvoir démoniaque de la Reine Noire. Celle-ci ne réagit pas tout de suite, trop étonnée, alors qu'elle avait immédiatement créé des boucliers, de voir que la magie les traversait comme s'ils n'existaient pas.

La reine, furieuse, allait répliquer et tenter de foudroyer l'esprit quand celui-ci lui adressa un salut moqueur et disparut.

L'un des courtisans eut un hoquet de stupeur. La Reine le transperça du regard et il replongea très vite dans l'étude terrifiée du parquet, au demeurant impeccablement nettoyé.

— Par les droufs[1] de Tranlkur, grogna-t-elle, cette petite commence sérieusement à m'agacer !

---

1. Ceci étant un livre familial, disons que les droufs sont un attribut spécifiquement masculin. Et que Tranlkur est un dieu particulièrement apprécié des déesses...

P.-S. : La Reine Noire jure en omoisien, pas en limbien.

27

Manitou

*ou comment, lorsqu'il faut choisir entre un bon rôti
et lutter contre une reine démoniaque, y a pas photo...*

La silhouette glissait d'ombre en ombre, maudissant les deux lunes éclatantes qui parvenaient parfois à percer l'étrange chape noire recouvrant la ville de Tingapour. Pourtant, la météo avait annoncé temps couvert et pluie. Si on ne pouvait même plus se fier aux mages météorologues, où allait AutreMonde ! Le chien retroussa les babines de ses puissantes mâchoires. Parfois, il était tellement en colère qu'il avait envie de mordre tout le monde. Là, les mages météorologues avaient de la chance de n'être pas à portée de crocs...

Il finit cependant par arriver à destination sans être repéré par les patrouilles à pégase, en tapis ou à pied, qui quadrillaient la ville de Tingapour, capitale du très impérialiste empire d'Omois.

Sous domination, il l'espérait provisoire, de la maléfique Reine Noire.

Après un certain nombre de minicrises cardiaques, provoquées par des tas de bestioles diverses et variées qui avaient l'air de prendre les rues de Tingapour pour leur terrain de jeux personnel (définitivement, il détestait les chats, surtout ceux qui surgissaient de nulle part pour lui faire la peur de sa vie), la porte de l'auberge du Krakdent Glouton s'ouvrit sous l'impulsion de son museau de labrador noir. Le chien sourit. En plus de Mourmur qui tripatouillait un truc vaguement gélatineux et d'un vert étrange, ils étaient tous là. Les membres du magicgang, sans oublier Sylver qui, encore traumatisé de ce qui lui était arrivé, se collait à Fafnir à tel point qu'il aurait fallu une grue pour les séparer.

Tous, sauf la plus importante.

Il manquait Tara Duncan…

Tout simplement parce qu'elle s'était transformée en Reine Noire et s'amusait comme une folle à régner sur le continent omoisien.

Les dernières semaines avaient été terribles. Tara… enfin la Reine Noire avait enserré Omois, et plus particulièrement Tingapour, de ses longues griffes cruelles et, bien plus que les fantômes quelques mois plus tôt, faisait peser l'effroi sur son peuple.

Curieusement, elle ne tuait pas.

Elle faisait bien pire. Elle manipulait les gens, les obligeant à trahir toutes leurs valeurs les plus nobles pour en faire des pantins. Et elle torturait, oh, oui, avec une immense délectation. Depuis longtemps, elle avait compris que si elle cassait ses jouets, elle ne pourrait plus jouer avec. Alors, elle les laissait vivre. À peu près.

Manitou avait été appelé sur AutreMonde par Robin. L'elfe avait été très affecté par ce qui était arrivé à Tara. Il venait de la perdre. Encore. Et cette fois-ci, il semblait bien que c'était pour longtemps. La couronne de Drekus recelait des milliers d'âmes terrifiantes qui alimentaient le pouvoir de la Reine Noire. En plus du tout aussi terrifiant pouvoir de Tara, cela donnait quelque chose de bien plus que terrifiant.

En fait, ils n'arrivaient même pas à trouver un mot pour qualifier la situation.

L'Empire avait connu bien des vicissitudes à travers les siècles. L'invasion des démons, la destruction des planètes, l'afflux des émigrants, parfois aussi bizarres que ceux qui les avaient chassés ou avaient détruit leurs planètes. Des guerres. Des grosses et des petites. De bons souverains et quelques-uns très mauvais. Magister avait même régné un très court moment, les fantômes aussi. Le Sceptre Maudit avait failli détruire la planète, les dragons renégats à la reine Charm également, pourtant, les Omoisiens s'étaient toujours débrouillés, toujours relevés.

Mais ils n'avaient jamais eu à subir quelque chose comme la Reine Noire. Sa magie pesait sur la capitale comme une cape noire, lourde et poisseuse. Il faisait presque nuit tout le temps et les fleurs et les plantes périssaient faute de lumière. C'était d'autant plus étrange qu'il suffisait de sortir de Tinga-pour pour retrouver les deux soleils et le ciel bleu.

Mais ce qui glaçait le plus les habitants, c'était que cela s'étendait.

Inexorablement, le pouvoir de la Reine Noire gagnait en puissance, alors qu'elle n'avait que la couronne pour l'alimenter. La chape d'ombre huileuse grignotait centimètre après centimètre, dans une sorte de cercle gigantesque. Les médias montraient la tache noire vue de l'espace, car les satellites mis en orbite par les oiseaux rocs des autres États surveillaient de très près cette manifestation du pouvoir de la Reine Noire.

Et personne ne savait comment elle faisait.

Surtout, personne ne savait pourquoi. Pour l'instant, à part donner un terrible cafard à tout le monde, cela n'avait aucune influence (ce qui, paradoxalement, inquiétait encore plus les gens, parce qu'ils suspectaient que le jour où ils découvriraient le but de la nappe d'ombre, ce serait monstrueux).

Tara... enfin, la Reine Noire avait fait le voyage dans les Limbes avec le magicgang, ce que tout le monde savait. Donc le fait qu'elle essaie de recréer leur environnement n'était plus plausible, puisqu'elle avait pu constater que les Limbes avaient été terraformées. Cette option-là avait donc été vite écartée par les cristallistes et l'opinion publique.

Alors, chaque matin, les gens se réveillaient la peur au ventre, se demandant s'ils n'avaient pas été transformés en démons pendant leur sommeil. Certains, les plus angoissés, finissaient par vivre au milieu de miroirs, la lumière allumée vingt-six heures sur vingt-six. D'autres juraient que l'ombre murmurait, qu'elle leur disait des choses. Ceux-là furent assez vite internés, parce qu'il était très clair que la chose qui recouvrait la ville était parfaitement neutre, quoique incroyablement puissante, et surtout qu'elle ne faisait rien et ne parlait à personne.

Une puissance à laquelle la Reine Noire n'aurait pas dû avoir accès, même avec l'apport du pouvoir de Tara, ou du moins pas pendant aussi longtemps. Cela faisait presque trois semaines AutreMondiennes que la Reine Noire était réapparue et elle ne présentait aucun signe de faiblesse.

La grand-mère de Tara, Isabella, qui était restée sur Terre afin d'assurer une base arrière, avait demandé à Mourmur de retourner à Omois afin d'analyser ce que faisait la Reine. Mais également, s'il était plausible que Tara, enfin la Reine Noire, ait eu accès aux objets démoniaques, l'épée de Grouig et l'anneau de Kraetovir, que le vieux savant avait expédiés dans l'espace. Et qu'elle les ait utilisés afin d'alimenter son anormal pouvoir. Sauf qu'elle n'avait pas la poubelle. Et sans la poubelle, le savant était catégorique. Personne ne savait où ils se trouvaient et il était impossible de les localiser. C'était comme de chercher une minuscule aiguille dans la plus grosse meule de foin de l'Univers.

Demiderus, et Mourmur avant son départ avaient travaillé avec Isabella, Manitou et les dragons, très inquiets, afin de trouver une solution. Car maître Chem était arrivé sur Terre dès qu'ils l'avaient prévenu de ce qui s'était passé. Le grand dragon bleu avait mis toute la science dragonesque de l'étude des objets démoniaques à leur disposition. Sandor, lui, avait débarqué quelques jours plus tard avec la moitié du laboratoire du palais de Tingapour, et s'était installé avec enthousiasme dans les magnifiques installations terriennes de Mourmur, avec l'approbation du Manoir.

En unissant leurs forces, au bout de deux semaines de travail acharné, jour et nuit, ils avaient trouvé. Oh, oui, des tas de solutions. Le problème, jusqu'à présent, c'était que tout ce qu'ils avaient créé menait au même résultat.

Ils détruisaient la Reine Noire, oui, à peu près à coup sûr.

Sauf qu'ils tuaient Tara en même temps.

Lisbeth, réfugiée elle aussi sur Terre en compagnie de Jar et de Mara[1] qui s'étaient enfuis, ou plutôt que très curieusement la Reine Noire avait laissé partir, refusait catégoriquement cette solution. Et elle grinçait des dents, échafaudait

---

1. En fait, Jar fit remarquer à de nombreuses reprises que, du fait des imbécillités de sa grande sœur, ils passaient, Mara et lui, plus de temps à se cacher et à essayer d'échapper à la mort qu'à apprendre leur métier d'Héritiers. Mara, qui en général prenait la défense de Tara, ne dit rien cette fois-ci parce qu'elle était furieuse que Cal soit hors de portée sur AutreMonde alors qu'elle se cachait sur Terre, ce qui n'arrangeait pas du tout ses affaires de cœur.

des plans et tentait de trouver une solution qui lui permettrait de retrouver son empire et de sauver son Héritière.

Parce que, du coup, Lisbeth, qui avait pourtant décidé d'abdiquer, était tellement folle de rage qu'on lui ait volé son trône avant qu'elle ne soit vraiment prête qu'elle était fermement décidée à le récupérer, et vite fait. Sandor aussi refusait cette solution. Il aimait bien Tara, même s'il considérait qu'elle était un peu turbulente et incontrôlable. Mais ce n'était pas une raison pour la condamner à mort, qu'elle soit possédée par une entité maléfique ou pas.

Le souci, c'était que si eux ne lui voulaient pas de mal, enfin pas à Tara, la Reine Noire, elle, allait finir par être considérée comme une menace par les autres pays. Qui eux aussi avaient des moyens de venir à bout de ce genre de danger. Ou du moins d'essayer.

Car l'usurpatrice avait ignoré les Demandes d'Audience des ambassadeurs des autres pays. Les Vampyrs, les Salterens, les Mercenaires de Vilains, les Spaniviens, les Tatris, même les tristement célèbres Edrakins, tous avaient été éconduits. Il n'y avait pas eu d'annonce, pas d'informations sur ce qui se passait au palais. Ceux qui devaient y aller revenaient en tremblant, la figure terreuse, refusant absolument d'en parler.

Et ceux qui le faisaient étaient presque immédiatement saisis de paralysie. Les sorts étaient si puissants que les Hauts Mages ne parvenaient même pas à comprendre comment ils fonctionnaient.

Et puis il s'était produit quelque chose. Quelque chose de très étrange, qui avait motivé le dangereux trajet de Manitou vers AutreMonde, vers Omois précisément.

La nappe avait cessé de s'étendre. Un jour, comme ça, sans aucune explication. Puis, en quelques minutes, elle avait commencé à refluer. À présent, elle ne s'étendait plus que sur le palais et une cinquantaine de mètres autour, pas plus. Personne n'avait d'explication sur ce qui s'était produit, si l'extension faisait partie d'un plan machiavélique et si le reflux faisait partie d'un plan tout aussi machiavélique.

Tout ceci provoquait une tension particulièrement déplaisante, tout simplement parce que l'information était le pouvoir et que, justement, des informations, ils n'en avaient aucune...

Leur réunion était extrêmement dangereuse, parce que la Reine Noire avait accès à la mémoire de Tara. Elle savait donc qu'ils étaient les meilleurs alliés de la jeune fille et donc ses pires ennemis. De plus, elle était suffisamment intelligente pour comprendre qu'elle devait à tout prix protéger son corps et le palais. Y rentrer était donc carrément inenvisageable.

Ils le savaient parce qu'ils avaient essayé. Mais toutes les ruses de Cal et de Robin avaient été contrées par la garde étrangement silencieuse qui s'occupait du palais. Même en se mêlant aux fournisseurs, impossible d'y pénétrer. Et utiliser les tunnels secrets découverts par Cal n'avait pas mieux fonctionné : la Reine Noire avait eu accès également à ces souvenirs-là, et les avait fait murer ou garder. Ils étaient donc totalement impuissants, du moins pour l'instant.

— C'est comme d'habitude, sauf que ce n'est pas pareil, grommela Cal lorsque Manitou se fut installé sur un confortable fauteuil au premier étage de la taverne, réservé pour eux. On a souvent un palais à investir, une reine ou un tyran à abattre. Sauf que si on ne peut pas rentrer dans le palais, on fait comment ?

— Vous avez tout essayé ? demanda Manitou qui trouvait incroyable que le meilleur Voleur d'AutreMonde ou presque soit incapable de pénétrer dans quelque palais que ce soit.

— Tout ! maugréa le petit Voleur. Seul, j'entre dans le palais les doigts dans le nez. Mais avec toute une troupe, c'est un autre problème. De plus, il ne suffit pas d'entrer, il faut aussi parvenir à mettre en place les sorts de destruction. La Reine Noire est incroyablement puissante. Lors de notre voyage involontaire dans les Limbes, sans l'aide du cristal géant, nous n'aurions pas réussi à briser son emprise sur nous. Elle nous avait transformés en monstrueuses marionnettes à ses ordres. C'était horrible. Elle aurait pu régner sur les Limbes et sur notre univers sans aucun problème, personne n'aurait pu lui résister. Et si, comme nous l'a dit le Juge, chaque âme emprisonnée il y a cinq mille ans représente une puissance magique un million de fois plus forte d'une âme emprisonnée maintenant, j'ai bien peur qu'il ne soit impossible de lutter contre elle.

Il était morose. Car, au fond de lui, Cal savait parfaitement ce qui l'empêchait de réussir.

S'il réussissait, il condamnait Tara à mort. La Reine Noire n'était plus dissociable de Tara, elle était trop profondément ancrée à l'intérieur. Le seul moyen de la détruire était de détruire Tara. Et cela, il en était incapable.

Manitou le regarda pensivement. Il se doutait du dilemme qui bouleversait le jeune homme.

— Et si nous laissions la situation comme elle est ? dit-il doucement. Après tout, la reine est maléfique, mais, pour l'instant, si elle fait peur à tout le monde, elle n'a tué personne, contrairement aux fantômes. Ce n'est pas la première, ni à mon avis la dernière, que cet empire doit composer avec une reine cruelle. Plus le temps passe, plus elle consomme de sa magie maléfique, surtout pour étendre son emprise aussi loin. À un moment ou à un autre, Tara trouvera un défaut dans sa cuirasse. Et reprendra le contrôle.

Moineau se redressa, peu convaincue. Mais elle comprenait que comme il était impossible de combattre leur amie, ils n'avaient pas le choix.

— Alors, il faut que nous revenions au plan C. Slurk ! Ce n'est pas mon préféré, celui-là.

— Le plan C ? fit Fabrice, méfiant, en plissant ses yeux noirs.

Ils avaient élaboré tellement de plans que le C ne lui revenait pas spontanément à l'esprit.

Moineau se tourna vers lui, agacée.

— Enfin, Fabrice ! Le plan C comme Consommation ! Plus la Reine Noire dépensera le pouvoir de sa magie démoniaque, plus elle s'affaiblira. Je ne sais pas très bien ce qui s'est passé, mais je soupçonne Tara d'être intervenue d'une façon ou d'une autre. C'est ce qui a obligé la Reine Noire à restreindre l'étendue de la nappe d'ombre qui recouvrait la ville. Elle a été prudente. Mais de ce que j'ai pu voir de la Reine Noire, elle est très arrogante, contrairement à Tara. Si nous la provoquons, elle voudra nous montrer à quel point elle est puissante. Et, à ce moment-là, nous pourrons frapper... enfin, nous... Tara pourra frapper. Donc, plan C. (Elle soupira.) Ce qui signifie faire exactement ce dont j'ai horreur. L'affronter sans nous faire tuer...

Elle s'arrêta en s'apercevant que ses amis ne l'écoutaient plus, figés par la stupeur, les yeux fixés sur quelque chose derrière elle.

Moineau, craignant qu'un soldat ou un Haut Mage ennemi n'ait réussi à franchir leurs sorts de protection, se retourna lentement, prête à muter pour se battre.

Mais quand elle vit qui les regardait, flottant dans le vide, sa mâchoire se décrocha.

C'était Tara.

Enfin, le fantôme de Tara. Avec la Pierre Vivante comme un joyau lumineux qui flottait à ses côtés.

Ce fut la cacophonie. Ils bondirent tous sur leurs pieds et leurs pattes et se précipitèrent. Tara pleurait de joie, ses amis criaient (enfin, pas Sylver qui, lui, restait toujours calme) et les questions fusaient. Il fallut plusieurs minutes pour que Mourmur et Manitou parviennent à restaurer un peu de calme, tant le magicgang était soulagé d'avoir retrouvé l'esprit de leur amie.

— Comment t'es-tu séparée de ton corps et comment nous as-tu retrouvés ? demanda Manitou. Y a-t-il un risque que la Reine Noire ait pu te suivre ?

— J'ai réussi à m'enfuir de notre corps en suivant un lien qu'elle avait ouvert vers l'extérieur, soupira Tara, flottant paisiblement devant eux. Mais c'était un piège.

— Un piège ! s'exclama Robin qui regardait Tara avec passion et souffrait de ne pas pouvoir la prendre dans ses bras. Elle voulait que tu quittes ton corps, c'est ça ?

— Exactement. Elle m'a fait croire le contraire, bien sûr, histoire que je m'enfuie. À présent, elle a totalement le contrôle de mon corps, même si ma magie m'a suivie en grande partie, ce qui lui a retiré une importante fraction de mon... de notre pouvoir.

— Ah ! fit Mourmur, satisfait. Nous avons enfin l'explication de la rétractation de la nappe noire. Parce que son pouvoir a été amoindri par ton départ. C'est une excellente nouvelle, petite, oui, vraiment excellente.

— Pour vous retrouver, en fait, j'ai pu me connecter aux pensées de Cal.

Le jeune Voleur retint son souffle. Quoi ?

La jeune fille vit sa tête, rit et précisa :

— Enfin, pas exactement. Je ne suis pas un fantôme.

Elle marqua une pause, essayant de faire comprendre ce qu'elle avait ressenti et comment elle avait perçu l'esprit de Cal, comme un foyer brillant et coloré, au milieu des millions d'autres âmes.

— Mon corps est vivant, il est utilisé par la Reine qui est un… disons une sorte de parasite. Ce qui fait que mon… mon âme ?… est connectée au monde des vivants, mais que je perçois les esprits, ce que ne pouvaient faire les fantômes. Il m'a suffi de me concentrer en regardant autour de moi. En fait, c'est assez curieux, parce que je ne vois pas les murs, du moins, très peu. En revanche, les esprits sont très visibles. J'ai vite pu constater que les esprits qui brillaient le plus étaient ceux qui réfléchissaient le plus et surtout le plus vite. Cela… cela produit une sorte de friction. Qui intensifie leurs couleurs. Et l'esprit de Cal est vraiment brillant.

Elle se tut encore une seconde tandis que Cal, embarrassé, rougissait.

— Cela ne signifie pas qu'il est brillant, même s'il est effectivement brillant, reprit-elle en luttant avec les mots, c'est juste qu'il réfléchit tout le temps et très vite – Mourmur aussi d'ailleurs. Même si, au début, j'ai commis des erreurs et passé pas mal de temps dans l'université et dans plusieurs endroits où se trouvaient des esprits très actifs, j'ai continué mes recherches. La Pierre Vivante m'a aidée.

Mourmur se redressa, soudain content. Il n'avait pas aimé passer en second, même après le jeune Voleur dont il admettait qu'il était effectivement extrêmement intelligent. Moineau fit une petite grimace. Elle s'était toujours considérée comme plutôt intelligente et n'aimait pas spécialement qu'on souligne qu'il existait des tas de gens plus intelligents qu'elle. Surtout Cal, qu'elle trouvait parfois spécialement débile.

— Une fois que j'ai eu compris comment tout cela fonctionnait, reprit Tara, il ne m'a pas fallu beaucoup de temps pour arriver à vous repérer tous, d'autant que Mourmur et Cal étaient comme deux phares qui me guidaient. Donc, la réponse à ta seconde question, grand-père, est non, la Reine Noire n'a pas pu me suivre, d'une part parce que je suis passée au travers de nombreuses habitations, dont les habitants ne m'ont pas vue, d'autre part parce qu'elle est incarnée dans mon corps. Elle ne peut pas voir les esprits comme moi.

Tara ne leur décrivit pas l'incomparable splendeur de ce qu'elle voyait. Pas plus qu'elle ne leur parla de la peur terrible qui l'avait pétrifiée quand elle était sortie du palais sans avoir la plus petite idée de ce qu'elle allait bien pouvoir faire.

Et de son soulagement lorsqu'elle avait réalisé qu'elle pouvait voir les esprits et, donc, avait une chance de retrouver ses amis. S'ils étaient restés au Lancovit ou sur Terre, sa tâche aurait été nettement plus compliquée...

Mais – les dieux d'AutreMonde et celui de la Terre soient loués – ils avaient, comme à leur bonne habitude, préféré se jeter dans la gueule du loup... ou plutôt de la louve, en venant au plus près du danger. Cependant, les voir attablés autour de Mourmur et de Manitou avait failli briser le lien qui la retenait dans ce monde. Car elle ne s'y maintenait que par un effort de volonté. Elle ne s'en était pas rendu compte tout de suite. Sachant qu'elle n'était pas un fantôme, elle n'avait pas compris qu'elle risquait de passer dans l'Outre-Monde, puisqu'elle n'avait pas de corps. Lorsqu'elle avait commencé à s'effacer, elle avait affermi son esprit afin de remodeler ses contours. Depuis quelques heures, elle effectuait une surveillance attentive de son corps brumeux. Dès qu'elle avait le sentiment de s'effilocher, elle se concentrait et tout rentrait dans l'ordre. Mais elle savait qu'elle n'avait pas beaucoup de temps. Il suffirait d'un moment d'inattention et elle serait fichue.

Tara se garda bien de le dire à ses amis. Ils étaient suffisamment effrayés par ce qui lui arrivait pour ne pas avoir à se faire du souci en plus.

Elle les regarda et finit par poser la question qu'elle redoutait :

— Avez-vous réussi à arranger quelque chose pour me permettre de retourner dans mon corps ?

Mourmur répondit, un peu gêné :

— Oui, chère enfant, nous avons trouvé. Le seul souci, c'est le résultat. Il ne correspond pas à ce que nous désirons.

— Pourquoi ? Si vous arrivez à nous débarrasser de la Reine Noire, c'est le plus important, non ?

— Certes, mais pas en te tuant au passage.

— Oh !

Il y eut un silence pesant.

— Oui, évidemment, reprit Tara, je comprends. Pour détruire la Reine Noire, vous devez détruire mon corps, c'est ça ?

— Oui.

— Aïe !

— Oui, c'est aussi ce que nous nous sommes dit.

— Aucune autre solution ?

— Non, du moins pas pour l'instant. Maître Chem est sur Terre, avec Lisbeth et le reste de ta famille. Nous avons beaucoup travaillé afin de trouver une autre solution.

Soudain, un rire strident les fit tous sursauter. La peur au ventre, ils se raidirent. Ils connaissaient bien ce rire, mélange de folie et de cruauté.

La porte explosa, les lardant tous d'échardes coupantes avant qu'ils n'aient le temps d'incanter des boucliers.

Ce fut donc ensanglantés et paniqués qu'ils assistèrent à la majestueuse apparition de la Reine Noire, suivie par les gardes du palais.

En la voyant, on avait envie de plier les genoux et de l'adorer. Elle avait sublimé la beauté de Tara pour en faire une sorte de somptueuse et mortelle déesse. Sanglée dans son armure noire recouverte d'une étincelante fourrure noire sur les épaules, comme la nouvelle armure des gardes du palais, elle les dominait presque tous de sa haute taille – sauf Moineau, qui, dès qu'elle avait entendu le rire, s'était transformée. La Reine Noire lui jeta un regard mauvais et grandit un peu, histoire de ne pas se laisser toiser par la bestiole pleine de poils.

Tara, épouvantée, faillit disparaître dans les murs, mais elle parvint à refréner sa peur, la laissa la traverser comme de l'eau et la contint. Elle resta.

La reine les dévisagea.

— Quelle jolie réunion, persifla-t-elle tandis que la version carnivore de Galant se posait sur son épaule, encore écumante du sang du tavernier avec qui il s'était « amusé ». Pourquoi n'ai-je pas été invitée ?

Ah, elle allait leur refaire le monologue du méchant. Cal ne lui laissa pas le temps d'ajouter quelque stupide plaisanterie à propos de thé, de petits gâteaux ou de la manière dont, grâce à son intelligence supérieure, la foutue psychopathe avait réussi à les retrouver.

Il attaqua.

Mais la Reine Noire était Tara, d'une certaine façon. Du moins avait-elle accès à certains de ses souvenirs. Sans compter que Cal lui avait ravi par deux fois la satisfaction de les tenir à sa merci. Aussi guettait-elle le petit… plus si petit… Voleur Patenté du coin de l'œil. Dès qu'il lança sa magie, tout en bondissant, un stylet dans chaque main, elle agit. La magie démoniaque fusa et le figea en plein vol, tandis que le bouclier de la Reine Noire absorbait l'attaque.

Mais Cal n'avait pas été le seul à réagir. Robin commençait à en avoir sérieusement assez de voir le Voleur lui ravir la vedette. Après tout, c'était quand même lui qui était censé être le guerrier du groupe, par les droufs de Tranlkur[1] !

Les elfes n'utilisaient pas tant la magie que leurs capacités de combattants. La Reine Noire apparaissait à peine que Llillandril avait déjà matérialisé l'arc à l'épaule de Robin. Une impulsion et déjà trois flèches volaient vers la Reine.

Son attaque coïncida parfaitement avec celle de Cal. Si la Reine Noire était puissante, elle n'était pas omnipotente. D'autant que Tara, qui flottait au-dessus de la mêlée, frappa en même temps, juste avant l'une des haches de Fafnir. Sa magie bleue dissipa une partie du bouclier et la hache termina le travail avant de rebondir par terre, créant une ouverture étroite. Et si deux flèches furent stoppées, car tout le bouclier n'avait pas pu être annihilé, la troisième ne serait pas passée si, avec ur.e justesse inouïe, le sabre de Sylver n'avait pas frappé exactement à l'endroit où la hache de Fafnir avait commencé à créer l'ouverture.

La flèche se planta dans la poitrine généreuse de la Reine, traversant, grâce à Llillandril, l'armure noire comme si c'était du papier.

Elle avait été frappée en plein cœur.

Tout s'arrêta. Ils s'attendirent à ce que la reine s'abatte, raide morte. Moineau était déjà prête à intervenir afin que le corps de Tara revive le plus vite possible.

---

1. Oui, Robin connaît aussi ce juron.

Mais la Reine Noire ne vacillait pas.

Mais la Reine Noire ne tombait pas.

Pire, la Reine Noire restait debout, les regardant d'un air amusé, la hampe dépassant de sa poitrine sans qu'elle semble y prêter la moindre attention.

Devant l'air stupéfait de ses adversaires, elle éclata de rire. Ses poumons auraient dû être noyés de sang et, pourtant, elle riait.

— Pas mal, pas mal du tout, exulta-t-elle. Vous allez faire des guerriers formidables à mon service, mes mignons ! Je vais vous transformer. En mon nom, vous allez conquérir ce petit monde, oh, oui, on va vraiment s'amuser !

Mourmur ne put s'empêcher de demander :

— Mais comment ? La flèche vous a blessée.

— J'ai déplacé le cœur de ce corps, répondit obligeamment la reine. Il se trouve ailleurs, en quelque sorte. Toujours connecté mais invulnérable. Et j'ai déconnecté certains nerfs. Je sais que j'ai mal, « aïe », mais je ne le sens pas. Cela ne m'affaiblit pas.

Formidable, voilà que la Reine faisait son Davy Jones. Manquait plus que ça. Tara échangea un regard avec Fabrice et grimaça.

— Vos corps sont bien trop fragiles, ricana la Reine Noire en retirant la flèche tandis que son sang coulait à flots puis se tarissait. Et je savais qu'un jour ou l'autre quelqu'un arriverait à me blesser. J'ai donc fait ce qu'il fallait pour me protéger. Cependant (elle désigna Tara qui flottait au-dessus d'elle), je n'avais pas réalisé qu'en chassant l'âme de ce corps, cela le faisait dépérir, me privant également de beaucoup de puissance, ce qui m'a contrainte de restreindre ma nappe d'ombre (elle adressa un sourire aigu à l'esprit de la jeune fille). Je t'avais dit d'aller voir dans l'Outre-Monde si j'y étais, mais je suis contente de voir que tu ne m'as pas obéi.

D'une seule main, elle brisa la flèche en petits morceaux. L'arc de Llillandril grogna. Robin le rassura. Ils allaient trouver un moyen. Il y avait toujours un moyen.

De son côté, Mourmur était curieux. Il voulait comprendre et souligna ce que venait de dire la Reine :

— La nappe d'ombre ? À part donner le cafard à tout le monde, elle ne fait rien de particulier. Pourquoi ? Qu'est-ce que c'est ?

La Reine Noire pointa un doigt qu'on sentait gentiment taquin alors que, en fait, être pointé par ce doigt-là revenait à se retrouver braqué par la gueule d'un bazooka.

— Que se serait-il passé si j'avais commencé à transformer tout le monde, comme je l'ai fait dans les Limbes ?

Mourmur n'eut pas besoin de réfléchir longtemps.

— Tout le monde aurait fui.

— CQFD. Je ne peux pas l'étendre très vite, c'est une grosse dépense de puissance, beaucoup m'échapperaient. Mais s'ils pensent qu'ils ne risquent rien, qu'il ne va rien se passer, alors ils resteront. Je vais donc recouvrir une bonne partie du continent et, une fois que cela sera fait, je transformerai tous les habitants en marionnettes à mon service.

Elle éclata de rire et ils frissonnèrent. Ils se souvenaient un peu trop bien de l'horrible sentiment d'impuissance et en même temps de délectation qui les avait saisis lorsque la Reine Noire avait fait d'eux ses guerriers démoniaques. Son plan était parfait. Elle connaissait un peu trop bien la nature humaine.

La reine leva la tête et adressa un regard rusé à Tara :

— Mais les choses peuvent se passer autrement. Plutôt que d'en faire des marionnettes, je peux laisser les habitants de ce pays tranquilles... ou du moins à peu près. J'aimerais que tu reviennes dans ce corps, à présent, et, comme je peux imaginer que tu vas refuser, je te propose un *deal*, ma chère Tara.

Tara descendit un peu et se plaça face au visage parfait qui lui faisait face. Si parfait qu'on avait l'impression de voir une statue de chair... qui aurait beaucoup abusé du botox.

— Quel *deal* ? demanda-t-elle d'une voix méfiante.

La reine allait probablement lui dire qu'elle ne tuerait pas ses amis si elle obéissait.

Mais la Reine Noire était un peu plus subtile. Un simple chantage avait peu de chances de marcher. Elle connaissait la loyauté de Tara envers ses amis, mais elle connaissait aussi son amour pour l'Empire et ses habitants. Tara les protégerait, oui, au prix de la vie de ceux qui comptaient le plus pour elle. Aussi fit-elle une autre proposition :

— Tu reviens dans ton... dans notre corps. Et nous régnons ensemble. Je ne suis pas la dingue sanguinaire que tu te plais à voir en moi. Je sais très bien ce qu'il faut faire pour diriger un empire. Je peux refréner mes instincts. Au lieu de transformer tout le monde, je leur demande juste leur allégeance afin que notre règne soit pacifique... enfin, une fois les autres pays conquis, bien sûr. Là, tu devras me laisser les rênes, je ne crois pas que tu aies l'estomac pour diriger quelques massacres le temps de « convaincre » le peuple que m'ob... *nous* obéir est la seule solution. Je rappelle la nappe d'ombre. Et tout va pour le mieux sur la meilleure des planètes. Sans compter que je suis sans doute le seul et le dernier rempart entre toi et l'invasion des démons des Limbes. Crois-moi, à côté, je suis une adorable et innocente fillette.

Tara était incrédule. Elle ignora l'argumentation de la Reine pour sauter sur le point le plus important du petit discours – même si la Reine Noire avait sans doute raison à propos d'Archange et de ses armées de délicieux et séduisants démons.

— Tu me proposes de régner *avec* toi ? Sans m'enfermer dans mon corps ?

— Ouais, libre accès à tout. Je suis sympa, hein ?

Le ton était ironique. La Reine Noire avait un plan derrière la tête. Tout comme Tara. L'Impératrice et l'Imperator d'Omois l'avaient bien dressée, ainsi qu'Isabella. Comme un joueur d'échecs, elle avait appris à penser plusieurs coups à l'avance. Malheureusement, cette parfaite formation leur bénéficiait à toutes les deux.

Mais Tara savait comment fausser la partie. Il suffisait que l'un des joueurs fasse quelque chose d'inattendu, de chaotique. Elle était assez douée pour cela.

Elle eut un sourire triste.

— Les âmes qui ont été emprisonnées dans le fer des démons n'étaient pas volontaires, dit-elle lentement tandis que ses amis, fascinés, n'osaient plus bouger en dépit de leur sang qui coulait encore. Elles ont été crucifiées, anéanties, sacrifiées pour une cause qui n'était pas la leur. Quand elles s'en sont rendu compte, leur fureur a été telle qu'elles ont réussi à donner une sorte de conscience aux objets qui les emprisonnaient. Parce qu'elles sont empoisonnées par la haine et la colère, elles corrompent et rendent fous ceux qui sont assez idiots pour vouloir les utiliser.

La Reine Noire ouvrit la bouche pour contrer son argumentation, mais Tara reprit sans lui laisser le temps de parler :

— À cause de ce pouvoir maléfique, toi et les âmes démoniaques finiriez par me corrompre et, un jour ou l'autre, toi, moi et elles ne ferons plus qu'une, comme Magister ne fait plus qu'un avec la Chemise. Et, exactement comme lui, je deviendrai folle, je me transformerai en ce tyran que tu es déjà.

Elle laissa passer un instant. La reine fronça les sourcils. C'était un oui ou c'était un non ? La petite n'était pas très claire, là.

Tara les regarda tous et son amour pour ses amis transfigura ses traits fantomatiques. Elle délaissa la reine et passa auprès d'eux, les frôlant l'un après l'autre. Moineau, Cal, Robin, Fafnir, agrippée à sa hache restante, Fabrice, transformé, comme Moineau, ses babines retroussées sur ses longs crocs blancs, Manitou qui tremblait d'inquiétude et de peur. Sylver qui protégeait Fafnir de son long sabre de sang.

Galant qui ressemblait à une monstruosité, mais qu'elle aimait tout autant.

Tara ne réfléchit pas. Parce que, si elle avait réfléchi, elle n'aurait pas eu le courage de faire une chose aussi stupide.

— Tuez-la, dit-elle. Vite, alors qu'elle va perdre encore plus de puissance. Vengez-moi.

Et la jeune fille lâcha prise sur son corps de brume. Totalement.

Elle entendit le cri de ses amis et de la Pierre Vivante :

— NOOOOOOOOOOOOOOOOOOOONNNNNNNNNN !!!!!

Aperçut Robin s'écrouler à terre en se tenant le bras où pulsaient soudain les glyphes dorés des Naouldiars.

Puis elle mourut.

28

Isabella

ou comment, lorsqu'on fait de la politique, un jour ou l'autre, on finit par le regretter vraiment beaucoup.

Sur Terre, la déflagration de la mort de Tara fut immédiate. Bien que son corps soit toujours vivant, lorsque son esprit passa dans l'OutreMonde, cela frappa sa grand-mère, Isabella Duncan, comme une décharge de foudre. L'arrogante sortcelière aux étincelants yeux verts et aux cheveux d'argent poussa un hurlement de démente, faisant sursauter Lisbeth, Jar et Mara qui déjeunaient avec elle. Se tenant les bras comme s'ils la brûlaient, elle cria encore et s'évanouit.

Horriblement inquiets, ils la portèrent de la salle à manger dans sa chambre, l'étendirent sur son lit et incantèrent des Reparus, après avoir appelé le chaman de l'Impératrice qui était allé se promener pendant l'heure du déjeuner.

Le temps que le chaman paniqué se matérialise avec un Transmitus, Isabella s'était réveillée. Sous le regard inquiet de Lisbeth et de ses petits-enfants, elle retroussa sa manche. Sur ses bras, les glyphes pourpres de la parole de sang pulsaient comme s'ils allaient sortir de sa peau pâle. Glyphes qui étaient réapparus alors qu'ils avaient été retirés des années auparavant.

— Que se passe-t-il ? finit par s'exclamer Lisbeth. Vous nous avez fait une belle peur, dame Duncan.

— Ma petite-fille est morte, répondit Isabella d'un ton atone en se frottant les poignets. Les glyphes de la parole de sang avaient été effacés lorsque Danviou m'a contrainte de protéger sa fille en l'emmenant loin de la magie. Mais quand

Tara était en danger de mort, ce qui arrivait souvent, bien qu'invisibles et indolores, ils se mettaient à pulser, comme pour m'avertir. Cette fois-ci, c'est complètement différent. Ils sont revenus et il n'y a qu'une seule explication à cela : Tara est morte. Je suppose que la Reine Noire également, même si cela n'est pas aussi certain. Mourmur a dû trouver quelque chose. Je savais que je n'aurais pas dû l'envoyer sur Autre-Monde sans moi. Quelle idiote j'ai été !

Lisbeth se laissa tomber dans un fauteuil les jambes coupées par l'émotion. Oubliant que les meubles de la maison n'étaient pas toujours animés, elle faillit se casser la figure. Jar la rattrapa de justesse. Elle lui adressa un petit signe de la tête pour le remercier, incapable d'articuler un mot tant elle était choquée.

— Ma sœur est... morte ? demanda Mara, les larmes aux yeux. Mais... comment ?

Jar en siffla d'agacement.

— À ton avis ? Soit la Reine Noire a réussi à contrôler leur corps et l'a virée, ce qui fait que Tara est en OutreMonde, soit Mourmur a réussi à éliminer la Reine Noire et a tué Tara en même temps. Pour notre bien à tous, prie les dieux que ce soit la seconde solution. La Reine Noire, sans l'effet modérateur de Tara, ça va être la cata !

Il tapa du pied, exaspéré.

— Par tous les krakdents d'AutreMonde, je n'hériterai donc jamais de ce foutu Empire !

Isabella et Lisbeth ne réagirent pas. Jar jurait à peu près dix fois par jour avec la même phrase, et encore plus quand Tara faisait quelque chose qui mettait l'Empire en danger. Les deux femmes ne relevaient pas le fait que Jar n'était pas l'Héritier, alors qu'il continuait à faire comme si. Mais, cette fois-ci, Mara, choquée et chagrinée, ne put s'empêcher de réagir.

— Parfois, s'écria-t-elle, j'ai l'impression d'avoir un gros traduc à la place de mon frère. Notre sœur est morte ! On s'en fout de l'Empire ! Elle était géniale et toi, tout ce que tu as toujours trouvé à faire, c'était de la critiquer. Gna gna gna gna gna, et Tara ci et Tara ça. Mais elle a sauvé AutreMonde et la Terre un nombre incalculable de fois, alors que toi, tu n'as rien fait. Pour une fois, tu pourrais avoir un peu de décence !

Et avant que Jar, stupéfait, n'ait le temps de réagir, elle s'enfuit en sanglotant.

Le garçon, rouge d'indignation, de colère et aussi un peu de culpabilité – même s'il aurait préféré perdre un bras que de l'avouer –, croisa les bras, pinça les lèvres et défia les deux femmes de lui adresser les mêmes reproches. Mais Lisbeth comme Isabella étaient bien trop intelligentes pour tomber dans le piège. Elles le laissèrent donc se battre avec lui-même et se concentrèrent sur la situation : qui contacter sur AutreMonde afin d'avoir des informations ?

Hélas, les informations arrivèrent à elles.

Le panneau de cristal de la chambre d'Isabella, encombrée d'objets, de potions magiques, d'animaux bizarres empaillés et d'un énorme lit à baldaquin, s'éclaira d'un seul coup. Le magnifique visage cruel de la Reine Noire apparut.

Lisbeth étouffa un hoquet d'horreur en découvrant les êtres monstrueusement contrefaits qui se tenaient derrière elle. Comme elle l'avait fait dans les Limbes, la Reine Noire avait transformé ses nouveaux jouets. Cal ressemblait à un maigre squelette, bien que, instruite par l'expérience, la Reine l'ait recouvert d'un fin duvet afin qu'il ne cliquette pas. Moineau et Fabrice étaient deux bêtes enragées, crocs et griffes prêts à déchirer, à dévorer. Nonchalamment appuyé sur une commode, Robin était devenu un elfe sublime et cruel qui se nettoyait les ongles avec un stylet d'assassin. Sur ses deux bras, les volutes dorées du signe des Naouldiars s'enroulaient, mais il les ignorait. Mourmur avait vu sa tête tripler de volume et des yeux se greffer au bout de certains de ses doigts, qui étaient à présent au nombre de dix par main, avec deux pouces opposables chacune. Le vieux savant avait déjà l'air un peu fou, mais là, il était carrément effrayant. Fafnir était devenue une géante rousse, féroce, avide de sang et de batailles, ses muscles d'acier ondulant sous sa peau. À part Bel, sur qui la magie démoniaque n'avait aucun effet et qui était resté un chaton rose démoniaque très ennuyé de ce qui était arrivé à sa compagne (d'autant qu'il était soudain perché nettement trop haut à son goût), les autres animaux – le renard de Cal, l'hydre de Robin, la panthère de Moineau – étaient tous devenus aussi maléfiques. À les regarder, on sentait qu'ils n'avaient envie que d'une chose : vous attraper, jouer un peu, puis vous dévorer lentement en savourant chaque bouchée.

Pendant que vous hurleriez à vous en arracher la gorge.

Quant à Sylver, c'était un monstrueux dragon noir aux yeux rougeoyants sur lequel la Reine Noire était adossée, l'air très contente.

Lisbeth sentit son cœur se serrer. En capturant Robin, Fafnir et Sylver, la Bête et le Loup-Garou, le redoutable espion, stratège et Voleur qu'était Cal et Mourmur, la Reine Noire venait de porter un coup terrible à la défense d'Autre-Monde. Isabella, elle, nota que Manitou n'était nulle part. Elle ne savait pas si elle devait s'en réjouir ou si la Reine l'avait tué, et balancé son cadavre de labrador quelque part.

— Salut, ex-Impératrice, salut, mamie ! s'écria joyeusement la Reine. Ça boume ?

Interloquées, Lisbeth et Isabella fixèrent l'imposante guerrière.

— Je suis super désolée, mais votre Tara chérie est un peu morte. Je lui ai proposé un super *deal* et elle l'a refusé. Pas compris pourquoi, moi. Enfin bon. J'avoue que cette petite garce m'a retiré pas mal de pouvoir, mais son corps en fabrique sans arrêt, alors je vais sans doute arriver à en créer suffisamment pour la garder en vie.

Elle eut un sourire acéré.

— Et comme j'ai le gentil Mourmur avec moi, maintenant, si vous bougez le petit doigt, je le lâche contre vous. Sous cette forme, il n'hésitera pas à inventer une bombe qui détruira complètement la planète où vous êtes réfugiés. Alors, tenez-vous tranquilles en attendant que j'arrive. Si vous avez été sages, je pourrai peut-être vous laisser gouverner la Terre.

Elle se pencha au point qu'ils purent voir son nez en gros plan.

— En mon nom, bien sûr.

Et elle éteignit la communication.

Jar exprima pour eux tous le sentiment qui les emplissait soudain.

— Et slurk ! On est foutus !

29

L'OutreMonde

ou comment, parfois, rester dans le monde des vivants,
c'est bien aussi.

Tara ne savait pas très bien à quoi s'attendre en mourant. Certainement pas à monter en flèche vers le ciel, à passer l'orbite de la planète et, soudain, à se retrouver en face de sa très célèbre arrière-grand-mère, l'Impératrice Elseth. Qui l'attendait en battant du pied, devant une immense porte de cristal sculpté qui barrait l'infini de l'univers, une clef d'or à la main.

— Par mes ancêtres, Tara ! s'écria Elseth, furieuse. Mais qu'est-ce qui t'a pris ?

Tara écarquilla ses grands yeux bleu marine.

— Euh… pardon ?

— Tu aurais dû accepter sa proposition !

Tara était trop désorientée par ce qui lui arrivait pour comprendre tout de suite de quoi la vieille femme furieuse pouvait bien parler.

— Euh… pardon ?

— Ça va, je sais que tu es bien élevée, arrête de dire pardon. La proposition de la Reine Noire ! Une fois sa magie démoniaque épuisée, il n'aurait pas été très difficile de reprendre le contrôle de ton corps et de la faire disparaître ! Ce n'est qu'un produit de la magie démoniaque, pas un aspect de ton esprit ! Mais à quoi pensais-tu ?

Tara se mordit les lèvres et constata qu'elle flottait dans l'espace, mais que son corps semblait furieusement solide.

Puis son esprit se remit en marche. Elle dévisagea sa grand-mère d'un air soupçonneux.

— Et comment vous savez ça, vous ? Je croyais qu'il ne devait pas y avoir de communications entre OutreMonde et l'AutreMonde ? Que c'était impossible, à part au travers du Juge ?

Elseth se raidit. Elle ne s'attendait pas à ce que la jeune fille récupère si vite. Et encore moins qu'elle soit capable de saisir tout de suite ce qu'elle avait fait.

— Je suis la Gardienne de la Porte.

On sentait que les mots portaient des majuscules. De Grosses Majuscules.

— Euh... oui, et ?

— Et cette position s'accompagne de certains... privilèges.

— Dont celui d'espio...

— Non, pas d'espionner, l'interrompit Elseth en agitant sa clef nerveusement. Pas du tout. Je me tiens juste au courant de ce qui se passe sur AutreMonde, et particulièrement ce qui arrive à ma lignée.

Elle ajouta vertueusement :

— Et à mon peuple.

— En bref, fit une voix derrière elle, la vieille chouette se mêle de ce qui ne la regarde plus et hurle si fort quand Lisbeth ou toi faites des erreurs qu'on l'entend jusqu'au bout de la galaxie.

Elseth sursauta et dévisagea le nouveau venu d'un air mauvais. C'était un vieil homme chenu, barbu, avec de longs cheveux d'un blanc éblouissant. Il souriait, ce qui faisait un peu bizarre, parce qu'il lui manquait quelques dents. Étrangement, Tara s'était imaginé qu'au paradis des sortceliers, ils pourraient faire, grâce à la magie, ce qu'ils faisaient sur Autre-Monde, c'est-à-dire se rendre beaux et séduisants. Le vieil homme lui fit un clin d'œil et s'appuya sur le bâton qu'il tenait.

— Bon, Elseth, tu lui donnes les clefs ou tu as l'intention de lui crier dessus jusqu'à la fin des temps ? Je te signale que plein de gens l'attendent, là-bas.

Elseth soupira.

— Ce que tu peux être rabat-joie, Druitus ! Tu as de la chance d'être le fils de Demiderus et donc mon ancêtre. Si tu avais été un de mes descendants, ça fait longtemps que j'aurais botté tes maigres fesses !

Tara se raidit. Le fils de Demiderus ? Druitus était presque aussi célèbre que son père. C'était lui qui avait achevé de construire l'empire créé par Demiderus après sa venue sur AutreMonde. Il n'avait pas connu la Terre, car, à l'époque, voyager par les Portes de transfert était bien plus dangereux qu'aujourd'hui, du fait des attaques des démons, mais il gardait une grande tendresse pour la planète natale de son père. C'était lui qui avait eu l'idée de nommer des Gardiens de la Terre afin d'envoyer les jeunes sortceliers s'entraîner sur AutreMonde. Quand les démons avaient été vaincus et bannis, il avait institué ce qui n'était que provisoire en une loi d'airain. Et c'était ainsi que la Terre avait été coupée de la magie et de ceux qui naissaient avec ce don. Tara ne savait pas si elle devait s'en réjouir ou pas. Lorsqu'elle était sur Terre, cacher sa magie avait été compliqué. Et elle ne voulait pas imaginer le choc qu'allaient éprouver ses habitants le jour où les démons attaqueraient. Car ils allaient attaquer, c'était sûr.

Puis elle se concentra sur ce que venait de dire le vieil homme. Parce qu'à moins d'être devenue totalement bigleuse, ce n'était qu'une clef que tenait Elseth, pas plusieurs.

— Ça va, ça va, je lui donne, fit sa grand-mère agacée.

Elseth se tourna vers Tara et énuméra :

— Voici les clefs : 1) Sur AutreMonde n'essayerais pas de retourner ; 2) à moins d'y être appelée ; 3) une nouvelle vie me ferais ; 4) un endroit que me plaît ; 5) les autres je n'ennuierais ; 6) et polie je serai.

Ah, c'étaient des clefs métaphoriques, pas de vraies clefs. OK.

Elseth toucha la porte de sa clef d'or et celle-ci s'ouvrit avec lenteur et en silence. Tara s'attendait à ce qu'il y ait des trompettes, des anges et des tas de clameurs, mais il n'y avait aucun bruit.

Et, derrière les portes, qu'elle croyait de cristal mais qui en fait ne laissaient pas apparaître ce qui se trouvait derrière elles, mais reflétaient un autre paysage, se tenaient deux personnes qu'elle connaissait bien et adorait, dont au moins une qu'elle n'aurait jamais imaginé trouver ici.

Son père, Danviou.

Et sa mère, Selena.

— Maman !

Tara se jeta dans les bras de sa mère tandis que son père les enlaçait toutes les deux. Elseth essuya une larme discrète et jeta un regard noir à Druitus qui rigolait doucement devant son émotion.

— Ah, fit-il, tu n'es pas aussi dure que tu le prétends, ma descendante !

Elseth ne daigna même pas lui répondre, trop occupée à contempler la joie de son fils, de sa belle-fille et de sa petite-fille.

Tara n'en revenait pas. Ses parents étaient solides, ils sentaient comme s'ils étaient de vrais êtres humains. Un délicat parfum floral pour Selena, que Tara reconnaissait, et un parfum frais pour Danviou. Mêlé d'un discret fumet de sueur, comme si Danviou avait couru pour venir. Mais enfin, les fantômes ne transpiraient pas, non ?

Au bout de quelques minutes d'émotion intense, Tara réussit à s'écarter de Selena et Danviou. Mais Selena garda sa main dans la sienne, comme si elle craignait que sa fille ne s'échappe encore.

— Maman ? Je ne comprends pas. Tu as été réincarnée, Magister t'a ressuscitée ! Je l'ai vu !

Selena eut un très malicieux sourire. Si malicieux que Tara en fut interloquée.

— Ton père a eu une vraiment, vraiment méchante idée, mon ange, dit sa mère qui semblait se retenir de glousser. Il se doutait bien qu'à un moment ou à un autre, ce monstre de Magister parviendrait à me faire revenir. Alors nous avons passé un *deal*. Avec l'esprit d'une petite fille, qui s'appelle Selena, comme moi.

— Un *deal*, répéta Tara, pas sûre de bien comprendre. Avec l'esprit d'une petite fille ?

— Oui. De six ans.

Tara en resta bouche bée.

— Nous avions besoin qu'elle porte le même prénom que Selena, précisa Danviou d'un air particulièrement satisfait, et qu'elle ait envie de se réincarner. Nous l'avons choisie jeune, parce que nous savions aussi que tout cruel et immoral que soit Magister, jamais il ne ferait de mal à une enfant, surtout en croyant que c'était l'esprit de la véritable Selena. Cela a failli rater, parce que mini-Selena ne portait pas le même nom de famille, juste le même prénom.

— Mais Danviou s'est accroché à moi, et nous avons réussi à faire passer mini-Selena, confirma Selena. Comme ce n'est pas son corps, ce sera très facile pour elle de revenir ici. Dès qu'elle aura terminé ce qu'elle voulait faire sur AutreMonde, bien sûr.

— Et... qu'est-ce qu'elle voulait faire sur AutreMonde ? finit par réussir à articuler Tara.

— Elle voulait jouer à la poupée !

Ils se regardèrent tous et, soudain, éclatèrent de rire. Ils rirent au point de devoir s'asseoir par terre, pliés en deux, les larmes aux yeux.

— Oh, là, là ! dit Tara en s'essuyant le visage. Entre Selenba qui le trahi et maman qui le piège, pauvre Magister, ce n'est vraiment pas son jour !

— Selenba l'a trahi ? sursauta Selena. Mais je la croyais folle amoureuse de lui ?

— Elle m'a appelée, il y a quelques jours, en image masquée avec une fausse voix. Elle s'est fait passer pour un san-grave qui avait peur des objets démoniaques et ne voulait pas que son maître les utilise. Elle a proposé son aide afin de contrarier les plans de Magister. Je ne savais pas que c'était elle, jusqu'au moment où elle a empêché les soldats américains de nous tirer dessus en se battant avec Demiderus qu'elle n'a même pas tué, probablement en signe de bonne volonté. Elle ne voulait pas que tu sois réincarnée, maman, elle était désespérée. Malheureusement, cela n'a servi à rien, parce que Magister a réussi... enfin, il a cru qu'il avait réussi. Et moi aussi.

Sa mère la regardait les yeux écarquillés.

— Selenba s'est battue avec Demiderus ? Quels soldats ? Américains ? De la Terre ?

Tara réalisa que, bien sûr, ils n'étaient au courant de rien. Elle leur expliqua tout ce qui s'était passé, y compris l'envoi des objets démoniaques dans l'univers grâce à la poubelle de Mourmur.

Quand elle eut terminé, ses deux parents la dévisageaient, éberlués. Enfin, Selena moins éberluée que Danviou, qui n'avait pas encore réalisé à quel point Tara se trouvait tout le temps dans des histoires de dingues. Impliquant à plus ou moins long terme des destructions de planètes, voire d'univers.

— Je suis terriblement désolé que tu sois morte, finit-il par dire en l'étreignant de nouveau. Mais, très égoïstement, j'avoue que je suis ravi que tu sois parmi nous.

Il la fit se lever.

— Viens, que je te montre l'OutreMonde.

Il apparut que la porte par laquelle était passée Tara était posée sur une sorte de plate-forme. Qui surplombait... un univers entier. Composé de millions, de milliards de planètes qui tournaient autour de milliards de soleils, dont certains étaient vraiment étranges. Bleus à pois roses, ou gris rayés, ou encore verts. Idem pour les planètes. Exit le bon vieux modèle rond. Elles étaient carrées, plates, rectangulaires, en triangle, en plusieurs parties, en cercles, en forme de gâteau avec des bougies, de golf géant doucement ondulé avec des millions de trous et de drapeaux, il y en avait même une qui ressemblait à un lustre ! Petites, grandes, énormes, liquides, gazeuses, solides, transparentes et également de toutes les couleurs. C'était incroyable. Enfin, encore plus incroyable que de flotter dans le vide intersidéral et de ne pas avoir besoin de respirer.

— Waaaah ! finit par dire Tara, émerveillée. Ce que c'est beau !

— Chaque planète a été créée par un sortcelier. Elle reflète ce qu'il est, ce qu'il aime. Nous nous déplaçons pour nous rendre visite les uns aux autres. Pour avoir quelque chose, il suffit d'y penser et nous l'avons tout de suite. Comme nous ne pouvons créer que ce que nous imaginons, ceux d'entre nous qui ont le plus d'imagination servent souvent de modèles aux autres.

— La fréquentation de ton père est très recherchée, confirma tendrement Selena. Son sens artistique, la joie de sa peinture, son bouillonnement créatif en font un hôte par-

fait pour tous ces sortceliers qui veulent égayer leurs planètes. Tu vas pouvoir venir habiter chez nous en attendant
de construire ta propre planète.

Mais, toujours sur la plate-forme, Tara hésitait. Comme
son corps n'était pas mort, elle ressentait toujours comme
une sorte de lourdeur, quelque chose qui la rattachait encore
au monde des vivants.

— Je me suis laissée mourir afin de sauver mes amis, dit-
elle en regardant ses parents amoureusement enlacés. Mais,
avant de vous rejoindre, j'aimerais vraiment savoir ce qui se
passe là-bas.

Elseth, qui s'était tenue discrètement en arrière afin de leur
laisser savourer leurs retrouvailles, eut un petit soupir triste.

— C'est interdit, Tara. Tu ne peux pas, tu ne dois pas te
retourner. Sinon, au lieu de vivre ta nouvelle vie, tu vas finir
par devenir comme ces fantômes errants qui guettent la
moindre faille afin de tenter de rentrer en AutreMonde. C'est
mal et c'est malsain. C'est pour cela qu'il y a des règles. Qui
l'interdisent.

— Mais... et vous ?

Elseth parut rougir un peu.

— En ce qui me concerne, c'est un peu différent, parce que
je n'ai pas du tout envie de revenir sur AutreMonde. Je suis
très heureuse ici. Je vérifie ce qui se passe sans intervenir et
cela ne me rend ni folle ni malheureuse. (Elle intercepta le
regard ironique de Druitus et ajouta :) Juste une peu agacée
parfois. Mais si nous te laissions observer, tu ne pourrais pas
assister à ce qui se passe sans vouloir faire quelque chose,
surtout sachant que ton corps est encore vivant. Cela pourrait aliéner ta raison. Je suis désolée.

Tara hocha la tête. Elle comprenait. C'était comme partir
en vacances. Au début, on avait un peu de mal à intégrer
qu'on n'avait plus besoin de se lever tôt le matin pour aller
à l'école/lycée/université/travail. Puis, petit à petit, on se
détendait, on profitait du soleil et du farniente et, soudain,
les soucis, les problèmes s'évanouissaient et le reste du
monde pouvait aller au diable. On ne se sentait plus
concerné.

Sauf que là, ce n'était pas uniquement elle qui était en
cause. C'étaient ses amis ! Puis, en réfléchissant, elle comprit

qu'elle ne pouvait pas faire grand-chose, en fait. Pas alors qu'elle était un fantôme en dehors de son corps et qu'elle s'était laissée mourir afin de soustraire son pouvoir à la Reine Noire et la rendre moins puissante.

Aussi, quand ses parents lui tendirent de nouveau la main, elle leur sourit et la prit.

Ils s'envolèrent tous les trois.

Et sa nouvelle vie commença.

Tandis que Tara vivait avec bonheur sur OutreMonde, et que, pour la première fois depuis des années, personne ne cherchait à la tuer ou à l'utiliser, ce qui était vraiment reposant, des tas de gens, eux, n'étaient pas très heureux. À commencer par la Reine Noire.

Parce que, en dépit de ses vantardises, la mort de Tara, et donc la perte d'une partie de son pouvoir, l'avait considérablement affaiblie.

Au point qu'elle avait le plus grand mal à conserver son contrôle sur les amis de Tara qu'elle avait transformés, exactement comme elle s'était transformée. À présent, elle comprenait que cela avait été une erreur, qui lui coûtait au moins une consommation d'âme par heure et par transformation. Ce qui n'était pas beaucoup, mais finissait par représenter une grosse somme de pouvoir gâché au bout d'un certain temps.

Sauf que, pour des raisons de fierté et d'apparences, elle ne pouvait pas les laisser revenir à leur précédent état. Pas alors qu'elle les avait si ostensiblement montrés à Lisbeth et Isabella.

Comme la transformation lui coûtait encore plus si elle voulait garder son contrôle sur eux quand ils s'éloignaient, elle avait trouvé une autre solution. Ils ne s'éloignaient pas. Elle les gardait près d'elle, alors qu'ils auraient dû être en train de commencer les préparatifs de la conquête d'Autre-Monde pour elle.

Cela la faisait enrager.

Elle avait du mal à contrôler son corps. De plus en plus de mal. L'âme de Tara l'avait quitté et, par une mystérieuse alchimie, son corps s'en rendait compte. Petit à petit, il se grippait, fonctionnait moins bien, s'adaptait moins facilement. Elle devait dormir plus longtemps pour récupérer. Elle avait rappelé la nappe de brouillard uniquement sur le palais et songeait même à la faire se dissiper totalement. Puis, comme ce qui avait permis de garder en vie le corps de Selena, elle avait dû se faire poser des cristaux qui aidaient son cœur à battre, son cerveau à penser, ses poumons à respirer. Mais comme, contrairement à Selena, elle avait besoin de bouger et d'utiliser ce corps, elle l'usait bien plus vite. Et la magie démoniaque n'avait pas l'air d'être la solution ici, plutôt le problème.

Elle devait trouver une issue.

Très ironiquement, la seule personne capable de la sortir de cette situation se trouvait être le pire ennemi de Tara Duncan.

Magister.

Sauf que la Reine Noire se retrouvait exactement devant le même dilemme que Tara avant elle. Impossible de savoir où se cachait le foutu sangrave. Elle avait fini par mettre des annonces vidéocristallées afin de prévenir Magister qu'elle voulait lui parler. Mais il n'avait pas répondu à ses appels, ce qui était extrêmement agaçant.

Alors, elle avait dû se rabattre sur le plan B, qui ne l'enchantait pas des masses.

Adossée au dragon Sylver qui lui servait de fauteuil, elle caressa la longue chevelure d'argent de l'elfe dont la tête reposait sur ses genoux, ses yeux de cristal fermés. Il était torse nu, parce qu'elle aimait la beauté de son corps. Ses hauts-de-chausse argentés étaient si serrés qu'ils le moulaient comme une seconde peau, disparaissant dans de magnifiques cuissardes d'un vert moussu rehaussées de lanières d'argent. Elle évita de pousser un soupir de contentement. Il était magnifique et il était tout à elle. L'instant d'après, elle lançait sa main armée de griffes et le torse de l'elfe se marbra de fines coupures. Il se cambra et hurla. Pas vraiment parce qu'il avait mal, même si c'était douloureux. Mais parce qu'il savait qu'elle aimait cela.

— Il va tacher vos vêtements, ma Reine, fit remarquer Cal qui se tenait à ses côtés. Ça va être difficile à ravoir à la lessive. Il va falloir le faire partir à l'eau froide, parce que l'eau chaude cuit et fixe le sang, et que le nettoyage magique à sec abîme le tissu, à mon avis.

La Reine gloussa. Elle trouvait Cal vraiment très amusant. C'était le seul qu'elle avait laissé revenir à peu près à sa nature normale, et le jeune Voleur avait pu quitter sa forme squelettique pour une apparence plus humaine, même si, parce qu'elle était grande, elle l'avait fait grandir, étirant muscles et os au point de lui faire souhaiter la mort pour échapper à la douleur. Bien évidemment, elle ne l'avait pas délivré du sort qui le faisait l'adorer.

De l'autre côté de son trône, il y avait Fabrice et Moineau. Sous leurs formes bestiales, ils étaient accroupis, grognant doucement, prêts à arracher la gorge du premier qui déplairait à la Reine. Fabrice, le plus féroce des deux, reniflait doucement sans quitter Robin des yeux. La Reine Noire savait qu'il aimait le sang. Mais elle n'avait pas l'intention de lui laisser goûter celui de l'elfe. Elle le gardait pour elle. Fafnir, qui les surplombait tous de deux têtes, serra sa hache, avide de trancher, de tuer.

La Reine Noire était, par nature, incapable d'aimer. Mais garder près d'elle les premiers êtres qu'elle avait transformés, apprécier la beauté de l'elfe, la cruauté de la Bête et du loup-garou, la férocité de la naine rousse géante, l'ingéniosité du petit Voleur, tout cela la reposait. Tout comme, même si elle ne l'aurait avoué pour rien au monde, la jalousie féroce de l'elfe l'amusait infiniment.

Plusieurs courtisans qui avaient voulu lui plaire en avaient fait les frais. Robin ne les avait pas tués, mais presque. Il était comme un animal féroce. Pour l'instant en laisse, on ne savait jamais à quel moment il allait se retourner contre son maître et le dévorer. La Reine Noire trouvait cela délicieusement excitant. Frôler la mort de ce corps ne la gênait pas. D'autant que si elle ne parvenait pas à faire ce qu'elle voulait, le corps de Tara Duncan ne lui servirait plus à grand-chose.

Parce qu'il était en train de mourir.

— Tu as raison, mon petit Voleur, admit-elle. Soigne-le, qu'il ne me tache pas.

Cal obéit et le torse de Robin retrouva sa blancheur de lait. En voyant le sang disparaître, la reine comprit que le Voleur n'avait pas uniquement incanté un Reparus mais également un Nettoyus. Ils étaient vraiment aux petits soins pour elle !

Sentant que l'attention de la reine dérivait, l'elfe se redressa paresseusement, lui permettant de profiter de l'action de ses magnifiques abdos qui serpentaient sous sa peau comme des câbles d'acier. Il lui adressa un sourire éclatant, puis, soudain, se haussa et l'embrassa à pleine bouche. Elle le mordit et il éclata de rire. L'instant d'après, il était debout et sa bouche esquissait un sourire lent. Elle ne l'avait pas fait saigner, dommage.

— Ma Reine, dit-il de cette voix qui lui faisait des remous dans le ventre tant elle était pleine d'adoration. Qui dois-je tuer aujourd'hui pour ton plaisir ?

La Reine Noire laissa échapper un soupir.

— Mon cruel et bel elfe, personne, car nous avons bien plus urgent à faire.

Devant elle, Mourmur s'affairait autour d'un appareil dans lequel luisait, enchâssé au milieu des circuits, un éclat d'obsidienne.

L'éclat que le Juge avait confié à Tara et que la Reine Noire avait obligé la changeline à lui donner. La Reine Noire savait que Tara était la seule à pouvoir l'activer, mais le génie de Mourmur allait pallier l'absence de l'âme de Tara. Sans compter que le Juge accepterait peut-être le fait qu'elle porte son corps, même si elle n'en avait pas l'esprit.

Car la Reine Noire voulait parler au Juge, puisqu'elle ne parvenait pas à joindre Magister. Elle avait besoin de certains renseignements que seule l'étrange entité de pierre responsable des démons et capable de communiquer avec les mânes des sortceliers morts était capable de lui donner. Quand Mourmur lui fit signe, elle se leva.

— Poussez le bouton qui se trouve au milieu, ma Reine, lui dit Mourmur alors qu'elle regardait l'étrange assemblage bourdonnant. Il était rouge, mais, pour vous faire honneur, je l'ai peint en noir.

Elle lui caressa tendrement la joue. Le vieux savant ne savait pas quoi faire pour lui rendre service, maintenant que, grâce à la magie, elle avait multiplié la puissance de son cerveau. Confiante, elle appuya.

Elle vit une image qui la fit bondir. Et qui n'avait rien à voir avec le Juge.

Puis l'appareil explosa.

De son côté, Magister était intrigué. Pourquoi diable la Reine Noire tenait tant à lui parler ? Son message était répétitif, mais sibyllin. « Maître des sangraves, contactez-moi à ce numéro, j'ai une proposition à vous faire. »

Suivait un numéro que même les plus plaisantins n'avaient pas osé composer.

Le jour où il se décida à appeler la Reine Noire, alors que Selena venait de faire une crise parce qu'elle refusait d'avaler son petit déjeuner et le lui avait balancé dans la figure, cela lui sembla infiniment moins frustrant que ce qu'il vivait depuis trois semaines.

Il s'essuya donc soigneusement, fit disparaître les dernières traces de porridge, tellement plus sain que les céréales mais que Selena semblait détester, puis laissa la femme/enfant en compagnie de la féroce vampyr Selenba. Qui l'agaçait parce que, bien que rigoureusement impassible en apparence, elle donnait l'impression de rigoler sous cape. Une fois sa dignité restaurée, il se rendit dans un endroit où il était impossible de tracer l'appel jusqu'à lui.

Puis il prit l'appareil qu'il avait programmé et appela la Reine Noire.

Il l'avait vue à plusieurs reprises, notamment lorsqu'elle daignait apparaître dans les débats des cristalléo. Comme lui, elle possédait un objet démoniaque, la couronne de Drekus, ce qui ne lui plaisait que très peu – il aurait préféré que la couronne fût sienne.

Il n'avait pas réalisé à quel point sa présence était impérieuse, quand son image grandeur nature s'afficha devant lui, le frappant de toute sa terrifiante beauté. Il la détailla. Elle était incroyablement parfaite, très loin de la jeune Tara. Un peu comme si l'une était l'esquisse de l'autre. D'un certain côté, elle lui rappela Selenba. Probablement parce que la même lueur cruelle et impitoyable luisait dans leurs yeux, rouges pour Selenba et noirs pour la Reine. Lorsqu'il parvint enfin à s'arracher à sa fascinante beauté, il constata qu'elle se trouvait dans une grande salle qui venait apparemment d'exploser, car il y avait de la suie un peu partout. C'était curieux.

Il s'inclina très légèrement, le salut d'un égal et non d'un inférieur. La Reine Noire fit de même, à sa grande surprise.

Ah ! intéressant. Elle devait avoir besoin de lui. Sinon, jamais elle ne lui aurait rendu son salut. Il attendit la suite avec intérêt.

— Tara Duncan est morte, annonça-t-elle.

Magister tressaillit. C'était le bruit qui avait couru, mais il y avait attaché peu d'importance. Maintenant que c'était confirmé, il s'aperçut avec surprise que cela l'attristait. Quand elle ne le mettait pas dans des états de rage absolus en se plaçant en travers de sa route, il devait avouer qu'il aimait bien Tara et son courage. Elle n'avait pas d'égale sur tout AutreMonde. En réalisant ce que cela impliquait, pour la première fois depuis que Selena était revenue, il fut content que son esprit d'enfant ne puisse se souvenir de sa fille. Elle n'aurait pas de peine. Il gomma tout sentiment de sa voix.

— Et alors ? fit-il.

— Alors, j'ai besoin de son esprit. Sinon, ce corps aussi mourra.

Le masque de Magister ne broncha pas. La Reine Noire se rendit compte que son adversaire possédait un avantage sur elle. Il pouvait voir ses réactions alors que son masque cachait les siennes. Et le programmer afin qu'il affiche les émotions qu'il désirait ne devait pas être très compliqué. Elle s'appliqua donc à figer son visage le plus possible. À joueur de poker, joueur et demi. Elle aussi pouvait dissimuler ce qu'elle pensait.

Magister répéta :

— Et alors ? Je ne vois pas très bien en quoi je suis concerné. Si le corps meurt, vous mourez. Un adversaire de moins pour me barrer le chemin vers le pouvoir. Cela me va...

Il tendit la main pour interrompre la communication quand le cri de la Reine Noire l'interrompit :

— J'ai une information sur Selena Duncan.

Cela le stoppa net. Il se redressa.

— Selena est avec moi. Je ne vois pas très bien en quoi une information sur elle pourrait m'être utile...

Cette fois-ci, la Reine Noire laissa son visage exprimer ce qu'elle pensait. Elle afficha un mauvais sourire et s'avança vers Magister jusqu'à ce que son image le touche presque.

— Oh ! mais si. Nous allons faire un échange. Vous me dites comment on opère pour faire revenir les morts en utilisant les objets démoniaques, comme vous l'avez fait sur Terre, puisque le parchemin de résurrection a été détruit, et, en échange, je vous dis où se trouve Selena ! Vraiment. Parce que je ne sais pas exactement qui vous avez fait revenir, mais je peux vous certifier que ce n'est pas l'esprit de la mère de Tara Duncan !

Magister se figea. Son masque d'or fluctua, se teintant du rouge de la colère. Ah, il avait réagi. Bien.

— Je vous répète, grogna-t-il – et à son ton on sentait qu'il serrait les dents –, que Selena est avec moi.

— Alors ça, ça m'étonnerait, répliqua la Reine Noire, railleuse, parce que je l'ai vue il n'y a pas quelques heures, même si j'avoue que ce n'était pas elle que je cherchais à contacter, et que j'ai été pour le moins surprise lorsqu'elle m'est apparue. Mais c'était bien elle, juste devant moi, avant que la communication soit coupée. D'ailleurs, j'ai cru que vous m'appeliez parce que vous aviez appris ce qui s'était passé.

Magister resta silencieux. Mais la Reine Noire n'était pas idiote. Elle n'ajouta rien. Il sentait qu'elle disait la vérité, hélas !

— Elle s'est réincarnée dans un autre corps, finit-il par dire, c'est cela ?

— Avons-nous un *deal* ? répliqua la Reine Noire. Le mode d'emploi contre l'endroit où se trouve Selena ?

Magister avait horreur de cela. Il se sentait manipulé, acculé dans un coin, incapable de se dégager. La Reine Noire avait bien manœuvré. À contrecœur, après avoir discuté pendant quatre heures pour la faire craquer, il finit par baisser les armes. Il lui donna ce qu'elle voulait.

Le mode d'emploi des objets démoniaques ainsi que la façon d'utiliser leur énergie pour briser le temps et l'espace et faire revenir l'âme des morts. La Reine Noire n'avait bien évidemment aucun moyen de vérifier. Mais elle fit examiner l'ensemble du processus par Mourmur et celui-ci lui confirma que c'était possible. Que la façon dont s'y prenait Magister pouvait fonctionner, même s'il était vraiment dommage que lui, Mourmur, ne puisse pas mettre la main sur le parchemin détruit par les Omoisiens et qui avait déclenché l'Invasion Fantôme.

— Alors ? fit Magister, impatient, une fois leur transaction terminée. Où se trouve-t-elle ? Où est la véritable Selena Duncan ?

— Mais exactement à l'endroit d'où elle n'est jamais partie, répondit la Reine Noire avant de couper la communication sur les mots qui pétrifièrent Magister, en OutreMonde !

La vampyr Selenba était contente de passer du temps avec Selena. À son immense surprise, si Selena l'adulte lui donnait des envies de meurtre, en revanche, Selena l'enfant était tout simplement adorable. Selenba savait qu'elle s'était condamnée à n'avoir pas de descendants en devenant une Buveuse de Sang humain, car le sang des hommes rendait les vampyrs stériles, même s'il leur conférait en même temps une grande puissance physique et psychique. Sans qu'elle s'en rende compte, l'amour maternel qu'elle aurait pu éprouver finit par se manifester. Parce que Selena était une source de joie et d'amusement. Elle adorait jouer, était capable de babiller pendant des heures et son innocence était un baume sur la douleur de la vampyr.

Très vite, elle parvint à voir la petite fille sous le corps de la femme, au point qu'elle était parfois surprise, lorsque Selena se levait, de la trouver si grande.

Aussi, quand Magister arriva, bouillonnant de rage, après sa conversation avec la Reine Noire, Selenba se mit instinctivement devant Selena.

— Qui es-tu ? hurla Magister. Sors de ce corps, ce n'est pas le tien !

Selena éclata en sanglots. La vampyr jeta un regard furieux vers Magister.

— Mais qu'est-ce qui te prend ?

Si la vampyr affectait de vouvoyer son maître devant les gens, dans l'intimité, elle préférait le tutoiement.

— Ce n'est pas Selena ! éructa Magister. Je me suis fait rouler ! Je ne sais pas qui c'est, mais je vais égorger ce corps et l'en faire sortir en deux secondes !

Selenba écarquilla ses yeux rouges. Et sous l'émotion, en revint au vouvoiement.

— Vous voulez égorger Selena ?

Magister sembla revenir à un peu de raison.

— Non, je ne veux pas faire de mal à son corps. Je veux juste que l'imposteur qui se trouve dedans en sorte (il rugit de nouveau) MAINTENANT !

La petite sursauta et pleura de plus belle. Puis elle releva son visage rougi vers Magister et fit quelque chose de tout à fait inattendu.

Elle se transforma.

En loup-garou.

Avant que Magister n'ait le temps de réagir, elle lui avait sauté à la gorge. Seul un instinct de survie inouï lui fit mettre son bras entre sa gorge et la gueule bavante pleine de crocs qui se planta dedans, lui arrachant un hurlement de douleur.

L'instant d'après, le corps de la louve valsait de l'autre côté de la pièce. Avant qu'il n'ait le temps de lui faire du mal, Selenba les avait séparés.

Contrairement à ce que pensait Magister, ce n'était pas pour le sauver qu'elle avait agi ainsi. Même si elle ne doutait pas un instant du courage de la petite fille, elle n'était tout simplement pas de taille face à la puissance du maître des sangraves. Et si Selenba voulait que le corps de Selena soit détruit, elle ne voulait pas que l'esprit fantôme de la petite fille en souffre.

— Sors de ce corps, petite, ordonna-t-elle gentiment. La récréation est terminée, tu dois retourner chez toi maintenant, allez, dépêche-toi !

Soudain, le corps velu de Selena s'affaissa et ils virent distinctement l'esprit d'une petite fille blonde en sortir. Une petite fille qui ne ressemblait en rien à Selena.

Le fantôme tira la langue à Magister.

— Vilain, vilain !

Puis elle sourit à Selenba qui avait été gentille avec lui et disparut. Elle s'était bien amusée, il était temps de retourner en OutreMonde. Et puis le monsieur était vraiment trop méchant.

Paniqué, le bras en sang, Magister incanta et le corps de Selena lévita, soudain enserré dans un carcan de cristaux et de machines qui firent repartir son cœur et ses poumons. De justesse.

Magister crispa les poings – enfin le seul poing qu'il pouvait crisper, vu que l'autre ne répondait plus à ses ordres.

Ils étaient revenus à la case départ.

La voix de Selenba derrière lui le fit se retourner, tandis que la vampyr incantait un Reparus, apaisant la blessure.

— Elle ne veut pas de vous, reprit la jeune femme une fois l'incantation terminée (même si elle savait que Magister n'aimait pas lorsqu'elle incantait alors qu'elle n'était pas censée en avoir besoin). Elle ne veut pas de vous au point d'avoir envoyé une petite fille de six ans juste pour vous rendre fou. Et elle y a réussi. Mon sombre Seigneur, même si vous parvenez à la faire revenir, que croyez-vous qu'il va se passer ?

— Elle m'aimera, fit Magister d'une voix ferme.

— Non, elle ne vous aimera pas parce qu'elle tentera de retourner en OutreMonde à la moindre occasion. Et vous ne pourrez tout simplement pas l'en empêcher. Vous le savez, je le sais. Il sera impossible de la surveiller vingt-six heures sur vingt-six. Il lui suffira de se trancher la gorge, de se noyer, elle trouvera un moyen.

Le masque de Magister s'éclaircit, puis, à l'immense surprise de Selenba, il éclata de rire.

— Sombre Seigneur ? Vous allez bien ?

Magister finit par répondre, un peu essoufflé par sa crise de fou rire.

— Non, mais tu as vu comment elle m'a eu ! Cette petite doit s'appeler Selena, exactement comme elle. Elle l'a envoyée et moi je n'ai rien compris. Ah, cette femme est vraiment admirable. Mais tu as oublié un léger détail à propos de Selena, détail qui m'est venu à l'esprit il y a quelques minutes, quand la petite a failli m'arracher la tête.

— Lequel ? demanda patiemment la vampyr.

— Selena est un loup-garou, martela-t-il en s'amusant de la situation. Quasiment immortelle. Elle se tranchera la gorge et celle-ci se refermera. Elle se noiera et ses poumons se régénéreront, les blessures ne pourront pas l'affecter. Alors, à moins que je ne sois vraiment pas très doué, elle ne pourra pas se détruire et retourner dans l'OutreMonde.

Il se frotta les mains. Tout ceci devenait vraiment amusant.

La Porte Vivante se referma sur le corps de Selena qui le suivait docilement en flottant derrière lui, enkystée dans son cocon de cristaux. Selenba siffla de colère et frappa une pauvre table qui ne lui avait rien fait. La table partit en morceaux, Selenba attrapa les pieds et les lança avec une telle force dans le mur qu'ils s'enfoncèrent dans le mortier, les uns en dessous des autres.

— Imbécile ! grogna-t-elle en s'adressant à la porte close, qu'est-ce que tu crois ? Elle a appris avec toi, à force de te voir agir, tu lui as enseigné à être aussi maligne, aussi tordue que toi. Il y a quelques années encore, jamais elle n'aurait envoyé l'esprit d'un enfant pour te tromper. Mais là, je parie qu'elle n'a pas hésité.

Et la vampyr prit conscience que, pour la première fois depuis qu'elle la connaissait, elle éprouvait un autre sentiment que la haine pour la belle Selena.

Une certaine forme d'admiration.

30

Manitou

ou comment changer le monde juste
avec une jolie boule de cristal.

Manitou avait réussi à s'enfuir. Être un chien pouvait représenter quelques avantages. On ne faisait pas attention à lui et, s'il était discret, il pouvait même entendre des tas de choses destinées à d'autres oreilles que les siennes. Horrifié, il avait assisté à la transformation des amis de Tara, tapi sous la table. L'avantage de la magie maléfique, c'était qu'elle avait même réussi à terroriser les gardes qui s'étaient détournés, se cachant les yeux. Du coup, il avait pu se faufiler entre les jambes de celui qui bouchait la porte. Cela dit, il conservait la sensation persistante que le garde qui l'avait laissé passer lui avait fait un clin d'œil au passage.

Une fois dehors, il s'était rendu compte qu'il n'était pas le seul rescapé de la catastrophe. La Pierre Vivante avait purement et simplement brisé la fenêtre pour s'échapper. Maintenant, navrée, elle pleurait la mort de son amie en flottant au-dessus du chien tandis qu'il s'enfuyait de toute la vitesse de ses quatre pattes.

— Bon sang ! grogna-t-il au bout d'une demi-douzaine de rues, totalement essoufflé, ralentissant une fois sûr qu'ils étaient assez loin de la psychopathe. Je crois bien que je vais finir par devoir me mettre au régime !

— Gros chien, joli chien, gentil Manitou, confirma la Pierre Vivante sans le moindre tact.

— Hum, tu aurais au moins pu retirer le gros avant le chien, mais je ne t'en veux pas. Bon, tu as une idée de ce qu'il faut faire pour vaincre cette saloperie de Reine Noire ?

Le labrador jurait rarement. Il estimait que les jurons étaient le signe du déclin des civilisations et le propre des hordes barbares qui ignoraient autant l'usage de la politesse que celui du savon. Mais là, il éprouvait vraiment le besoin de dire quelques gros mots. La Pierre Vivante réfléchit un instant tandis qu'ils continuaient de s'éloigner dans les rues silencieuses. Puis la Pierre, dont les deux fonctions majeures étaient de donner du pouvoir à Tara et de servir de téléphone, proposa :

— Appeler jolie Tara ? Pour savoir comment tuer saloperie de Reine Noire ?

Il y eut un instant de silence tandis que le labrador réfléchissait à ce que venait de dire la Pierre. Et qui était loin d'être idiot.

— Ne dis pas de gros mots, grogna-t-il avec la plus parfaite mauvaise foi. C'est une foutue bonne idée. À part Magister ou les dragons, personne d'autre n'a autant d'expérience qu'elle de la magie démoniaque. Elle saura certainement quoi faire. Il va falloir qu'on l'appelle en OutreMonde et la seule personne qui va pouvoir nous permettre de faire cela se trouve ailleurs.

La Pierre Vivante était puissante, efficace, mais pas forcément super maligne.

— Ailleurs ?

— Oui, soupira Manitou, je n'arrive pas du tout à croire que je suis en train de dire cela, mais il va falloir que toi et moi, on pique un Livre parfaitement Interdit et que, ensuite, on aille dans les Limbes !

Tara rebondit sur la surface dure, courut à toute vitesse, fit un roulé-boulé et parvint à rattraper la balle de justesse, puis la renvoya d'un revers fulgurant. Rouge, soufflant et suant, son père laissa le projectile le dépasser avant d'avoir eu le temps de réagir. Le point s'afficha.

— Bouse de traduc ! jura-t-il, mais c'est quoi ces réflexes de panthère ? Tu es imbattable aujourd'hui !

Ils se trouvaient dans une grande salle de verre, modifiée pour leur partie de squash afin de pouvoir utiliser toutes les surfaces, y compris lors des phases sans gravité que Selena, malicieuse, leur imposait régulièrement.

Danviou jeta un regard sévère à Selena qui les observait avec amour de l'autre côté de la paroi, sirotant un cocktail, immuablement ravissante dans sa courte robe blanche qui dénudait ses longues jambes bronzées.

— Hum, grogna Danviou en se laissant tomber sur le banc, épuisé. Je crois que tu triches un peu, ma douce. Inutile d'aider ta fille, elle est bien assez forte pour me battre sans ton aide !

Selena leva un adorable sourcil.

— En fait, dit-elle en souriant, c'est toi que j'essayais d'aider.

— Maman ! protesta Tara, indignée, pendant qu'elle s'essuyait la figure après avoir bu au moins deux litres d'eau. Papa a failli avoir ma peau tellement il m'a fait courir. Si je ne savais pas qu'on ne peut pas mourir ici, je crois bien que j'aurais fait une crise cardiaque.

Danviou et Selena éclatèrent de rire devant le visage offusqué de Tara. La jeune fille se joignit à eux. Elle était en train de passer les meilleurs moments de son existence. Curieusement, il s'était déjà écoulé un mois entier dans cet univers. Un mois où ils avaient pu flâner, visiter les innombrables autres planètes, dont une entièrement composée d'un immense parc d'attractions, s'amuser, discuter, rattraper tout le temps qu'ils n'avaient pas passé ensemble. Tara n'avait pas, et de loin, encore épuisé toutes les merveilles de cet incroyable endroit, mais de temps en temps lui venait une insidieuse question. Que se passait-il lorsqu'on avait fait tout ce qu'il y avait à faire ? Comment les gens s'occupaient-ils au bout de centaines d'années de perpétuelles vacances sans aucune obligation ? Au début, comme pour elle, cela devait être génial. Mais elle se doutait bien que, au bout d'un moment, elle allait commencer à trouver le temps long. Enfin, pour l'instant, elle venait de disputer une partie d'enfer avec son père et elle avait adoré ça.

Elle ouvrait la bouche pour taquiner Danviou, quand soudain, poignardée par une douleur atroce, elle se plia en deux. Danviou aurait pu croire qu'elle faisait semblant, mais Selena se plia en même temps en criant de douleur.

— Quoi ? Quoi ? Que se passe-t-il ? hurla-t-il, en proie à une totale confusion.

— Papa ! hurla Tara.

Et elle disparut.

— Danviou, hurla à son tour Selena qui comprit immédiatement ce qui se passait, aide-moi !

Il s'accrocha à Selena. L'esprit de la ravissante jeune femme avait déjà vécu cela, quand Magister avait tenté de la faire revenir. Mais, à ce moment-là, ils étaient prêts. Ils avaient trouvé une solution, remplacer Selena par une autre Selena. Trop occupés à jouir de leur vie avec leur fille retrouvée, Danviou et Selena n'avaient pas remarqué que mini-Selena était revenue. La mère de Tara comprit qu'ils avaient commis une terrible erreur, car l'attraction devenait irrésistible. Elle lutta, lutta de toutes ses forces avec son mari, mais rien n'y fit. C'était bien trop puissant.

Et, désespéré, Danviou vit la femme qu'il aimait se dissoudre avant de disparaître.

Le cri de douleur qu'il poussa ébranla leur univers.

Lorsque Tara se rematérialisa, la situation fut extrêmement confuse pour elle. Elle sentit que son cœur battait, qu'elle respirait, de longs cheveux noirs ruisselaient sur sa main br... Ehhh, une minute. De longs cheveux noirs ?

En face d'elle, il y avait un miroir qui reflétait une parfaite étrangère à la peau dorée, aux grands yeux bleu-gris et aux longs cheveux noirs. Pas tout à fait sûre, elle leva les deux bras et l'image fit de même. Elle baissa un bras et l'image l'imita. OK, elle n'était clairement pas dans son corps, ou alors c'était une illusion vraiment très réussie. Éberluée, désorientée, elle ouvrit de grands yeux face à l'étrange assemblée qui l'entourait.

Puis son cœur se serra de peur lorsqu'elle reconnut celui qui se penchait sur elle, ses magnifiques yeux verts la regardant avec tendresse.

— Ma belle Tara, jamais je n'aurais cru que nous nous reverrions dans de semblables circonstances !

— Archange ?

Alors là, c'était la cata. Que se passait-il ? La vieille peur familière qu'elle avait commencé à oublier en OutreMonde la prit aux tripes. Enfin, prit les tripes de ce corps inconnu.

Le roi des démons eut un sourire délicat.

— Ah ! heureux de voir que tu me reconnais.

Tara évita le très sarcastique « je suis morte, pas débile ni amnésique » et ne prononça pas non plus le très classique « mais où suis-je » parce qu'elle savait très bien où elle se trouvait. Dans les Limbes. Sauf qu'elle ne s'attendait vraiment pas à ce que son arrière-grand-père et la Pierre Vivante y soient aussi.

Le gros labrador noir monta sur le lit et lui fourra une truffe humide dans le cou.

— Par mes ancêtres, Tara ! J'ai eu tellement peur ! Il fallait qu'on arrive à te contacter. Tu es la seule à pouvoir l'arrêter sans que tout le monde meure au passage !

— Me contac... mais qu'est-ce que tu as fait, grand-père ?

Manitou planta ses beaux yeux bruns dans les nouveaux yeux bleu-gris de Tara.

— Nous avons utilisé le Livre Interdit pour revenir ici (il désigna sa queue toute roussie) et, crois-moi, nous avons eu chaud. Bref, j'ai demandé à Archange d'interférer auprès du Juge. Je voulais qu'il me laisse te parler afin que tu nous donnes une solution pour venir à bout de la Reine Noire. Mais quand nous nous sommes retrouvés, la Pierre Vivante et moi, devant sa statue d'obsidienne, il a dit que cela ne servirait à rien de te parler, parce que tu ne pourrais agir qu'en étant face à la Reine, pas à partir d'OutreMonde.

Le labrador déglutit et machinalement Tara le caressa.

— À partir de là, les choses sont devenues un peu confuses, jusqu'au moment où j'ai compris qu'il proposait de te faire revenir, afin de laisser ton esprit régler son compte à la Reine Noire. Hélas ! (il jeta un regard désolé vers Archange) le Juge a précisé qu'il ne pouvait pas te permettre de rentrer pour toujours. Juste le temps de remplir cette mission. Archange a préparé un corps. Il... il a utilisé une démone qui a été gravement blessée et dont l'esprit a quitté le corps, mais pas au point qu'il soit irrécupérable. C'est là que tu te trouves en ce moment. Le Juge t'y a réincarnée.

À sa voix, cela n'avait pas eu l'air aussi facile. Tara se détailla dans le miroir. Elle était peut-être morte, mais elle n'en était pas moins coquette.

Comme tous les corps de démons, celui-ci était ravissant. Petite, délicate, sa nouvelle silhouette était bien éloignée de l'athlétique forme naturelle de Tara. En revanche, sa poitrine était... était bien là, ça oui. Elle rougit. Wow, c'était super bizarre comme sensation. Elle allait devoir changer de taille de soutien-gorge, **indéniablement**. Elle était vêtue d'un corset et d'un short court qui dévoilait un peu trop ses fesses rondes. Elle regretta que la changeline ne soit pas là pour le rallonger un peu.

Et, surtout, elle remarqua qu'elle se sentait dans une forme éblouissante, un peu comme si toute la chance, tout le bonheur de l'univers étaient à portée de main, pour peu qu'elle le veuille. Waaah, ils carburaient aux amphétamines, les démons, ou quoi ? Elle se sentait absurdement optimiste. Elle voulut se lever et fut aussi surprise que tout le monde quand son corps fit un bond énorme qui l'envoya valser jusqu'au fond de la pièce. Tara s'arrangea pour retomber sur ses pieds et se retourna, maîtrisant son équilibre, encore étonnée d'être entière.

— Oh, là, là ! fit-elle. Qu'est-ce qui s'est passé ? J'ai juste voulu me lever et je me suis retrouvée à six mètres !

Archange sourit. Il adorait lorsque Tara Duncan venait lui rendre visite. Il l'aurait bien gardée avec lui, mais, d'une part, avoir la Reine Noire sur le trône d'Omois ne l'arrangeait pas et, d'autre part, c'était de son autre corps qu'il était tombé amoureux. Celui-ci, tout joli qu'il soit, n'avait rien à voir.

— Votre force est bien plus grande, les muscles de nos corps ont été renforcés. Vous avez utilisé une impulsion trop puissante pour vous lever, raison pour laquelle vous avez bondi aussi loin.

Tara se mordit la lèvre. Finalement, c'était très bien qu'elle ait ce corps. Elle allait pouvoir mener quelques tests de résistance en douce. Elle rendit son sourire à Archange.

— Je vais vous renvoyer sur AutreMonde, tous les trois, fit gravement Archange. J'espère du fond du cœur que tu pourras vaincre cette horrible bonne femme. Si tu as besoin d'aide, tu sais ce que tu dois faire. Invoque-moi, et j'apparaîtrai tout de suite.

Lui dire qu'elle préférait mourir mille fois plutôt que de recourir à son aide ne sembla pas une bonne idée à Tara. Elle se contenta donc d'un unique « merci » prononcé timidement, mais qui sembla ravir le somptueux Archange. Elle le contempla du coin de l'œil. Il était incroyablement beau, avec ses grands yeux verts aux cils épais et sa magnifique chevelure d'un brun brillant, au point que, parfois, c'était presque difficile de le regarder. De tous les hommes qu'elle connaissait, Archange remportait la palme de la perfection, sans aucun doute. Elle soupira. Si ses ennemis devenaient aussi séduisants, la partie allait finir par être difficile à jouer.

Mais l'attirant démon tint parole. Le temps pour Tara de se remettre de sa réincorporation et il avait préparé ce dont il avait besoin pour les renvoyer. Il utilisa le sparidam, bien sûr, mais en évitant que la magie démoniaque n'incommode Tara.

Très gentil de sa part.

Ils se retrouvèrent dans la salle de transfert de Travier au Lancovit, là où Tara lui avait demandé de les envoyer. Elle ne savait pas quelle était la situation à Tingapour et n'avait pas l'intention de se jeter dans la gueule du loup.

Mais à peine avait-elle touché la pierre dorée du Château Vivant que son corps s'écroulait, sans vie, sous les yeux horrifiés de Manitou.

Raide mort.

Et quand, pour la seconde fois de la journée, Tara se rematérialisa, complètement perdue, elle réalisa qu'elle se trouvait de retour dans son corps d'origine.

Et face à la Reine Noire.

31

Le sacrifice

ou comment s'attirer des ennuis
alors qu'on passait juste dans le coin.

Tara avait mal au cœur et la tête qui lui tournait. Elle sentait que son corps était mal en point. Mais, au moins, c'était son corps et, même s'il était malade, c'était un sentiment très réconfortant que de le réintégrer, un peu comme lorsqu'on remet une bonne vieille paire de chaussures confortables, après avoir marché sur des stilettos de douze.

Elles étaient toutes les deux dans leur esprit, à l'intérieur de la maison/prison que la reine avait créée à l'intention de Tara. Mais, pour montrer son bon vouloir, la Reine Noire avait effacé la muraille qui entourait la maison d'un cercle infranchissable. À travers les grandes vitres, on n'apercevait rien d'autre qu'une plaine immense d'herbe bleue, traversée par le vent.

La Reine Noire était assise, en train de boire une tasse de thé, dans la bibliothèque. Et Tara ne comprenait plus rien. L'instant d'avant, elle était dans le corps d'une petite brune et maintenant elle était redevenue une grande blonde, enfin une grande brune, vu que la Reine Noire avait coloré leurs cheveux. Comment ? Sentant son interrogation, la Reine Noire se chargea d'éclairer sa lanterne :

— Tu m'as coûté la moitié des âmes de la Couronne de Drekus, ronchonna-t-elle en allongeant ses longues jambes gainées de fer noir. Je n'ai pas eu besoin de la détruire, heureusement, mais, à présent, il va vraiment falloir que je récupère les objets démoniaques que Mourmur a envoyés dans l'espace afin de réalimenter mon pouvoir (elle pointa un doigt vers Tara), et toi, ma petite, tu vas m'y aider.

— Vous avez utilisé la magie démoniaque pour me faire revenir ? murmura Tara. Mais comment ?

Son sous-entendu était clair. La Reine Noire n'avait pas la connaissance nécessaire à une action aussi ambitieuse. Mais celle-ci lui répondit clairement :

— Grâce à Magister.

Tara la regarda, tétanisée, et la Reine Noire lui sourit ironiquement.

— Lui et moi avons passé un accord. Je lui disais où se trouvait vraiment ta mère et, en échange, il m'expliquait comment je devais m'y prendre pour te faire revenir. (Elle grimaça.) Le seul point qu'il n'avait pas mentionné, c'était que ce serait aussi facile. Comme tu n'es pas morte depuis longtemps, ce corps t'a attirée comme de l'eau attire un poisson...

Tara s'assit à son tour. Dans leur esprit, la Reine Noire avait accès à une partie de ses pensées, mais pas à toutes. Elle devait donc rester calme. La raison pour laquelle la Reine Noire n'avait pas eu besoin du plein potentiel de sa magie noire, c'était parce que Tara était déjà incarnée. Mais Tara n'avait pas l'intention de lui dire qu'elle avait été aidée. Et encore moins par qui.

— Qu'attendez-vous de moi ?

La Reine Noire se leva brusquement, la faisant sursauter.

— Que tu sois mon alliée. Je ne suis pas allée te chercher au fin fond de l'univers pour que tu essaies encore de me détruire. Si tu acceptes, je laisserai tes humbles sujets tranquilles. Je ne m'attaquerai qu'aux ennemis d'Omois. Une fois la planète conquise, si tu ne veux pas, je n'attaquerai pas non plus la Terre. En revanche, si cela te convient, nous pourrions peut-être réfléchir à un plan pour nous débarrasser d'Archange et de ses légions. Ce petit démon sournois est un peu trop malin à mon goût...

Amusant. Les deux comptaient sur Tara pour se débarrasser de l'autre. Tara caressa un instant l'idée de les laisser s'entretuer, puis réalisa que cela prendrait trop de temps, sans compter que la Reine Noire comme Archange étaient sans doute assez rusés pour ne pas tomber dans ce genre de piège.

— Vous rendrez leur forme normale à mes amis ?

La reine haussa ses puissantes épaules.

— Oui, bien sûr ! Si cela peut te faire plaisir. Mais ne t'amuse pas à me tromper, ou je t'assure que tu le regretteras.

Tara réprima un ricanement. Qu'est-ce qu'elle pensait pouvoir lui faire de pire que de la tuer ? La Reine Noire comprit et décida d'être claire :

— Je commencerai par tuer ton familier, fit-elle d'une voix détachée, presque indifférente, ensuite je tuerai ceux de tes amis et je les laisserai s'enfoncer dans la folie et le regret. Puis, s'ils survivent, je les torturerai jusqu'à ce qu'ils appellent la mort de tous leurs vœux.

Elle se pencha sur Tara et planta ses yeux noirs dans les yeux bleu marine de la jeune fille.

— Et je ne la leur donnerai pas. Enfin, quand je mourrai – car si tu arrives à t'échapper de nouveau, je ne survivrai pas –, ils mourront avec moi. Et ce sera la fin.

Tara déglutit.

— D'accord, murmura-t-elle, d'accord, mais laissez-moi les voir. Je veux être sûre qu'ils vont bien.

La reine hocha la tête et, avant d'avoir réalisé ce qui se passait, Tara était au contrôle de leur corps. Mais elle ne possédait pas le contrôle total, car, contrairement à la dernière fois où elle avait réussi à la repousser dans le fond de son esprit, la jeune fille ne retrouva pas sa forme normale. Elle resta la Reine Noire.

Autour d'elle, la grande salle d'audience était vide de ses courtisans et de ses gardes. Seuls ses amis et Mourmur se trouvaient là. La Reine Noire lui indiqua ce qu'elle devait faire pour leur rendre leur forme normale.

— Je vais vous rendre votre apparence initiale, indiqua Tara, espérant du fond du cœur que ses amis comprendraient que c'était elle et non pas la Reine Noire.

Obéissants, ils se mirent tous à genoux, à part Sylver qui se contenta de s'allonger devant elle, soumis. Non, ils n'avaient pas compris. Pour eux, elle était morte et l'emprise du sort d'adoration de la reine était si forte qu'ils obéissaient à ses ordres sans discuter.

Sauf Cal.

— Ma reine, dit-il avec un sourire un peu dingue, je ne désire pas retrouver mon ancienne forme. Vous m'avez transformé, exactement comme vous vous êtes transformée. Et je désire garder cette forme. Elle me convient. Je vous en prie.

Tara voulut protester, mais la Reine Noire était trop contente que, en dépit de son ordre et du sort d'adoration, le jeune Voleur désire rester sous la forme qu'elle lui avait choisie. Tara n'eut pas le choix. Elle dut s'incliner et exclure Cal.

Avec dégoût, Tara puisa dans la couronne démoniaque et sa magie noire frappa, prenant Robin, Moineau, Fabrice, Sylver et Fafnir par surprise.

Quelques instants plus tard, ils se redressaient, un peu perdus, les familiers soudain délivrés de leur horrible soif de sang, à part Galant qui resta monstrueux. Robin regarda son torse nu et les chausses moulantes, les cuissardes, d'un air incrédule, tandis que Moineau incantait à toute vitesse pour se couvrir, car la Bête comme le loup-garou étaient nus. Tous furent délivrés du sort qui les contraignait à adorer la Reine Noire. Cela ne se fit pas sans douleur, pour les uns comme pour les autres, notamment Mourmur dont la tête redevint normale avec de terribles craquements, mais, quand leurs souffles heurtés s'apaisèrent, Tara put prendre la parole.

— Salut ! C'est moi !

Comme un seul homme, ils la fixèrent, n'en croyant pas leurs oreilles. Robin fut le premier à réaliser.

— Tara ?

— Yep !

— Elle a réussi à te faire revenir, gronda Cal en serrant les poings. C'est terrible !

— Tu n'es pas content de me voir, Cal ? s'exclama Tara, blessée.

— Son corps était en train de mourir, Tara, votre corps, plutôt. Ta puissance lui faisait défaut, la magie démoniaque ne suffisait pas à l'entretenir. Nous sentions son influence sur nous diminuer petit à petit. Mais ça, avoir réussi à te faire revenir, non, je ne dirais pas que c'est une bonne nouvelle.

— Ils ne t'aiment pas autant que tu le croyais ! insinua la Reine Noire dans son esprit.

Tara ne répondit pas. Elle cacha sa peine, même si elle sentait que la Reine Noire s'en repaissait comme un vautour.

— La Reine Noire m'a proposé un marché.

— Quel marché ? demanda Fabrice, encore pâle de douleur, que Cal aida à se redresser.

— Elle vous rend votre forme, elle ne touche pas à l'empire d'Omois et elle conquiert AutreMonde avant de s'en prendre aux démons. Elle ne touche pas à la Terre non plus.

Avant qu'elle n'ait le temps de développer plus avant ce que proposait la Reine Noire, Fabrice lança quelque chose sur elle. Cal savait que la Reine allait le surveiller, lui aussi. En le relevant, il avait passé un tricroc au jeune Terrien blond. La Reine Noire réagit bien plus vite que la jeune fille. Prenant le contrôle de leur corps, mais en laissant à Tara la possibilité de voir ce qui se passait dehors, elle matérialisa un bouclier impénétrable devant elle, avant de dégainer une longue lame noire, juste au moment ou le tricroc empoisonné ricochait sur le bouclier et tombait à terre.

Cal jura. Fabrice aussi.

— Cela, fit la Reine Noire à voix haute d'une voix satisfaite, c'est exactement la raison pour laquelle je ne voulais pas leur rendre leur libre arbitre. Et si tu penses que cela va t'aider, Tara, tu te trompes lourdement.

Mais ils étaient tous des combattants, pas de simples amis. En les libérant, la Reine Noire n'avait pas songé qu'elle n'avait pas ses gardes avec elle.

Les cinq avaient l'habitude de combattre ensemble et Sylver était probablement le plus grand guerrier d'AutreMonde. Fafnir et lui, Robin et Cal attaquèrent devant, tandis que la Bête et le loup-garou attaquaient par-derrière, afin de trancher les jarrets de leur proie et ainsi l'immobiliser. L'arc de Llillandril, heureux de retrouver son maître après avoir été coupé de son contact pendant des jours, se matérialisa et Robin décocha flèche sur flèche.

Tara tenta de maîtriser la Reine Noire afin de la paralyser suffisamment longtemps pour que ses amis puissent la blesser gravement, mais elle fut repoussée aussi facilement qu'un fétu de paille. Même avec la moitié de la couronne en moins, même affaiblie, la Reine Noire était incroyablement forte.

Les flèches de Robin rebondirent et l'arc de Llillandril, comprenant qu'il ne passerait pas les défenses, se transforma en une magnifique épée de keltril, le métal argenté le plus solide de l'univers. Du côté de Cal, ni ses tricrocs ni ses dagues ne parvinrent à franchir le bouclier de magie noire, pas plus que les sorts que les quatre balançaient à s'en éclater la gorge. Le loup et la Bête ne purent franchir les défenses de la Reine, mais durent reculer devant sa longue épée noire, que le sabre de sang de Sylver réussit de justesse à bloquer. Le combat devint féroce. La Reine réussit à blesser la Bête, déconcentrant Fabrice suffisamment longtemps pour parvenir à l'assommer. Le loup glissa sur le côté, du sang dégoulinant de son crâne fracassé. L'épée noire s'était enfoncée dans le ventre de Moineau et, sous la douleur, la jeune fille s'était évanouie, puis retransformée. Ne restaient que Fafnir, Cal et Robin. Mais déjà la Reine attaquait le demi-elfe et il faiblissait sous la violence inouïe de ses coups. Une passe rapide, son épée d'argent vola et, d'un revers de son coude ganté de fer, elle lui écrasa le visage, l'envoyant bouler contre un mur, où il resta immobile. Fafnir, en dépit de son immense habileté, ne put résister plus longtemps. Quand elle abaissa sa hache après avoir réussi à éviter l'épée noire, elle crut bien qu'elle allait réussir à trancher la main de la Reine. Mais celle-ci attrapa la lame à pleine paume.

C'était voulu. Le bouclier recouvrait aussi la main gantée de fer, et le mouvement de Fafnir fut stoppé net. La Reine utilisa la hache pour assommer la naine à son tour, puis la lança avec une telle violence sur Sylver qu'elle parvint à assommer le valeureux demi-dragon.

Ne restait plus que Cal.

Il regarda tout autour de lui. Ses amis avaient été défaits si facilement. Tara avait dû vouloir lutter pour prendre le contrôle, mais la Reine avait été rusée.

Elle ne les avait pas tués. Elle les avait tous épargnés. Ils étaient en mauvais état, mais c'était tout.

Il eut un sourire si triste qu'à l'intérieur de la Reine, Tara en frémit. Puis il prononça une phrase qui frappa Tara au plus profond d'elle-même :

— C'est pour toi, Tara, uniquement pour toi. Je t'aime.

Et avant que la Reine Noire n'ait pu l'en empêcher, il s'empala sur la longue lame noire. Droit dans le cœur.

— Non ! hurla la reine en dégageant son épée, mais trop tard.

— Nooooon ! hurla Tara en voyant le corps ensanglanté glisser à terre, sans vie.

Avant que la Reine Noire n'ait le temps de réagir, Tara, comme un feu furieux, comme une foudre vengeresse, détruisit d'une seule pensée la maison et transforma l'intérieur de leur esprit en une plaine infinie et glaciale où elle se tenait, vêtue de son armure dorée, une longue épée d'argent, exactement comme celle de Robin, à la main.

La Reine Noire comprit qu'elle n'avait pas le choix. Elle devait vaincre Tara. Avec la grâce inouïe des grands guerriers, elle attaqua. Elle avait reçu la même formation que la jeune fille. Elle savait donc à quel point il allait être difficile pour chacune d'entre elles de vaincre l'autre.

Mais Tara ne puisait pas ses forces dans la raison ou la technique. Elle les puisait dans la rage la plus absolue, la plus dévastatrice qu'elle ait ressentie depuis la mort de sa mère. Sans se préoccuper de se protéger, elle attaquait, attaquait sans cesse, bosselant l'armure noire de coups si violents qu'elle manquait de céder à chaque instant. C'est alors que la Reine Noire ressentit un étrange sentiment pour la première fois.

La peur.

Elle percevait que Tara était mue par quelque chose qu'elle ne comprenait pas. Par l'amour. Cet amour que la Reine Noire avait tenté, en vain, de recréer en obligeant les gens à l'adorer.

Son amour pour ses amis. Son amour pour Cal dont elle ne s'était pas rendu compte. Ou du moins trop tard. Cet amour qu'il lui rendait et qui l'avait fait se sacrifier, comme Tara s'était sacrifiée pour lui.

Pour eux.

Et ce fut cet amour fou, prodigieux, lumineux qui perdit la Reine Noire, car elle n'avait qu'une technique stérile, froide, incapable de résister au courage et à la passion brûlante de Tara. D'un mouvement parfait, la jeune fille blonde brisa les deux mains de la Reine Noire, la désarmant, et, d'un revers de lame, lui trancha la gorge.

La Reine Noire disparut de son esprit, aussi parfaitement que si elle n'avait jamais existé. À l'extérieur, la couronne de Drekus tomba de la chevelure de Tara lorsque celle-ci reprit le total contrôle de son corps. Aveuglée par la rage et la peine, Tara ne réfléchit pas et d'un jet de magie détruisit l'objet maléfique, qui disparut dans une énorme déflagration.

Tara appela encore plus de magie et reprit enfin sa force et sa forme normales, maintenant que le pouvoir affluait à flots. Avec une puissance incroyable, elle le libéra et toucha ses amis.

Ils ouvrirent les yeux, leurs blessures instantanément guéries, ne sachant pas très bien à quoi s'attendre, mais prêts à reprendre la lutte.

Et ce fut pour voir Tara, de grosses larmes coulant sur ses joues, tenant le corps de Cal atrocement immobile entre ses bras.

Ils formèrent un cercle autour d'elle, silencieux, mêlant leurs larmes aux siennes. Y compris Mourmur qui ne s'était pas joint au combat.

— Il s'est sacrifié, Tara, finit par dire Moineau, la voix brisée par le chagrin. Il savait que c'était le seul moyen. La seule chose qui allait te donner la force de la combattre. Il s'est sacrifié pour nous.

Tara releva ses yeux brûlants de peine vers la jeune fille.

— Il est mort ! Il est mort ! Je ne voulais pas… Il a refusé de se reprendre sa forme normale, il a dit qu'il voulait rester comme elle, comme la Reine Noire, et puis il l'a attaquée ! Il voulait qu'elle le tue ! Pourquoi ? Pourquoi ?

Soudain, Robin sursauta.

— Quoi ? Répète ce que tu viens de dire, Tara.

— Qu'il a attaqué la R…

— Non, tu as dit qu'il était resté sous sa forme démoniaque ! Bon sang ! Envoie un Reparus, vite !

— Ça ne sert à rien, renifla Tara, j'ai vu l'épée s'enfoncer dans son cœur. J'ai mis trop de temps à vaincre la Reine Noire, il est mort !

— Par mes ancêtres, hurla Robin, vas-tu m'obéir pour une fois, bougre de tête de mule ! Envoie un Reparus, le plus puissant que tu puisses faire ! Et tant pis si tu guéris tout le palais en même temps, vas-y !

Tara ne discuta pas, fouaillée par l'urgence dans la voix du demi-elfe. Elle lança un Reparus d'une telle puissance qu'ils furent éblouis par le flash de magie.

Lorsqu'ils retrouvèrent la vue, Cal reposait encore dans les bras de Tara. Soudain, sa poitrine se souleva.

Et il ouvrit un œil gris.

Les hurlements de ses amis le firent grimacer.

— Wow, fit-il en portant une main faible à son oreille, ça va pas de hurler comme ça ?

— Bon sang, bon sang ! criait Robin, soulagé. Je le savais, je le savais, sacrée crapule, tu l'as bien eue ! Tu es le meilleur, Cal, tu es le meilleur !

Tara ne réalisait pas encore ce qui s'était passé.

— Mais... mais comment ? Je l'ai vue ! Je l'ai vue t'enfoncer l'épée droit dans le cœur !

— Pas dans le cœur, murmura Cal encore très faible. Pas dans le cœur.

— Mais si, protesta Tara, dans le...

Elle stoppa net. Revoyant la flèche de Robin plantée dans la poitrine de la Reine Noire. Celle-ci expliquant qu'elle avait déplacé son cœur afin de le rendre moins vulnérable. Puis se vantant d'avoir transformé les amis de Tara « comme elle ».

— Tu n'as pas voulu que je te retransforme. Ton cœur n'est plus au bon endroit, c'est ça ? Ce n'est pas ton cœur qu'elle a transpercé ? Mais alors, où est-il ?

— Planqué contre la colonne vertébrale, bien plus bas, entouré d'une plaque d'os qui le protège. D'ailleurs, si tu pouvais le remettre à sa place et me rendre ma forme normale, ce serait bien aussi.

Tara ne s'embarrassa pas d'incantation. Elle lança sa magie et sous leurs yeux Cal redevint Cal. Faible, épuisé, mais ce bon vieux Cal.

— Mais comment savais-tu que la Reine Noire l'oublierait ? Elle aurait pu expliquer à Tara qu'elle ne t'avait pas tué !

— Elles partageaient le même esprit, expliqua Cal qui trouvait que le sol était étonnamment confortable, surtout dans les bras de Tara. Je savais qu'en me croyant mort, la colère et le chagrin de Tara balaieraient l'esprit de la Reine Noire. Bon, cela dit, pour être franc, je n'étais pas sûr que cette lame noire maléfique n'allait pas me tuer quand même. J'ai eu beaucoup de chance.

— C'est exactement ce qui s'est passé, confirma Tara, se perdant dans les merveilleux yeux gris. Elle n'a pas eu le temps de me parler, je l'ai attaquée et attaquée sans relâche jusqu'à lui trancher la gorge.

— Oui, c'est sûr, à ce moment, c'était plus difficile pour elle de parler, persifla Fafnir en serrant la main de Sylver, accroupi à côté d'elle. Foutue Reine Noire. Si cela ne t'ennuie pas, Tara, j'aimerais bien que tu évites cette horrible bonne femme dorénavant. Me transformer en Géante ! Mais quelle impudence, quel toupet ! Elle a de la chance que tu lui aies tranché la gorge, parce que moi, je l'aurais découpée en petits morceaux !

— Elle ne reviendra pas, sourit la jeune fille, amusée par la véhémence de la naine. Jamais. Même si j'invoque la magie démoniaque, elle ne pourra plus jamais prendre le contrôle de mon esprit.

— À propos de magie démoniaque, fit remarquer Mourmur, il y a quelque chose que je voulais vous dire. Je vous ai laissés vous battre, parce que ce n'est pas la partie où je suis le plus fort, contrairement à mon ancienne femme Hadra et à la délicieuse commandante Heagle 5. Mais quand Tara, dans sa rage, a détruit la couronne de Drekus, j'ai pu vérifier sa théorie, qui avait été confirmée par le Juge, certes, mais devait néanmoins être certifiée.

Il les regarda, le visage grave, et leur montra une espèce de thermomètre plein de chiffres qui scintillaient.

— Tu avais raison, chère et courageuse petite. Les âmes démoniaques retournent bien dans les Limbes lorsque les Objets sont détruits !

32

Selena

ou comment se sentir d'une humeur de chien.

Pendant que sa fille luttait contre la Reine Noire, Selena se retrouva dans son corps, dans la Forteresse Grise de Magister. Son ennemi se tenait juste devant elle, l'air anxieux, comme s'il attendait un cadeau de Noël, mais ne savait pas très bien si ses parents lui avaient choisi un petit train complet avec cinquante mètres de rails en boucle, ou la méthode d'apprentissage du tricot en dix leçons.

Elle ne perdit pas de temps à lui hurler dessus. Hurler sur Magister ne servait pas à grand-chose, vu qu'il n'écoutait absolument pas ce qu'on lui disait.

Elle se transforma.

Lui sauta dessus.

Et eut la surprise de sa vie.

Car, alors qu'elle cherchait à atteindre sa gorge, il fit exactement comme elle. Il se transforma. En loup-garou.

Cela l'arrêta net. Elle reprit sa forme normale et le considéra avec méfiance.

— Mais qu'est-ce que...

Il se retransforma aussi, l'interrompant. Elle n'en croyait pas ses yeux.

— Tu es allé te faire mordre ? Pour être comme moi ? Mais dans quel enfer putride je vais devoir aller pour te convaincre que je ne veux pas de toi !

— C'est toi qui m'as mordu, mon aimée, s'exclama Magister, d'un ton un peu trop joyeux au goût de la jeune femme. Et tu m'as guéri !

— Quoi ?

— J'ai été torturé par les dragons. Si violemment, si profondément que je n'arrivais pas à m'en remettre. Et puis tu es venue et j'ai commencé à guérir, comme si mon amour pour toi pansait mes plaies, lentement, sûrement. Puis tu es repartie et j'ai recommencé à faiblir. Enfin, la petite que tu as envoyée à ta place était furieuse contre moi. Elle m'a mordu.

Il tendit son bras avec émerveillement.

— Si on m'avait dit que cela était le remède à mes souffrances, bon sang, mais je me serais fait mordre depuis longtemps !

Il releva la tête, le masque bleu de son émerveillement.

— Tu m'as sauvé ! **Tu m'as** guéri ! Je t'aime plus que tout ! Je suis plus fort que jamais ! Regarde, je suis en pleine forme !

— Je suis bien contente pour toi, grogna Selena qui n'en pensait pas un mot. Mais moi, je ne t'aime pas. Alors, si tu étais un gentil petit loup, et si tu me laissais repartir chez moi, en OutreMonde, auprès de mon mari, hein ? Ce serait formidable. Une récompense pour me remercier de t'avoir sauvé. Tu n'as pas une lame en argent quelque part ? Ça m'arrangerait.

Le masque se rembrunit.

— Non, gronda Magister, je ne te laisserai pas repartir. Tu es à moi, tu m'entends, à moi ! Pas à lui, le fantôme, Danviou, le planqué en OutreMonde !

Selena le regarda avec le plus total mépris. Elle n'arrivait pas à comprendre pourquoi elle avait craint cet homme pendant une si grande partie de sa vie.

— Je ne suis pas à toi, pas plus que je ne suis à lui ! Je ne suis qu'à moi.

Et elle se transforma et lui sauta dessus.

Très vite, alors qu'il était plus fort que Selena, Magister se retrouva à lutter pour sa vie. Ce qu'il ne savait pas, c'était que Danviou et Selena s'étaient doutés que, un jour ou l'autre, Selena devrait affronter Magister.

Alors, ils s'étaient entraînés. Danviou avait passé des mois d'OutreMonde – où le temps passait bien plus vite que sur AutreMonde – à faire de Selena une féroce guerrière. Ce qui lui permit de prendre le dessus, car, si Magister avait été mordu, ce n'était que récent. Il n'avait pas encore appris à se battre à la fois en tant que guerrier et en tant que loup-garou. Là où il aurait pu utiliser ses dents, il utilisait ses mains pour des prises inutiles, là ou il aurait dû brandir ses griffes, il tentait des clefs qui, au lieu d'immobiliser Selena, la laissaient glisser.

Et Selena, elle, y allait à fond, sans vergogne. Bientôt, Magister fut éclaboussé de sang et acculé dans un coin, tellement surpris et surclassé qu'il ne songea même pas à activer sa magie, persuadé que Selena ne le tuerait pas, quoi qu'il arrive.

Il avait tort. Elle s'apprêtait à l'égorger sans aucun remords, après lui avoir brisé les deux bras, lorsqu'une flèche d'argent traversa sa gorge. Puis son cœur.

Magister hurla, mais il était trop tard. Déjà, refusant de lutter, l'esprit de Selena s'élevait, passait devant celle qui venait de tirer, lui murmurant un « merci » reconnaissant, et disparaissait.

Magister ne put retirer les flèches d'argent du corps à cause de ses bras cassés et, enfin, selon ses souhaits, Selena mourut complètement.

Magister se mit à pleurer, toute honte bue, berçant le corps de Selena en dépit de la douleur de ses bras.

Selenba, car c'était elle qui avait tiré, se retira sur la pointe des pieds. Elle comprenait qu'il ne voulait pas de Reparus, comme si sa douleur était le tribut qu'il payait pour la mort de celle qu'il avait tant aimée. Et puis, maintenant qu'il était un garou, il allait sans doute guérir tout seul.

La magnifique vampyr eut un sourire sans joie.

Elle avait enfin obtenu ce qu'elle désirait.

Enfin presque.

Elle n'aimait pas les chiens.

33

Fafnir

*ou comment faire passer en douceur un chaton
démoniaque et un petit ami demi-dragon
auprès de gens qui détestent la magie et les dragons...*

Fafnir se tenait, très droite, devant les sages de sa famille. Ils étaient tous là, les vieux nains Forgeafeux. Son père et sa mère, bien entendu, mais aussi ses oncles, tantes, cousins, neveux, grands-parents, ancêtres (les nains pouvaient vivre très vieux s'ils en avaient envie). Bref, il devait y avoir au moins cinq cents personnes devant elle.

Sur son épaule, Bel, son chaton rose démoniaque.

À ses côtés, horriblement mal à l'aise, Sylver, son petit ami mi-humain, mi-dragon, mais qui se prenait pour un nain. Vu qu'il mesurait un bon mètre quatre-vingts et qu'il irradiait comme une étoile à cause de ses microécailles, Fafnir pouvait concevoir que ce dernier point ne soit pas si évident pour ses parents. Même si Sylver portait fièrement le sabre de Sang des Impitoyables.

Derrière eux, tout le magicgang qui avait tenu à l'accompagner, ce qui lui avait fait chaud au cœur. Cal n'était pas encore tout à fait remis de sa terrible blessure et était donc confortablement assis sur un moelleux tapis volant, profitant à fond des derniers instants où il pouvait se faire cajoler par les filles.

Grâce à leur présence à tous, Fafnir se sentait soutenue. Surtout lorsque, négligemment, Tara avait allumé le feu de ses mains, quand certains nains avaient refusé de se rendre à l'assemblée. Curieusement, cela avait fini par convaincre les plus réfractaires.

— Je vous présente l'élu de mon cœur, dit fièrement Fafnir, et Belzébuth, mon familier, avec qui je me suis liée dans les Limbes démoniaques.

Tara fit une petite grimace. Bon, Fafnir aurait pu passer sous silence l'origine de son familier.

Le silence se fit soudain plus pesant.

Puis une voix s'éleva. Une vieille voix, brisée par la poussière de roche et les lourdes années. Mais qui, n'ayant pas envie de se prendre une hache entre les deux yeux, évita d'avancer, préférant la protection anonyme de la foule.

— Et quelle est la lignée de ton élu ? demanda-t-elle posément.

Fafnir n'hésita pas :

— Sylver Claquétoile, fils de la Princesse Dragon, sœur du roi dragon Amavachirouchiva et du très puissant sortcelier, Magister. Dont on ne connaît pas l'identité. J'avoue que cela ne va pas être pratique, pratique, quand on va chanter les chants généalogiques[1], m'enfin bon, vu que les lignées des dragons remontent à la nuit des temps, juste avec celle d'Amavachirouchiva, ça va nous prendre une bonne semaine. Ça compensera.

— Claquétoile, c'est un nom nain, ça.

— Mon élu a été élevé par le clan Claquétoile. Sa mère dragon, Amavachirouchiva, avant de mourir, a demandé à ce qu'il soit confié à ceux chez qui jamais ses ennemis ne chercheraient. Les puissants clans nains, les meilleurs guerriers au monde pour protéger la vie de son enfant.

Et hop ! un peu de flatterie pour amadouer ces têtes de crouiiiks.

Si cela était encore possible, le silence s'appesantit un peu plus. Puis fut brisé par une voix nettement plus jeune et moins protocolaire.

— L'élu de ton cœur est un mi-dragon ? Tu rigoles ?

Sylver se crispa. Il sentait que Fafnir était en train de s'énerver. Elle était à ses yeux la plus belle, la plus fantas-

---

1. Les nains chantent de très longs chants, notamment en célébrant les faits les plus illustres de leurs ancêtres. Chaque nain connaît précisément la totalité de sa lignée. Ce qui explique aussi pourquoi tant de familles naines sont fâchées les unes avec les autres depuis des siècles, parce que les hauts faits des uns sont souvent les défaites des autres… Sur Terre, on soupçonne fortement les Corses d'avoir du sang nain dans les veines, vu la longueur de leurs vendettas.

tique des jeunes femmes, mais il devait reconnaître qu'elle avait vraiment un fichu caractère. Il soupira. Il ne pouvait pas la laisser se battre pour lui. Elle serait bannie et Sylver savait que cela la peinerait de ne plus pouvoir revenir à Hymlia.

Il laissa donc ses écailles pointer légèrement, ce qui l'épaissit sans que les nains puissent détecter la moindre utilisation de la magie, dégaina son sabre très, très posément, faisant volontairement crisser le cuir renforcé de fer du fourreau, ce qui fit tressaillir les nains, et déclara, lorsque la lame fut au clair :

— Selon la coutume naine, si l'un des prétendants de la belle Fafnir désire s'opposer à notre union, qu'il se présente devant moi et nous combattrons pour le cœur de notre élue.

Cette fois-ci, le silence se fit pensif.

— Tu te battrais pour ma fille ? finit par dire Bellir Forgeafeux, la mère de la jeune naine.

— Sans hésiter.

— Tu sais que nous n'aimons guère la magie, par ici, dit Tapdur Forgeafeux, le père de Fafnir, évitant de préciser qu'ils n'aimaient pas plus les dragons.

— Je sais, maître de Forge, répondit Sylver, montrant ainsi qu'il savait comment saluer correctement le chef des nains. Je ne l'aime pas non plus. Je ne l'utilise pas. Foutue magie.

Cette fois-ci, le silence fut approbateur. À la fois parce que le jeune mi-dragon n'avait pas hésité (ils aimèrent beaucoup son « foutue magie », l'une de leurs injures préférées), parce qu'il avait un très long sabre, et aussi parce qu'il était bien élevé et poli. Les nains étaient très exigeants sur la politesse. Vivre dans les mines créait une véritable promiscuité et la politesse était indispensable lorsqu'on maniait des outils dangereux dans un tout petit espace, à longueur de journée.

Tara, comme le magicgang, s'attendait à une bonne bagarre, vu que les nains ne crachaient pas sur tout ce qui pouvait mettre un peu d'animation. Mais Fafnir avait la réputation d'être une redoutable guerrière et, vu la façon dont elle agrippait ses haches, sans oublier, encore, que le garçon avait vraiment un très grand sabre et semblait très bien savoir comment s'en servir, les velléités disparurent très rapidement.

— Alors ? fit Fafnir, les faisant sursauter. Quel est le verdict ? Suis-je autorisée à épouser l'élu de mon cœur... enfin, quand nous aurons décidé de nous marier, ce qui n'est pas encore à l'ordre du jour ?

Cette astuce, c'était Moineau qui la lui avait soufflée.

— Ils se diront que tu auras tout le temps de changer d'avis si tu n'épouses pas Sylver tout de suite. Ça leur fera passer le chat démoniaque et la magie si tu les rassures sur ce point. Avoir un demi-dragon parmi eux, c'est tout de même un rude choc culturel. Si c'est avoir « potentiellement et avec un peu de chance pas du tout » un demi-dragon, cela va tout changer à leurs yeux. Même si je pense qu'ils vont t'envoyer des dizaines de prétendants dans les mois qui viennent afin de t'éloigner de Sylver, il te suffira d'en assommer quelques-uns pour qu'ils te fichent la paix.

Moineau avait été élevée parmi les nains, elle les connaissait bien. Elle vit les visages ridés réfléchir, puis s'éclairer alors qu'ils réalisaient l'ouverture que leur laissait Fafnir. Moineau sourit. La naine rousse venait de gagner.

Et s'apprêtait à sérieusement décevoir les nains, parce qu'elle avait la ferme intention d'épouser Sylver.

Un jour.

Bellir et Tapdur se levèrent. Puis ordonnèrent à Sylver de s'agenouiller, ce qu'il fit après avoir nourri son sabre d'un peu de son sang (cela aussi les impressionna beaucoup, il faut dire que le sabre était une véritable œuvre d'art de forgeron et que les nains adoraient le travail bien fait). Les parents de Fafnir posèrent alors leurs mains sur chaque épaule de Sylver et dirent à l'unisson : « Nous t'acceptons. »

Folle de joie, Fafnir s'envola, atterrit dans les bras de Sylver et l'embrassa avec fougue.

Les deux s'évanouirent.

Un immense silence tomba. Cela, plus que tous les discours du monde, termina de convaincre les nains que Sylver pouvait bien, potentiellement, être l'un d'entre eux. Même s'ils se seraient fait arracher la barbe plutôt que de l'avouer.

La fête commença alors vraiment. Les nains ne chantaient pas très juste et aimaient pas mal la bière. Ces deux faits additionnés décidèrent assez rapidement le magicgang à se munir de bouchons d'oreilles. À la suite de cela, les nains gardèrent la conviction que les jeunes amis de l'Héritière d'Omois étaient gentils mais un peu sourds.

En dehors de ces légers inconvénients, ce fut une fête mémorable. On ne pouvait pas dire que tous les nains étaient follement enthousiastes à l'idée d'accueillir un mi-dragon parmi eux, mais, lorsqu'ils réalisèrent que sous cette enveloppe mi-humaine, mi-dragon battait le cœur d'un vrai nain, l'accueil se fit enfin nettement plus chaleureux.

Sylver et Fafnir étaient fous de bonheur et c'était génial.

Soudain, alors qu'elle regardait deux nains s'embrasser et tomber dans les pommes, ce qui la fit rire, Tara sentit sa poche vibrer. C'était le bout d'obsidienne que lui avait rendu Mourmur. En dépit de l'explosion de sa machine, lorsque Mourmur avait voulu contacter le Juge pour la Reine Noire, la pierre dure n'avait pas été affectée.

Tara n'avait pas appelé OutreMonde, parce qu'elle savait que le Juge ne lui avait accordé que peu de temps avant qu'elle ne doive retourner là-bas et qu'elle ne voulait pas faire de la peine à ses amis. Aussi, ce fut avec une certaine appréhension qu'elle plaça le morceau de statue devant elle. Immédiatement et à sa grande joie, ce fut l'image de ses parents tendrement enlacés qui lui apparut.

— Papa ! maman ! s'exclama-t-elle. Tout va bien ?

Selena lui raconta tout ce qui s'était passé avec Magister.

— Je n'avais pas compris que tu hurlais parce que Magister était en train d'essayer de te réincarner, avoua Tara, dépitée. J'ai cru que tu hurlais parce que je disparaissais. Bon sang, quelle idiote j'ai été !

Selena lui expliqua alors comment elle avait réussi à revenir. Tara en resta bouche bée pendant quelques minutes.

— Magister est devenu un loup-garou, répéta-t-elle pour la troisième fois. Mais c'est complètement dingue ! Tu veux dire que tout cela l'a rendu plus fort ? Slurk !

Selena et Danviou hochèrent la tête, navrés.

— Ma chérie, fit soudain Danviou, nous ne pouvons pas rester très longtemps en ligne, car le Juge veut te parler.

Effectivement, l'image du Juge se superposa à celle de ses parents avant même que Danviou n'ait le temps de finir sa phrase.

— Je suppose qu'il faut que je rentre en OutreMonde ? fit Tara, la gorge serrée.

Le Juge eut l'air surpris, pour autant qu'une statue puisse avoir l'air surpris.

— AH BON ? POURQUOI ?

— Mais… mais je croyais que je n'avais le droit de revenir ici que le temps de ma mission ?

— ÇA, OUI, SI TU N'AVAIS PAS PU REPRENDRE TON VÉRITABLE CORPS ET VAINCRE LA REINE NOIRE. MAIS PUISQUE TU ES À NOUVEAU ENTIÈRE, ALORS MA LOI NE S'APPLIQUE PAS À TOI !

Derrière lui, les parents de Tara lui adressèrent un joyeux sourire.

— Nous sommes heureux que tu puisses passer encore du temps dans le monde réel, lui dit tendrement sa mère. Nous avons partagé de merveilleux moments avec toi, mais tu as encore toute ta vie à faire. Nous nous parlerons par le biais du Juge, nous te le promettons. Nous t'aimons, ma chérie, à très vite !

— HRMMM, HRMMM, fit le Juge avant de disparaître. J'ESPÈRE QUE JE NE TE REVERRAI PAS ICI AVANT DE LONGUES ANNÉES, JEUNE TARA !

Tara mit quelques minutes à digérer ce qu'elle venait d'apprendre. Elle avait bien fait de s'isoler un peu, ainsi personne ne saurait ce qui avait failli lui arriver.

Les festivités eurent alors d'autres couleurs pour elle. Elle put en profiter sans tristesse ni regrets et, lorsqu'ils regagnèrent tous le palais d'Omois, Tara se sentait la jeune fille la plus heureuse du monde.

Lisbeth était rentrée de Terre en compagnie de Various, et Mourmur, qui n'arrêtait pas de lui faire avaler des tas de choses dégoûtantes, disait qu'il allait trouver pourquoi elle était stérile, ce qui la remplissait de joie.

Après ce qui s'était passé avec la Reine Noire, Tara et Lisbeth avaient eu une longue conversation. L'Impératrice et la jeune fille étaient convenues que les choses devaient rester comme elles étaient avant, c'est-à-dire Lisbeth en Impératrice et Tara en Héritière. Mara lui sauta au cou lorsqu'elle apprit la nouvelle. Enfin, elle n'était plus Héritière, elle allait pouvoir se consacrer à ce qui lui tenait le plus à cœur… conquérir Cal. Jar ne dit rien, mais, depuis que sa sœur était morte puis ressuscitée, il la regardait avec une certaine circonspection prudente. Et avait laissé tomber ses tonitruantes déclarations comme quoi il allait un jour diriger Omois. Si c'était pour mourir pour un oui ou pour un non, le job lui plaisait soudain nettement moins.

Les Amazones furent déplacées sur d'autres missions, puisqu'il n'était plus nécessaire de garder la plaine. Les rebelles se virent proposer de venir sur AutreMonde et, si certains acceptèrent, beaucoup préfèrent rester sur place. Yong-Sun, lui, suivit sa petite amie à Omois. La jeune fille était fermement décidée à rattraper toutes les années où elle avait dû creuser ses propres toilettes dans le sol et cuisiner sur un feu de bois. Saluta, la vieille chef de clan, resta sur Terre. Des tas de tribus n'avaient pas encore pu bénéficier des changements et elle voulait être sûre que tout le monde serait au courant du choix qui leur était proposé.

Bien sûr, les sorts furent réparés. À terme, ils décidèrent que la plaine serait lentement évacuée de ses animaux comme de ses habitants, et que le temple retrouverait la paix de la mer sans être de nouveau le théâtre de bagarres et de terreur.

Les terrifiants Gardiens furent ravis d'avoir le droit de rester. Ils aimaient le poisson terrestre et n'avaient plus aucune obligation – les parfaites vacances, quoi.

Fabrice avait rompu définitivement avec Moineau. Ils s'étaient rendu compte qu'ils s'aimaient vraiment beaucoup, mais qu'ils n'étaient finalement peut-être pas faits l'un pour l'autre, d'autant que Fabrice était vraiment heureux d'habiter enfin sur une planète où rien ni personne n'avait envie de le dévorer. Et on voyait beaucoup Moineau avec le beau Jeremy Del'envir Bal Dregus. Les ragots allaient bon train sur le devenir du jeune couple, car tous ceux qui approchaient de l'Héritière étaient, bien sûr, suivis par les cristallistes. La famille Bal Dregus, déjà célèbre depuis son retour de captivité parmi les loups-garous, se retrouva donc au centre de l'actualité, ce qui ne lui déplut pas vraiment.

Cal avait soigneusement veillé à ne jamais rester seul avec Tara depuis la déclaration qu'il lui avait faite.

— Pour toi. Je t'aime.

Ils n'avaient été que deux à l'entendre, car, à part Mourmur, tous les autres étaient inconscients. Et cela pesait comme un énorme non-dit entre eux deux.

Aussi Tara fut-elle vraiment surprise lorsque le jeune Voleur arriva dans sa suite, l'air très agité, tenant deux mini-boules de cristal dans ses mains. Il était vêtu de sa tenue de Voleur Patenté, le visage maculé de crasse, comme s'il avait rampé dans des conduits étroits et sales, ses cheveux noirs ébouriffés et ses yeux gris écarquillés.

Tara était en train de discuter (ou plutôt d'écouter son monologue ininterrompu) avec Mourmur des charmes sans doute merveilleux de Heagle 5, qui se trouvait en permission sur AutreMonde, lorsque Cal les interrompit, au grand soulagement de la jeune fille.

Soulagement qui fut de très courte durée lorsqu'il dit d'un air catastrophé :

— Tara, tu dois voir ce que je viens de... d'emprunter à ta tante, parce qu'elle ne voulait pas que tu en aies connaissance et qu'elle veut répondre à ta place.

Il mit la première petite boule-message devant Tara et le cristal flotta, puis afficha une image.

Celle-ci fit presque tomber Tara par terre de saisissement. C'était une cristalléo d'Archange. Resplendissant dans un magnifique habit d'or et d'argent, il s'inclina devant Tara et dit :

— Je suis Archange, roi des démons des Limbes, et je demande la main de la Princesse Héritière de l'empire d'Omois Tara'tylanhnem au nom des Sept Planètes, puis-je, en unissant nos deux univers, faire le bonheur de nos peuples.

Tara en perdit la voix.

— Attends, attends, ça, c'était rien, fit Cal le visage sombre. Écoute le deuxième !

À la grande surprise de Tara, ce furent les écailles bleues bien connues de Maître Chem qui apparurent sur le message.

— Je suis Chemnashaovirodaintrachivu, déclara le grand dragon bleu en s'inclinant devant Tara. Et je demande la main de la Princesse Héritière Tara'tylanhnem au nom de mon peuple, puis-je, en unissant nos deux races, faire le bonheur de nos peuples et assurer la puissance de notre souveraineté.

Tara, sonnée par le choc, ne put articuler qu'une seule chose :

— Mais ils sont dingues !

Fin

La suite dans : *Tara Duncan*, tome 10, *Le Mariage du siècle !* (Titre provisoire, qui peut changer, chers lecteurs...)

Précédemment
dans *Tara Duncan*

À la demande de nombreux fans qui aiment bien qu'on leur rappelle les événements des précédents livres (ben quoi ? un an entre chaque livre, ce n'est pas si long, hein !), voici donc un résumé de ce qui s'est passé dans les épisodes précédents. Et pour ceux qui n'ont pas encore lu les huit premiers livres : « Par le Charmus/Rigolus, que mes livres vous lisiez et que sur AutreMonde vous vous éclatiez ! »

Les Sortceliers
Tara Duncan est une sortcelière. Celle-qui-sait-lier les sorts. Elle s'aperçoit de ce léger détail (que sa grand-mère lui a soigneusement caché) lorsque Magister, l'homme au masque, tente de l'enlever en blessant gravement Isabella Duncan, sa grand-mère.

Elle découvre alors que sa mère, qu'elle pensait morte dans un accident biologique en Amazonie, est encore en vie. Tara part avec son meilleur ami terrien, Fabrice, sur AutreMonde, la planète magique, afin de retrouver et de délivrer Selena, sa mère, prisonnière de Magister.

Sur AutreMonde, elle se lie avec un Familier, un pégase de deux mètres au garrot, des ailes de quatre mètres (pas facile, facile à caser dans un appartement), et se fait un ennemi, Maître Dragosh, un terrifiant vampyr aux canines vraiment pointues.

Heureusement, elle rencontre également Caliban Dal Salan, un jeune Voleur qui s'entraîne au métier d'espion, Gloria Daavil dite « Moineau », Robin, un mystérieux sortcelier, qui très vite tombera amoureux de Tara, Maître Chem, un vieux dragon distrait, et enfin la naine Fafnir, sortcelière malgré elle, farouche ennemie de la magie et qui tente de s'en débarrasser.

Grâce à leur aide, enlevée par Magister, elle parvient à délivrer sa mère, affronte Magister et détruit le Trône de Silur, l'objet démoniaque confisqué par Demiderus aux démons des Limbes et que seuls ses descendants directs, Tara et l'Impératrice d'Omois, peuvent approcher et utiliser.

Avant de disparaître, Magister lui révèle que son père n'était autre que Danviou T'al Barmi Ab Santa Ab Maru, l'Imperator d'Omois disparu depuis quatorze ans. Elle est donc l'Héritière de l'empire d'Omois, le plus important empire humain sur AutreMonde.

Le Livre Interdit

Cal est accusé d'un meurtre qu'il n'a pas commis. Bien à contrecœur, Tara repart sur AutreMonde afin de découvrir qui accuse son ami et pourquoi. Les gnomes bleus délivrent Cal (qui ne leur a rien demandé, hein !), en faisant ainsi un fugitif aux yeux d'Omois (ce qui est une très mauvaise idée), afin qu'il les aide contre un monstrueux sortcelier qui les tient en esclavage.

Tara et ses amis n'ont d'autre solution que d'affronter ce sortcelier, car les gnomes bleus ont infecté Cal avec un t'sil, un ver mortel du désert. Ils n'ont que quelques jours pour le sauver. Une fois le sortcelier vaincu, avec l'aide de Fafnir, ils partent pour les Limbes grâce au Livre Interdit, afin d'innocenter Cal. Ce faisant, ils invoquent involontairement le fantôme du père de Tara, mais celui-ci ne peut rester avec sa fille, sous peine de déclencher la guerre avec les puissants démons. Une fois rentrés sur AutreMonde, Tara et ses amis doivent affronter une terrifiante menace.

En essayant de se débarrasser de la « maudite magie » (les nains ont la magie en horreur), Fafnir devient toute rouge. Non, non, pas de colère, mais parce que sa peau devient pourpre car elle a involontairement délivré le Ravageur d'Âme, qui conquiert toute la planète en quelques jours, en infectant les sortceliers et autres peuples.

Tara se transforme en dragon et, en s'alliant avec Magister, parvient à vaincre le Ravageur d'Âme. Une fois le Ravageur vaincu, elle abat Magister qui disparaît dans les Limbes démoniaques. Elle pense (en fait, elle espère très fort !) qu'il est mort. Entre-temps, l'Impératrice d'Omois, qui ne peut avoir d'enfants, a découvert que Tara était son Héritière et exige qu'elle vienne définitivement vivre sur AutreMonde.

Si Tara refuse, elle détruira la Terre.

Le Sceptre Maudit

Tara est amnésique. Après avoir affronté les armées d'Omois afin de garder son libre arbitre, elle s'est rendu compte qu'elle ne pourrait pas tuer d'innocents soldats juste pour rester sur Terre et accepte de vivre sur AutreMonde. Mais elle fait une overdose de magie, tant son pouvoir devient de plus en plus puissant et incontrôlable. Une fois sortie de son amnésie, elle retrouve son rôle d'Héritière d'Omois, et est la victime des farces dangereuses de deux jeunes enfants, Jar et Mara. Mais sa mère est victime d'un attentat et un zombie est assassiné (ce qui n'est pas facile, hein, essayez donc de tuer un type mort depuis des années !).

Tara est chargée de l'enquête, tandis que Magister attaque le Palais avec ses démons pour tenter d'enlever Tara encore une fois (complètement monomaniaque, ce type !). Heureusement, ils sont prévenus à temps par le Snuffy Rôdeur, qui s'est échappé des geôles de Magister. Folle de rage, l'Impératrice décide d'attaquer Magister dans son repaire et laisse l'empire entre les mains de son Premier ministre et de Tara. Hélas ! elle est capturée par Magister et Tara se retrouve, bien contre son gré, Impératrice par intérim (ce que, à quatorze ans, elle trouve très, mais alors très moyen comme situation).

Magister envoie son terrible Chasseur, ennemi de Tara, et ancienne fiancée de Maître Dragosh, Selenba, la vampyr, espionner Tara. Selenba prend l'apparence d'un proche de Tara et blesse gravement l'homme qui fait la cour à la mère de Tara, Bradford Medelus. Puis la magie disparaît et ils se rendent compte que Magister a, grâce à l'Impératrice, eu accès aux treize objets démoniaques, dont le Sceptre Maudit qui empêche les sortceliers d'utiliser leur pouvoir magique.

Coup de chance, les adolescents sont épargnés. Grâce aux Salterens, ils trouvent le collier de Sopor, objet qui permet de détruire le Sceptre. Involontairement capturés par Magister en combattant le Chasseur, ils délivrent l'Impératrice et détruisent le Sceptre. Magister attaque l'empire d'Omois avec des millions de démons, mais Moineau découvre à temps pourquoi le zombie a été assassiné, et Magister est vaincu.

Son armée est détruite. Robin va chercher Tara pour célébrer la victoire, mais à sa grande horreur la chambre de la jeune fille est vide.

L'Héritière a disparu.

Le Dragon Renégat

Tara s'est lancée à la recherche d'un document qui lui permettra de faire revenir son fantôme de père. Elle a laissé un mot, mais la démone chargée de le donner à l'Impératrice a oublié. Ses amis partent à sa recherche tandis qu'un mystérieux dragon assassine un savant dans un des laboratoires du Palais Impérial d'Omois. Puis lance un sort sur Tara. Elle devra se rendre à Stonehenge, où, depuis cinq mille ans, il a placé un terrible piège qui va détruire la Terre et tous ses habitants. Tara va-t-elle résister à sa propre magie dont la trop grande puissance risque de la consumer ?

Grâce à l'air d'Igor (petit, contrefait, a un cheveu sur la langue), à sa géante de femme (grande, solide, peut assommer un bœuf d'un seul coup de poing) et au fidèle Taragang, Tara parviendra à élucider l'énigme de la disparition de son grand-père, mais surtout à déjouer les plans du mystérieux dragon. Et lorsque Robin l'embrassera, enfin, et que l'Impératrice le bannira pour l'empêcher d'approcher son Héritière, Tara prendra une décision qui coûtera cher à l'une de ses meilleures amies…

Le Continent Interdit

Betty, l'amie terrienne de Tara, a été enlevée par Magister. Et Tara n'a toujours pas retrouvé sa magie. Or le Continent Interdit, où a été amenée Betty, est gardé par les dragons, qui refusent que Tara y mette le bout de l'orteil. Pour sauver son amie, elle n'aura pas le choix. Elle devra retrouver son puissant pouvoir, défier les dragons et dévoiler le terrifiant secret que cachent les gros reptiles volants. De plus, afin de compléter la liste des ingrédients destinés à réincarner son fantôme de père, Tara découvre que le seul endroit où pousse l'une des plantes, la fleur de Kalir, est justement le Continent Interdit. Avec l'aide toujours aussi précieuse de Robin, le beau demi-elfe dont elle est de plus en plus éprise, de la dangereuse elfe violette V'ala, de Fabrice le Terrien, de Moineau, la Bête du Lancovit, de Cal, le Voleur Patenté, et de

Fafnir, la redoutable naine guerrière, Tara va devoir faire face à l'ennemi le plus dangereux qu'elle ait jamais rencontré... la Reine Rouge et ses plans déments de conquête d'AutreMonde.

Tara Duncan dans le piège de Magister

Magister est dingue... amoureux de la mère de Tara. Au point qu'il tente de l'enlever. Folle de rage, Tara décide de se transformer en chasseur. Plus question de subir les attaques de son pire ennemi, désormais, c'est elle qui va le traquer. Elle part à la recherche d'objets de pouvoir démoniaques, les fameux « prototypes » ayant servi à fabriquer les originaux conservés par les gardiens. En soignant Selenba, la redoutable vampyr, Tara apprend à se transformer elle-même en véritable vampyr et vole l'anneau de Kraetovir. Mais les dragons préparent quelque chose et Tara et ses amis devront partir pour le Dranvouglispenchir et affronter celui qui se tapit dans l'ombre, Magister, et ses plans démoniaques.

Tara Duncan et l'invasion fantôme

En tentant de faire revenir son père d'OutreMonde, Tara libère une horde de fantômes qui possèdent tous les gouvernements d'AutreMonde. Sous ses yeux, son petit ami Robin meurt et elle n'est sauvée que par Xandiar. Après avoir voulu mourir par culpabilité et remords, elle est sortie de sa dépression avec l'aide de Cal et part à la recherche de la machine qui va permettre de détruire les fantômes. Mais Magister a appris qu'elle recherchait la machine et lance Fabrice, son nouveau disciple, et Selenba, son terrifiant Chasseur, à ses trousses. Tara devra donc affronter son ex-meilleur ami avec l'aide d'un étrange garçon à la peau lumineuse et dont la beauté lui fait perdre la tête.

L'Impératrice maléfique

Bannie sur Terre, Tara est coupée de toute sa vie passée. Aucune nouvelle de ses amis. Le jour de ses seize ans, des nouvelles terribles lui parviennent de son exil : sur AutreMonde, les sangraves de Magister mènent une attaque simultanée contre les États et les membres du magicgang. Mais Tara s'aperçoit que le coupable n'est pas Magister, c'est bien pire... Tara n'a pas le choix, elle doit retourner sur AutreMonde par n'importe quel moyen. Et le seul qu'elle trouve, c'est de traverser les Limbes démoniaques. Là, elle fait la connaissance d'Archange, le beau et inquiétant démon... Son plan est machiavélique : il a transformé les démons en hommes et en femmes des plus séduisants, bien décidé à profiter de la faiblesse des humains envers la beauté. Selena, la mère de Tara, est transformée en loup-garou puis meurt. Mais Magister refuse la fin tragique de son amour... Tara, paralysée par un morceau d'objet démoniaque qui s'est planté dans son dos, doit lutter pour la survie d'AutreMonde, car la trahison touche les plus hautes sphères du pouvoir !

Lexique détaillé
d'AutreMonde
(et d'Ailleurs)

L'ÉTONNANTE AUTREMONDE

AutreMonde est une planète sur laquelle la magie est très présente. D'une superficie d'environ une fois et demie celle de la Terre, AutreMonde effectue sa rotation autour de son soleil en 14 mois ; les jours y durent 26 heures et l'année compte 454 jours. Deux lunes satellites, Madix et Tadix, gravitent autour d'AutreMonde et provoquent d'importantes marées lors des équinoxes.

Les montagnes d'AutreMonde sont bien plus hautes que celles de la Terre, et les métaux qu'on y exploite sont parfois dangereux à extraire du fait des explosions magiques. Les mers sont moins importantes que sur Terre (il y a une proportion de 45 % de terre pour 55 % d'eau) et deux d'entre elles sont des mers d'eau douce.

La magie qui règne sur AutreMonde conditionne aussi bien la faune, la flore que le climat. Les saisons sont, de ce fait, très difficiles à prévoir (AutreMonde peut se retrouver en été sous un mètre de neige !). Pour une année dite « normale », il n'y a pas moins de sept saisons. Saisons d'AutreMonde : Kaillos saison 1 (temps très froid, pouvant aller jusqu'à – 30 à – 50 °C selon les régions d'AutreMonde), Botant saison 2 (début de la saison tempérée équivalant au printemps terrien), Trebo saison 3, Faitcho saison 4, Plucho saison 5, Moincho saison 6, Saltan (saison des pluies).

De nombreux peuples vivent sur AutreMonde, dont les principaux sont les humains, les nains, les géants, les trolls/ogres, les vampyrs, les gnomes, les lutins, les elfes, les licornes, les chimères, les Tatris, les Salterens et les dragons.

LES PAYS D'AUTREMONDE

Omois • Capitale : Tingapour. Emblème : le paon pourpre aux cent yeux d'or. Habitants : humains et divers. Omois est dirigé par l'Impératrice Lisbeth'tylanhnem T'al Barmi Ab Santa Ab Maru et son demi-frère l'Imperator Sandor T'al Barmi Ab March Ab Brevis. Il comporte environ 200 millions d'habitants. Il commerce avec les autres pays et entretient la plus grosse armée d'elfes à part celle de Selenda.

Lancovit • Capitale : Travia. Emblème : licorne blanche à corne dorée, dominée par le croissant de lune d'argent. Habitants : humains et divers. Le Lancovit est dirigé par le Roi Bear et sa femme Titania. Il possède environ 80 millions d'habitants. Le Lancovit est l'un des rares pays à accepter les vampyrs, avec qui le pays a noué des liens ancestraux.

Gandis • Capitale : Géopole. Emblème : mur de pierres « masksorts », surmonté du soleil d'AutreMonde. Gandis est dirigé par la puissante famille des Groars. C'est à Gandis que se trouvent l'île des Roses Noires et les Marais de la Désolation.

Hymlia • Capitale : Minat. Emblème : enclume et marteau de guerre sur fond de mine ouverte. Habitants : nains. Hymlia est dirigé par le Clan des Forgeafeux. Robustes, souvent aussi hauts que larges, les nains sont les mineurs et forgerons d'AutreMonde et ce sont également d'excellents métallurgistes et joailliers. Ils sont aussi connus pour leur très mauvais caractère, leur détestation de la magie et leur goût pour les chants longs et compliqués. Ils possèdent un don précieux, que curieusement ils ne considèrent pas comme de la magie, qui leur permet de passer à travers la pierre ou de la liquéfier à la main pour dégager leurs mines.

Krankar • Capitale : Kria. Emblème : arbre surmonté d'une massue. Habitants : trolls, ogres, orcs, gobelins. Les trolls sont énormes, poilus, verts avec d'énormes dents plates, et sont végétariens. Ils ont mauvaise réputation car, pour se nourrir, ils déciment les arbres (ce qui horripile les elfes), et ont tendance à perdre facilement patience, écrasant alors tout sur leur passage. Ceux des trolls qui avalent de la viande, par hasard ou volontairement se transforment en ogres, à longues dents et gros appétit. Ils sont alors chassés du Krankar et doivent vivre parmi les autres peuples, qui les acceptent... tant qu'ils ne leur servent pas de dîner. Certains d'entre eux refusent de partir et forment des bandes composées d'ogres, d'orcs et de gobelins qui rendent le Krankar peu sûr.

La Krasalvie • Capitale : Urla. Emblème : astrolabe surmonté d'une étoile et du symbole de l'infini (un huit couché). Habitants : vampyrs. Les vampyrs sont des sages. Patients et cultivés, ils passent la majeure partie de leur très longue existence en méditation et se consacrent à des activités mathématiques et astronomiques. Ils recherchent le sens de la vie. Se nourrissant uniquement de sang, ils élèvent du bétail : des brrraaas, des mooouuus, des chevaux, des chèvres – importées de Terre –, des moutons, etc. Cependant, certains sangs leur sont interdits : le sang de licorne ou d'humain les rend fous, diminue leur espérance de vie de moitié et déclenche une allergie mortelle à la lumière solaire ; leur morsure devient alors empoisonnée et leur permet d'asservir les humains qu'ils mordent. De plus, il paraît que si leurs victimes sont contaminées par ce sang vicié, celles-ci deviennent à leur tour des vampyrs, mais des vampyrs corrompus et mauvais. Cela dit, les cas d'humains ou d'elfes transformés en vampyrs sont tellement rares qu'on pense que c'est juste une légende. Les vampyrs victimes de cette malédiction sont impitoyablement pourchassés par leurs congénères (les célèbres et redoutées Brigades Noires), ainsi que par tous les peuples d'AutreMonde. S'ils sont capturés, ils sont emprisonnés dans des prisons spéciales et meurent alors d'inanition.

Le Mentalir • Vastes plaines de l'Est sur le continent de Vou. Habitants : licornes et centaures. Pas d'emblème. Les vastes plaines de l'Est sont le pays des licornes et des centaures. Les licornes sont de petits chevaux à corne spiralée et unique (qui peut se dévisser), elles ont des sabots fendus et une robe blanche. Si certaines licornes n'ont pas d'intelligence, d'autres sont de véritables sages, dont l'intellect peut rivaliser avec celui des dragons. Cette particularité fait qu'il est difficile de les classifier dans la rubrique peuple ou dans la rubrique faune.

Les centaures sont des êtres moitié homme (ou moitié femme) moitié cheval ; il existe deux sortes de centaures : les centaures dont la partie supérieure est humaine et la partie inférieure cheval, et ceux dont la partie supérieure du corps est cheval et la partie inférieure humaine. On ignore de quelle manipulation magique résultent les centaures, mais c'est un peuple complexe qui ne veut pas se mêler aux autres, sinon pour obtenir les produits de première nécessité, comme le sel ou les onguents. Farouches et sauvages, ils n'hésitent pas à larder de flèches tout étranger désirant passer sur leurs terres.

On dit dans les plaines que les shamans des tribus des centaures attrapent les pllops, grenouilles blanc et bleu très venimeuses, et lèchent leur dos pour avoir des visions du futur. Le fait que les centaures aient été pratiquement exterminés par les elfes durant la Grande Guerre des Étourneaux peut faire penser que cette méthode n'est pas très efficace.

Selenda • Capitale : Seborn. Emblème : lune d'argent pleine au-dessus de deux arcs opposés, flèches d'or encochées. Habitants : elfes. Les elfes sont, comme les sortceliers, doués pour la magie. D'apparence humaine, ils ont les oreilles pointues et des yeux très clairs à la pupille verticale, comme celle des chats. Les elfes habitent les forêts et les plaines d'AutreMonde et sont de redoutables chasseurs. Ils adorent aussi les combats, les luttes et tous les jeux impliquant un adversaire, c'est pourquoi ils sont souvent employés dans la Police ou les Forces de Surveillance, afin d'utiliser judicieusement leur énergie. Mais quand les elfes commencent à cultiver le maïs ou l'orge enchanté, les peuples d'AutreMonde s'inquiètent : cela signifie qu'ils vont partir en guerre. En effet, n'ayant plus le temps de chasser en temps de guerre, les elfes se mettent alors à cultiver et à élever du bétail ; ils reviennent à leur mode de vie ancestral une fois la guerre terminée.

Autres particularités des elfes : ce sont les elfes mâles qui portent les bébés dans de petites poches sur le ventre – comme les marsupiaux – jusqu'à ce que les petits sachent marcher. Enfin, une elfe n'a pas droit à plus de cinq maris !

Smallcountry • Capitale : Small. Emblème : globe stylisé entourant une fleur, un oiseau et une aragne. Habitants : gnomes, lutins P'abo, fées et gobelins. Petits, râblés, dotés d'une houppette orange, les gnomes se nourrissent de pierres et sont, comme les nains, des mineurs. Leur houppette est un détecteur de gaz très efficace : tant qu'elle est dressée, tout va bien, mais dès qu'elle s'affaisse, les gnomes savent qu'il y a du gaz dans la mine et s'enfuient. Ce sont également, pour une inexplicable raison, les seuls à pouvoir communiquer avec les Diseurs de Vérité.

Les P'abo, les petits lutins bruns très farceurs de Smallcountry, sont les créateurs des fameuses sucettes Kidikoi. Capables de projeter des illusions ou de se rendre provisoirement invisibles, ils adorent l'or qu'ils gardent dans une bourse cachée. Celui qui parvient à trouver la bourse peut faire deux vœux que le lutin aura l'obligation d'accomplir afin de récupérer son précieux or. Cependant, il est toujours dangereux de demander un vœu à un lutin car ils ont une grande faculté de « désinterprétation »… et les résultats peuvent être inattendus.

Les fées s'occupent des fleurs et lancent des sorts minuscules mais efficaces, les gobelins essayent de manger les fées et en général tout ce qui bouge.

Salterens • Capitale : Sala. Emblème : grand ver dressé tenant un cristal de sel bleu dans ses dents. Habitants : Salterens. Les Salterens sont les esclavagistes d'AutreMonde. Terrés dans leur impénétrable désert, mélange bipède de lion et de guépard, ce sont des pillards et des brigands qui exploitent les mines de sel magique (à la fois condiment et ingrédient magique). Ils sont dirigés par le Grand Cacha et par son Grand Vizir, Ilpabon, et divisés en plusieurs puissantes tribus.

Tatran • Capitale : Cityville. Emblème : équerre, compas et boule de cristal sur fond de parchemin. Habitants : Tatris, Camhboums, Tatzboums. Les Tatris ont la particularité d'avoir deux têtes. Ce sont de très bons organisateurs (ils ont souvent des emplois d'administrateurs ou travaillent dans les plus hautes sphères des gouvernements, tant par goût que grâce à leur particularité physique). Ils n'ont aucune fantaisie, estimant que seul le travail est important.

Ils sont l'une des cibles préférées des P'abo, les lutins farceurs, qui n'arrivent pas à imaginer un peuple totalement dénué d'humour et tentent désespérément de faire rire les Tatris depuis des siècles. D'ailleurs, les P'abo ont même créé un prix qui récompensera celui d'entre eux qui sera le premier à réussir cet exploit.

Les Camhboums, sortes de grosses mottes jaunes aux yeux rouges et tentacules, sont également des administratifs, souvent bibliothécaires. Les Tatzboums sont en général des musiciens et jouent des mélodies extraordinaires grâce à leurs tentacules.

Dranvouglispenchir • Planète des dragons. Énormes reptiles intelligents, les dragons sont doués de magie et capables de prendre n'importe quelle forme, le plus souvent humaine. Pour s'opposer aux démons qui leur disputent la domination des univers, ils ont conquis tous les mondes connus, jusqu'au moment où ils se sont heurtés aux sortceliers terriens. Après la bataille, ils ont décidé qu'il était plus intéressant de s'en faire des alliés que des ennemis, d'autant qu'ils devaient toujours lutter contre les démons. Abandonnant alors leur projet de dominer la Terre, les dragons ont cependant refusé que les sortceliers la dirigent mais les ont invités sur AutreMonde, pour les former et les éduquer. Après plusieurs années de méfiance, les sortceliers ont fini par accepter et se sont installés sur AutreMonde. Les dragons vivent sur de nombreuses planètes, sur Terre, sur AutreMonde, sur Madix et Tadix, sur leur planète bien sûr, le Dranvouglispenchir, et s'obstinent à fourrer leur museau dans toutes les affaires humaines qui les amusent beaucoup. Leurs plus terribles ennemis sont les habitants des Limbes, les démons. Ils n'ont pas d'emblème.

Les Limbes • Univers démoniaque, le domaine des démons. Les Limbes sont divisés en différents mondes, appelés cercles, et, selon le cercle, les démons sont plus ou moins puissants, plus ou moins civilisés. Les démons des cercles 1, 2 et 3 sont sauvages et très dangereux ; ceux des cercles 4, 5 et 6 sont souvent invoqués par les sortceliers dans le cadre d'échanges de services (les sortceliers pouvant obtenir des démons des choses dont ils ont besoin et vice-versa). Le cercle 7 est le cercle où règne le roi des démons. Les démons vivant dans les Limbes se nourrissent de l'énergie démoniaque fournie par les soleils maléfiques. S'ils sortent des Limbes pour se rendre sur les autres mondes, ils doivent se nourrir de la chair et de l'esprit d'êtres intelligents pour survivre. Ils avaient commencé à envahir l'univers jusqu'au jour où les dragons sont apparus et les ont vaincus lors d'une mémorable bataille. Depuis, les démons sont prisonniers des Limbes et ne peuvent aller sur les autres planètes que sur invocation expresse d'un sortcelier ou de tout être doué de magie. Les démons supportent très mal cette restriction de leurs activités et cherchent un moyen de se libérer.

L'unique raison pour laquelle les démons voulaient envahir la Terre est qu'ils sont aqualics. L'eau de mer agit sur eux comme de l'alcool et il n'en existe nulle part dans leur univers. Ils adorent le goût de nos océans. Leur credo est « massacrer tout le monde en buvant de l'eau salée ».

Santivor • Planète glaciale des Diseurs de Vérité, végétaux intelligents et télépathes.

Faune, flore
et proverbes d'AutreMonde

Aiglelong • Prédateur volant qui se nourrit des faucongyres.

Aragne • Originaires de Smallcountry, comme les spalenditals, les aragnes sont aussi utilisées comme montures par les gnomes et leur soie est réputée pour sa solidité. Dotées de huit pattes et de huit yeux, elles ont la particularité de posséder une queue, comme celle des scorpions, munie d'un dard empoisonné. Les aragnes sont extrêmement intelligentes et adorent poser des charades à leurs futures proies.

Astophèle • Les astophèles sont des petites fleurs roses qui ont la propriété de neutraliser l'odorat pendant quelques jours. Les animaux évitent soigneusement les champs d'astophèles, ce qui convient parfaitement aux plantes, qui ont développé cette étrange faculté pour échapper aux brouteurs de toutes sortes. Les humains devant s'occuper des traducs, dont la chair est délicieuse mais la puanteur légendaire, utilisent le baume d'astophèle pour neutraliser leur odorat.

Balboune • Immenses baleines, les balbounes sont rouges et deux fois plus grandes que les baleines terrestres. Leur lait, extrêmement riche, fait l'objet d'un commerce entre les liquidiens, tritons et sirènes et les solidiens, habitants de terre ferme. Le beurre et la crème de balboune sont des aliments délicats et très recherchés. Les baleines d'AutreMonde chantent des mélodies inoubliables. « Chanter comme une balboune » est un compliment extraordinaire.

Ballorchidée • Magnifiques fleurs, les ballorchidées doivent leur nom aux boules jaunes et vertes qui les contiennent avant qu'elles n'éclosent. Plantes parasites, elles poussent extrêmement vite. Elles peuvent faire mourir un arbre en quelques saisons puis, en déplaçant leurs racines, s'attaquer à un autre arbre. Les arbres d'AutreMonde luttent contre les ballorchidées en sécrétant des substances corrosives afin de les dissuader de s'attacher à eux.

Bang-bang • Plantes rouges dont les extraits cristallins donnent une euphorie totale qui conduit à l'extase puis à la mort pour les humains. Les trolls, eux, s'en servent contre le mal de dents.

Bééé • Moutons à la belle laine blanche, les bééés se sont adaptés aux saisons très variables de la planète magique et peuvent perdre leur toison ou la faire repousser en quelques heures. Les éleveurs utilisent d'ailleurs cette particularité au moment de la tonte : ils font croire aux bééés (sur AutreMonde, on dit « crédule comme un bééé ») qu'il fait brutalement très chaud et ceux-ci se débarrassent alors immédiatement de leur toison.

Bendruc le Hideux • Divinité des Limbes démoniaques, Bendruc est si laid que même les autres dieux démons éprouvent un certain respect pour son aspect terrifiant. Ses entrailles ne sont pas dans son corps, mais en dehors, ce qui, lorsqu'il mange, permet à ses adorateurs de regarder avec intérêt le processus de digestion en direct.

Bizzz • Grosses abeilles rouge et jaune, les bizzz, contrairement aux abeilles terriennes, n'ont pas de dard. Leur unique moyen de défense, à part leur ressemblance avec les saccats, est de sécréter une substance toxique qui empoisonne tout prédateur voulant les manger. Le miel qu'elles produisent à partir des fleurs magiques d'AutreMonde a un goût incomparable. On dit souvent sur AutreMonde « doux comme du miel de bizzz ».

Blaz • Équivalent des pouf-pouf nettoyeurs, mais volants, les blaz sont la terreur des araignées d'AutreMonde qu'ils traquent sans pitié.

Blll • Les bllls sont des poissons ailés qui passent une partie de leur temps dans l'eau et l'autre, lorsqu'ils doivent se reproduire, en dehors. Très gracieux et magnifiques par leurs couleurs chatoyantes, ils sont souvent utilisés en décoration, dans de ravissantes piscines.

Blurps • Étonnante preuve de l'inventivité de la magie sur AutreMonde, les blurps sont des plantes insectoïdes. Dissimulées sous la terre, ressemblant à de gros sacs de cuir rougeâtre, une partie dans l'eau et l'autre sur terre, elles s'ouvrent pour avaler l'imprudent. Les petites blurps ressemblent à des termites, et s'occupent d'approvisionner la plante mère en victimes en les rabattant vers elle. Une fois grandes, elles s'éloignent du nid et plantent leurs racines, s'enfonçant dans la terre, et le processus se répète. On dit souvent sur AutreMonde « égaré dans un nid de blurps » pour désigner quelqu'un qui n'a aucune chance de s'en sortir.

Bobelle • Splendide oiseau d'AutreMonde un peu semblable à un perroquet. Les bobelles se nourrissent de magie pure et sont donc très attirés par les sortceliers.

Boudule filtreur • Gros organismes ressemblant à des sacs bleus qui se nourrissent des déchets dans les ports d'eau salée d'AutreMonde, gardant ainsi l'eau claire et pure.

Boulvis • Petits écureuils gris et violets d'AutreMonde, à la fourrure soyeuse, qui possèdent une membrane entre les membres, qu'ils utilisent afin de « voler » de branche en branche – enfin « planer » serait plus juste.

Breubière • Ainsi nommée parce qu'à la première gorgée on frissonne et on fait breuuu et qu'on se demande si on va avoir le courage de boire la seconde…

Brill • Mets très recherché sur AutreMonde, les pousses de brill se nichent au creux des montagnes magiques d'Hymlia et les nains, qui les récoltent, les vendent très cher aux commerçants d'AutreMonde. Ce qui fait bien rire les nains (qui n'en consomment pas) car à Hymlia, les brills sont considérés comme de la mauvaise herbe.

Brillante • Lointaines cousines des fées, les brillantes sont les luminaires d'AutreMonde. Elles peuvent adopter plusieurs formes, soit de jolies petites fées miniatures et lumineuses avec des ailes, soit des serpents ailés et lumineux eux aussi, selon les continents. Elles font leurs nids sur les réverbères et partout où les AutreMondiens les attirent. Très lumineuses, une seule brillante peut éclairer toute une pièce.

Brolk • Bordel. Soit **Brolk de Slurk** • Bordel de merde.

Brolvure • Injure naine. Assez intraduisible en fait. Le plus proche serait « résidu glaireux/morveux du plus grand lâche de l'univers ». Les nains méprisent la lâcheté… et ont horreur d'être enrhumés, parce qu'éternuer au mauvais moment dans une mine peut avoir pour conséquence de se prendre des centaines de tonnes de rocs sur la tête. Ceci est donc leur plus mortelle insulte.

Broux • Lézard se nourrissant exclusivement de crottes de draco-tyrannosaure. Faites-moi confiance, vous ne voulez pas savoir à quoi peut ressembler l'odeur de ses entrailles… certaines armes biologiques sont moins dangereuses.

Brrraaa • Énorme bœuf au poil très fourni dont les géants utilisent la laine pour leurs vêtements. Les brrraaas sont très agressifs et chargent tout ce qui bouge, ce qui fait qu'on rencontre souvent des brrraaas épuisés d'avoir poursuivi leur ombre. On dit souvent « têtu comme un brrraaa ».

Brumm • Variété de gros navets à la chair rose et délicate très appréciés sur AutreMonde.

Bulle-sardine • La bulle-sardine est un poisson qui a la particularité de se dilater lorsqu'elle est attaquée ; sa peau se tend au point qu'il est pratiquement impossible de la couper. Ne dit-on pas sur AutreMonde « indestructible comme une bulle-sardine » ?

Camélin • Le camélin, qui tient son nom de sa faculté à changer de couleur selon son environnement, est une plante assez rare. Dans les plaines du Mentalir, sa couleur dominante sera le bleu, dans le désert de Salterens, il deviendra blond ou blanc, etc. Il conserve cette faculté une fois cueilli et tissé. On en fait un tissu précieux qui, selon son environnement, change de couleur.

Camelle brune • Plante en forme de cœur, dont les feuilles sont comestibles. Beaucoup de voyageurs ont pu survivre sans aucune autre alimentation que des feuilles de camelle. La plante peut arborer différentes couleurs selon les saisons et les endroits. On l'appelle aussi « plante du voyageur ». Son goût ressemble un peu à celui d'un sandwich au fromage dont elle a d'ailleurs la consistance vaguement spongieuse.

Cantaloup • Plante carnivore, agressive et vorace, la cantaloup se nourrit d'insectes et de petits rongeurs. Ses pétales, aux couleurs variables mais toujours criardes, sont munis d'épines acérées qui « harponnent » leurs proies. De la taille d'un gros chien, les cantaloups sont difficiles à cueillir et constituent un mets de choix sur AutreMonde.

Chaman • Ce sont les guérisseurs, les médecins d'AutreMonde. Car si tous les sortceliers peuvent appliquer des Reparus, il est de nombreuses maladies qui ne peuvent pas être soignées grâce à ce sort si pratique. Les shamans sont également les maîtres des herbes et des potions.

Chatrix • Les chatrix sont des sortes de grosses hyènes noires, très agressives, aux dents empoisonnées, qui ne chassent que la nuit. On peut les apprivoiser et les dresser, et elles sont parfois utilisées comme gardiennes par l'empire d'Omois.

Chimère • Souvent conseillère des souverains d'AutreMonde, la chimère est composée d'une tête de lion, d'un corps de chèvre et d'une queue de dragon.

Clac-cacahuète • Les clac-cacahuètes tiennent leur nom du bruit très caractéristique qu'elles font quand on les ouvre. On en tire une huile parfumée, très utilisée en cuisine par les grands chefs d'AutreMonde… et les ménagères avisées.

Crochiens • Chacals verts du désert du Salterens, les crochiens chassent en meute.

Crogroseille • Le jus de crogroseille est désaltérant et rafraîchissant. Légèrement pétillant, il est l'une des boissons favorites des AutreMondiens.

Crouiccc • Gros mammifère omnivore bleu aux défenses rouges, les crouicccs, connus pour leur très mauvais caractère, sont élevés pour leur chair savoureuse. Une troupe de crouicccs sauvages peut dévaster un champ en quelques heures : c'est la raison pour laquelle les agriculteurs d'AutreMonde utilisent des sorts anticrouiccc pour protéger leurs cultures.

Discutarium / Devisatoire (en fonction du peuple qui l'emploie) • Entité intelligente recensant tous les livres, films et autres productions artistiques de la Terre, d'AutreMonde, du Dranvouglispenchir mais également des Limbes démoniaques. Il n'existe quasiment pas de question à laquelle la Voix, émanation du discutarium, n'ait la réponse.

Diseurs de Vérité • Végétaux intelligents, originaires de Santivor, glaciale planète située près d'AutreMonde. Les Diseurs sont télépathes et capables de déceler le moindre mensonge. Muets, ils communiquent grâce aux gnomes bleus, seuls capables d'entendre leurs pensées.

Draco-tyrannosaure • Cousins des dragons, mais n'ayant pas leur intelligence, les draco-tyrannosaures ont de petites ailes, mais ne peuvent pas voler. Redoutables prédateurs, ils mangent tout ce qui bouge et même tout ce qui ne bouge pas. Vivant dans les forêts humides et chaudes d'Omois, ils rendent cette partie de la planète particulièrement, inappropriée au développement touristique.

Droufs de Tranlkur • Ceci étant un livre familial, disons que les droufs sont un attribut spécifiquement masculin. Et que Tranlkur est un dieu particulièrement apprécié des déesses…

Effrit • Race de démons qui s'est alliée aux humains contre les autres démons lors de la grande bataille de la Faille. Pour les remercier, ils ont reçu de la part de Demiderus l'autorisation de venir dans notre univers sur simple convocation d'un sortcelier. Ils ont décidé d'utiliser leurs pouvoirs pour aider les humains sur AutreMonde. Les moins puissants d'entre eux sont utilisés comme serviteurs, messagers, policiers, etc.

Élémentaire • Il existe plusieurs sortes d'Élémentaires : de feu, d'eau, de terre et d'air. Ils sont en général amicaux, sauf les Élémentaires de feu qui ont assez mauvais caractère, et aident volontiers les AutreMondiens dans leurs travaux ménagers quotidiens.

Faucongyre • Prédateur d'AutreMonde qui, du fait de son incroyable faculté de virer sur l'aile, semble comme monté sur un gyroscope, d'où son nom.

Gambole • La gambole est un animal couramment utilisé en sorcellerie. Petit rongeur aux dents bleues, il fouit très profondément le sol d'AutreMonde, au point que sa chair et son sang sont imprégnés de magie. Une fois séché, et donc « racorni », puis réduit en poudre, le « racorni de gambole » permet les opérations magiques les plus difficiles. Certains sortceliers utilisent également le racorni de gambole pour leur consommation personnelle car la poudre procure des visions hallucinatoires. Cette pratique est strictement interdite sur AutreMonde et les accros au racorni sont sévèrement punis.

Gandari • Plante proche de la rhubarbe, avec un léger goût de miel.

Gazz • Petit quadrupède au poil lisse et rouge (ou vert chez les trolls), couronné de bois.

Géant d'Acier • Arbre gigantesque d'AutreMonde, le Géant d'Acier peut atteindre deux cents mètres de haut et la circonférence de son tronc peut aller jusqu'à cinquante mètres ! Les pégases utilisent souvent les Géants d'Acier pour nicher, mettant ainsi leur progéniture à l'abri des prédateurs.

G'ele d'Arctique • Minuscule animal à fourrure très blanche, capable de survivre à des températures de moins quatre-vingts grâce à un sang antigel. Sa fourrure est très recherchée, car les g'ele meurent au bout de deux printemps, le 1er de Plucho exactement. Les chasseurs de g'ele vont alors en Arctique où la température remonte à un confortable moins vingt et cherchent les g'ele. Le seul problème étant que l'animal se cache dans un trou pour mourir et que, sa fourrure étant parfaitement blanche, elle est difficile à repérer. Et mettre la main dans tous les trous n'est pas une bonne idée, du fait des krokras, sortes de phoques qui se cachent sous la banquise et mangent tous ceux qui s'aventurent près de leurs trous.

Gélisor • Divinité mineure des Limbes démoniaques dont l'haleine est si violente que ses adorateurs ne peuvent entrer dans son temple que le museau/gueule/visage couvert par un linge aromatisé. Même les mouches ne peuvent survivre dans le temple de Gélisor. Et lors des réunions avec les autres dieux, il est prié de se laver les crocs avant de venir, histoire que la réunion soit un minimum supportable. Il est également interdit de fumer à proximité de Gélisor.

Gliir • Le gliir des marais puants est un oiseau incapable de voler qui, pour échapper à ses prédateurs, a adopté la même technique de survie que les traducs, puer autant qu'il le peut, en ingérant la yerk, une plante à l'odeur capable de repousser la plus coriace des mouches à sang.

Glouton étrangleur • Comme son nom l'indique, le glouton étrangleur est un animal velu et allongé qui utilise son corps comme une corde pour étrangler ses victimes.

Glurps • Sauriens à la tête fine, vert et brun, ils vivent dans les lacs et les marais. Très voraces, ils sont capables de passer plusieurs heures sous l'eau sans respirer pour attraper l'animal innocent venu se désaltérer. Ils construisent leurs nids dans des caches au bord de l'eau et dissimulent leurs proies dans des trous au fond des lacs.

Graox • Curieux animal d'AutreMonde, ressemblant à un gros cochon violet au groin aplati capable de se transformer en haut-parleur et possédant un énorme goitre qui lui sert de caisse de résonance. À la saison des amours, en Kaillos, le graox, pour attirer les femelles, pousse des hurlements assourdissants, tellement violents qu'ils rendent sourds tous ceux qui se trouvent autour de lui. Il est la cause de la migration d'une grande partie des animaux d'AutreMonde pendant cette période du mois. Tout le reste du temps, il est totalement muet, invisible et discret. Les scientifiques pensent que les femelles se précipitent vers eux non pas attirées par leurs cris, mais pour les faire taire...

Harpie • Femme-oiseau d'AutreMonde qui ne communique qu'avec des injures. Les harpies sont crasseuses. Ce sont des mercenaires qui vivent principalement dans les montagnes. Leurs griffes sont venimeuses et, comme il n'existe pas d'antidote, leur venin est très recherché. Elles en font commerce.

Hop-hop • Petit animal très curieux d'AutreMonde. Il ne progresse que par bonds, un peu comme les kangourous sur Terre, sauf que lui saute partout et sans cesse. De fait, il rend la tâche assez difficile à ses prédateurs (ce qui est le but) parce qu'il est impossible de savoir dans quelle direction il va bondir, quand et surtout pourquoi. Sur AutreMonde, lorsque quelqu'un est très agité, on dit de lui qu'il est « dérangé comme un hop-hop ».

Hydre • À trois, cinq ou sept têtes, les hydres d'AutreMonde vivent souvent dans les fleuves et dans les lacs.

Jourstal (pl. : jourstaux) • Journaux d'AutreMonde que les sortceliers et nonsos reçoivent sur leurs boules, écrans, portables de cristal (enfin, s'ils sont abonnés...).

Kalorna • Ravissantes fleurs des bois, les kalornas sont composées de pétales rose et blanc légèrement sucrés qui en font des mets de choix pour les herbivores et omnivores d'AutreMonde. Pour éviter l'extinction, les kalornas ont développé trois pétales capables de percevoir l'approche d'un prédateur. Ces pétales, en forme de gros yeux, leur permettent de se dissimuler très rapidement. Malheureusement, les kalornas sont également extrêmement curieuses, et elles repointent le bout de leurs pétales souvent trop vite pour pouvoir échapper aux cueilleurs. Ne dit-on pas « curieux comme une kalorna » ?

Kax • Utilisée en tisane, cette herbe est connue pour ses vertus relaxantes. Si relaxantes d'ailleurs qu'il est conseillé de n'en consommer que dans son lit. Sur AutreMonde, on l'appelle aussi la molmol, en référence à son action sur les muscles. Et il existe une expression qui dit : « Toi t'es un vrai kax ! » ou « Oh le molmol ! » pour qualifier quelqu'un de très mou.

Keltril • Métal lumineux et argenté utilisé par les elfes pour leurs cuirasses et protections. À la fois léger et très résistant, le keltril est quasiment indestructible.

Kévilia • Pierres lumineuses et transparentes, proches du diamant mais bien plus étincelantes, de couleur si forte qu'elles peuvent illuminer une pièce, bleue, verte, rose, jaune ou rouge, les kévilias sont très rares et sont les pierres les plus précieuses d'AutreMonde. Pour préciser que quelque chose a une grande valeur, sur AutreMonde on dit : « Il pèse son poids de Kévilia ».

Kidikoi • Sucettes créées par les P'abo, les lutins farceurs. Une fois qu'on en a mangé l'enrobage, une prédiction apparaît en son cœur. Cette prédiction se réalise toujours, même si le plus souvent celui à qui elle est destinée ne la comprend pas. Des Hauts Mages de toutes les nations se sont penchés sur les mystérieuses Kidikoi pour essayer d'en comprendre le fonctionnement, mais ils n'ont réussi qu'à récolter des caries et des kilos en trop. Le secret des P'abo reste bien gardé.

Krakdent • Animaux originaires du Krankar, les krakdents ressemblent à une peluche rose mais sont extrêmement dangereux, car leur bouche extensible peut quintupler de volume et leur permet d'avaler à peu près n'importe quoi. Beaucoup de touristes sur  AutreMonde ont terminé leur vie en prononçant la phrase : « Regarde comme il est mign… »

Kraken • Gigantesque pieuvre aux tentacules noirs, on la retrouve, du fait de sa taille, dans les mers d'AutreMonde, mais elle peut également survivre en eau douce. Les krakens représentent un danger bien connu des navigateurs.

Kré-kré-kré • Petits rongeurs au pelage jaune citron ressemblant au lapin, les kré-kré-kré, du fait de l'environnement très coloré d'AutreMonde, échappent assez facilement à leurs prédateurs. Bien que leur chair soit plutôt fade, elle nourrit le voyageur affamé ou le chasseur patient. Sur AutreMonde, les kré-kré-kré sont également élevés en captivité.

Krel doré • Arbres sensitifs d'AutreMonde, ils reflètent en d'impressionnantes débauches de couleur les sentiments des animaux ou des gens qui les frôlent ou les traversent.

Kri-kri • Sorte de sauterelles violet et jaune dont les centaures font une consommation effrénée mais dont le cri cri cri strident dans les hautes herbes peut aussi rendre fou celui qui tente de dormir.

Kroa ou croa • Grenouille bicolore, la kroa constitue le principal menu des glurps qui les repèrent aisément à cause de leur chant particulièrement agaçant.

Krok-requin • Le krok-requin est un prédateur des mers d'AutreMonde. Énorme animal aux dents acérées, il n'hésite pas à s'attaquer au célèbre kraken et, avec ce dernier, rend les mers d'AutreMonde peu sûres aux marins.

Krouse • Sortes de grosses roses sauvages de toutes les couleurs délicieusement parfumées.

Krruc • Ressemble vaguement à un croisement entre un homard et un crabe, mais avec dix pinces. Ce qui en fait un mets très recherché sur AutreMonde.

Loup-garou • Peuple Anazasi, enlevé par le roi des dragons et placé sur le Continent Interdit, ses membres ont été transformés en loups-garous. Humains capables de se transformer en loups à volonté et dont la force, la rapidité et l'agilité sont extrêmes, même sous leur forme humaine. Un loup-garou peut contaminer un humain en le mordant, mais exclusivement sous sa forme lupine. Contrairement aux loups-garous terriens, les loups-garous d'AutreMonde ne dépendent pas de la pleine lune et peuvent se transformer à volonté. Délivrés par Tara Duncan, le peuple des loups inquiète beaucoup les AutreMondiens du fait de leur force et de leur agressivité, d'autant que le seul métal qui peut réellement les blesser est l'argent. La seule autre méthode pour tuer un loup-garou est la décapitation. Sachant que le loup-garou en question a de grandes chances d'être trois à quatre fois plus fort que vous, cette dernière méthode est à déconseiller. Les loups sont dirigés par des Alphas.

Licorne • Petit cheval aux pieds fourchus et à la corne unique. Les licornes sont de sages penseurs grâce à l'herbe de la Connaissance du Mentalir.

Mangeur de Boue • Habitants des Marais de la Désolation à Gandis, les Mangeurs de Boue sont de grosses boules de poils qui se nourrissent des éléments nutritifs contenus dans la boue, d'insectes et de nénuphars. Les tribus primitives des Mangeurs de Boue ont peu de contact avec les autres habitants d'AutreMonde.

Manuril • Les pousses de manuril, blanches et juteuses, forment un accompagnement très prisé des habitants d'AutreMonde.

Miam • Sorte de grosse cerise rouge de la taille d'une pêche.

Mooouuu • Ce sont des élans sans corne à deux têtes. Quand une tête mange, l'autre reste vigilante pour surveiller les prédateurs. Pour se déplacer, les mooouuus font des bonds gigantesques de côté, comme des crabes.

Mouche à sang • C'est une mouche dont la piqûre est très douloureuse. Nombreux sont les animaux qui ont développé de longues queues pour tuer les mouches à sang.

Mouchtique • Plus grosses que les mouches à sang, les mouchtiques se posent discrètement sur les traducs et autres brrrraaas et s'enfouissent dans leur chair, provoquant de petits nodules, qu'il faut entailler pour les en faire sortir, car elles sécrètent des toxines qui peuvent tuer le bétail.

Mrmoum • Fruits très difficiles à cueillir, car les mrmoumiers sont d'énormes plantes animées qui couvrent parfois la superficie d'une petite forêt. Dès qu'un prédateur s'approche, les mrmoumiers s'enfoncent dans le sol avec ce bruit caractéristique qui leur a donné leur nom. Ce qui fait qu'il peut être très surprenant de se promener sur AutreMonde et, tout à coup, voir une forêt entière de mrmoumiers disparaître, ne laissant qu'une plaine nue.

Nonsos • Les nonsos (contraction de « non-sortceliers ») sont des humains ne possédant pas le pouvoir de sortcelier.

Œufs de Splouf • Le splouf est un oiseau argenté à crête rouge des forêts de Selenda, patrie des elfes. La raison de son nom, c'est que ses œufs, délicieux au demeurant, sont si fragiles que dès qu'ont les effleurent ils se brisent, souvent dans un grand « splouf ». Comme l'oiseau ne peut se domestiquer, il est difficile d'obtenir ses œufs, qui sont donc très prisés.

Oiseau de feu • Curieuse forme de vie sur AutreMonde dont les plumes flambent continuellement et se renouvellent. Les oiseaux de feu nichent sur les igniteurs, les seuls arbres ignifugés d'AutreMonde, qui peuvent supporter leurs nids. Totalement hydrophobes, la moindre goutte d'eau peut les tuer.

Oiseau Roc • L'oiseau Roc est un volatile géant. Bon, on vous dit « volatile géant », et vous vous imaginez une sorte de gros aigle, au pire un condor. Pas du tout. L'oiseau Roc fait la taille d'une fusée Ariane, d'ailleurs, l'animal magique est capable de vivre dans l'espace, et est utilisé par les sortceliers pour mettre les satellites en orbite. Fort heureusement, l'oiseau se nourrit de la lumière des deux soleils d'AutreMonde et n'a pas besoin d'éliminer. Sinon, vous imaginez la taille des fientes ?

Pégase • Chevaux ailés, leur intelligence est proche de celle du chien. Ils n'ont pas de sabots, mais des griffes pour pouvoir se percher facilement et font souvent leur nid en haut des Géants d'Acier.

Pierre de Bonder • Pierre d'AutreMonde qui a la particularité de réverbérer les sons au point qu'il est inutile d'utiliser un micro.

Piqqq • Comme leur nom l'indique, les piqqqs sont des insectes d'AutreMonde qui, comme les mouches à sang, se nourrissent du sang de leurs victimes. La différence, c'est qu'ils injectent un venin puissant pour fluidifier le sang de leurs proies et que de nombreux traducs, mooouuus ou bééés se sont littéralement vidés de leur sang après avoir été attaqués par des piqqqs. Heureusement, ils se tiennent surtout aux alentours des marais où ils pondent leurs œufs.

Pllop • Grenouille blanc et bleu très venimeuse, utilisée par les centaures qui lèchent son dos pour avoir des visions du futur.

Pouf-pouf • Petites boîtes sur pattes avec un gros couvercle qui avale tous les déchets qui tombent par terre. Il est conseillé sur AutreMonde de faire attention à ce qu'on lâche involontairement, sous peine de devoir aller le rechercher dans la gueule d'une pouf-pouf. Les chercheurs qui ont inventé les pouf-pouf (c'est un organisme mi-magique mi-technologique) les ont programmées afin que les déchets qu'elles ne peuvent pas utiliser nutritionnellement soient transférés automatiquement par mini-Portes de transfert intégrées dans un trou noir de la galaxie d'Andromède.

Pouic • Petite souris rouge capable de se téléporter physiquement d'un endroit à un autre et munie de deux queues. Son ennemi naturel est le mrrr, sorte de gros chat orange à oreilles vertes qui bénéficie de la même capacité.

Prroutt • Plante carnivore d'AutreMonde d'un jaune morveux, elle exhale un fort parfum de charogne pourrie pour attirer les charognards et les prédateurs. Qu'elle engloutit dès qu'ils s'approchent à portée de ses tentacules. Sur AutreMonde, l'insulte « puer comme une prroutt » rivalise avec « puer comme un traduc ».

Rominet • Animal le plus rapide d'AutreMonde. Tellement rapide, d'ailleurs, qu'on n'est même pas sûr qu'il existe réellement, vu que personne n'a jamais réussi à le photographier ou à le filmer… dès qu'on voit filer du coin de l'œil une ombre vaguement poilue, on dit : « Oh, je crois bien que j'ai vu un rominet ! » (P.-S. : la légende dit que seule la race des Titis, des canaris jaunes légèrement hystériques, peut voir les rominets…)

Rouge-banane • Équivalent de nos bananes, sauf pour la couleur et leur taille plus importante.

Saccat • Gros insecte volant communautaire rouge et jaune, venimeux et très agressif, producteur d'un miel particulièrement apprécié sur AutreMonde. Seuls les nains peuvent consommer les larves de saccat dont ils sont très friands, tous les autres risquant de se retrouver bêtement avec un essaim dans le ventre, la carapace des larves ne pouvant pas être dissoute par le suc digestif des humains ou des elfes.

Scoop • Petite caméra ailée, produit de la technologie d'AutreMonde. Semi-intelligente, la scoop ne vit que pour filmer et transmettre ses images à son cristalliste.

Scrogneupluf • Petit animal particulièrement stupide dont l'espèce ne doit sa survie qu'au fait qu'il se reproduit rapidement. Ressemble à un croisement entre un ragondin et un lapin sous anxiolytiques.

« Scrogneupluf » est un juron fréquent sur AutreMonde pour désigner quelqu'un ou quelque chose de vraiment stupide.

Sèche-corps • Entités immatérielles, sous-Élémentaires de vent, les sèche-corps sont utilisés dans les salles de bains, mais également en navigation sur AutreMonde où ils se nomment alors « souffle-vent ».

Serpent milière • Serpent des Marais de la Désolation, qui se déplace exclusivement dans la boue, grâce à des sortes de minuscules écailles aplaties sur les côtés. Mis dans l'eau, le milière coule.

Slurp • Le jus de slurp, plante originaire des plaines du Mentalir, a étrangement le goût d'un fond de bœuf délicatement poivré. La plante a reproduit cette saveur carnée afin d'échapper aux troupeaux de licornes, farouchement herbivores. Cependant, les habitants d'AutreMonde, ayant découvert la caractéristique gustative du slurp, ont pris l'habitude d'accommoder leurs plats avec du jus de slurp. Ce qui n'est pas de chance pour les slurps…

Snuffy rôdeur • Ressemblant à un renard bipède, vêtu le plus souvent de haillons, un grand sac sur le côté, le snuffy rôdeur est un pilleur de poulailler et de spatchounier, ce qui fait qu'il n'est pas très aimé des fermiers d'AutreMonde. Il a la particularité, peu connue, de pouvoir se dédoubler, ce qui lui permet de se libérer lui-même des prisons où il est souvent enfermé.

Sopor • Plante pourvue de grosses fleurs odorantes, elle piège les insectes et les animaux avec son pollen soporifique. Une fois l'insecte ou l'animal endormi, elle l'asperge de pollen afin qu'il joue le rôle d'agent fécondant. L'insecte ou l'animal se réveille au bout d'un moment et, en passant dans d'autres champs, féconde ainsi d'autres fleurs. Les sopors ne sont pas dangereuses, mais, en endormant leurs pollinisateurs, les exposent à d'autres prédateurs. Raison pour laquelle on voit souvent des carnivores aux alentours des champs de sopor, carnivores ayant appris à retenir leur souffle le temps d'attraper leur proie et de la sortir du champ. On dit sur AutreMonde : « Ce type est somnifère comme un champ de sopor. »

Sortcelier • Humain, elfe ou toute autre entité intelligente possédant l'art de la magie.

Spalendital • Sorte de scorpions, les spalenditals sont originaires de Smallcountry. Domestiqués, ils servent de montures aux gnomes qui utilisent également leur cuir très résistant. Les gnomes adorant les oiseaux (dans le sens gustatif du terme), ils ont littéralement dépeuplé leur pays, ouvrant ainsi une niche écologique aux insectes et autres bestioles. En effet, débarrassés de leurs ennemis naturels, ceux-ci ont pu grandir sans danger, chaque génération étant plus nombreuse que la précédente. Le résultat pour les gnomes est que leur pays est envahi de scorpions géants, d'araignées géantes, de mille-pattes géants.

Spatchoune • Les spatchounes sont des dindons géants et dorés qui gloussent constamment en se pavanant et qui sont très faciles à chasser. On dit souvent « bête comme un spatchoune », ou « vaniteux comme un spatchoune ». Un spatchounier est l'équivalent d'un poulailler sur AutreMonde.

Stridule • Équivalent de nos criquets. Les stridules peuvent être très destructeurs lorsqu'ils migrent en nuages, dévastant alors toutes les cultures se trouvant sur leur passage. Les stridules produisent une bave très fertile, couramment utilisée en magie.

Tak • Sortes de petits rats verts ou gris, que l'on retrouve dans les ports. Les taks sont redoutés des marins car ils peuvent ronger un bateau en quelques jours. Ce qui prouve qu'ils n'ont pas un gros instinct de survie, parce qu'une fois le bateau rongé, les taks se noient.

Taludi • Les taludis sont de petits animaux à trois yeux en forme de casque blanc qui sont capables d'enregistrer n'importe quoi. Ils se nourrissent de pellicule ou d'électricité et voient à travers les illusions, ce qui en fait des témoins précieux et incorruptibles. Il suffit de les mettre sur sa tête pour voir ce qu'ils ont vu.

Taormi • Redoutables souris à tête de fourmis dont la piqûre est horriblement douloureuse, les taormis sont capables de décimer une forêt entière lorsque l'une des fourmilières/nids décide de migrer. Elles produisent également un miel très sucré, apprécié des animaux d'AutreMonde, mais particulièrement difficile à obtenir sans y laisser la vie.

Tatchoum • Petite fleur jaune dont le pollen, l'équivalent du poivre sur AutreMonde, est extrêmement irritant. Respirer une tatchoum permet de déboucher n'importe quel nez.

Tatroll • Pour la facilité de la traduction AutreMondien/Terrien, l'auteur a directement converti les tatrolls en kilomètres et les batrolls en mètres. Un troll faisant trois mètres de haut, un batroll fait donc un mètre et demi et un tatroll un kilomètre et demi.

Tchaouf • Le tchaouf est l'animal le plus maladroit d'AutreMonde. Gris sombre, hirsute, avec un étrange plumet jaune sur la tête, ressemblant à un mélange d'éléphant et d'hippopotame, avec une très courte trompe en forme de trompette rouge, le tchaouf passe son temps à s'emmêler ses six pattes et tombe à peu près tous les trois mètres. De nombreux prédateurs ont ainsi été écrasés alors qu'ils tentaient d'abattre un tchaouf…

Tchelf • Le tchelf est un animal des Limbes qui ressemble à un gros ballon rempli de liquide. Liquide qu'il largue sans états d'âme lorsqu'il veut s'envoler afin d'échapper à ses prédateurs ou qu'il a peur. L'inconvénient, c'est que ledit liquide pue horriblement. « Tu t'es parfumé au Tchelf, ce matin » est un compliment dans les Limbes, signifiant que la puanteur du Tchelf est appréciée par les démons.

Téodir • Sorte de champagne des dragons. Les humains trouvent que ça a un vague goût d'antigel.

T'hoculine • Fleur composée de pierres précieuses changeant de couleur régulièrement. La fleur de Pierre est considérée comme l'un des plus beaux joyaux vivants d'AutreMonde et en acquérir une est extrêmement difficile, car elle n'est cultivée que sur la très dangereuse île de Patrok.

Tolis • L'équivalent des amandes sur AutreMonde.

Toye • Herbe rappelant un mélange détonant entre de l'ail très fort et un oignon trop fait. Le Toye est une épice très prisée par les habitants d'AutreMonde.

Traduc • Ce sont de gros animaux élevés par les centaures pour leur viande et leur laine. Ils ont la particularité de sentir très mauvais, ce qui les protège des prédateurs, sauf des crrrèks, petits loups voraces capables d'obturer leurs narines  pour ne pas sentir l'odeur des traducs. « Puer comme un traduc malade » est une insulte très répandue sur AutreMonde.

Treee • Petits oiseaux couleur rubis dans les forêts d'AutreMonde et verts dans celle des trolls. Leur nom est dû au cri très spécial (treeeeeeee) qu'ils poussent.

Tricroc • Arme enchantée trouvant immanquablement sa cible, composée de trois pointes mortelles, souvent enduites de poison ou d'anesthésique, selon que l'agresseur veut faire passer sa victime de vie à trépas ou juste l'endormir.

Trr rouge • Bois imputrescible, dont les rondins sont souvent utilisés pour les maisons et surtout pour les auberges, parce qu'il est difficile à briser et ne craint pas la bière.

T'sil • Vers du désert de Salterens, les t'sils s'enfouissent dans le sable et attendent qu'un animal passe. Ils s'y accrochent alors et percent la peau ou la carapace. Les œufs pénètrent le système sanguin et sont disséminés dans le corps de l'hôte. Une centaine d'heures plus tard, les œufs éclosent et les t'sils mangent le corps de leur victime pour sortir. Sur AutreMonde, la mort par t'sil est l'une des plus atroces. C'est la raison pour laquelle il n'y a pas beaucoup de touristes tentés par un trekking dans le désert de Salterens. S'il existe un antidote contre les t'sils ordinaires, il n'y en a pas contre les t'sils dorés dont l'attaque conduit immanquablement à la mort.

Tzinpaf • Délicieuse boisson à bulles à base de cola, de pomme et d'orange, le Tzinpaf est rafraîchissant et dynamisant.

Velours (Bois de) • Bois fort prisé sur AutreMonde pour sa solidité et sa magnifique couleur dorée, très utilisé en marqueterie et pour les sols. Sa texture particulière fait qu'à la vue il semble glacé et qu'au toucher il est comme une profonde moquette moelleuse.

Ver taraudeur • Le ver taraudeur se reproduit en insérant ses larves sous la peau des animaux pendant leur sommeil. Bien que non mortelle, sa morsure est douloureuse et il faut la désinfecter immédiatement avant que les larves ne se propagent dans l'organisme. « Quel ver taraudeur celui-là ! » est une insulte désignant quelqu'un qui s'incruste.

Vlir • Petite prune dorée d'AutreMonde, assez proche de la mirabelle, mais plus sucrée.

Vloutour • Oiseau charognard d'AutreMonde gris et jaune ayant beaucoup de mal à voler, le vloutour est capable de digérer à peu près n'importe quoi. Ses intestins peuvent survivre à sa mort et continuer à digérer des choses, des mois durant. Les tripes de vloutour sont souvent utilisées en magie, notamment pour conserver la fraîcheur des potions.

Vouivre • Lézard ailé volant surtout la nuit, pouvant mesurer jusqu'à trente mètres de long et piscivore. La vouivre possède une pierre précieuse enchâssée dans son front, qui neutralise les effets de certains poisons, et les différentes parties de son corps sont souvent utilisées pour des potions. On murmure que la première vouivre serait née d'un œuf de coq, impossibilité biologique qui à l'époque avait fait grand bruit dans le poulailler et déclenché une série de questions très embarrassantes pour le pauvre volatile.

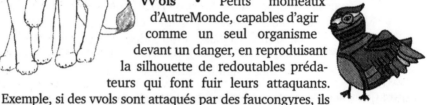

Vrrir • Félins blanc et doré à six pattes, favoris de l'Impératrice. Celle-ci leur a jeté un sort afin qu'ils ne voient pas qu'ils sont prisonniers de son palais. Là où il y a des meubles et des divans, les vrrirs voient des arbres et des pierres confortables. Pour eux, les courtisans sont invisibles et quand ils sont caressés, ils pensent que c'est le vent qui ébouriffe leur fourrure.

Vv'ols • Petits moineaux d'AutreMonde, capables d'agir comme un seul organisme devant un danger, en reproduisant la silhouette de redoutables prédateurs qui font fuir leurs attaquants. Exemple, si des vvols sont attaqués par des faucongyres, ils se massent et forment le corps d'un aiglelong, qui attaque les faucongyres. Ceux-ci, trompés, s'enfuient et le nuage de vv'ols se défait.

Wyverne • Servantes des dragons, les wyvernes sont des sortes de lézards géants aux écailles dorées, capables de se tenir en position bipède grâce à des hanches pivotantes. Moins intelligentes que les dragons, elles composent une grosse partie de leurs forces armées et n'ont aucun sens de l'humour, surtout un fusil à neutron entre les pattes. Elles seraient issues des expériences biologiques des dragons sur leurs propres cellules et en seraient donc de très lointaines cousines.

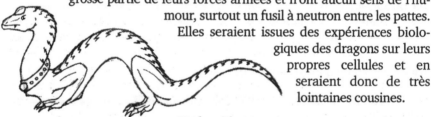

Yerk • Plante qui a trouvé le moyen de se rendre immangeable par les herbivores grâce à une odeur absolument dissuasive. Seuls les gliirs, qui n'ont aucun odorat, peuvent en manger les graines.

Zinvisible • Caméléon intelligent capable de se fondre totalement dans le décor au point de devenir invisible. Protecteur de la famille impériale d'Omois, il sert d'enregistreur vivant et espionne pour l'Impératrice.

Remerciements

Bien sûr, à ma topfamilledelamortquitue, Philippe, Diane et Marine (et bienvenue à Romain !), par tous les dieux d'AutreMonde, c'est dingue ce que je vous aime !

À ma maman sur qui j'aimerais bien pouvoir appliquer un Reparus, à la meilleure des sœurs, Cécile, à son mari Didier et leurs deux bouts de chou, Paul et Anna, à la famille Audouin au grand complet, Papy Gérard, Jean-Luc, Corinne, Lou, Thierry, Marylène, Léo.

Aux plus adorables des amis, Thomas et Anne-Marie et Jacques et Martine, qui acceptent avec bonne grâce mes innombrables « je peux pas sortir je suis en pleine écriture » et me pardonnent.

À Benoît et Christophe mes amis et producteurs de chez Moonscoop ainsi qu'à Sonia qui bosse comme une dingue et Nicolas l'Américain secondé par Cynthia. Et bien sûr à Frédéric, Lionel, Dorothée, Mariam, Emmanuelle, Brigitte, Sébastien and co... et à la jolie et talentueuse Tania pour les couvertures d'enfer.

À Thomas Valentin et à toute son équipe de chez M6 (trop nombreux pour être cités, cela prendrait trois pages !), vous êtes de formidables partenaires, j'adore travailler avec vous et taraduncan-lejeu.com est aussi génial que la série !

À Thomas Mariani qui a écrit la Danse de la Licorne, un dérivé de Tara, que nous publierons bientôt, bravo pour ce superbe travail ! À Christophe, le génial compositeur de Tara, ton nouvel album pour Clara Chocolat est génial ! J'adore ! À Jo, David et Zoé à quand le petit frère ? À mon Brice qui bosse trop.

À Elsa Lafon qui est devenue plus qu'une éditrice pour Indiana Teller, une vraie copine, à Glenn idem pour la Couleur de l'Âme des Anges, vous êtes vraiment formidables, j'adore papoter avec vous. À Pierre, Manu, Dorothy.

À toute l'équipe de chez XO et au revoir à Caroline L. et bienvenue à la nouvelle Caroline S., bon courage pour corriger mes textes !!!

Au magnifique bureau de Génération Taraddicts, Noémie, Guillaume, Nina, Marc et Marion, sans oublier Patricia. Bravo à Sixtine et Adam pour leur bac avec mention. Très bien, je suis impressionnée, les taraddicts sont les meilleurs ! À Matouu' (la prochaine fois mange avant la dédicace hein) et à sa sœur Tabatha, à Slanne/Nominoë, Chloé, LoulouZME, Eryn, Louna'tylanhnem, Shérylis, Lilou, Mathilde, Camille, Sproudy/Leo, Pauline, Viu, le fidèle Khalid, Léonie qui voudrait passer à la télé, Charlesquivientdeloinavecsonpapa, NewTara, Sarah, Edjin, Lili et Lilly Lalole, Aymeric, Doubhée, Les Noémies, dont la grande Faucheuse, Arren, Cyrinia, Nana, Samira, Jason, Gotei, Jade, Alexiane la future journaliste,

Eryn, loulouzme, Céline, Manon, Timie Bibie du Quebec, Dyo/Cyprien qui pose les questions les plus étranges de l'univers, Hugo, Alice, Jean-Jean, Garance, Mera la samainddict folle super copine avec Maeva, Pauline qui est bien la pauline, Matisse qui a écrit un looooong commentaire sur le tome 8 lol, Mù l'alienne, Fatima et Thibault qui cette fois-ci sont dans les remerciements, Lélia et oui, c'est bien toi, Mary/wyrda, Alice XD, Victoria du blog, Sproudy, Yugo, ookami, Anna, Luna et Artar, Yasmine, Xay, Julias qui est venu du Canada avec Adèle, Elessa, Joox, Z'oda, Laurann, Andeol, CedricquiressembleàCal, Julia/Milora, Liisb Honyasama qui reste fidèle, Lucie et Mael mouaahhh et vous savez pourquoi, Azulia la Belge et tous les autres. À toute l'équipe des blogus, bravo et merci, vous êtes de formidables modérateurs.

Merci à tous d'être là, tout simplement.

Je vous aime.

Il m'a été très difficile de choisir parmi tous vos textes, chers Taraddicts, car ils étaient à la fois inventifs, imaginatifs et souvent très amusants. Sur les centaines de textes que nous avons reçus, vous avez été onze dans la présélection.

Fausteen et Laureen m'ont fait carrément glousser avec leurs aventures des descendants du magicgang et waaah, Jar en Tigre maléfique, mazette !

J'ai beaucoup aimé l'idée que de lire les Tara Duncan transformait en sortcelier, inventée par Marion, dans *Du Rêve à la réalité*, c'est Isabella qui va commencer à angoisser… lol.

J'ai été charmée par la *Mission d'Enéva* d'Audrey. Elle a eu l'idée ingénieuse d'utiliser l'histoire de la gagnante du tome 7, Julia, afin de raconter la mission de sa sœur. Et tu as raison, quoi de pire qu'un chatrix ? Deux chatrix ! Lol !

L'histoire de Mélora et T'eol, avec son rebondissement de fin, est excellente aussi, imaginée par Félicien.

Et bravo aussi pour le complot à Omois de Côme qui a eu l'idée d'utiliser un Golem et un faux assassinat, top !

Vaudelle m'a émue avec cette très jolie histoire de jeune fille qui veut guérir son père avec une fleur et dont le petit ami voyage dans le futur.

Noémie, vraiment, tu m'as bien fait rire avec ton histoire de Daril Kratus. Décidément, tu y tiens ! Ton texte a fait partie de la « short list », encore, il va quand même falloir que tu lâches ton sens de l'humour irrésistible si tu veux gagner un jour… mouuuaaahhh.

Enfin, j'ai longuement hésité entre *La Chaîne de Krankar* « Ou comment souscrire un abonnement aux ennuis », qui met en jeu la ravissante et fragile sœur de Cal, Xici et N'ala, son vrrriiir aux trousses d'un repoussant vampyr (elle jure beaucoup cette jeune fille je trouve lol), écrite par Clara H., et cette étonnante histoire de Robin Antoons, loup-garou amoureux qui doit affronter un dragon fou afin de conquérir sa belle.

Comme, hélas, je ne peux pas choisir plusieurs textes, j'ai donc élu le texte de… ta da dam, ROBIN ANTOONS !

Bravo Robin, tu m'as beaucoup fait rire avec les démêlés d'Ekun (surtout le pagne en plume, vengeance vengeance et le lancer de bâton), du dragon et du roncier de Fer qui est, à mon avis, un des éléments bien vivant et accrocheur de l'histoire :-)

Toutes mes félicitations donc à Robin, qui a gagné le droit d'être publié dans ce livre, bravo aussi à tous ceux d'entre vous qui ont été si imaginatifs et intelligents dans leurs inventions (j'attends avec impatience des textes du point de vue des démons et des effrits mouuuaahh) et j'attends vos nouvelles pour le tome 10 de l'année prochaine si personne ne me transforme en grenouille d'ici là.

HACA fans de Tara !

Combat contre un Dragon Fou

par Robin Antoons

Je m'appelle Ekun. Face à mon nom, certains pensent que je suis apparenté aux centaures. Je n'ai jamais compris pourquoi, mais je suis bel et bien un loup-garou.

Je suis un loup Beta de vingt-quatre ans. Et je suis sans doute le plus malchanceux de tout le continent.

Oh, le fait que je sois juste devant un roncier de fer géant n'y est pour rien. On pourrait même croire que c'est ce dragon fou qui me bloque le seul chemin vers un terrain plus accueillant, mon problème. Même pas. La dernière option, plutôt téméraire, serait cet oiseau, verdâtre, un cousin des Bobelle sans doute (mais en plus moche), où la température qui dépasse largement le seuil vivable, avec ce soleil de braise qui fait bouillir chaque goutte de transpiration sur mon corps.

Eh bien, non, je suis le plus malchanceux des Anazasis, tout simplement parce que je suis amoureux.

Amoureux de la belle Eléana. Une louve Alpha à qui j'ai déclaré mon amour. Elle aurait dû me mordre le cou, me plaquer au sol et m'humilier devant tous les autres. Au lieu de ça, elle m'a dit de sa voix si parfaite : « Si tu arrives à me retrouver au sommet des vieilles ruines, j'accepterai ton amour. »

Évidemment, j'étais loin de me douter que je me retrouverais face à un tel monstre. Quoique, si je l'avais su, qu'est-ce que j'aurais fait ? J'observe mon ennemi et jauge la taille de ses crocs, sa salive aux allures trop acides pour moi… Je serais venu, bien sûr. Mon amour pour Eléana n'est pas une illusion.

Un peu de bave coule hors de sa gueule et calcine le sol. Je ne peux pas m'empêcher de penser que s'il me mâche, je vais horriblement souffrir avant de mourir.

Je grimace un peu.

Bon, j'ai déjà essayé de lui lancer un bâton pour qu'il aille le chercher. Et non seulement ça l'a mis encore plus en colère, mais j'ai failli aller le chercher moi-même. Si je m'en sors, je me ferai payer ma stupidité. Puisque la ruse ne marche pas, il faut foncer, en mettant toutes ses forces dans la bataille. Mais pas vers le dragon, plutôt… loin. Le plus loin possible de lui ; ça fait moins peur.

Courir dans un chemin entouré d'épines acérées qui se terminera bientôt en cul-de-sac n'est finalement pas la meilleure des solutions, quand j'y pense.

« Je creuse ma propre tombe », me dis-je.

Je n'ai même pas le temps d'ôter mon T-shirt d'un bleu marine incomparable que la mâchoire du dragon claque à quelques centimètres de moi. Si j'arrive à éviter ses dents, ce n'est pas le cas de ses postillons qui me brûlent la peau.

Sans que je sache pourquoi, le dragon s'arrête. Il a dû balancer sa queue dans le géant de fer en galopant. Son énorme carapace non plus ne résiste pas à ce terrible végétal. Il tourne sa tête pour voir derrière lui. Je profite de ce manque d'attention pour courir, vers lui cette fois, et me jeter sous son ventre. Est-ce qu'il m'a vu ? Je n'en sais rien, et la question me pèse. Pour y répondre, mon corps agit tout seul… en s'accrochant à la queue de mon ennemi.

« Mais qu'est-ce que je fais, moi ? »

Ma bêtise me perdra.

Furieuse, ma nouvelle monture se tortille dans tous les sens, à reculons, en battant son énorme appendice caudal dans l'air et sur le sol. Chacun de ses mouvements me tire un peu plus vers l'extrémité de sa queue, en me faisant glisser sur ses écailles qui me coupent à chaque fois.

Un dragon fou qui se met en colère se rapproche plus de la démence qu'autre chose, la seule chose pire que je connaisse est de voir un nain chanter. (En voyant cette naine chanter sans interruption, je me suis juré de ne plus jamais quitter mon continent bien-aimé.) Autant dire que je ne le souhaite pas, même à mes ennemis.

À quelques dizaines de mètres de moi s'entassent des os. Des os de lycanthrope. Apparemment, je ne suis pas le premier à subir cette épreuve.

Sans me donner le temps de compatir pour mes semblables, un mouvement brusque à m'en briser les côtes m'envoie valser six ou sept mètres au-dessus du sol. Droit vers le champ de ronces.

Je fouille au plus profond de ma mémoire les bribes de souvenirs qui me permettront de formuler une prière. Pas le temps, j'improvise : je ferme les yeux et joins mes mains

« Je veux des ailes. Ou que quelqu'un fasse un miracle. »

Puis, poli, j'ajoute : « Siouplaît ! »

Bien, et après ça, on fait quoi déjà ? Bah, ouvrons les yeux, si le miracle arrive, je le verrai au moins venir.

...

Comment dire ? Soit les divinités étaient d'humeur mesquine, soit cette espèce de volatile vert qui observe ma mise à mort depuis tout à l'heure a décidé d'y rajouter son petit goût amer : mon baptême de l'air n'a duré que quelques petites secondes, et ce sale piaf est venu voler à côté de moi, avec une tête qui, de loin, ressemble juste à un oiseau un peu bossu, mais, vue de près, est la copie parfaite d'un démon moqueur. Des yeux presque exorbités, une langue tellement grosse qu'il est incapable de fermer le bec. Se rajoute à ça une espèce de rire narquois des plus insupportable. Même son vol est bancal.

Je refuse de mourir avec cette dernière image gravée dans ma tête. Un sentiment de frustration me traverse la colonne vertébrale, la colère emplit mon corps. Tous mes muscles palpitent. Je me transforme, passant d'homme à loup. Mes vêtements se déchirent, ne laissant qu'un caleçon plus élastique pour me vêtir. Un caleçon de très bonne qualité soit dit en passant, du fil d'aragne, tressé main par ma grand-mère, qui… euh, enfin bref.

Je me rapproche dangereusement des épines. J'avise une ronce plus grosse que les autres, pile dans ma trajectoire. Parfait.

Je l'attrape vigoureusement et contracte tous mes muscles.

Me voilà droit comme un piquet, au-dessus d'un terrain, qui renvoie tous les parcours du combattant au rang de bac à sable, une pointe légèrement plantée dans la peau, avec un dragon qui s'apprête visiblement à me roussir sur place.

Le jet de flammes du dragon fend l'air, me fonçant droit dessus. J'espère très fort et je lâche prise. Seul mon pied se fait un peu cramer, mais au prix de deux ou trois mètres de chute douloureuse où mon corps est lacéré de partout. Par chance, le sol est plutôt dégagé, j'atterris. Enfin, je m'écrase comme une lamentable chaussette, tout désarticulé.

« Ouch ! »

Ça fait mal. Vraiment très mal. Bouger le moindre poil est douloureux. Je perds toute ma motivation. Je ne veux plus rien. Plus rien, juste dormir. Dormir. Eléana…

Je suis immobile. Incapable de faire le moindre geste. Tiens, je rêve ? Je me vois dans mon rêve, attaché par des milliers de fils. Mon « moi » humain suspendu de la sorte en plein milieu d'un grand vide. Et en face de moi… mon « moi » loup. Ficelé également. Nous me regardons tous ensemble, une seconde, un jour, un an, mille ans ? Qui sait ? Et soudain, je remarque que le bout de mes doigts se transforme en argent.

Je… je me change en statue ?! Non ! Je ne veux pas !! Non !

— Nooooon !!

Un filet de lumière orangée me perce un œil. Ça fait mal. Tiens, je suis réveillé. Mais j'ai dormi combien de temps ? Je vois un soleil qui se couche, Tadix et Madix sont au-dessus de moi.

— Eléana !

« Mince alors, elle m'attend peut-être toujours. »

Un bruit de battement d'ailes me sort de ma précipitation.

« Rah ! Il est toujours là lui, et je parie que l'emplumé moqueur aussi », me dis-je en rageant en mon for intérieur.

Je m'observe, me tâte, et remarque avec joie que mes blessures se sont refermées. J'aurai au moins appris qu'il n'y a pas d'argent dans les ronciers de fer géants.

J'essaie d'arracher une épine assez grosse le plus silencieusement possible, mais elles restent toutes impossibles à briser. Je me résigne. Sans arme, il ne me reste plus qu'à essayer de sortir en évitant de me faire repérer.

À chaque pas, je m'entaille, me griffe, me coupe… La joue, le flanc, le bras. Si je n'étais pas un loup-garou, je serais mort une bonne cinquantaine de fois. Un jeune loup nous avait parlé d'un animal à plusieurs vies sur Terre, neuf, je crois. Un chewa ? Un chat ? Un chal ? Les animaux là-bas sont vraiment étranges.

Plus j'avance, plus mes sens sont aux aguets : le moindre insecte qui bouge la patte est aussitôt repéré, chaque mouvement du dragon est écouté. Je suis tellement concentré sur ce qui se passe autour de moi, et je commence à m'habituer aux coupures à un tel point, que je ne remarque même pas un fil de mon caleçon qui s'accroche à une épine.

Pour l'instant, le dragon a dû comprendre que je suis toujours vivant et réveillé, mais il ne semble toujours pas m'avoir trouvé dans ce dédale de ronces. Pfff, ses semblables sains d'esprit n'auraient pas mis une fraction de seconde. Mais il faut bien reconnaître que même le soleil a eu du mal à m'atteindre. J'y vois la chance qui commence à tourner de mon côté... Sauf qu'à un moment :

« Aïe ! »

Je me maudis d'avoir trahi **ma** présence. J'ai marché sur une petite épine de trente centimètres, tombée du roncier, et le dragon m'a entendu. Me revoilà devenu une proie. Et s'il y a bien une chose qu'un chasseur déteste, c'est d'être chassé.

Me voilà armé, mais mon lézard préféré est maintenant en face de moi. Il ne semble pas m'avoir repéré avec plus de précision que ça, mais il est juste à deux petits battrols de moi. Pile devant la sortie que je venais de déceler. Son immense silhouette est plus pesante que jamais. Vais-je vraiment mourir ici ? Eléana m'attend-elle encore ?

Mon ventre se tord. Mince, je n'ai pas mangé depuis un bon moment maintenant, et j'ai perdu beaucoup de sang.

Il se tord derechef.

« Chhhut ! Pitié, ne gargouille pas ou je suis fichu... C'est quand même moi qui te nourris. »

Je me plie en deux pour tenter de calmer mes organes. Ce faisant, je sens un courant d'air inhabituel. Je baisse les yeux, et me fige de terreur en voyant l'état de feu mon dernier vêtement.

Une vague de sueur me monte à la bouche, et comme je suis sous ma forme canidée, je ne peux transpirer qu'en haletant. Ce que je me retiens de faire pour ne pas me faire localiser par le dragon. Me transformer en humain n'est pas la meilleure chose à faire non plus (surtout si ça signifie que mon caleç... très subtil pagne va tomber).

Me voilà presque nu comme un ver, affamé comme un draco-tyrannosaure, et ridicule comme pas deux.

Si jamais une quelconque âme entend parler de cette mésaventure, pire, si cette personne ose la divulguer, par l'intermédiaire d'un court récit par exemple, je ne lui pardonnerai pas… Jamais.

Je joue un petit peu avec le fil pendouillant de mon caleçon, c'est tout ce que je suis autorisé à faire en ce moment (dire que je me plaignais de ma situation au début de ma rencontre avec ce délicieux compagnon). Je sens une résistance. Je réessaie, cette fois-ci, une branche bouge légèrement.

J'avoue que je ne sais pas trop comment ce vaillant fil d'aragne a pu s'accrocher sans être coupé net, mais ça m'est complètement égal. Dans ma tête vient de se dessiner mon plan de sortie. Basique, simple, et suicidaire… C'est un plan parfait.

J'analyse bien le chemin qui me sépare de la sortie, je me mets en position, prêt à bondir, mon épine dans une main, et mon caleçon dans l'autre.

Je tire d'un coup sec et franc, tout en commençant à courir. Voyant la branche tirée par mon fidèle et défunt vêtement, le dragon se tourne et focalise son attention sur ce qui lui semble être moi. Je réussis à faire les deux premières grandes enjambées sans trop de bruit (heureusement que je reste un poids plume pour ces ronces de quelques tonnes chacune) et, quand enfin le dragon se rend compte de la supercherie, il est trop tard. Dans un ultime effort, je lance mon corps, une fois de plus ensanglanté de toutes parts, droit vers la gorge de l'affreux lézard. Mon épine s'est presque plantée toute seule à travers les écailles de la bête.

Le dragon s'affale sur le sol, gesticule encore un peu, manquant m'éjecter, puis tombe. Définitivement.

Je m'effondre ensuite sur lui.

Aaaah ! Le calme, enfin. Cette paix, cette fraîcheur, ce soleil couchant, ce silen…

Du haut de sa branche, l'oiseau moqueur est toujours là. Piaillant comme un public qui veut voir la suite.

— Bouge pas, Coco. Dans cinq minutes, tu y passes.

En fin de soirée, il n'y a plus que la lumière bleutée des deux lunes d'AutreMonde qui éclairent les marches que je suis en train de gravir. J'atteins enfin le sommet du donjon en ruine où Eleana m'attend toujours.

Elle se tourne vers moi, rayonnante, ne fait attention ni au sang de dragon qui me reste au coin des lèvres, ni aux quelques plumes qui me servent d'habit, et, d'une voix sincèrement heureuse, elle me dit :

— Ekun, tu as réussi, c'est merveilleux.

Son sourire, sa voix, ses yeux, sa bouche, tout est si parfait à mes yeux, que, pour elle, j'affronterais un dragon tous les jours.

FIN.

Concours de dessin

Liste des gagnantes et gagnants

2011

Mathilde Adant	Kax
Sarah-Doria Bordji	Aiglelong
Liolja Bajemon	Blaz
Marine Chatain	Gliir, Scoop et T'hoculine
Antonin Claudet	Bulle-sardine
Audrey Coq	Pouic et Vrrir
Aurélie Creton	Chimère et loup-garou
Margot Dehan	Bobelle, Gambole et Kroa
Dorine Dieulevin	Spatchoune
Laura Escoin	Taormi et Scrogneupluf
Marine Hamard	Pégase
Cindy Hontebeyrie	Treee
Marion Kerckhove	Bang-bang
Anaïs Le Mery	Harpie
Félix Martin	Yerk
Inéa Morverand	Brill
Fanny Mousset	Mouchtique
Mélanie Perdrix	Balboune
Clotilde Plantureux	Vouivre
Clara Scelo	Gazz, bizzz et tricroc
Marylise Szulczewski	Krel doré
Pauline Vava	Broux
Vaiana Meyer	Bendruc le Hideux

et toujours les artistes des années précédentes

Méline Artigala	Crouiccc et Piqqq
Lise Bianciotto	Snuffy rôdeur
Alexane Bocco	Camelle brune
Maxime Carpentier	Diseur de Vérité
Cloé Caumia	Mouche à sang
Ève Charrin	Kré-kré-kré
Thiphaine Charrondiere	Astophèle
Antoine Cousin	Blurps et Camélin
Chloé Delacroix	Vv'ol
Cédric Derval	Mangeur de Boue et Taludi
Mathieu Désilets	Saccat
Yeelen Dumas	Élémentaire
Marie Eléna	Crochien
Nolwenn Gangloff	Krouse
Alexandra Girard	Ballorchidée, Pouf-pouf, Tatchoum et Traduc
Bérengère Guillemo	Brrraaa et Pllop
Marc H	Cantaloup
Lucile Hausser	Chatrix
Joel Herter	Krakdent et Draco-tyrannosaure
Cindy Hontebeyrie	Effrit
Julie Iuso	Mrmoum et Brumm
Théo Jordano	Glurps
Justine Lacroze	Bééé
Amandine Le Bellec	Tak et Glouton étrangleur
Floriane Limbourg	Blll
Lemière Loic de Ludres	Kraken
Sophie Lux	Oiseau de feu
Priscillia Macquart	Sopor
Valentine Maris	Krruc et Manuril
Lou-Anne Mathieu	Zinvisible
Alix Mellier	Aragne
Claire Meredith dite Miss Turtle	Wyverne
Charline Pagnier	Kalorna
Laurine Picotin	Rouge-banane
Clotilde Plantureux	Hydre
Céline Primault	Spalendital et Stridule
Romane Queyras	Kri-kri
Vicky Stiegler	Krok-requin et Mooouuu
Laura Tomaszewski	T'sil
Morgane Viel	Brillante
Aurélie Wiorm	Prroutt
Caroline Wiscart	Licorne et Oiseau Roc

Table

Composé par Nord Compo Multimédia
7, rue de Fives, 59650 Villeneuve-d'Ascq

CRÉATION GRAPHIQUE ET MISE EN PAGE :
edita sarl
13 place Coty 37100 Tours
www.webedita.com

Achevé d'imprimer
sur Roto-Page
par l'Imprimerie Floch
à Mayenne
en septembre 2011

Dépôt légal : septembre 2011
N° d'édition : 2001/01
N° d'impression : 80374

Imprimé en France